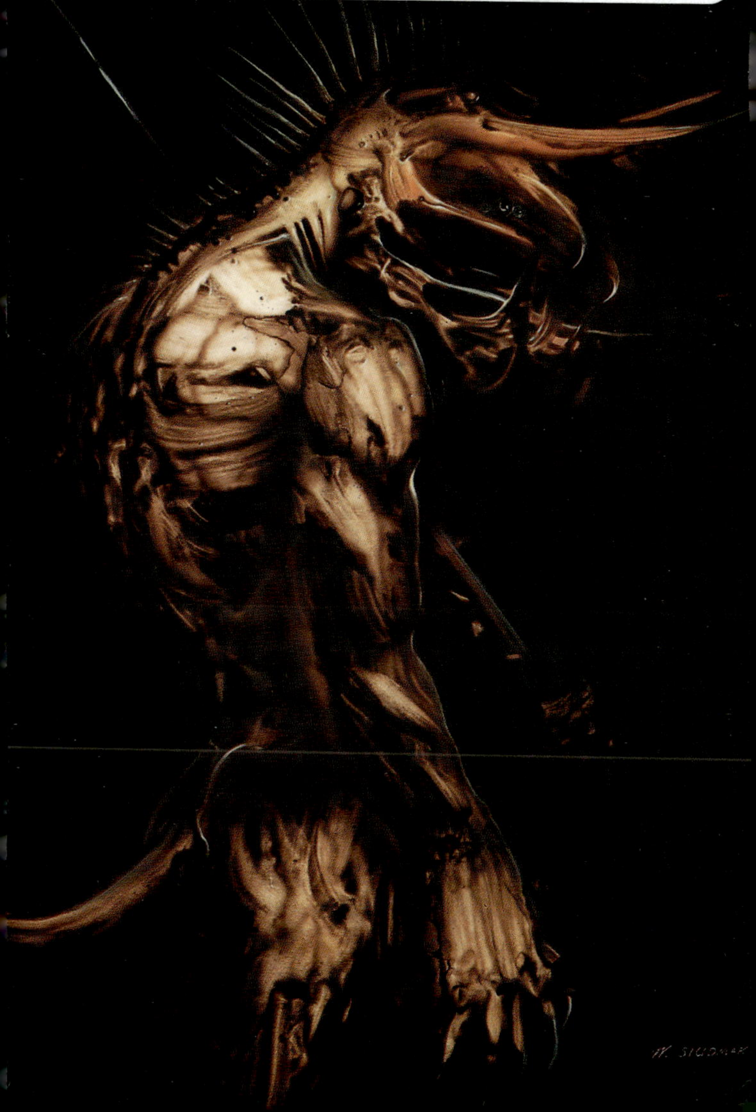

LE DÉMON MAJEUR DE KARANDA

ŒUVRES DE DAVID EDDINGS
CHEZ POCKET

LA BELGARIADE

1. LE PION BLANC DES PRÉSAGES
2. LA REINE DES SORTILÈGES
3. LE GAMBIT DU MAGICIEN
4. LA TOUR DES MALÉFICES
5. LA FIN DE PARTIE DE L'ENCHANTEUR

LA MALLORÉE

1. LES GARDIENS DU PONANT
2. LE ROI DES MURGOS
3. LE DÉMON MAJEUR DE KARANDA
4. LA SORCIÈRE DE DARSHIVA
5. LA SIBYLLE DE KELL

LA TRILOGIE DES JOYAUX

1. LE TRÔNE DE DIAMANT
2. LE CHEVALIER DE RUBIS

SCIENCE-FICTION

Collection dirigée par Jacques Goimard

DAVID EDDINGS

Chant III de la Mallorée

LE DÉMON MAJEUR DE KARANDA

Traduit de l'américain par Dominique Haas

POCKET

Titre original :

The Demon Lords of Karanda

Cette traduction est publiée
avec l'accord de Ballantine Books,
département de Random House, Inc.

ISBN 2-266-05561-5

Pour Patrick Janson-Smith,
un ami pas comme les autres,
de la part de Fatso, de l'auteur et de sa femme.

Je tiens à renouveler ici l'expression de ma profonde gratitude à Leigh, ma femme, pour son soutien sans réserve et ses apports à cette épopée qui n'aurait pas vu le jour sans elle.

Que soit aussi remercié mon éditeur, Lester del Rey, pour sa patience, son indulgence et surtout ses suggestions, trop nombreuses pour être mentionnées.

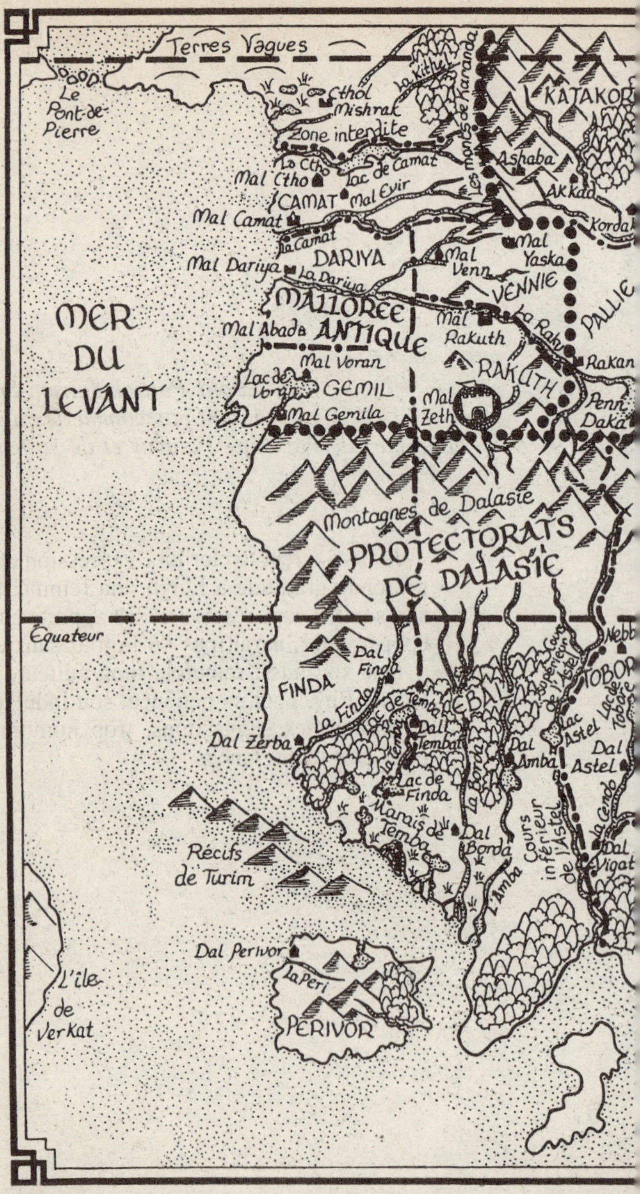
Terres Vagues
Le Pont-de-Pierre
Cthol Mishrak
La Kithu
Les monts de Karanda
KATAKOR
Zone interdite
Ashaba
Le Ctho
Lac de Camat
Mal Ctho
Mal Eyir
CAMAT
Akkad
Mal Camat
Kordak
La Camat
Mal Yaska
DARIYA
Mal Venn
Mal Dariya
La Dariya
VENNIE
MALLOREE ANTIQUE
PALLIE
MER DU LEVANT
Mal Abada
Mal Rakuth
La Raku
Mal Voran
Rakan
Lac de Voran
GEMIL
RAKUTH
Mal Gemila
Mal Zeth
Penn Daka
Montagnes de Dalasie
PROTECTORATS DE DALASIE
Équateur
Dal Finda
FINDA
La Finda
Lac de Temba
EBAL
Cours supérieur de l'Astel
TOBOR
Lac de Tobore
Dal Zerba
Dal Tembat
La Temba
Dal Amba
Lac Astel
Dal Astel
La Borda
Lac de Finda
Marais de Temba
Dal Borda
La Cendo
Récifs de Turim
L'Amba
Cours inférieur de l'Astel
Dal Vigat
Dal Perivor
La Peri
PERIVOR
L'île de Verkat

LES SEPT ROYAUMES DE KARANDA
Cercle Polaire Arctique
ZAMAD
Lac Karanda
Karand
Jenn
JENNO
GANÉSIE
Mankhor
La Jenn
Torpakan
La Magan
DELCHIN
Ushad
Maga Renn
Les Monts de Zamad
Lac Aduma
Aduma
La Fuldesca
Vordal
Keldesca
La Vorda
Lac Voresebo
VORESEBO
Lac Pannor
Luxal
La Luxal
Bakan
Pannor
Altork
Lac Altork
RENGEL
La Kallahar
Kallahar
Jarot
Fallesca
Ludera
CELANTA
La Taresca
Taresca
Gordanka
Melcène
Kaduz
MELCÉNIE
Anden
Îles de Melcénie
Molva
Gule
DARSHIVA
Kort
PELDANE
EMPIRE DE MELCÉNIE
Selda
Hemil
Ferra
La Velluta
Velluta
Banthul
Crol Tibu
Dal Cendo
Balasa
GANDAHAR
Jungle de Gandahar
Bashad
Delta de la Magan
Kell
Lenga
SHELLY SHAPIRO '88

PROLOGUE

Où se trouve brièvement relatée l'histoire de la Mallorée et de ses peuples.

Résumé des *Chroniques angarakes*, éditées par l'Université de Melcénie.

La légende situe le berceau du peuple angarak au large des côtes méridionales de l'actuelle Dalasie. Or il advint que Torak, le Dieu-Dragon des Angaraks, ploya Cthrag Yaska, la Pierre, sous sa volonté, et lui fit « fendre le monde », selon le terme consacré par l'usage. La croûte terrestre déchirée libéra un flot de magma en fusion tandis que l'océan du Sud s'engouffrait dans l'abîme, formant la mer du Levant. A l'issue de ce prodigieux bouleversement, qui s'opéra sur des lustres, le monde prit la forme que nous lui connaissons.

Le cataclysme contraignit les Aloriens et leurs alliés à reculer dans les confins inexplorés du continent occidental, tandis que les Angaraks trouvaient refuge dans la sauvage Mallorée.

Courroucée par l'usage qu'il avait fait d'elle, la Pierre avait défiguré et mutilé Torak. L'Eglise grolime ayant sombré dans le désespoir, le pouvoir échut aux militaires. Le temps que les Grolims se ressaisissent, les territoires angaraks étaient passés sous la mainmise de l'armée. L'Eglise, privée de toute emprise sur le peuple, instaura un foyer de rébellion à Mal Yaska, à l'extrémité de la chaîne des monts karandaques.

Torak se résolut alors à prendre des mesures pour empêcher la guerre civile d'éclater entre l'Eglise et l'armée, mais au lieu de faire mouvement contre l'état-major basé à Mal Zeth, il marcha vers l'extrême nord-ouest de l'antique Mallorée à la tête d'un quart du peuple angarak et lui fit édifier la cité sacrée de Cthol Mishrak. Il se cloîtra dans une tour de fer et s'absorba dans de vains efforts pour dominer Cthrag Yaska, au point de négliger son peuple, lequel se détourna en masse de ses devoirs religieux. Les hommes qui avaient suivi Torak à Cthol Mishrak étaient des fanatiques hystériques qu'encadraient strictement ses trois disciples : Zedar, Ctuchik et Urvon. Ceux-ci imposèrent à la société de Cthol Mishrak l'observation des pratiques religieuses traditionnelles alors qu'une période de changement radical s'ouvrait devant le reste du peuple angarak.

Lorsque Torak prit enfin conscience de l'antagonisme déclaré entre les prêtres et les militaires, il convoqua les hiérarques grolims et le haut commandement des armées et remit les choses au point dans des termes qui ne souffraient pas la discussion. A part Mal Yaska et Mal Zeth, toutes les villes et les régions naguère dites militaires seraient dorénavant administrées conjointement par l'armée et par l'Eglise. L'état-major et le clergé se le tinrent pour dit. Ils mirent aussitôt fin à leurs différends et regagnèrent leurs enclaves respectives. Cette trêve forcée devait permettre aux généraux de se consacrer aux autres peuples de Mallorée.

Trois tribus, dont l'origine se perd dans la nuit des temps, avaient précédé les Angaraks sur le continent malloréen : les Dalasiens, ou Dals, au sud-ouest, les Karandaques au nord et les Melcènes à l'Est. C'est vers les Karandaques que l'armée se tourna en premier lieu.

Les Karandaques étaient des guerriers primitifs. Ils vivaient au milieu des cochons dans de misérables villes aux rues de terre battue. Ils s'adonnaient au culte des démons, comme les Morindiens qui s'étaient fixés dans les régions septentrionales du Gar og Nadrak, et la tradition voulait qu'ils leur fussent apparentés.

Au début du second millénaire, des hordes de brigands karandaques commencèrent à ravager les régions limitrophes de la frontière orientale et l'armée angarake quitta Mal Zeth pour les confins occidentaux du royaume karandaque de Pallie. La cité de Rakand, au sud-ouest de Pallie, fut mise à sac, incendiée, et ses habitants réduits en captivité.

C'est de cette époque que date l'une des plus graves décisions de l'histoire angaraque : alors que les Grolims s'apprêtaient à une orgie de sacrifices humains, les militaires suspendirent toutes les opérations. Les communications à longue distance étaient difficiles et ils hésitaient sur l'opportunité d'occuper un territoire dépeuplé. Il leur paraissait de loin préférable d'assujettir le royaume et d'en exiger tribut. Les Grolims eurent beau protester, les généraux campèrent sur leur position. Les antagonistes soumirent la controverse à l'arbitrage de Torak, qui prit, fatalement, parti pour son état-major. Il comptait sur la conversion des Karandaques pour doubler le nombre de ses adeptes, et surtout la taille de son armée en cas de conflit avec les rois du Ponant.

— Tout homme vivant dans l'infinie Mallorée se prosternera devant moi et m'adorera, dit-il à ses missionnaires réticents.

Pour s'assurer de leur zèle, il envoya Urvon à Mal Yaska et le chargea de veiller à l'endoctrinement des Karandaques. Urvon s'érigea en chef temporel de l'Eglise de Mallorée et s'entoura d'une pompe et d'un faste inconnus des ascétiques Grolims.

L'armée marcha alors sur Katakor, Jenno et Delchin, mais les missionnaires se heurtèrent à des hordes de démons suscités par les magiciens karandaques. Urvon repartit pour Cthol Mishrak afin de s'entretenir avec Torak. Nul ne sut jamais ce que fit le Dieu-Dragon, mais, ainsi que le constatèrent bientôt les magiciens karandaques, les sorts qui leur permettaient naguère de contrôler les démons avaient cessé d'agir. Tout magicien qui se commettait avec les forces des ténèbres le faisait désormais au péril de sa vie et de son âme.

Il fallut plusieurs siècles à l'armée et à l'Eglise pour vaincre la résistance de Karanda et assujettir son peuple, qui, du reste, passait généralement pour peu évolué.

La troupe descendit ensuite le long de la Magan et attaqua l'empire melcène, mais elle se heurta à une civilisation dotée d'une technologie autrement avancée. Après plusieurs défaites cuisantes au cours desquelles des régiments entiers furent massacrés par la cavalerie, les chars de guerre et les éléphants ennemis, les généraux angaraks renoncèrent à conquérir la Melcénie et entamèrent les négociations. A leur grand étonnement, ils trouvèrent les Melcènes prêts à normaliser les relations et même à leur vendre les chevaux qui leur faisaient jusqu'alors défaut, mais ils ne voulurent même pas envisager de leur céder des éléphants.

L'armée se tourna alors vers la Dalasie, dont la conquête se révéla plus aisée. Les Dalasiens étaient de simples fermiers et de paisibles éleveurs. Les Angaraks entrèrent en Dalasie et passèrent les dix années suivantes à établir des protectorats militaires. L'Eglise sembla au départ rencontrer un égal succès. Les Dals adoptèrent sans résistance le culte des Angaraks. Mais c'était un peuple mystique, et les Grolims découvrirent bientôt que les mages, les voyantes et les prophètes avaient conservé tous leurs pouvoirs, et que les infâmes *Gospels de Mallorée* circulaient encore sous le manteau parmi la population.

Avec le temps, les Grolims auraient sûrement réussi à éradiquer la religion secrète des Dals, mais un désastre devait à jamais changer la vie des Angaraks. Déjouant toute surveillance, le sorcier mythique Belgarath et trois Aloriens réussirent, par un moyen demeuré inconnu, à s'introduire nuitamment dans la tour d'acier de Torak, à Cthol Mishrak, s'emparèrent de Cthrag Yaska et repartirent pour le Ponant, déjouant toutes les poursuites.

Fou de rage, Torak anéantit sa ville, puis il donna l'ordre aux Murgos, aux Thulls et aux Nadraks de regagner la côte occidentale de la mer du Levant par le pont-de-pierre, au nord. Plus d'un million d'hommes trouvèrent la mort dans la traversée. La société et la culture angarakes s'en remirent difficilement.

Après la destruction de Cthol Mishrak et la dispersion de son peuple, Torak devint à peu près inaccessible et s'investit presque exclusivement dans l'élaboration de plans divers et variés destinés à contrecarrer les visées impérialistes des royaumes du Ponant. Livrée à elle-même, l'armée eut tout loisir d'affermir son emprise, déjà quasi absolue, sur la Mallorée et les royaumes assujettis.

Entre les Angaraks et les Melcènes s'établit ainsi une paix précaire, parfois rompue par des escarmouches où les belligérants se gardaient bien d'engager des forces significatives. Puis l'élite des deux nations prit l'habitude d'envoyer ses enfants dans la haute société de l'autre camp afin qu'elle assure leur éducation. Ceci mena à une meilleure compréhension entre les deux peuples et à l'émergence d'une jeunesse cosmopolite qui devint au fil du temps la classe dirigeante type de l'empire melcène.

C'est ainsi que le fils d'un puissant général angarak, un garçon nommé Kallath, fut élevé en Melcénie et devint, à son retour à Mal Zeth, le plus jeune membre de l'état-major de l'histoire angarake. Il repartit pour la Melcénie, épousa la fille de l'empereur et réussit, à la mort de celui-ci, survenue en 3830, à se faire élever à la dignité de monarque. Après quoi, en menaçant les Angaraks de son armée, il s'arrogea le titre de Généralissime des Angaraks — distinction héréditaire.

L'intégration des Melcènes et des Angaraks fut mouvementée, mais la patience melcène devait l'emporter sur la violence angarake. Contrairement à bien d'autres contrées, en ce temps-là, la Melcénie était administrée par des fonctionnaires qui se révélèrent beaucoup plus efficaces en définitive que le gouvernement militaire angarak. Vers l'an 4400, les bureaucrates avaient les pleins pouvoirs. A cette époque, le titre de Généralissime était tombé en désuétude et le chef des deux peuples était connu sous le seul titre d'empereur de Mallorée.

Les Melcènes, gens raffinés, rendaient à Torak un culte de pure forme. Ils sauvaient les apparences, mais les Grolims n'obtinrent jamais d'eux la soumission abjecte au Dieu-Dragon à laquelle ils avaient réduit les Angaraks.

Telle était la situation lorsque, en 4850, Torak sortit de sa réclusion millénaire et apparut devant les portes de Mal Zeth, son visage mutilé dissimulé derrière un masque d'acier poli. Il déposa l'empereur, s'autoproclama Kal Torak, Dieu et Roi, et entreprit aussitôt de lever une énorme armée afin d'écraser les royaumes du Ponant et de soumettre le monde à sa domination.

Tous les hommes valides de Mallorée ou presque furent mobilisés. Les Angaraks et les Karandaques remontèrent vers le nord et gagnèrent le Gar og Nadrak par le pont-de-pierre tandis que les Dals et les Melcènes traversaient la mer du Levant grâce aux flottes spécialement construites pour les emmener sur la côte sud du Cthol Murgos. La première armée malloréenne rejoignit les Nadraks, les Thulls et les Murgos du Nord qui devaient attaquer les royaumes de Drasnie et d'Algarie. La seconde armée et les Murgos du Sud firent mouvement vers l'ouest. Torak projetait d'écraser les royaumes du Ponant entre ces deux forces prodigieuses.

Mais l'armée du Sud fut prise dans l'effroyable tourmente qui s'abattit au printemps de 4875 sur la mer du Ponant. Des milliers d'hommes périrent dans la pire tempête de neige jamais répertoriée dans l'histoire. Lorsque les éléments s'apaisèrent enfin, la troupe avait été enterrée vive sous des congères de quatorze pieds de hauteur qui tinrent jusqu'au début de l'été. Aucune théorie n'a jamais pu expliquer cette perturbation qui n'était manifestement pas d'origine naturelle. Quelle qu'en fût la cause, les unités venues du Sud avaient été balayées. Les rares survivants qui parvinrent à regagner l'orient racontèrent des histoires d'horreur, véritablement incroyables.

L'armée du Nord subit elle aussi toutes sortes de désastres, mais elle finit par mettre le siège devant Vo Mimbre, où elle fut mise en déroute par les forces combinées des royaumes du Ponant. Terrassé par la toute-puissance de Cthrag Yaska — que les peuples du Ponant appelaient l'Orbe d'Aldur —, Torak sombra dans un coma qui devait durer des siècles. Zedar, son disciple, parvint néanmoins à sauver son corps et l'emmena en un endroit secret.

La cohésion de la société malloréenne ne résista pas à ces événements cataclysmiques, et au fil des années, ses composantes originelles — la Melcénie, Karanda, la Dalasie et les territoires angaraks — se dissocièrent. L'empire fut sauvé de justesse par l'avènement de l'empereur Korzeth.

Korzeth n'avait que quatorze ans lorsqu'il poussa son vieux père à bas du trône. Abusés par sa jeunesse, les Etats séparatistes revendiquèrent leur indépendance. Korzeth réagit très vite. Il étouffa la révolte dans l'œuf et passa le reste de sa vie à cheval. Il fit couler le plus grand bain de sang de l'histoire, mais, au bout du compte, la Mallorée qu'il remit entre les mains de son successeur était un empire fort et uni. Après lui, ses descendants exercèrent, de Mal Zeth, un pouvoir absolu qui ne fut jamais remis en cause.

Il en fut ainsi jusqu'à l'accession au trône de Zakath. L'actuel empereur de Mallorée promettait, au début, d'être un dirigeant éclairé pour les Malloréens et les Angaraks des territoires occidentaux. Les peuples des deux continents ne devaient pas tarder à déchanter.

Taur Urgas, le roi des Murgos, était un aliéné dévoré d'ambition. Il fomenta un complot contre le jeune empereur. On ne sut jamais ce qu'il avait manigancé au juste, mais Zakath découvrit que Taur Urgas était à l'origine de la conspiration. Il jura de se venger et déclara une guerre sans merci au monarque dément.

Il était enlisé dans ce conflit lorsque les rois du Ponant frappèrent. Ils avaient envoyé leur armée contre les Angaraks pendant que Belgarion, le jeune roi des rois du Ponant et dernier descendant de Belgarath le sorcier, partait à pied sur les routes du Nord et empruntait le pont-de-pierre menant en Mallorée. Il était accompagné par Belgarath et un Drasnien, armé de la mythique Epée de Riva, sur le pommeau de laquelle était enchâssée l'Orbe d'Aldur, et se dirigeait vers l'antique cité de Cthol Mishrak dans l'intention de tuer Torak, conformément, dit-on, à une prophétie répandue dans le Ponant.

Torak s'éveilla de son sommeil séculaire pour affronter celui qui était venu le défier. Mais Belgarion le vainquit. Il lui plongea son Epée dans le cœur, précipitant l'Eglise de Mallorée dans le chaos et la confusion.

PREMIÈRE PARTIE

RAK HAGGA

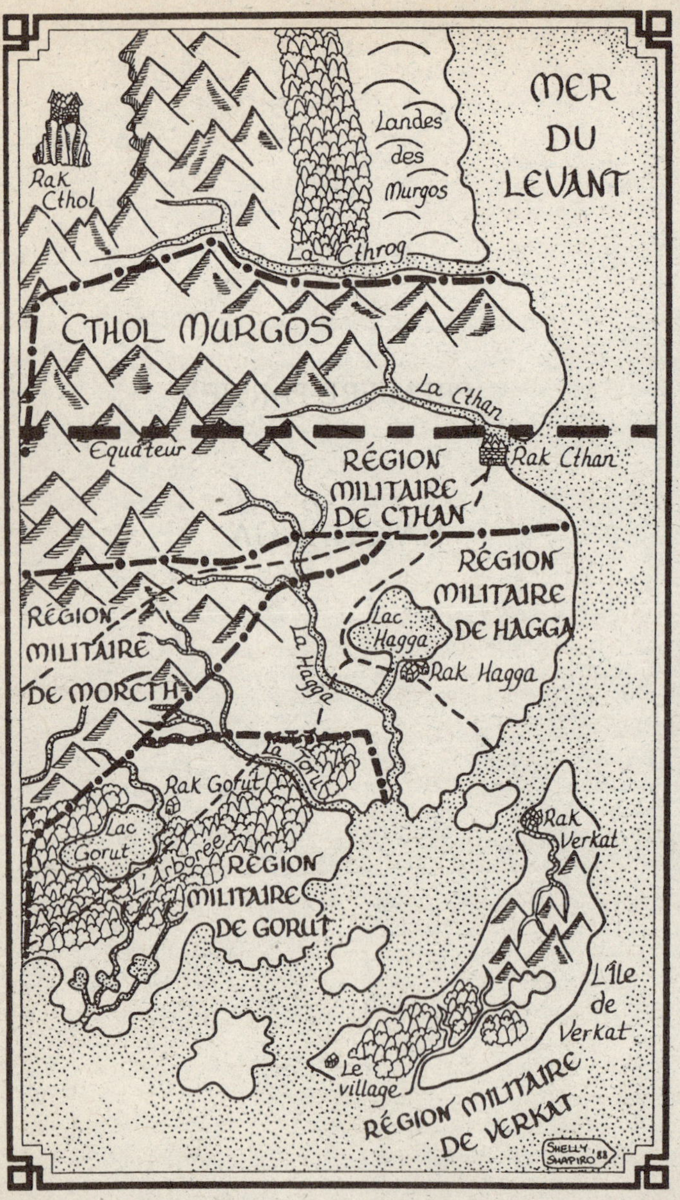
MER DU LEVANT
Landes des Murgos
Rak Cthol
La Cthrog
CTHOL MURGOS
La Cthan
Equateur
Rak Cthan
RÉGION MILITAIRE DE CTHAN
RÉGION MILITAIRE DE HAGGA
Lac Hagga
Rak Hagga
La Hagga
RÉGION MILITAIRE DE MORCTH
La Toru
Rak Gorut
Lac Gorut
L'Arborée
RÉGION MILITAIRE DE GORUT
Rak Verkat
L'Île de Verkat
Le village
RÉGION MILITAIRE DE VERKAT
SHELLY SHAPIRO '88

CHAPITRE PREMIER

Les premiers flocons de la saison tombaient sans bruit sur le pont du vaisseau. On aurait dit de grosses plumes humides, mais c'était une neige qui tenait et, en s'accumulant sur les cordages goudronnés, métamorphosait peu à peu le gréement en une dentelle fantomatique. La mer d'obsidienne s'enflait et retombait dans le silence ponctué par le battement assourdi, mesuré, du tambour qui donnait la cadence aux rameurs malloréens. Les flocons s'amassaient sur les épaules des matelots et dans les replis de leur cape écarlate alors qu'ils tiraient sur les rames, courbant le dos et se redressant avec ensemble, leur haleine se condensant dans l'air glacial, humide, de ce matin de neige.

Garion et Silk étaient accoudés au bastingage, frileusement blottis dans leur cape, et lorgnaient d'un œil morne le paysage en noir et blanc.

— Quel temps de chien, grommela le petit Drasnien en s'époussetant les épaules d'un air dégoûté.

Garion lui répondit d'un grognement peu amène.

— Eh bien, tu as l'air de bon poil, ce matin, commenta le petit homme au museau de fouine.

— Donne-moi *une* raison de me marrer, rétorqua Garion d'un ton sinistre.

Belgarath sortit de la cabine arrière, plissa les yeux pour scruter le rideau diaphane, mouvant, releva le capuchon de son vieux mantelet de lainage épais et s'approcha d'eux avec précaution sur le pont rendu glissant par la neige.

— Le général Atesca prend votre bien-être très à cœur, on dirait, murmura Silk avec un imperceptible mouvement de menton en direction du soldat malloréen en cape rouge qui était sorti comme par hasard sur les talons du vieux sorcier et se donnait un mal fou pour donner le change, appuyé au bastingage, à quelques pas de là.

Il n'avait pas lâché Belgarath d'une semelle depuis leur départ de Rak Verkat.

— C'est ridicule, commenta sèchement l'intéressé en foudroyant son ange gardien du regard. Où veut-il que j'aille ?

— Hé, mais c'est vrai, fit tout bas Garion en se penchant vers ses amis. Nous avons un bateau, et un bateau, ça va où on veut... en Mallorée comme sur la côte de Hagga, par exemple.

— Voilà une idée intéressante, Belgarath, acquiesça Silk.

— Nous sommes quatre, Grand-père, reprit Garion. Tante Pol, Durnik, toi et moi. Nous ne devrions pas avoir beaucoup de mal à nous emparer du bâtiment. Nous pourrions être à mi-chemin de la Mallorée avant que Kal Zakath n'ait réalisé qu'il n'était pas près de nous voir à Rak Hagga. Nous n'aurions qu'à remonter la côte de Mallorée vers le nord, ajouta-t-il en s'échauffant à cette idée. En mouillant l'ancre dans une enclave ou une crique quelque part, à Camat par exemple, nous serions à moins d'une semaine d'Ashaba. Qui sait ? Nous y arriverions peut-être avant Zandramas. Je dois dire que je serais assez content d'être là bas pour l'accueillir à son arrivée, conclut-il avec un sourire féroce.

— Ça présente des perspectives intéressantes, insista Silk. Qu'en dites-vous, Belgarath ?

L'intéressé se gratta pensivement la barbe en louchant sur les flocons de neige qui planaient dans l'air immobile.

— Pas bête, admit-il. Mais dis-moi, Garion, que prévois-tu de faire de ces soldats et de cet équipage malloréens lorsque nous aurons touché terre ? Je doute fort que tu aies l'intention de saborder le bateau et de les envoyer par le fond, comme Zandramas quand elle en a fini avec ceux qui l'ont servi ?

— Bien sûr que non !

— Je suis heureux de te l'entendre dire. Alors comment penses-tu les empêcher de foncer ventre à terre vers la plus proche garnison dès que nous aurons le dos tourné ? Je ne sais pas pour toi, mais quant à moi, je n'aimerais pas poursuivre cette équipée escorté d'un régiment de Malloréens.

— Je n'avais pas réfléchi à ça, avoua Garion en se renfrognant.

— C'est bien ce que je pensais. Plutôt que d'agir sur un coup de tête, il vaut généralement mieux envisager toutes les conséquences de ses projets avant de les mettre en pratique. Ça évite bien des déconvenues par la suite.

— Ça va, fit Garion, un peu embarrassé.

— Je sais que tu es impatient, Garion, mais la précipitation ne remplace jamais un plan bien agencé.

— Ça va, je te dis, répéta aigrement Garion.

— Et puis, si ça se trouve, il faut justement que nous allions à Rak Hagga, rencontrer Kal Zakath. Pourquoi Cyradis nous aurait-elle jetés dans les griffes des Malloréens après s'être donné tant de mal pour me mettre *le Livre des Eres* entre les mains ? Il y a quelque chose derrière tout ça, et je préfère ne pas perturber le cours des événements avant d'en savoir un peu plus long.

La porte de la cabine se rouvrit devant le général Atesca, le commandant du détachement malloréen en garnison dans l'île de Verkat. Dès l'instant où les prisonniers lui avaient été livrés, Atesca les avait traités courtoisement mais avec fermeté. Il leur avait notamment affirmé sa détermination de les remettre personnellement entre les mains de Kal Zakath, à Rak Hagga. C'était un grand gaillard émacié, vêtu d'un uniforme rouge vif, bardé de médailles et de décorations. Il se tenait très droit et arborait une expression de grande dignité, quoique son nez cassé le fît plutôt ressembler à un voyou qu'au général d'un corps d'armée impériale. Il s'avança sur le pont que la neige couvrait maintenant d'une couche uniforme, indifférent à l'éclat de ses bottes impeccablement cirées.

— Bonjour, Messieurs, commença-t-il en les saluant avec raideur. Bien dormi ?

— Pas trop mal, répondit Silk.

— On dirait qu'il neige, reprit le général du ton de celui qui se force à faire la conversation par pure politesse.

— Pas possible ? ironisa le petit Drasnien. A part ça, nous sommes encore loin de Rak Hagga ?

— Nous devrions toucher terre d'ici quelques heures, après quoi nous ne serons plus qu'à deux jours de cheval de la cité.

— Hm-hm. Et vous avez une idée de ce que nous veut votre empereur ?

— Il n'a pas jugé bon de me le dire, répondit l'homme d'un ton cassant, et je n'ai pas cru utile de le lui demander. Il s'est contenté de me donner l'ordre de vous appréhender et de vous amener devant lui, à Rak Hagga. Il m'a recommandé de vous traiter avec tous les égards dus à votre rang tant que vous ne tentiez pas de fuir, et de faire preuve d'autorité dans le cas contraire. Maintenant, Messieurs, conclut-il d'un ton neutre et le visage rigoureusement inexpressif, je vous prie de bien vouloir m'excuser ; j'ai beaucoup à faire.

Il s'inclina avec raideur, claqua les talons et s'éloigna.

— C'est une mine de renseignements, pas vrai ? railla Silk. La plupart des Melcènes sont des bavards impénitents, mais celui-ci, il faut lui arracher les mots un par un.

— Il est melcène ? releva Garion. Je ne savais pas.

— Atesca est un nom melcène, confirma le petit Drasnien. Kal Zakath a, sur l'avancement au mérite, des idées bien à lui que les officiers angaraks n'apprécient guère, mais comme ils n'ont pas intérêt à la ramener s'ils tiennent à leur tête...

— Dis, Grand-père, coupa Garion dont les préoccupations étaient assez éloignées des méandres de la politique malloréenne, tu as dit que nous étions peut-être obligés d'aller à Rak Hagga... Tu pourrais m'expliquer ? Je ne suis pas sûr d'avoir tout à fait compris.

— Cyradis croit avoir un choix à faire, reprit le vieux sorcier. Pour qu'elle puisse procéder à ce choix, toutes sortes de conditions doivent être remplies, et je me demande si ta rencontre avec Zakath ne fait pas partie de ces formalités.

— Tu ne crois pas vraiment à toutes ses histoires, hein ?

— J'ai vu des choses plus étranges, et puis, avec les sibylles de Kell, j'y vais toujours comme sur des œufs.

— Je n'ai pas trouvé dans le Codex mrin la moindre allusion à une telle rencontre.

— Moi non plus, mais il y a plus de choses dans le

monde que n'en saurait contenir le Codex mrin. N'oublie pas que Cyradis s'appuie sur les prophéties des deux camps en présence, et que si elles recèlent la moindre parcelle de vérité, il n'y a pas de raison que certaines disent plus vrai que d'autres. En outre, elle se fonde sûrement sur des oracles que les sibylles sont seules à connaître. Enfin, d'où que sorte cette liste de conditions préalables, je suis à peu près sûr qu'elle ne nous laissera pas arriver à l'Endroit-qui-n'est-plus tant qu'elle n'aura pas coché chacune des rubriques au catalogue.

— Comment pourrait-elle nous en empêcher ? objecta Silk.

— Vous auriez tort de la sous-estimer, l'avertit Belgarath. Elle fait fonction de réceptrice de tous les pouvoirs du peuple dalasien, autant dire qu'elle dispose de moyens dont nous n'oserions même pas rêver. Maintenant, voyons les choses d'un point de vue concret : quand nous sommes partis, nous avions six mois de retard sur Zandramas. Nous avions entrepris un voyage interminable à travers le Cthol Murgos et nous avons été constamment interrompus.

— Tu parles, fit Silk d'un ton sardonique.

— Vous ne trouvez pas curieux que malgré tous ces contretemps nous ayons à présent rattrapé notre retard et que Zandramas n'ait plus que quelques semaines d'avance sur nous ? Je vois que ça vous donne à réfléchir, ajouta le vieux sorcier comme Silk le regardait en plissant les yeux d'un air méditatif. Bon, moi, je redescends, conclut-il en frissonnant. Il fait vraiment un temps de chien, ici.

La côte de Hagga était adossée à une rangée de collines qui semblaient presque spectrales derrière l'épais rideau de neige. Le long du rivage s'étendaient d'immenses marais salants hérissés de roseaux bruns qui ployaient sous leur fardeau de blancheur humide. Un quai de bois noir lancé sur le marécage s'avançait dans la mer, si bien qu'ils purent aisément quitter le bâtiment malloréen. Au bout du quai, une piste s'enfonçait dans les terres, ses sillons jumeaux disparaissant sous la couverture immaculée.

Alors qu'ils s'engageaient sur la route, Sadi leva les yeux et passa ses longs doigts effilés sur son crâne rasé.

— On dirait des ailes de fées, commenta-t-il avec un sourire rêveur.

— Quoi donc ? fit Silk.

— Les flocons. C'est la deuxième fois de ma vie que je vois la neige. La première fois, c'était lors d'un voyage dans un royaume septentrional, mais je n'avais pas eu l'occasion de me trouver *dessous*. Eh bien, ce n'est pas si désagréable.

— Il faut absolument que je vous achète une luge pour Erastide, rétorqua aigrement Silk.

— Une luge ? Pardonnez-moi, Kheldar, reprit le Nyissien, intrigué, mais je ne vois pas ce que c'est...

— Laissez tomber, soupira Silk. Ça m'apprendra à faire de l'esprit.

En haut de la première colline étaient plantées, le long de la route, une douzaine de croix plus ou moins de guingois. A chacune était pendu un squelette. Des haillons flottaient sur les ossements blanchis et un petit cône de neige coiffait les crânes aux orbites vides.

— Je vous serais reconnaissant, Général Atesca, de m'expliquer la raison de ce sinistre étalage, murmura Sadi.

— La réponse, Votre Excellence, tient en un mot : dissuasion, répondit Atesca. Sa Majesté impériale souhaiterait que les Murgos prennent leur roi en horreur et compte ainsi leur faire réaliser qu'Urgit est la cause de tous leurs malheurs.

— Ce raisonnement me paraît on ne peut plus spécieux, objecta Sadi avec une moue dubitative. Il est rare que les victimes s'attachent à leur bourreaux. Personnellement, j'ai toujours eu une prédilection pour la corruption.

— Les Murgos ont l'habitude d'être martyrisés, rétorqua Atesca avec un haussement d'épaules. Ils ne comprennent que les mauvais traitements.

— Vous pourriez tout de même décrocher ces cadavres et les enterrer, non ? se récria Durnik, le visage blême.

— Si nous les laissons là, Maître Durnik, c'est par souci d'économie, riposta Atesca en le regardant bien en face. Une croix vide ne veut pas dire grand-chose. Regarnir régulièrement les gibets serait fastidieux, à la longue, et nous risquerions vite d'être à court de matière première. Laisser les squelettes où ils sont sert nos desseins et nous fait gagner du temps.

Garion s'efforça de rester entre Ce'Nedra et l'épouvantable leçon de choses dressée sur le côté de la route afin de lui en épargner la vision, mais elle passa devant sans rien voir, le visage étrangement inexpressif et les yeux braqués dans le vide. Il jeta à Polgara un rapide coup d'œil auquel elle répondit d'un discret froncement de sourcils. Il modéra l'allure de son cheval et attendit qu'elle se rapproche de lui.

— Qu'est-ce qu'elle a ? souffla-t-il âprement.

— J'avoue que je commence à me le demander, murmura-t-elle en retour.

— J'espère que ce n'est pas une nouvelle crise de mélancolie, insista-t-il, l'estomac noué, en proie à une effroyable appréhension.

— Je ne crois pas, reprit-elle d'un air pensif en tirant distraitement sur le capuchon de sa robe bleue pour masquer la mèche blanche qui striait sa chevelure aile-de-corbeau. Je vais la surveiller discrètement.

— Et moi, qu'est-ce que je peux faire ?

— Reste près d'elle et tâche de la faire parler. Elle te dira peut-être quelque chose de révélateur.

Mais Ce'Nedra réagit avec apathie aux efforts qu'il fit, pendant le restant de la journée, pour engager la conversation, et ses réponses laconiques n'eurent souvent qu'un lointain rapport avec les questions ou les remarques de Garion.

Alors qu'un soir neigeux tombait sur la contrée ravagée par la guerre, le général Atesca ordonna la halte et ses soldats commencèrent à dresser plusieurs pavillons écarlates à l'abri d'un mur noirci par le feu : tout ce qui restait d'un village incendié.

— Nous devrions arriver à Rak Hagga demain, en fin d'après-midi, annonça-t-il sèchement à ses prisonniers. Vous passerez la nuit dans ce grand pavillon, au centre du campement. Mes hommes vont vous apporter à manger. Maintenant, si vous voulez bien m'excuser...

Il inclina la tête avec raideur, tourna bride et repartit surveiller ses hommes.

Quand les soldats eurent fini de monter les tentes, Garion et ses compagnons mirent pied à terre devant celle que leur avait attribuée Atesca.

— Je voudrais bien qu'il prenne parti, grinça Silk, agacé, en observant les soldats qui encerclaient leur pavillon.

— Là, Prince Kheldar, je ne vous suis pas, fit Velvet. De qui donc attendez-vous une décision ?

— Atesca. Il nous fait des risettes mais il ordonne à ses hommes de monter la garde sur nous. Et armés jusqu'aux dents, regarde-moi ça.

— Ils sont peut-être là pour nous protéger. Je vous rappelle que nous sommes dans un pays en guerre...

— Evidemment, dit-il sèchement. Et les vaches vont peut-être se mettre à voler, tant que tu y es.

— Quelle perspective fascinante ! s'émerveilla-t-elle.

— Arrête, Liselle, ça commence à devenir exaspérant.

— Quoi donc ? fit-elle en ouvrant de grands yeux innocents.

— Ça suffit, je te dis.

Les cuistots d'Atesca ne se mirent pas en frais pour leurs prisonniers : ceux-ci mangèrent l'ordinaire, dans des écuelles de fer blanc, mais c'était chaud et ça tenait au corps. Le pavillon était chauffé par des braseros et baigné par la lumière ambrée de lampes à huile suspendues au dais de toile. Le mobilier ou ce qui en tenait lieu était de type militaire : des tables, des lits de camp et des sièges pliants, vite montés et démontés. Le sol et les parois de la tente étaient couverts de tapis malloréens d'un rouge intense.

Essaïon repoussa son assiette et regarda autour de lui avec intérêt.

— Décidément, on dirait qu'ils aiment bien le rouge, remarqua-t-il.

— C'est la couleur du sang, et ils ont une passion pour le sang, déclara Durnik d'un ton sinistre, puis il braqua un regard glacial sur Toth, le géant muet. Si vous avez fini de manger, je vous serais reconnaissant de quitter la table, lâcha-t-il d'une voix atone.

— Voilà qui n'est pas très aimable, objecta Polgara.

— Oui, eh bien, je n'avais pas l'intention d'être aimable. Et puis je me demande pourquoi ce traître s'entête à se coller à nous. Il n'a qu'à rester avec ses amis.

Le colosse se leva avec un soupir attristé et esquissa l'un de ces gestes énigmatiques par lesquels il communiquait avec le forgeron, mais Durnik détourna ostensiblement la tête. Alors il alla s'asseoir dans un coin, à l'abri des regards.

— Où est mon bébé ? fit tout à coup Ce'Nedra en fronçant les sourcils d'un air angoissé. Où est Geran ? répéta-t-elle d'une voix stridente comme Garion la dévisageait, interloqué.

— Ecoute, Ce'Nedra..., commença-t-il.

— Je l'entends pleurer. Qu'est-ce que tu lui as fait ?

Elle se leva d'un bond, traversa la tente en courant, repoussa le rabat de toile qui séparait la partie dortoir du reste et se mit à défaire les lits, l'un après l'autre.

— Aidez-moi ! leur cria-t-elle en envoyant valser les couvertures. Aidez-moi à trouver mon bébé !

Garion fonça derrière elle et la prit par le bras.

— Ce'Nedra...

— Lâche-moi ! lui hurla-t-elle en pleine face. Tu l'as caché quelque part !

Elle lui échappa et commença à retourner les lits de camp avec l'énergie du désespoir en marmonnant des paroles inintelligibles entrecoupées de sanglots et de gémissements.

Garion essaya à nouveau de la retenir, mais elle cracha entre ses dents, comme un chat, et tenta de lui griffer le visage avec ses ongles.

— Arrête, Ce'Nedra ! Arrête ça tout de suite !

Elle s'arracha à son étreinte, sortit du pavillon et courut dans la nuit. Garion s'élançait derrière elle lorsqu'un homme en cape rouge lui barra la route.

— Halte-là ! Rentrez là-dedans ! aboya le Malloréen en le repoussant avec la hampe de sa lance.

Voyant qu'un autre soldat tordait brutalement le bras de Ce'Nedra dans son dos, Garion ne fit ni une ni deux : il flanqua son poing dans la figure de son adversaire, le renversant dans la neige, et bondit par-dessus, mais une demi-douzaine de mains l'empoignèrent par-derrière.

— Lâchez-la ! hurla-t-il en se démenant comme un forcené.

— Rentrez tout de suite ! beugla une voix âpre.

Le soldat qui maintenait Ce'Nedra l'entraîna vers la tente. Garion recula d'abord pas à pas, puis il fit un effort surhumain pour se dominer et commença froidement à concentrer son Vouloir.

— Ça suffit ! lança sèchement Polgara depuis l'entrée du pavillon de toile.

Les soldats se figèrent et échangèrent des regards incertains, quelque peu refroidis par sa présence impérieuse.

— Durnik ! appela-t-elle. Va chercher Ce'Nedra.

Garion se débarrassa des soldats qui tentaient de le retenir et le forgeron l'aida à repousser les Malloréens puis à ramener la petite reine sous la tente. Ça n'alla pas tout seul, car elle se débattait toujours.

— Sadi, fit la sorcière en les regardant entrer, vous n'auriez pas, par hasard, de l'oret dans votre pharmacopée ?

— Certainement, Dame Polgara, acquiesça l'eunuque. Mais vous pensez vraiment que c'est ce qu'il lui faut ? Personnellement, je lui donnerais plutôt du naladium.

— Je ne crois pas que ce soit une simple crise de nerfs et je préfère prendre mes précautions. Je ne tiens pas à ce qu'elle se réveille dès que j'aurai le dos tourné.

— Comme vous voudrez, Dame Polgara.

Il prit un flacon de liquide bleu foncé dans sa mallette rouge, remplit un gobelet d'eau et interrogea la sorcière du regard.

— Trois gouttes, ordonna-t-elle.

Il haussa un sourcil quelque peu étonné et mesura gravement la dose indiquée.

Ils durent combiner leurs efforts pour faire ingurgiter le contenu du gobelet à la petite reine. Elle sanglota et se débattit encore quelques instants, puis ses mouvements se ralentirent, se firent moins violents, et ses pleurs s'apaisèrent. Elle ferma enfin les yeux, poussa un gros soupir et sa respiration devint plus régulière.

— Mettons-la au lit, fit Polgara en les conduisant vers les minuscules chambrées séparées par des parois de toile.

Garion prit sa petite femme inerte dans ses bras et la suivit.

— Qu'est-ce qu'elle a, Tante Pol ? demanda-t-il, angoissé, en la déposant doucement sur l'un des lits.

— Je n'en suis pas encore sûre, répondit Polgara en remontant la grosse couverture rugueuse sur la jeune femme. Mais je ne devrais pas tarder à être fixée.

— Que peut-on faire pour elle ?

— Pas grand-chose tant que nous serons sur la route, admit-elle avec franchise. Je vais veiller à ce qu'elle dorme jusqu'à ce que nous soyons à Rak Hagga et je m'occuperai sérieusement de son cas dès que nous serons installés. Reste auprès d'elle. Il faut que je parle un peu avec Sadi.

Garion s'assit, inquiet, au chevet de sa femme inconsciente et lui tint tendrement la main pendant que Polgara s'entretenait avec l'eunuque du contenu de sa mallette. Puis elle revint et referma le rabat derrière elle.

— Il a presque tout ce que j'espérais, annonça-t-elle à mi-voix, et pour le reste, je me débrouillerai. Le général Atesca vient d'arriver, ajouta-t-elle dans un souffle. Il veut te voir. S'il te demande quelle mouche a piqué Ce'Nedra, reste dans le vague. Nous ignorons dans quelle mesure Zakath connaît la raison de notre présence ici, mais tu peux compter sur Atesca pour le mettre au courant de tout ce qui se sera passé en cours de route, alors motus. Nous n'avons pas besoin de toi ici, ajouta-t-elle en levant la main pour prévenir ses objections. Tu seras plus utile là-bas. Je m'occupe d'elle.

— Ça lui prend souvent ? demandait Atesca lorsque Garion souleva le rabat de toile et rejoignit ses compagnons.

— Oh, c'est une jeune femme très émotive et il lui arrive de craquer, répondit Silk d'un ton évasif. Mais Polgara sait quoi faire dans ces cas-là.

— Majesté, lança froidement Atesca en se tournant vers Garion, je n'apprécie pas qu'on brutalise mes hommes, sachez-le.

— Général, votre sbire me barrait le passage, rétorqua le jeune roi de Riva. Et puis je n'ai pas dû lui faire grand mal.

— C'est une question de principe.

— Vous avez raison, acquiesça Garion. Vous lui présenterez mes excuses. Mais vous feriez bien de recommander à vos hommes de ne plus se mettre en travers de mon chemin, et surtout pas entre ma femme et moi. Je ne veux de mal à personne ; ne m'amenez pas à changer d'avis.

Les yeux d'Atesca devinrent de glace et Garion soutint son regard avec hargne. Les deux hommes se toisèrent ainsi pendant un long moment.

— Avec tout le respect que je dois à Sa Majesté, lâcha enfin Atesca, je lui conseille de ne pas me pousser à bout.

— Je vous le promets, général. A condition que vous ne m'y forciez pas.

— Je vais ordonner à mes hommes de faire préparer une litière pour votre femme, grinça le Malloréen. Nous repartirons à la première heure, demain matin. Si la reine est malade, je tiens à ce qu'elle soit le plus vite possible à Rak Hagga.

— Merci, général, répondit Garion.

Atesca s'inclina sèchement, claqua les talons et se retira.

— Vous ne craignez pas, Belgarion, d'avoir quelque peu manqué de diplomatie ? murmura Sadi. Après tout, cet Atesca tient notre vie entre ses mains.

— Ce type m'a pris à rebrousse-poil, grommela Garion. Tu as dit quelque chose ? ajouta-t-il devant l'expression un tantinet réprobatrice de Belgarath.

— Je n'ai même pas ouvert la bouche.

— Oh, tu n'as pas besoin de parler. Je t'entends penser d'ici.

— Eh bien, comme ça, je fais des économies de salive, hein ?

Ils reprirent la route dans la grisaille de l'aube. Il faisait un froid glacial mais il ne neigeait plus. Ce'Nedra gisait sur une litière attachée à deux chevaux. Une mortelle inquiétude se lisait sur le visage de Garion qui avait réglé l'allure de sa monture sur la leur. Ils passèrent devant des maisons dévastées, des villages incendiés auxquels la neige tombée la veille faisait comme un linceul, impression désespérante accentuée par les gibets chargés de leurs sinistres fruits plantés autour des ruines.

Vers le milieu de l'après-midi, en arrivant au sommet d'une colline, ils embrassèrent du regard une immense étendue d'un gris de plomb fondu qui se perdait à l'horizon, au nord et à l'est. Une vaste cité ceinte de murailles se dressait sur le plus proche rivage.

— Rak Hagga, annonça Atesca avec un certain soulagement.

Comme ils descendaient vers la cité, un vent glacial se leva du lac, faisant claquer les pans de leurs capes autour d'eux et fouaillant la crinière de leurs chevaux.

— Très bien, Messieurs ! brailla Atesca en se retournant vers ses hommes. En colonne par deux, et tâchez d'avoir l'air d'une armée digne de ce nom !

Les Malloréens en cape rouge reformèrent les rangs et rectifièrent la position.

Les remparts de Rak Hagga avaient été enfoncés en plusieurs endroits. Un déluge de flèches à pointe de fer avait dû s'abattre sur les créneaux à en juger par les ébréchures des merlons. Les lourdes portes de la ville n'avaient pas résisté à l'assaut final et pendouillaient de guingois sur leurs énormes gonds faussés.

Les gardes en faction à l'entrée de la cité se redressèrent en voyant approcher Atesca et le saluèrent obséquieusement. L'état de délabrement des maisons naguère abritées derrière les murailles en disait long sur la sauvagerie des combats qui avaient suivi la chute de Rak Hagga. La plupart avaient perdu leur toit, et les portes et les fenêtres aveugles, noircies par la fumée, étaient ouvertes au vent mauvais qui soufflait dans les rues bourbeuses, obstruées par les gravats. Une équipe de Murgos à l'air morose, traînant un boulet à la cheville, faisaient la chaîne pour les déblayer sous la surveillance attentive d'un détachement de Malloréens.

— Ça alors ! s'exclama Silk. C'est la première fois que je vois travailler des Murgos. J'aurais juré qu'ils ne savaient même pas ce que c'était.

L'armée malloréenne stationnée au Cthol Murgos avait établi son quartier général dans une imposante bâtisse de brique jaune située en plein cœur de la ville, sur une vaste place enneigée. Des soldats en cape rouge faisaient la haie des deux côtés d'un majestueux escalier de marbre.

— L'ancienne résidence du gouverneur militaire murgo de Hagga, nota Sadi.

— Vous êtes déjà venu ici ? s'étonna Silk.

— Quand j'étais jeune, acquiesça le Nyissien. Rak Hagga était l'un des principaux centres de la traite des esclaves.

— Capitaine, dites à vos hommes d'amener la litière de la reine, ordonna Atesca en mettant pied à terre devant le bâtiment. Et recommandez-leur de faire très attention, surtout.

Pendant que tout le monde descendait de cheval, les soldats détachèrent la litière sur laquelle était allongée Ce'Nedra et la transportèrent dans l'escalier de marbre, à la suite du général Atesca.

La grande porte à deux battants donnait sur un hall meublé d'un bureau de bois ciré et d'une rangée de chaises alignées le long du mur. Derrière le bureau trônait un homme aux yeux angulaires et à l'air arrogant, vêtu d'un uniforme écarlate de belle facture. Sur les chaises étaient vautrés une brochette d'officiers qui paraissaient s'ennuyer ferme.

— Exposez le motif de votre visite ! attaqua l'officier d'un ton hautain. Vous ne m'avez pas entendu : je vous dis d'exposer le motif de votre visite ! répéta-t-il comme Atesca l'observait froidement, sans mot dire.

— Les règles auraient-elles changé, colonel ? s'informa-t-il avec une suavité trompeuse. Depuis quand se dispense-t-on de saluer ses supérieurs ?

— Je suis bien trop débordé pour faire des gracieusetés à tous les petits officiers melcènes des provinces reculées, rétorqua l'autre.

— Capitaine, ordonna platement Atesca, si le colonel n'est pas debout le temps que j'ai fini ma phrase, vous voudrez bien lui couper le cou de ma part.

— Oui, mon général, répondit le capitaine en dégainant son épée.

Le colonel, sidéré, se leva d'un bond.

— Voilà qui est mieux, approuva Atesca. Maintenant, reprenons au début. Sauriez-vous encore, par hasard, comment on salue ?

Le colonel s'exécuta avec empressement, le visage blême.

— Moui. Nous ferons peut-être un bon soldat de vous, si les petits cochons ne vous mangent pas avant. Maintenant, colonel, l'une des personnes que j'escorte, une dame de haut lignage, est tombée malade en route. Faites-lui immédiatement préparer une chambre confortable et bien chauffée.

— Enfin, mon général, protesta le colonel. Je ne suis pas habilité à prendre ce genre de décision.

— Je crains, capitaine, que vous n'ayez rengainé votre épée un peu vite...

— Voyons, mon général, ces questions sont du ressort de l'intendant de Sa Majesté. Il sera furieux que j'empiète sur ses prérogatives.

— Ne vous en faites pas, colonel. J'expliquerai la situation à Sa Majesté. Je suis sûr qu'elle m'approuvera, compte tenu des circonstances un peu inhabituelles. Allez, colonel ! Exécution !

— Je m'en occupe tout de suite, mon général, bredouilla le colonel, l'œil un peu hagard. Holà, vous autres ! lança-t-il en claquant les doigts à l'attention des soldats qui portaient la litière de Ce'Nedra. Suivez-moi.

Garion s'apprêtait à les accompagner lorsque Polgara le retint fermement par le bras.

— Non, Garion. J'y vais. Tu ne peux rien faire pour elle dans l'état actuel des choses et Zakath va sûrement demander à te parler. Tâche de faire attention à ce que tu lui diras.

Elle emboîta le pas aux porteurs de la litière.

— On dirait que la communauté malloréenne n'est pas exempte de frictions, commenta suavement Silk.

— Ces satanés Angaraks, soupira Atesca. Je me demande s'ils se feront jamais au monde moderne. Enfin... Si vous permettez, Prince Kheldar, je vais annoncer votre arrivée à Sa Majesté.

Il s'approcha d'une porte de bois ciré située à l'autre bout de la pièce et s'entretint brièvement avec l'un des plantons.

— Il va prévenir l'empereur, dit-il en revenant. On ne devrait pas tarder à nous faire appeler.

Un petit bonhomme bedonnant, au crâne chauve, s'approcha d'eux. Il portait une lourde chaîne d'or autour du cou et une robe que Garion prit d'abord pour de la bure mais qui lui parut, de plus près, coupée dans un tissu d'excellente qualité.

— Ce cher Atesca ! s'exclama le petit bonhomme. Je vous croyais en poste à Rak Verkat.

— L'empereur m'a fait revenir, Brador. Quel bon vent vous amène au Cthol Murgos ?

— Dites plutôt un vent de tempête. Ça commence à chauffer, là-bas, répondit le dénommé Brador. Il y a deux jours que j'attends de voir Kal Zakath.

— Qui tient la boutique en votre absence ?

— J'ai pris mes dispositions pour qu'elle se tienne plus ou moins toute seule. J'ai appris des choses si graves que j'ai décidé d'en informer personnellement Sa Majesté.

— Que peut-il bien se passer d'assez dramatique pour amener le chef du Département de l'Intérieur à s'arracher aux délices de Mal Zeth ?

— Je pense que Son Exaltation impériale serait bien inspirée de renoncer à faire joujou ici, au Cthol Murgos, et de regagner sa capitale.

— Tout doux, Brador, se récria Atesca avec un petit sourire. Vous vous laissez emporter par vos affreux préjugés melcènes.

— Ça va mal, chez nous, Atesca, reprit gravement l'homme en robe de bure. Je dois absolument parler à l'empereur. Aidez-moi à le voir, je vous en supplie !

— Je vais voir ce que je peux faire.

— Merci, mon ami, souffla Brador en pressant le bras du général. Le destin de l'empire tout entier repose peut-être sur nos épaules. Il faut que j'arrive à convaincre Kal Zakath de rentrer à Mal Zeth.

— Général Atesca, appela d'une voix tonitruante l'un des hallebardiers en faction à la porte. Sa Majesté va vous recevoir tout de suite, avec vos prisonniers.

Les prisonniers..., releva Garion, *in petto*.

— Parfait, répondit Atesca en affectant d'ignorer ce terme malsonnant. L'empereur a l'air très impatient de voir Votre Majesté, ajouta-t-il en regardant Garion. Il faut parfois des semaines pour obtenir une audience... Eh bien, qu'attendons-nous ?

CHAPITRE II

Kal Zakath, l'empereur de l'infinie Mallorée, était vautré dans un fauteuil de velours rouge, à l'autre bout d'une immense salle à l'ameublement spartiate. Il était sobrement vêtu de lin blanc. Garion savait qu'il avait une bonne quarantaine d'années, pourtant il n'avait pas un cheveu blanc et pas une seule ride. Mais ses yeux éteints exprimaient un ennui mortel, le désintérêt pour la vie d'un homme qui n'en attend rien, et surtout aucune joie. Un vulgaire chat tigré était lové sur ses genoux, les yeux clos, et lui pétrissait voluptueusement les cuisses avec ses pattes de devant. Si l'empereur était on ne peut plus simplement vêtu, les gardes plantés le long des murs arboraient tous des pectoraux d'acier incrustés d'or.

— Sire, commença le général Atesca avec une courbette respectueuse, j'ai l'honneur de vous présenter Sa Majesté le roi Belgarion de Riva.

Les deux monarques échangèrent une brève inclinaison de tête.

— Il y a bien longtemps, Belgarion, que j'attendais cette rencontre, dit l'empereur d'une voix aussi atone que son regard. Vos exploits ont ébranlé le monde.

— Je pourrais vous en dire autant, Zakath.

Il avait décidé, avant même de quitter Rak Verkat, de ne pas sacrifier à la stupide mode en vigueur. Si le Malloréen comptait sur lui pour le gratifier du *Kal* qu'il s'était arrogé, il pouvait toujours se brosser.

— Ah, fit l'empereur sur un ton et avec un petit sourire dont Garion déduisit qu'il l'avait percé à jour.

Ça lui apprendrait à finasser.

Zakath salua les compagnons de Garion avec raideur, puis son regard s'arrêta sur un vieillard à la tenue débraillée.

— Quant à vous, Messire, vous devez être Belgarath, nota-t-il. Je suis un peu surpris par vos dehors si... ordinaires. Les Grolims de Mallorée sont unanimes : vous faites cent, sinon deux cents pieds de haut, et vous avez des cornes et la queue fourchue.

— Je voyage incognito, répliqua le vieux sorcier sans se démonter.

Zakath eut un petit rire, du moins est-ce ainsi que ses visiteurs interprétèrent ce bruit mécanique et sans joie, puis il les parcourut à nouveau du regard et fronça les sourcils.

— Mais vous n'êtes pas tous là, murmura-t-il enfin.

— La reine Ce'Nedra est tombée malade en route, Sire, et dame Polgara est à son chevet, répondit Atesca.

— Est-ce grave ?

— Il serait prématuré de se prononcer, Sire, intervint Sadi d'un ton onctueux. Mais nous lui avons administré certains remèdes et nous avons toute confiance en dame Polgara.

— Vous auriez dû me dépêcher un messager, Belgarion, reprit Zakath d'un ton de reproche. J'ai, à mon service, une guérisseuse dalasienne douée de pouvoirs remarquables. Je vais tout de suite lui faire dire de se rendre au chevet de la reine. Nous devons remettre votre femme sur pied toutes affaires cessantes.

— Merci, souffla Garion, sincèrement reconnaissant.

Zakath effleura un cordon de sonnette et donna brièvement ses ordres au serviteur qui se présenta aussitôt.

— Mais je vous en prie, continua alors l'empereur, mettez-vous à votre aise. Je dois vous dire que je ne suis pas très à cheval sur le protocole.

Pendant que les gardes se précipitaient vers eux avec des sièges, le chat endormi sur les genoux de Zakath entrouvrit ses yeux dorés et les regarda l'un après l'autre. Puis il se leva et s'étira en bâillant à se décrocher la mâchoire. Ils constatèrent alors que le chat était une chatte prête à mettre bas. Elle sauta lourdement à terre avec un grognement, s'approcha d'Essaïon et lui flaira la main. Zakath se redressa et regarda d'un œil quelque peu amusé sa chatte promener son gros ventre rond sur le tapis.

— Vous remarquerez que ma chatte m'a été infidèle. Et ce n'est pas la première fois, soupira-t-il avec une feinte résignation. Mais si vous croyez qu'elle a le moindre remords, vous vous trompez.

La chatte sauta sur les genoux d'Essaïon, s'y roula en boule et se mit à ronronner avec délectation.

— Vous avez grandi, jeune homme, constata Zakath. Vous savez parler, maintenant ?

— Je me débrouille, Zakath, répondit Essaïon de sa voix claire.

— Je vous connais tous, au moins de réputation, reprit l'empereur de Mallorée. J'ai rencontré Maître Durnik dans les plaines du Mishrak ac Thull, et j'ai évidemment entendu parler de la margravine Liselle, des services secrets drasniens, ainsi que du prince Kheldar, qui est en passe de devenir l'homme le plus riche du monde.

Velvet se fendit d'une révérence outrée, un peu moins spectaculaire, toutefois, que la courbette obséquieuse de Silk.

— Et vous, poursuivit l'empereur, vous êtes bien sûr Sadi, le chef eunuque du palais de la reine Salmissra.

— Sa Majesté est remarquablement informée, commenta le Nyissien de sa voix de contralto en s'inclinant avec une grâce sinueuse. Elle lit en nous à livre ouvert.

— Le chef de mes services de renseignements s'efforce de me tenir au courant. Il n'arrive peut-être pas à la cheville de l'inestimable Javelin de Boktor, mais il sait à peu près tout ce qui se passe dans cette partie du monde. Par exemple, il m'a parlé du grand gaillard qui est debout derrière vous, mais il n'a pas réussi à me dire son nom.

— Il s'appelle Toth, répondit Essaïon. Et il est muet, alors nous parlerons à sa place.

— Un Dal..., nota Zakath. Voilà qui est singulier.

Garion, qui l'observait attentivement, eut l'impression que sous ses dehors courtois et raffinés le Malloréen cachait un esprit subtil et pénétrant. Cet accueil aimable et sans cérémonie, apparemment destiné à les mettre à l'aise, avait une motivation plus profonde. Il sentait confusément que Zakath les testait l'un après l'autre.

— Je vous trouve, Belgarion, en bien étrange compagnie, lâcha enfin Zakath. Je serais curieux de savoir ce qui vous amène au Cthol Murgos, si loin de chez vous.

— Je regrette, Zakath, mais il s'agit d'une affaire personnelle, et...

— Je crains, Belgarion, de ne pouvoir accepter cette réponse dans les circonstances présentes, coupa l'empereur en haussant légèrement le sourcil. Qu'est-ce qui me dit que vous n'êtes pas alliés à Urgit ? C'est un risque que je ne puis courir.

— Et si je vous donnais ma parole qu'il n'en est rien ?

— Je ne pourrais l'accepter tant que je n'en saurai pas un peu plus long sur la raison de votre présence à Rak Urga. Urgit en est parti précipitamment, avec vous, si je suis bien renseigné, et il a soudain reparu, en compagnie d'une jeune femme, dans les plaines de Morcth où il a tiré ses troupes d'une embuscade préparée de main de maître — la mienne. Vous avouerez que la coïncidence est troublante.

— Pas tant que ça quand on examine les choses sous l'angle pratique, objecta Belgarion. C'est moi qui ai décidé d'emmener Urgit avec nous. Il avait percé notre identité à jour et je ne tenais pas à me retrouver avec une armée de Murgos aux trousses. Les Murgos ne sont pas très malins, mais ils peuvent être très canulants quand ils veulent.

— Il était votre prisonnier ? releva Zakath, surpris.

— C'est une façon de voir les choses, convint Belgarath en haussant les épaules.

— Vous savez que vous auriez pu exiger à peu près n'importe quoi de moi si vous me l'aviez livré pieds et poings liés ? reprit l'empereur avec un petit rire sardonique. Pourquoi l'avez-vous laissé partir ?

— Nous n'avions plus besoin de lui, répondit Garion. Nous étions arrivé au lac Cthaka et nous n'avions dorénavant rien à craindre de lui.

— J'ai l'impression que vous ne me dites pas tout, continua Zakath en étrécissant les yeux. Il est notoire qu'Urgit était un pleutre à plat ventre devant le Grolim Agachak et les généraux de son père. Or le lascar qui est allé tirer ses hommes du traquenard que je m'étais ingénié à leur tendre n'était pas un dégonflé, et tous les rapports qui me parviennent désormais de Rak Urga sont unanimes : il se comporte bel et bien en roi. Vous n'auriez rien à voir là-dedans, par hasard ?

— Ce n'est pas impossible, répondit Garion en haussant

les épaules. Nous avons un peu parlé, Urgit et moi, et je lui ai dit ce qui clochait dans son attitude.

— Vous n'en avez peut-être pas fait un lion superbe et généreux, répliqua Zakath en se tapotant pensivement le menton, mais au moins ce n'est plus un mouton bêlant. Et je dois avouer, ajouta-t-il avec un petit sourire cruel, qu'au fond, je n'en suis pas mécontent. La chasse au mouton n'a jamais été mon sport favori. Cela dit, je ne comprends pas comment vous avez réussi à le faire sortir du Drojim et de la cité, continua-t-il en s'abritant les yeux d'une main quoique la lumière ne fût pas spécialement vive dans la pièce. Il était gardé par des régiments entiers d'hommes armés jusqu'aux dents.

— Vous oubliez une chose, Zakath, intervint Belgarath. Nous disposons de moyens qui ne sont pas à la portée du premier venu.

— Vous voulez sans doute parler de la sorcellerie ? Est-ce vraiment si efficace ?

— Ça rend des services.

— On me dit que vous avez cinq mille ans, Belgarath. Est-ce vrai ? risqua Zakath, une étincelle dans le regard.

— J'en ai même sept mille, sinon davantage. Pourquoi cette question ?

— Et pendant toutes ces années, il ne vous est jamais venu à l'idée de prendre le pouvoir ? Vous auriez pu devenir roi du monde, vous savez.

— Pour quoi faire ? riposta le vieux sorcier, un peu amusé.

— Tous les hommes veulent le pouvoir. C'est dans la nature humaine.

— Le pouvoir vous rend-il vraiment heureux ?

— Il m'apporte certaines satisfactions.

— Assez pour compenser tous les petits inconvénients dont il s'accompagne ?

— Je m'en accommode. Au moins, dans la position que j'occupe, personne ne me dicte ma conduite.

— On ne me dit pas non plus ce que j'ai à faire, et je ne croule pas sous de fastidieuses responsabilités, rétorqua Belgarath. Très bien, Zakath, si nous en venions au fait ? Quelles sont vos intentions à notre égard ?

— Je n'ai pas encore arrêté ma décision. J'espère pouvoir

dire que nous sommes entre gens de bonne compagnie..., reprit l'empereur en les parcourant du regard.

— Qu'entendez-vous par là ? lança Garion.

— J'accepterai votre parole qu'aucun de vous ne tentera de fuir ou ne commettra de geste inconsidéré. Je sais que certains d'entre vous ont des dons particuliers. Je ne voudrais pas être obligé de prendre des mesures pour les mettre hors d'état d'en user.

— Nous avons des affaires pressantes à mener à bien, et nous ne pourrons éternellement les différer, répondit prudemment Garion. Mais nous tâcherons, mes compagnons et moi-même, d'être raisonnables. Pendant un certain temps.

— Parfait. Il faudra que nous fassions plus ample connaissance, Belgarion. Nous aurons l'occasion de nous entretenir à nouveau. Je vous ai fait préparer des appartements confortables. Je sais que vous êtes inquiet pour votre femme. Et maintenant, je vais vous demander de m'excuser. Je dois retourner à mes fastidieuses responsabilités, comme dit Belgarath.

Pour être très vaste, la maison ne méritait guère le nom de palais. Contrairement à leurs homologues d'Urga, ses bâtisseurs, les gouverneurs militaires murgos de Hagga, n'étaient manifestement pas atteints par la folie des grandeurs, et la demeure était plus fonctionnelle que majestueuse.

— Permettez-moi de prendre congé, dit le général Atesca alors qu'ils ressortaient de la salle d'audience. Je dois fournir à Sa Majesté un rapport détaillé sur divers sujets et je repartirai aussitôt après pour Rak Verkat. Nous ne nous sommes pas rencontrés dans des circonstances très favorables, mais je veux espérer que vous ne m'en garderez pas rancune, ajouta-t-il en regardant Garion.

Il s'inclina avec raideur et les laissa aux bons soins d'un serviteur qui les conduisit le long d'un interminable couloir lambrissé de bois sombre menant vers le centre de la demeure.

L'homme n'était sûrement pas un Angarak. Il n'avait ni les yeux angulaires ni la morgue caractéristiques de ce peuple. Son visage rond, jovial, semblait trahir des origines melcènes, et Garion se rappela que l'administration qui contrôlait l'essentiel de la vie malloréenne était presque complètement aux mains des Melcènes.

— Sa Majesté m'a demandé de vous rassurer : vos appartements ne sont pas une prison, déclara le fonctionnaire alors qu'ils approchaient d'une porte munie de lourdes barres de fer isolant une partie du corridor. Les constructions murgos comportent certaines particularités. Cette partie de la maison était naguère le quartier des femmes, et les Murgos éprouvent à l'égard de leurs épouses un instinct protecteur un peu particulier. Cette attitude est peut-être à mettre sur le compte d'un attachement farouche à la pureté de la race.

Mais Garion ne se souciait guère de leurs conditions d'hébergement. Il ne songeait qu'à Ce'Nedra.

— Vous ne sauriez pas par hasard où est ma femme ? demanda-t-il un peu sèchement.

— Tout droit, Majesté. Cette porte bleue, là-bas, répondit l'homme au visage lunaire en lui indiquant le bout du corridor.

— Merci. A tout de suite, fit Garion en devançant ses compagnons.

Les tentures vert amande tirées devant les fenêtres plongeaient la pièce dans la pénombre. Ce'Nedra était couchée dans un grand lit à colonnes placé face à la porte. Polgara était à son chevet. Garion s'approcha d'elle, l'épais tapis aux motifs compliqués amortissant ses pas.

— Comment va-t-elle ? murmura-t-il en se penchant sur la petite malade.

Elle était aussi pâle que son oreiller, parmi ses boucles cuivrées.

— Toujours pareil, répondit gravement la sorcière.

— Elle va s'en sortir, hein ? insista Garion.

— Mais bien sûr, voyons.

De l'autre côté du lit était assise une femme vêtue d'une robe vert d'eau au capuchon relevé, malgré la douce chaleur qui régnait dans la pièce, de sorte que son visage disparaissait dans l'ombre. Ce'Nedra se mit à marmonner d'une voix étrangement rauque et remua frénétiquement la tête.

— Est-ce sa voix habituelle, Dame Polgara ? demanda la femme encapuchonnée.

— Non, déclara la sorcière en lui jetant un regard acéré. Pas du tout.

— Serait-ce un effet de la drogue que vous lui avez administrée ?

— Sûrement pas. Je suis même étonnée qu'elle arrive à parler.

— Hm-hm... J'ai peut-être une idée de ce qui se passe, murmura la femme en posant doucement le bout des doigts sur les lèvres de Ce'Nedra. C'est bien ce que je pensais, fit-elle en se relevant.

Polgara tendit la main à son tour et effleura le visage de Ce'Nedra. Garion entendit un bruit de vague assourdi qu'il connaissait bien. La chandelle qui se trouvait à côté du lit lança une flamme triomphale et se réduisit à une tête d'épingle incandescente.

— J'aurais dû m'en douter, gronda âprement Polgara comme si elle s'en voulait.

— Qu'y a-t-il ? demanda Garion, alarmé.

— Il y a, Majesté, qu'un autre esprit cherche à dominer celui de votre femme et à lui imposer sa volonté, répondit la femme en robe verte. C'est une sorte d'envoûtement auquel se livrent parfois les Grolims. Ils en ont acquis la pratique presque par hasard au cours de la troisième ère.

— Pardon, Garion, je te présente Andel, reprit alors Polgara. Zakath me l'a envoyée pour m'aider à soigner Ce'Nedra.

— Qu'entendez-vous au juste par *dominer* ? releva Garion en saluant la femme d'un bref hochement de tête.

— Tu devrais le savoir mieux que quiconque, Garion, rétorqua Polgara. Tu n'as sûrement pas oublié Asharak le Murgo.

Garion ferma les yeux, terrassé par le souvenir de la conscience impérieuse qui s'était efforcée, depuis sa plus tendre enfance, d'exercer son ascendant sur lui.

— Chassez-le, fit-il d'un ton implorant. Quel qu'il soit, débarrassez-la de ça.

— C'est peut-être un peu prématuré, mon chou, objecta Polgara. Nous tenons là une belle occasion, ne la gâchons pas.

— Que veux-tu dire ?

— Tu vas comprendre.

Elle se leva, s'assit à côté de Ce'Nedra et appliqua doucement ses mains sur les tempes de la jeune femme. Garion sentit la vague d'énergie familière et toutes les chandelles de la pièce brillèrent d'un éclat plus vif puis leur flamme retomba, comme étouffée.

— Je sais que tu es là, alors tu ferais aussi bien de parler ! tonna la sorcière.

Les traits de Ce'Nedra se crispèrent et elle secoua la tête dans une tentative désespérée pour échapper aux mains qui lui enserraient les tempes, mais Polgara maintint implacablement son étau. La mèche blanche qui striait sa chevelure aile-de-corbeau devint incandescente et ce fut comme si un froid étrange montait du lit.

Tout à coup, Ce'Nedra poussa un cri.

— Parle ! ordonna Polgara, les mâchoires serrées. Tu ne pourras fuir tant que je serai là pour t'en empêcher, et je ne te laisserai jamais partir si tu ne te décides pas à parler !

Ce'Nedra ouvrit brusquement les paupières. Ses yeux étaient pleins de haine.

— Je n'ai pas peur de toi, Polgara, dit-elle d'une voix rauque, sifflante, avec un curieux accent.

— Je ne te crains pas davantage. Et maintenant, qui es-tu ?

— Tu me connais, Polgara.

— Comment le saurais-je si tu ne me dis pas ton nom ?

Il y eut un long silence, puis la vague d'énergie émise par tante Pol s'amplifia, arrachant à Ce'Nedra un nouveau cri si atroce que Garion réprima une grimace de douleur.

— Arrête ! s'écria la voix gutturale. Je vais parler !

— Comment t'appelles-tu ? Dis-moi ton nom ! insista impitoyablement Polgara.

— C'est moi, Zandramas.

— Tiens donc ! Et qu'espères-tu gagner à ce petit jeu ?

Un ricanement démoniaque s'échappa des lèvres pâles de Ce'Nedra.

— Je lui ai déjà brisé le cœur en lui prenant son fils. A présent, Polgara, je vais lui faire perdre aussi l'esprit. Je pourrais aisément la tuer, mais une reine morte, on peut l'enterrer et repartir en laissant sa tombe derrière soi. Alors qu'une reine folle t'encombrera dans ta quête du Sardion.

— Tu sais, Zandramas, que je pourrais te bannir d'un claquement de doigts.

— Mais tu sais, Polgara, que je reviendrais aussi vite.

— Tu es moins intelligente que je ne le pensais, rétorqua la sorcière d'une voix glaciale. Tu crois que c'est par caprice que je t'ai obligée à te nommer ? Ignorerais-tu l'emprise que tu m'as donnée sur toi en me disant ton nom ? Le pouvoir du nom est le plus élémentaire de tous. Je peux désormais te chasser à jamais de l'esprit de Ce'Nedra. Et ce n'est pas tout. Par exemple, je sais maintenant que tu es à Ashaba, où tu hantes, tel un misérable fantôme dépenaillé, les ruines infestées par les chauves-souris de la Maison de Torak.

Ce'Nedra étouffa un hoquet de surprise dont l'écho s'attarda un moment dans la chambre.

— Je pourrais te dire bien d'autres choses encore, Zandramas, mais je commence à en avoir assez de toi.

Elle se redressa, les mains toujours plaquées sur les tempes de Ce'Nedra. La mèche blanche qui se détachait sur le minuit de sa chevelure se mit à briller d'un éclat insoutenable et le bruit de vague qui émanait d'elle devint un rugissement assourdissant.

— Maintenant, va-t'en ! ordonna-t-elle.

Le visage de Ce'Nedra exprima une indicible agonie et elle poussa un cri étranglé. Garion eut l'impression qu'un vent glacial, nauséabond, mugissait dans la chambre. La flamme des chandelles baissa et la lueur des braseros décrut, les plongeant dans une obscurité presque totale.

— Va-t'en ! répéta Polgara.

Un gémissement de douleur s'échappa des lèvres de Ce'Nedra, puis le murmure parut se désincarner et venir du vide, au-dessus de son lit. Les chandelles et les braseros s'éteignirent tout à fait. La plainte lancinante s'estompa peu à peu, comme si elle s'éloignait, et se réduisit bientôt à un murmure surgi d'une distance inimaginable.

— Elle est partie — enfin, Zandramas ? demanda Garion d'une voix tremblante.

— Oui, répondit calmement Polgara, dans le noir absolu.

— Qu'allons-nous dire à Ce'Nedra quand elle s'éveillera ?

— Elle ne se rappellera rien du tout. Et si elle te demande quoi que ce soit, tu n'auras qu'à lui répondre de façon évasive. Rallume plutôt la lumière, mon chou.

En farfouillant près d'une des chandelles, Garion la balaya avec sa manche, mais il la rattrapa au vol, ce dont il conçut une certaine fierté.

— Ce n'est pas le moment de faire le pitre, Garion. Allume-la et c'est tout.

Il trouva sa voix si familière et si banale qu'il ne put s'empêcher d'éclater de rire et projeta vers la chandelle une petite vague d'énergie intermittente, faisant naître au bout de la mèche une flamme hoquetante, agitée de soubresauts, tel un petit ricanement doré et silencieux.

Polgara regarda la chandelle qui se gondolait et ferma les yeux avec accablement.

— Oh, Garion, soupira-t-elle.

Il fit le tour de la chambre pour rallumer les autres bougies et tisonner les braseros. Toutes les flammes se comportaient normalement, à part la première, qui continuait à danser comme si elle se bidonnait en silence.

— Vous êtes fort perspicace, Andel, fit alors la sorcière en se tournant vers la guérisseuse dalasienne. Ce genre de chose est difficile à identifier quand on ne sait pas ce qu'on cherche au juste.

— Je n'y aurais jamais songé toute seule, Dame Polgara, répondit Andel. J'ai su par quelqu'un d'autre de quoi souffrait Sa Majesté.

— Cyradis ?

— L'esprit de tout notre peuple est uni au sien, acquiesça Andel avec un hochement de tête. Chacun de nous est l'instrument de la tâche qui lui incombe. Le soin qu'elle prend de la reine l'a poussée à intervenir. Notre sainte compagne m'a demandé si vous ne pourriez pas plaider la cause de Toth auprès de votre époux, reprit-elle en hésitant. L'ire de Maître Durnik est infiniment pénible au doux guide, et elle partage sa douleur. Ce qui s'est passé à Verkat devait arriver, faute de quoi la rencontre entre l'Enfant de Lumière et l'Enfant des Ténèbres n'aurait pu se produire avant une éternité.

— C'est bien ce que je pensais, au fond, répondit Polgara en hochant gravement la tête. Dites-lui que j'intercéderai en sa faveur auprès de Durnik.

Andel inclina la tête avec reconnaissance.

— Garion, murmura rêveusement Ce'Nedra. Où sommes-nous ?

Il se tourna vivement vers elle.

— Ça va ? lui demanda-t-il en prenant sa main entre les siennes.

— Mm-mm. C'est juste que j'ai incroyablement envie de dormir... Que s'est-il passé ? Et quel est cet endroit ?

— Nous sommes arrivés à Rak Hagga. Tu as eu un petit malaise, mais tout va bien, maintenant, ajouta-t-il d'une voix qui sonnait un peu faux, après un rapide coup d'œil à Polgara. Comment te sens-tu ?

— Bien, mon cœur, mais je crois que je vais dormir encore un peu.

Elle referma les yeux... et les rouvrit en fronçant légèrement les sourcils.

— Garion, murmura-t-elle d'une voix ensommeillée, pourquoi cette chandelle fait-elle ça ?

— Ce n'est rien, mon amour, répondit-il en l'embrassant doucement sur la joue.

Mais elle s'était déjà rendormie.

Garion fut réveillé bien après minuit par un coup discret frappé à la porte de sa chambre.

— Qui est-ce ? demanda-t-il en se redressant.

— C'est l'empereur qui m'envoie, Majesté, fit une voix inconnue, dans le couloir. Il m'a prié de vous demander si vous auriez la bonté de le rejoindre dans son cabinet privé.

— Tout de suite ? Au beau milieu de la nuit ?

— Ce sont les instructions de l'empereur, Majesté.

— Il ne manquait plus que ça, marmonna Garion en repoussant ses couvertures et en posant les pieds sur le sol de pierre glacial. J'ai tout de même le temps de passer quelque chose ? demanda-t-il un ton plus haut.

— Bien sûr, Majesté.

Garion s'habilla à la lumière du brasero qui rougeoyait dans un coin de la pièce, s'aspergea le visage d'eau froide et se recoiffa sommairement avec ses doigts, le tout sans cesser de grommeler. Il était sur le point de sortir lorsqu'il se ravisa. Il passa la tête et le bras dans le baudrier de son immense épée, fit jouer ses épaules pour lui faire trouver sa place sur son dos et ouvrit la porte.

— Allons-y, soupira-t-il, résigné.

Les murs du cabinet de Kal Zakath disparaissaient derrière les livres. Des fauteuils de cuir entouraient une grande table de bois ciré et une joyeuse flambée crépitait dans la cheminée. L'empereur, toujours sobrement vêtu de lin blanc, était assis à la table et farfouillait dans une pile de parchemins à la lumière d'une lampe à huile.

— Vous vouliez me voir, Zakath ? demanda Garion en entrant.

— Euh, oui, Belgarion, répondit le Malloréen en repoussant la pile de parchemins. Merci d'être venu. C'est très aimable à vous. J'ai entendu dire que votre femme allait mieux.

— Je ne vous remercierai jamais assez de nous avoir envoyé Andel, acquiesça chaleureusement Garion. Son intervention a été déterminante.

— Vous m'en voyez ravi, Belgarion, fit Zakath en baissant la mèche de la lampe jusqu'à ce que les angles de la pièce disparaissent dans l'ombre. Je me suis dit que nous pourrions peut-être parler un moment.

— Il n'est pas un peu tard pour ça ?

— Je dors très peu, Belgarion. Les hommes gâchent le tiers de leur vie à dormir. Le jour est plein de lumières vives et de distractions ; la nuit est sombre, calme, et autorise une bien meilleure concentration. Mais asseyez-vous, je vous en prie.

Garion défit la boucle de son baudrier et appuya l'épée de Poing-de-Fer contre l'un des montants de la bibliothèque.

— Je ne me savais pas si redoutable, commenta l'empereur en regardant l'épée d'un œil sardonique.

Garion eut un petit sourire apaisant et se laissa tomber dans un fauteuil près de la cheminée.

— Je ne l'ai pas apportée à cause de vous, Zakath. J'ai pris l'habitude de l'emmener partout où je vais. Ce n'est pas le genre de chose qu'on a envie de laisser traîner n'importe où.

— Je doute qu'on essaie de vous la voler ici, Belgarion.

— Oh, on ne risque pas de me la voler. C'est plutôt que je ne tiens pas à ce que quelqu'un se fasse mal en y touchant.

— Vous voulez dire que c'est... cette épée-là ?

— Vous comprenez pourquoi je suis obligé d'y faire attention, acquiesça Garion avec un hochement de tête entendu. La plupart du temps, c'est une sacrée contrainte, mais j'avoue que j'ai été assez content de l'avoir avec moi en certaines circonstances.

— Que s'est-il vraiment passé à Cthol Mishrak ? demanda abruptement Zakath. J'ai entendu tellement d'histoires...

— Et moi donc ! rétorqua Garion avec un sourire torve. A part nos noms, et encore, les faits me sont revenus déformés de bien étrange façon. Enfin, ni Torak ni moi n'étions vraiment maîtres du jeu. Nous nous sommes battus en duel et je lui ai enfoncé cette épée dans la poitrine.

— Et il est mort, conclut Zakath, le regard ardent.

— Il a fini par mourir, oui.

— Comment ça, il a fini par mourir ?

— Avant, il a vomi des flammes, versé des larmes de feu, et puis il a poussé un grand cri.

— Qu'a-t-il dit ?

— Mère, répondit laconiquement Garion.

Il n'avait pas vraiment envie d'en parler.

— Quelle chose extraordinaire... Et qu'est devenu son corps ? J'ai eu beau faire retourner les ruines de Cthol Mishrak pierre par pierre, on ne l'a jamais retrouvé.

— Les autres Dieux sont venus et l'ont emmené. Dites, nous ne pourrions pas parler d'autre chose ? Ces souvenirs me sont particulièrement pénibles.

— C'était votre ennemi.

— C'était aussi un Dieu, Zakath, soupira Garion, et c'est une terrible chose que de devoir tuer un Dieu.

— Je vous trouve extraordinairement bienveillant, Belgarion, et je me demande si on ne vous respecte pas plus pour votre bienveillance que pour votre invincible courage.

— Oh, je ne suis pas si courageux que ça. J'ai cru mourir de peur à chaque instant, et je crois bien que Torak n'en menait pas large, lui non plus. Enfin, vous vouliez me parler de quelque chose en particulier ?

Zakath se laissa aller contre le dossier de son fauteuil avec une moue pensive.

— Vous savez que tôt ou tard nous nous affronterons, tous les deux, n'est-ce pas ? reprit-il en se tapotant les lèvres du bout des doigts.

— Non, objecta Garion. Ce n'est absolument pas obligé.

— Il ne peut y avoir qu'un seul roi du monde.

— J'ai bien assez de mal à diriger une petite île de rien du tout pour avoir envie de régner sur le monde, rétorqua Garion d'un ton chagrin.

— Mais moi j'en ai envie. Et j'y arriverai.

— Alors il est probable, en effet, que nous finirons par en

découdre, soupira Garion. Je ne pense pas que le monde ait été fait pour être dirigé par un seul homme. Si c'est ce que vous voulez, il faudra que je vous en empêche.

— Personne ne pourra m'en empêcher, Belgarion.

— C'est aussi ce que pensait Torak.

— Voilà qui s'appelle parler sans détours.

— Ça présente l'avantage d'éviter les malentendus. Il me semble que vous n'avez pas besoin d'envahir mon royaume, ou celui de mes amis, avec tous les ennuis que vous avez déjà chez vous. Sans compter ceux que vous vous êtes attirés ici, au Cthol Murgos.

— Vous êtes bien informé.

— La reine Porenn est une de mes grandes amies. Elle me tient au courant. Et Silk recueille beaucoup d'informations auprès de ses relations d'affaires.

— Silk ?

— Excusez-moi, le Prince Kheldar. Silk est son surnom.

— Ah, Belgarion..., murmura Zakath en braquant sur lui un regard d'une inquiétante fixité. Nous sommes assez semblables à bien des égards, et sans doute très différents à d'autres, mais nous finissons toujours par faire ce à quoi nous sommes contraints par la force des choses. Nous sommes souvent à la merci d'événements sur lesquels nous sommes sans prise.

— Je suppose que vous voulez parler des deux Prophéties ?

— Je ne crois pas aux prophéties, répondit l'empereur avec un petit rire sans joie. Je ne crois qu'au pouvoir. Mais il est curieux que nous ayons été tous deux confrontés à des problèmes similaires, ces temps derniers. Vous avez récemment mis fin à un soulèvement en Alorie, un mouvement de fanatisme religieux, je crois. Je suis confronté à une agitation un peu similaire à Darshiva. La religion est une rude épine dans le pied de tout monarque, vous ne trouvez pas ?

— Je ne m'en suis pas trop mal sorti, jusque-là.

— Vous avez eu beaucoup de chance. Torak n'était ni un Dieu d'amour ni un Dieu indulgent et l'Eglise grolime est une abomination. Si je n'avais pas à faire ici, au Cthol Murgos, je pourrais me rendre cher aux mille générations à venir rien qu'en rayant tous les Grolims de la surface de la terre.

— Que diriez-vous de conclure une alliance avec moi dans ce but ? suggéra le jeune roi de Riva en souriant.

Zakath eut un petit rire et se rembrunit d'une façon spectaculaire.

— Le nom de Zandramas vous dit-il quelque chose ? lança-t-il tout à trac.

— Il me semble l'avoir déjà entendu, esquiva prudemment Garion en se demandant ce que le Malloréen savait au juste du véritable motif de sa présence au Cthol Murgos.

— Et le Cthrag Sardius ?

— Ce nom ne m'est pas inconnu.

— Je vous trouve bien évasif, Belgarion, remarqua Zakath en le regardant de ses yeux qui ne cillaient pas, puis il passa sa main sur son visage avec lassitude.

— Et moi, je pense que vous n'auriez pas volé quelques heures de sommeil, riposta Garion.

— J'aurai bientôt tout le temps de dormir... quand j'aurai fini ce que j'ai entrepris.

— C'est vous qui voyez, évidemment.

— Que savez-vous exactement de la Mallorée, Belgarion ?

— J'ai lu, sur votre contrée, des rapports parfois un peu incohérents mais relativement à jour.

— Non, je veux parler de notre passé.

— Ah, ça... pas grand-chose, je le crains. Les historiens du Ponant ont affecté, avec une belle constance, d'ignorer l'existence de la Mallorée.

— L'Université de Melcénie fait preuve du même aveuglement à l'égard du Ponant, nota Zakath avec un sourire crispé. Enfin, au cours des siècles qui ont suivi le désastre de Vo Mimbre, la société malloréenne s'est presque complètement sécularisée. Torak était dans le coma. Ce pervers de Ctuchik s'en donnait à cœur joie ici, au Cthol Murgos, et Zedar arpentait le monde comme un va-nu-pieds. Au fait, qu'est-il devenu ? Je le croyais à Cthol Mishrak.

— C'est bien là qu'il était.

— Nous n'avons jamais retrouvé son corps.

— Il n'est pas mort.

— Vraiment ? releva Zakath, stupéfait. Alors où est-il ?

— Sous les ruines. Belgarath a ouvert la terre et l'a scellé dans le roc.

— Vivant ? s'exclama le Malloréen, estomaqué.

— Il n'a eu que ce qu'il méritait. Mais continuez, je vous en prie.

— Enfin, reprit Zakath en s'ébrouant comme pour chasser une image désagréable, tous les autres ayant tiré leur révérence, la dernière figure religieuse emblématique restant en Mallorée était Urvon, or son unique préoccupation, ou presque, était de faire en sorte que son palais de Mal Yaska soit plus somptueux que la cour impériale de Mal Zeth. De temps en temps, il se fendait d'un sermon plein de formules creuses et incompréhensibles, mais il donnait plutôt l'impression d'avoir complètement oublié Torak. Le Dieu-Dragon et ses disciples ayant disparu, le pouvoir de l'Eglise grolime est allé en s'amenuisant et... bref, les prêtres débitaient toujours les mêmes insanités sur le retour de Torak, le Dieu endormi qui finirait bien par se réveiller et ce genre de fadaises, mais son souvenir s'estompait inéluctablement dans les mémoires. L'influence de l'Eglise reculait devant celle de l'armée, c'est-à-dire du trône impérial.

— La politique malloréenne m'a l'air sacrément nébuleuse, soupira Garion.

— Il faut croire que c'est notre nature, acquiesça l'empereur avec un haussement d'épaules désabusé. En tout cas, notre société fonctionnait et sortait de l'obscurantisme, lentement, peut-être, mais sûrement. .Et voilà que tout d'un coup vous surgissez de nulle part, vous réveillez Torak et vous le replongez tout aussi brusquement dans un sommeil d'où l'on ne sort jamais. C'est là que tous nos ennuis ont commencé.

— Je pensais plutôt y mettre fin.

— C'est que vous ne comprenez pas ce qui se passe dans la tête d'un mystique, Belgarion. Tant que Torak était là, même endormi, les Grolims et les fanatiques de tout poil se tenaient tranquilles. Il leur suffisait de se dire qu'il reviendrait un jour pour châtier tous leurs ennemis et rétablir l'autorité absolue de ces sales prêtres puants. En tuant Torak, vous avez fait voler en éclats le petit confort mental dans lequel ils se complaisaient. Ils ont dû affronter le fait que, sans Torak, ils n'étaient rien. Certains d'entre eux en furent tellement bouleversés qu'ils devinrent fous. D'autres sombrèrent dans un insondable désespoir. Mais quelques-uns eurent l'idée de fonder ensemble une nouvelle mythologie, une théologie destinée à remplacer celle que vous aviez détruite d'un seul coup de cette grande épée.

— Ce n'était pas mon idée, se récria Garion.

— Seul le résultat compte, Belgarion. Enfin, Urvon a été obligé de s'arracher au luxe dans lequel il se prélassait et à l'adulation des lèche-bottes de son entourage pour reprendre du service. Pendant un moment, il a déployé une activité débordante. Il a exhumé de vieilles prophéties mangées aux mites et les a tortillées dans tous les sens jusqu'à ce qu'elles aient l'air de raconter ce qui l'arrangeait.

— C'est-à-dire ?

— Figurez-vous qu'il s'efforce de persuader les Angaraks qu'un nouveau Dieu va leur tomber du ciel. Soit une incarnation de Torak lui-même, soit un autre Dieu investi de son esprit. Il a même un candidat en tête pour le titre de Nouveau Dieu des Angaraks.

— Pas possible ! Et qui ça ?

— Il le voit chaque fois qu'il se regarde dans la glace, répondit Zakath avec un petit sourire.

— Vous voulez rire !

— Oh, pas le moins du monde. Il y a déjà plusieurs siècles qu'Urvon tente de se convaincre qu'il est au moins un demi-Dieu. Il est probable qu'on l'aurait déjà vu parader dans toute la Mallorée sur un char doré s'il ne craignait pas tant de quitter Mal Yaska. J'ai entendu dire qu'un affreux bossu mourait d'envie de l'envoyer *ad patres*. L'un des disciples d'Aldur, si je ne m'abuse.

— Beldin, confirma Garion avec un hochement de tête. Je l'ai rencontré.

— Est-il vraiment aussi terrible qu'on le dit ?

— J'ignore toutes les histoires qu'on raconte à son sujet, mais elles sont sûrement en deçà de la réalité. Je n'aimerais pas assister au traitement qu'il compte administrer à Urvon s'il arrive à lui mettre le grappin dessus.

— Mes vœux l'accompagnent. Mais Urvon n'est pas mon seul problème, hélas. Peu après la mort de Torak, des bruits ont commencé à courir dans la région de Darshiva. Une prêtresse grolime, une certaine Zandramas, se serait mise, elle aussi, à annoncer l'avènement d'un nouveau Dieu.

— Je ne savais pas que c'était une prêtresse grolime, releva Garion, un peu surpris.

— Elle s'était taillé une réputation équivoque à Darshiva, acquiesça Zakath en hochant gravement la tête. Et puis elle aurait été frappée par la grâce. La prophétie se serait révélée à elle et l'aurait radicalement transformée. Maintenant, quand elle parle, personne ne peut lui résister. Elle prêche la bonne parole aux multitudes et les embrase d'un zèle incoercible. Son discours annonçant la venue d'un Nouveau Dieu s'est répandu à Darshiva comme une traînée de poudre et a maintenant atteint Rengel, Vorosebo et même Zamad. Tous les Etats côtiers du nord-est de la Mallorée sont virtuellement sous sa coupe.

— Et le Sardion ? Qu'a-t-il à voir dans tout ça ?

— Je pense que c'est la clé du problème. Zandramas et Urvon sont manifestement convaincus que le premier qui s'en emparera décrochera la timbale.

— C'est aussi ce que croyait Agachak, le Grand Prêtre de Rak Urga, lui révéla Garion.

— Ça n'a rien d'étonnant, commenta mélancoliquement Zakath. Un Grolim est un Grolim, qu'il soit de Mallorée ou du Cthol Murgos.

— A mon avis, vous feriez mieux de retourner en Mallorée, remettre un peu d'ordre dans les affaires de votre pays.

— Non, Belgarion. Je ne renoncerai pas à ma campagne au Cthol Murgos.

— Vous sacrifieriez votre empire sur l'autel de la vengeance personnelle ? Je sais pourquoi vous haïssiez Taur Urgas, continua Garion en feignant de ne pas remarquer la surprise de Zakath, mais il est mort. Et Urgit n'a vraiment rien à voir avec lui. Je ne peux pas croire que vous feriez une croix sur votre nation tout entière pour le seul plaisir de vous venger d'un homme qui n'est plus là pour souffrir.

— Vous savez ? releva Zakath, ébranlé. Qui vous a mis au courant ?

— Urgit. Il m'a tout raconté.

— J'imagine qu'il était fou de joie, grinça Zakath entre ses dents, le visage livide.

— Oh non, pas du tout. Il m'en a parlé avec regret — et un mépris pour Taur Urgas dont vous n'avez pas idée. Il le détestait encore plus que vous.

— Ça, Belgarion, c'est impossible. Et pour répondre à votre question, oui, je renoncerais à mon empire, je renoncerais au monde entier si nécessaire pour voir couler la dernière goutte du sang de Taur Urgas. Je ne connaîtrai ni sommeil ni repos tant que je n'aurai pas assouvi ma vengeance, rien ne me détournera de ce but et j'écraserai quiconque tentera de se dresser sur mon chemin.

Dis-lui, fit tout à coup la voix sèche qui parlait à Garion dans le secret de son âme.

Hein ?

Dis-lui la vérité au sujet d'Urgit.

Mais...

Fais-le, Garion. Il faut qu'il sache. Il a des choses à faire, et il ne les fera pas tant qu'il sera prisonnier de cette idée fixe.

— Pardon, je recevais des instructions, expliqua lamentablement Garion comme Zakath le regardait curieusement.

— Des instructions ? Et de qui donc ?

— Même si je vous le disais, vous ne me croiriez pas. On me disait de vous communiquer certaines informations, ajouta-t-il, puis il respira un bon coup et se jeta à l'eau. Urgit n'est pas un Murgo, lâcha-t-il abruptement.

— Qu'est-ce que vous racontez ?

— Je vous dis qu'Urgit n'est pas un Murgo. Enfin, pas complètement. Sa mère était murgo, bien sûr, mais il n'est pas le fils de Taur Urgas.

— Vous mentez !

— Oh non, je ne mens pas. C'est ce que nous avons découvert quand nous étions au Drojim, à Rak Urga. Urgit l'ignorait lui-même.

— Je ne vous crois pas, Belgarion ! s'exclama Zakath, pâle comme un linge.

— Taur Urgas est mort, répéta Garion avec lassitude. Urgit y a personnellement veillé. Il lui a coupé le cou et l'a enterré la tête en bas. Il prétend aussi avoir fait mettre à mort tous les fils de Taur Urgas — ses vrais fils — pour accéder au trône. Je ne pense pas qu'il reste au monde une goutte du sang d'Urga.

Zakath étrécit les yeux.

— C'est un piège, siffla-t-il entre ses dents. Vous êtes de mèche avec Urgit et vous me racontez cet absurde mensonge pour lui sauver la vie.

L'Orbe, Garion. Sers-toi de l'Orbe, lui ordonna la voix.

Comment ?

Ote-la du pommeau de l'épée et prends-la dans ta main droite. Elle révélera à Zakath ce qu'il a besoin de savoir.

— Si je pouvais vous montrer la vérité, vous accepteriez de la voir en face ? demanda Garion en se levant.

— La voir en face ? répéta l'empereur, en proie à une vive agitation.

Garion alla chercher son épée, retira la gaine de peau qui couvrait la poignée et prit l'Orbe dans sa main. La pierre où palpitait la vie se libéra avec un déclic.

— Je ne sais pas très bien comment ça marche, avoua le jeune roi de Riva en retournant vers l'homme assis à la table. On m'a dit qu'Aldur pouvait le faire, mais je n'ai jamais essayé moi-même. Je pense que vous devez regarder là-dedans, suggéra-t-il en tendant l'Orbe devant le visage de Zakath.

— Qu'est-ce que c'est ?

— Votre peuple l'appelle Cthrag Yaska. Mais ne craignez rien, ajouta Garion comme l'empereur se recroquevillait devant lui en blêmissant. Elle ne vous fera aucun mal tant que vous n'essaierez pas d'y toucher.

L'Orbe, qui, depuis plusieurs mois, obéissait sans enthousiasme à l'injonction continuelle de Garion de modérer ses ardeurs, se remit tout doucement à briller d'une lumière pulsatile, baignant le visage de Zakath de sa lueur bleue. L'empereur leva la main comme pour repousser la pierre éblouissante.

— Surtout n'y touchez pas, l'avertit Garion. Contentez-vous de la regarder.

Il aurait pu faire l'économie de cette recommandation. Les yeux de Zakath étaient rivés sur la pierre dont l'éclat devenait plus vif à chaque seconde. Ses mains, d'abord si fortement crispées au rebord de la table, devant lui, que ses jointures étaient toutes blanches, retombèrent lentement sur les accoudoirs de son fauteuil. Une indicible douleur s'inscrivit sur sa face.

— Ils m'ont échappé, gémit-il, le visage ruisselant de larmes. Ils m'ont échappé et j'ai fait périr des dizaines de milliers d'hommes pour rien.

— Je suis désolé, Zakath, murmura Garion en baissant la main. Je n'ai pas le pouvoir de défaire ce qui est fait. Enfin, je pense que vous deviez savoir la vérité.

— Je ne saurais dire que je vous suis reconnaissant de me l'avoir révélée, déclara Zakath d'une voix entrecoupée de sanglots. Laissez-moi, Belgarion. Otez cette maudite pierre de ma vue.

Garion acquiesça d'un hochement de tête. La douleur de l'empereur lui inspirait une profonde compassion. Il replaça l'Orbe sur le pommeau de son immense épée, la rengaina et ceignit son baudrier.

— Je suis vraiment navré, Zakath, dit-il encore une fois, puis il quitta la pièce sur la pointe des pieds, abandonnant l'empereur de Mallorée à son chagrin.

CHAPITRE III

— Ecoute, Garion, je vais tout à fait bien, je t'assure, scanda encore une fois Ce'Nedra.

— Eh bien, j'en suis ravi.

— Bon, alors je peux me lever ?

— Non.

— Ce n'est pas juste, grommela-t-elle en faisant la moue.

— Tu veux encore de la tisane ?

Il s'approcha de la cheminée, prit un tisonnier et fit pivoter le bras de fer auquel était accrochée la bouilloire.

— Non, merci, répondit-elle d'une petite voix grincheuse. Elle pue affreusement et elle a un sale goût.

— Tante Pol dit que c'est très bon pour ce que tu as. Peut-être que si tu en prenais encore un peu elle te laisserait quitter le lit et t'asseoir un moment dans un fauteuil.

Il prit une louche de feuilles séchées, odorantes, dans un pot de terre cuite, les mit dans une tasse, inclina la bouilloire avec le tisonnier et remplit la tasse d'eau bouillante.

Un éclair d'espoir illumina fugitivement les yeux de Ce'Nedra, puis elle plissa les paupières d'un air méfiant.

— Je ne suis plus une gamine, Garion, fit-elle d'un ton sarcastique. Si tu crois m'avoir comme ça, tu te trompes.

— Je n'essaierais même pas, répliqua-t-il d'une voix neutre en posant la tasse sur sa table de chevet. Attends un peu que ça infuse avant de le boire.

— Ça peut infuser jusqu'à Erastide si ça veut. De toute façon, je ne le boirai pas.

— Je regrette, Ce'Nedra, soupira-t-il, sincèrement navré, mais tu fais erreur. Tante Pol a dit que tu devais en prendre une tasse toutes les heures, et tant qu'elle ne m'aura pas dit le contraire, tu la prendras.

— Et si je refuse ? demanda-t-elle d'un ton belliqueux.

— Eh bien, je suis beaucoup plus grand et plus fort que toi, je te signale.

— Tu ne me ferais pas avaler ça de force, tout de même ? lança-t-elle en ouvrant de grands yeux horrifiés.

— Je préférerais que tu ne m'y obliges pas, rétorqua-t-il d'un ton funèbre.

— Tu n'irais pas jusque-là, reprit-elle, accusatrice.

Il réfléchit un moment.

— Je crois bien que si, avoua-t-il enfin avec un hochement de tête pensif. Si tante Pol m'en donnait l'ordre.

Elle braqua sur lui un regard glacial.

— Très bien, dit-elle enfin. Donne-moi cette saloperie.

— Allons, ce n'est sûrement pas si mauvais que ça.

— Sers-toi, je t'en prie, il en reste.

— Je n'ai pas été malade, moi.

Elle lui expliqua alors ce qu'elle pensait au juste de ladite infusion, de lui, de son lit, de leur chambre et du monde entier en général, ceci en termes colorés, pas toujours de bon goût, et parfois assez inattendus dans sa bouche.

— Qu'est-ce que c'est que ce vacarme ? se récria Polgara en entrant dans la chambre.

— Je déteste cette horreur ! hurla Ce'Nedra de toute la force de ses poumons en renversant la moitié de sa tasse sur ses draps.

— Eh bien, ne la buvez pas, répondit calmement tante Pol.

— Garion dit que si je ne veux pas, il me la fera avaler de force.

— Oh, mais c'étaient les instructions d'hier. Voyons, mon chou, je ne t'ai pas dit que ça avait changé, aujourd'hui ?

— Non. Tu ne m'as rien dit du tout, affirma-t-il d'un ton égal, dont il se félicita intérieurement.

— Eh bien, je suis désolée. J'ai dû oublier.

— Et quand est-ce que je pourrai enfin me lever ? grinça Ce'Nedra.

— Mais quand vous voudrez, mon chou, répondit la sorcière, un peu surprise. En fait, je venais vous demander si vous comptiez déjeuner avec nous.

Ce'Nedra s'assit au bord de son lit, braqua un regard d'une dureté adamantine sur Garion et lui tira la langue.

— Merci infiniment, Tante Pol, souffla Garion.

— Pas d'ironie, mon chou, je t'en prie. Voyons, Ce'Nedra, protesta la sorcière en se tournant vers la petite reine fulminante, on ne vous a pas dit, quand vous étiez enfant, que c'était très vilain de tirer la langue ?

— A vrai dire si, Dame Polgara, convint-elle d'un ton mielleux. C'est pourquoi je ne le fais que dans des cas très spéciaux.

— Mouais. Eh bien, je crois que je vais faire un tour, grommela Garion entre ses dents.

Il tourna les talons et s'éclipsa sans demander son reste.

Quelques jours plus tard, il honorait de sa royale présence l'un des salons aménagés dans les anciens quartiers des femmes où on les avait logés, ses compagnons et lui-même. C'était une pièce très féminine avec ses sièges capitonnés de mauve. Des rideaux impalpables, de couleur lavande, garnissaient les vastes baies vitrées donnant sur un jardin enneigé, enclos entre les ailes de la demeure. Une flambée crépitait dans une grande cheminée voûtée et, à l'autre bout de la pièce, une fontaine murmurait dans une grotte artificielle, artistiquement garnie d'épaisses fougères vertes et de mousse. Garion ruminait en regardant sans le voir le ciel cendreux d'où tombaient de minuscules boules blanches qui n'étaient ni tout à fait de la neige ni vraiment de la grêle, puis il se rendit compte tout à coup que Riva lui manquait. Jusque-là, quand il avait le mal du pays, ce qu'il regrettait, c'était la ferme de Faldor, la cuisine de tante Pol, la vaste cour centrale, la forge de Durnik et tant d'autres images si chères à son cœur. Et voilà qu'il avait, tout à coup, la nostalgie de cette côte battue par les vents, avec son austère forteresse, la morne cité qu'elle dominait et les montagnes coiffées de blanc qui dressaient leur masse imposante sur le ciel ténébreux. Il s'étonnait de la curieuse idée qui lui était passée par la tête dans ce pays du bout du monde quand on toqua à la porte.

— Oui ? fit-il machinalement, sans se retourner.

— Majesté ? appela presque timidement une voix qui lui parut familière.

Garion jeta un coup d'œil par-dessus son épaule. L'intrus était un petit bonhomme râblé, au crâne dégarni, vêtu d'une robe qui avait dû coûter fort cher malgré sa couleur brune, passe-partout, et ça ne devait pas être n'importe qui, à en juger par la lourde chaîne d'or qu'il portait autour du cou.

— Il me semble que nous nous connaissons, remarqua Garion en fronçant les sourcils. Vous êtes l'ami du général Atesca... euh... comment déjà...

— Brador, Majesté. Le chef du Département de l'Intérieur.

— Ah oui, c'est vrai. Entrez, Excellence, entrez.

— Merci, Majesté. Brrr, quel sale temps ! fit le petit homme en frissonnant.

Il s'approcha de la cheminée et tendit frileusement les mains vers les flammes.

— Je me demande ce que vous diriez, l'hiver, à Riva. Quand je pense que c'est l'été, là-bas, en ce moment...

— Drôle de pays que le Cthol Murgos, soupira Brador en regardant le jardin qui disparaissait sous la neige. On se dit que les Murgos se sont ingéniés à l'enlaidir, et puis on tombe sur un endroit comme celui-ci.

— Sans doute la laideur avait-elle pour but de complaire à Ctuchik. Et à Taur Urgas, ajouta Garion. Mais au fond, les Murgos ne doivent pas être très différents de nous.

— Ce genre d'idées passerait pour hérétique à Mal Zeth, commenta Brador avec un petit rire.

— Et au Val d'Alorie, donc ! Mais je doute que vous soyez venu m'entretenir de la vie et des mœurs du peuple murgo. Que puis-je faire pour vous ?

— Eh bien, Majesté, il faut absolument que j'aie une conversation avec l'empereur, déclara gravement le Melcène. Atesca a tenté de me ménager une entrevue avec lui avant de repartir pour Rak Verkat, et puis..., fit-il en écartant les mains devant lui dans un geste d'impuissance. Vous ne pourriez pas intervenir en ma faveur ? Il s'agit d'une affaire urgentissime.

— Là, Brador, je crains fort de ne pas être l'homme de la situation. Je suis sûrement la dernière personne que Sa Majesté impériale a envie de voir en ce moment.

— Oh ?

— Je lui ai dit des choses qu'elle n'avait pas envie d'entendre.

— Je fondais mes derniers espoirs sur vous, Sire, murmura Brador avec accablement, et ses épaules s'affaissèrent comme si elles ployaient sous un fardeau trop lourd pour elles.

— Quel est le problème ?

— Belgarion, souffla Brador en jetant autour de lui de petits coups d'œil inquiets, avez-vous jamais vu un démon ?

— Ça m'est arrivé, en effet. Ce n'est pas le genre d'expérience que j'ai envie de renouveler.

— Que savez-vous des Karandaques ?

— Pas grand-chose, sinon qu'ils seraient plus ou moins apparentés aux Morindiens du Gar og Nadrak.

— Alors vous en savez plus que la majorité des gens. Vous connaissez les pratiques religieuses des Morindiens ?

— Je sais qu'ils adorent les démons, répondit Garion en faisant la moue. Ce qui donne lieu à des rituels assez casse-cou, ainsi que j'ai eu l'occasion de le constater.

— Les Karandaques partagent les croyances de leurs cousins des plaines arctiques du continent occidental, reprit Brador, le visage blême. Lorsqu'ils les ont convertis au culte de Torak, les Grolims ont tenté de bannir ces pratiques, mais elles ont perduré dans les montagnes et les forêts. Belgarion, continua-t-il dans un murmure à peine audible en regardant craintivement autour de lui, le nom de Mengha vous dit-il quelque chose ?

— Non. Qui est-ce ?

— Nous n'en savons rien. Ou du moins, pas grand-chose. Il serait sorti de la forêt au nord du lac Karanda, il y a près de six mois, mais ce qui est sûr, c'est qu'il est allé par ses propres moyens jusqu'aux portes de Calida, à Jenno, et a exigé la reddition de la ville. Les habitants lui ont ri au nez, bien sûr, alors il a tracé des symboles sur le sol. Et je vous garantis qu'ils ont cessé de rire. Belgarion, poursuivit le Melcène, le visage d'un gris de cendre, il a déchaîné sur Calida une abomination comme aucun homme n'en avait jamais contemplée. Du pentacle qu'il a tracé sur le sol a surgi une horde de démons. Pas un démon, pas une douzaine : une armée. J'ai parlé avec quelques survivants du siège. Ils sont tous devenus à moitié fous — un coup de chance, si vous voulez mon avis —, mais une chose est certaine : ce qui est arrivé à Calida est véritablement inracontable.

— Une armée de démons ? s'exclama Garion.

— C'est bien pour ça que ce Mengha est si redoutable, acquiesça Brador avec véhémence. Quiconque suscite un démon peut être sûr qu'il finira tôt ou tard par lui échapper et par le massacrer, mais Mengha est manifestement capable d'en évoquer des centaines, et il paraît avoir sur eux un contrôle absolu. Urvon crève de trouille. Il s'est lancé dans des expériences de magie noire, en se disant que c'était son seul espoir de défendre Mal Yaska contre Mengha. Nous ne savons pas où est Zandramas, mais ses cohortes de Grolims apostats se démènent eux aussi pour susciter des démons. Au nom de ce que vous avez de plus cher, Belgarion, aidez-moi ! Cette infection impie va s'étendre hors de Mallorée et balayer le monde. Nous périrons tous, dévorés par des hordes de démons hurlants, et il n'y aura pas d'abri, aussi loin que ce soit, pour les pitoyables survivants de l'humanité. Aidez-moi à persuader Kal Zakath que la guéguerre qu'il mène, ici, au Cthol Murgos, n'a aucun sens face à l'horreur qui menace la Mallorée.

Garion le regarda longuement et se leva.

— Venez avec moi, Brador, dit-il avec détermination. Il faut que nous parlions de ça avec Belgarath.

Ils le trouvèrent penché sur un vieux volume relié de cuir vert, dans ce qui devait être la bibliothèque de la maison à en juger par les rayonnages croulants sous les livres et les parchemins. Le vieux sorcier écarta son ouvrage et Brador lui répéta ce qu'il avait déjà raconté à Garion.

— Vous dites que Zandramas et Urvon se seraient, eux aussi, lancés dans cette hérésie ? releva-t-il quand le Melcène eut fini.

— C'est bien, Vénérable Ancien, ce que confirment nos informateurs les plus dignes de foi, acquiesça Brador.

Belgarath flanqua un coup de poing sur la table et lâcha un chapelet de jurons.

— A quoi pensent-ils ? tempêta-t-il en se mettant à faire les cent pas. Ils ne savent pas qu'UL lui-même l'a interdit ?

— Ils ont peur de Mengha, soupira Brador. Ils tentent par tous les moyens de se protéger de ses hordes démoniaques.

— Oui, eh bien ce n'est pas comme ça qu'ils y arriveront, fulmina le vieux sorcier. Qu'un seul démon leur échappe et ils se libéreront tous. Urvon ou Zandramas arriveraient peut-être à les contenir, mais tôt ou tard un de leurs séides finira bien par commettre une erreur. Allons voir Zakath.

— Je crains, Grand-père, que nous ne puissions le voir tout de suite, fit Garion d'un air dubitatif. Il n'a pas aimé ce que je lui ai révélé sur Urgit.

— Je suis vraiment désolé qu'il ait ses vapeurs, mais l'affaire ne peut attendre. Allons-y.

Les trois compagnons parcoururent rapidement l'enfilade de couloirs et de corridors menant à l'antichambre dans laquelle on les avait introduits avec le général Atesca lors de leur arrivée.

— C'est rigoureusement impossible, décréta le colonel assis au bureau, devant la porte principale, lorsque Belgarath demanda à voir immédiatement l'empereur.

— Quand vous avancerez en âge, colonel, reprit le vieux sorcier avec un calme trompeur, vous comprendrez à quel point le mot « impossible » peut être dénué de sens.

Il leva une main dans un geste un peu théâtral, et Garion entendit le bruit de vague si familier.

Des oriflammes pendaient au bout de robustes hampes fixées sur le mur opposé, à une quinzaine de pieds au-dessus du sol. Le colonel disparut de son fauteuil et reparut en équilibre précaire sur l'une de ces perches, les yeux exorbités, les mains désespérément crispées sur son perchoir instable.

— Alors, colonel, où voulez-vous aller maintenant ? railla Belgarath. Je crois me souvenir qu'il y a un mât de belle taille, devant la maison. Je peux vous jucher en haut, si vous voulez. Bien, poursuivit le vieux sorcier en réponse au regard horrifié de l'homme. Alors, dès que je vous aurai reposé à terre, vous allez filer dire à votre empereur qu'il doit nous recevoir tout de suite, et vous avez intérêt à vous montrer convaincant. A moins, bien sûr, que vous ne souhaitiez être changé en drapeau à titre permanent.

Le colonel était encore un peu verdâtre en ressortant de la salle d'audience, et au moindre battement de cil de Belgarath il rentrait la tête dans les épaules.

— Sa Majesté consent à vous recevoir, bredouilla-t-il.

— C'est bien ce que je pensais, grommela son tortionnaire.

Kal Zakath avait incroyablement changé depuis la dernière fois que Garion l'avait vu. Il avait une figure de papier mâché, des cernes noirs sous les yeux, il n'était pas rasé et il n'aurait pas volé un coup de peigne. Sa robe de lin blanc était sale et froissée. Il était agité de tremblements spasmodiques et avait l'air si faible que c'est tout juste s'il tenait debout.

— Que voulez-vous ? demanda-t-il d'une voix à peine audible.

— Vous êtes malade ? s'enquit Belgarath.

— Sans doute une petite poussée de fièvre, répondit le Malloréen en haussant les épaules. Qu'y a-t-il de si urgent que vous ayez cru devoir forcer ma porte pour m'en informer ?

— Votre empire est en train de s'écrouler, Zakath, annonça platement Belgarath. Il serait temps que vous rentriez chez vous et que vous repreniez la situation en main.

— Ça vous arrangerait bien, pas vrai ? remarqua-t-il avec un pâle sourire.

— Ce qui se passe en Mallorée n'arrange personne. Racontez-lui, Brador.

Le fonctionnaire melcène répéta son histoire pour la troisième fois.

— Des démons ? rétorqua Zakath avec scepticisme. Voyons, Belgarath, vous n'espérez tout de même pas que je vais gober ça ? Vous pensez vraiment que je vais rentrer ventre à terre en Mallorée pour courir après des ombres, pendant qu'ici vous lèverez une armée que je trouverai en face de moi à mon retour ?

Les spasmes que Garion avait remarqués en entrant dans la salle d'audience semblèrent s'amplifier. L'empereur remuait convulsivement la tête sans se rendre compte qu'un filet de bave coulait au coin de sa bouche.

— Nous ne resterons pas ici, Zakath, rectifia Belgarath. Nous irons avec vous. Si un dixième seulement de ce que raconte Brador est vrai, s'il s'avère que ce Mengha suscite des démons, il faut que j'aille à Karanda toutes affaires cessantes afin de mettre fin à ses agissements.

— C'est absurde ! s'écria Zakath au comble de l'agitation, les yeux hagards, les membres secoués de mouvements désordonnés qu'il paraissait incapable de maîtriser. Ce n'est pas un vieillard retors qui va me...

Tout à coup, il bondit de son fauteuil avec un cri animal, se prit la tête à deux mains et s'écroula face contre terre, en proie à de violents soubresauts.

— Vite ! hurla Belgarath en se précipitant pour lui immobiliser les bras. Allez chercher quelque chose à lui mettre entre les dents avant qu'il ne se morde la langue !

Brador empoigna une pile de rapports sur une table voisine et en fit une sorte de torsade qu'il enfonça dans la bouche écumante de l'empereur.

— Garion ! aboya Belgarath. Va chercher Pol ! Vite ! Euh, attends ! fit-il alors que Garion courait vers la porte. Ramène aussi Sadi, reprit le vieux sorcier, les narines palpitantes comme s'il humait l'haleine de l'homme qu'il maintenait d'une poigne de fer. Je trouve que ça sent drôle... Eh bien, qu'est-ce que tu fabriques ? Vas-y, fonce !

Garion fila dans les couloirs, bousculant des officiers et des serviteurs ahuris, et fit irruption dans les appartements de Polgara qui parlait tranquillement avec Ce'Nedra et Velvet.

— Tante Pol ! s'écria-t-il. Viens vite ! Zakath a eu un malaise !

Il fit volte-face, repartit au pas de course dans le corridor et ouvrit la porte de Sadi d'un coup d'épaule. L'eunuque le regarda en ouvrant de grands yeux sidérés.

— Nous avons besoin de vous ! aboya Garion. Suivez-moi, vite !

Quelques instants plus tard, les trois compagnons se retrouvaient devant la porte de l'antichambre.

— Que se passe-t-il ? s'écria le colonel angarak, affolé, en se levant pour leur barrer le chemin.

— Votre empereur est malade, répondit Garion. Ecartez-vous de là.

Il repoussa brutalement l'officier malgré ses protestations et entra en coup de vent dans la pièce.

Belgarath maintenait toujours fermement Zakath dont les convulsions semblaient avoir un peu perdu de leur violence.

— Qu'y a-t-il, Père ? demanda Polgara en s'agenouillant à côté de l'empereur terrassé.

— Il a fait une crise.

— Le haut mal ?

— Je ne crois pas. Ce n'était pas tout à fait ce genre

d'attaque. Sadi, venez ici et dites-moi ce que vous sentez. Je lui trouve une drôle d'haleine.

Sadi s'approcha avec circonspection, se pencha sur l'homme, huma plusieurs fois son souffle haletant et se redressa.

— Du thalot, annonça-t-il gravement.

— Un poison ? conjectura Polgara.

— Oui, et peu commun, observa l'eunuque, haussant le sourcil en connaisseur.

— Vous avez un antidote ?

— Non, ma Dame. Il n'y en a pas. Le thalot est un poison mortel, peu usité en raison de son action lente, mais qui ne pardonne pas.

— Alors il va mourir ? demanda Garion, atterré.

— J'en ai bien peur. Les convulsions vont s'atténuer, mais elles reviendront avec une fréquence accrue et puis...

Le Nyissien conclut sa phrase inachevée d'un soupir résigné.

— Il n'y a aucun espoir ? insista Polgara.

— Aucun, ma Dame. Tout ce que nous pouvons faire pour lui, c'est adoucir sa fin.

Belgarath lâcha un chapelet d'imprécations.

— Calme-le, Pol, dit-il enfin. Il faut le mettre au lit, et nous ne pourrons pas le transporter tant qu'il gesticulera comme ça.

La sorcière posa la main sur le front de Zakath. Garion sentit la vague d'énergie habituelle et les convulsions de l'empereur diminuèrent sensiblement.

Brador les parcourut du regard. Il était d'une pâleur mortelle.

— Je pense que nous n'avons pas intérêt à ce que la nouvelle se répande pour l'instant, suggéra-t-il. Disons simplement qu'il est atteint d'une légère indisposition jusqu'à ce que nous ayons décidé des mesures à prendre. Je vais envoyer chercher une litière.

Ils emmenèrent l'empereur inconscient dans sa chambre, une pièce d'une austérité monacale, meublée en tout et pour tout d'un étroit lit de camp, d'une chaise à dossier droit, d'un coffre et d'un brasero rougeoyant. Les murs nus étaient blanchis à la chaux. Sadi alla chercher sa mallette rouge et le sac de toile dans lequel Polgara rangeait ses herbes et ses remèdes. La sorcière et l'eunuque tinrent un bref conciliabule à voix basse alors que Garion et Brador faisaient sortir porteurs de litière, soldats et autres curieux, puis ils préparèrent une tasse fumante d'un liquide à l'odeur âcre. Sadi souleva la tête de Zakath pendant que Polgara lui versait des cuillerées de potion entre les lèvres.

La porte s'ouvrit sans bruit devant Andel, la guérisseuse dalasienne.

— Je suis venue dès que j'ai appris la nouvelle, dit-elle. De quoi l'empereur souffre-t-il au juste ?

— Fermez la porte, Andel, rétorqua tout bas Polgara.

La guérisseuse s'exécuta en lui jetant un regard acéré.

— C'est donc grave, ma Dame ?

— Il a été empoisonné, annonça la sorcière. Nous ne tenons pas à ce que cela se sache pour l'instant.

Andel étouffa un hoquet de surprise.

— Que peut-on faire ? demanda-t-elle en s'approchant vivement du lit.

— Pas grand-chose, hélas, répondit Sadi.

— Vous lui avez donné l'antidote ?

— Il n'y a pas d'antidote.

— Il doit bien y en avoir un. Dame Polgara... ?

La sorcière secoua tristement la tête.

— Alors j'ai échoué, fit la femme encapuchonnée de vert d'une voix entrecoupée par les sanglots.

Elle se détourna du lit, le dos rond, et Garion eut l'impression qu'un lointain murmure, un bruit étrange composé d'une multitude de voix, se faisait entendre dans le vide, au-dessus de sa tête, puis il y eut un long silence, et une forme vacillante apparut au pied du lit. Quand l'image se stabilisa, ils reconnurent la silhouette aux yeux bandée de Cyradis. Elle leva lentement la main devant elle.

— Ceci ne doit pas être, déclara-t-elle d'une voix claire, vibrante. Use de Ton art, Polgara, pour le remettre sur pied, car s'il venait à mourir, nos vies à tous auraient été vaines. Mets Ton pouvoir à son service.

— Je ne puis rien pour lui, Cyradis, objecta Polgara en reposant la tasse. Lorsque seul le sang est empoisonné, j'arrive généralement à le purger, et Sadi a une mallette pleine d'antidotes. Mais ce poison s'infiltre dans toutes les fibres de l'organisme. Il détruit chacun des organes, jusqu'à la substance osseuse, et il n'y a pas moyen de l'en éliminer.

— Il ne saurait en être ainsi, gémit Cyradis en se tordant les mains. As-Tu tenté de lui administrer le souverain remède ?

— La panacée ? répéta Polgara en levant la tête, surprise. C'est la première fois que j'en entends parler.

— Pourtant elle existe, Polgara. Je n'en connais ni l'origine ni la composition, mais j'ai eu conscience de son pouvoir bénéfique il y a quelques années maintenant, bien loin de là, dans le monde.

Polgara interrogea Andel du regard. La guérisseuse hocha tristement la tête.

— Ce remède m'est inconnu, ma Dame.

— Réfléchissez, Cyradis, insista Polgara. Dites-nous tout ce qui vous revient en mémoire à ce sujet. Le moindre souvenir pourrait nous être utile.

La frêle jeune femme aux yeux bandés effleura légèrement sa tempe du bout de ses doigts.

— Un simple d'origine récente..., murmura-t-elle comme si elle pensait tout haut. Il aurait commencé d'être il y a quelques lustres à peine... Une modeste fleur, à ce qu'il me semble, du moins.

— Alors c'est sans espoir, commenta Sadi. Il y a des millions de fleurs de par le monde. Je pense que nous n'avons pas intérêt à traîner dans le coin, souffla-t-il à l'oreille de Belgarath. Dès qu'on parle de poison les gens pensent Nyissien, et vous risquez d'être mis dans le même sac que moi. Si vous voulez mon avis, notre peau ne vaut pas plus cher que celle de Zakath...

— C'est tout, Cyradis ? reprit Polgara d'un ton pressant. Vous n'avez vraiment aucun autre indice, aussi vague soit-il, à nous donner ?

La sibylle se concentra. Ses traits se crispèrent comme si elle explorait les innombrables pistes offertes par son étrange vision, mais ses épaules retombèrent. Ses efforts avaient été vains.

— Je ne vois rien de plus, dit-elle. A part peut-être un visage.

— Vous pouvez nous le décrire ?

— Une peau d'albâtre, des cheveux très noirs... C'est une femme de haute taille, dont le mari est très lié aux chevaux.

— Adara ! s'exclama Garion, comme les traits de sa belle cousine se présentaient soudain à son esprit.

— La rose d'Adara ! fit Polgara en claquant les doigts, puis elle se rembrunit. Vous êtes sûre, Cyradis, que c'est bien de cette fleur que vous voulez parler ? Je l'ai examinée de très près, il y a plusieurs années déjà, et j'ai trouvé dedans des substances inhabituelles, mais aucune qui m'ait paru dotée de propriétés médicinales, sous quelque forme que ce soit : poudre, distillat ou autre.

— Polgara..., reprit Cyradis en redoublant de concentration. Les parfums ont-ils parfois des vertus curatives ?

— Il existe des remèdes que l'on inhale, répondit la sorcière en fronçant les sourcils d'un air méditatif, mais...

— Certains poisons peuvent être administrés ainsi, Dame Polgara, intervint Sadi. Les vapeurs sont entraînées dans les poumons, après quoi le sang charrie les principes actifs dans toutes les parties de l'organisme. Ce pourrait être un bon moyen de neutraliser l'effet du thalot.

— Qu'en dis-tu, Pol ? demanda avidement Belgarath.

— Pourquoi pas, après tout ? J'ai quelques-unes de ces fleurs. Elles sont séchées, mais on peut toujours essayer.

— Tu as des graines ?

— Un certain nombre, oui.

— Des graines ! s'exclama Andel. Kal Zakath sera au tombeau depuis des mois avant qu'elles aient germé !

Le vieil homme eut un petit rire entendu.

— Là, je risque de vous surprendre, fit-il avec un clin d'œil à Polgara. J'ai la main verte, à mes heures. Mais il me faudrait un peu de terre. Dans des boîtes, ou des grands pots, de préférence.

Sadi ouvrit la porte et parlementa un instant avec les hommes qui montaient la garde dans le couloir. Ils le regardèrent d'un air dubitatif mais, d'un mot, Andel les rappela à la discipline.

— Quelle est, Polgara, l'origine de cette étrange fleur ? demanda Cyradis, étonnée. Et comment se fait-il que Tu en saches si long à son sujet ?

— C'est Garion qui l'a faite, répondit distraitement la sorcière en regardant pensivement le lit de Zakath. Je pense qu'il vaudrait mieux l'écarter du mur, Père. Il faudrait qu'il soit complètement entouré de fleurs.

— Comment ça, *faite* ? s'exclama la sibylle.

— C'est lui qui l'a créée, confirma Polgara avec un

haussement d'épaules évasif. Tu crois, Père, qu'il fait assez chaud ? Il nous faudrait d'énormes corolles bien épanouies, or, même fraîchement éclose, cette fleur est un peu chétive.

— J'aurais voulu t'y voir, toi, protesta Garion.

— Créée ? répéta Cyradis d'une voix étouffée, puis elle s'inclina devant Garion avec quelque chose qui ressemblait à de la vénération.

On leur apporta des baquets de terre encore à moitié gelée dont ils entourèrent le lit de l'empereur inconscient. Ils humectèrent l'humus, puis Polgara prit une petite bourse de cuir dans son sac de toile verte, en retira une pincée de graines minuscules et les enfouit soigneusement dans le sol.

— Très bien, approuva Belgarath. Maintenant, reculez.

Il retroussa ses manches d'un air très professionnel, se pencha et tâta la terre de l'un des bacs.

— Tu avais raison, Pol, marmonna-t-il. Elle est un peu trop froide.

Il fronça légèrement les sourcils et Garion vit remuer ses lèvres. La vague d'énergie ne fut pas très puissante et c'est à peine s'il entendit le murmure qui l'accompagnait, mais des volutes de vapeur s'élevèrent de la terre humide.

— Voilà qui est mieux, conclut-il.

Il tendit les mains au-dessus des baquets fumants disposés autour de la couche impériale et Garion entendit pour la seconde fois le bruit de vague caractéristique.

Il ne se passa pas grand-chose au début, puis de minuscules points verts apparurent sur la terre humide. En regardant croître ces petites pousses, Garion songea à une autre occasion où il avait vu son grand-père effectuer la même prouesse. Aussi clairement que si la scène s'était déroulée devant ses yeux, il revit la cour du palais de Korodullin, à Vo Mimbre, et le rameau de pommier que le vieux sorcier avait planté entre deux dalles de pierre. La brindille était devenue un arbre qui avait grandi et s'était couvert de fruits, prouvant au sceptique Andorig que le vagabond aux cheveux d'argent était bien celui qu'il prétendait être.

Les feuilles vert pâle foncèrent et de petits buissons se formèrent sur les bacs de terre.

— Fais-les grimper autour du lit, Père, suggéra Polgara en examinant la végétation d'un œil critique. Les lianes produisent plus de bourgeons, et j'en voudrais des quantités.

Garion crut que Belgarath allait exploser mais il se contenta de pousser un soupir excédé.

— Très bien. Tu veux des lianes ? Tu vas en avoir.

— J'espère que ce n'est pas trop difficile pour toi ? reprit-elle d'un ton compatissant.

Il ne répondit pas, mais Garion vit saillir les muscles de ses mâchoires et des gouttes de sueur perler sur son front. De longues tiges sinueuses pareilles à des serpents verts commencèrent à s'enrouler autour des pieds du lit puis continuèrent à monter et grimpèrent sur la couche de l'empereur. Arrivées là elles marquèrent un temps d'arrêt alors que Belgarath reprenait son souffle.

— Ce n'est pas si facile que ça en a l'air, commenta-t-il, haletant.

Puis il se concentra de nouveau. Les vrilles tapissèrent bientôt tout le lit et le corps inerte de Kal Zakath, ne laissant à découvert que son visage de cendre.

— Très bien, les filles ! annonça Belgarath. Ça suffit. Vous pouvez fleurir, maintenant.

Il y eut une autre vague d'énergie et un curieux tintement.

La pointe des rameaux se renfla, formant des myriades de bourgeons qui se fendirent, éclatèrent et révélèrent un cœur lavande très pâle. Puis, presque timidement, les petites fleurs chétives s'ouvrirent, emplissant la pièce d'une odeur suave. Garion se redressa en humant cette odeur délicate. Il n'aurait su dire pourquoi, mais il se sentait merveilleusement bien tout à coup. C'était comme s'il avait secoué le joug des soucis et des problèmes qui l'accablaient depuis des mois.

Zakath eut un frémissement. Il inspira profondément et son visage défait retrouva un semblant de sérénité. Polgara posa le bout de ses doigts sur sa veine jugulaire.

— Ça a l'air de marcher, annonça-t-elle. On dirait que son pouls est plus lent et qu'il respire mieux.

— Tant mieux, acquiesça Belgarath. Tu m'aurais entendu si tu m'avais fait faire tout ça pour rien.

Puis l'empereur ouvrit les yeux. La silhouette vacillante debout au pied de son lit se pencha anxieusement sur lui. Ceux qui les regardaient à cet instant constatèrent avec surprise qu'il souriait et redoublèrent d'étonnement en voyant le pâle visage de la sibylle s'éclairer à son tour d'un timide sourire. Zakath poussa un profond soupir et referma les paupières. Le temps que Garion s'assure qu'il respirait toujours et relève les yeux sur Cyradis, elle avait disparu.

CHAPITRE IV

Un vent chaud souffla du lac, cette nuit-là, et la neige qui était tombée sur Rak Hagga et la campagne environnante se changea en une redoutable bouillie froide qui dégringolait par plaques entières des toits d'ardoise grise. La promenade sous les arbres étant déconseillée pour cette raison même, Garion et Silk se contentaient de regarder le jardin par la fenêtre du salon mauve, tout en bavardant tranquillement au coin du feu.

— Nous en saurions plus long si je pouvais entrer en contact avec Yarblek, remarqua le petit Drasnien.

Il avait revêtu le pourpoint gris perle et les chausses anthracite dont il avait fait son uniforme pendant plusieurs années avant de repartir pour l'aventure, mais il ne portait pas toutes les bagues et les opulents bijoux qui le faisaient paraître aussi insolemment riche à cette époque.

— Il n'est pas au Gar og Nadrak ? s'étonna Garion, qui avait, lui aussi, troqué ses vêtements de voyage contre son éternel pourpoint bleu passepoilé d'argent.

— J'aurais du mal à te dire où il peut bien être au juste, reprit Silk. Il se déplace beaucoup. Mais où qu'il soit, il reçoit toujours les rapports de nos agents à Mal Zeth, en Melcénie et à Maga Renn. Quoi que mijote ce Mengha, ça ne peut pas être bon pour les affaires. Je suis sûr que nos gens ont fait parvenir à Yarblek tous les renseignements qu'ils ont pu glaner. En ce moment, mon associé aux frustes atours en sait probablement plus sur Mengha que la police secrète de Brador.

— Je ne veux pas me détourner de mon objectif, Silk.

C'est avec Zandramas que j'ai maille à partir, pas avec Mengha.

— Si ça continue, nous aurons tous maille à partir avec les démons, répondit sobrement Silk, mais quoi que nous décidions, nous devons d'abord aller en Mallorée, et pour ça, il faut que nous arrivions à convaincre Zakath que l'affaire est grave. Il vous a écouté quand vous lui avez parlé de Mengha ?

— Je ne sais même pas s'il a compris ce que nous lui avons raconté. Il était déjà assez vaseux.

— Eh bien, nous n'aurons qu'à recommencer quand il se réveillera, grommela Silk, puis un sourire rusé retroussa ses lèvres. Il m'est arrivé de mener des négociations à bonne fin avec des malades, si tu vois ce que je veux dire.

— Il n'y a pas de quoi se vanter.

— Pas vraiment, mais la fin justifie parfois les moyens.

Plus tard dans la matinée, Garion et son ami au museau de fouine passèrent prendre des nouvelles de l'empereur (telle était, du moins, la version officielle). Polgara, Sadi et Andel étaient à son chevet. Le parfum suave des petites fleurs lavande emplissait encore la chambre bien que les bacs entourant l'étroit lit de camp eussent été écartés. Le malade était adossé à ses oreillers, mais il avait les yeux clos lorsque Silk et Garion entrèrent. Sa chatte ronronnait extatiquement au pied du lit.

— Comment va-t-il ? demanda tout bas Garion.

— Il a repris connaissance à plusieurs reprises, répondit Sadi. Son organisme n'a pas encore complètement éliminé le thalot, mais il est en voie de guérison. Je me demande si elles conserveraient leurs vertus une fois distillées, fit-il d'un ton rêveur en retournant curieusement l'une des petites fleurs entre ses doigts. Ou peut-être en essence... Vous vous rendez compte, si on découvrait un parfum susceptible de neutraliser n'importe quel poison ? Et pourquoi pas le venin de serpent, tant que nous y sommes ? ajouta-t-il en plissant le front.

— Faites mordre quelqu'un par Zith et vous pourrez faire l'expérience, suggéra Silk.

— Seriez-vous volontaire, Prince Kheldar ?

— Euh... non merci, Sadi. Mais c'est gentil d'avoir pensé à moi. Au fait, j'espère qu'elle est enfermée, reprit-il d'une voix quelque peu tremblante en regardant la mallette rouge ouverte par terre, dans un coin de la pièce.

— Elle dort, répondit l'eunuque. Elle pique toujours — mais non, Prince Kheldar ! — un petit roupillon après déjeuner.

— Et quand il se réveille, il parle d'une façon cohérente ? coupa Garion en regardant l'empereur endormi.

— Ses idées semblent assez claires, le rassura Polgara.

— L'hystérie et le délire sont des symptômes caractéristiques de l'empoisonnement par le thalot, confirma Sadi. Le fait qu'il retrouve ses esprits est un signe presque assuré de guérison.

— C'est vous, Belgarion ? demanda Zakath dans un souffle, sans ouvrir les yeux.

— Oui, répondit Garion. Comment vous sentez-vous ?

— Bien. J'ai la tête vide et tous les muscles de mon corps me font souffrir comme un abcès sous une dent, mais à part ça, je ne me sens pas trop mal. Que s'est-il passé ? continua-t-il en soulevant les paupières et en grimaçant un sourire. J'ai l'impression d'avoir perdu le fil des événements.

Garion quêta l'approbation de Polgara d'un rapide coup d'œil.

— Vous avez été empoisonné, annonça-t-il au malade.

— Il faut croire que ce n'était pas un très bon poison, commenta Zakath, un peu surpris.

— C'est au contraire l'un des plus redoutables, Majesté, rectifia doucement Sadi. Il entraîne inévitablement la mort.

— Alors, je vais mourir ? releva Zakath avec une sorte d'étrange satisfaction. Eh bien, ça réglera bon nombre de problèmes.

— Je regrette infiniment, Majesté, intervint Silk avec une feinte contrition, mais je crains que Belgarath n'ait réussi à prolonger quelque peu votre existence. Il a la sale habitude d'intervenir dans le cours normal des événements. Enfin, nul n'est parfait...

— Vous êtes un drôle de petit bonhomme, Prince Kheldar, souffla Zakath avec un pauvre sourire.

— Mais si vous voulez vraiment mourir, ajouta le Drasnien avec impertinence, nous pouvons toujours réveiller Zith. Une morsure de cette charmante bestiole et vous n'aurez plus jamais mal aux dents.

— Zith ?

— La chouchoute de Sadi, un petit serpent vert. Peut-être même s'enroulerait-elle autour de votre oreille après vous avoir piqué afin de vous accompagner dans l'éternité par ses ronronnements.

L'empereur de Mallorée poussa un soupir et referma les yeux avec une infinie lassitude.

— Nous devrions le laisser dormir à présent, suggéra tout bas tante Pol.

— Pas encore, Dame Polgara, objecta l'intéressé. J'ai longtemps repoussé le sommeil et les cauchemars qui l'infestent, et il ne me vient plus naturellement.

— Il faut dormir, Kal Zakath, décréta fermement Andel. Il y a des moyens de bannir les mauvais rêves, et le sommeil est le meilleur des remèdes.

— J'ai peur, Andel, que les songes ne résistent à tous vos efforts, soupira mélancoliquement Zakath. Sadi, reprit-il d'une voix rêveuse, l'hallucination est-elle l'un des symptômes de l'empoisonnement dont j'ai été victime ?

— C'est possible, acquiesça l'eunuque. Quelles horreurs avez-vous vues ?

— Oh, rien d'horrible, tout au contraire. J'ai eu l'impression de voir une jeune femme aux yeux bandés. Un calme étrange m'a envahi à cette vision.

— Ce n'était pas une vision, Kal Zakath, lui révéla Andel.

— Qui donc est cette étrange enfant aveugle ?

— Ma maîtresse, répondit fièrement la guérisseuse. Le visage qui vous est apparu en ce moment tragique entre tous est celui de Cyradis, la sibylle de Kell, dont le choix décidera du sort de notre monde et de tous les autres mondes.

— Quelle lourde responsabilité pèse sur ces frêles épaules, murmura Zakath.

— C'est sa tâche, décréta simplement Andel.

Le malade sombra un instant dans la torpeur, un curieux sourire sur ses lèvres, puis il rouvrit les yeux.

— Suis-je guéri, Sadi ? demanda-t-il d'une voix plus claire. Votre excellent poison nyissien a-t-il cessé d'agir ?

— Eh bien, fit l'eunuque avec circonspection, sans aller jusqu'à dire que Sa Majesté est complètement remise, je crois pouvoir affirmer qu'elle est plus ou moins hors de danger.

— Parfait, approuva sèchement Zakath en se tortillant pour se redresser, ce que voyant Garion se précipita pour l'aider. Le félon qui m'a empoisonné a-t-il été arrêté ?

— Pas que je sache, répondit Sadi avec une moue dubitative.

— Il me semble pourtant que c'est le plus urgent. Je commence à avoir faim et je n'aimerais pas repasser par cette épreuve à chaque repas. Ce poison est-il répandu au Cthol Murgos ?

— Les Murgos, qui sont un peuple primitif, ont banni les drogues et les poisons de leur territoire, assura l'eunuque d'un ton réprobateur. Mais pour un assassin dagashi, il ne doit pas être difficile de se procurer du thalot.

— Vous pensez donc que mon empoisonneur serait un Dagashi ?

— La plupart des assassinats perpétrés au Cthol Murgos sont l'œuvre des Dagashis, confirma Sadi avec un soupir. Ils sont efficaces et discrets.

— Ce qui montrerait Urgit du doigt, reprit Zakath en étrécissant pensivement les paupières. Les Dagashis sont chers et Urgit dispose du trésor royal.

— Non, objecta Silk avec une grimace. Je ne vois pas Urgit faire ça. Je l'imagine assez bien vous faire planter une dague entre les épaules, mais commanditer un empoisonnement, sûrement pas.

— Comment pouvez-vous en être si sûr, Kheldar ?

— Je le connais, répondit le petit Drasnien, à bout d'arguments. C'est un faible et un timoré, mais il n'est pas du genre à résoudre un différend politique par un moyen aussi lâche que l'empoisonnement.

— Prince Kheldar ! protesta Sadi, indigné.

— En Nyissie, ce n'est pas une lâcheté, c'est un art, concéda Silk en tiraillant son long nez pointu. Il faut toujours prendre en considération les mœurs locales. J'admets qu'Urgit se consolerait assez vite si vous vous réveilliez en enfer un beau matin, mais je trouve que ça tombe un peu trop bien. Imaginez que vos généraux se fourrent dans la tête qu'il vous a fait tuer, vous ne croyez pas qu'ils passeraient les dix générations à venir à tenter d'exterminer les Murgos jusqu'au dernier ?

— Ça se pourrait bien, convint Zakath.

— Qui a intérêt à votre disparition et à ce que votre armée ne regagne pas la Mallorée de sitôt ? Sûrement pas Urgit. Je verrais plutôt quelqu'un qui tiendrait à conserver les coudées franches en Mallorée. Si vous nous laissiez fureter un peu, Liselle et moi, avant d'arrêter votre jugement ? proposa le petit Drasnien en se redressant de toute sa hauteur. Pour moi, ce qui est trop évident est toujours suspect.

— C'est bien joli, Kheldar, fit l'empereur, un peu grincheux. Mais comment puis-je être sûr que mon prochain repas ne sera pas assaisonné avec une dose d'épices exotiques ?

— Vous avez à votre chevet la meilleure cuisinière du monde, reprit Silk avec un ample geste du bras en direction de Polgara, et je puis vous garantir qu'elle ne cherchera pas à vous empoisonner. Elle vous changera peut-être en salsifis si vous l'offensez, mais vous n'avez pas à craindre qu'elle vous envoie rejoindre vos ancêtres.

— Ça va, Silk, merci, bougonna la sorcière.

— Je me contente, chère Polgara, de rendre un hommage mérité à vos dons exceptionnels. Hem... eh bien, je crois que je vais y aller..., conclut-il comme la sorcière le foudroyait du regard.

— Sage décision, commenta Garion *mezzo voce*.

Silk tourna les talons et quitta discrètement la pièce.

— Il est vraiment aussi bon qu'il le dit ? s'enquit Zakath, sincèrement intrigué.

— Je dirais qu'à eux deux, Kheldar et Liselle sont capables de déterrer tous les secrets du monde, confirma Polgara. Silk déteste le reconnaître, mais ils font une équipe presque parfaite. Et maintenant, qu'est-ce qui ferait plaisir à Sa Majesté pour le petit déjeuner ?

Un curieux échange avait lieu, pendant ce temps, dans un coin de la pièce. Garion, qui avait entendu un léger ronronnement monter de la bouteille de terre cuite de Zith, en avait déduit que le petit serpent exprimait ainsi sa béatitude ou que cette espèce avait la particularité de ronfler pendant son sommeil. Quoi qu'il en soit, la chatte de Zakath, attirée par le bruit, avait sauté du lit, fait un petit tour de ce côté-là et, sans doute machinalement, répondu par un ronronnement à la sourde vibration émanant de la bouteille. Elle la renifla un moment puis l'effleura, juste pour voir, avec sa patte velue, et le curieux concert de ronronnement se poursuivit de plus belle. La chatte mourait à présent de curiosité.

Puis, peut-être parce que Sadi n'avait pas bouché la bouteille à fond ou bien parce que Zith avait compris, depuis le temps, comment ouvrir la porte de sa petite maison, elle poussa le bouchon hors du goulot avec son nez émoussé. Elle ne se montra pas tout de suite. Elle resta timidement blottie dans sa bouteille à ronronner, puis elle sortit prudemment la tête en dardant sa langue fourchue dans le vide comme pour tester sa visiteuse.

Celle-ci fit un bond de trois pieds sur place et poussa un miaulement de surprise. Le petit serpent se retira aussitôt à l'abri de sa maison... sans cesser de ronronner.

Mais la chatte était trop intriguée. Lentement, avec circonspection, elle s'approcha à nouveau de la bouteille.

— Sadi, fit Zakath d'une voix étranglée.

— Elle n'a rien à craindre pour l'instant, Majesté, le rassura l'eunuque. Zith ne mord jamais quand elle ronronne.

La petite tête verte du serpent ressortit de la bouteille. Cette fois, la chatte eut à peine un mouvement de recul. Puis la curiosité fut plus forte que son aversion naturelle pour les reptiles. Elle continua à avancer pas à pas, le nez pointé vers cette créature étonnante. Zith, ronronnant toujours, tendit elle aussi son museau émoussé. Leurs nez s'effleurèrent, et elles marquèrent toutes les deux un léger recul. Puis elles se reniflèrent avec méfiance, le serpent avec sa langue, le félin avec son nez. Le ronronnement des deux bêtes faisait maintenant un vacarme infernal.

— C'est stupéfiant, murmura l'eunuque. On dirait qu'elles s'entendent comme larrons en foire.

— Je vous en prie, Sadi, geignit plaintivement Zakath. J'ignore quels sentiments vous inspire votre serpent, mais j'aime bien cette chatte, et je vous rappelle qu'elle attend un heureux événement.

— Je vais leur parler, Majesté. Je ne sais pas si elles vont m'écouter, mais je vous promets de leur dire deux mots.

Belgarath se retira à nouveau dans la bibliothèque et Garion le trouva un plus tard plongé dans l'examen d'une immense carte du nord de la Mallorée.

— Ah, fit-il en voyant entrer Garion. Tu tombes bien. J'allais justement t'envoyer chercher. Regarde-moi un peu ça. Si ça se trouve, continua-t-il comme son petit-fils obtempérait docilement, l'apparition de notre ami Mengha va tourner à notre avantage.

— Là, Grand-père, j'ai peur de ne pas te suivre.

— Zandramas est ici, à Ashaba, d'accord ? reprit patiemment Belgarath en indiquant un point dans les montagnes karandaques.

— D'accord, convint Garion.

— Bon, et Mengha va vers le sud-ouest, en partant de Calida, c'est-à-dire là, précisa le vieux sorcier en indiquant un autre nom sur la carte.

— C'est ce que dit Brador.

— Dans ce cas, Garion, il lui interdit l'accès de la majeure partie du continent. Elle a soigneusement évité tous les coins peuplés, ici, au Cthol Murgos ; je ne vois pas pourquoi elle changerait de tactique une fois en Mallorée. Urvon doit être au sud, à Mal Yaska, et les plaines du Nord sont virtuellement infranchissables, bien que ce soit presque l'été...

— Comment ça, l'été ?

— Eh bien oui, c'est l'été dans l'hémisphère Nord.

— Pardon ! J'oublie toujours... En attendant, nous ignorons où peut bien se trouver l'Endroit-qui-n'est-plus, reprit Garion en examinant la carte. Nous n'avons pas idée de la direction que prendra Zandramas en quittant Ashaba.

— Là, je ne suis pas tout à fait d'accord avec toi. A mon avis, compte tenu de tout ce qui est arrivé en Mallorée et du fait qu'elle sait maintenant que nous sommes sur ses talons, elle va très probablement tenter de regagner son quartier général à Darshiva. Le monde entier est à ses trousses et elle a besoin d'aide.

— Elle aurait tort de s'en faire à cause de nous, commenta mélancoliquement Garion. Nous ne pouvons même pas sortir du Cthol Murgos.

— C'est justement de ça que je voulais te parler. Je compte sur toi pour persuader Zakath que nous devons absolument partir d'ici et nous rendre le plus vite possible en Mallorée.

— Et comment veux-tu que je m'y prenne ?

— Ça, à toi de voir. Mais c'est d'une importance vitale.

— Pourquoi moi ? demanda Garion sans réfléchir. Pardon..., marmonna-t-il en baissant les yeux sous le regard fixe de son grand-père. Oublie ce que je viens de dire.

— Très bien. Je m'efforcerai de ne plus y penser.

Tard dans la soirée, la chatte de Zakath donna le jour à sept beaux bébés sous la surveillance attentive de Zith qui chassa tous les curieux par ses sifflements menaçants. Le petit reptile ne laissa curieusement approcher qu'une seule personne : Velvet.

Pendant plusieurs jours, Garion tenta vainement de mettre sur le tapis la question de leur départ pour la Mallorée. L'empereur convalescent invoquait d'ordinaire la fatigue consécutive à son empoisonnement, mais le jeune roi de Riva commençait à soupçonner fortement que ce n'était qu'un prétexte. Le gaillard semblait avoir de l'énergie à revendre pour toutes ses activités normales et ne protestait de sa lassitude que lorsque Garion abordait le chapitre des voyages.

Le soir du quatrième jour, il décida de faire une dernière tentative avant de se résoudre à employer des moyens plus radicaux. Il trouva Zakath en train de lire dans son fauteuil, près de son lit. Il semblait complètement remis. Il ne tremblait plus du tout et les cernes qu'il avait sous les yeux s'étaient estompés.

— Ah, Belgarion ! fit-il presque chaleureusement. C'est gentil de passer me voir.

— Je suis venu vous aider à combattre l'insomnie, répondit Garion d'un ton sardonique.

— Vous ne vous êtes donc pas laissé abuser ?

— Pas un instant. Il suffisait que je prononce les mots *bateau* et *Mallorée* dans la même phrase pour que vos paupières se ferment hermétiquement. Zakath, le temps presse. Il faut vraiment que nous partions. Maintenant, si vous m'y forcez, je peux vous présenter les choses autrement, insista Garion comme le Malloréen se passait la main sur le visage avec lassitude. Belgarath commence à s'impatienter. Je m'efforce de rester aimable et courtois, mais s'il s'en mêle, je vous avertis que ça risque de barder.

Zakath baissa la main et étrécit les yeux.

— Serait-ce une menace, Belgarion ?

— Disons plutôt une mise en garde amicale. Si vous voulez rester ici, au Cthol Murgos, c'est votre affaire, mais nous devons aller en Mallorée. Et tout de suite.

— Et si je vous en empêchais ?

— Nous en empêcher ? s'esclaffa Garion. Voyons, Zakath, de quel monde venez-vous ? Avez-vous seulement la moindre idée de ce dont vous parlez ?

— En voilà assez, Belgarion, rétorqua fraîchement l'empereur. Je vous autorise à vous retirer.

Il se leva avec raideur et se tourna vers son lit. Comme d'habitude, sa chatte avait déposé sa nichée au beau milieu et était allée tranquillement dormir dans la caisse garnie de chiffons placée dans un coin de la pièce. L'empereur regarda, exaspéré, le petit tas miaulant qui l'empêchait de se coucher et se pencha pour le prendre dans ses mains en coupe.

Zith se dressa comme un diable sortant de sa boîte au centre du paquet de fourrure, le fixa d'un œil glacial et poussa un sifflement inquiétant.

— Par les dents de Torak ! jura Zakath en reculant précipitamment. Cette fois, c'en est trop ! Allez dire à Sadi que je lui ordonne de récupérer immédiatement cette sale bête !

— Il l'a déjà reprise quatre fois, Zakath, répondit doucement Garion. Mais elle revient tout le temps. Il faut croire qu'elle vous aime bien, conclut-il en réprimant un sourire carnassier.

— Vous vous croyez drôle ?

— Moi ?

— Otez-moi ce serpent de là.

— Ne comptez pas sur moi pour y toucher, protesta Garion en nouant ses mains dans son dos. Je vais chercher Sadi.

Dans le couloir, il tomba nez à nez avec Velvet qui approchait, le visage ensoleillé par un petit sourire énigmatique.

— Rendez-moi un service, implora-t-il. Zith est sur le lit de Zakath, au milieu des chatons, et il voudrait se coucher.

— Vous pouvez la prendre sans crainte, Belgarion, répondit la fille aux cheveux de miel, et des fossettes creusèrent ses joues. Elle a confiance en vous.

— Mouais, eh bien j'aime autant ne pas essayer.

Ils rentrèrent de conserve dans la chambre de l'empereur.

— Margravine, fit celui-ci en la saluant courtoisement d'une inclinaison de tête.

— Majesté, répondit-elle avec une profonde révérence.

— Vous pourriez me débarrasser de ça ? demanda-t-il en indiquant le serpent dressé, dans une attitude menaçante, au milieu du petit tas de fourrure niché sur son lit.

— Certainement, Majesté.

En la voyant approcher, le reptile darda spasmodiquement sa langue vers elle.

— Oh, ça va, Zith ! pesta la fille aux cheveux de miel.

Elle releva le bas de sa jupe en corbeille, fourra délicatement les chatons dedans, prit Zith avec ménagement et la déposa au milieu. Elle traversa la chambre et se délesta précautionneusement de son fardeau dans la boîte, à côté de la mère chat. Celle-ci ouvrit un œil doré, fit place à ses chatons et à leur nurse verte, et se rendormit instantanément.

— N'est-ce pas attendrissant ? murmura la jeune fille. A propos, Majesté, reprit-elle en se retournant vers l'empereur, j'ai une bonne nouvelle : nous avons découvert, Kheldar et moi, par qui vous avez été empoisonné.

— Vraiment ?

— Hm-hm, acquiesça-t-elle avec un hochement de tête. Je dois dire que nous avons été assez épatés, ajouta-t-elle avec un léger froncement de sourcils.

— Vous êtes sûre de ce que vous racontez ? insista l'empereur d'une voix âpre.

— Autant qu'on peut l'être en pareil cas. Il est rare de trouver des témoins visuels à un empoisonnement. Mais il était dans la cuisine au bon moment, il est parti juste après votre attaque et nous le connaissons de réputation. C'est fou comme les gens remarquent certain individu aux yeux blancs, vous ne trouvez pas ? fit-elle avec un sourire à Garion.

— Naradas ? s'exclama Garion.

— Etonnant, n'est-ce pas ?

— Qui est Naradas ? s'enquit Zakath.

— L'un des hommes de main de Zandramas, expliqua Garion en fronçant le sourcil. Ça n'a pas de sens, Velvet. Pourquoi Zandramas voudrait-elle la mort de l'empereur ? Je comprendrais mieux qu'elle tienne à ce qu'il reste en vie, non ?

— Je n'ai pas de réponse à cette question, Belgarion, répondit la fille en écartant les mains devant elle. Pas encore, du moins.

— Velvet ? releva Zakath, intrigué.

— C'est un peu bête, non ? convint-elle avec un petit rire qui creusa ses fossettes. Enfin, je suppose que ces sobriquets sont quelque part des noms d'amitié... Mais Belgarion a posé une bonne question. Quel intérêt Zandramas aurait-elle à vous faire passer de vie à trépas ?

— Je n'en ai aucune idée, mais nous pourrons lui arracher cette réponse quand je lui mettrai la main dessus — et je vous garantis que je la retrouverai, même si je dois pour ça retourner le Cthol Murgos pierre par pierre.

— Elle n'est pas au Cthol Murgos, rectifia machinalement Garion en ruminant de sombres pensées. Elle est à Ashaba, dans la maison de Torak.

— C'est tout de même un peu trop commode, Belgarion, lança Zakath en plissant les yeux d'un air soupçonneux. Je me fais empoisonner juste après votre arrivée, comme par hasard. J'ai de la chance : Belgarath me sauve la vie. Kheldar et Liselle découvrent, autre coup de veine, l'identité de l'empoisonneur. Un caprice du destin, sans doute, veut qu'il travaille pour Zandramas, laquelle serait, par un étrange concours de circonstances, à Ashaba, un endroit situé, quelle aubaine, en Mallorée, où vous voulez vous rendre à tout prix. Ça fait des tas de coïncidences, vous ne trouvez pas ?

— Ecoutez, Zakath, je commence à en avoir jusque-là, éclata Garion. Si j'ai besoin d'un bateau pour aller en Mallorée, je le prendrai. La seule chose qui m'a empêché de le faire jusque-là, c'est l'excellente éducation que je dois à Polgara.

— Et comment vous proposez-vous de sortir d'ici ? rétorqua Zakath qui sentait la moutarde lui monter au nez, lui aussi.

Ce fut la goutte d'eau qui fit déborder le vase. Garion se sentit envahi par une rage totalement irrationnelle, conséquence d'une centaine de contretemps, d'empêchements et de retards qui s'étaient accumulés sur son chemin depuis près d'un an. Il passa la main derrière son épaule, dégaina l'épée de Poing-de-Fer et ôta l'étui de cuir qui protégeait la poignée. Il tendit la grande lame devant lui et investit l'Orbe de son Vouloir. Une flamme bleue jaillit de la gigantesque épée.

— Vous voulez savoir comment j'ai l'intention de sortir d'ici ? hurla-t-il à la face de l'empereur, sidéré. Eh bien je vais faire plus ou moins comme ça, ajouta-t-il en dirigeant vers la porte la langue de feu surgie de la lame. Casse-toi ! ordonna-t-il.

La colère de Garion n'était pas seulement irrationnelle ; elle était aussi un tantinet excessive. Il avait prévu de faire sauter la porte, et peut-être une partie du chambranle, juste pour faire voir à Zakath ce qu'il pensait de toute cette affaire. Mais l'Orbe soudain ramenée à la vie par son Vouloir et sa fureur passa un peu la mesure. Pour disparaître, la porte disparut, ça oui. Elle se réduisit en morceaux pas plus grands que des cure-dents qui s'éparpillèrent dans le couloir. L'encadrement de la porte fut lui aussi désintégré. Seulement ce que Garion n'avait pas prévu, c'est ce qui arriva au mur.

Zakath recula, le visage blême et tout tremblant, en contemplant le couloir qui venait de lui apparaître, ainsi que les gravats dont il était empli — des gravats qui étaient, un instant plus tôt, un mur de pierre de taille de deux pieds d'épaisseur.

— Par tous les Dieux d'Alorie, murmura tout bas Velvet.

C'était stupide et mélodramatique, il le savait bien, mais Garion était en proie à la plus belle colère de sa vie. D'une main, il prit Zakath, sidéré, par le bras et, de l'autre, il lui agita devant le nez l'épée de Poing-de-Fer.

— Bien, maintenant, nous allons monter là-haut discuter avec Belgarath, annonça-t-il. Nous allons emprunter les couloirs, si vous voulez me donner votre parole de ne pas appeler les soldats à chaque coin de corridor. Autrement, nous pouvons couper tout droit à travers la maison. La bibliothèque est plus ou moins dans cette direction, n'est-ce pas ? fit-il en indiquant l'un des murs encore debout avec la pointe de son immense lame.

— Allons, Belgarion, le gronda gentiment Velvet. Ce ne sont vraiment pas des façons de faire. Kal Zakath a toujours été un hôte des plus courtois. Je suis sûr que maintenant qu'il a compris la situation, il se montrera très coopératif. N'est-ce pas, Majesté ? insista-t-elle en regardant l'empereur avec un sourire malicieux. Nous ne voulons pas que le roi de Riva se fâche pour de bon, hein ? Il y a tant de choses fragiles dans les parages : les fenêtres, les murs, les maisons, la cité de Rak Hagga, ce genre de babiole...

Ils retrouvèrent Belgarath dans la bibliothèque. Il lisait un petit parchemin, une énorme chope près du coude gauche.

— Il y a du nouveau, fit laconiquement Garion en entrant.

— Oh ?

— Velvet et Silk ont découvert que Zakath a été empoisonné par Naradas.

— Naradas ? répéta le vieil homme en clignant les yeux. Eh bien, pour une surprise, c'est une surprise !

— Qu'est-ce qu'elle prépare, Grand-père ? Zandramas, je veux dire.

— Ça, je me le demande, riposta Belgarath. Mais nous pouvons peut-être essayer de le deviner. Voyons, Zakath, qui est censé vous succéder si quelqu'un réussit à vous trucider ?

— J'ai de lointains cousins, un peu dans tous les coins, répondit Zakath avec une moue évasive. Surtout dans les îles de Melcénie et à Celanta. Mais l'ordre de succession est un peu flou.

— Et si c'était ça, Belgarath ? suggéra gravement Velvet. Si la prophétie des Grolims que vous avez trouvée à Rak Hagga recèle la moindre parcelle de vérité, elle doit se présenter à la rencontre finale avec un monarque angarak. Un roi à sa botte servirait infiniment mieux ses desseins que Sa Majesté impériale ici présente. Imaginez qu'elle oigne, couronne et proclame roi un cousin au troisième ou quatrième degré... Elle n'aurait plus ensuite qu'à demander à ses Grolims de le tenir à l'œil et de le lui livrer pieds et poings liés au moment propice.

— C'est possible, évidemment, acquiesça le vieux sorcier. Mais je doute que ce soit aussi simple. Zandramas ne nous a pas habitués à agir sans détours, si vous voyez ce que je veux dire.

— Je vous signale que je n'ai pas la moindre idée de ce que vous racontez, lança Zakath, agacé.

— Que sait-il au juste ? demanda Belgarath à Garion.

— Sûrement pas grand-chose.

— Tant mieux. Peut-être nous fera-t-il moins de difficultés s'il ignore ce qui se passe au juste. Avez-vous entendu parler du Codex mrin ? demanda-t-il abruptement à l'intéressé.

— J'ai entendu dire qu'il avait été écrit par un fou, comme la plupart de ces prétendues prophéties.

— Et que savez-vous de l'Enfant de Lumière et de l'Enfant des Ténèbres ?

— Pour moi, ils relèvent purement et simplement du galimatias habituel aux fanatiques religieux.

— Voyons, Zakath, vous devez bien croire à quelque chose. Vous allez avoir du mal à comprendre si vous ne croyez à rien.

— Vous satisferiez-vous d'une suspension temporaire d'incrédulité ? contra l'empereur.

— Il faudra bien que je m'en contente. Bon. Ça va être un peu compliqué, alors faites attention. Ecoutez-moi attentivement et arrêtez-moi s'il y a quelque chose qui vous échappe.

Le vieux sorcier exposa alors à l'empereur de Mallorée l'antique histoire de l'*accident* qui était survenu avant le commencement des âges, des deux Destinées qui s'opposaient depuis l'aube des temps pour la domination de toute chose et des deux consciences qui les inspiraient.

— Mouais. Jusqu'ici, c'est une théologie assez standard, commenta Zakath. J'entends les Grolims prêcher les mêmes niaiseries depuis ma plus tendre enfance.

— Je tenais simplement à partir de données communes, convint Belgarath en hochant la tête, puis il poursuivit par le récit des événements qui avaient jalonné les siècles, du jour où Torak avait fendu le monde jusqu'à la bataille de Vo Mimbre.

— Là, notre point de vue diffère quelque peu, murmura Zakath.

— Ça, j'imagine, acquiesça Belgarath. Très bien. Cinq cents ans passèrent entre Vo Mimbre et le vol de l'Orbe par Zedar l'Apostat.

— La récupération, rectifia Zakath. L'Orbe avait été volée à Cthol Mishrak par ce forban de Poing-de-Fer et...

Il s'arrêta net et ouvrit de grands yeux en contemplant le vieil homme à l'air débraillé.

— Oui, Zakath, confirma celui-ci. J'y étais, tout comme j'étais là, deux mille ans plus tôt, quand Torak a volé l'Orbe de mon Maître.

— Je relève à peine de maladie, Belgarath, geignit l'empereur en se laissant tomber sur une chaise. Je ne sais pas combien de chocs de ce genre mes nerfs vont pouvoir encaisser.

— Leurs Majestés ont eu une petite explication, répondit plaisamment Velvet en réponse au coup d'œil perplexe de Belgarath. Le roi Belgarion de Riva a gratifié l'empereur d'une démonstration flamboyante du pouvoir inhérent à sa grande épée. L'empereur a été très impressionné. Comme tous ceux qui étaient dans les parages à ce moment-là.

— Tu as encore fait le mariolle ? lança Belgarath en foudroyant son petit-fils du regard.

Garion ouvrit la bouche, chercha un instant quoi répondre et la referma.

— Bien, revenons-en à notre histoire, reprit sèchement le vieux sorcier. Ce qui s'est passé après l'avènement de notre Garion préféré appartient à l'histoire contemporaine, et vous devez être au courant.

— Garion ? releva Zakath.

— Une forme commune, plus familière, de Belgarion. Belgarion fait un peu ostentatoire, vous ne pensez pas ?

— Pas plus que Belgarath.

— Il y a près de sept mille ans qu'on m'appelle comme ça, et je commence à y être habitué. Garion ne porte son *Bel* que depuis une douzaine d'années, et il le gêne encore un peu aux entournures.

Ledit Garion encaissa sans mot dire mais n'en pensa pas moins.

— Enfin, poursuivit le vieux sorcier, après la mort de Torak, Garion et Ce'Nedra se sont mariés. Il y a près d'un an, elle a donné naissance à un fils. C'est alors que quelqu'un a d'abord attiré l'attention de Garion vers le culte de l'Ours, puis tenté de tuer Ce'Nedra et enfin réussi à avoir la peau du Gardien de Riva.

— J'ai entendu parler de ça, confirma Zakath.

— Bref, Garion était sur le point d'exterminer les membres du culte jusqu'au dernier — il est champion, pour ça, quand il s'y met — lorsque quelqu'un s'est introduit dans la Citadelle de Riva et a enlevé son enfant au berceau — mon arrière-petit fils.

— Non ! s'exclama le Malloréen.

— Eh si, poursuivit Belgarath d'un ton sinistre. Nous pensions que c'était l'œuvre des adeptes de l'Ours et nous avons marché sur Rhéon en Drasnie, leur quartier général. Nous avons découvert que le chef du culte n'était autre que Harakan, l'un des sbires d'Urvon, et c'est là que nous avons compris que c'était une diversion. Nous étions tombés tête baissée dans un panneau habilement tendu par Zandramas, la ravisseuse du prince Geran. Ça ne va pas trop vite pour vous ?

— Non, non, ça va, bredouilla Zakath en déglutissant péniblement.

Avec ses yeux qui menaçaient de lui sortir de la tête, il était l'image même de la stupéfaction.

— J'ai bientôt fini, reprit le vieux sorcier. Après avoir pris conscience de notre méprise, nous avons retrouvé la piste de Zandramas. Nous savons maintenant qu'elle va en Mallorée, à un Endroit-qui-n'est-plus où se trouve le Sardion. Nous devons l'intercepter, ou du moins y arriver en même temps qu'elle. D'après Cyradis, cet Endroit-qui-n'est-plus devrait être le théâtre d'une nouvelle confrontation entre l'Enfant de Lumière et l'Enfant des Ténèbres. Il s'en est déjà produit quelques-unes depuis le commencement des âges, mais celle-ci serait la dernière. Elle se croit chargée de choisir entre les deux, mettant fin à la controverse une fois pour toutes.

— J'ai peur qu'à ce stade mon scepticisme naturel ne reprenne le dessus, protesta l'empereur de Mallorée. Voyons, Belgarath, vous ne croyez tout de même pas que je vais gober l'histoire de ces êtres ténébreux, plus vieux que le monde, qui font la course pour arriver à un endroit mystérieux et s'empoigner à nouveau ?

— Qu'est-ce qui vous fait penser que ce sont des ombres ? L'esprit qui anime les deux Destinés adverses s'incarne dans des êtres bien vivants et les utilise comme autant d'instruments au cours de ces rencontres. En ce moment, par exemple, l'Enfant des Ténèbres est Zandramas. Avant c'était Torak, jusqu'à ce que Garion le tue.

— Et qui est l'Enfant de Lumière ?

— Je croyais que c'était évident.

Zakath suivit son regard et rencontra les grands yeux bleus du petit-fils de Belgarath.

— Vous ? hoqueta-t-il, incrédule.

— C'est ce qu'on n'arrête pas de me répéter, confirma Garion.

CHAPITRE V

Kal Zakath, l'empereur tant redouté de l'infinie Mallorée, regarda d'abord Belgarath, puis de nouveau Garion, et enfin Velvet.

— Vous pourriez me dire pourquoi j'ai l'impression d'avoir complètement perdu le contrôle de la situation ? demanda-t-il. Quand vous êtes arrivés, vous étiez plus ou moins mes prisonniers, et voilà que j'ai l'impression d'être le vôtre.

— Nous vous avons dit des choses que vous ignoriez auparavant, c'est tout, rectifia Belgarath.

— Ou une histoire forgée de toutes pièces.

— Et pourquoi l'aurions-nous inventée, selon vous ?

— Je peux imaginer une infinité de raisons. Admettons que le fils de Belgarion ait été véritablement enlevé : du coup, vos motivations sont complètement transparentes. Vous avez besoin de moi pour vous aider dans vos recherches. Vous n'avez peut-être inventé ce ramassis d'absurdités ésotériques et cette histoire invraisemblable sur la filiation d'Urgit que pour me convaincre de renoncer à ma campagne au Cthol Murgos et de revenir avec vous en Mallorée. Si ça se trouve, tout ce que vous avez dit ou fait depuis votre arrivée ici tendait vers ce but.

— Vous nous croyez vraiment capables de faire une chose pareille ? se récria Garion.

— Belgarion, si j'avais eu un fils et si quelqu'un l'avait enlevé, je ne reculerais devant rien pour le récupérer. Je compatis à votre douleur, mais j'ai des obligations, moi aussi, et elles m'amènent à rester ici, pas à aller vadrouiller en Mallorée. Je regrette, mais plus j'y pense et moins j'arrive à croire à ces sornettes. Je n'aurais pas pu me tromper à ce point sur le monde. Des démons ? Des prophéties ? De la magie ? Des vieillards immortels ? Tout ça est fort amusant, mais je n'en crois pas un mot.

— Vous ne croyez même pas ce que l'Orbe vous a montré à propos d'Urgit ? releva Garion.

— Je vous en prie, Belgarion, ne me prenez pas pour un enfant, lança Zakath avec un sourire ironique. Je suppose que ma lucidité était déjà affectée par le poison quand vous m'avez montré des lumières énigmatiques et suggestionné pour que je voie ce que vous vouliez me faire voir, comme tous ces charlatans qui pullulent dans les foires de village.

— Et à quoi croyez-vous, Kal Zakath ? s'enquit Velvet.

— A ce que je peux voir et toucher — et pas grand-chose d'autre.

— Bel exemple de scepticisme, murmura-t-elle. Vous refusez donc en bloc tout ce qui touche à l'irrationnel ?

— A peu près, oui.

— Même le curieux pouvoir des sibylles de Kell ? Vous savez que leur don a été maintes fois avéré ?

— Ça oui, admit le Malloréen en fronçant le sourcil. Force m'est de le reconnaître.

— Comment peut-on démontrer la véracité d'une vision ? s'étonna Garion.

— Les Grolims, qui cherchaient à discréditer les sibylles, leur ont fait mettre par écrit leurs visions de l'avenir et ont chargé l'administration de confronter ces prédictions aux événements. Leurs prophéties n'ont jamais été prises en défaut à ce jour, répondit Zakath d'un ton morne.

— Vous croyez donc que les sibylles arrivent à connaître le passé, le présent et l'avenir grâce à des pouvoirs que nous ne comprenons pas ? insista Velvet.

— Très bien, Margravine, coupa l'empereur en faisant la moue. Je vous concède qu'elles disposent de pouvoirs encore inexpliqués.

— Pensez-vous qu'une sibylle pourrait vous mentir ?

— Brave petite, murmura Belgarath d'un ton approbateur.

— Non, répondit Zakath à contrecœur. Les sibylles ne mentent jamais. Leur bonne foi est proverbiale.

— Eh bien, reprit-elle avec un sourire qui creusa ses fossettes, vous n'avez qu'à demander à l'une d'elles de vous confirmer si nous disons la vérité ou non, d'accord ?

— Voyons, Liselle, objecta Garion, ça pourrait prendre des semaines. Nous n'avons pas tout ce temps devant nous.

— Je ne pense pas que ça nous retarde beaucoup, le rassura la jeune fille. Dame Polgara nous a dit qu'Andel avait fait venir Cyradis quand Sa Majesté était au plus mal. Peut-être voudra-t-elle bien nous rendre à nouveau ce service.

— Eh bien, Zakath, reprit Belgarath. Consentirez-vous à croire Cyradis, quoi qu'elle vous dise ?

L'empereur le regarda d'un air méfiant comme s'il flairait un piège.

— Vous avez réussi à me pousser dans mes derniers retranchements, fit-il d'un ton accusateur. Très bien, Belgarath, j'accepterai ce que me dira Cyradis — si vous vous engagez à en faire autant.

— C'est entendu. Envoyez chercher Andel et finissons-en.

Velvet alla parlementer avec l'un des soldats qui montaient la garde dans le couloir.

— Vous pourrez toujours vous vanter de m'avoir amené à envisager un instant que toutes vos affabulations puissent comporter une parcelle de vérité, commenta le Malloréen en s'appuyant au dossier de son fauteuil.

Garion et son grand-père échangèrent un rapide coup d'œil et les deux hommes éclatèrent de rire.

— Je ne vois pas ce que ça a de drôle, grinça Zakath.

— C'est une histoire de famille, expliqua le vieux sorcier. Garion n'avait pas dix ans que nous nous chicanions déjà, tous les deux, sur le thème du possible et de l'impossible. Je dois dire qu'il était encore plus borné que vous.

— C'est plus facile à accepter après le choc initial, nota celui-ci. C'est comme quand on nage dans de l'eau très froide. Au bout d'un moment, on est tellement engourdi qu'on ne sent plus rien.

Velvet revint sur ces entrefaites, en compagnie d'Andel. La Dalasienne portait son éternelle robe verte au capuchon relevé sur la tête.

— Je crois, Andel, vous avoir entendu dire que la sibylle de Kell était votre maîtresse, commença Zakath.

— C'est exact, Majesté.

— Pourriez-vous la faire venir ici ?

— En effigie seulement, Majesté, s'il le fallait vraiment et à condition qu'elle y consente.

— Je crois que c'est indispensable, Andel. Belgarath m'a raconté certaines choses et j'ai besoin de sa confirmation. Je sais que Cyradis dit toujours la vérité, alors que Belgarath jouit d'une réputation des plus douteuses.

Il regarda à la dérobée le vieux sorcier qui lui répondit d'un sourire radieux assorti d'un clin d'œil impudent.

— Je vais entrer en contact avec ma maîtresse, Majesté, et lui demander de nous apparaître, acquiesça Andel. Si elle y consent, je vous implore de l'interroger rapidement. L'effort requis pour se projeter à l'autre bout du monde est épuisant, et elle n'est pas forte.

La Dalasienne s'agenouilla et baissa la tête avec humilité. Garion entendit à nouveau ce curieux murmure émanant d'une infinité de voix, puis il y eut un long moment de silence, l'air se mit à frémir et la silhouette aux yeux bandée de Cyradis apparut devant eux.

— Nous Te remercions, Sainte Sibylle, d'avoir consenti à te présenter à nous, commença Zakath avec vénération. Mes invités ici présents m'ont dit des choses que je ne puis me résoudre à croire, mais je me suis engagé à Te faire confiance.

— Je Te dirai, Zakath, ce que je puis, répondit la sibylle. Certaines choses me sont cachées, et d'autres ne peuvent être révélées encore.

— Je comprends ces restrictions, Cyradis, et les accepte. Belgarion me dit qu'Urgit, le roi des Murgos, n'est pas le fils de Taur Urgas. Est-ce vrai ?

— C'est exact, acquiesça-t-elle simplement. Le père du roi Urgit était alorien.

— Y a-t-il encore au monde des descendants de Taur Urgas ?

— Que non point, Zakath. La lignée de Taur Urgas s'est éteinte il y a une douzaine d'années, lorsque son dernier fils a été étranglé dans une cellule de Rak Goska sur l'ordre d'Oskatat, le sénéchal du roi Urgit.

— C'est donc fini, soupira le Malloréen en hochant la tête avec accablement. Le sang de mon ennemi s'est tari à l'insu de tous, dans un cul-de-basse-fosse. Le monde a si bien ignoré sa disparition que je n'ai pu ni m'en réjouir ni maudire celui qui me privait à jamais de ma vengeance.

— La vengeance est une chose vide de sens, Zakath.

— C'est ce qui m'a fait vivre pendant près de trente ans. Enfin... soupira-t-il à nouveau en se redressant. Zandramas a-t-elle réellement enlevé le fils de Belgarion ?

— En effet. Elle l'emmène présentement à l'Endroit-qui-n'est-plus.

— Et quel est cet endroit ?

— Je ne puis le révéler, répondit la sibylle en durcissant le ton. Sache toutefois que là est le Sardion.

— As-Tu le droit de me dire ce qu'est le Sardion ?

— C'est l'une des moitiés de la pierre qui a été divisée.

— Revêt-elle véritablement tant d'importance ?

— Rien n'est plus précieux pour le peuple angarak. Les Grolims, du reste, le savent bien : pour sa possession, Urvon donnerait tout au monde, Zandramas renoncerait à l'adoration des multitudes et Mengha vendrait son âme — ce qu'il a fait en vérité lorsqu'il a invoqué l'aide des démons. Même Agachak, le Grand Prêtre de Rak Urga, abandonnerait pour elle tout pouvoir sur le Cthol Murgos.

— Comment se fait-il que j'aie si longtemps ignoré l'existence de cet objet d'une importance fondamentale ?

— Tes yeux, Zakath, ne voient que l'aspect matériel des choses. Le Sardion n'est point de ce monde — non plus que l'autre moitié de la pierre divisée.

— L'autre moitié ?

— Celle qui porte le nom de Cthrag Yaska pour les Angaraks et que les hommes du Ponant appellent l'Orbe d'Aldur. Cthrag Sardius et Cthrag Yaska furent séparées dans le moment qui vit la naissance des Destinées adverses.

— Alors tout est vrai ? demanda l'empereur d'une voix rauque, le visage blême, en nouant ses mains devant lui pour conjurer leur tremblement.

— Tout, Kal Zakath. C'est la vérité.

— Y compris le fait que Belgarion serait l'Enfant de Lumière et Zandramas l'Enfant des Ténèbres ?

— En effet.

Il s'apprêtait à lui poser une autre question lorsqu'elle leva la main.

— Le temps me manque, Zakath, et je dois à présent Te révéler des faits cruciaux pour Ton existence. Sache que Tu approches de la croisée des chemins. Oublie Ta soif de pouvoir et Ta faim de revanche, ce ne sont que futilités. Retourne à Mal Zeth et prépare-Toi à jouer Ton rôle dans la rencontre à venir.

— Mon rôle ? répéta-t-il, sidéré.

— Ton nom et la tâche qui T'incombe sont inscrits dans les étoiles.

— Et quelle est cette tâche ?

— Je T'en informerai lorsque Tu seras prêt à en comprendre la nature. Mais Tu dois d'abord purifier Ton cœur du chagrin et du remords qui Te hantent depuis si longtemps.

— J'ai peur, Cyradis, de ne le pouvoir, soupira le Malloréen, les mâchoires serrées. C'est trop me demander.

— Alors Tu es condamné à périr avant le changement de saison. Songe à ce que je T'ai dit, songes-y bien, ô Empereur de Mallorée. Nous nous reverrons.

Elle disparut sur un dernier vacillement.

Zakath contempla, blême et l'œil hagard, l'endroit où elle se tenait l'instant d'avant.

— Eh bien, Zakath, fit Belgarath. Vous êtes convaincu, maintenant ?

— Ça n'a pas de sens ! éclata l'empereur d'une voix entrecoupée, puis il se leva et commença à arpenter la pièce.

— Je sais, confirma calmement le vieux sorcier. Mais la volonté de croire l'impossible est une indication de foi. Une foi qui est peut-être l'étape préparatoire à ce que vous a annoncé Cyradis.

— Ce n'est pas que je refuse de croire, Belgarath, rectifia Zakath d'une voix étrangement humble. C'est juste que...

— Je ne vous ai jamais dit que ce serait facile. Mais vous avez l'habitude de faire des choses difficiles, n'est-ce pas ?

— Pourquoi moi ? fit le Malloréen d'une voix plaintive, les yeux perdus dans le vague, en se laissant tomber dans son fauteuil. Pourquoi a-t-il fallu que ça tombe sur moi ?

Garion éclata de rire.

— Pardon, s'excusa-t-il en réponse au regard noir de l'empereur, mais je n'arrête pas de dire *Pourquoi moi ?* depuis que j'ai quatorze ans. Personne ne m'a jamais apporté de réponse satisfaisante, mais je vous promets qu'on cesse de se révolter contre cette iniquité, au bout d'un moment.

— Ne croyez pas, Belgarion, que je cherche à fuir mes responsabilités, quelles qu'elles soient. Seulement je ne vois vraiment pas comment je pourrais vous aider. Vous allez suivre Zandramas, récupérer votre fils et détruire le Sardion. C'est bien ça, non ?

— Je crains fort que ce ne soit un peu plus compliqué, en réalité, rectifia Belgarath. La destruction du Sardion mettra en jeu des forces cosmiques, et il pourrait bien en résulter un cataclysme.

— Là, il y a quelque chose qui m'échappe. Vous ne pourriez pas agiter la main et le faire disparaître ? Après tout, vous êtes sorcier, ou du moins c'est ce qu'on dit.

— On n'a pas le droit de faire ça, répondit machinalement Garion. On ne peut pas détruire ce qui est. Ctuchik s'y est risqué, et c'est lui qui a disparu.

— Je croyais que vous l'aviez tué, objecta Zakath en fronçant le sourcil.

— C'est ce que s'imaginent la plupart des gens, convint Belgarath en haussant les épaules, et comme ça ajoute à ma réputation, je me garde bien de les détromper. Non, nous n'y couperons pas. Je suis à peu près sûr que la seule façon de détruire le Sardion réside dans la confrontation finale entre l'Enfant de Lumière et l'Enfant des Ténèbres. Mais je pense, continua-t-il, les yeux étincelants, que Cyradis a laissé échapper, sans le vouloir, une information très importante : elle nous a dit que l'Eglise grolime tout entière cherchait désespérément à mettre la main sur le Sardion et elle a inclus Mengha dans son énumération. Et si ça voulait dire que Mengha est lui aussi un Grolim ? Andel, votre jeune maîtresse est-elle sujette à ce genre de lapsus ?

— Une sibylle ne peut se trahir, Vénérable Belgarath, répondit la guérisseuse. Ce n'est pas sa seule voix qui s'exprime par sa bouche, c'est la Vision.

— Elle nous a donc volontairement fait savoir que Mengha est — ou était — un Grolim, et que s'il évoquait des démons, c'était pour qu'ils l'aident à s'emparer du Sardion. A moins que... Il y a une autre possibilité, encore plus inquiétante, poursuivit-il d'un ton méditatif. Si ça se trouve, ses démons l'utilisent, lui, pour récupérer le Sardion... Ça expliquerait pourquoi ils lui obéissent si docilement. Les démons sont déjà assez redoutables comme ça, si le Sardion a le même pouvoir que l'Orbe, pour rien au monde il ne doit tomber entre leurs mains. Alors ? fit-il en se tournant vers Zakath.

— Alors quoi ?

— Vous êtes avec nous ou contre nous ?

— C'est une façon un peu abrupte de voir les choses, non ?

— Exact, mais elle présente l'avantage de faire gagner du temps, et le temps commence à presser.

— En tout cas, moi, je ne vois pas ce que j'ai à gagner dans l'alternative que vous me proposez, renifla l'empereur de Mallorée en s'enfonçant dans son fauteuil avec une expression indéchiffrable.

— Vous y gagnez de continuer à vivre, lui rappela Garion. Cyradis vous a dit que vous mourriez avant le printemps si vous n'entrepreniez pas la tâche qui vous incombe.

— La vie, Belgarion, ne m'a pas apporté assez de satisfactions pour que je me donne le mal de m'y cramponner, rétorqua Zakath en esquissant un petit sourire mélancolique, et son regard retrouva sa mortelle indifférence coutumière.

— Arrêtez ces enfantillages, Zakath, lança Garion, qui commençait de nouveau à voir rouge. Vous n'avez plus rien à faire au Cthol Murgos. Il n'y reste pas une goutte de sang urga à verser et la situation, chez vous, commence à devenir critique. Etes-vous un roi, un empereur ou ce que vous voudrez, ou un sale gosse trop gâté ? Vous refusez de rentrer à Mal Zeth parce qu'on vous dit que c'est la seule chose à faire et vous vous entêtez alors même qu'on vous assure que vous mourrez si vous n'y retournez pas. Ce n'est plus de l'infantilisme, ça devient du crétinisme, et je n'ai pas de temps à perdre avec un imbécile. Enfin, pour ce que j'en ai à faire, vous pourriez rester embusqué ici, à éplucher les vieux légumes, comme on dit à Cherek, jusqu'à ce que la prédiction de Cyradis vous rattrape, mais Geran est mon fils, et je vais en Mallorée. J'ai quelque chose à faire là-bas et je n'ai pas le temps de vous bichonner. De toute façon, conclut-il d'un ton désinvolte, insultant, je n'ai plus besoin de vous.

— Là, vous allez trop loin ! rugit l'empereur en tapant du poing sur la table.

Il se leva d'un bond, les yeux embrasés de haine.

— Tiens, vous êtes donc vivant, tout compte fait, constata Garion d'un ton sarcastique. Je commençais à me dire que j'allais être obligé de vous marcher sur le pied pour vous faire réagir. Très bien, maintenant que vous êtes réveillé, battons-nous.

— Comment ça, nous battre ? grommela Zakath, le visage rouge de colère. Et pour quoi ?

— Pour savoir si vous allez ou non rentrer avec nous en Mallorée.

— Trêve de billevesées ! Bien sûr que je vous accompagne. Mais avant, c'est pour votre conduite inqualifiable que je vais vous administrer une correction.

Garion le regarda un moment et se plia en deux, en proie à un fou rire incontrôlable.

Le Malloréen commença par serrer et desserrer frénétiquement les poings, la face cramoisie, puis il prit l'air quelque peu contrit et éclata de rire à son tour.

— Garion, grinça Belgarath, furieux, en respirant un bon coup, préviens-moi la prochaine fois que tu feras un coup pareil. Mon vieux cœur n'est plus ce qu'il était.

— Combien de temps vous faudrait-il, à vos amis et à vous-même, pour faire vos paquet ? demanda Zakath en s'essuyant les yeux, hilare.

— Oh, ce sera vite fait, répondit le jeune roi de Riva. Pourquoi ?

— Eh bien, je ne sais pas ce qui se passe, mais Mal Zeth commence à me manquer, tout à coup. C'est le printemps là-bas, en ce moment, et les cerisiers doivent être en fleurs. Vous allez adorer Mal Zeth, Ce'Nedra et vous, Garion.

Garion se demanda fugitivement s'il avait omis le *Bel* de son nom par inadvertance ou dans une volonté de conciliation. En tout cas, il était sûr à présent que l'empereur de Mallorée était un homme beaucoup plus complexe qu'il ne l'avait tout d'abord pensé.

— Maintenant, je vais vous demander de m'excuser, reprit Zakath, mais il faut que je m'entretienne avec Brador. J'ai besoin de précisions sur ce qui se passe à Karanda. Ce Mengha dont il m'a parlé semble susciter la rébellion ouverte contre la couronne, et je ne puis me départir des plus vifs préjugés à l'encontre de ce genre de menées.

— Je vous comprends, acquiesça platement Garion.

Des messagers impériaux passèrent les jours suivants à faire l'aller et retour sur la route qui reliait Rak Hagga au port de Rak Cthan. Enfin, par un beau matin glacial, une colonne de plusieurs lieues de long s'engagea dans la prairie étincelante de givre sous le ciel d'azur. Garion fit mentalement ses adieux au lac Hagga. Le soleil radieux faisait monter une brume ténue de ses eaux outremer. Le jeune roi de Riva, reconnaissable de loin à sa cape grise, menait la marche avec Zakath. Jamais l'empereur ne lui avait paru d'aussi bonne humeur depuis le jour où il avait fait sa connaissance.

— Je vous accorde que nous ne risquons pas de passer inaperçus, grimaça le Malloréen en regardant derrière son dos. Je suis rigoureusement parasité par la vermine qui prolifère autour de moi comme des vers sur un quartier de viande pourrie.

— Si c'est un tel problème pour vous, pourquoi ne vous en débarrassez-vous pas ? suggéra Garion.

— Impossible. Ils sont tous issus de grandes familles. Ce qui m'oblige à un équilibrage subtil des membres des différentes maisons. Tant qu'aucune coterie n'est avantagée par rapport aux autres, tout ce petit monde passe son temps à se tirer dans les pattes et ne songe pas à se liguer contre moi.

— C'est une façon comme une autre de tenir les choses en main.

Au fur et à mesure que le soleil montait dans ce ciel du bout du monde, le givre fondait lentement sur les longues herbes brunies par l'hiver et glissait doucement des plumets pendouillants des fougères, déposant leur empreinte blanche, fantomatique, sur la mousse qui tapissait la prairie.

Ils s'arrêtèrent pour déjeuner — un repas servi sur une nappe damassée, sous une vaste toile de tente, et qui n'avait rien à envier à ceux qu'ils faisaient à Rak Hagga.

— Pas mal, tout compte fait, commenta Zakath, la dernière bouchée avalée.

— Vous êtes trop gâté, Sire, remarqua Polgara. Une ou deux journées de cheval le ventre vide, sous une pluie battante et vous retrouveriez l'appétit, je vous le garantis.

— Je pensais, Garion, que le franc-parler était votre apanage exclusif, nota l'empereur avec un clin d'œil amusé, mais je constate que c'est un trait de famille.

— Ça fait gagner beaucoup de temps, rétorqua Garion en haussant les épaules.

— Pardonnez-moi, Belgarion, mais quel intérêt un immortel peut-il attacher au temps ? s'enquit Sadi avant d'ajouter avec un sourire assez funèbre : l'immortalité doit au moins assurer à son bénéficiaire l'immense satisfaction de voir vieillir et mourir tous ses ennemis...

— C'est très surfait, vous savez, pontifia Belgarath, confortablement adossé au dossier de son fauteuil, une chope d'argent pleine à ras bord à la main. Il arrive que les siècles passent sans qu'on se fasse un seul ennemi digne de ce nom et qu'on n'ait que soi-même à regarder vieillir.

— Vous voulez que je vous dise ? déclara tout à coup Zakath avec un grand sourire. Il y a plus de vingt-cinq ans que je ne me suis senti aussi bien. J'ai l'impression qu'on m'a soulagé d'un énorme fardeau.

— Sûrement un effet secondaire de ce poison, supputa Velvet. Un peu de repos et tout devrait rentrer dans l'ordre.

— Elle est toujours comme ça ? s'informa le Malloréen.

— Et encore, là, elle se retient, répondit suavement Silk.

En ressortant du vaste pavillon de toile, Garion chercha vainement sa monture, une bonne bête rouanne au long museau busqué. Il commençait à se demander ce qui avait bien pu lui arriver lorsqu'il remarqua que sa selle et ses paquets avaient été transférés sur un autre cheval, un superbe étalon à la robe anthracite. Puis il constata que Zakath l'observait attentivement.

— Qu'est-ce que ça veut dire ? demanda-t-il, intrigué.

— Acceptez, Garion, ce modeste témoignage de mon infini respect, répondit l'empereur, les yeux brillants. Votre rouan était sans doute un bon cheval, mais assurément indigne d'être votre destrier. Un roi mérite une bête de race. Je pense que Chrestien saura se montrer à la hauteur de toute occasion requérant un tant soit peu de faste.

— Chrestien ?

— C'est son nom. C'était le fleuron de mes écuries au Cthol Murgos. Vous n'avez pas d'écuries, à Riva ?

— Mon royaume est une île, Zakath, fit Garion en riant.

Et dans les îles, on s'intéresse plus aux bateaux qu'aux chevaux.

Il regarda le noble étalon gris au cou incurvé qui frappait légèrement le sol du sabot et se sentit tout à coup submergé de gratitude envers l'empereur de Mallorée.

— C'est un cadeau magnifique, dit-il en lui étreignant chaleureusement les mains.

— Et comment ! Je suis un type merveilleux, au cas où vous ne l'auriez pas remarqué. Allez, Garion, montez-le. Sentez le vent fouetter votre visage et que le tonnerre de ses sabots fasse vibrer votre sang.

— Eh bien, il faudrait que nous fassions connaissance, lui et moi, répondit le jeune homme en tentant de réfréner son impatience.

— C'est sûr, approuva Zakath en riant.

Garion approcha de l'immense cheval gris qui le regardait calmement.

— On dirait que nous allons partager la même selle pendant un moment, lui annonça-t-il.

L'animal hocha la tête et lui fourra son nez dans l'oreille.

— Il a envie de courir, traduisit Essaïon. Je vais t'accompagner, si ça ne t'ennuie pas. Cheval aimerait bien se dégourdir un peu les pattes, lui aussi.

— Avec plaisir, acquiesça Garion. Eh bien, qu'est-ce qu'on attend ?

Il prit les rênes et mit le pied à l'étrier. C'est tout juste si l'étalon ne prit pas le galop avant même qu'il ne fût en selle.

Garion devait faire, ce jour-là, une expérience à nulle autre pareille. Il avait passé bien des heures à cheval, parfois des semaines d'affilée. S'il avait toujours pris soin de ses montures, comme tout Sendarien digne de ce nom, il ne s'était jamais spécialement attaché à aucune de ces bêtes — jusqu'à présent. Pour lui, un cheval n'était qu'un moyen commode d'aller d'un point à un autre, et le fait de monter dessus ne lui apportait aucun plaisir particulier. Mais avec Chrestien, ce n'était pas du tout la même chose. Il éprouvait une formidable exaltation à sentir jouer sous son corps les muscles du grand étalon. Ils s'élancèrent au galop dans la prairie roussie par l'hiver, Essaïon et son étalon bai à leurs côtés. Ils prirent pour but une colline arrondie, à une demi-lieue de distance.

En arrivant au sommet, Garion était à bout de souffle mais il riait à gorge déployée. Il retint sa monture qui se cabra et fouetta l'air de ses sabots, comme avide de repartir.

— Maintenant tu comprends, n'est-ce pas ? demanda Essaïon avec un grand sourire.

— Oui, admit Garion, extatique. Je crois que je commence à saisir. Je me demande comment j'ai fait pour ne pas m'en rendre compte pendant toutes ces années.

— Pour ça, il faut avoir le bon cheval, répondit sagement Essaïon. Tu sais que tu ne seras plus jamais comme avant, hein ? reprit-il en le regardant par en dessous.

— Ça ne fait rien. Je commençais à en avoir marre de ce que j'étais. Si on allait voir ce qu'il y a de l'autre côté ? suggéra-t-il en indiquant une longue rangée de collines qui se découpait sur le ciel d'un bleu intense, à une lieue de là.

— Pourquoi pas ? acquiesça Essaïon en riant.

Ce qu'ils firent.

L'intendance de la maison impériale était irréprochable. Une partie des gens avaient devancé la colonne pour préparer le campement de la nuit à un endroit situé presque exactement à mi-chemin de la côte. Ils reprirent la route givrée tôt le lendemain matin, sous un ciel sans nuages. Vers la fin de l'après-midi, en franchissant une colline, ils découvrirent la mer d'Orient d'un bleu à nul autre pareil sous le soleil hivernal. Des nuées semblables à une épaisse fumée rousse barraient l'horizon au loin. Deux douzaines de vaisseaux aux voiles rouges ferlées étaient au mouillage dans la crique dentelée d'une baie peu profonde, loin en dessous d'eux. Garion regarda Zakath avec étonnement.

— Encore un exemple du faste ostentatoire dont je vous parlais, commenta l'empereur avec un soupir désabusé. J'ai fait venir cette flotte de Cthan. Douze de ces bâtiments vont servir à transporter mes parasites et autres lèche-bottes — et, accessoirement, les humbles serviteurs qui se tapent tout le boulot. Les douze autres sont là pour escorter nos royales personnes avec la pompe due à leur rang. N'oubliez jamais la pompe, Garion. Sans pompe, le peuple risquerait de prendre son monarque pour un type honnête.

— Je vous trouve bien badin, ce soir.

— Ça doit être encore une séquelle de l'empoisonnement, comme dirait Liselle. Nous dormirons à bord, cette nuit, et nous appareillerons demain matin, à l'aube.

Garion flatta l'encolure galbée de Chrestien avec un regret qu'il n'avait jamais connu jusqu'alors et rendit ses rênes à un serviteur.

On les accompagna vers la plage de sable fin puis à bord d'un vaisseau incroyablement luxueux. Leurs cabines n'avaient rien à voir avec les réduits exigus de la plupart des autres bâtiments sur lesquels Garion avait pris la mer. C'étaient des chambres royales. Il lui fallut un petit moment pour comprendre que si les autres vaisseaux consacraient peu d'espace aux cabines, c'est que l'essentiel de la place disponible était réservée aux marchandises. Or la seule marchandise que semblait transporter ce vaisseau était l'empereur de Mallorée.

Ils dînèrent ce soir-là dans la salle à manger au plafond bas du palais flottant de Zakath. Garion avait été tellement absorbé, depuis huit jours sinon plus, par l'imprévisible empereur, qu'il n'avait guère eu le temps de s'entretenir avec ses amis. Aussi, lorsqu'ils prirent place à table, choisit-il délibérément un siège à l'opposée du Malloréen. Il s'assit avec soulagement entre Polgara et Durnik, pendant que Ce'Nedra et Velvet divertissaient l'empereur de leur conversation pétillante.

— Tu as l'air fatigué, Garion, remarqua Polgara.

— Je suis un peu sous pression, confirma-t-il. Je voudrais bien que cet animal me fasse la surprise de rester le même pendant cinq minutes. Chaque fois que je crois en avoir fait le tour, je me retrouve en face d'un inconnu.

— Voyons, mon chou, il ne faut pas ranger les gens dans des petites cases, murmura-t-elle en lui tapotant le bras. C'est un signe de confusion mentale.

— Nous sommes vraiment obligés de manger *ça* ? rechigna Durnik en indiquant de la pointe de son couteau le homard rouge vif qui le contemplait depuis le fond de son assiette, les pinces braquées vers lui comme s'il s'apprêtait à lui faire un sort.

— C'est pour ça que sont faits tous ces instruments, mon Durnik, lui expliqua Polgara avec une patience insolite. Pour casser la coquille afin de l'en extraire.

— Je ne mangerai jamais une chose qui ressemble à un énorme insecte écarlate, décréta-t-il en repoussant son assiette avec une brutalité inhabituelle. Il y des limites à tout.

— Le homard est un régal, Durnik, reprit-elle.

— Il y a même des gens qui mangent des escargots, je sais.

Les yeux de tante Pol jetèrent des éclairs, mais elle se domina et tenta encore de le raisonner.

— Si tu veux, nous pouvons leur demander de t'apporter autre chose, dit-elle suavement.

Il lui jeta un regard noir. Garion suivit leur petit manège pendant un moment, puis il décida qu'ils se connaissaient assez pour ne pas tourner autour du pot pendant des heures.

— Allons, Durnik, qu'est-ce qui ne va pas ? fit-il d'un ton anodin. On dirait un blaireau qui aurait un rhume de cerveau.

— Ça va très bien, rétorqua sèchement le forgeron.

Puis Garion additionna deux et deux. Il se souvint de ce qu'Andel avait demandé à tante Pol au sujet de Toth. Il jeta un coup d'œil au géant muet qui se faisait tout petit à l'autre bout de la table. Et il regarda Durnik, qui tournait ostensiblement le dos à son ancien ami.

— Hm-hm, je comprends. Tante Pol t'a dit quelque chose qui ne t'a pas plu. Quelqu'un que tu aimais beaucoup a commis une action qui t'a mis en colère. Tu lui as dit des choses que tu regrettes d'autant plus à présent que tu as compris qu'il n'avait pas le choix et qu'il a agi pour le mieux, en fin de compte. Et maintenant, tu payerais cher pour faire la paix avec lui, mais tu ne sais pas comment t'y prendre. C'est bien pour ça que tu te comportes de la sorte et que tu es aussi agressif avec tante Pol, hein ?

Durnik donna d'abord l'impression d'avoir reçu un coup en pleine face puis, de cramoisi, son visage devint d'une pâleur mortelle.

— J'en ai assez entendu, éclata-t-il en se levant.

— Allez, Durnik, assieds-toi. Nous nous aimons beaucoup trop tous autant que nous sommes pour nous conduire ainsi. Au lieu de bouder et de nous faire du mal, si nous tâchions plutôt de voir comment sortir de là ?

Durnik tenta de défier son adversaire du regard, mais il finit par baisser les yeux, le visage en feu.

— Oh, Garion, j'ai été tellement injuste avec lui, marmonna-t-il en se tassant sur son siège.

— Ça, c'est bien vrai, approuva Garion. Mais c'est parce

que tu n'avais pas compris ce qu'il faisait, et pourquoi. Je dois dire que je ne l'ai moi-même réalisé qu'il y a deux jours, quand Zakath a finalement changé d'avis et décidé de nous emmener à Mal Zeth. Cyradis savait qu'il en arriverait là, et c'est pour ça qu'elle a demandé à Toth de nous livrer aux hommes d'Atesca. Elle veut que nous trouvions le Sardion et que nous rencontrions Zandramas. Elle mettra tout en œuvre pour l'accomplissement de la prophétie, et Toth fera ce qu'elle exigera de lui. Dans les circonstances présentes, nous ne pourrions trouver un ami plus dévoué.

— Comment pourrai-je jamais... enfin, après la façon dont je l'ai traité ?

— Sois honnête. Admets que tu as eu tort et excuse-toi. Tu n'as pas besoin de le faire avec des mots, Durnik, reprit patiemment Garion en voyant se figer le visage de son ami. Vous vous êtes parlé pendant des mois sans rien vous dire, Toth et toi. Nous sommes sur un bateau et nous allons traverser un océan, reprit-il en lorgnant les poutres du plafond d'un air méditatif. Tu ne penses pas qu'il doit y avoir des tas de poissons dans toute cette eau ?

Durnik se fendit aussitôt d'un immense sourire.

Auquel Polgara répondit par un soupir nostalgique.

Le forgeron jeta un coup d'œil presque timide de l'autre côté de la table, puis il pointa son couteau vers le crustacé qui le lorgnait furieusement dans son assiette.

— Ah, ma Pol, comment disais-tu, déjà, qu'il fallait faire pour sortir cette sale bête de sa coquille ?

Ils quittèrent la côte de Hagga et firent voile vers le nord-est, laissant bientôt l'hiver derrière eux. Au cours de la traversée, ils franchirent la ligne imaginaire équidistante des deux pôles et réintégrèrent l'hémisphère Nord du monde. D'abord timidement, puis avec une confiance croissante, Durnik et Toth renouèrent leur amitié et passèrent leurs journées à l'arrière du bâtiment, à lancer dans la mer leurs lignes ornées de leurres multicolores et d'appâts divers et variés chipés aux cuisines.

L'humeur de Zakath restait au beau fixe, quoiqu'il passât le plus clair de son temps à parler avec Belgarath et Polgara des démons, sujet qui ne prêtait pas particulièrement à rire. Puis, au bout de huit jours de mer, un serviteur s'approcha de Garion, qui observait, appuyé au bastingage, la danse du vent dans la crête des vagues écumantes, et lui annonça que l'empereur désirait le voir. Garion le suivit vers la cabine située à l'arrière du navire, où Zakath tenait ordinairement audience. Comme la plupart des cabines à bord de ce palais flottant, c'était une vaste pièce luxueusement aménagée et éclairée par d'immenses baies qui occupaient toute la largeur de la poupe. Des tentures de velours écarlate garnissaient les fenêtres et les pieds enfonçaient dans un superbe tapis malloréen d'un bleu profond. Vêtu de blanc, comme toujours, Zakath était assis sur un divan de cuir, au bout de la cabine, et regardait distraitement, en caressant les oreilles de sa chatte qui ronronnait sur ses genoux, les vagues moutonnantes et les grands goélands blancs qui suivaient le navire.

— Vous vouliez me voir, Zakath ? demanda Garion.

— Oui, Garion, entrez. Je ne vous ai pas beaucoup vu, ces derniers jours. Seriez-vous fâché ?

— Pas le moins du monde. Mais vous vouliez tout savoir sur les démons et comme je n'y connais pas grand-chose je me suis abstenu de m'immiscer dans la conversation.

Il étouffa un gémissement et se pencha pour ramasser un chaton facétieux qui lui avait planté ses griffes dans la cheville.

— Il se prend pour un redoutable fauve et croit avoir capturé un gros gibier, commenta Zakath en souriant.

Garion s'arrêta net et regarda prudemment autour de lui.

— J'espère que Zith n'est pas dans le coin ?

— Non, s'esclaffa le Malloréen. Sadi l'a mise aux arrêts de rigueur. Est-elle vraiment aussi redoutable qu'on le dit ? reprit-il sur le ton de la plaisanterie.

— Elle a mordu un Grolim devant moi, à Rak Urga, et il est mort en moins d'une minute, répondit Garion en faisant la grimace.

— Ne le dites pas à Sadi, murmura l'empereur en réprimant un frisson, mais j'ai la phobie des serpents.

— Pas tant que Silk. Il pourrait vous en parler pendant deux heures sans respirer.

— C'est un petit bonhomme compliqué, pas vrai ?

— Pour ça oui, acquiesça Garion avec un sourire. Il mène une vie exaltante, pleine de risque et d'aventures, et il a les nerfs aussi tendus que les cordes d'un luth. Il a parfois le chic pour sauter du coq à l'âne, mais on s'y fait. Vous avez l'air particulièrement en forme, ajouta-t-il en s'asseyant à l'autre bout du canapé de cuir. On dirait que l'air de la mer vous réussit.

— Je ne pense pas que ce soit l'air de la mer, Garion. Je crois plutôt que ça vient du fait que je dors huit à dix heures par nuit.

— Vous... vous arrivez à dormir ?

— Etonnant, non ? s'esclaffa Zakath, puis il se rembrunit. Garion... j'aimerais autant que ça reste entre nous.

— Vous savez que vous pouvez compter sur moi.

— Bien. Urgit vous a raconté ce qui m'était arrivé quand j'étais jeune ?

— Oui, acquiesça Garion en hochant gravement la tête.

— Mes insomnies remontent plus ou moins à cette époque. Un visage qui m'était particulièrement cher s'est mis à hanter mes rêves, et le sommeil m'était devenu une torture.

— Mais ça fait près d'une trentaine d'années... Votre tourment ne s'était pas apaisé ?

— Pas d'un iota. Le chagrin, la culpabilité et le remords m'ont poursuivi à chaque instant de mon existence. Je ne vivais plus que pour faire payer son ignominie à Taur Urgas. Le sabre de Cho Hag m'a privé de ma vengeance. J'avais envisagé une douzaine de façons différentes, toutes plus atroces les unes que les autres, d'arracher la vie à ce monstre, mais il m'a échappé en mourant proprement au combat.

— Si vous croyez ça, je puis vous dire que vous vous trompez lourdement. Il est mort dans des souffrances plus atroces que toutes celles que vous auriez pu lui réserver. J'en ai parlé avec Cho Hag. Taur Urgas est devenu fou à lier avant qu'il ne le tue, mais il a eu le temps de comprendre qu'il avait perdu la partie. Il est mort en griffant la terre, en proie aux affres de la rage et de la frustration. La défaite aura été la pire des tortures pour lui.

— Vous avez peut-être raison. Il est possible, après tout, qu'il ait beaucoup souffert. C'est un peu réconfortant, tout compte fait.

— Le fantôme qui hantait votre sommeil depuis toutes ces années n'aurait-il pas, par hasard, trouvé le repos quand vous avez appris que la lignée d'Urga était éteinte ?

— Non, Garion. Je pense que ça n'a aucun rapport. C'est tout simplement qu'au lieu du visage qui m'obsédait j'en vois maintenant un autre. Un visage aux yeux bandés.

— Cyradis ? Je ne sais s'il est prudent de vous encourager à rêver ainsi d'elle.

— Vous ne comprenez pas, Garion. Ce n'est qu'une enfant, mais je dirais qu'elle m'a apporté plus de paix et de réconfort que je n'en avais connu de toute ma vie. Je dors comme un bébé et chaque journée qui passe voit croître et embellir mon euphorie. Franchement, reprit-il en secouant la tête, je ne me reconnais pas et je m'en veux d'être dans cet état, mais c'est plus fort que moi, je n'y peux rien.

Garion regardait sans les voir le soleil qui jouait dans les vagues et les mouettes qui planaient au-dessus lorsque la vérité lui apparut avec une telle clarté qu'il la reconnut pour indéniable.

— C'est parce que vous êtes arrivé à la croisée des chemins dont parlait Cyradis, déclara-t-il. Vous êtes récompensé parce que vous avez choisi la bonne voie.

— Récompensé ? Et par qui ?

— Je ne suis pas sûr encore que vous soyez prêt à entendre la vérité, répondit Garion avec un petit rire. Peut-être accepterez-vous de croire que c'est grâce à Cyradis que vous vous sentez si bien en ce moment ?

— Disons que oui, d'une certaine façon.

— Bon, eh bien, c'est un peu plus compliqué que ça, mais c'est toujours un début. Nous sommes tous les deux embarqués dans une aventure sur laquelle nous sommes rigoureusement sans prise, ajouta-t-il comme Zakath le regardait avec perplexité. Je suis passé par là et je sais ce que c'est. Je tâcherai d'amortir le choc qui vous attend, mais si je peux vous donner un conseil, c'est de rester ouvert à... disons : une autre façon de voir le monde. Je pense que nous allons faire un bout de chemin ensemble, alors autant être amis, déclara-t-il en lui tendant la main.

— Pourquoi pas ? répondit Zakath en riant, et il serra cordialement la main de Garion. Nous devons être aussi fous que Taur Urgas. Nous sommes les deux hommes les plus puissants du monde, nous devrions être ennemis et vous m'offrez votre amitié. Eh bien, qu'à cela ne tienne ! conclut-il allégrement.

— Nous avons d'autres ennemis infiniment plus redoutables, reprit gravement Garion. Et toutes vos armées, Zakath, toutes nos armées, ne pèseront pas lourd là où nous allons.

— Et où allons-nous, mon jeune ami ?

— Je pense que ça s'appelle *l'Endroit-qui-n'est-plus*.

— Je voulais justement vous parler de ça. Cette désignation même me paraît absurde : comment peut-on aller à un endroit qui n'existe plus ?

— Je n'en sais rien, avoua Garion. Je vous le dirai quand nous y serons.

Deux jours plus tard, ils touchaient terre à Mal Gemila, un port du sud de la Mallorée antique. Ils repartirent vers l'est d'un trot alerte, sur une route bien entretenue qui traversait une plaine agréable, verdie par le printemps. Un régiment de tuniques rouges dégageait la route devant eux, et l'empereur et ses amis allaient à si vive allure qu'ils distancèrent bientôt le reste de la colonne. La route était ponctuée de haltes qui ressemblaient étrangement aux hostelleries tolnedraines du Ponant, et dont la garde impériale éjectait les occupants sans trop de ménagements pour faire place à ces hôtes de marque.

Ils s'enfoncèrent ainsi dans les terres pendant plusieurs jours. Garion commençait à comprendre pourquoi la Mallorée était toujours qualifiée d'*infinie*. Les plaines d'Algarie, qui lui paraissaient incroyablement vastes jusque-là, lui semblèrent insignifiantes par comparaison. Les pics enneigés des monts de Dalasie griffaient le ciel de leurs serres blanches, au sud, et Garion se prit plus d'une fois à rentrer la tête dans les épaules comme s'il se sentait écrasé par cette immense contrée et ses montagnes plus hautes qu'ailleurs.

Chose étrange, Ce'Nedra semblait elle aussi rétrécir à vue d'œil, et il était évident qu'elle n'aimait pas ça du tout. Ses commentaires devinrent de plus en plus acerbes ; ses observations plus caustiques. Elle trouvait grossiers les amples vêtements des paysans. Elle décréta inepte la conception des charrues tirées par des troupeaux de bœufs dociles qui labouraient plusieurs acres de sol en même temps. Tous les mets offensaient son palais. Même l'eau claire comme le cristal, aussi fraîche et douce que les sources jaillissant des montagnes de Tolnedrie, n'eut pas l'heur de lui plaire.

Ils effectuaient, ce matin-là, la dernière étape du trajet qui les avait amenés de Mal Gemila et gravissaient sous un soleil radieux une colline couverte d'une herbe verte si tendre qu'on eût dit une buée verdâtre lorsque Silk s'approcha de Ce'Nedra, les prunelles étincelantes de malice, et prit son ton le plus patelin pour la mettre en garde.

— Attention, Majesté. Plus d'un voyageur imprudent a été aveuglé par sa première vision de Mal Zeth. Par mesure de sécurité, vous devriez vous couvrir un œil avec la main afin de préserver, au moins partiellement, votre vue.

Le visage de la petite reine devint de marbre, elle se redressa de toute sa hauteur sur sa selle — attitude qui lui eût mieux réussi si elle avait été ne fût-ce qu'un tout petit peu plus grande — et lui dit de son ton le plus impérial :

— Ce n'est pas drôle, Prince Kheldar. Comment pourrait-on espérer qu'une cité barbare du bout du monde soit de taille à rivaliser avec les splendeurs de Tol Honeth, la seule cité réellement impériale de...

Elle s'arrêta net. Comme tous ses compagnons.

La vallée qu'ils découvrirent de l'autre côté de la crête ne s'étendait pas sur des lieues mais des dizaines de lieues, et elle était intégralement occupée par la cité de Mal Zeth. Les rues étaient aussi droites que des fils tendus et les bâtiments étincelaient d'un éclat qui ne pouvait être celui du marbre, car il n'y en aurait pas eu assez dans le monde pour revêtir tous les murs de cette gigantesque cité, mais plutôt d'un épais enduit réfléchissant. Quoi qu'il en fût, l'effet était stupéfiant.

— C'est peu de chose, annonça Zakath d'un ton faussement condescendant, mais nous nous y plaisons. Que voulez-vous, c'est chez nous... Enfin, nous ferions mieux de nous dépêcher, Majesté, ajouta-t-il d'un ton narquois en regardant le petit visage blême de Ce'Nedra. Le palais impérial est encore à une bonne demi-journée de cheval.

[illegible] de [illegible] [illegible] [illegible]
[illegible] [illegible] [illegible] [illegible]
[illegible] qu'on dit que [illegible] [illegible] [illegible]
[illegible] Maître [illegible] [illegible] [illegible]
[illegible] les plus [illegible] [illegible]

[illegible] Majesté [illegible] voyageur [illegible]
été [illegible] [illegible] [illegible] [illegible]
[illegible] [illegible] un [illegible] de la [illegible]
[illegible] [illegible] [illegible]

[illegible] de la [illegible] de [illegible] elle
[illegible] [illegible] [illegible] [illegible]
[illegible] [illegible] [illegible] [illegible]
[illegible] [illegible] [illegible] [illegible]

— [illegible] [illegible] [illegible] [illegible]
[illegible] qu'on [illegible] [illegible]
[illegible] [illegible] [illegible] [illegible]
[illegible] [illegible]

[illegible] [illegible] [illegible]

[illegible] [illegible] l'autre côté [illegible]
[illegible] [illegible] des [illegible] [illegible]
[illegible] [illegible] [illegible] [illegible] Mat[illegible]
[illegible] [illegible] [illegible] [illegible]
[illegible] [illegible] [illegible] [illegible]
[illegible] [illegible] [illegible] [illegible]
[illegible] [illegible] [illegible] [illegible]
[illegible] [illegible] [illegible] [illegible]
[illegible]

— [illegible] peu de [illegible] [illegible] [illegible]
[illegible] [illegible] [illegible] [illegible]
[illegible] [illegible] [illegible] [illegible]
[illegible] [illegible] [illegible] [illegible]
[illegible] [illegible] [illegible] [illegible]
[illegible] [illegible] [illegible] [illegible]

DEUXIÈME PARTIE

MAL ZETH

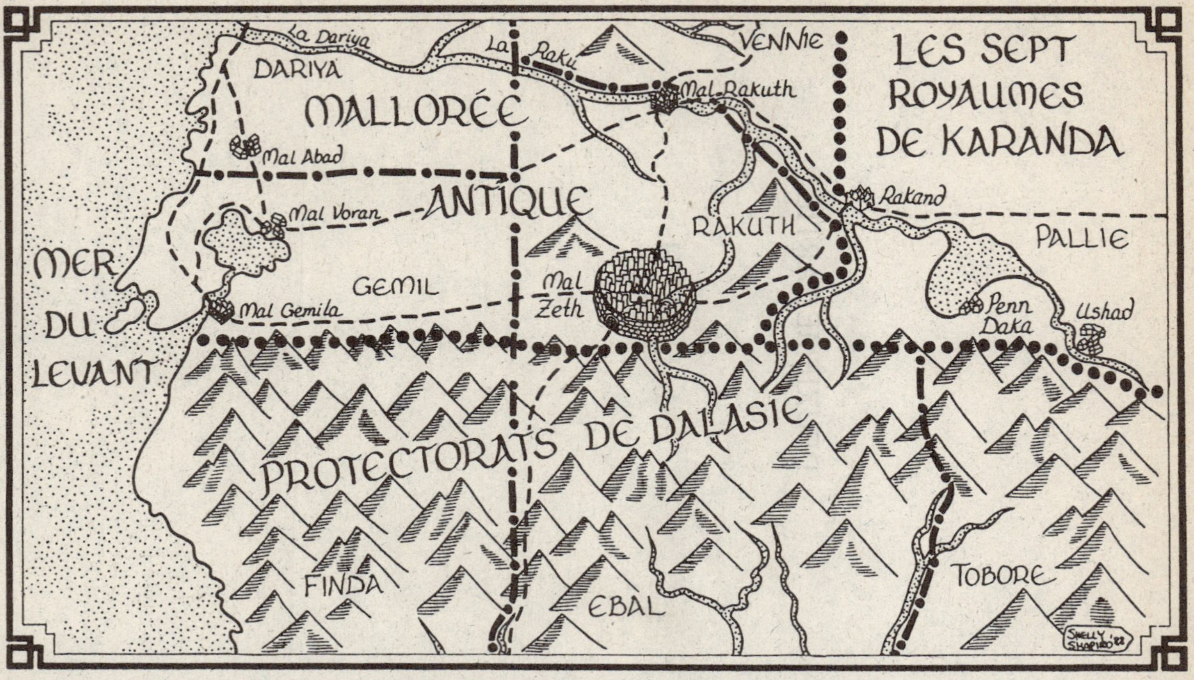
LES SEPT
ROYAUMES
DE KARANDA
La Dariya
DARIYA
MALLORÉE
ANTIQUE
Mal Abad
Mal Voran
La Raku
VENNIE
Mal Rakuth
Rakand
RAKUTH
PALLIE
Penn Daka
Ushad
MER
DU
LEVANT
Mal Gemila
GEMIL
Mal Zeth
PROTECTORATS DE DALASIE
FINDA
EBAL
TOBORE
SHELLY SHAPIRO '82

CHAPITRE VI

Ils franchirent les immenses portes de bronze poli, comme celles de Tol Honeth, seulement Mal Zeth n'avait pas grand-chose à voir avec la capitale de l'empire tolnedrain, à part une certaine similitude de conception architecturale, peut-être. Les bâtiments étaient étroitement serrés les uns contre les autres et les épaisses murailles enduites de mortier bordant les larges avenues de la cité étaient percées par des porches voûtés d'où partaient d'étroits escaliers menant aux toits plats. Durnik, pour qui une maison devait être en pierre, remarqua avec une légère réprobation que le mortier, en s'écaillant, révélait les poutres dont étaient faits les bâtiments.

— Je ne dis pas ça pour critiquer, nota Garion alors qu'ils avançaient le long des rues, mais je trouve votre cité un peu monotone. Toutes les maisons se ressemblent et elles n'ont pas de fenêtres, précisa-t-il devant le regard étonné de Zakath.

— Ça, c'est l'inconvénient de confier l'urbanisme aux militaires, convint l'empereur. Ils croient profondément aux vertus de l'uniformité et les fenêtres n'ont pas leur place dans les fortifications militaires. Enfin, chaque maison est dotée d'un petit jardin privé sur lequel donnent des croisées. En été, les gens passent le plus clair de leur temps dans les jardins ou sur les toits.

— Et toute la ville est comme ça ? demanda Durnik en regardant les petites maisons serrées les unes contre les autres.

— Non, Maître Durnik, reprit le Malloréen. Nous sommes

dans le quartier des caporaux. Dans le secteur des officiers, les façades sont plus ornementées, et les maisons des simples soldats et des civils sont souvent décrépites. Les militaires attachent une grande importance au rang et au décorum qui l'accompagne.

Quelques maisons plus loin, dans une rue perpendiculaire à celle qu'ils suivaient, une femme corpulente, rougeaude, à la voix criarde, houspillait un petit homme à l'air de chien battu tandis qu'un groupe de soldats vidait une maison et empilait le mobilier dans une charrette délabrée.

— Tu n'as pas pu t'en empêcher, hein, Actas ? braillait-elle en se tordant les mains. Il a fallu que tu te soûles la gueule et que tu insultes ton capitaine ! Qu'allons-nous devenir, maintenant ? J'ai passé les meilleures années de ma vie dans une porcherie pour simples soldats à attendre que tu sois enfin promu, et, juste au moment où je croyais que les choses allaient s'arranger un peu, tu fiches tout par terre en prenant une cuite et en te faisant dégrader !

Il marmonna quelque chose.

— Qu'est-ce que tu dis ?

— Rien, ma mie, rien du tout.

— Tu me le paieras, c'est moi qui te le dis.

— Tout le monde a ses petits problèmes, on dirait, murmura Sadi alors qu'ils s'éloignaient.

— Je ne trouve pas ça drôle du tout, s'exclama Ce'Nedra avec une virulence surprenante. Se faire jeter hors de chez soi pour un moment d'égarement ! Personne ne peut rien faire ?

Zakath lui jeta un regard indéchiffrable et fit signe à l'un des officiers en cape rouge qui les escortaient.

— Tâchez de trouver à quelle unité appartient cet homme, lui ordonna-t-il, et faites savoir à son capitaine que je considérerais comme une faveur personnelle que ledit Actas soit réintégré dans son corps d'origine, à son rang, à condition qu'il ne s'enivre plus.

— Tout de suite, Majesté, acquiesça l'officier.

Il salua réglementairement et tourna bride aussitôt.

— Eh bien, merci, Zakath, fit Ce'Nedra, un peu surprise.

— Tout le plaisir est pour moi, ma chère, fit-il avec une inclinaison de tête, puis il partit d'un petit rire. J'imagine que la femme de cet Actas lui fera suffisamment expier ses écarts de conduite !

— Votre Majesté ne craint pas que de tels actes de compassion ne nuisent à sa réputation ? s'inquiéta Sadi.

— Non, Sadi, répondit l'empereur. Un chef doit toujours veiller à rester imprévisible. Ça déstabilise les sous-fifres. Et puis un acte de charité occasionnel au profit du petit peuple contribue à renforcer sa loyauté.

— Vous ne faites jamais rien sans arrière-pensée ? releva Garion, un peu irrité, sans trop savoir pourquoi, par l'explication désinvolte du Malloréen.

— Je ne crois pas, convint Zakath. La politique est le plus grand jeu du monde, Garion, mais il faut y jouer tout le temps si on ne veut pas perdre la main.

— C'est ce que je dis toujours à propos des affaires, s'esclaffa Silk. La seule différence, à mon avis, c'est que dans le commerce, l'argent sert à garder la marque. Comment compte-t-on les points en politique ?

— C'est encore plus simple, Kheldar, répondit l'empereur avec un mélange assez inquiétant d'amusement et de gravité. Si on est encore sur le trône à la fin de la journée, on a gagné. Si on est mort, on a perdu, et la partie recommence tous les jours à zéro.

Silk lui jeta un long regard scrutateur puis fit un clin d'œil à Garion en remuant discrètement les doigts.

Il faut que je te parle. Tout de suite.

Garion acquiesça d'un imperceptible hochement de tête, se pencha sur sa selle et retint son grand étalon gris.

— Un problème ? s'enquit Zakath.

— Je crois que ma sous-ventrière est desserrée, répondit-il en mettant pied à terre. Mais continuez, je vous rattraperai.

— Je vais t'aider, proposa Silk en descendant de sa monture à son tour.

— Qu'y a-t-il ? demanda Garion comme l'empereur s'éloignait en bavardant avec Ce'Nedra et Velvet.

— Fais attention à lui, Garion, murmura le petit Drasnien en faisant semblant de vérifier la selle de son ami. Il a laissé échapper quelque chose d'important. Il est tout sucre et tout miel en surface, mais dessous, il n'a pas autant changé qu'on pourrait le croire.

— Tu ne penses pas qu'il a dit ça par dérision ?

— Pas le moins du monde. Il était tout ce qu'il y a de

plus sérieux. Il nous a amenés à Mal Zeth pour des raisons qui n'ont rien à voir avec Mengha ou notre quête de Zandramas. Méfie-toi de lui. Ces grands sourires amicaux pourraient s'effacer de sa figure avant que nous ayons eu le temps de dire ouf. Voilà ! reprit-il tout haut en tiraillant sur une sangle. Ça devrait tenir, cette fois-ci. Rejoignons les autres.

Ils arrivèrent sur une grande place carrée entourée par des guérites de toile teintes de toutes les nuances de rouge, de vert, de bleu et de jaune, grouillante de marchands et d'hommes du peuple vêtus de robes amples, multicolores, qui leur arrivaient aux talons.

— Où vivent les civils si tous les habitants de la ville habitent dans le quartier correspondant à leur grade militaire ? s'enquit Durnik.

Brador, le Melcène au crâne dégarni titulaire du portefeuille de l'Intérieur, qui chevauchait de conserve avec le forgeron, regarda autour de lui avec un sourire.

— Tout le monde, Maître Durnik, a un rang correspondant à sa réussite individuelle. Le logement, l'endroit où les gens peuvent exercer leur activité, les mariages qu'ils ont le droit de contracter, tout est déterminé par le rang, sous le contrôle de l'administration.

— Ils n'ont pas l'impression d'être un peu pris dans un carcan ? objecta le forgeron.

— Les Malloréens aiment être enrégimentés, Maître Durnik, lui assura Brador avec un petit rire. Les Angaraks se soumettent sans barguigner devant l'autorité ; les Melcènes ont un profond besoin de compartimenter les choses ; les Karandaques sont trop stupides pour prendre leur propre destinée en main, quant aux Dalasiens... eh bien, personne ne sait ce que les Dals attendent de la vie.

— Vous savez, Durnik, nous ne sommes pas si différents des peuples du Ponant, lança Zakath par-dessus son épaule. En Tolnedrie et en Sendarie, tout est laissé à l'arbitrage de l'économie. Les gens sont attirés, comme par gravitation, vers les maisons, les boutiques et les mariages qu'ils peuvent s'offrir. Nous avons un peu formalisé les choses, et voilà tout.

— Permettez-moi, tout de même, Sire, de trouver votre peuple bien peu démonstratif, remarqua Sadi.

— Comment ça ?

— Eh bien, je m'étonne que personne ne s'incline sur votre passage. Vous êtes tout de même leur empereur.

— Ils ne me reconnaissent pas, répondit celui-ci en haussant les épaules. L'empereur est un homme en manteau de cour écarlate, coiffé d'une énorme couronne d'or incrustée de joyaux et qui se pavane dans un carrosse d'or escorté par un régiment de gardes impériaux soufflant dans des trompettes. Je ne suis qu'un homme vêtu de lin blanc qui traverse la ville avec quelques amis.

Garion rumina sa réponse à la lumière de l'avertissement de Silk. Cette affectation d'humilité révélait encore une facette de la personnalité complexe du Malloréen. Garion était sûr que même le roi Fulrach de Sendarie, le plus modeste de tous les monarques du Ponant, n'eût pas fait preuve d'une telle discrétion.

Les rues partant de la place étaient bordées de maisons beaucoup plus vastes que toutes celles qu'ils avaient vues depuis leur entrée dans la ville et témoignaient au moins d'un certain effort de décoration. Mais les sculpteurs malloréens ne devaient pas être doués, car les ornements moulés dans le revêtement des façades étaient lourds et sans grâce.

— Le quartier des sergents, annonça laconiquement Zakath.

La cité semblait interminable. Elle était ponctuée, à intervalles réguliers, par de petits parcs, des places de marché et des bazars où vaquaient des gens vêtus de la robe ample qui semblait être le costume national malloréen. Puis la colonne laissa derrière elle les maisons toutes identiques des sergents et des civils de rang équivalent et traversa une large ceinture d'arbres et de pelouses. Des fontaines murmurantes miroitaient au soleil, au milieu de vastes promenades bordées de haies soigneusement taillées et de cerisiers roses croulant sous les fleurs dont la brise charriait le parfum suave.

— Que c'est joli ! s'exclama Ce'Nedra.

— Mal Zeth n'est pas complètement dépourvue de beauté, remarqua Zakath. Personne, pas même une armada d'architectes militaires, ne peut enlaidir tout à fait une aussi vaste cité.

— Les quartiers des officiers sont moins austères, nota Silk à l'attention de la petite reine.

— Votre Grandeur connaîtrait-elle déjà la ville ? s'informa Brador.

— Nous avons un bureau ici, mon associé et moi, acquiesça le petit Drasnien. C'est plutôt une direction administrative qu'une véritable agence commerciale. Il est difficile de faire des affaires à Mal Zeth. Le commerce est trop réglementé.

— Peut-on vous demander quel rang vous a été attribué ? s'enquit courtoisement le fonctionnaire au visage lunaire.

— Nous sommes généraux, répondit Silk avec une désinvolture étudiée. Yarblek aurait préféré le maréchalat, mais j'ai considéré que le coût de ce titre était véritablement injustifié.

— Les titres seraient donc à vendre ? s'étonna Sadi.

— A Mal Zeth, tout est à vendre. Dans bien des domaines, on se croirait vraiment à Tol Honeth.

— Pas totalement quand même, protesta Ce'Nedra d'un petit ton pincé.

— Votre Altesse a raison, approuva très vite Silk. Mal Zeth n'a pas eu le privilège de donner le jour à une princesse impériale d'une aussi divine beauté, à un joyau si précieux que son éclat éclipse le soleil.

Elle le foudroya du regard et lui tourna ostensiblement le dos.

— Qu'est-ce que j'ai dit ? grommela le petit homme au museau de fouine, mortifié.

— Ah, Silk, les gens ne te prennent pas au sérieux, railla Garion. Ils se demandent toujours si tu ne te paies pas leur figure. Je pensais que tu t'en étais rendu compte, depuis le temps.

— Personne ne me comprend, fit-il avec un soupir tragique.

— J'ai bien peur que si, justement.

Après la ceinture de parcs et de jardins, ils remarquèrent que les places et les boulevards étaient plus somptueux et les maisons plus vastes et séparées les unes des autres. Elles conservaient néanmoins une similitude rigide, une sorte d'austère ressemblance, comme si les hommes de rang égal devaient à tout prix se voir attribuer des habitations rigoureusement équivalentes.

Par-delà les demeures des généraux et de leurs homologues civils s'étendaient encore des pelouses plantées d'arbres, parmi lesquels se dressait une prodigieuse cité de marbre ceinte de murailles dans lesquelles s'ouvrait un portail de bronze poli.

— La Cité impériale, leur annonça Zakath d'un ton dégagé, puis il fronça le sourcil. Qu'est-ce que c'est que ça ? reprit-il en indiquant une longue rangée de bâtiments érigés près du mur sud de la cité impériale.

Brador s'éclaircit la voix et répondit d'un ton neutre :

— Ce sont les bureaux des fonctionnaires, Majesté. Vous vous souvenez sûrement que vous avez autorisé leur construction juste avant la bataille de Thull Mardu.

— Je ne m'attendais pas à ce que ça prenne de telles proportions, commenta l'empereur avec une grimace.

— Nous sommes assez nombreux, Majesté, et nous avons pensé que les tâches s'harmoniseraient mieux si chaque service disposait de son propre bâtiment. Nous avions vraiment besoin de place. Nous étions les uns sur les autres, avec les militaires, et il arrivait souvent que des hommes appartenant à des administrations différentes partagent les mêmes bureaux, ajouta-t-il d'un ton d'excuse en prenant Sadi à témoin. Ce sera beaucoup plus rationnel ainsi, vous ne pensez pas ?

— Je pense surtout que j'aimerais mieux que Son Excellence ne me demande pas d'arbitrer cette controverse, répondit l'eunuque.

— J'espérais simplement que Votre Excellence me ferait bénéficier de son expérience de gestionnaire avisé des affaires d'Etat.

— Le palais de Salmissra est à peu près unique en son genre. Nous aimons être les uns sur les autres. C'est beaucoup plus commode pour s'espionner, s'entre-tuer, intriguer et, accessoirement, assumer les fonctions normales du pouvoir.

Comme ils approchaient des murailles du palais impérial, Garion constata avec un certain étonnement que les lourdes portes de bronze avaient été dorées à la feuille. Il avait hérité de son éducation sendarienne un solide sens de l'économie et se hérissa à la pensée d'une telle prodigalité, mais Ce'Nedra contempla ce portail inestimable avec une visible rapacité.

— Vous ne pourriez jamais les emporter, susurra Silk.

— Quoi donc ? demanda-t-elle distraitement.

— Les portes. Elles sont beaucoup trop lourdes pour que vous les fauchiez.

— Fermez ça, Silk, dit-elle d'une voix absente tout en continuant à soupeser les portes du regard.

Il partit d'un grand éclat de rire, puis il vit s'étrécir dangereusement les yeux verts de la petite reine et son ricanement s'étrangla dans sa gorge.

— Je crois que je vais voir à l'arrière ce que fabrique Belgarath, annonça-t-il.

— Bonne idée. Et toi, qu'est-ce que tu as à te gondoler ? lança-t-elle à Garion qui tentait de son mieux de dissimuler un immense sourire.

— Rien du tout, ma douceur, répondit-il très vite. J'admirais le décor, c'est tout.

Les hommes d'armes qui montaient la garde aux portes n'étaient pas aussi imposants que ceux du palais impérial de Tol Honeth, et surtout ils n'arboraient pas leurs somptueuses aigrettes, mais ils avaient tout de même l'air très martial avec leurs cottes de mailles bien astiquées sur leurs inévitables tuniques rouges, leurs pantalons bouffants enfoncés dans le haut de leurs bottes, leurs capes rouges et leurs casques en ogive. Ils saluèrent Kal Zakath avec ensemble lorsqu'il franchit les portes dorées. Une sonnerie de trompes annonça l'entrée de l'empereur dans la Cité impériale.

— J'ai toujours eu ce son en horreur. Il m'arrache les oreilles, murmura confidentiellement le Malloréen.

— Moi, ce qui m'agaçait le plus, c'était tous ces gens qui me suivaient comme mon ombre dans l'espoir que j'aurais peut-être besoin de quelque chose, lui confia Garion en retour.

— C'est parfois bien commode.

— Mouais. En ce qui me concerne, ça a cessé de l'être le jour où l'un d'eux m'a lancé un couteau entre les omoplates.

— Comment cela ? Je pensais que votre peuple tout entier vous adorait.

— C'était un malentendu. J'ai eu une explication avec le jeune homme et il a promis de ne pas recommencer.

— C'est tout ? s'exclama Zakath, stupéfait. Vous ne l'avez pas fait exécuter ?

— Bien sûr que non. Une fois que nous nous sommes bien compris, tous les deux, il s'est révélé d'une prodigieuse loyauté, répondit Garion avec un soupir mélancolique. Il a été tué à Thull Mardu.

— C'est navrant. Nous avons tous perdu des amis à Thull Mardu...

Les bâtiments aux façades de marbre enclos dans la Cité impériale composaient une cacophonie de styles architecturaux qui allaient de l'utilitaire le plus strict à l'horreur du vide en passant par tous les intermédiaires possibles. Par une curieuse association d'idées, Garion songea à l'immense terrier de lapin qu'était le palais du roi Anheg au Val d'Alorie. Celui de Zakath était constitué d'une profusion de bâtiments reliés les uns aux autres par des colonnades et des galeries couvertes qui traversaient de véritables parcs bondés de statues et de pavillons de marbre.

Zakath les mena à travers cet invraisemblable labyrinthe vers le cœur du domaine où se dressait, dans un splendide isolement, un bâtiment dont les proportions proclamaient qu'il constituait le centre du pouvoir dans l'infinie Mallorée.

— La résidence de Kallath l'Unificateur, mon illustre aïeul, annonça l'empereur avec une emphase comique.

— Un peu tape-à-l'œil, non ? commenta abruptement Ce'Nedra, manifestement peu disposée à reconnaître que la splendeur de Mal Zeth surpassait largement celle de sa ville natale.

— Ça, vous l'avez dit, acquiesça le Malloréen. Mais cette ostentation s'imposait : Kallath devait démontrer aux autres généraux qu'il les dominait de la tête et des épaules, or, à Mal Zeth, la taille de la résidence reflète le rang. Ce Kallath était un usurpateur doublé d'un fieffé chenapan, et rigoureusement dénué de charme personnel. Il fallait bien qu'il s'affirme autrement.

— La politique est vraiment une chose merveilleuse, s'extasia Velvet. Enfin un domaine où l'ego peut s'en donner à cœur joie. Tant que le Trésor arrive à suivre.

— Ah, Margravine Liselle, je devrais vous offrir un poste dans mon gouvernement ! s'esclaffa Zakath. Nous aurions bien besoin d'une dégonfleuse impériale, quelqu'un qui nous larderait de coups d'épingle lorsque nous sommes par trop bouffi de notre propre importance.

— Votre Majesté est trop aimable, répondit-elle avec un sourire plein de fossettes. Si je n'étais pas déjà engagée dans une affaire de famille, je me serais peut-être laissé tenter. Ce poste paraît tellement amusant.

— Où étiez-vous quand je cherchais une épouse ? soupira-t-il avec un mélange de regret et d'autodérision.

— Au berceau, sans doute, riposta-t-elle suavement.

— Là, je vous trouve un peu dure, rétorqua l'empereur en faisant la moue.

— Dure mais juste, précisa-t-elle d'un ton froidement clinique.

— Je vais vous la voler, ma Dame, s'esclaffa-t-il en se tournant vers Polgara.

— Pour faire de moi votre bouffonne, Kal Zakath, et que je vous divertisse de ma gouaille et de mes facéties ? insinua Liselle en reprenant sa gravité. Hélas... Il y a un autre côté de ma personnalité que vous n'aimeriez pas beaucoup, je le crains. On m'appelle *Velvet*, ce qui, en ancien drasnien veut dire *velours*, et on me prend pour un papillon aux ailes duveteuses, mais ce papillon est armé d'un dard qui injecte un venin mortel, ainsi qu'on le découvre parfois trop tard.

— Du calme, mon chou, murmura Polgara. Vous ne devriez pas vous abandonner, par humeur, à livrer vos secrets professionnels.

— Vous avez raison, ma Dame, convint Velvet en baissant les yeux avec humilité.

Zakath la regarda un instant sans mot dire, puis il mit pied à terre et trois valets se précipitèrent pour prendre les rênes de son cheval.

— Je vais vous faire faire le tour du propriétaire, proposa-t-il à ses invités. J'espère que la Margravine ne m'en voudra pas de manifester l'orgueil de tout maître de maison pour son modeste chez-soi, ajouta-t-il avec un coup d'œil malicieux à l'intéressée.

Laquelle éclata d'un petit rire perlé.

Garion flatta affectueusement l'encolure incurvée de Chrestien et tendit ses rênes à un valet avec un désagrément presque physique.

Ils entrèrent dans le palais par de vastes portes dorées et se retrouvèrent dans une rotonde voûtée qui rappelait étonnamment celle du palais impérial de Tol Honeth, à ceci près qu'il y manquait les bustes de marbre des empereurs défunts qui donnaient à l'entrée du palais de Varana de faux airs de chapelle funéraire. Une meute de fonctionnaires militaires et civils aux bras pleins de documents de première importance attendait l'empereur en piaffant d'impatience.

— Je crains que la visite guidée ne doive attendre un peu, soupira Zakath en réprimant une grimace à cette vision. Enfin, j'imagine que vous avez tous envie de vous rafraîchir, de vous changer, et peut-être de vous reposer avant les inévitables cérémonies. Brador, soyez assez bon pour faire les honneurs du logis à nos invités et demander qu'on leur porte une collation. Je pense qu'ils devraient être bien dans l'aile est. Elle est un peu à l'écart de l'agitation qui caractérise cette partie du palais.

— C'est exactement ce que je me disais, Majesté.

— Nous nous verrons au dîner, promit-il en les balayant du regard avec un sourire. Un petit souper intime : pas plus de deux ou trois cents convives, ajouta-t-il d'un ton narquois. Eh bien, à ce soir.

Brador les mena à travers un dédale de couloirs dallés de marbre, grouillants de serviteurs et de fonctionnaires.

— C'est grand, commenta Belgarath au bout d'un petit quart d'heure de ce marathon.

Le vieux sorcier n'avait pas ouvert la bouche depuis qu'ils étaient entrés en ville, mais il était sorti de sa torpeur quasi proverbiale (de toute façon, Garion pensait depuis longtemps que, même les yeux mi-clos, peu de choses lui échappaient).

— Très grand, acquiesça Brador. Il arrivait parfois à Kallath, notre premier empereur, de succomber à la mégalomanie.

— C'est un travers propre à bien des dirigeants, grommela Belgarath. Ça doit venir d'un profond sentiment d'insécurité.

— A propos, Brador, intervint Silk, il me semble avoir entendu dire que les services secrets malloréens dépendaient de votre département ?

— C'est l'une de mes nombreuses responsabilités, en effet, acquiesça le Melcène avec un humble sourire. Que voulez-vous, Prince Kheldar, pour rester maître de la situation, il fallait bien que je sache ce qui se passe dans l'empire, aussi ai-je mis sur pied un petit service de renseignements. Sans comparaison avec celui de la reine Porenn, vous vous en doutez.

— Ça viendra, lui assura Velvet. Ces choses finissent toujours par croître et embellir, je ne sais pas pourquoi.

L'aile est du palais était construite autour d'un atrium doté d'un bassin central, à l'eau calme comme un miroir, entouré de plantes exotiques. Des oiseaux-mouches multicolores voletaient de fleur en fleur, tels des joyaux qui ponctuant la végétation luxuriante de leurs vibrantes couleurs.

Les yeux de Polgara s'illuminèrent lorsque Brador ouvrit la porte des appartements qu'il lui destinait. Par une arcade donnant sur le salon principal, elle aperçut une immense vasque de marbre encastrée dans le sol.

— Par tous les Dieux d'Alorie, souffla-t-elle avec ravissement. La civilisation, enfin !

— Eh bien, Pol, tu vas pouvoir t'imbiber comme une éponge, ironisa Belgarath.

— Ne t'en fais pas pour moi, répondit-elle d'un ton rêveur, hypnotisée par le bassin d'eau chaude d'où montaient d'alléchantes volutes de vapeur.

— C'est vraiment si important pour toi ?

— Oui, Père. *Vraiment.*

— C'est un préjugé irrationnel contre la saleté, décréta-t-il avec un clin d'œil complice aux autres. Personnellement, je n'ai jamais eu ce genre d'*a priori.*

— Ça se voit... Au fait, vieux Loup solitaire, reprit-elle avec un regard critique, si tes appartements sont équipés des mêmes commodités, je te conseille vivement d'en faire usage.

— Je n'en vois pas l'intérêt.

— Moi si. Tu commences à sentir vraiment drôle.

— Non, Pol. C'est toi qui sens. Moi, je pue.

— Oui, eh bien, sur ces bonnes paroles, va te laver.

Elle retira ses chaussures dans une sorte de transe.

— Il m'est arrivé de passer dix ans d'affilée sans prendre un bain, ajouta le vieux sorcier.

— Oui, Père. Je sais. Il n'y a que les Dieux qui le savent mieux que moi. Bon, maintenant, conclut-elle d'un ton sans réplique, si vous voulez bien m'excuser...

Elle défit délibérément les premiers boutons de sa robe.

La suite qui avait été attribuée à Garion et Ce'Nedra était peut-être plus luxueuse encore que la précédente. Alors que Garion arpentait les immenses pièces en examinant leur décoration, Ce'Nedra alla tout droit vers la baignoire, les yeux perdus dans le vague, en abandonnant ses vêtements sur son passage. Sa femme éprouvait, à l'égard de la nudité, une indifférence dont Garion s'était plus d'une fois offusqué. Il n'avait rien contre la peau de Ce'Nedra à proprement parler. Ce qui l'ennuyait parfois, c'était qu'elle en montre autant, à des moments inopportuns. Il ne pouvait songer sans un frisson horrifié au jour où il avait ramené l'ambassadeur de Sendarie dans leurs appartements alors que Ce'Nedra essayait de nouveaux dessous qu'elle venait de recevoir. Elle lui avait, avec un naturel confondant, demandé son avis sur différentes petites choses affriolantes, en les passant à tour de rôle pour le faire juge. L'ambassadeur, un monsieur raide et compassé qui frisait les quatre-vingts ans, avait été plus rudement secoué pendant ces dix minutes qu'au cours du demi-siècle écoulé, et s'était empressé d'expédier au roi Fulrach une dépêche l'implorant de le relever de ses fonctions.

— Ecoute, Ce'Nedra, tu pourrais tout de même fermer la porte ! s'indigna Garion.

— Nous ne pourrions plus parler, objecta-t-elle en tâtant l'eau du bout du pied. J'ai horreur de crier.

— Ah bon ? Je n'avais pas remarqué.

— Allez, Garion, ne t'emballe pas, fit-elle en se plongeant dans l'eau avec un soupir de béatitude.

Elle déboucha et huma avec intérêt les flacons de cristal disposés à côté du bassin et qui contenaient, à ce que pensa Garion, les condiments avec lesquels les femmes assaisonnaient l'eau de leur bain. Elle en reboucha plusieurs avec un froncement de nez réprobateur, en vida quelques-uns dans l'eau et s'enduisit différentes parties du corps avec d'autres.

— Et si quelqu'un entrait ? protesta Garion. Un serviteur, un messager ou je ne sais qui ?

— Et alors ?

Il la contempla en ouvrant de grands yeux.

— Ecoute, Garion, reprit-elle de ce ton moralisateur qui le mettait en rage, s'ils ne voulaient pas qu'on se serve de leur baignoire, ils ne l'auraient pas remplie.

Il chercha une réplique appropriée le temps qu'elle plonge la tête sous l'eau, laisse ses cheveux s'étaler à la surface, se redresse et lui demande :

— Tu veux bien me frotter le dos ?

Puis il renonça à discuter.

Une heure plus tard, après un succulent repas servi par des serviteurs diligents, Silk passa les voir. Il s'était lui aussi baigné et changé. Il avait revêtu un pourpoint gris perle d'une sobre élégance, mais il croulait sous les joyaux. Il avait soigneusement taillé sa courte barbe raide et véhiculait des senteurs exotiques.

— Les apparences, répondit-il au regard interrogateur de Garion. Dans une situation nouvelle, il faut toujours soigner les apparences.

— Je vois.

— Belgarath m'a demandé de venir te chercher, continua le petit homme au museau de fouine. Nous sommes convoqués à l'étage au-dessus pour un conseil de guerre.

— Un conseil de guerre ?

— Façon de parler, évidemment.

— Evidemment.

Il leur fit emprunter un majestueux escalier de marbre et les conduisit dans une vaste salle somptueusement meublée. Les murs disparaissaient sous de lourdes tentures écarlates et un siège grandiose se dressait sur une estrade, devant le mur du fond.

— Ce n'est tout de même pas la salle du trône ? s'étonna Garion.

— Non, répondit Silk. Enfin, ce n'est pas celle de Kal Zakath. Elle permet juste aux visiteurs royaux de se sentir comme chez eux. Certains rois sont mal à l'aise quand ils ne peuvent pas faire mumuse dans leur environnement familier.

Belgarath s'assit au bord d'une table cirée comme un miroir, ses pieds chaussés de bottes dépareillées ballant dans le vide. Il avait les cheveux et la barbe humides, ce dont Garion déduisit qu'il avait finalement suivi les recommandations de sa fille, malgré son mépris affiché pour les ablutions. Polgara et Durnik bavardaient tranquillement d'un côté de la table, Essaïon et Toth à côté d'eux. Velvet et Sadi regardaient par la fenêtre le jardin tiré au cordeau qui s'étendait à l'est de l'immense palais de Zakath.

— Eh bien, commença le vieux sorcier, puisque nous sommes tous là, je crois que nous pouvons commencer.

— *Ne dites rien de compromettant*, firent les doigts de Silk dans le langage secret drasnien. *Le coin doit grouiller d'espions.*

Belgarath balaya le mur opposé du regard en étrécissant les yeux comme s'il le scrutait pouce par pouce à la recherche de judas, puis il regarda Polgara avec un grommellement.

— Je m'en occupe, Père, murmura-t-elle.

Son regard devint distant et Garion perçut la vague d'énergie familière. Elle hocha bientôt la tête, leva trois doigts et se concentra encore un instant. Le bruit de vague changea de tonalité, devint presque langoureux, puis elle releva la tête et le murmure cessa tout à fait.

— Tout va bien, annonça-t-elle calmement. Ils dorment.

— Tu as fait ça en douceur, ma Pol, commenta Durnik d'un ton admiratif.

— Merci, mon Durnik, répondit-elle avec un sourire en posant sa main sur celle de son mari.

— Bien, fit gravement Belgarath en se relevant pour s'appuyer des deux mains sur la table. Nous devons garder plusieurs choses à l'esprit. D'abord, il est probable que nous ferons l'objet d'une surveillance constante tout le temps que nous serons ici, alors faites attention. Ensuite, Zakath est un sceptique. Nous ne pouvons pas savoir ce qu'il a décidé de croire de tout ce que nous lui avons dit. Il se peut qu'il compte nous utiliser à des fins précises. En ce moment, il a besoin de nous pour le débarrasser de Mengha, mais je doute qu'il ait complètement renoncé à sa campagne au Cthol Murgos et il espère peut-être entraîner, grâce à nous, les Aloriens et leurs alliés dans cette guerre, à ses côtés. Il a aussi des problèmes avec Urvon et Zandramas. Nous n'avons pas le temps de nous laisser impliquer dans des histoires de politique intérieure malloréenne. Mais comme, pour l'heure, il tient plus ou moins notre vie entre ses mains, soyons prudents.

— Nous pourrions partir à n'importe quel moment, Belgarath, affirma Durnik avec confiance.

— C'est ce que nous ferons s'il n'y a pas d'autre solution, mais je préférerais éviter d'en arriver là, répondit le vieux sorcier. Zakath est un gaillard ombrageux, et je ne tiens pas à le chatouiller. Je n'aimerais pas être obligé de ramper pour éviter ses soldats. Ça nous ferait perdre un temps précieux, sans parler des risques que ça comporterait. Il vaudrait infiniment mieux que nous quittions Mal Zeth avec sa bénédiction — ou du moins son consentement.

— Je voudrais être à Ashaba avant que Zandramas ne nous file à nouveau entre les doigts, rappela Garion.

— Et moi donc, Garion, et moi donc ! renchérit son grand-père. Mais nous ignorons ce qu'elle fabrique là-bas, et nous ne pouvons pas savoir combien de temps elle va y rester.

— Elle cherche quelque chose, Père, intervint Polgara. Je l'ai lu dans son esprit quand je l'ai piégée, à Rak Hagga.

— Tu n'as aucune idée de ce que ça pouvait bien être ? reprit Belgarath en la regardant d'un air songeur.

— Je n'en ai qu'une vague notion, répondit-elle en secouant la tête. Elle cherche une information, mais j'ignore laquelle. J'ai tout de même réussi à lui extorquer qu'elle ne peut pas repartir tant qu'elle ne l'aura pas trouvée.

— Quelle que soit cette information, elle doit être bien cachée. Beldin et moi, nous avons tout retourné à Ashaba après la bataille de Vo Mimbre, et nous n'avons rien trouvé de particulier — à part cette maison de fous tout entière, bien sûr.

— Pouvons-nous être sûrs, au moins, qu'elle est bien là-bas avec mon bébé ? demanda Ce'Nedra avec ferveur.

— Non, mon chou, répondit Polgara. Elle a pris des mesures pour m'interdire tout accès à ses pensées. Et je dois dire qu'elle est assez bonne à ce jeu-là.

— Même si elle a quitté Ashaba, l'Orbe retrouvera sa trace, assura Belgarath. Il y a de fortes chances pour qu'elle n'ait pas trouvé ce qu'elle cherchait et qu'elle soit effectivement coincée là-bas, mais dans le cas contraire, elle ne sera pas difficile à rattraper.

— Nous allons donc bien à Ashaba ? s'enquit Sadi. La prétendue inquiétude que nous inspire Mengha n'était finalement qu'un prétexte pour venir en Mallorée ?

— Pour arrêter une stratégie à se sujet, il faudrait que j'en sache un peu plus long. Il se passe des choses très inquiétantes dans le nord du Karanda, c'est certain, mais nous ne devons pas perdre de vue que notre souci numéro un c'est Zandramas, et qu'elle est à Ashaba. J'aimerais bien avoir un peu plus d'informations avant de prendre une décision.

— Ça, c'est mon rayon, intervint Silk.

— Et le mien, ajouta Velvet.

— Je devrais être en mesure de vous aider un peu, remarqua Sadi avec un petit sourire. Sérieusement, Belgarath, poursuivit-il en fronçant le sourcil, vous êtes des instruments de pouvoir, votre famille et vous. Je doute fort que vous arriviez à convaincre Zakath de vous laisser partir, aussi cordial qu'il puisse être en apparence.

— Vous avez peut-être raison, acquiesça le vieux sorcier en hochant la tête d'un air funèbre. Il se peut que nous soyons amenés à obtenir par la force ce qu'il ne nous donnera pas de son plein gré. Mais soyez prudents, continua-t-il en parcourant Silk, Velvet et Sadi du regard. Ne vous laissez pas entraîner par vos mauvais instincts. J'ai besoin de renseignements, pas que vous mettiez les pieds dans un nid de frelons pour les obtenir. J'espère que vous m'avez bien compris, insista-t-il en regardant Silk. Ne compliquez pas les choses à plaisir.

— Vous savez que vous pouvez me faire confiance, Belgarath, répondit le petit Drasnien avec un sourire désarmant.

— Vous pensez s'il le sait, fit Velvet d'un ton insinuant.

Belgarath contempla son réseau d'espions improvisé en secouant la tête.

— Je ne sais pas pourquoi, mais quelque chose me dit que je vais amèrement regretter tout ça, soupira-t-il, accablé.

— Je les tiendrai à l'œil, Belgarath, promit Sadi.

— J'espère bien. Mais vous, qui vous tiendra à l'œil ?

CHAPITRE VII

Ce soir-là, ils furent escortés en grande pompe dans les couloirs labyrinthiques du palais vers une salle de banquet où un régiment eût aisément manœuvré. On y accédait par un majestueux escalier à double révolution flanqué des deux côtés par d'immenses candélabres et des sonneurs de trompe en livrée. L'escalier avait été manifestement conçu pour que toute entrée prît une allure grandiose, d'autant que chaque arrivant était salué par une fanfare éclatante et annoncé par un héraut à la voix de stentor, un petit bonhomme grisonnant, si mince qu'il semblait usé jusqu'à la trame par une vie passée à aboyer.

Garion et ses amis attendirent dans une antichambre que tous les notables de la région eussent fini de défiler. Le chef du protocole, un petit Melcène tatillon à la barbiche brune taillée d'une façon compliquée, leur demanda de se placer par ordre de rang ascendant. Il ne savait pas ce qui l'attendait. Il s'efforça bravement d'attribuer un titre précis aux membres de cet étrange groupe, mais il ne tarda pas à donner sa langue au chat. Il tentait encore virilement de décider si le rang de sorcier avait primauté sur celui de roi ou de princesse impériale lorsque Garion résolut le problème en offrant son bras à Ce'Nedra et en s'engageant sur le palier de marbre au sommet de l'escalier.

— Leurs Altesses Royales, le roi Belgarion et la reine Ce'Nedra de Riva, proclama le héraut avec emphase, et les trompes sonnèrent, éclatantes.

Le jeune roi de Riva, tout de bleu vêtu, marqua une pause, le temps pour la foule bigarrée massée en dessous de les contempler à satiété, sa jeune épouse en robe ivoire et lui-même, escale un peu théâtrale dont il n'était pas précisément l'instigateur. C'est juste que Ce'Nedra lui avait enfoncé ses griffes d'acier dans le bras en grinçant, les dents serrées :

— Halte, et tiens-toi droit !

Il faut croire que Zakath ne dédaignait pas non plus le décorum, à en juger par le silence stupéfié qui suivit l'annonce du héraut : l'empereur avait à l'évidence ordonné que l'identité de ses hôtes restât secrète jusqu'au dernier moment. Et Garion, qui était assez honnête avec lui-même, trouva assez flatteuse, finalement, la rumeur effarée qui parcourut la foule.

Il s'apprêtait à descendre l'escalier lorsque Ce'Nedra le retint comme un cheval rétif.

— Ne cours pas ! lui ordonna-t-elle entre ses dents.

— Mais je ne cours pas, protesta-t-il. C'est à peine si j'avance.

— Eh bien, avance moins vite.

C'est ainsi qu'il découvrit le pouvoir stupéfiant qu'avait sa femme de parler sans remuer les lèvres : un flot ininterrompu de recommandations émanait de sa bouche tandis qu'elle arborait un sourire charmant, encore qu'un peu hautain.

Au murmure qui avait accueilli l'annonce de leur nom succéda un silence respectueux lorsqu'ils arrivèrent au pied de l'escalier, puis la foule fut balayée par une vague de révérences et de courbettes obséquieuses comme ils avançaient le long du tapis menant à l'estrade surélevée où était dressée la table de l'empereur et de quelques invités triés sur le volet, tant indigènes qu'étrangers.

Zakath était vêtu de blanc, comme toujours, mais il portait, pour sacrifier à la solennité de l'occasion, un bandeau d'or habilement martelé en forme de couronne de feuilles. Il se leva et alla au-devant d'eux, leur évitant ainsi ce moment embarrassant où des hommes de rang égal se rencontrent en public.

— Comme c'est aimable, ma chère, d'être venue, dit-il en baisant la main de Ce'Nedra.

Le monde entier eût pu le prendre pour un gentilhomme campagnard ou un nobliau saluant des amis du voisinage.

— Tout le plaisir est pour nous, répondit-elle avec un petit sourire malicieux.

— Eh bien, Garion, vous avez l'air en pleine forme, reprit le Malloréen en lui tendant la main avec la même désinvolture.

— Ça ne va pas trop mal, rétorqua Garion, calquant son attitude sur celle de son hôte.

Si Zakath voulait jouer à ce petit jeu, ils seraient deux.

— Que diriez-vous de vous asseoir à ma table ? proposa l'empereur. Nous pourrons ainsi bavarder en attendant les autres.

— Bonne idée, acquiesça Garion d'un petit ton dégagé en le suivant vers sa table, puis la curiosité finit par l'emporter. Pourquoi affectez-vous de me parler de la pluie et du beau temps comme si vous étiez monsieur Tout-le-monde ? chuchota-t-il à l'oreille de son hôte alors que des serviteurs se précipitaient pour leur avancer leur chaise. Vous croyez vraiment que l'occasion s'y prête ?

— La noblesse ne va pas en revenir, Garion, répondit Zakath avec aplomb, et il ne faut jamais faire ce que l'on attend de nous. A l'idée que nous sommes des amis de longue date, ces gens qui croient tout savoir vont griller de curiosité, et peut-être se sentiront-ils un peu moins sûrs d'eux. Ma chère, ajouta-t-il à l'attention de Ce'Nedra, vous êtes absolument ravissante ce soir.

— Tu devrais prendre des notes, mon chéri, suggéra-t-elle tout bas d'une voix melliflue. Sa Majesté a beaucoup à t'apprendre. Vous êtes vraiment trop aimable, Zakath, reprit-elle avec un sourire rayonnant. J'ai les cheveux dans un état *épou-van-table*, ajouta-t-elle d'un ton quelque peu tragique en effleurant ses boucles cuivrées du dos de la main.

Sa chevelure était superbe, naturellement : elle était couronnée d'un diadème fait d'une grosse tresse de cheveux entrelacée de perles tandis qu'une cascade d'or rouge dévalait son épaule gauche.

Pendant cet échange amical, on annonça les autres membres du groupe. Silk et Velvet firent sensation, le petit Drasnien avec son pourpoint brodé de pierreries et la jeune fille dans une robe de brocart lavande.

— J'aimerais tant pouvoir porter cette couleur, murmura Ce'Nedra avec un soupir d'envie.

— Voyons, ma tendresse, tu peux porter toutes les couleurs que tu veux, rétorqua Garion.

— Enfin, Garion, n'aurais-tu aucun sens des nuances ? On ne porte pas de lavande quand on a ma teinte de cheveux.

— Je peux changer leur couleur, si c'est ce que tu veux.

— Ne t'avise jamais de faire une chose pareille ! hoqueta-t-elle en portant les mains à ses opulentes mèches auburn dans un geste protecteur.

— Je disais ça comme ça, ma douceur.

L'aboyeur annonça alors Sadi, Essaïon et Toth ensemble (sans doute avait-il renoncé à identifier le rang du jeune homme et du géant), puis sa voix s'emplit de crainte tandis qu'une sorte de tremblement agitait sa carcasse osseuse.

— Sa Grâce, la duchesse d'Erat, déclama-t-il. Dame Polgara la Sorcière.

L'assistance se tut subitement, comme frappée de stupeur.

— Maître Durnik de Sendarie, ajouta le héraut. L'Homme aux Deux Vies.

Polgara et le forgeron descendirent l'escalier dans un silence de mort et s'approchèrent de l'estrade.

Le couple légendaire fut salué par des courbettes et des révérences si profondes qu'elles évoquaient les génuflexions dont on se fend devant un autel. Polgara, qui avait revêtu son éternelle robe bleue bordée d'argent, traversa la salle telle une reine, un petit sourire mystérieux aux lèvres, la mèche blanche mythique qui striait sa chevelure d'ébène brillant comme de l'argent à la lueur des candélabres.

Entre-temps, en haut de l'escalier, le héraut semblait vouloir rentrer dans un trou de souris. Il contemplait son client suivant en ouvrant de grands yeux apeurés dans un visage de papier mâché. Garion entendit son grand-père l'exhorter :

— Allez-y, dites-le. Je suis sûr qu'ils connaissent tous mon nom.

L'aboyeur s'avança vers la balustrade de marbre qui bordait le devant du palier.

— Votre Majesté, Messires et gentes Dames, dit-il d'une voix entrecoupée, j'ai l'honneur inattendu de vous présenter Belgarath le Sorcier.

Un hoquet de surprise échappa à l'assistance alors que le

grand-père de Garion, vêtu d'une robe à capuchon de laine gris pâle, dévalait l'escalier sans le moindre effort d'élégance ou de dignité. Les notables malloréens assemblés se recroquevillèrent devant lui alors qu'il s'approchait de la table où ses compagnons avaient déjà rejoint Zakath.

Il était à mi-chemin de l'estrade impériale lorsque son regard tomba sur une jeune Melcène blonde au décolleté vertigineux. Paralysée d'épouvante, incapable de le gratifier ne fût-ce que d'une génuflexion, ou même de battre un cil, la fille regarda approcher l'homme le plus célèbre du monde. Belgarath s'arrêta devant elle, la déshabilla du regard et exprima son approbation d'une grimace suggestive.

— Jolie robe, déclara-t-il, ses yeux bleus pétillants de malice. Bonne petite, ajouta-t-il en lui tapotant la joue, tandis qu'elle s'empourprait furieusement.

— Père, dit fermement Polgara.

— J'arrive, Pol.

Il eut un petit rire impudent et repartit vers l'estrade. La jeune et jolie Melcène le regarda s'éloigner, les yeux exorbités et la main pressée sur la joue qu'il avait touchée.

— Il exagère, tu ne trouves pas ? marmonna Ce'Nedra.

— Il est comme il est, ma chérie, objecta Garion. Pourquoi devrait-il faire semblant d'être autrement ? Il n'en a nul besoin.

On leur servit des mets exotiques inconnus de Garion, et plusieurs qu'il eut même bien du mal à avaler. Un plat de riz d'une innocence trompeuse se révéla tellement épicé qu'il se mit à pleurer à chaudes larmes et tendit la main vers son gobelet d'eau comme un noyé se raccrochant à une planche.

— Par Belar, Mara et Nedra ! hoqueta Durnik en se jetant désespérément sur son verre à eau.

Garion se surprit à penser que c'était la première fois de sa vie qu'il entendait jurer Durnik et que le forgeron ne s'en sortait pas si mal en dépit de son manque de pratique.

— Ça pique, hein ? commenta Sadi en ingurgitant calmement la redoutable mixture.

— Comment pouvez-vous avaler ça ? s'émerveilla Garion.

— Vous oubliez, Belgarion, que j'ai l'habitude d'être empoisonné, répondit l'eunuque avec un bon sourire. A force d'ingérer des substances toxiques, j'ai la langue blindée et le gosier ignifugé.

— J'aurais dû vous prévenir, s'excusa Zakath, un peu amusé par leurs réactions. C'est un plat typique de Gandahar, une région peuplée de chasseurs d'éléphants qui se targuent de leur courage et s'amusent, pendant la saison des pluies, à s'allumer mutuellement des feux de joie dans l'estomac.

Après l'interminable banquet, Brador, toujours vêtu de sa robe brune, s'approcha de Garion et lui dit quelques mots à l'oreille afin de se faire entendre malgré les rires et le brouhaha des conversations.

— Si Votre Majesté veut bien me permettre, commença-t-il obséquieusement, un certain nombre de gens aimeraient vivement faire sa connaissance.

Garion acquiesça poliment en réfrénant une envie de hurler. Il avait une longue habitude des mondanités de ce genre et savait à quel point elles peuvent être fastidieuses. Le chef du Département de l'Intérieur le mena à bas de l'estrade dans le tourbillon multicolore des invités, s'arrêtant parfois pour saluer un notable et lui présenter le jeune roi de Riva. Lequel s'attendait à périr d'ennui au bout d'une heure ou deux de cet exercice, mais découvrit en Brador un cicérone des plus distrayants. Mine de rien, le Melcène lui fournissait des commentaires succincts mais souvent impayables sur ceux qu'il lui faisait rencontrer.

— Le roitelet de Pallie, murmura-t-il alors qu'ils approchaient d'un groupe de personnages coiffés de grands chapeaux de feutre coniques et vêtus de cuir d'un vilain vert bilieux. C'est un infâme lèche-bottes, un fourbe et un lâche, et je ne saurais trop vous recommander la méfiance avec cet individu.

— Ah, Brador ! s'exclama l'un des hommes avec une familiarité quelque peu déplacée.

— Votre Altesse, répondit Brador avec une révérence à tout casser, j'ai l'honneur de vous présenter Sa Majesté, le roi Belgarion de Riva. Majesté, voici Son Altesse, le roi Warasin de Pallie.

— Majesté, bredouilla Warasin en s'inclinant avec raideur.

C'était un homme aux petits yeux porcins enfoncés dans

un visage grêlé, long comme un jour sans pain, et à la bouche lippue. Garion remarqua qu'il avait les ongles en deuil.

— Votre Altesse, répondit-il sans chaleur.

— Je disais justement à mes courtisans ici présents que j'aurais été moins surpris de voir le soleil se lever au nord demain matin que le roi des rois du Ponant à Mal Zeth.

— Le monde est plein de surprises.

— Par la barbe de Torak, vous avez raison, Belgarion. Votre Majesté ne m'en voudra pas, j'espère, de l'appeler Belgarion ?

— Torak était imberbe, rectifia sèchement Garion.

— Pardon ?

— Torak n'avait pas de barbe. Enfin, il n'en avait pas quand je l'ai rencontré.

— Quand vous..., balbutia Warasin, puis Garion crut que les yeux allaient lui sortir de la figure. Vous voulez dire que ce serait vrai... enfin, toutes ces histoires sur ce qui s'est... euh... passé à Cthol Mishrak ?

— Ça, je l'ignore, rétorqua Garion. Je n'ai pas entendu toutes les histoires en question. Enfin, très heureux d'avoir fait votre connaissance, mon vieux, conclut-il avec une claque d'une camaraderie exagérée sur l'épaule du roitelet abasourdi. Dommage que nous n'ayons pas le temps de bavarder plus longtemps. On y va, Brador ?

Il prit congé du roitelet de Pallie avec un mouvement de menton d'une désinvolture insultante, prit le Melcène par le bras et l'entraîna avec autorité.

— Bien joué, Belgarion, murmura Brador. Beaucoup mieux que je n'aurais songé étant donné...

— Etant donné que j'ai l'air d'un paysan ignare, acheva Garion à sa place.

— Je ne me serais jamais permis de m'exprimer ainsi.

— Pourquoi pas ? reprit Garion en haussant les épaules. C'est la vérité, après tout. Enfin, où notre ami aux petits yeux de cochon voulait-il en venir ? Car il avait manifestement une idée derrière la tête.

— Oh, ce n'est pas compliqué. Il vous tient pour un proche de Kal Zakath, et comme vous l'avez peut-être remarqué, le pouvoir, en Mallorée, est très centralisé. Un homme ayant l'oreille de l'empereur est dans une position enviable. Warasin a des problèmes de frontière avec le prince régent de Delchin, et il espérait sans doute vous faire dire un mot en sa faveur. Vous pourriez vous faire des millions si vous vouliez, vous savez, ajouta le Melcène, un peu amusé.

— Je ne pourrais même pas les transporter ! s'esclaffa Garion. J'ai vu le trésor royal de Riva, une fois, et je sais ce que pèse un million. Bien, qui est le suivant sur la liste ?

— Le chef du Département du Commerce, un sinistre imbécile dénué de scrupules. Comme la plupart des chefs de Département.

— Et que veut-il ? s'enquit Garion en souriant.

— Je n'en suis pas tout à fait sûr, répondit Brador en se tiraillant pensivement le lobe de l'oreille. J'ai été absent pendant un moment. Mais ce Vasca est un rusé, alors prenez garde à lui.

— Je suis toujours sur mes gardes, Brador.

Le baron Vasca, le chef du Département du Commerce, était un petit vieillard chauve et ridé. Il portait la robe de bure qui semblait être l'uniforme des hauts fonctionnaires, et la chaîne d'or symbolique de sa fonction semblait presque trop lourde pour son cou de vieux vautour. Volatile dont il avait les yeux perçants et rusés, bien qu'au premier coup d'œil il parût frêle et décati.

— Je suis heureux de faire enfin la connaissance de Votre Majesté, dit-il, une fois les présentations faites.

— Tout le plaisir est pour moi, baron Vasca, repartit aimablement Garion.

Ils bavardèrent un moment sans que Garion détectât dans la conversation du baron le moindre propos s'écartant un tant soit peu des banalités d'usage. Puis il lâcha :

— Je constate que le prince Kheldar de Drasnie fait partie de votre suite.

— Nous sommes de vieux amis, baron. Vous connaissez donc Kheldar ?

— Nous avons déjà eu affaire ensemble. Les permis et les gratifications d'usage, vous voyez ce que je veux dire. Il manifeste pourtant une tendance certaine à éviter les contacts avec les autorités officielles.

— Je l'ai parfois remarqué, convint Garion.

— Le contraire m'eût étonné. Mais je ne voudrais pas,

Sire, vous retenir. Tout le monde, ce soir, brûle d'envie de vous être présenté, et il ne s'agirait pas que je vous monopolise. J'espère avoir bientôt la faveur de m'entretenir à nouveau avec vous. Soyez remercié, mon cher Brador, de nous avoir ménagé cette entrevue, conclut-il à l'attention de son collègue de l'Intérieur.

— C'était tout naturel, mon cher Vasca, rétorqua celui-ci en prenant Garion par le bras.

— Quel était l'enjeu, cette fois ? s'informa le jeune roi de Riva en suivant son guide.

— Je me le demande, mais une chose est sûre : quoi que Vasca ait eu envie ou besoin de savoir, il le sait à présent.

— Nous ne nous sommes pas dit grand-chose.

— C'est bien ce qui m'ennuie. Je crois que je vais faire surveiller ce cher vieux Vasca. Il a réussi à m'intriguer.

Au cours des heures suivantes, Garion rencontra encore deux roitelets en robes bariolées, un certain nombre de hauts fonctionnaires plus sobrement vêtus et quelques nobliaux accompagnés de leurs épouses. La plupart, bien sûr, voulaient seulement qu'on les voie en train de parler, afin de pouvoir glisser, plus tard, dans la conversation : « Belgarion de Riva, à qui je disais, justement, l'autre jour... » D'autres se risquèrent à envisager une audience privée à une date ultérieure. Quelques-uns tentèrent même de lui extorquer un rendez-vous précis.

Il était assez tard lorsque Velvet vint enfin à son secours. Elle s'approcha de lui alors qu'il était coincé par la famille royale de Peldane, un petit roitelet lourdaud coiffé d'un turban jaune moutarde, sa femme, une grande hallebarde minaudière vêtu d'une robe rose qui jurait affreusement avec sa tignasse orange, et leurs trois horribles marmots qui ne cessaient de geindre que pour échanger des horions.

— Majesté, commença la jeune fille en s'inclinant bien bas, votre épouse vous demande la permission de se retirer.

— Ce'Nedra ? répéta-t-il, inquiet.

— Elle est un peu lasse.

— Je vais la voir tout de suite, annonça-t-il aussitôt avec un regard plein de gratitude. Si leurs Altesses Royales veulent bien m'excuser, poursuivit-il à l'attention de la famille de Peldane.

— Mais certainement, Belgarion, lui assura courtoisement le roitelet.

— Pourvu que vous nous promettiez de transmettre nos salutations à votre charmante épouse, ajouta sa femme, sourde aux vociférations de sa royale progéniture.

— J'ai rarement vu plus belle tête d'homme traqué, commenta tout bas Velvet en cornaquant Garion.

— Pour un peu, je vous embrasserais.

— Voilà ce que j'appelle une suggestion intéressante.

— Ils feraient mieux de noyer ces trois petits monstres et d'élever une portée de chiots, marmonna aigrement Garion avec un mouvement de menton par-dessus son épaule.

— Des porcelets, plutôt, rectifia la fille aux cheveux de miel. Ils pourraient toujours vendre le jambon, expliqua-t-elle en réponse à son regard intrigué. Au moins, ça servirait à quelque chose.

— Ce'Nedra se sent-elle vraiment mal ?

— Bien sûr que non. Elle estime avoir fait assez de conquêtes pour ce soir, c'est tout. Elle préfère économiser les autres pour la prochaine fois. Le moment est venu de se retirer en fanfare, abandonnant une horde d'admirateurs crucifiés de désespoir, tout pantelants du désir de la revoir.

— Drôle de façon de voir les choses.

— Pas si drôle que ça, pour une femme, fit-elle avec un petit rire affectueux, en passant son bras sous celui de Garion.

Le lendemain matin, peu après le petit déjeuner, Garion et Belgarath furent convoqués à une réunion avec Zakath et Brador dans le cabinet particulier de l'empereur. C'était une grande pièce accueillante dont les murs disparaissaient derrière les livres et les cartes, et meublée de fauteuils confortables entourant de petites tables basses. Il faisait beau et chaud dehors, et les rideaux des vastes baies ouvertes frémissaient, caressés par la brise printanière, embaumée.

— Bonjour, Messieurs, fit cordialement Zakath en les voyant entrer. Bien dormi ?

— Très bien, à partir du moment où j'ai réussi à tirer Ce'Nedra de la baignoire, s'esclaffa Garion. C'est trop commode, je trouve. Me croirez-vous si je vous dis qu'elle a pris trois bains, hier ?

— Mal Zeth est une ville chaude et étouffante en été, acquiesça l'empereur. Les bains rendent la chaleur supportable.

— Comment faites-vous venir l'eau ? s'enquit Garion avec un vif intérêt. Je n'ai pas vu un seul serviteur avec des seaux.

— Elle arrive par un réseau de canalisations souterraines. L'artisan qui a conçu ce système a été récompensé par une baronnie.

— J'espère que vous ne m'en voudrez pas si je vous vole l'idée. Durnik est déjà en train de faire des croquis.

— Je pense personnellement que ce n'est pas sain, grommela Belgarath. Les bains, ça se prend en plein air, dans de l'eau glacée. Vivre dans le coton amollit l'individu. Mais je doute fort que vous nous ayez fait venir pour philosopher sur les avantages et les inconvénients comparés du bain, continua-t-il en regardant le Malloréen.

— Pas à moins que vous insistiez absolument, rétorqua Zakath en se redressant dans son fauteuil. Maintenant que nous sommes tous à peu près remis de notre voyage, je pense qu'il est temps de passer aux choses sérieuses. Brador a reçu les rapports de ses hommes, et il a des informations à nous communiquer concernant la situation au Karanda. Allez-y, Brador.

— Oui, Majesté, acquiesça le petit bonhomme rebondi en s'approchant d'un mur où était fixée une immense carte du continent malloréen.

C'était une véritable œuvre d'art rehaussée de teintes délicates : les lacs et les rivières étaient bleus, les plaines vert clair, les forêts marron et vert foncé et les montagnes couronnées de blanc. Au lieu d'être de simples points sur la carte, les cités étaient figurées par des bâtiments entourés de fortifications. Le réseau routier semblait particulièrement élaboré et n'avait rien à envier, se dit Garion, à celui dont les Tolnedrains avaient doté le Ponant.

Brador se bagarra un moment avec l'un des chatons teigneux de Zakath pour récupérer la baguette qu'il avait l'intention d'utiliser et s'éclaircit la gorge.

— Comme je vous l'ai dit à Rak Hagga, un dénommé Mengha est sorti, il y a six mois, de l'immense forêt située au nord du lac Karanda — ici, fit-il en leur indiquant une vaste zone vert foncée qui s'étendait des monts karandaques aux montagnes de Zamad. Nous n'avons guère d'informations sur lui.

— Là, Brador, permettez-moi de vous démentir, objecta Belgarath. D'après Cyradis, nous avons affaire à un prêtre grolim, peut-être défroqué. Nous pouvons en déduire certaines choses.

— Nous entendrons vos conclusions avec intérêt, déclara Zakath.

Belgarath, qui inspectait négligemment la pièce, s'illumina tout à coup. Son regard scrutateur était tombé sur des carafes et des gobelets de cristal posés sur une console, à l'autre bout de la pièce.

— Je peux ? fit-il en fronçant les sourcils avec gravité. J'ai constaté que rien ne facilitait la concentration comme de tenir un verre.

— Je vous en prie, répondit Zakath.

Le vieux sorcier se versa un verre de vin rouge d'une belle couleur rubis et interrogea Garion du regard.

— Non, merci, Grand-père.

Le bouchon de cristal regagna le col du récipient avec un cliquetis.

— Très bien, reprit Belgarath en arpentant l'épais tapis bleu. Quand les Grolims ont converti les Karandaques au culte de Torak, au second millénaire, ils ont tout fait pour les empêcher d'adorer les démons, mais il est de notoriété publique que cette pratique demeure vivace dans l'arrière-pays karandaque. Nous savons donc que Mengha était prêtre. On peut supposer, si les Grolims de Mallorée ont réagi comme ceux du Cthol Murgos à la mort de Torak, qu'ils ont été profondément démoralisés. Le mal que s'est donné Urvon, pendant des années, pour tenter de dénicher des prophéties susceptibles de justifier la continuation de l'Eglise en dit long sur le désespoir de la prêtrise, du haut en bas de la hiérarchie.

Il s'interrompit et trempa ses lèvres dans son gobelet.

— Pas mauvais, commenta-t-il avec une moue approbatrice. Pas mauvais du tout.

— Merci, répondit Zakath.

— Maintenant, continua le vieux sorcier, le désespoir religieux s'exprime différemment selon les individus. Il y en a qui sombrent dans la folie ou cherchent l'oubli dans la débauche sous toutes ses formes, d'autres qui refusent de voir la réalité et s'obstinent à préserver le passé. Mais quelques-uns cherchent de nouvelles formes de religion, en général à l'opposé de leurs croyances antérieures. L'Eglise grolime de Karanda s'étant consacrée pendant des siècles à l'éradication du culte des démons, il était inévitable que certains de ces prêtres en plein désarroi aillent trouver les maîtres des démons dans l'espoir d'apprendre leurs secrets. Il faut bien voir que celui qui parvient à contrôler un démon détient un sacré pouvoir, et que la soif de pouvoir est l'essence même de l'âme grolime.

— Jusque-là, Vénérable Ancien, tout se tient, admit Brador.

— C'est aussi ce qu'il me semble. Donc Torak est mort et Mengha découvre subitement que les fondements de sa religion se sont effondrés sous ses pieds. Pendant un certain temps, il a sans doute fait tout ce qui lui était interdit quand il était prêtre : boire, forniquer et patin couffin. Mais ces choses finissent inévitablement par perdre tout intérêt quand on en abuse. Même la débauche peut devenir ennuyeuse au bout d'un moment.

— Quand elle saura que tu as dit ça, tante Pol va faire une syncope, lâcha Garion.

— Mouais, eh bien tu n'es pas obligé de le lui répéter, rétorqua Belgarath. Nos échanges de vue sur ma vie dissolue sont la clef de voûte de notre relation. Vraiment remarquable, nota-t-il après avoir siroté une nouvelle gorgée de vin, en levant son verre pour en admirer la robe. Bon, notre Mengha se réveille donc un beau matin avec un mal de tête à tout casser, la bouche en fond de cage à perroquet, l'estomac embrasé par un incendie qu'une inondation n'eût pas suffi à éteindre et surtout en proie à des doutes existentiels sur le sens de sa vie et la raison de sa présence en ce bas monde. Peut-être même éprouve-t-il la tentation de prendre son couteau sacrificiel et de se le planter dans le cœur.

— Vous ne croyez pas que vous poussez un peu ? protesta Zakath.

— Déformation professionnelle, s'excusa Belgarath avec un petit rire. J'ai été conteur et je ne peux pas laisser passer une bonne histoire sans l'enjoliver un peu. Enfin, qu'il ait ou non songé à quitter cette vallée de larmes, il a vraiment touché le fond et c'est alors qu'il a pensé aux démons. Susciter des démons est presque aussi dangereux que de grimper en premier à l'échelle quand on assiège une cité fortifiée, mais Mengha n'a rien à perdre. Alors il entre dans la forêt, y déniche un magicien karandaque et réussit à le convaincre de lui apprendre tout ce qu'il sait. Une douzaine d'années plus tard, il lui a extorqué tous ses secrets.

— Comment arrivez-vous à ce chiffre ? s'enquit Brador.

— Torak est mort depuis quatorze ans, répondit le vieux sorcier en haussant les épaules, et aucun individu normalement constitué ne peut sérieusement maltraiter son organisme pendant plus d'une année ou deux avant de commencer à s'en aller par petits bouts. Il doit donc y avoir une douzaine d'années que Mengha est parti en quête d'un magicien susceptible de lui enseigner son art. Puis, ayant tout appris de lui, il l'a tué et...

— Une seconde, coupa Zakath. Pourquoi aurait-il fait ça ?

— Parce que son mentor en savait trop long sur lui et qu'il aurait pu le faire pourchasser par un de ses démons. Dans ce genre de pacte, l'élève s'engage généralement à servir son maître à vie, et le sorcier s'assure de sa fidélité au moyen d'une malédiction. Mengha ne pouvait pas laisser le vieil homme en vie.

— Comment se fait-il, Belgarath, que vous soyez si bien informé sur la question ? s'étonna Zakath.

— J'ai passé un moment parmi les Morindiens il y a quelques milliers d'années. Je n'avais rien de très important à faire et je m'intéressais à la magie.

— Avez-vous éliminé votre maître ?

— Non. Enfin, pas exactement. Quand je l'ai quitté, il m'a lancé son démon familier aux trousses. J'en ai repris le contrôle et je le lui ai renvoyé.

— Et c'est lui qui l'a tué ?

— Sans doute. Ça finit généralement comme ça. Bref, pour en revenir à Mengha, il arrive aux portes de Calida il y a six mois et suscite toute une armée de démons. Aucun individu doté du plus élémentaire bon sens ne se risquerait à en faire apparaître plus d'un à la fois. Ils sont trop difficiles à contrôler. Pour moi, continua-t-il en se rembrunissant, ça ne peut vouloir dire qu'une chose : il a réussi à invoquer un Démon Majeur et à s'assurer son obéissance.

— Un Démon Majeur ? releva Garion.

— Il y a une hiérarchie parmi les démons comme parmi les êtres humains, répondit le vieux sorcier en remplissant son verre, ses pérégrinations l'ayant ramené, comme par hasard, devant les carafes. Mengha a dû trouver le moyen d'établir son emprise sur un Démon Majeur et lui a fait conjurer une armée de démons de rang inférieur. Voilà. Si ce n'est pas très exactement l'histoire de Mengha, ça y ressemble sûrement d'assez près, conclut-il en se rasseyant, l'air assez content de lui.

— En tout cas, Belgarath, félicitations pour cette démonstration de virtuosité intellectuelle, commenta Zakath.

— Merci. J'avoue que votre admiration ne me semble pas mal placée. Maintenant que nous le connaissons un peu mieux, Brador, si vous nous racontiez ce qu'il a fait ?

Le Melcène se releva, disputa chèrement sa place devant la carte au féroce chaton de Zakath et reprit son exposé.

— Quand Mengha eut pris Calida, le récit de ses exploits embrasa le Karanda comme une traînée de poudre. Il apparut alors que le culte de Torak n'avait jamais été très fermement enraciné au cœur des Karandaques, et que s'ils marchaient droit c'était surtout par peur du couteau sacrificiel des Grolims.

— Comme les Thulls ? hasarda Garion.

— Tout à fait, Majesté. Après la mort de Torak, son Eglise ayant sombré dans la confusion, les Karandaques retournèrent à leurs pratiques ancestrales. Ils s'adonnaient à des rites effroyables, obscènes, ajouta Brador avec un frisson.

— Ils ne pouvaient pas faire pire que les Grolims.

— Le culte des Grolims trouvait une certaine justification, objecta Zakath. C'était un honneur que d'être choisi, et les victimes s'offraient de leur plein gré au sacrifice.

— Je n'en ai pas vu beaucoup s'immoler de gaieté de cœur, riposta Garion.

— Oui, eh bien nous ferons de la théologie comparée une autre fois, coupa Belgarath. Continuez, Brador.

— Quand les Karandaques entendirent parler de Mengha, poursuivit le Melcène, une véritable marée humaine convergea vers Calida. Tous voulaient le soutenir et s'enrôler au côté des démons. Les mouvements d'indépendance clandestins ont toujours été très vivaces dans les sept royaumes de

Karanda, et nombre de têtes brûlées croyaient que les démons leur permettraient enfin de rejeter le joug de l'oppresseur angarak. Sans vouloir vous offenser, Majesté, murmura-t-il précipitamment.

— Je ne me sens pas visé, Brador, le rassura Zakath.

— Les roitelets du Karanda tentèrent évidemment d'empêcher leur peuple de rejoindre Mengha. Aucun dirigeant n'aime perdre ses sujets. Notre état-major, alarmé par les hordes de Karandaques qui fuyaient pour se rallier à la bannière de Mengha, prit les mesures qui s'imposaient et fit notamment fermer la frontière. Mais la majeure partie des forces étaient au Cthol Murgos avec Sa Majesté, et les troupes stationnées à Karanda ne faisaient plus le poids. Les Karandaques les contournaient ou les écrasaient. L'armée de Mengha compte près d'un million d'hommes, à présent. Des hommes mal équipés et peut-être plus mal entraînés encore, mais un million d'hommes, même armés de bâtons, ce n'est pas rien. Jenno et la Ganésie sont déjà sous la domination de Mengha, et Katakor est sur le point de tomber. Quand il l'aura conquis, il marchera inévitablement sur Pallie et Delchin. Si on ne l'arrête pas, il sera aux portes de Mal Zeth avant Erastide.

— A-t-il déchaîné ses démons au cours de toutes ces campagnes ? s'enquit Belgarath d'une voix tendue.

— Pas depuis la chute de Calida, répondit le Melcène. Il faut dire que ce n'était plus vraiment utile. A leur seule vision, les portes des villes s'ouvraient en grand. Il les a prises en livrant très peu de véritables combats, en fin de compte.

— C'est bien ce que je pensais, confirma le vieux sorcier en hochant la tête. Il est très difficile de reprendre le contrôle d'un démon qui a goûté le sang.

— Oh, ce ne sont pas les démons qui nous inquiètent le plus, continua Brador. Les hommes de Mengha ont infiltré tout Karanda et propagent des histoires qui mettent en transe des gens parfaitement raisonnables jusque-là. Me croirez-vous, Majesté, si je vous dis que nous avons pris l'un de ses prédicateurs ici même, à Mal Zeth, dans les baraquements des Karandaques ?

— Comment a-t-il réussi à s'y introduire ? demanda âprement l'empereur.

— En se faisant passer pour un caporal qui reprenait son service après une permission. Il est allé jusqu'à se mutiler volontairement pour accréditer son histoire. La façon dont il pestait contre les Murgos était plus que convaincante.

— Qu'en avez-vous fait ?

— Il n'a pas survécu à l'interrogatoire, hélas, soupira Brador en faisant la grimace.

Il se pencha pour décrocher le chaton qui lui incrustait ses griffes dans la cheville.

— Hélas ?

— J'avais des projets intéressants pour lui. Je prends pour une offense personnelle le fait que l'on parvienne à circonvenir ma police secrète. C'est une question d'amour-propre.

— Alors, que suggérez-vous ? reprit l'empereur.

— Je crains, Majesté, que vous ne soyez obligé de faire revenir votre armée du Cthol Murgos, répondit le Melcène en se mettant à faire les cent pas dans la pièce. Vous ne pouvez vous battre sur deux fronts.

— C'est rigoureusement hors de question, fit Zakath d'un ton sans réplique.

— Il me semble que nous n'avons guère le choix, insista Brador. Près de la moitié des hommes dont nous disposons actuellement sur le continent sont d'origine karandaque, et ce serait de la folie que de compter sur eux pour affronter Mengha, quelle que soit la forme que prenne le conflit. Ou bien, disons les choses ainsi, ajouta doucement le Melcène en voyant frémir un muscle sur la mâchoire de son empereur : il se peut qu'en affaiblissant votre présence au Cthol Murgos vous perdiez Rak Cthaka et peut-être Rak Gorut. Mais si vous ne rapatriez pas vos hommes en métropole, vous pouvez faire une croix sur Mal Zeth. Vous avez le temps de réfléchir, continua Brador d'un ton mesuré alors que l'empereur le foudroyait du regard. Vous n'avez que ma version des choses. Vous aurez à cœur, bien sûr, d'obtenir confirmation de mes dires auprès des services de renseignements de l'armée, et il faudra, naturellement, que vous consultiez l'état-major.

— Non, répondit platement Zakath. La décision m'appartient. Très bien, Brador, fit-il en regardant le sol d'un air méditatif. Allez dire à mes chefs d'état-major que je veux les voir tout de suite.

— A vos ordres, Majesté.

Garion se leva, en proie à une soudaine angoisse.

— Combien de temps vous faudra-t-il pour faire revenir vos hommes du Cthol Murgos ?

— Près de trois mois, répondit l'empereur.

— Je ne peux pas me permettre d'attendre aussi longtemps, Zakath.

— Je regrette, Garion, mais nous n'avons pas le choix, ni l'un ni l'autre. Nous ne quitterons pas Mal Zeth avant le retour de mes troupes.

CHAPITRE VIII

Silk se présenta tôt le lendemain matin chez Garion et Ce'Nedra. Le petit Drasnien arborait son pourpoint et ses chausses habituels, mais très peu de bijoux, et il tenait sur le bras deux de ces robes légères et bigarrées comme en portent la plupart des citoyens de Mal Zeth.

— Que dirais-tu d'aller faire un petit tour en ville ? proposa-t-il à Garion.

— Je doute qu'on nous laisse sortir du palais.

— C'est arrangé. Nous avons la permission de Brador, pourvu que nous ne tentions pas de semer nos anges gardiens.

— Cette idée me déprime. Je déteste être suivi.

— On s'y fait, tu sais.

— Tu as une idée derrière la tête, ou c'est juste une visite touristique ?

— Je voudrais faire un saut jusqu'à nos bureaux et bavarder un peu avec notre facteur. Notre agent à Mal Zeth, précisa-t-il en réponse au coup d'œil intrigué de son ami.

— C'est la première fois que j'entends ce terme.

— On voit bien que tu n'es pas dans les affaires. Notre homme s'appelle Dolmar. C'est un Melcène, un garçon très efficace. Et pas trop voleur.

— Je ne vois pas l'intérêt de vous entendre parler boutique pendant toute la matinée, ronchonna Garion.

— Ce serait pourtant très instructif, tu sais, reprit Silk avec un regard furtif aux alentours, et ses doigts se mirent à bouger rapidement. *Par Dolmar, nous saurons ce qui se passe en réalité à Karanda*, disaient-ils. *Je crois vraiment que tu ferais mieux de venir...*

— D'accord, ronchonna le jeune roi de Riva avec une docilité un peu suspecte malgré tout. Tu as peut-être raison. Et puis je commence à avoir l'impression que les murs vont se refermer sur moi, ici.

— Tiens, fit le petit homme au museau de fouine en lui tendant l'une des robes. Mets-ça.

— Par cette chaleur ?

— Ce n'est pas le problème. Les étrangers en vêtements occidentaux attirent trop l'attention dans les rues de Mal Zeth, et je n'aime pas qu'on me regarde sous le nez. Comment veux-tu faucher leur portefeuille aux gens quand tout le monde a les yeux braqués sur toi ? ajouta-t-il avec un sourire impudent. Bon, tu te décides ?

Garion enfila sa robe. C'était un vêtement pratique, en fin de compte, une sorte de cache-poussière ouvert sur le devant, qui tombait tout droit des épaules aux talons, avec de grandes poches prises dans les coutures de côté et coupé dans un tissu très fin qui flotta derrière lui quand il alla vers la porte de la salle de bains. Ce'Nedra coiffait ses longs cheveux encore humides de son premier bain de la journée.

— Je vais en ville avec Silk, lui annonça-t-il. Tu as besoin de quelque chose ?

Elle réfléchit un instant.

— Oui, un peigne. Le mien est complètement édenté. Regarde-moi ça : on dirait un vieillard.

— Très bien, acquiesça-t-il en tournant les talons.

— Oh, et puis, tant que tu y es, essaie de me trouver un coupon de soie bleu canard, ajouta-t-elle précipitamment. Il paraît qu'il y a une excellente couturière ici, au palais.

— Je vais voir ce que je peux faire.

— Hé, Garion ! appela-t-elle comme il s'apprêtait à partir. Prends aussi quelques toises de dentelle. Pas trop lourde, hein ? Quelque chose de raffiné.

— Autre chose ?

— Rapporte-moi une surprise, répondit-elle avec un sourire. J'adore les surprises !

— Un peigne, un coupon de soie bleu canard, quelques toises de dentelle raffinée et une surprise, fit-il en comptant sur ses doigts.

— J'aimerais bien aussi une robe comme la tienne.

Il attendit patiemment.

— C'est tout ce que je vois pour l'instant, reprit Ce'Nedra avec une moue pensive. Mais tu devrais demander à Liselle et dame Polgara si elles n'ont besoin de rien. Ecoute, Garion, c'est la plus élémentaire courtoisie, déclara-t-elle en réponse à son soupir excédé.

— Oui, ma tendresse. Mais il vaudrait peut-être mieux que je fasse une liste.

Garion ressortit de la salle de bains et rejoignit Silk. Le visage du petit Drasnien était rigoureusement inexpressif.

— Et alors ? lança-t-il hargneusement.

— Je n'ai rien dit.

— Tu fais bien.

Ils s'apprêtaient à sortir lorsqu'une voix émana de la salle de bains.

— Garion !

— Oui, ma chérie ?

— Regarde un peu ce qu'ils ont comme bonbons.

Garion suivit Silk dans le couloir et referma fermement la porte dans son dos.

— Tu tiens assez bien le coup, je trouve, commenta Silk.

— L'habitude, qu'est-ce que tu veux.

Velvet ajouta plusieurs articles à la liste de Garion, que Polgara rallongea encore. Silk y jeta un coup d'œil tout en suivant l'enfilade de couloirs sonores menant à la partie principale du palais.

— Peut-être Brador pourrait-il nous prêter une mule de bât, susurra-t-il.

— Fais-moi grâce de ton humour, je t'en prie.

— Tu crois que j'oserais plaisanter dans une situation pareille ?

— Pourquoi ces messes basses, tout à l'heure ?

— A cause des espions.

— Dans nos appartements privés ? s'exclama Garion, estomaqué, en pensant à la nonchalance frisant parfois la provocation avec laquelle Ce'Nedra s'habillait — et se déshabillait — quand ils étaient seuls.

— C'est dans les endroits où les gens se croient chez eux qu'on surprend les secrets les plus intéressants. Aucun espion digne de ce nom ne raterait l'occasion de jeter un coup d'œil dans une chambre.

— C'est répugnant ! protesta Garion, les joues en feu.

— Evidemment. Mais c'est assez courant.

Ils traversèrent la rotonde voûtée, franchirent la splendide porte plaquée or du palais et s'éloignèrent dans le calme du matin.

— Tu ne peux pas savoir comme j'aime cette ville, fit Silk en humant la brise parfumée. Ça sent toujours bon, ici. Nos bureaux sont juste au-dessus d'une boulangerie, et il y a des matins où l'odeur qui monte du rez-de-chaussée est à se pâmer.

Ils ne s'arrêtèrent même pas aux portes de la Cité impériale. D'un geste sec, l'un des deux hommes en civil qui les suivaient discrètement intima aux gardes de les laisser passer.

— Les barbouzes ont parfois leur utilité, constata le petit Drasnien comme ils s'engageaient dans un large boulevard.

Les rues de Mal Zeth grouillaient de gens venus de tous les horizons, et même du Ponant. Parmi les robes multicolores de la population locale, Garion repéra avec surprise des mantelets tolnedrains et, en regardant mieux, quelques Sendariens, des Drasniens et un certain nombre de Nadraks. Mais il ne vit pas un seul Murgo.

— Quelle animation ! remarqua-t-il.

— Comme tu dis, approuva Silk. A côté de Mal Zeth, Tol Honeth a l'air d'une kermesse villageoise et Camaar d'une foire de campagne.

— Ça doit être le plus grand centre commercial du monde, alors ?

— Non, c'est Melcène. Sauf qu'à Melcène on ne fait pas le commerce des marchandises mais des capitaux. Tu n'y trouverais même pas un pot d'étain. On ne peut y acheter que de l'argent.

— Enfin, Silk, comment peut-on faire des bénéfices en achetant de l'argent avec de l'argent ?

— C'est un peu compliqué, fit le petit Drasnien en étrécissant les yeux, mais je vais te dire une chose : si tu pouvais faire main basse sur le trésor royal de Riva, je te montrerais comment le doubler en six mois dans la rue Basa, à Melcène. Et nous nous ferions une jolie commission par-dessus le marché.

— Tu voudrais que je spécule avec le trésor royal ? Mais ce serait la révolution si on s'en apercevait !

— Ça, c'est tout le problème : faire en sorte que ça ne se sache pas.

— As-tu jamais eu une seule pensée honnête de ta vie ?

Le petit homme fit mine de réfléchir un instant.

— Pas que je me souvienne, répondit-il avec une franchise désarmante. Mais j'ai une mémoire sélective, évidemment.

Comme il l'avait dit, l'empire commercial qu'il avait établi avec Yarblek se réduisait, à Mal Zeth, à de modestes bureaux situés au-dessus d'une boulangerie bien achalandée. On accédait à l'étage par un escalier extérieur partant d'une venelle latérale. Au moment où Silk s'engageait dans l'étroite ruelle, Garion eut l'impression qu'une tension nouvelle s'emparait de son ami.

— J'ai horreur de ne pas pouvoir parler librement, explica-t-il. Il y a tellement d'espions à Mal Zeth que tout ce qu'on peut dire est rapporté à Brador en triple exemplaire avant qu'on ait fermé la bouche.

— Il doit y en avoir dans tes bureaux aussi, non ?

— Evidemment, mais ils ne peuvent rien entendre. Nous avons fait doubler toutes les cloisons, le plafond et le plancher d'une couche de liège d'un pied d'épaisseur.

— Du liège ?

— Pour assourdir tous les sons.

— Mais ça doit coûter une fortune !

— Ça, tu l'as dit. Mais nous avons récupéré notre mise de fond dès la première semaine en parvenant à garder le secret sur certaines négociations. Voyons si nous arrivons à pincer Dolmar en train de piquer dans la caisse, murmura Silk en tirant une grosse clé de cuivre de sa poche intérieure.

— Pour quoi faire ? Tu sais déjà qu'il te vole.

— Evidemment, mais si je pouvais le prendre la main dans le sac, j'aurais un bon prétexte pour lui sucrer sa prime de fin d'année.

— Tu pourrais toujours le fouiller, non ?

Le petit homme au museau de fouine se tapota la joue avec sa clef comme s'il méditait cette suggestion.

— Non, décida-t-il enfin. Ce ne sont pas des procédés. Une relation comme la nôtre est fondée sur la confiance.

Garion éclata de rire.

— Il faut savoir jusqu'où on peut aller trop loin, reprit Silk d'un ton de reproche.

Il mit la clef dans la serrure, la tourna sans faire de bruit, poussa brutalement la porte et bondit dans la pièce.

— Bonjour, Prince Kheldar, dit calmement l'homme assis derrière une table toute simple. Je vous attendais.

Consternation du petit Drasnien.

Le gaillard se leva pour les accueillir. C'était un Melcène élancé, aux yeux rusés, rapprochés, aux lèvres minces et aux cheveux d'un brun terne, en désordre — juste le genre d'individu fait pour inspirer aussitôt la défiance.

— Bonjour, Dolmar, répondit Silk en se redressant de toute sa hauteur. Je vous présente Belgarion de Riva.

— Majesté, fit l'homme en s'inclinant.

— Dolmar...

Le Drasnien referma la porte et approcha de la table deux chaises placées le long du mur tapissé de liège. Le plancher avait l'air normal, mais la façon dont il étouffait les pas en disait long sur l'épaisseur de liège qu'il devait y avoir en dessous.

— Comment vont les affaires ? demanda Silk en s'asseyant et en poussant l'autre chaise vers Garion avec son pied.

— Nous arrivons à payer le loyer, esquiva Dolmar.

— C'est le boulanger d'en dessous qui doit être content ! Des chiffres, Dolmar. Il y a un moment que je ne suis pas venu. Epatez-moi. Dites-moi que j'ai bien fait d'investir à Mal Zeth.

— Nous sommes en augmentation de quinze pour cent par rapport à l'an dernier.

— Pas plus ? riposta Silk, déçu.

— Nous venons de faire de gros achats. Si nous intégrons la valeur du stock, nous sommes à près de quarante pour cent.

— C'est déjà mieux. Et pourquoi ces investissements ?

— Ce sont les instructions de Yarblek. Il est à Mal Camat, en ce moment. Il affrète des bateaux pour emmener les marchandises dans l'ouest. Nous devrions le voir arriver d'ici une petite semaine, avec cette femelle mal embouchée.

Dolmar se leva, rassembla posément les documents étalés sur la table, s'approcha d'un poêle à bois placé dans un coin, ouvrit la porte frontale et déposa calmement les parchemins sur les braises, détruisant toute preuve de son activité au nez et à la barbe de son commettant.

Lequel ne tenta même pas de l'en empêcher, à la grande surprise de Garion.

— Nous nous sommes intéressés au marché des lainages, rapporta le Melcène en se rasseyant à sa table maintenant vide. Avec la mobilisation, les services de l'Intendance militaire auront forcément besoin de tissus pour les uniformes, les capes et les couvertures. Si nous pouvions obtenir des options des principaux éleveurs de moutons, nous serions les maîtres du marché et nous pourrions peut-être briser le monopole du consortium melcène qui a la haute main sur les achats de l'armée. Si nous arrivions à mettre ne fût-ce qu'un pied dans la porte du Département, nous pourrions soumissionner toutes sortes de fournitures.

— Les haricots, lâcha sèchement Silk qui l'écoutait en tiraillant son long nez pointu, les yeux étrécis.

— Pardon ?

— Tâchez de faire main basse sur la récolte de cette année. Un uniforme usé n'a jamais empêché un soldat de marcher, mais un homme, ça a besoin de manger. Si nous faisons la pluie et le beau temps sur le marché des haricots, et pourquoi pas des farines, l'Intendance n'aura pas le choix. Elle sera bien obligée d'en passer par nous.

— C'est très fort, Prince Kheldar.

— J'ai pas mal roulé ma bosse.

— Le consortium se réunit cette semaine à Melcène pour fixer le cours des denrées de base. L'idéal serait que nous mettions la main sur ces tarifs.

— Je suis au palais, rappela Silk. Je trouverai peut-être le moyen de l'extorquer à quelqu'un.

— Vous devez encore savoir une chose, Prince Kheldar. J'ai entendu dire que le consortium s'apprêtait à faire au baron Vasca, du Département du Commerce, certaines propositions de régulation visant officiellement à protéger l'économie mais en fait dirigées contre Yarblek et vous-même. Leur intention est de limiter les négociants occidentaux qui font plus de dix millions par an à deux ou trois enclaves sur la côte ouest. Cette mesure ne toucherait pas les petits commerçants mais nous obligerait probablement à fermer boutique.

— Y a-t-il quelqu'un à soudoyer pour éviter ça ?

— Nous versons déjà une fortune à Vasca pour qu'il

nous laisse tranquilles, mais le consortium a de l'argent à revendre. Et le baron ne se laissera peut-être pas toujours graisser la patte.

— Laissez-moi fouiner un peu au palais avant de doubler le dessous de table de Vasca ou de prendre je ne sais quelle mesure désespérée.

— Le pot-de-vin est la procédure usuelle, Prince Kheldar.

— Certes, mais il arrive que le chantage marche encore mieux, rétorqua Silk, puis il jeta un coup d'œil à Garion et regarda à nouveau son agent. Vous êtes au courant de ce qui se passe à Karanda ?

— Ce que je sais, c'est que ça ne vaut rien pour les affaires. De respectables marchands jusqu'alors parfaitement sensés mettent la clé sous la porte et foncent ventre à terre à Calida pour s'enrôler dans l'armée de Mengha et défiler au cri de *Mort aux Angaraks* en brandissant des épées rouillées.

— On pourrait peut-être leur vendre des armes ? suggéra très vite Silk.

— Ça ne vaut pas le coup. Il n'y a plus assez d'argent dans le nord de Karanda pour qu'on prenne cette peine, et avec la crise toutes les mines ont fermé. Le marché des pierres précieuses est à sec.

— Que se passe-t-il vraiment là-bas, Dolmar ? Les informations que nous a communiquées Brador sont plutôt succinctes.

— Mengha s'est pointé devant les portes de Calida avec une armée de démons, fit-il avec un haussement d'épaules désabusé. Les Karandaques sont devenus hystériques ; ils sont pour ainsi dire tombés en transe.

— D'après Brador, des atrocités auraient été commises, intervint Garion.

— Ça, Majesté, je ne serais pas étonné qu'il ait reçu des rapports un peu excessifs. La tendance naturelle des observateurs même les mieux entraînés est de multiplier par dix le nombre des cadavres mutilés gisant dans les rues. En fait, les victimes étaient surtout des Melcènes et des Angaraks. Il y a eu quelques bavures, bien sûr, mais dans l'ensemble, les démons de Mengha ont soigneusement évité de massacrer des Karandaques, et ce dans toutes les villes qu'il a prises jusque-là. C'est très futé, continua le Melcène, les yeux mi-clos, en se grattant le crâne. Pour les Karandaques, Mengha est un libérateur, et ses démons sont la pointe de lance d'une invincible armée. Je ne jurerais pas de ses vraies motivations, mais ces barbares se sont fourré dans la tête qu'il était venu débarrasser le Karanda des Angaraks et de la bureaucratie melcène. Donnez-lui encore six mois et il aura accompli une chose que personne n'avait obtenue avant lui.

— C'est-à-dire ? insista Silk.

— L'unification de Karanda.

— Fait-il appel à ses démons chaque fois qu'il assiège une ville ? demanda Garion pour confirmer les récits de Brador.

— Plus maintenant, Majesté, rétorqua Dolmar en secouant la tête. Après ce qui est arrivé à Calida et aux premières villes qu'ils ont prises, c'est superflu. Il se contente maintenant de marcher sur la ville. Ses démons l'accompagnent, évidemment, mais ils n'ont pas besoin d'intervenir ; il leur suffit de se dresser là dans toute leur horreur. Les Karandaques massacrent tous les Angaraks et les Melcènes de la ville, lui en ouvrent les portes en grand et l'accueillent à bras ouverts, après quoi ses démons s'évanouissent. Il en conserve tout de même un avec lui, ajouta-t-il après réflexion. Une sorte de créature ténébreuse qui n'a pas l'air si grande que ça et qui se tient juste derrière l'épaule gauche de Mengha à toutes ses apparitions publiques.

Une pensée effleura soudain Garion.

— Est-ce qu'ils profanent les temples grolims ?

Dolmar cilla comme s'il accusait le coup.

— Non, c'est vrai, confirma-t-il, surpris. Il semblerait aussi qu'ils épargnent les prêtres. Il est toujours possible, bien sûr, qu'Urvon ait fait quitter Karanda à ses Grolims dès le début des troubles.

— C'est peu vraisemblable. Mengha n'avait pas annoncé son arrivée à Calida. Les Grolims n'auraient guère eu le temps de prendre la fuite.

Il leva les yeux et regarda le plafond sans le voir comme s'il réfléchissait intensément.

— Qu'y a-t-il, Garion ? s'enquit Silk.

— Je viens d'avoir une idée assez inquiétante. Nous savons que Mengha est un Grolim, pas vrai ?

— Je l'ignorais, avoua Dolmar, un peu étonné.

— Nous avons eu quelques tuyaux d'une personne généralement bien informée. Continue, Garion.

— Urvon ne sort pas de Mal Yaska, exact ?

— C'est ce que j'ai entendu dire, acquiesça le petit Drasnien. Il n'a pas envie que Beldin lui tombe dessus en terrain découvert.

— Tu parles d'un guide efficace pour son peuple... Bien, imaginons donc que Mengha ait fait une petite dépression après la mort de Torak ; il va trouver un magicien qui lui apprend à invoquer des démons, il revient et propose à ses anciens frères grolims une solution de remplacement à Urvon, en même temps que l'accès à un pouvoir dont ils n'auraient jamais rêvé auparavant. Un démon aux ordres d'un magicien karandaque ignare et bête à manger du foin, c'est déjà une belle saloperie, mais un démon à la botte d'un sorcier grolim ce serait une autre paire de manches. Vous vous rendez compte, si Mengha réunit autour de lui des Grolims désœuvrés et les entraîne à la magie noire ? Nous ne sommes pas sortis de l'auberge. Je n'aimerais pas affronter une légion de Chabat, et toi ?

— Pas spécialement, répondit Silk avec véhémence en réprimant un frisson.

— Eh bien, il faut l'empêcher de nuire, et vite, conclut Dolmar.

— L'ennui, c'est que Zakath ne bougera pas tant que son armée ne sera pas rentrée du Cthol Murgos — c'est-à-dire d'ici trois mois environ, reprit Garion en faisant la grimace.

— D'ici trois mois, il sera encore plus difficile de venir à bout de Mengha, souligna le Melcène.

— C'est bien pour ça que nous avons intérêt à nous remuer sans attendre, approuva Garion. Avec Zakath ou sans lui.

— Et comment prévois-tu de quitter la ville ? fit Silk.

— Belgarath trouvera bien quelque chose. D'autres nouvelles, Dolmar ? s'informa Garion.

L'homme se tirailla le nez en une curieuse imitation du geste si familier à son patron.

— Ce n'est qu'une rumeur.

— Allez-y toujours.

— J'ai entendu dire par des gens de Karanda que le démon familier de Mengha s'appellerait Nahaz.

— Ce nom revêtirait-il une signification particulière ?

— C'est difficile à affirmer, Majesté. Quand les Grolims sont entrés au Karanda, au deuxième millénaire, ils ont détruit toute trace de la religion karandaque, et personne ne s'est jamais donné la peine de rassembler les rares éléments subsistants. Seule persiste une tradition orale assez brumeuse, d'après laquelle, toutefois, Nahaz serait le démon tribal des premiers Karandaques qui se seraient fixés en Mallorée avant l'arrivée des Angaraks. Pour les Karandaques, Mengha n'est pas seulement un chef politique ; c'est aussi celui qui a ressuscité la chose la plus proche pour eux d'un Dieu.

— Un Dieu-Démon ? risqua Garion.

— C'est une assez bonne vision des choses, Majesté. Si la rumeur dit vrai, le pouvoir du démon Nahaz serait pratiquement illimité.

— Je craignais de vous l'entendre dire.

Plus tard, quand ils furent à nouveau dans la rue, Garion regarda Silk avec curiosité.

— Pourquoi n'as-tu pas protesté quand il a brûlé ces documents ? protesta-t-il.

— C'est la règle, répondit le petit homme au museau de fouine en haussant les épaules. Nous ne gardons jamais de traces écrites de nos transactions. Dolmar a tout en tête.

— Il a la partie belle, s'il te vole comme tu le penses, non ?

— C'est certain, mais tant que ses détournements restent dans les limites du raisonnable... Alors que si l'administration fiscale mettait la main sur des écrits, ce serait le désastre. Tu veux rentrer au palais tout de suite ?

— Non, nous avons des courses à faire, avant, soupira Garion en tirant sa liste et en la lorgnant d'un œil noir. Je me demande comment nous allons rapporter tout ça.

— Nous allons demander des renforts, répondit Silk en riant, avec un mouvement du pouce derrière son épaule en direction des deux hommes qui les suivaient discrètement. Comme je te disais tout à l'heure, les barbouzes peuvent parfois se révéler très utiles.

Garion découvrit pendant les jours suivants que le palais impérial de Mal Zeth ne ressemblait décidément à aucune des cours du Ponant qu'il lui avait été donné de visiter. Le pouvoir étant rigoureusement centralisé entre les mains de Zakath, les fonctionnaires et les serviteurs impériaux se livraient à une lutte sans merci pour se mettre dans ses petits papiers et fomentaient des complots invraisemblables afin de se discréditer mutuellement. L'incursion de Silk, Velvet et Sadi dans cet environnement déjà assez saumâtre ajouta une nouvelle dimension à ces intrigues de palais. Les trois compères s'ingénièrent à souligner l'amitié qui unissait Garion et Zakath, laissèrent négligemment entendre qu'ils avaient toute la confiance du roi de Riva puis firent trois pas en arrière et attendirent la suite des événements.

Les bureaucrates et les courtisans du palais impérial mesurèrent très vite les opportunités que pouvaient présenter les trois Occidentaux pour gagner le chemin de l'oreille impériale. Le trio se répartit implicitement les différentes sphères d'influence. Silk se consacra aux problèmes économiques et commerciaux, Velvet s'investit dans la politique et Sadi plongea délicatement ses longues mains aux doigts effilés dans le monde du crime organisé. Ils suggérèrent avec tact qu'ils n'étaient pas hostiles aux tentatives de corruption et firent savoir qu'ils étaient disposés à transmettre diverses requêtes en échange d'informations. C'est ainsi que Garion s'aperçut qu'il disposait, sans l'avoir vraiment cherché, d'un prodigieux réseau d'espionnage. Silk et Velvet jouaient en virtuoses sur les craintes, les ambitions et l'avidité de ceux qui les contactaient, manipulant comme des instruments bien accordés des fonctionnaires de plus en plus fébriles. Les méthodes de Sadi, fruit d'une expérience approfondie acquise au service de Salmissra, étaient à certains égards plus subtiles encore, mais à d'autres d'une redoutable efficacité. Certaines des substances que recélait sa mallette de cuir rouge atteignirent des cotes formidables, et plusieurs criminels de haute volée, des hommes qui régnaient sur des bataillons de fonctionnaires, voire de généraux, disparurent subitement dans des circonstances suspectes. L'un d'eux alla jusqu'à tomber à la renverse, la figure toute noire et les yeux exorbités, devant l'empereur en personne.

Pour Zakath, qui observait avec un amusement à peine voilé les activités des trois compères, ce fut la goutte d'eau qui fit déborder le vase. Dès le lendemain soir, il abordait le problème avec Garion au cours de leur rencontre quotidienne.

— Peu m'importe, Garion, la façon dont ils occupent leur temps, dit-il en grattouillant distraitement la tête d'un chaton roux qui ronronnait sur ses genoux. Ils sèment la panique parmi les larves qui grouillent dans les coins sombres du palais, et une larve paniquée ne risque pas d'affirmer sa position. Il ne me déplaît pas que cette vermine crève de trouille ; ça la rend d'autant plus facile à manipuler. Là où je ne suis plus d'accord, c'est pour le poison. Un empoisonneur non averti pourrait faire beaucoup de dégâts.

— Sadi saurait empoisonner un personne donnée à un banquet de cent couverts, lui assura Garion.

— Oh, pour ça, j'ai toute confiance en lui, acquiesça Zakath. L'ennui, c'est qu'il n'administre pas lui-même ses mixtures, il les vend à des amateurs patentés. Or il y a ici, au palais, des gens dont j'ai vraiment besoin. Tout le monde les connaît, ce qui leur évite de prendre trop de dagues dans les entrailles. Mais une maladresse est vite arrivée, avec le poison, et des branches entières de mon administration pourraient se retrouver anéanties comme un rien. Vous ne pourriez pas lui demander d'arrêter de vendre ses petits produits chez moi ? Je lui parlerais bien moi-même, mais je ne voudrais pas que ça prenne des airs de réprimande officielle.

— Je lui en toucherai deux mots, promit Garion.

— Ça me ferait vraiment plaisir, Garion. Mais juste le poison, hein ? précisa-t-il avec un regard à faire froid dans le dos. Je trouve très amusant l'effet de certaines autres de ses spécialités. J'ai vu, pas plus tard qu'hier, un général de quatre-vingt-cinq ans courser une jeune femme de chambre. Le vieux fou n'avait pas eu d'idées de ce genre depuis plus d'un quart de siècle. Et la veille, le chef du Département des Travaux publics — un imbécile pompeux dont la seule vue me lève le cœur — a tenté pendant une bonne demi-heure, devant une douzaine de témoins, d'escalader un bâtiment de cinq étages. Il y avait des années que je n'avais autant ri.

— Les élixirs nyissiens ont parfois un drôle d'effet, convint Garion avec un sourire. Je demanderai à Sadi de restreindre son petit commerce aux drogues récréatives.

— Les drogues récréatives ! répéta Zakath en riant à gorge déployée. J'adore ce terme !

— J'ai toujours eu un certain bonheur avec les mots, réconnut modestement Garion.

Le petit chat orange se redressa, bâilla à se décrocher la mâchoire et sauta par terre. La mère chat se précipita sur un chaton noir et blanc, le prit par la peau du dos et le déposa à l'endroit précis que venait de quitter son frère roux, puis elle regarda Zakath bien en face et poussa un miaulement interrogateur.

— Merci, murmura Zakath.

Satisfaite, la chatte bondit sur le chaton orange et entreprit de le débarbouiller en le maintenant avec une patte.

— C'est tout le temps comme ça ? s'enquit Garion.

L'empereur hocha la tête en signe d'acquiescement.

— Elle doit craindre que je me sente seul.

— Voilà qui témoigne d'une grande considération.

Zakath regarda le chaton noir et blanc qui lui rongeait une phalange avec une feinte sauvagerie.

— Je m'en passerais, je vous assure, fit-il avec une grimace comique.

CHAPITRE IX

Garion avait trouvé un moyen simple et de bon goût pour aborder tout sujet un tant soit peu sérieux avec ses amis à l'insu des espions qui infestaient le palais de Zakath dans ses moindres recoins : ils allaient faire un petit tour dans le parc. C'est ainsi que, par un beau matin de printemps, il se promenait à l'ombre des cerisiers avec Belgarath et Polgara tandis que Velvet leur racontait les dernières intrigues qui s'ourdissaient dans les couloirs de la Cité impériale.

— Le plus stupéfiant, c'est que Brador est sûrement au courant de tout ou presque, ajouta la fille aux cheveux de miel en humant ostensiblement un rameau de fleurs de cerisiers. Il n'a l'air de rien comme ça, mais ses agents secrets sont d'une efficacité redoutable.

— Au moins, ici, ils ne risquent pas de nous entendre, remarqua Garion.

— Non, mais ils peuvent nous voir. A votre place, Garion, je ferais attention à ce que je dis, même en plein air. Je suis tombée l'autre jour sur un jeune homme très occupé à transcrire une conversation qui se tenait à voix basse, cinquante toises plus loin.

— Ça, c'est épatant, s'extasia Belgarath. Et comment réussissait-il ce tour-là ?

— Il était sourd comme un pot, et, avec le temps, il avait appris à lire sur les lèvres des gens.

— Astucieux, approuva le vieux sorcier. Je comprends à présent pourquoi vous reniflez ces fleurs depuis une demi-heure !

— C'est la première raison ; l'autre est leur parfum si suave, répondit-elle avec un sourire plein de fossettes.

— Très bien, reprit Belgarath en mettant sa main devant sa bouche comme s'il se grattait la barbe. J'aurais besoin d'une bonne diversion, quelque chose d'assez sérieux pour éloigner les hommes de Brador afin que nous puissions quitter Mal Zeth sans qu'ils nous suivent. Zakath est inébranlable : il ne bougera pas le petit doigt tant que son armée ne sera pas revenue du Cthol Murgos. Il va donc falloir que nous partions sans lui. Pensez-vous qu'il se prépare un mauvais coup susceptible de distraire tous les espions du secteur ?

— Pas vraiment, Vénérable Ancien. Le roitelet de Pallie et le prince régent de Delchin complotent l'un contre l'autre, mais il y a des années que ça dure. Le vieux roi de Voresebo espère toujours circonvenir l'empereur afin qu'il l'aide à reprendre son trône à son fils qui l'a destitué il y a près d'un an maintenant. Le baron Vasca, le chef du Département du Commerce, convoitait le portefeuille de l'Intendance, mais les généraux l'ont neutralisé. Ce sont les principales manœuvres en cours pour l'instant. Il se trame bien d'autres complots mineurs, évidemment, mais rien d'assez fracassant pour mobiliser toutes les taupes du palais.

— Vous ne pourriez pas combiner quelque chose ? suggéra Polgara en bougeant à peine les lèvres.

— Je peux toujours essayer, Dame Polgara, concéda Velvet, mais rien de ce qui se passe au palais n'échappe à Brador. Enfin, je vais en parler à Kheldar et Sadi. A nous trois, c'est bien le diable si nous n'arrivons pas à manigancer quelque chose d'assez imprévu pour que ses hommes nous oublient le temps que nous quittions la ville.

— Ça commence à devenir urgent, Liselle, insista la sorcière. Sitôt que Zandramas aura trouvé ce qu'elle cherchait à Ashaba elle repartira, et nous reprendrons du retard sur elle, comme au Cthol Murgos.

— Je vais voir ce que je peux faire, ma Dame, promit-elle.

— Vous rentrez ? s'enquit Belgarath. Je vous accompagne. Le grand air et l'exercice sont un peu trop bons pour la santé, décréta-t-il en lorgnant les environs avec une moue réprobatrice.

— Faisons encore un petit tour, Garion, proposa Polgara.

— Avec plaisir.

Alors que Velvet et Belgarath repartaient vers le palais, Garion et sa tante poursuivirent leur promenade sous les arbres en fleur, entre les pelouses soigneusement tondues. Un roitelet chantait à gorge déployée, perché sur la plus haute branche d'un vieil arbre couvert de lichen. Garion songea tout à coup à l'étrange affinité qui unissait sa tante aux oiseaux.

— Qu'est-ce qu'il raconte ? demanda-t-il, intrigué

— Il essaie d'attirer l'attention d'une femelle, répondit-elle avec un sourire attendri. La saison des amours est revenue. Ce petit bavard lui fait des tas de promesses, qu'il rompra sans nul doute avant la fin de l'été.

Il sourit et la prit affectueusement par les épaules.

— Qu'on est bien..., dit-elle avec un soupir d'aise. C'est drôle, mais quand tu n'es pas là, je te revois toujours petit garçon et ça me fait un drôle d'effet de te voir si grand.

— Comment va Durnik ? s'enquit-il, ne trouvant rien à ajouter sur ce sujet. On ne le voit plus, ces jours-ci.

— Imagine-toi qu'il y a un étang plein de truites au sud du parc impérial, fit-elle en levant comiquement les yeux au ciel. Il y passe toutes ses journées, avec Toth et Essaïon, et ils attrapent d'énormes quantités de poisson. Le personnel des cuisines commence à en avoir par-dessus la tête.

— Ça, s'il y a de l'eau quelque part, on peut être sûr de le trouver au bord, s'esclaffa Garion. Mais tu m'étonnes : je ne savais pas qu'Essaïon aimait pêcher, lui aussi.

— Je ne crois pas qu'il soit vraiment mordu. A mon avis, il y va surtout pour être avec Durnik. Et parce qu'il préfère être dehors.

Elle le regarda droit dans les yeux, et comme tant de fois depuis sa plus tendre enfance, il eut un pincement au cœur en la voyant si belle.

— Comment va Ce'Nedra, ces temps-ci ? s'informa-t-elle avec gravité.

— Elle a réussi à se trouver des compagnes de son âge. Elle a vraiment le chic pour se faire des amies, où qu'elle aille.

— Les femmes aiment s'entourer d'autres femmes, mon chou. La compagnie des hommes est sûrement très agréable, mais pour bavarder, les femmes n'ont pas leurs pareilles. Il y a tant de choses si importantes qui échappent complètement aux hommes... Elle ne se ressent donc plus de ce qui lui est arrivé au Cthol Murgos ?

— Apparemment pas. Je la trouve tout à fait normale. La seule chose un peu bizarre, c'est qu'elle ne parle plus jamais de Geran.

— Ça, c'est peut-être un moyen de se protéger, tu sais. Même si elle évite d'en parler, elle n'a pas pu oublier la mélancolie dans laquelle elle avait sombré à Prolgu, et elle se rend bien compte que si elle s'y abandonnait à nouveau, elle ne sera plus bonne à rien. Je suis sûre qu'elle pense toujours à Geran, sans doute même y songe-t-elle sans arrêt, mais elle ne veut pas aborder le sujet, c'est tout. Et... où en êtes-vous, tous les deux, sur le plan intime ? lâcha-t-elle sans détour.

— Euh..., s'étouffa Garion en s'empourprant furieusement. Nous n'avons guère eu le temps d'y penser, Tante Pol. Et j'imagine qu'elle a d'autres préoccupations.

— Ecoute, Garion, il n'est pas bon d'oublier trop longtemps ces choses-là, commenta-t-elle avec une moue pensive. Au bout d'un moment, les couples qui ne renouent pas régulièrement leur intimité finissent par s'éloigner l'un de l'autre.

— L'ennui, Tante Pol, c'est qu'elle n'a vraiment pas l'air intéressée par la question, bredouilla-t-il, la face d'une belle couleur aubergine.

— C'est ta faute, mon chou. A toi de faire preuve d'un peu de sens de l'organisation et de souci des détails.

— On dirait que tu parles d'un meurtre prémédité.

— La spontanéité est une bien belle chose, mon chou, mais une manœuvre de séduction bien orchestrée peut avoir beaucoup de charme.

— Voyons, Tante Pol ! hoqueta-t-il, offusqué.

— Tu n'es plus un enfant, Garion. Et les adultes ont certaines responsabilités. Réfléchis-y. Tu ne manques pas de ressources, quand tu veux. Je suis sûre que tu t'en sortiras très bien. Si nous rentrions ? proposa-t-elle en balayant du regard les pelouses tavelées de soleil. Le déjeuner ne devrait plus tarder.

L'après-midi, Garion fit une nouvelle promenade dans le parc, en compagnie cette fois de Silk et de Sadi.

— Belgarath a besoin d'une diversion, leur annonça-t-il.

Je pense qu'il a un plan pour nous faire sortir de la ville, mais il faudrait que nous nous débarrassions de toutes les mouches qui nous collent après, le temps de le mettre en action.

Il se grattait frénétiquement le nez tout en parlant, de sorte que sa main lui couvrait la bouche.

— Tu as le rhume des foins ? s'étonna Silk.

— Non. D'après Velvet, certains des espions de Brador seraient sourds et pourraient lire sur les lèvres.

— Quel don extraordinaire, susurra Sadi. Je me demande si un homme doué d'une ouïe normale pourrait l'acquérir...

— Je dois dire que ça m'aurait été fort utile en bien des circonstances, renchérit Silk en feignant une quinte de toux. Je peux vous poser une question, Sadi ? Ou plutôt, je peux espérer de vous une réponse franche ?

— Ça dépend de la question, Kheldar.

— Vous savez que les Drasniens ont un langage secret ?

— Evidemment.

— Le connaissez-vous ?

— Hélas, non. Je n'ai jamais rencontré un Drasnien qui eût assez confiance en moi pour me l'apprendre.

— Je me demande bien pourquoi.

Sadi lui répondit d'un sourire qui découvrit toutes ses dents.

— Nous devrions nous en sortir en nous cachant la bouche derrière la main, suggéra Garion.

— Ça risque d'avoir l'air louche, à la longue, non ? objecta le Nyissien.

— Et alors ? Vous ne craignez tout de même pas qu'ils nous disent d'arrêter ?

— Sûrement pas, mais s'ils comprennent que nous nous savons espionnés, nous ne pourrons pas faire de désinformation. Enfin, tant pis, abdiqua l'eunuque avec un soupir de regret à l'idée de cette belle occasion manquée.

— Alors, Silk, vois-tu, dans tout ce qui se passe en ce moment, un événement susceptible de nous débarrasser des agents secrets qui nous collent au train ?

— Pas vraiment. En ce moment, la seule préoccupation apparente du consortium melcène est de garder secrète la liste des marchés de cette année et de tenter de convaincre le baron Vasca de nous reléguer, Yarblek et moi, dans les enclaves de la côte occidentale. Enfin, nous avons plus ou moins réussi à nous mettre Vasca dans la poche, à coups d'espèces sonnantes et trébuchantes. Ça grenouille pas mal dans tous les coins, mais je ne prévois pas d'éruption imminente. Et surtout, je ne vois rien d'assez important pour détourner la police secrète de nos intéressantes personnes.

— Et si nous frappions à la tête ? hasarda Sadi. Je pourrais sonder Brador. Il n'est peut-être pas incorruptible.

— Ça ne me dit rien qui vaille, renifla Garion. S'il nous fait surveiller, c'est sur ordre de Zakath. Je doute qu'il risque sa tête, quelle que soit la somme en jeu.

— Il y a d'autres façons d'acheter les gens, Belgarion, rétorqua Sadi avec un sourire de mauvais augure. J'ai, dans ma mallette, des substances euphorisantes qui présentent un seul inconvénient : lorsqu'on a commencé d'en prendre, on est obligé de continuer. La souffrance, quand on arrête, est parfois insupportable. En une semaine, je ferais ce que je veux de ce Brador.

— J'aimerais mieux éviter d'en arriver là, déclina Garion, profondément révulsé. Ou alors, en dernier ressort.

— Les Aloriens ont décidément un curieux sens de l'éthique, commenta l'eunuque en caressant son crâne rasé. Vous coupez les gens en deux sans un battement de cil mais dès qu'on vous parle de poison ou de drogues, vous tombez en pâmoison.

— C'est un problème culturel, expliqua Silk.

— Vous ne voyez vraiment rien d'autre ? insista Garion.

— Pas dans l'immédiat, répondit Sadi après réflexion. Cela dit, l'administration est en proie à une corruption endémique dont profitent pas mal de gens, en Mallorée. Les caravanes ont la sale habitude de disparaître dans les montagnes de Dalasie, ou sur la route de Maga Renn. Leur circulation est soumise à l'obtention d'un permis du Département du Commerce, et il serait arrivé à Vasca de céder, moyennant phynances, des informations concernant leur heure de départ et leur itinéraire aux chefs de certaines bandes de brigands. Ou, quand il arrivait à négocier un montant satisfaisant, de vendre son silence aux barons-marchands de Melcénie. Une fois, il aurait fait payer les mêmes informations à trois bandes rivales. J'ai entendu dire que les plaines de Delchin avaient été le théâtre d'une jolie bataille rangée, acheva l'eunuque avec un petit rire.

— Je commence à me demander si nous ne devrions pas nous concentrer sur ce baron Vasca, risqua Garion en étrécissant les yeux. Velvet nous a dit qu'il essayait aussi de souffler le portefeuille de l'Intendance à l'armée.

— Première nouvelle, commenta Silk, surpris. On dirait que notre petite Liselle grandit vite, pas vrai ?

— C'est les fossettes, Prince Kheldar, susurra Sadi. Je suis à peu près totalement immunisé contre les artifices de la féminité, mais je dois avouer que, quand elle me sourit comme ça, j'ai les genoux plus mous que du saindoux. Elle est absolument adorable, et surtout rigoureusement sans scrupules.

— Nous sommes assez fier d'elle, en effet, acquiesça le petit Drasnien avec un sourire suffisant.

— Allez la trouver, tous les deux, coupa Garion. Mettez en commun toutes vos informations sur ce baron Vasca à la morale élastique. Peut-être en sortira-t-il quelque chose d'assez explosif pour couvrir notre fuite. Un pugilat organisé dans les couloirs du palais, je ne sais pas, moi.

— Je dois dire, Belgarion, que vous êtes doué pour la politique, s'extasia Sadi.

— Je fais des progrès. Et puis je suis entouré de parfaites fripouilles, ça aide.

— Merci, Majesté, répondit l'eunuque, flatté, en s'inclinant.

Après dîner, Garion s'apprêta à rejoindre l'empereur pour leur conversation habituelle. Et, comme toujours, un espion le suivit discrètement, sans bruit, à distance respectable.

Zakath était d'humeur morose, ce soir-là. Le jeune roi de Riva le trouva mélancolique, presque morbide, comme à Rak Hagga.

— Vous avez passé une mauvaise journée ? s'enquit Garion en ôtant, avant de poser ses pieds dessus, le chaton endormi sur le tabouret de pied au petit point placé devant son fauteuil.

— J'ai abattu une partie du travail qui s'était accumulé sur mon bureau pendant que j'étais au Cthol Murgos, répondit le Malloréen avec lassitude. L'ennui, c'est que depuis mon retour, la pile n'arrête pas de monter.

— Je connais ça. Quand je rentrerai à Riva, j'en aurai sûrement pour un an avant de revoir le dessus de mon bureau. Vous voulez une suggestion ?

— Dites toujours, Garion. Au point où j'en suis, je peux tout entendre. Pas si fort, murmura-t-il en tapotant le nez du féroce chaton noir et blanc qui lui mordillait le doigt.

Le jeune fauve coucha les oreilles et le regarda en rugissant, c'est-à-dire qu'il poussa un miaulement suraigu.

— Je ne voudrais pas que vous vous formalisiez, surtout, commença prudemment Garion, mais je pense que vous faites la même bourde qu'Urgit.

— C'est une observation intéressante. Je vous écoute.

— A mon avis, vous devriez réorganiser votre administration.

— Ça, c'est un changement majeur que vous me suggérez, commenta l'empereur en cillant. Mais je ne vois pas le rapport. Urgit était un incapable notoire — du moins, jusqu'à ce que vous veniez lui expliquer les rudiments du pouvoir. Et quelle serait notre erreur commune ?

— Urgit est un pleutre, et il le restera probablement toute sa vie. Vous n'êtes pas comme lui ; vous êtes parfois un peu fou, mais je ne vous ai jamais pris en flagrant délit de lâcheté. Seulement vous commettez tous les deux la même erreur : vous voulez absolument prendre toutes les décisions, jusqu'aux plus insignifiantes. Les journées ne compteront jamais assez d'heures pour ça, même si vous vous passiez complètement de sommeil.

— C'est ce que j'ai remarqué. Et que me proposez-vous ?

— De déléguer votre autorité, Zakath. Vos chefs de Départements et vos généraux sont compétents — corrompus jusqu'à la moelle, je vous l'accorde, mais ils connaissent leur métier. Dites-leur de prendre les problèmes en main et de ne vous soumettre que les questions majeures. Et menacez-les de les remplacer si ça ne marche pas.

— Ce n'est pas ainsi que procèdent les Angaraks, Garion. Un chef — l'empereur, dans le cas qui m'intéresse — ne demande l'avis de personne. C'est comme ça depuis que Torak a fendu le monde. C'est lui qui prenait toutes les décisions, dans l'antiquité, et les empereurs de Mallorée ont suivi son exemple, quel que fût leur avis sur lui par ailleurs.

— Urgit faisait exactement la même bêtise, insista Garion. Ce que vous oubliez tous les deux, c'est que Torak était un Dieu, et donc doté d'une intelligence et d'une volonté sans limites. Aucun être humain ne peut espérer l'égaler.

— Je ne pourrais confier une telle responsabilité à aucun de mes chefs de Département ou d'état-major, reprit Zakath en secouant la tête avec obstination. Ce sont des éléments pour ainsi dire incontrôlés, à l'heure actuelle.

— Ils apprendront vite les limites à ne pas dépasser. Quand certains d'entre eux auront été cassés ou remerciés, les autres comprendront la leçon.

— Les Angaraks ne fonctionnent pas comme ça, répéta Zakath avec lassitude. Chez nous, c'est le bourreau qui s'occupe de faire des exemples. A coups de hache.

— C'est un problème interne, évidemment. Vous connaissez votre peuple mieux que moi, mais on peut difficilement exploiter les compétences d'un homme capable quand on lui a coupé la tête, pas vrai ? Ne gâchez pas les hommes de talent, Zakath. On a trop de mal à en trouver.

— Vous voulez que je vous dise ? fit l'empereur avec un petit sourire. On m'appelle l'homme de glace, mais avec votre air de ne pas y toucher, vous avez encore plus de sang-froid que moi. Je n'ai jamais rencontré quelqu'un d'aussi pragmatique.

— J'ai été élevé en Sendarie, Zakath, lui rappela Garion. Et en Sendarie, le sens pratique est une vraie religion. J'ai appris à régner en regardant vivre un homme appelé Faldor. Un royaume ressemble beaucoup à une ferme, en fin de compte. Sérieusement, le but essentiel de tout dirigeant est d'empêcher les choses de partir dans tous les sens. Il m'est arrivé de réprimander des gens, mais je ne suis jamais allé plus loin. Comme ça, si j'avais besoin de faire appel à eux, je les avais toujours sous la main. Vous devriez peut-être y réfléchir.

— J'y songerai, coupa l'empereur en se redressant. A propos de corruption...

— Oh, c'est de ça que nous parlions ?

— Nous y venions. Mes chefs de Département sont tous plus ou moins malhonnêtes, mais vos trois amis apportent aux petits complots et aux intrigues qui ont toujours animé le palais des raffinements auxquels nous ne sommes pas préparés.

— Comment cela ?

— Liselle, notre belle margravine, a réussi à persuader le roi de Pallie et le prince régent de Delchin qu'elle allait intercéder en leur faveur auprès de vous. Ils sont tous les deux convaincus que leur querelle ancestrale va éclater au grand jour. Je n'aimerais pas qu'ils se déclarent la guerre. J'ai déjà assez d'ennuis comme ça à Karanda.

— Je lui en toucherai un mot, promit Garion.

— Le prince Kheldar règne virtuellement sur des étages entiers du Département du Commerce. Il en tire plus d'informations que moi. Les marchands melcènes se réunissent tous les ans pour fixer le prix de tout ce qui se vend et s'achète en Mallorée. C'est le secret le mieux gardé de l'empire. Eh bien, Kheldar vient d'acheter la liste et il soumissionne à un taux inférieur au tarif, ce qui désorganise complètement notre économie.

— Il ne s'en était pas vanté, fit Garion en fronçant le sourcil.

— Je n'ai rien contre le fait qu'il gagne sa vie, tant qu'il paie l'impôt sur le revenu des sociétés, mais il aura bientôt la mainmise absolue sur tout le commerce de Mallorée, et ça, je ne puis le tolérer. C'est un Alorien, tout de même, et ses affinités politiques sont un peu obscures.

— Je vais lui suggérer de se modérer un peu. Mais si vous le connaissiez mieux, vous comprendriez que ce n'est pas vraiment l'appât du gain qui le motive. Tout ce qui l'intéresse, c'est le jeu.

— Enfin, celui qui m'inquiète le plus, en ce moment, c'est Sadi. Figurez-vous qu'il investit dans l'agriculture.

— Sadi ? L'agriculture ?

— Il paye une fortune pour certaine plante qui pousse dans les marais de Camat. L'un de nos principaux chefs de bande a recyclé tous ses hommes dans la cueillette de ce végétal et dans la protection de la récolte. Je me suis laissé dire qu'il y aurait déjà eu pas mal de sang versé dans la région.

— C'est toujours ça de pris. Un brigand qui fait la cueillette ne pille pas les voyageurs sur les routes.

— Ce n'est pas le problème, Garion. Tant que Sadi se bornait à faire voir la vie en rose à mes fonctionnaires, quitte à ce qu'ils adoptent un comportement un peu bizarre, j'ai fermé les yeux. Mais il fait venir cette plante en ville par charrettes entières, et la distribue aux masses laborieuses *et à l'armée*. Et ça, ça ne me plaît pas du tout.

— Je vais tâcher de lui faire arrêter son trafic, acquiesça Garion. Mais vous vous rendez compte, j'espère, ajouta-t-il en regardant l'empereur entre ses cils, que si je mets fin à leurs agissements, ils vont simplement trouver d'autres bêtises à faire et que ça risque de fiche la pagaille dans des secteurs où ce sera encore plus ennuyeux. Vous ne pensez pas que je ferais mieux de les emmener loin d'ici ?

— C'était pas mal trouvé, Garion, commenta Zakath avec un sourire, mais c'est non. Nous allons attendre tranquillement que mon armée revienne du Cthol Murgos et nous partirons tous ensemble de Mal Zeth.

— Vous êtes l'homme le plus têtu que j'aie vu de ma vie, s'exclama Garion, furieux. Vous ne voulez pas comprendre que le temps presse, et que ce retard pourrait être désastreux, non seulement pour vous et moi mais pour le monde entier.

— Toujours cette fameuse rencontre entre l'Enfant de Lumière et l'Enfant des Ténèbres ? Je regrette, Garion, mais Zandramas attendra. Je ne veux pas que vous vous baladiez en liberté dans mon empire, Belgarath et vous. Je vous aime bien tous les deux mais je me défie de vous.

Garion commençait à voir rouge. Il se releva d'un bond.

— Je commence à en avoir assez, Zakath, grinça-t-il entre ses dents. J'ai tout fait pour établir avec vous des relations de confiance et de courtoisie, mais il y a une limite à tout et nous nous en rapprochons dangereusement. Je ne vais sûrement pas rester à me prélasser ici pendant trois mois.

— Là, vous vous trompez, cracha Zakath en se levant à son tour, envoyant promener son chaton sans ménagement.

— Je me suis efforcé jusqu'à présent de rester aimable, reprit Garion en faisant un effort méritoire pour reprendre son empire sur lui-même, mais n'oubliez pas ce qui s'est passé à Rak Hagga. Nous n'attendrons pas votre permission pour partir.

— A la minute où vous sortirez d'ici, vous aurez trois de mes régiments sur les talons, hurla Zakath.

— Pas pour longtemps, riposta hargneusement Garion.

— Vraiment ? Et que feriez-vous de mes hommes ? rétorqua Zakath d'un ton méprisant. Vous les changeriez en crapauds ou je ne sais quoi ? Non, Garion, je vous connais assez pour savoir que jamais vous ne feriez une chose pareille.

— Vous avez raison, convint Garion en carrant les épaules. Je ne ferais pas ça. Je pensais à quelque chose d'un peu plus élémentaire. Torak a utilisé l'Orbe pour fendre le monde, vous vous souvenez ? Je sais comment il a fait, et je pourrais le refaire si j'y étais obligé. Vos hommes auraient bien du mal à nous suivre s'ils se retrouvaient tout à coup devant un abîme de cinq lieues de profondeur et de vingt-cinq lieues de largeur qui couperait la Mallorée en deux.

— Vous n'oseriez pas ! hoqueta Zakath.

— Vous voulez parier ? Allons, fit Garion en inspirant un bon coup, je pense que nous ferions mieux d'en rester là. Voilà que nous nous injurions comme deux gamins. Je vous propose de reprendre cette conversation une autre fois, quand vous serez moins énervé.

Une réplique incendiaire plana un instant sur les lèvres de Zakath, mais il la retint de justesse. Il se redressa, apparemment calmé, mais le visage encore pâle de colère.

— Vous avez peut-être raison.

Garion prit congé de lui sur un hochement de tête assez sec et se dirigea vers la porte.

— Garion, appela Zakath, dans son dos.

— Oui ?

— Dormez bien.

— Vous aussi, répondit Garion en quittant la pièce.

Son Altesse Impériale, la princesse Ce'Nedra, reine de Riva et épouse bien-aimée de Belgarion, roi des rois du Ponant, était de mauvais poil. Encore que Son Altesse Impériale n'eût sans doute pas employé cette expression peu aristocratique. « Mélancolique » ou « dans un mauvais jour » eussent mieux sonné. Mais Ce'Nedra était assez honnête pour reconnaître, dans le secret de son âme, que la locution « de mauvais poil » définissait mieux son humeur. Elle arpentait rageusement son boudoir — jamais pièce n'avait mieux mérité son nom —, l'ourlet de sa robe d'intérieur bleu canard — celle qu'elle préférait — traînant par terre. Dommage qu'une dame digne de ce nom ne pût passer ses nerfs en fracassant un peu de vaisselle sur les murs...

Elle manqua flanquer un coup de pied dans un fauteuil qui lui barrait le chemin lorsqu'elle se rappela au dernier moment qu'elle était pieds nus. A la place, elle prit délibérément le coussin du fauteuil, le jeta par terre, le piétina un moment et se redressa. Puis elle releva l'ourlet de sa robe jusqu'à ses genoux, lorgna un moment l'objet, balança une ou deux fois la jambe pour s'exercer et flanqua dedans un coup de pied qui l'envoya de l'autre côté de la pièce.

— Tiens ! s'exclama-t-elle. Prends ça !

Il lui sembla ensuite qu'elle se sentait un peu mieux.

Garion n'était pas là pour l'instant. Il s'entretenait avec l'empereur Zakath, comme tous les soirs. Si seulement il avait été là, Ce'Nedra aurait pu lui chercher des poux dans la tête. Une bonne petite bagarre lui aurait peut-être fait du bien.

Elle alla jeter un coup d'œil dans la salle de bains, à la baignoire encastrée dans le sol. Un bain la calmerait sûrement. Elle plongea un orteil exploratoire dans l'eau chaude et se ravisa. Elle poussa un soupir à fendre l'âme et s'aventura dans le salon. La pièce était plongée dans le noir. Elle s'approcha de la fenêtre et contempla le jardin intérieur qui occupait le centre du bâtiment. La lune, qui s'était levée tôt ce soir-là, était encore haut dans le ciel. Elle baignait l'atrium d'une lumière blafarde et se reflétait dans l'eau rigoureusement immobile du bassin. Ce'Nedra resta un moment devant la vitre, perdue dans ses pensées.

Elle entendit alors la porte s'ouvrir et se refermer avec fracas.

— Ce'Nedra, où es-tu ? fit la voix de Garion, et il n'avait pas l'air de bonne humeur.

— Je suis ici, mon chéri.

— Qu'est-ce que tu fais dans le noir, comme ça ? demanda-t-il en entrant dans la pièce.

— Je regardais la lune. Tu te rends compte que c'est la même lune qui brille au-dessus de Tol Honeth... et de Riva, par la même occasion.

— Non, j'avoue que je n'y avais jamais songé, grinça-t-il.

— Pourquoi es-tu si hargneux avec moi ?

— Ce n'est pas après toi que j'en ai, fit-il d'un ton d'excuse. J'ai eu encore une discussion avec Zakath, c'est tout.

— Ça devient une habitude.

— Pourquoi est-il si têtu et borné ? pesta Garion.

— Tous les monarques sont comme ça, mon chéri.

— Et qu'est-ce que ça veut dire, au juste ?

— Rien du tout.

— Tu veux boire quelque chose ? Je crois que nous avons laissé un peu de vin.

— Non merci. Pas à cette heure-ci.

— Eh bien moi, je pense que je vais m'en envoyer un petit verre. Après cette conversation avec Sa Majesté à la tête de cochon, il faut que je me calme les nerfs.

Il ressortit et elle entendit tinter le col d'une carafe contre le bord d'un gobelet de cristal.

Puis quelque chose bougea dans l'ombre des grands arbres plantés dans l'atrium. C'était Silk, en chemise et chausses, une serviette de bain négligemment jetée sur l'épaule. Il se pencha en sifflotant au bord du bassin, plongea les doigts dans l'eau, se releva et commença à déboutonner sa chemise.

Ce'Nedra se retira derrière les tentures en souriant et le regarda se déshabiller puis descendre dans le bassin, brisant en mille morceaux le disque étincelant de la lune, et nager paresseusement dans l'eau éclaboussée d'argent.

C'est alors qu'une autre ombre apparut sous les larges feuilles. Ce'Nedra reconnut Liselle. Elle avait revêtu une de ces amples robes malloréennes et piqué une fleur dans ses cheveux. Une fleur rouge, à n'en pas douter, mais que la lueur blafarde de la pleine lune privait de toute couleur, la faisait paraître noire sur ses cheveux d'un blond presque blanc.

— Comment est l'eau ? demanda-t-elle tout bas, et sa voix parut si proche à Ce'Nedra qu'elle aurait pu être dans la même pièce.

Silk poussa un petit cri de surprise qui finit par un gargouillis étranglé. Il avait bu la tasse. Il crachota et reprit ses esprits, car c'est d'une voix sereine qu'il répondit :

— Pas mauvaise.

— Parfait. Kheldar, commença Liselle en s'approchant du bassin, je pense qu'il serait temps que nous ayons une petite conversation.

— Vraiment ? Et à quel sujet ?

— A ce sujet-là.

Elle défit posément la ceinture de sa robe et la laissa tomber par terre, à ses pieds. Elle ne portait rien dessous.

— Il semblerait que vous ayez du mal à admettre que les choses évoluent, continua-t-elle en trempant un pied dans l'eau. Et je fais partie de ces choses, ajouta-t-elle avec aplomb en pointant un doigt vers sa propre personne.

— J'avais remarqué, répondit-il d'un ton admiratif.

— Vous m'en voyez fort aise. Je commençais à me demander si vous n'aviez pas des problèmes de vue. Alors ? continua-t-elle en descendant dans le bassin.

Elle avait maintenant de l'eau jusqu'à la taille.

— Alors quoi ?

— Qu'avez-vous l'intention de faire à ce sujet ?

Elle porta la main à ses cheveux, prit la fleur et la posa doucement sur l'eau où elle flotta.

Ce'Nedra fonça sans bruit vers la pièce voisine, ses pieds nus ne faisant aucun bruit sur le sol.

— Garion ! appela-t-elle tout bas, d'une voix pressante. Viens par ici !

— Qu'y a-t-il ?

— Tais-toi et viens.

— Que se passe-t-il ? grommela-t-il en entrant dans la pièce plongée dans l'obscurité.

Elle tendit le doigt vers la fenêtre.

— Regarde ! souffla-t-elle, enchantée, en étouffant un gloussement.

Garion s'approcha et suivit son regard. Un coup d'œil lui suffit. Il détourna aussitôt la tête.

— Allons bon, murmura-t-il, mort de honte.

Ce'Nedra se coula sous son bras avec un petit rire de gorge.

— Ils sont adorables, tu ne trouves pas ? chuchota-t-elle.

— Pour ça oui, répondit-il tout bas. Mais nous ne devrions pas rester là, à les regarder.

— Nous ne faisons rien de mal.

La fleur que Liselle avait déposée à la surface de l'eau avait flotté vers Silk. Il la ramassa et la huma rêveusement.

— Ceci t'appartient, je crois, souffla-t-il en la tendant à la fille aux cheveux de lin qui partageait le bassin avec lui.

— Hm-hm... Vous n'avez pas répondu à ma question.

— Quelle question ?

— Qu'avez-vous l'intention de faire à ce sujet ?

— Je vais y réfléchir.

— Magnifique. Je vais vous aider.

Garion tendit le bras et tira le rideau d'un geste impérieux.

— Rabat-joie, ronchonna Ce'Nedra, boudeuse.

— Peut-être, mais à présent, tu vas t'éloigner de cette fenêtre. Je me demande vraiment où elle veut en venir, ajouta-t-il *mezzo voce* en l'entraînant hors de la pièce.

— Pour moi, c'est assez évident.

— Ce'Nedra !

— Elle est en train de le vamper, Garion. Elle est amoureuse de lui depuis qu'elle est haute comme ça et elle a décidé que le moment était venu de passer à l'offensive. Je suis si heureuse pour elle que pour un peu je sauterais au plafond.

— Je ne comprendrai jamais les femmes, grommela Garion en secouant la tête. Quand je crois avoir tout compris, vous vous coalisez pour changer les règles. Tu ne croirais jamais ce que tante Pol m'a dit pas plus tard que ce matin.

— Que t'a-t-elle dit ?

— Elle m'a conseillé de..., bredouilla-t-il, les joues en feu. Enfin, peu importe, conclut-il lamentablement.

— Alors, qu'est-ce qu'elle t'a raconté ?

— Je te le dirai une autre fois.

Puis il lui jeta un drôle de regard. Un regard qu'elle crut reconnaître.

— Euh... tu as déjà pris ton bain, ce soir ? demanda-t-il avec une indifférence affectée.

— Pas encore. Pourquoi ?

— Je me disais que je pourrais peut-être le prendre avec toi. Si ça ne t'ennuie pas.

— Si tu veux, fit-elle de sa voix de petite fille en battant artistiquement les cils.

— Je vais allumer les bougies. La lumière de la lampe à huile blesse les yeux, tu ne trouves pas ?

— Comme tu veux, mon amour.

— Et puis je vais aller chercher le vin, tant que j'y suis. Ça nous aidera peut-être à nous détendre.

Ce'Nedra éprouva une petite vague de triomphe. Rien que d'y penser, elle était déjà beaucoup moins à cran.

— Je pense que ce serait une idée merveilleuse, mon chéri.

— Eh bien, fit-il en lui tendant une main quelque peu tremblante, allons-y, qu'en dis-tu ?

— Oui, qu'attendons-nous ?

CHAPITRE X

Le lendemain matin, au petit déjeuner, ils retrouvèrent un Silk à l'air un tantinet hagard, comme s'il venait de comprendre qu'il s'était fait avoir quelque part. Il évitait obstinément de regarder Velvet, laquelle gardait les yeux pudiquement baissés sur son bol de framboises à la crème.

— Vous n'avez pas l'air dans votre assiette, Prince Kheldar, observa Ce'Nedra d'un petit ton détaché, mais les prunelles pétillantes de malice. Qu'avez-vous donc ? Allons, allons, reprit-elle en lui tapotant amicalement la main, en réponse à son coup d'œil suspicieux. Je suis sûre que vous vous sentirez bien mieux après avoir mangé quelque chose.

— Je n'ai pas très faim, répondit-il d'une voix un peu éteinte. Je crois que je vais plutôt prendre l'air.

Il se leva d'un bloc.

— Voyons, mon cher, vous n'avez même pas touché à vos framboises. Elles sont délicieuses, vous ne trouvez pas, Liselle ?

— Exquises, acquiesça la fille aux cheveux de miel, et une ébauche de sourire illumina fugitivement son visage. Je peux prendre les vôtres, Kheldar, si vous n'en voulez pas ?

Le petit Drasnien sortit en fulminant et claqua la porte derrière lui. Ce'Nedra et Velvet éclatèrent d'un rire cristallin.

— Quelque chose m'aurait-il échappé ? s'étonna Polgara.

— Oh, rien, répondit Ce'Nedra en gloussant. Rien du tout, Dame Polgara. Ce pauvre Kheldar a eu, hier soir, une petite aventure qui n'a pas tourné exactement selon ses plans.

Velvet jeta un rapide coup d'œil à Ce'Nedra et rosit délicatement. Puis elle se remit à pouffer de rire. Polgara regarda ses deux jeunes compagnes hilares et haussa un sourcil.

— Je vois, soupira-t-elle. Eh bien, il ne manquait plus que ça.

Les joues de Velvet devinrent d'un joli rouge, mais elle ne se départit pas de sa bonne humeur.

— Il y a quelque chose qui ne va pas, ma Pol ? s'inquiéta Durnik.

La sorcière regarda pensivement son brave Sendarien de mari aux principes rigides.

— Juste une petite complication, mon Durnik, répondit-elle gentiment. Mais rien de grave, rassure-toi.

— Tant mieux, répondit-il en repoussant son bol. Tu auras besoin de moi, ce matin ?

— Non, mon Durnik, répondit-elle en l'embrassant.

Il lui rendit son baiser et se tourna vers Toth et Essaïon qui le regardaient en ouvrant de grands yeux pleins d'espoir.

— Eh bien, on y va ?

Les trois hommes quittèrent la pièce d'un même pas, le visage rayonnant.

— Je me demande combien de temps il va leur falloir pour vider cet étang, murmura rêveusement Polgara.

— Ça, Dame Polgara, j'ai bien peur que ça n'arrive jamais, susurra Sadi en se fourrant une framboise dans le bec. Les jardiniers le remplissent toutes les nuits.

— C'est bien ce que je craignais, soupira-t-elle.

Vers le milieu de la matinée, Garion, n'y tenant plus, se mit à arpenter les interminables couloirs du palais en pestant intérieurement. Il ne supportait plus d'être ainsi réduit à l'impuissance. Il ne pensait qu'à une seule chose : il devait être à Ashaba avant que Zandramas ne lui file à nouveau entre les doigts, et il était cloué là. Silk, Velvet et Sadi avaient envisagé plusieurs scénarios de diversion possibles sans réussir à trouver le moyen infaillible de neutraliser les espions de Brador pendant qu'ils s'éclipseraient. Il y avait peu de chances que Zakath revienne sur sa position, et il était de plus en plus évident qu'ils allaient être obligés de s'y prendre *autrement*, comme disait Belgarath. Garion avait beau menacer Zakath, il lui répugnait d'en arriver là. Il savait que ça mettrait irrémédiablement fin à son amitié avec le curieux homme qui présidait aux destinées de la Mallorée, et il était assez honnête pour reconnaître que ce n'était pas seulement l'ami qu'il regretterait, mais aussi les possibilités d'ouverture politique offertes par la situation.

Il était sur le point de regagner ses appartements lorsqu'un serviteur en livrée écarlate s'approcha de lui.

— Majesté, commença l'homme en s'inclinant bien bas, le prince Kheldar m'a demandé de vous prévenir qu'il aimerait s'entretenir avec vous.

— Où est-il ?

— Dans le jardin d'honneur, Majesté, près du mur nord du parc impérial. Il est avec un Nadrak à moitié ivre et une femme d'une inconcevable grossièreté. Si je vous disais ce qu'elle m'a dit... Mais vous ne me croiriez jamais.

— Je vois de qui vous voulez parler, répondit Garion avec un petit sourire. Et je vous crois.

Il s'engagea dans le dédale de couloirs d'un pas décidé, faisant résonner le sol de marbre sous ses talons, et sortit dans un jardin tiré au cordeau.

Yarblek était toujours le même. Malgré la chaleur, il portait son éternel manteau de feutre et son bonnet de fourrure hirsute. Il était vautré sur un banc de marbre ombragé par un dais de verdure, un tonnelet de bière à portée de la main, tandis que Vella se promenait nonchalamment entre les parterres de fleurs. Elle était plus resplendissante que jamais, avec sa veste et ses chausses de cuir qui moulaient ses formes, à la mode nadrake. La poignée d'argent de ses dagues dépassait de sa ceinture et du haut de ses bottes, et elle avait toujours cette démarche ondulante, provocante, dont elle n'avait sans doute même plus conscience tant elle était devenue une seconde nature. Silk était assis dans l'herbe, à côté de Yarblek, une chope de bière à la main.

— Ah, un peu plus et j'allais te chercher moi-même, dit-il en voyant approcher Garion.

— Hé, hé ! fit Yarblek de sa voix de rogomme, en clignant des yeux comme une drôle de chouette au visage taillé à coups de serpe. Mais c'est le gamin qui règne sur le trône de Riva ! Je vois que vous trimbalez toujours votre grande épée, gamin.

— C'est une manie, chez moi, répondit Garion avec un sourire. Vous avez l'air en forme, Yarblek. Un peu pompette, bien sûr, mais plutôt en forme, à part ça.

— Je suis au régime sec, répondit vertueusement le Nadrak. Mon estomac n'est plus ce qu'il était.

— Tu as vu Belgarath en venant ici ? demanda Silk.

— Non. J'aurais dû ?

— Je l'ai envoyé chercher. Yarblek a des choses à nous dire. Autant que ce noble vieillard en profite.

— Il y a longtemps que vous êtes à Mal Zeth ? s'enquit Garion en se tournant vers l'associé de son ami.

— Nous sommes arrivés hier soir, répondit le Nadrak en plongeant sa chope dans le tonnelet. Dolmar m'a dit que vous étiez ici, alors je suis venu vous faire un petit bonjour.

— Tu comptes rester longtemps en ville ? demanda Silk.

— Je ne sais pas encore, marmonna Yarblek en se tiraillant les poils de la barbe. Dolmar a trouvé presque tout ce que je lui avais demandé, mais j'aimerais bien fouiner un peu sur les marchés. Il y a à Boktor un Tolnedrain intéressé par les pierres brutes. C'est un coup à se faire une petite fortune en vitesse. Surtout si je peux faire passer les pierres au nez et à la barbe des gabelous, ajouta-t-il un ton plus bas en lorgnant la tonnelle d'un air suspicieux.

— Vous ne craignez pas que les douaniers de la reine Porenn fouillent vos paquets ? hasarda Garion.

— Ça, ils ne vont pas se gêner. Je vais même avoir droit à des papouilles, c'est sûr. Seulement ils se garderont bien de mettre la main sur Vella. Ils ont appris à leurs dépens qu'elle savait se servir de ses dagues. J'ai récupéré douze fois ce qu'elle m'avait coûté en cachant de petites choses dans ses vêtements. Et puis le seul fait de les estamper est tellement amusant ! ajouta le Nadrak avec un gros rire qui s'acheva en un rot tonitruant. S'cusez !

Belgarath vint vers eux en coupant à travers la pelouse. Zakath avait eu beau lui suggérer, à maintes reprises et en déployant des trésors de diplomatie, de troquer son immonde défroque contre une tenue plus décente, le vieux sorcier portait toujours — par pure provocation, songeait Garion — son éternelle tunique constellée de taches, son pantalon rapiécé de partout et ses bottes dépareillées.

— Eh bien, vous avez tout de même fini par arriver, déclara-t-il sans préambule.

— J'ai été retenu à Mal Camat, rétorqua Yarblek. Kal Zakath a réquisitionné tous les vaisseaux de la mer du Levant pour tirer ses hommes de cette saleté de Cthol Murgos. J'ai eu toutes les peines du monde à affréter des bâtiments et il a fallu que je les cache dans les marécages, au nord des ruines de Cthol Mishrak. Ça vous dit ? continua-t-il sans transition en lui indiquant le tonnelet de bière d'un mouvement de menton.

— Evidemment. Vous avez une autre chope ?

Yarblek tapota son énorme manteau de feutre en divers endroits et extirpa d'une poche intérieure un quart bosselé, au bord ébréché.

— J'ai toujours apprécié les gens prévoyants.

— Un hôte digne de ce nom se doit d'être toujours prêt à toute éventualité. Servez-vous. Tâchez juste de pas trop en fiche à côté. Z'en voulez aussi ? proposa Yarblek en regardant Garion. Je devrais arriver à vous trouver un godet.

— Non merci, Yarblek. Il est encore un peu tôt pour moi.

Sur ces entrefaites, un drôle de petit bonhomme vêtu comme l'as de pique fit le tour de la tonnelle. Il portait une tenue insensée, dont les couleurs juraient affreusement : l'une des manches de son pourpoint était verte, l'autre rouge. Une jambe de son pantalon était rayée de rose et de jaune, l'autre à pois bleus. Il était coiffé d'un grand chapeau pointu terminé par une clochette. Mais ce n'était pas le plus surprenant. Ce qui attira surtout l'œil de Garion, c'est que l'homme marchait négligemment sur les mains, les pieds en l'air.

— J'avons-t-y point entendu causer d'qu'et'chose à bouère ? demanda-t-il avec un invraisemblable accent paysan.

Yarblek jeta à ce pittoresque personnage un regard d'une glacialité polaire et explora à nouveau ses profondes.

L'acrobate cambra les épaules comme pour prendre son élan, fit un saut périlleux et se retrouva sur ses deux pieds. Il s'essuya symboliquement les mains l'une contre l'autre et s'approcha de Yarblek avec un sourire patelin. Il avait une physionomie banale, le genre de visage qu'on oublie aussitôt après l'avoir vu, mais qui parut vaguement familier à Garion sans qu'il puisse mettre un nom dessus. Belgarath, quant à lui, le regardait d'un drôle d'air à la fois perplexe et amusé.

— Hébé, mon bon maît', reprit le bougre, sûr qu'vous êt' e'l'meilleur homme en c'bas monde. Un peu plus et j'mourrions d'soif, si vous voulez savouère.

Il prit la chope, la plongea dans le tonnelet, la vida avec force bruit, claqua la langue et poussa un soupir d'aise.

— Sûr qu'c'est une sacrée bonne bière qu'vous avez là, Maît' Yarblek, déclara-t-il en replongeant sa chope dans le breuvage mousseux.

— Il nous suit depuis Mal Camat, leur raconta Yarblek en levant les yeux au ciel. Je n'ai pas réussi à m'en dépêtrer, et comme Vella le trouve amusant... Vous imaginez le tintouin qu'elle peut faire quand les choses ne vont pas comme elle veut, alors...

— J'm'appelions Feldegast, mes beaux Messieurs, fit, avec une révérence outrancière, le petit bonhomme à la tenue tapageuse. Feldegast le bat'leur. Y s'trouve qu'j'étions acrobate, comme vous avez pu vouère par vous-mêmes, mais j'sus aussi comédien d'talent et magicien accompli. J'pourrions vous faire des tours qu'vous en croiriez point vos yeux, grâce à mes talents surnaturels ed'prestidigitateur, si vous voulez savouère. J'pourrions aussi vous jouer des airs entraînants sur ma flûte de roseau, ou, si vous êt' d'humeur mélancolique, prend'mon luth et vous chanter des airs trist' à pleurer, des mélodies capab' ed'vous nouer la gorge et d'vous remplir les yeux d'larmes douces-amères. Ces Messieurs veulent-y que j'leur fasse une démonstration d'mes prodigieux talents ?

— Un peu plus tard, peut-être, répondit Belgarath, encore un peu éberlué. Pour l'instant, nous avons des affaires importantes à discuter.

— Reprenez un peu de bière, l'ami, et allez donc distraire Vella, ordonna Yarblek. Racontez-lui une ou deux de ces histoires croustillantes dont vous avez le secret.

— Ce s'ra toujours un délice pour moi, mon bon maît', fit avec emphase l'incroyable petit bonhomme. C't'eun'sacrée fumelle qu'vous t'nez là, avec un sens ed'l'humour à tout casser, et qu'apprécie comme person' les histouères ed' ribaudes.

Il puisa une autre chope de bière et repartit en faisant des galipettes vers la Nadrake aux cheveux aile-de-corbeau.

— Ecœurant, grommela Yarblek en le suivant du regard.

Ses histoires me mettent les oreilles en feu, mais plus elles sont salées et plus elle rigole.

Il secoua mélancoliquement la tête.

— Bon, nous pourrions peut-être passer aux choses sérieuses ? suggéra Belgarath. J'aimerais savoir ce qui se passe en ce moment à Karanda.

— C'est très simple, répondit Yarblek. Mengha, voilà ce qui se passe. Mengha et ses maudits démons.

— Dolmar nous a mis au courant, coupa Silk. Nous savons ce qui s'est passé à Calida et comment les Karandaques des sept royaumes se battent pour s'enrôler dans son armée. Ce que nous voudrions que tu nous dises, c'est s'il a commencé à faire mouvement vers le sud ?

— Pas que je sache. Pour le moment, j'ai plutôt l'impression qu'il essaie de consolider sa position dans le nord. Il rend tous les Karandaques raides dingues. Si Zakath n'agit pas très vite, il va avoir une révolution en bonne et due forme sur les bras. Je peux vous dire qu'il est assez malsain de voyager dans le nord de Karanda, à l'heure qu'il est. Les Karandaques hystériques de Mengha contrôlent toute la région, jusqu'à la côte de Zamad.

— Nous devons absolument aller à Ashaba, annonça Garion.

— Je vous le déconseille vivement, lâcha froidement Yarblek. Les Karandaques commencent à prendre de très mauvaises habitudes.

— Par exemple ? fit Silk.

— Je suis un Angarak. J'ai toujours vu des Grolims renverser des êtres humains sur un autel pour leur arracher le cœur et l'offrir à Torak, mais ce qui se passe en ce moment au Karanda me tord les tripes, et je ne suis pas un délicat. Les Karandaques empalent leurs prisonniers et appellent leurs démons. Lesquels commencent à prendre du ventre...

— Ça ne t'ennuierait pas d'être un peu plus précis ?

— Si. Sers-toi de ta cervelle, Silk. Tu es allé chez les Morindiens. Tu sais ce que mangent les démons.

— Tu veux rire ?

— Oh, pas du tout. Et les Karandaques bouffent les rogatons. Comme je vous le disais, ils prennent de sales habitudes. On dit même que des démons se seraient accouplés avec des femelles humaines.

— Mais c'est abominable ! hoqueta Garion.

— Ça, vous l'avez dit. Les femmes ne survivent évidemment pas à la grossesse, mais j'ai entendu dire que certaines créatures viables avaient vu le jour.

— Il faut que nous mettions fin à cette abomination, décréta Belgarath d'une voix blanche.

— Bonne chance, fit Yarblek. Moi, dès que j'aurai réussi à mettre ma caravane sur pied, je retourne au Gar og Nadrak. Je ne risque pas d'approcher de Mengha, ou de ce démon apprivoisé qu'il promène partout en laisse.

— Nahaz ? hasarda Garion.

— Je vois que vous le connaissez par son petit nom.

— C'est Dolmar qui nous l'a dit.

— C'est probablement par là que nous avons intérêt à commencer, reprit Belgarath. Si nous pouvons le renvoyer d'où il vient, les autres démons suivront probablement le même chemin.

— Ce serait une bonne idée, grommela Yarblek.

— Je ne suis pas complètement dépourvu de ressources, commenta le vieux sorcier. Quand nous aurons éliminé ses démons, Mengha n'aura plus qu'une meute d'illuminés karandaques dépenaillés sous ses ordres et nous pourrons vaquer à nos affaires en laissant le soin à Zakath de donner le coup de balai final. Ça l'occupera, et pendant ce temps-là, il nous fichera la paix, conclut-il avec un bref sourire.

Vella et Feldegast, le bateleur, revenaient vers le dais de verdure. La pulpeuse Nadrake riait aux éclats en regardant le petit bouffon qui titubait comme un homme ivre, à ceci près qu'il marchait sur les mains, les pieds battant l'air d'une façon grotesque.

— Il n'a pas son pareil pour raconter les histoires, s'esclaffait-elle, mais il ne tient vraiment pas l'alcool.

— Il n'a presque rien bu, objecta Silk.

— Oh, ce n'est pas la bière qui lui a emmêlé la langue. Ce serait plutôt ça, fit-elle en tirant un flasque d'argent de sa ceinture et en le lui tendant, l'œil brillant de malice. Vous en voulez un petit coup, Silk ?

— Qu'est-ce que c'est ? s'informa-t-il avec méfiance.

— Un petit alcool qu'on distille au Gar og Nadrak, répondit-elle innocemment. Aussi doux que le lait de ma mère.

Elle porta le goulot à ses lèvres et en ingurgita une bonne rasade à titre de démonstration.

— De l'othlass ?

— C'est ça.

— Alors non merci, répondit-il avec un frisson. La dernière fois que j'en ai bu, je n'ai pas touché terre pendant huit jours.

— Quelle poule mouillée, fit-elle avec mépris en s'octroyant une nouvelle dose de fortifiant. Du petit lait, je vous dis. Hé, mais c'est Sa Majesté ! s'exclama-t-elle comme si elle s'apercevait seulement de la présence de Garion. Votre joli petit bout de femme va bien ?

— Très bien, Vella. Merci.

— Vous m'en voyez ravie. Vous l'avez à nouveau engrossée, au moins ?

— Non, répondit Garion en devenant d'un joli rouge.

— Eh bien, qu'est-ce que vous attendez ? Vous devriez foncer au palais et lui faire faire un peu de course à pied autour de la chambre à coucher. Alors ? enchaîna-t-elle en regardant Belgarath droit dans les yeux.

— Alors quoi ?

Elle dégaina plus vite que l'éclair une des dagues glissées dans sa ceinture et tourna délibérément son postérieur rebondi vers lui.

— Alors vous voulez tenter votre chance à nouveau ?

— Euh, non merci, Vella. Il est encore un peu tôt, je trouve, répondit-il dignement.

— Ce n'est pas grave, mon vieux. Cette fois, je vous attends au tournant. Dès que vous serez d'humeur à tapoter le popotin d'une fille, n'hésitez pas. J'ai affûté mes lames avant de venir. En pensant tout spécialement à vous.

— Trop aimable.

Le petit jongleur ivre fit une embardée, perdit l'équilibre et tomba en tas par terre. Il se releva tant bien que mal, le visage maculé de terre, et resta un moment plié en deux, incapable de se redresser, comme s'il avait une bosse dans le dos.

— On dirait qu'elle vous a bien eu, l'ami, fit Belgarath d'un ton jovial en se précipitant pour l'aider. Vous devriez essayer de reprendre la position verticale, vous savez, sans ça, vous allez vous nouer les tripes.

Garion vit les lèvres de son grand-père remuer légèrement comme s'il murmurait quelque chose à l'oreille du bouffon éméché, puis, si doucement qu'il se demanda si ses sens ne l'abusaient pas, il entendit le bruit de vague caractéristique.

Feldegast se redressa, les deux mains dans la face.

— Aïe, aïe, aïe, disait-il. Aïe, aïe, aïe, aïe, aïe... Ce serait-y que vous m'avez empouêsonné, fillette ? J'me rappelions point m'êt' jamais imbibé si vite.

Il releva la tête. Son visage était vierge de toute trace de boue ou de distorsion. Il avait retrouvé son aspect normal.

— N'essayez jamais de boire avec une Nadrake, lui conseilla Belgarath. Surtout si elle fait sa gnôle elle-même.

— J'ai comme qui dirait l'impression d'avoir saisi un ou deux mots de c'que vous disiez pendant que j'distrayais c'te fumelle ici présente. C'est-y d'Karanda qu'vous parliez, et des horreurs qui s'y passent ?

— C'est ça, admit Belgarath.

— Y m'arrive de m'produire dans des auberg' ed'campagne et des tavernes, pour un sou ou deux et quèqu'verres, si vous voyez c'que j'voulions dire, et on apprend des tas de choses dans c'genre d'endrouêts. On tire souvent plus des gens en les f'sant rire qu'avec ed'l'argent ou d'la gnôle. Y s'trouve qu'j'étions dans eun' d'ces gargot's, y a guère de temps, à esbaudir les populations par mon talent, quand un voyageur est v'nu d'l'est. Eun' grande brute, si vous voyez c'que j'voulions dire. Y nous a raconté des histouères d'horreur sur Karanda. Il a fini d'manger, pis il a vidé plus d'pots d'bière qu'y n'aurait p't-êt' dû, j'sus allé l'trouver et j'y avons encore un peu interrogé. Dans mon métier, on en sait jamais trop sur les endrouêts qu'on peut êt' am'né à honorer d'son talent, si vous voyez c'que j'voulions dire. C'te grande brute qu'aurait dû avouère peur de rein sur c'te terre tremblait comme un bébé effrayé, et y m'a dit que j'ferions mieux d'éviter d'met' les pieds à Karanda si j'tenions à la vie. Et pis y m'a raconté eun' drôle d'histouère qu'j'avions toujours point comprise. Y m'a dit qu'la route ent' Calida et Mal Yaska était plein'ed'messagers qui f'saient l'aller et retour, dans un sens pis dans l'aut'. C'est-y point bizarre, ça ? Comment vous voulez qu'on croiv' ça ? D'un aut' côté, y s'passe tel'ment d'choses en c'bas monde, mes bons Messieurs, et on y contemp' ed' telles merveilles qu'personne pourrait seulement imaginer...

L'accent traînant, liquide, du petit jongleur avait quelque chose d'hypnotique qui ajoutait un charme indéniable à son récit autrement sans intérêt, et Garion fut presque déçu lorsqu'il s'interrompit.

— J'espère, mes bons Messieurs, qu'ma p'tite histouère vous a fait oublier un moment les dures réalités d'la vie, reprit le drôle de petit bonhomme avec un sourire mielleux, en tendant ses mains tachées d'herbe dans un geste sans équivoque. J'faisions mon ch'min dans l'monde grâce à mon esprit et mes dons, que j'dispensions aussi libéral'ment qu'les oiseaux, mais j'étions toujours reconnaissant pour les p'tits gages d'appréciation, si vous voyez c'que j'voulions dire.

— Allez, Garion, ordonna laconiquement Belgarath.

— Hein ?

— Donne-lui un peu d'argent.

Garion poussa un profond soupir et plongea les doigts dans la bourse de cuir qu'il portait à la ceinture.

— Les Dieux soient toujours avec vous, mon jeun' Maît', fit Feldegast avec effusion comme quelques piécettes changeaient de mains, puis il regarda Vella d'un air finaud. Dites-moi, fillette, vous connaissez-t'y celle ed'la laitière et du colporteur ? Faut que j'vous prév'nions qu'elle est un peu raide, et ça m'ferait deuil ed'faire rougir ces jolies joues.

— Je n'ai pas rougi depuis mon quatorzième anniversaire, rétorqua Vella.

— Eh bé, si on s'écartait un peu, je pourrions tâcher moyen d'y r'médier. On dit qu'c'est bon pour el' teint d'rougir un peu d'temps en temps.

Vella éclata de rire et suivit le petit bateleur dans le parc.

— Silk, reprit tout à coup Belgarath, j'ai besoin de cette diversion *maintenant*.

— Mais nous n'avons encore rien mis sur pied.

— Alors, qu'est-ce que vous attendez ? Et vous, Yarblek, ne quittez pas Mal Zeth sans me le dire, surtout. Il se pourrait que j'aie besoin de vous.

— Que se passe-t-il, Grand-père ? demanda Garion.

— Il faut que nous partions d'ici le plus vite possible.

Un peu plus loin, Vella se figea, les yeux exorbités, les deux mains collées sur ses joues en feu.

Feldegast salua son triomphe par un ricanement sardonique.

— Vous r'connaîtrez, fillette, que j'vous avions prév'nue. J'pourrions point en dire autant d'la façon sournoise dont vous m'avez entortillé pour que j'me colle vot' breuvage diabolique dans la margoulette. Mais j'dois dire, poursuivit-il, admiratif, qu'on dirait une jolie rose rouge quand vous rougissez comme ça, et qu'c'est une joie d'vous contempler dans vot' confusion virginale. Dites-moi, ma p'tite fille, vous connaissez-t-y celle d'la bergère et du ch'valier errant ?

Vella prit la fuite en courant.

Cet après-midi-là, Silk qui mettait d'ordinaire un point d'honneur à éviter tout ce qui ressemblait de près ou de loin à un exercice physique, passa plusieurs heures dans la végétation luxuriante de l'atrium occupant le centre de l'aile est du palais, à empiler méticuleusement des pierres sur la bouche du ruisselet d'eau fraîche et claire qui alimentait le bassin situé au milieu. Garion l'observa un moment de la fenêtre de son salon, puis, n'y tenant plus, il rejoignit le petit Drasnien pour en avoir le cœur net.

— Ne me dis pas que tu te passionnes pour le jardinage, je ne te croirai pas.

— Y a pas de danger, répondit Silk en s'essuyant le front. Je prends des précautions, c'est tout.

— Des précautions contre quoi ?

— Attend un peu, fit le petit Drasnien en observant le niveau de l'eau qui montait derrière le barrage improvisé.

Au bout d'un moment, l'eau se déversa dans le bassin avec un joli bruit de cascade.

— Ça gargouille, hein ? dit-il fièrement.

— Ça, pour gargouiller... Tu n'as pas peur que ça empêche tout le monde de dormir dans le coin ? objecta Garion.

— J'espère surtout que ça empêchera les éventuels curieux d'écouter aux portes, riposta Silk d'un petit ton supérieur. Bien, dès qu'il fera noir, je te propose que nous nous retrouvions ici avec Sadi et Liselle pour une conférence au sommet. Ce joyeux babillage devrait couvrir le bruit de nos voix.

— Et pourquoi attendre qu'il fasse noir ?

— Comme ça, répondit-il avec un sourire rusé, ceux qui n'ont pas besoin de leurs oreilles pour entendre ne pourront pas lire sur nos lèvres.

— Très futé.

— Ouais, c'est aussi ce que je pense. Mais je dois dire que c'est l'idée de Liselle, avoua-t-il avec une grimace comique.

— Elle t'a tout de même permis de faire le boulot, riposta Garion avec un sourire.

— Mademoiselle avait peur de s'abîmer les ongles, bougonna Silk. Je m'apprêtais à l'envoyer au bain — c'est le cas de le dire — quand elle m'a regardé avec un de ses sourires pleins de fossettes. La suite, tu la connais.

— C'est fou ce qu'elle arrive à faire avec ses fossettes. Je commence à me dire qu'elles sont plus redoutables que tes poignards.

— Tu te crois drôle, peut-être ?

— Comment peux-tu penser que j'essaierais de faire de l'humour en un moment pareil ?

Comme la nuit descendait, printanière et embaumée, sur la cité de Mal Zeth, Garion rejoignit ses trois complices dans l'atrium crépusculaire, près de la murmurante cascade de Silk.

— Beau travail, Kheldar, susurra Velvet.

— Oh toi, la ferme !

— Enfin, Kheldar !

— Ça va, vous deux ! fit Garion pour amener un semblant d'ordre dans la réunion. Belgarath voudrait que nous quittions Mal Zeth au plus vite ; qu'avez-vous sur le feu ?

— J'ai suivi votre conseil, Belgarion, murmura Sadi. Je me suis concentré sur le baron Vasca. Cet homme est corrompu jusqu'à la moelle. Il mange à tellement de râteliers qu'il en oublie régulièrement à qui il s'est vendu en dernier lieu.

— Et que prépare-t-il en ce moment ? s'informa Garion.

— Il convoite toujours l'Intendance, répondit Velvet. Mais ces services sont sous la mainmise du haut état-major, lequel est surtout composé de colonels, bien qu'ils soient dirigés par un général, un certain Bregar. Les colonels ne sont pas trop gourmands, mais Bregar a beaucoup de pattes de généraux à graisser. Il doit distribuer pas mal de bakchich pour tenir Vasca à distance.

— Dis donc, Silk, tu ne ferais pas partie des bienfaiteurs de Vasca, par hasard ? hasarda Garion après réflexion.

— Si, acquiesça-t-il d'un ton funèbre, et les enchères sont à la hausse. Le consortium des barons-marchands de Melcénie lui a versé une véritable fortune dans l'espoir qu'il nous exilerait sur la côte occidentale, Yarblek et moi.

— Est-il en mesure de lever des hommes — des hommes d'armes, évidemment ?

— Il a des contacts avec pas mal de chefs de bande, répondit Sadi. Des brigands prêts à tout.

— Et l'un de vous saurait-il si des bandes opèrent hors de Mal Zeth, en ce moment ?

— Il se trouve que je viens de ramener une caravane de Camat, avoua Sadi en toussotant délicatement. Des produits agricoles, pour l'essentiel.

— Je croyais vous avoir dit d'arrêter, tempêta Garion.

— La récolte était déjà faite, protesta l'eunuque. Il eût été criminel de la laisser pourrir dans les champs, vous ne trouvez pas ?

— C'est une question de conscience professionnelle, intercéda Silk.

— Enfin, poursuivit très vite Sadi, la bande qui s'occupe de la récolte et du transport pour mon compte est l'une des plus importantes de cette partie de la Mallorée. Deux ou trois cents hommes, au bas mot, et je dispose, au niveau de la distribution locale, d'un bon nombre de solides gaillards.

— Vous avez réussi à mettre tout ça sur pied en si peu de temps ? s'émerveilla Garion.

— La plus coûteuse des dépenses est la perte de temps, déclara vertueusement Sadi.

— Très juste, approuva Silk.

— Merci, Prince Kheldar.

Garion ne put retenir un soupir accablé.

— Vous pourriez faire entrer vos bandits dans le parc du château ?

— Des bandits ! se récria l'eunuque, froissé.

— C'est bien ce qu'ils sont, il me semble ?

— Je préfère voir en eux des adeptes de la libre entreprise.

— Comme vous voudrez. Vous pourriez les faire entrer ?

— J'en doute, Belgarion. A quoi pensez-vous au juste ?

— Je pensais que nous pourrions proposer leurs services au baron Vasca pour l'épauler lors de sa confrontation imminente avec le haut état-major.

— Parce qu'il va y avoir un affrontement ? s'étonna Sadi. Je n'étais pas au courant.

— C'est normal, nous ne l'avons pas encore organisé. Vasca va s'apercevoir, probablement dès demain, que ses machinations ont irrité le haut état-major, lequel s'apprête à envoyer des troupes dans ses bureaux pour l'arrêter et fouiner un peu dans ses dossiers afin de trouver les preuves de sa culpabilité et les mettre sous le nez de l'empereur.

— Voilà ce que j'appelle un plan lumineux, commenta Silk.

— Il me plairait assez, à moi aussi, mais Vasca n'a apparemment pas assez d'hommes pour tenir tête à des forces substantielles.

— Ça pourrait marcher, intervint Sadi. Au moment où Vasca apprendra qu'il va être arrêté, je n'aurais qu'à lui suggérer de faire appel à mes hommes. Il ne devrait pas avoir de mal à les introduire dans le palais impérial sous un prétexte ou un autre. Tous les chefs de Département passent leur temps à commander des travaux dans leurs bureaux. Question de prestige, sans doute.

— Quelle idée as-tu au juste derrière la tête, Garion ? s'informa Silk.

— Eh bien, il me semble que si c'était la mêlée générale dans les couloirs du palais, les hommes de Brador nous lâcheraient peut-être le coude cinq minutes.

— Décidément, il était fait pour être roi, commenta Velvet. Il n'y a qu'un roi pour imaginer une ruse de cette envergure.

— Merci, répondit sèchement Garion. Mais ça ne marchera pas si Vasca se borne à renforcer ses moyens de défense et se terre dans son bureau. Comme personne ne viendra jamais le chercher, il faut que nous le persuadions de frapper le premier afin d'enclencher les hostilités. Quel genre d'homme est ce Vasca ?

— Un individu sournois, cupide et pas si brillant que ça en fin de compte, répondit Silk.

— Crois-tu qu'on puisse l'amener à agir de façon inconsidérée ?

— Je ne vois pas comment. Les fonctionnaires sont généralement des lâches. Je ne pense pas qu'il entreprenne quoi que ce soit tant qu'il ne verra pas approcher les soldats.

— Il se pourrait que je sois en mesure de lui donner le courage qui lui fait défaut, risqua Sadi. J'ai quelque chose de très bien dans une petite fiole verte. De quoi donner envie à une souris de se jeter sur un lion.

— Je n'aime pas beaucoup ces méthodes, objecta Garion en faisant la grimace.

— La fin justifie les moyens, Belgarion. Si la situation est vraiment désespérée, les scrupules sont un luxe que nous ne pouvons peut-être pas nous offrir.

— Très bien, acquiesça Garion. Faites ce que vous croyez devoir faire.

— Quand les opérations seront déclenchées, je devrais pouvoir ajouter encore à la confusion, proposa Velvet. Le roi de Pallie et le prince régent de Delchin disposent l'un et l'autre de suites conséquentes et ne demandent qu'à en découdre. Il y a aussi le roi de Voresebo, un vieillard gâteux qui a peur de son ombre. Il ne devrait pas être très difficile de convaincre tous ces braves gens que le tumulte qui règne dans les corridors constitue une menace directe pour eux. Il est probable qu'ils enverront leurs hommes dans les couloirs au premier bruit de lutte.

— Voilà qui présente toutes sortes de perspectives fascinantes, remarqua Silk en se frottant les mains d'un air réjoui. Une bataille rangée au beau milieu du palais nous fournirait assurément la diversion dont nous avons besoin pour quitter la ville.

— Pourquoi le conflit se cantonnerait-il nécessairement au palais ? ajouta pensivement Sadi. Quelques ordres et contrordres judicieux, et la ville devrait être à feu et à sang en moins de deux. Une émeute générale ne saurait manquer d'attirer l'attention de nos barbouzes, vous ne croyez pas ?

— Combien de temps vous faut-il pour monter tout ça ? s'enquit Garion.

— Trois jours ? risqua Silk en interrogeant ses complices du regard. Quatre ?

Les conjurés opinèrent du bonnet avec un ensemble touchant.

— C'est d'accord, Garion, conclut Silk. Trois ou quatre jours.

— Parfait. A vous de jouer.

Ils s'apprêtaient à sortir lorsque Sadi s'interposa entre Velvet et la porte de l'atrium.

— Margravine Liselle, fit-il d'un ton sans réplique.

— Oui, Sadi ?

— Je voudrais récupérer mon serpent, si ça ne vous ennuie pas.

— Oh, mais bien sûr, Sadi, fit-elle en fouillant dans son corsage. Il y a quelque chose qui vous chiffonne, Kheldar ? demanda-t-elle innocemment en voyant Silk blêmir et reculer précipitamment.

— Non, non, rien du tout, répondit-il en faisant volte-face.

Il s'éloigna en vociférant et disparut bientôt dans la nuit embaumée.

CHAPITRE XI

Il s'appelait Balsca. C'était un marin aux yeux chassieux, bourré de mauvaises habitudes et pas très courageux, qui venait de Kaduz, une ville puante d'une des îles les plus septentrionales de Melcénie. Il s'était embarqué six ans plus tôt comme homme de pont à bord d'un navire marchand pompeusement baptisé l'*Etoile de Jarot*, ce qui ne l'empêchait pas de fuir de partout. Le capitaine du bâtiment était originaire de Celanta. Il se faisait appeler Patte-en-bois parce qu'il avait un pilon, mais Balsca soupçonnait ce nom pittoresque de servir surtout à dissimuler sa véritable identité aux autorités maritimes.

Balsca n'aimait pas le capitaine Patte-en-Bois. Balsca n'aimait aucun capitaine de vaisseau depuis qu'il avait été fouetté, sans autre forme de procès, il y avait dix ans de ça, pour avoir volé du rhum dans les magasins d'un bateau de ligne de la marine malloréenne. Balsca avait attendu en remâchant sa hargne l'occasion de changer de navire, et s'était tourné vers la marine de commerce en quête de maîtres plus indulgents et d'officiers plus compréhensifs.

Il ne les avait pas trouvés à bord de l'*Etoile de Jarot*.

Il avait perdu ses dernières illusions lors d'un différend avec le bosco du navire, une canaille aux poings énormes qui venait de Pannor, une ville de Rengel. Balsca s'était retrouvé sans dents de devant à l'issue de la controverse, et la réclamation qu'il avait adressée au capitaine avait reçu pour toute réponse un énorme éclat de rire suivi d'une éjection brutale de la dunette arrière, manœuvre effectuée à l'aide d'un solide pilon de chêne clouté d'acier. L'humiliation et les contusions auraient déjà été assez pénibles sans les échardes qui s'infectèrent dans le postérieur de Balsca, l'empêchant pratiquement de s'asseoir pendant plusieurs semaines, or la position assise était celle que préférait Balsca.

Il rumina, penché sur le bastingage, hors de vue du capitaine Patte-en-bois, en regardant sans les voir les vagues d'un gris de plomb qui déferlaient dans le détroit de Perivor. L'*Etoile de Jarot* faisait voile vers le nord-ouest, longeant la côte marécageuse des protectorats de Dalasie du Sud en évitant les brisants qui entouraient les récifs de Turim. Le temps qu'ils laissent les écueils derrière eux et reprennent plein nord, le long de la côte désolée de Finda, la religion de Balsca était faite : la vie, qui l'avait toujours traité avec rigueur, avait passé les bornes de l'injustice, et il ferait bien mieux de chercher fortune à terre.

Il passa plusieurs nuits à rôder dans les cales du bâtiment avec une lanterne sourde jusqu'à ce qu'il ait trouvé le compartiment secret où Patte-en-bois dissimulait certains articles de petite taille et de grande valeur avec lesquels il ne voulait pas ennuyer les douaniers. Le sac de marin rapiécé de Balsca s'enfla subitement, cette nuit-là.

Quand l'*Etoile de Jarot* mouilla dans le port de Mal Gemila, Balsca se fit porter pâle et refusa d'accompagner ses compagnons de bord à terre pour la traditionnelle bordée. Il resta vautré dans son hamac à pousser des gémissements mélodramatiques en attendant le dernier quart, puis il enfila son caban de toile goudronnée, son seul bien en ce monde avec son sac de toile, ramassa ledit sac et monta furtivement sur le pont. Comme prévu, l'homme de quart ronflait sur le gaillard d'avant, une cruche dans les bras. La lune était déjà couchée et il n'y avait pas de lumière dans les cabines arrière, où Patte-en-bois et ses officiers vivaient comme des coqs en pâte. Balsca laissa habilement tomber son sac dans une barque qui se balançait au bout d'une amarre à tribord, passa par-dessus le bastingage et quitta l'*Etoile de Jarot* sans un adieu et sans un regret. Il ne prit même pas le temps de maudire le vaisseau qui avait été son foyer pendant les six dernières années de sa vie. Balsca était un philosophe, à sa manière. Une fois tiré d'une situation désagréable, il évacuait toute rancune.

En arrivant aux docks, il vendit la barque à un homme aux yeux en vrille qui avait perdu la main droite — la punition réservée aux voleurs. Balsca feignit d'être ivre et tira de son bateau un prix qu'il n'aurait jamais obtenu au grand jour. Balsca comprit tout de suite ce que ça voulait dire. Il jeta son sac sur son épaule, s'éloigna du quai en titubant et commença à gravir la rue pavée qui montait du port. Au premier coin, il tourna subitement à gauche et se mit à courir comme un dératé, semant la bande que l'homme aux yeux en vrille avait lancée à ses trousses. Balsca était peut-être stupide, mais il n'était pas fou. Ça non.

Il courut jusqu'à ce qu'il fût hors d'haleine — et à une distance respectable du port et de ses périls. Il passa devant un certain nombre de débits de bière. Il se serait bien octroyé un coup à boire, mais il avait quelque chose à faire avant et il tenait à avoir toute sa tête pour ça.

Dans un bouge ténébreux, commodément situé au fond d'une ruelle humide et puante, il vendit le trésor de guerre du capitaine Patte-en-bois, marchandant jusqu'au dernier sou avec la tenancière obèse. Il conclut la transaction en troquant son caban de marin contre une tunique de paysan et sortit de la venelle dépouillé de toute trace de sa vie passée, à part la démarche chaloupée des hommes qui ne mettent pas les pieds sur le plancher des vaches pendant des mois d'affilée.

Il évita le port avec ses bandes de voyous et ses assommoirs, lui préférant une rue calme, bordée d'entrepôts. Il la suivit jusqu'à une taverne tranquille fréquentée par des journaliers, où une fille de salle plantureuse le servit de mauvaise grâce. Il supposa qu'elle faisait la gueule parce qu'il était son dernier client et qu'elle aurait préféré fermer boutique et aller se coucher, seule ou avec quelqu'un, pour ce qu'il en savait. Il lui arracha un semblant de sourire en blaguant pendant une bonne heure, laissa quelques piécettes sur la table et lui tapota le postérieur en manière d'adieu. Puis il s'aventura dans la rue déserte à la recherche du grand amour.

Il le — ou plutôt *la* — trouva sous une torche crépitante, au coin de la rue. Elle lui dit s'appeler Elowanda, ce qui inspira à Balsca un aimable scepticisme, mais ce n'était pas son nom qui l'intéressait. Elle était toute jeune et manifestement malade. Elle avait une vilaine toux, la voix rauque, enrouée, et le nez qui coulait. Elle n'était pas très propre — elle n'avait pas dû se laver depuis huit jours, à en juger par l'odeur de sueur aigre qui émanait de son corps — mais Balsca avait l'estomac blindé des marins et six mois d'abstinence forcée avaient stimulé son appétit. Elowanda n'était pas très jolie, mais elle n'était pas chère non plus. Après un bref marchandage, elle le mena vers un taudis dans une ruelle qui sentait les égouts. Il était déjà passablement ivre, mais il la besogna sur un grabat rembourré avec des noyaux de pêche jusqu'à ce que l'aube effleure le ciel.

Il se réveilla vers midi, la tête comme une pastèque. Il aurait bien dormi quelques heures de plus, mais les hurlements d'un bébé montant d'une caisse, dans un coin, lui vrillaient les tympans. Il bourra les côtes de la pâle femelle allongée à côté de lui afin qu'elle se lève et fasse taire son sale marmot, mais elle se contenta de remuer avec abandon sous sa poigne, les membres inertes.

Il la bouscula à nouveau, avec une vigueur accrue, puis il se redressa et la regarda. Son visage était crispé dans un rictus terrifiant, une grimace hideuse qui lui glaça le sang dans les veines. Il se rendit compte alors qu'elle avait la peau moite et glacée. Il retira précipitamment sa main en sacrant tout bas, lui releva une paupière à titre expérimental et poussa un nouveau juron.

La fille qui lui avait dit s'appeler Elowanda était plus morte qu'une caque de harengs salés.

Balsca se leva et se rhabilla en vitesse, puis il fouilla sommairement le galetas mais n'y trouva rien d'intéressant, à part les quelques pièces qu'il avait données à la morte, la veille au soir. Il les reprit et se tourna vers le corps nu gisant sur la paillasse.

— Sale pute vérolée ! fit-il en lui flanquant un coup de pied dans les côtes.

Elle roula mollement à bas du lit et resta à plat ventre par terre.

Balsca claqua la porte du gourbi et sortit dans la venelle pestilentielle, ignorant le bébé qui hurlait dans son dos.

Il eut un moment d'inquiétude en pensant à certaines maladies honteuses. La fille était bien morte de quelque chose ; il ne l'avait pas malmenée à ce point-là. Il marmonna, par mesure de précaution, certaine incantation que récitaient les marins pour se protéger contre la vérole et partit, amplement rassuré, à la recherche de quelque chose à boire.

Vers le milieu de l'après-midi, il sortit en titubant d'une sympathique gargote et s'arrêta, un tantinet chancelant mais agréablement éméché, pour réfléchir un peu à l'avenir. Patte-en-bois avait dû s'apercevoir, à cette heure-ci, que sa planque était vide et que Balsca avait abandonné le navire. Comme son ex-capitaine et ses hommes n'avaient pas trop d'imagination, ils limiteraient probablement leurs recherches au front de mer. Il leur faudrait un moment pour réaliser que l'oiseau s'était envolé et qu'il était déjà loin de la mare aux harengs. Balsca se dit que, s'il voulait rester à distance respectueuse du vindicatif Patte-en-bois, il était temps de partir pour l'intérieur des terres. D'autant qu'on l'avait peut-être vu en compagnie d'Elowanda, et qu'on avait sans doute retrouvé son corps, depuis le temps. Balsca ne se sentait pas particulièrement responsable de sa mort, mais la maréchaussée lui inspirait une méfiance congénitale. L'un dans l'autre, il lui semblait judicieux de quitter Mal Gemila sans délai.

Il partit d'un pas plus ou moins assuré vers la porte est de la ville, mais quelques pâtés de maisons plus loin, il avait déjà mal aux pieds. Il traîna la patte jusqu'à un entrepôt où des hommes chargeaient une énorme charrette. Il resta prudemment embusqué jusqu'à ce qu'ils aient presque fini le boulot puis s'offrit généreusement à leur donner un coup de main. Il mit deux caisses dans la voiture et partit à la recherche du conducteur de la charrette, un gaillard à la barbe hirsute qui sentait comme ses mules.

— Où allez-vous, mon brave ? s'informa candidement Balsca.

— Mal Zeth, répondit laconiquement le gaillard.

— Ça alors ! fit Balsca. C'est justement là que je vais.

Il se fichait pas mal en vérité de connaître la destination du charretier. Tout ce qu'il voulait, c'était s'enfoncer dans l'intérieur des terres, loin de Patte-en-bois et des bourres.

— Et si je vous accompagnais ? Ça vous ferait de la compagnie.

— J'ai pas peur d'la solitude, rétorqua le charretier d'un ton rien moins qu'amène.

Allons, se dit Balsca en soupirant, c'était parti pour être encore une bonne journée...

— Je suis prêt à payer, lâcha-t-il mélancoliquement.

— Combien ?

— C'est que j'ai pas beaucoup.

— Dix pièces de cuivre, annonça platement le charretier.

— Dix ? J'en ai pas autant sur moi.

— Eh ben, t'as qu'à y aller à pied. C'est par là.

— C'est bon, capitula Balsca avec un soupir à fendre l'âme. Va pour dix.

— On paye d'avance.

— La moitié tout de suite, l'autre à Mal Zeth.

— Le tout maintenant.

— V'z'êtes dur, vous alors.

— Si vous trouvez moins dur d'faire la route à pied...

Balsca se retira au coin du bâtiment pour fouiller dans une poche intérieure et compter soigneusement dix pièces de cuivre. Le fruit du larcin qu'il avait commis à bord de l'*Etoile de Jarot* avait fondu d'une façon alarmante, mais la situation offrait de nouvelles perspectives. Il fit passer la gaine de son couteau dans son dos. S'ils s'arrêtaient pour la nuit dans un endroit tranquille, et si le charretier avait le sommeil assez profond, le Balsca qui entrerait à Mal Zeth avait de fortes chances d'être l'heureux possesseur d'une charrette et d'un attelage de mules — sans parler du contenu des caisses, quel qu'il fût. Balsca avait déjà tué plusieurs hommes — quand le jeu en valait la chandelle, c'est-à-dire quand il était sûr de l'impunité — et l'idée de recommencer ne lui faisait pas peur.

La voiture s'ébranla dans un concert de grincements et de claquement de sabots. Il devait y avoir du mica dans les pavés de la route, car les rayons obliques du soleil de cette fin d'après-midi leur arrachaient des étincelles.

— Que ça soit bien clair entre nous, déclara le charretier. J'aime pas parler, et j'veux pas qu'on m'casse les oreilles.

— Compris.

Le gaillard passa la main sous la couchette aménagée dans la voiture et en ramena une machette d'aspect fort inquiétant.

— Et maintenant, ajouta-t-il, donne-moi ton couteau.

— J'en ai pas.

Le charretier retint ses mules.

— Descends, ordonna-t-il sèchement.

— Mais je vous ai payé.

— Pas assez pour que je risque ma peau. Tu donnes ton couteau ou tu descends de là.

Balsca le regarda en coin, fixa la machette, tira lentement son poignard et le lui remit.

— Parfait. Je te le rendrai à Mal Zeth. Faut aussi que tu saches : je dors jamais que d'un œil, et avec ça dans la main, déclara l'homme en brandissant la machette devant le nez de Balsca. Tu t'approches de moi et je te fends le crâne.

Balsca se recroquevilla dans son coin.

— J'suis bien content qu'on se comprenne, tous les deux.

Le charretier fit claquer les rênes et la voiture repartit en cahotant sur la route qui sortait de Mal Gemila.

Balsca était un peu barbouillé en arrivant à Mal Zeth. Il incrimina d'abord le balancement de la charrette. Il n'avait jamais eu le mal de mer de toute sa vie de marin, mais il avait souvent eu le mal de terre. Seulement, cette fois, ce n'était pas la même chose. Son estomac tanguait et roulait, c'est vrai, mais surtout il suait comme un cochon et il avait tellement mal à la gorge qu'il n'arrivait plus à avaler. Il se sentait tantôt brûlant, tantôt glacé, et il avait un sale goût dans la bouche.

Le charretier malgracieux le déposa aux portes de Mal Zeth.

— T'as pas l'air en forme, mon gars, observa-t-il avec une grimace en lui lançant négligemment son couteau devant les pieds. Tu d'vrais aller voir un guérisseur ou j'sais pas qui.

— Les guérisseurs servent qu'à faire mourir les gens, rétorqua Balsca avec un bruit indélicat. Ou si on en réchappe, c'est la bourse plate.

— C'est toi qui vois.

L'homme haussa les épaules et franchit les portes de Mal Zeth sans un regard en arrière.

Balsca croassa un certain nombre d'invectives, ramassa son couteau et entra à son tour en ville. Il erra un moment dans les rues, le temps de s'orienter, puis il accosta un homme en tenue de marin.

— Pardon, matelot, articula-t-il péniblement, tant il avait

mal à la gorge, y a-t-il dans le coin un endroit où on peut se payer un bon grog à un prix raisonnable ?

— Essayez la taverne du Chien Rouge, répondit le marin. C'est à deux rues de là, au coin.

— Merci, matelot.

— Vous avez pas l'air bien, dites donc.

— J'ai dû prendre un petit coup de froid. Ça ira mieux après quelques chopes de grog, conclut-il avec un sourire confiant et édenté.

— Sûrement, approuva le marin en riant. Il n'y a pas de meilleur remède.

La taverne du Chien Rouge était un sombre estaminet qui évoquait vaguement le poste d'équipage d'un navire marchand avec son plafond bas, ses poutres noires et ses fenêtres rondes comme des hublots. Le tenancier était un grand lascar aux joues rouges, aux bras tatoués et dont le langage sentait un peu trop l'eau salée au goût de Balsca. Ses « ohé du bateau » et ses « matelot » lui tapèrent très vite sur les nerfs, mais après trois bons grogs, ça alla déjà bien mieux. Il avait moins mal à la gorge, son estomac se tenait presque tranquille et ses mains avaient cessé de trembler. Seulement il avait toujours mal à la tête, alors il s'administra encore quelques rasades de grog. Deux chopes plus tard, il tombait le nez sur la table et s'endormait, la tête nichée dans ses bras croisés.

— Ohé, matelot ! brailla le propriétaire du Chien Rouge en le secouant par l'épaule. On ferme !

Balsca se redressa, les yeux papillotants.

— J'ai dû dormir quelques minutes, murmura-t-il d'une voix enrouée.

— Dites plutôt quelques heures, rectifia le tavernier en fronçant le sourcil. Vous êtes brûlant de fièvre, matelot. Vous feriez mieux d'aller vous mettre au lit.

— Vous savez où je pourrais trouver une chambre pas chère ? s'enquit Balsca en se levant d'une démarche incertaine.

Il avait plus mal à la gorge que jamais, l'estomac en révolte et les jambes en pâté de foie.

— Essayez la troisième porte le long de la rue. Dites que vous venez de ma part.

Balsca hocha la tête, acheta une bouteille à emporter et

subtilisa un épissoir accroché à un râtelier, sur le chemin de la porte.

— Sacrément bonne taverne, croassa-t-il à l'attention du tenancier, en sortant. J'aime bien la décoration.

— C'est moi qui l'ai arrangée comme ça, répondit fièrement le tatoué. Je me suis dit que les matelots devaient se sentir bien loin de la grande bleue, ici, et qu'ils seraient contents de trouver un endroit familier pour boire un coup. Revenez quand vous voulez.

— J'y manquerai pas, promit Balsca en sortant.

Il lui fallut près d'une demi-heure pour trouver un passant solitaire qui rentrait chez lui d'un pas pressé, les mains enfoncées dans les poches de sa robe. Balsca le suivit jusqu'au premier coin de rue. Ses espadrilles à semelle de corde ne faisaient pas de bruit sur les pavés. Puis, au moment où l'individu passait devant l'entrée sombre d'une ruelle, Balsca se rapprocha précipitamment et lui flanqua un bon coup de son épissoir à la base du crâne. L'homme tomba comme une masse. Balsca s'était assez bagarré sur mer et sur terre pour savoir exactement où et avec quelle force frapper. Il fit rouler le gaillard sur lui-même, lui assena encore un coup sur la tempe, par précaution, et lui fit méthodiquement les poches. Il trouva plusieurs pièces et un bon couteau. Il empocha les pièces, glissa le couteau dans sa large ceinture de cuir, tira sa victime dans l'allée, à l'abri des regards, et repartit le long de la rue en sifflant une vieille chanson de marin.

Le lendemain, il ne se sentait pas bien du tout. Il avait effroyablement mal à la tête et la gorge tellement enflée qu'il n'arrivait plus à parler. Sa fièvre avait encore monté et il avait le nez qui coulait comme une fontaine. Il but trois gorgées au goulot de sa bouteille pour apaiser ses crampes d'estomac. Il savait qu'il aurait mieux fait de manger quelque chose, mais la seule idée de nourriture lui levait le cœur. Il ingurgita encore une bonne rasade de rhum, s'allongea sur le lit sale de la chambre qu'il avait louée et sombra dans un sommeil agité.

Quand il se réveilla, il faisait noir et il tremblait de tous ses membres. Il vida sa bouteille sans en retirer de soulagement particulier. Il tenait à peine sur ses jambes. Il s'habilla en notant distraitement l'odeur fétide qui émanait de ses vêtements et se traîna jusqu'à la porte accueillante du Chien Rouge, trois rues plus loin.

— Par les dents de Torak ! s'exclama le tatoué. Vous avez une tête à faire peur, matelot !

— Un grog, croassa Balsca. Un grog...

Il lui en fallut neuf pour apaiser le terrible tremblement de ses mains. Mais Balsca ne comptait plus.

Lorsqu'il fut à court d'argent, il ressortit en titubant et estourbit un passant pour six modestes piécettes. Un peu plus loin, il tomba sur un gros marchand, le saigna comme un poulet et lui prit sa bourse. Il y avait un peu d'or dedans. Alors il retourna au Chien Rouge et but jusqu'à l'heure de la fermeture.

— Faites gaffe, matelot, l'avertit le tavernier en le mettant dehors. Les rues ne sont pas sûres. Il y a des assassins qui rôdent, dehors, et plus d'argousins dans les ruelles du voisinage que de puces sur le dos d'un chien galeux.

Balsca emporta dans son galetas la cruche de rhum que lui avait cédée le tavernier et but jusqu'à ce qu'une bienheureuse inconscience s'empare de lui.

Le lendemain matin, il délirait. Il divagua ainsi pendant des heures, en vidant alternativement sa cruche de rhum dans son estomac, et son estomac dans ses draps.

Il ne mourut qu'au coucher du soleil, en bredouillant ces derniers mots : « Maman, aide-moi. »

On le trouva, plusieurs jours plus tard, dans ses vomissures. Son corps raidi était arqué en arrière, et son visage arborait un épouvantable rictus.

Trois jours plus tard, sur la route de Mal Gemila, des voyageurs trouvèrent le corps d'un charretier à la barbe hirsute gisant dans le fossé à côté de sa voiture. Son cadavre raidi était cambré comme un arc bandé, et sa bouche crispée sur une parodie grotesque de sourire. Les voyageurs se dirent qu'il ne devait plus avoir besoin de sa charrette et de son attelage et se les approprièrent. Puis, après réflexion, ils lui prirent aussi ses vêtements et recouvrirent son corps de feuilles mortes. Après quoi ils firent demi-tour et retournèrent à Mal Zeth.

Une semaine peut-être après la mort de Balsca, qui n'avait pas fait grand bruit au demeurant, un homme en caban goudronné marchait comme un homme ivre dans une rue passante, en plein jour. Il divaguait et se tenait la gorge à deux mains. Il fit une centaine de pas en se traînant sur les pavés de la rue avant de s'écrouler pour ne plus jamais se relever. Les passants qui virent le sourire terrifiant figé sur ses lèvres écumantes en firent des cauchemars, cette nuit-là.

Le tatoué qui tenait le Chien Rouge fut trouvé mort dans son établissement, le lendemain matin. Il gisait au milieu des débris des tables et des chaises qu'il avait renversées dans son délire final. Son faciès convulsé était horrible à voir.

Ce jour-là, dans la même partie de la ville, une douzaine de clients réguliers du Chien Rouge, moururent aussi.

Le lendemain, il en succombait trois douzaines de plus. Les autorités commencèrent alors à soupçonner quelque chose.

Mais il était déjà trop tard. Par suite du brassage de populations propre aux grandes villes, il était impossible de circonscrire l'épidémie à un secteur précis. Les domestiques qui vivaient dans les quartiers pauvres ramenaient la maladie dans les demeures des riches et des puissants. Les journaliers la communiquaient sur les chantiers de construction à leurs compagnons qui la rapportaient chez eux, dans tous les coins de la cité. Les clients la transmettaient aux marchands, qui contaminaient d'autres chalands. Le contact le plus anodin pouvait suffire à véhiculer le mal.

Les morts se comptèrent d'abord par douzaines, mais dès la fin de la semaine on en dénombrait des centaines. Les citoyens terrifiés se barricadaient chez eux. Les maisons des malades étaient murées, malgré les molles protestations de leurs occupants. On n'entendait plus, dans les rues désertes, que le sinistre roulement des charrettes dans lesquelles des hommes au visage masqué de chiffons trempés dans le camphre empilaient, tels des rondins de bois, les cadavres qu'ils ramassaient à la gaffe et déversaient sans cérémonie dans d'immenses fosses communes.

D'aucuns s'inquiétèrent au palais, bien sûr, mais on se sentait bien loin de tout ça à l'abri de l'enceinte fortifiée. Par mesure de précaution, l'empereur prit quand même la décision d'interdire à tout le monde d'entrer ou de sortir. Parmi ceux qui furent ainsi emprisonnés dans la Cité se trouvaient plusieurs centaines d'hommes auxquels le baron Vasca, le chef du Département du Commerce, avait fait appel pour entreprendre la rénovation de ses bureaux.

Vers midi, le lendemain du jour où les portes du palais avaient été barricadées, Zakath convoqua Garion, Polgara et Belgarath dans son cabinet privé. Ils le trouvèrent amaigri et les yeux cernés, devant une vaste carte de la ville impériale.

— Entrez, entrez, leur dit-il.

Ils prirent docilement place dans les fauteuils qu'il leur indiqua d'un geste distrait.

— Vous avez l'air épuisé, constata Polgara.

— Il y a quatre jours que je n'ai pas dormi, avoua Zakath. Vous dites, Belgarath, que vous avez sept mille ans ? ajouta-t-il avec lassitude.

— A peu près, oui.

— Vous êtes déjà passé au travers d'une épidémie ?

— Des tas.

— Combien de temps cela dure-t-il d'ordinaire ?

— Ça dépend de la maladie. Il y en a qui perdent de leur virulence en quelques mois, d'autres qui ne cessent qu'après l'extermination de tous les habitants de la région concernée. Pol en sait sûrement plus long que moi là-dessus. C'est elle, la spécialiste de la question.

— Dame Polgara ? fit Zakath d'un ton implorant.

— Pour identifier la maladie, il faudrait que j'en connaisse les symptômes, répondit la sorcière.

Zakath fouilla dans les documents entassés sur la table, devant lui.

— Voilà, fit-il en déroulant un parchemin. Une forte fièvre, des nausées, des vomissements, des frissons, une sueur abondante, la gorge prise, des maux de tête... puis le délire, et enfin la mort.

— Ça ne me dit rien qui vaille, commenta-t-elle en se rembrunissant. Aucune constatation particulière sur l'aspect des cadavres ?

— Ils arboreraient tous un sourire épouvantable, reprit Zakath en consultant son document.

— C'est bien ce que je craignais, soupira la sorcière en secouant la tête.

— Qu'est-ce que c'est ?

— Une forme de peste.

— La peste ! s'exclama-t-il en blêmissant. Je pensais que la peste s'accompagnait de bubons noirs sur tout le corps, or il n'en est pas fait mention ici, objecta-t-il en lui tendant le parchemin.

— La maladie ne se manifeste pas toujours de la même façon, Zakath. Elle s'accompagne le plus souvent de bubons, comme vous le dites vous-même, mais il arrive qu'elle atteigne les poumons. L'affection qui frappe ici est assez rare, et d'une prodigieuse virulence.

— Est-elle curable ?

— Non. Certaines personnes en réchappent, mais la guérison est probablement à mettre sur le compte d'une atteinte modérée, ou d'une forte résistance naturelle de l'organisme. Il semblerait que certains individus soient immunisés contre ce mal, qu'ils y coupent alors même qu'ils ont été exposés à la contagion.

— Que puis-je faire ?

— Vous n'allez pas aimer ça, fit-elle en le regardant droit dans les yeux.

— J'aime encore moins la peste.

— Bouclez Mal Zeth. Empêchez quiconque d'entrer ou de sortir de la ville comme vous avez fermé les portes du palais.

— Vous voulez rire ?

— Oh, pas le moins du monde. Vous devez circonscrire l'épidémie à la capitale, et la seule façon d'y parvenir est d'empêcher la population de transmettre la maladie en dehors. Et quand je vous dis de fermer la ville, Zakath, ça veut dire totalement, insista-t-elle, les lèvres pincées. Personne ne doit en sortir.

— J'ai un empire à diriger, Polgara. Je ne peux me cloîtrer ici et laisser les choses suivre leur cours. J'ai des messages à envoyer un peu partout, et j'attends certaines informations.

— Eh bien, vous n'allez pas tarder à régner sur un empire de morts. Les symptômes de la maladie n'apparaissent qu'une semaine ou deux après la contamination, mais dès la fin de la période d'incubation, le porteur est déjà mortellement contagieux. Un individu qui a l'air et se sent parfaitement en forme peut très bien être infecté. Si vous envoyez des messagers au dehors, tôt ou tard l'un d'eux sera atteint, et la maladie s'étendra dans toute la Mallorée.

Ses épaules s'affaissèrent comme si elles ployaient sous l'horreur de la situation.

— Combien ? demanda-t-il tout bas.

— Combien de quoi ?

— Combien y aura-t-il de morts ici, à Mal Zeth, Polgara ?

— La moitié. Si vous avez de la chance, ajouta-t-elle après réflexion.

— La moitié ? hoqueta le Malloréen. Voyons, Polgara, c'est la plus grande ville du monde. Ce que vous évoquez là serait le plus grand désastre de l'histoire de l'humanité !

— Je sais. Et si vous n'avez pas de chance, le taux de mortalité pourrait monter jusqu'à quatre-vingts pour cent.

Il enfouit son visage dans ses mains tremblantes.

— On ne peut rien faire du tout ? demanda-t-il d'une voix étranglée.

— Il faut brûler les morts. Le mieux serait encore d'incendier les maisons sans en sortir les cadavres. Ça limiterait les risques de contagion.

— Et puis vous auriez intérêt à envoyer des patrouilles dans les rues, ajouta Belgarath d'un ton sinistre. Des maraudeurs vont mettre les maisons à sac, au risque d'être contaminés à leur tour. Donnez pour instructions à vos archers de tirer à vue sur les pillards et de les repousser, avec de longues perches, dans les maisons qu'ils visitaient, afin qu'ils soient brûlés avec les cadavres qui étaient déjà à l'intérieur.

— C'est la destruction de Mal Zeth que vous voulez ! protesta Zakath en se levant d'un bond.

— Non. Nous voulons vous aider à sauver le plus grand nombre possible de vos citoyens, rectifia Polgara. Armez-vous de courage, Zakath, parce qu'il se pourrait que vous soyez obligé d'ordonner qu'on emmène tous les hommes encore indemnes dans les champs, de les faire cerner par des gardes pour les empêcher de fuir et de brûler Mal Zeth de fond en comble.

— C'est impensable !

— Vous feriez peut-être bien d'y songer, Zakath, ou ça pourrait finir encore plus mal. Beaucoup plus mal.

CHAPITRE XII

— Silk, fit Garion d'un ton pressant, il faut tout arrêter.

— Je regrette, répondit le petit homme en scrutant les ombres de l'atrium à la recherche d'oreilles indiscrètes, mais il est trop tard. Les hommes de Sadi sont dans l'enceinte du palais et prennent leurs ordres de Vasca. Il est tellement remonté, maintenant, que pour un peu il affronterait Zakath en personne. Le général Bregar, de l'Intendance, a compris qu'il se préparait quelque chose et s'est lui aussi entouré de gardes du corps. Le roi de Pallie, le prince régent de Delchin et le vieux roi de Voresebo ont armé leurs hommes jusqu'aux dents. La Cité impériale est barricadée et personne ne peut faire venir d'aide du dehors, pas même Zakath. Dans la situation actuelle, il suffirait d'un mot pour mettre le feu aux poudres.

Garion se mit à faire les cent pas dans l'atrium baigné par la lueur de la lune en jurant et en flanquant des coups de pied dans l'herbe rase.

— C'est toi qui nous avais dit d'y aller, lui rappela Silk.

— Nous ne pouvons même pas quitter le palais, comment veux-tu que nous sortions de la ville ? Nous avons fomenté une révolte et nous allons être pris à notre propre piège.

— Je sais, fit le petit Drasnien d'un ton morne.

— Je vais trouver Zakath, reprit Garion. Il faut que je lui raconte toute l'histoire. Il pourrait demander à la garde impériale de désarmer tout le monde.

— Tu as vu le mal que nous nous sommes donné pour trouver un moyen de quitter le palais ? Eh bien, demande-toi comment nous allons sortir des oubliettes impériales. Zakath s'est comporté avec amabilité jusque-là, mais je doute qu'il pousse la patience et le sens de l'hospitalité aussi loin. Je crois que, cette fois, j'ai décroché le cocotier. Ça m'arrive de temps en temps, avoua le petit Drasnien en réponse au grommellement de Garion.

— Tu vois un moyen de calmer le jeu ?

— J'ai bien peur que non. La situation est trop explosive. Nous ferions peut-être mieux d'en parler à Belgarath.

— Ça ne va pas lui plaire, souffla le jeune roi de Riva en faisant la grimace.

— Ça risque de lui plaire encore moins si nous ne le mettons pas au courant.

— Là, tu n'as peut-être pas tort, soupira Garion. Bon, allons-y et finissons-en.

Ils mirent un moment à repérer Belgarath. Ils le trouvèrent enfin tout en haut de l'aile ouest, devant une fenêtre d'où le regard plongeait par-dessus l'enceinte du palais. Des incendies éclataient un peu partout dans la ville condamnée. Des colonnes de flammes noirâtres montaient de pâtés de maisons entiers, et un immense nuage de fumée noire obscurcissait le ciel étoilé.

— La situation leur échappe complètement, marmonna le vieux sorcier. Ils devraient abattre des maisons afin de faire des tranchées pour circonscrire les sinistres, mais je suppose que les soldats ont peur de quitter leurs quartiers. Je déteste les incendies, lâcha-t-il en ponctuant son propos d'un chapelet de jurons.

— Nous avons un petit problème, commença prudemment Silk en explorant les murs du regard comme s'il s'attendait à y voir pousser des oreilles.

— Quoi donc ?

— Oh, rien de très grave, reprit le petit Drasnien avec une désinvolture étudiée. Seulement, nous nous sommes dit qu'il valait peut-être mieux vous mettre au courant.

Mais tandis qu'il parlait calmement, improvisant une banale histoire de chevaux pour l'édification des espions qui n'en perdaient pas une miette, ses doigts s'agitaient fébrilement, exposant la situation au vieux sorcier.

— Vous avez *quoi* ? éclata Belgarath en feignant une quinte de toux pour couvrir son exclamation.

— *Tu nous avais dit d'imaginer une diversion*, riposta

Garion dans le langage secret Drasnien alors que Silk continuait à délirer sur les chevaux.

— *Une diversion, pas la révolution*, rétorqua le vieux sorcier, de la même façon. *Qu'est-ce qui vous a pris ?*

— *C'est ce que nous avons trouvé de mieux*, répondit Garion, tout penaud.

— Laissez-moi réfléchir une minute, dit tout haut Belgarath.

Il fit les cent pas pendant quelques instants, les mains croisées dans le dos et le front plissé par la réflexion.

— Allons voir Durnik, puisque c'est lui qui s'occupe des chevaux, déclara-t-il enfin. Je voudrais savoir ce qu'il en pense.

Il les entraîna hors de la pièce en esquissant fébrilement une dernière phrase avec ses doigts : *Faites le plus de bruit possible en descendant. J'ai des instructions à vous donner et ce langage de sourds-muets est trop lent.*

Ils suivirent le couloir menant à l'escalier qui descendait vers le rez-de-chaussée en faisant un boucan d'enfer avec leurs pieds sur le sol de marbre afin de masquer les paroles de Belgarath.

— Bon, chuchota le vieux sorcier en prenant garde à ne pas remuer les lèvres, la situation n'est pas désespérée. Si nous ne pouvons arrêter la petite bagarre que vous avez provoquée, laissons-la éclater, mais nous aurons besoin de nos chevaux. Garion, tu vas dire à Zakath que nous voudrions isoler nos bêtes du reste de l'écurie. Explique-lui que c'est pour éviter qu'elles attrapent la peste.

— Je ne savais pas que les chevaux pouvaient l'attraper, murmura son petit-fils, surpris, en prenant bien soin de traîner les pieds.

— Moi non plus, mais je te garantis que si je l'ignore, Zakath ne risque pas d'être plus au courant que moi. Silk, rameutez discrètement nos amis. Dites-leur de se tenir prêts à partir.

— Comment ça ? souffla Garion, sidéré. Tu connais un moyen de quitter le palais et la ville ?

— Non, mais je connais quelqu'un qui en connaît un. Va tout de suite voir Zakath et raconte-lui ton histoire de chevaux. Il a tellement d'autres préoccupations en ce moment qu'il ne discutera probablement même pas. Silk, vous avez une idée du moment où votre petite révolution va éclater ?

— Pas vraiment, répondit le petit Drasnien d'une voix presque inaudible, en frappant les marches de marbre avec les talons de ses bottes. Ça peut sauter d'une minute à l'autre.

— Vous devriez vraiment retourner à l'école, marmonna Belgarath, écœuré. La façon de faire les choses est importante, certes, mais le moment où on les fait l'est au moins autant.

— Je tâcherai de m'en souvenir pour la prochaine fois.

— J'espère bien. Bref, nous avons intérêt à nous dépêcher. Il faut que nous soyons prêts lorsque cette petite éruption non programmée se produira.

Zakath s'entretenait avec une douzaine d'officiers d'état-major lorsque Garion fut admis dans son vaste cabinet tendu de rouge.

— Je suis à vous dans un instant, Garion, fit l'empereur, l'œil quelque peu hagard. Messieurs, nous devons absolument transmettre nos ordres aux troupes, reprit-il à l'attention de ses généraux. J'ai besoin que l'un de vous sorte en ville.

Les hommes se regardèrent avec embarras en se dandinant d'un pied sur l'autre.

— Allez-vous m'obliger à désigner un volontaire ? demanda Zakath, exaspéré.

— Euh... excusez-moi, intervint doucement le jeune roi de Riva, mais pourquoi faudrait-il que quelqu'un y aille ?

— Parce que les hommes se font du lard dans leurs casernes pendant que Mal Zeth est en feu, rétorqua le Malloréen. S'ils ne commencent pas tout de suite à faire des tranchées entre les bâtiments, la ville entière va s'embraser. Seulement il faut que quelqu'un leur en donne l'ordre.

— Je comprends, mais vous avez bien posté des gardes devant les murailles du palais ? insista Garion.

— Oui. Ils ont pour ordre d'empêcher la populace d'entrer.

— Eh bien, vous n'avez qu'à leur lancer l'ordre du haut des remparts. Dites à l'un de ces hommes d'aller chercher son colonel ou un autre chef auquel vous pourrez donner vos instructions de vive voix. On ne peut pas attraper la peste à cent toises de distance. Enfin, ça ne s'est jamais vu.

Zakath le regarda en ouvrant de grands yeux et éclata d'un rire mélancolique.

— Je me demande pourquoi je n'y ai pas pensé plus tôt.

— C'est que vous n'avez pas été élevé dans une ferme, répliqua Garion. Si vous aviez besoin de dire quelque chose au paysan d'à côté, on n'arrête pas de labourer, on crie. Sans ça, on passerait sa vie à arpenter la glèbe.

— Très bien, reprit sèchement l'empereur en regardant ses généraux. Lequel d'entre vous a la plus grande gueule ?

Un officier rubicond, ventripotent, aux cheveux de neige, se fendit d'un grand sourire.

— Dans ma jeunesse, Majesté, on m'entendait jusqu'à l'autre bout du terrain de manœuvres, déclara-t-il.

— Eh bien, c'est l'occasion ou jamais de vérifier si vous en êtes encore capable. Tâchez de vous faire amener un colonel doté d'une lueur d'intelligence. Ordonnez-lui d'abandonner les secteurs en proie aux flammes et de raser les maisons des quartiers alentour afin d'empêcher le feu de s'étendre. Dites-lui que s'il arrive à sauver la moitié de Mal Zeth, il sera fait général.

— Pourvu qu'il ne crève pas de la peste avant, souffla l'un des autres généraux.

— C'est pour ça que les soldats sont payés, Messieurs, pour prendre des risques. Quand la trompette sonne, vous êtes censés attaquer, eh bien je souffle dans la trompette : A l'assaut !

— A vos ordres, Majesté ! répondirent les hommes à l'unisson, puis ils claquèrent les talons, firent demi-tour et quittèrent la pièce au pas.

— C'était une idée de génie, Garion, dit Zakath avec reconnaissance. Merci.

Il se laissa tomber avec lassitude dans un fauteuil.

— Simple question de bon sens, rétorqua Garion avec un haussement d'épaules, en s'asseyant à son tour.

— Les rois et les empereurs ne sont pas censés avoir du bon sens. C'est trop commun.

— Vous feriez mieux de dormir un peu, Zakath, reprit gravement Garion. Vous avez vraiment l'air au bout du rouleau.

— Par les dents de Torak... Je donnerais la moitié de Karanda pour quelques heures de sommeil. Sauf que je n'ai plus la moitié de Karanda, justement.

— Eh bien, qu'est-ce que vous attendez pour aller vous coucher ?

— Impossible. J'ai trop à faire.

— Et qu'est-ce que vous ferez quand vous serez mort d'épuisement ? Vos généraux n'auront qu'à prendre le relais pendant que vous vous reposez. C'est à ça qu'ils servent, non ?

— Vous avez peut-être raison, convint-il en se tassant encore un peu dans son fauteuil, puis il jeta un coup d'œil méfiant à Garion. Vous aviez quelque chose à me dire ? Ce n'est sûrement pas le hasard qui vous envoie.

— Eh bien, fit Garion en s'efforçant de prendre l'air naturel, Durnik s'en fait pour les chevaux. Nous avons parlé avec tante Pol, enfin, dame Polgara, et elle ne sait pas trop si les chevaux peuvent attraper la peste ou non. Durnik voudrait sortir nos bêtes des écuries principales et les mettre plus près de l'aile est, afin de pouvoir les tenir à l'œil.

— Les chevaux ? répéta l'empereur, incrédule. Il s'inquiète des chevaux en un moment pareil ?

— Il faut le comprendre, Zakath. Durnik prend toujours ses responsabilités très au sérieux. Il se considère comme chargé de veiller sur nos montures, et je pense que nous sommes tous deux à même d'apprécier ses scrupules.

— Les légendaires vertus sendariennes, commenta le Malloréen avec un petit rire las. Le sens du devoir, la droiture, l'esprit pratique... Enfin, pourquoi pas ? soupira-t-il en haussant les épaules. Que maître Durnik parque les chevaux dans les corridors de l'aile est si ça peut lui faire plaisir.

— Oh, je ne pense pas qu'il aille jusque-là. Parmi les vertus sendariennes que vous avez oublié de citer figure le sens des convenances : les bêtes ne rentrent pas dans la maison. D'autant que les sols de marbre risqueraient de leur abîmer les sabots.

— Vous êtes irrésistible, Garion, murmura Zakath avec un pâle sourire. Il y a des moments où vous faites tout un plat avec des détails tellement futiles...

— Les plus grandes choses sont faites d'une infinité de vétilles, riposta Garion d'un ton sentencieux. Ça ira ? ajouta-t-il avec compassion.

Il éprouvait un pincement au cœur à l'idée qu'il allait être obligé de tromper cet homme qu'il aimait sincèrement.

— Je survivrai, le rassura l'empereur. Vous savez, Garion, l'un des grands secrets de l'existence, c'est que les gens qui s'y accrochent le plus désespérément ne font généralement pas de vieux os. Il est probable que je mourrai centenaire.

— A votre place, je ne fonderais pas de projets sur ce genre de superstition, reprit le jeune roi de Riva, puis une idée lui passa par la tête. Ça vous ennuierait que nous fermions l'aile est de l'intérieur jusqu'à ce que tout ça soit terminé ? Je n'ai pas spécialement peur d'attraper la maladie, mais je m'en fais un peu pour Ce'Nedra, Liselle et Essaïon. Ils ne sont pas particulièrement robustes, et d'après tante Pol la force physique serait un facteur de résistance à l'épidémie.

— C'est une demande raisonnable, opina Zakath. Et une très bonne idée. Protégeons les dames et le garçon, si c'est possible.

— Vous devriez vraiment dormir un peu, remarqua Garion en se levant.

— Je ne crois pas que j'y arriverais. J'ai trop de choses en tête, en ce moment.

— Je vais demander qu'on vous fasse envoyer Andel. Si elle est aussi douée que le pense tante Pol, elle devrait réussir à vous trouver de quoi faire dormir un régiment. Nous ne nous verrons pas pendant quelque temps, ajouta-t-il en regardant l'homme exténué qu'il considérait, non sans une certaine circonspection, comme un ami. Bonne chance, et tâchez de prendre soin de vous, d'accord ?

— Je vais essayer, Garion, promis.

Ils se serrèrent gravement la main, puis le jeune roi de Riva tourna les talons et quitta discrètement la pièce.

Garion et ses amis furent très occupés pendant les heures qui suivirent. Ils eurent beau déployer des trésors d'ingéniosité, les agents secrets de Brador ne les lâchèrent pas d'une semelle. Durnik, Toth et Essaïon ramenèrent les chevaux des écuries, escortés par les espions omniprésents qui les suivaient comme leur ombre.

— Bon, qu'est-ce que ça attend pour péter, maintenant ? ronchonna Belgarath alors qu'ils étaient tous réunis dans la vaste salle du premier étage, avec son estrade et son fauteuil pareil à un trône.

— Ça, je me le demande, fit prudemment Silk en scrutant les murs. A mon avis, ça ne devrait plus tarder.

A cet instant, dans les jardins du palais, par-delà les portes verrouillées de l'aile est, éclata un formidable bruit d'explosion suivi par un bruit de pas précipités et un cliquetis métallique de lames entrechoquées.

— On dirait qu'il se passe quelque chose, commenta prosaïquement Velvet.

— Il était temps, grommela le vieux sorcier.

— Allons, allons, Vénérable Ancien.

De l'intérieur de l'aile est monta alors un bruit de foule en train de courir. Les portes qui donnaient sur la partie principale du palais et le parc s'ouvrirent en coup de vent et se refermèrent brutalement.

— Tu pourrais vérifier qu'ils sont tous partis, Pol ? demanda Belgarath.

La sorcière donna, l'espace d'un instant, l'impression de regarder dans le vague.

— Ils s'en vont tous, Père, répondit-elle enfin.

Les bruits de pas et les claquements de portes se poursuivirent encore pendant plusieurs minutes.

— Eh bien, fit Sadi d'un ton suave, il y en avait un paquet !

— Quand vous aurez fini de vous congratuler, tous les trois, ça ne vous ennuierait pas d'aller refermer ces portes ? gronda Belgarath.

Silk lui jeta un sourire éblouissant et quitta la pièce. Il revint quelques instants plus tard en fronçant le sourcil.

— Nous avons un petit problème, annonça-t-il. Les gardes de la porte principale ont un sens élevé du devoir. Ils n'ont pas quitté leur poste.

— Magnifique diversion, Silk, nota Belgarath d'un ton sarcastique.

— Nous allons nous en occuper, Toth et moi, proposa Durnik avec assurance.

Il s'approcha de la réserve de bois entassée à côté de la cheminée, y préleva un joli rondin de chêne et le soupesa comme pour s'assurer qu'il l'avait bien en main.

— Le procédé est peut-être un peu abrupt, mon Durnik, tu ne penses pas ? objecta Polgara. Tu n'as sûrement pas envie de les tuer, et sans ça, dès qu'ils auront retrouvé leurs esprits, ils fonceront ventre à terre prévenir Zakath. Je propose que nous trouvions quelque chose d'un peu plus sournois.

— Je n'aime pas beaucoup ce mot-là, Pol, tu le sais, protesta-t-il avec raideur.

— Tu préfères que je dise *subtil* ?

— Non, fit-il après réflexion. Pas vraiment. Ça revient exactement au même, après tout.

— Je te l'accorde. Mais ça sonne tout de même un peu mieux, pas vrai ?

— Polgara, reprit fermement le forgeron, et Garion se demanda si ce n'était pas la première fois qu'il l'entendait appeler sa tante ainsi, je ne voudrais pas te paraître exagérément formaliste, mais comment pourrions-nous regarder le monde en face si nous nous mettions à mentir, à trahir et à tromper à tout bout de champ ? Enfin, Pol, tu me comprends, non ?

— Oh, mon Durnik ! fit-elle en se jetant à son cou avec une exubérance juvénile. Si tu savais comme je t'aime ! Tu es trop bon pour ce monde !

— Eh bien, bredouilla-t-il, quelque peu décontenancé par cette démonstration d'affection qu'il eût manifestement préféré réserver à leur intimité. Je considère que c'est une question d'éthique personnelle, pas toi ?

— Si, mon Durnik, approuva-t-elle avec une docilité inhabituelle. Tu as raison.

— Bon, alors, qu'est-ce qu'on fait pour ces gardes ? coupa Garion.

— Je vais m'en occuper, mon chou, répondit sa tante avec un sourire. Je vais faire en sorte qu'ils ne voient et n'entendent rien. Nous allons sortir sans qu'ils s'en doutent. A condition que mon père ne nous ait pas raconté d'histoires.

— Fais-moi confiance, riposta Belgarath avec un clin d'œil entendu. Durnik, amenez les chevaux ici.

— Ici, à l'intérieur ? releva le forgeron, surpris.

Le vieux sorcier acquiesça d'un hochement de tête.

— Nous allons les faire descendre à la cave.

— J'ignorais qu'il y avait une cave sous ce bâtiment, nota Silk.

— Tout comme Zakath, répondit Belgarath avec un sourire en coin. Et Brador.

— Garion ! fit Ce'Nedra d'un ton impérieux.

Le jeune homme suivit son regard. Une apparition se formait au milieu de la pièce. Il reconnut Cyradis.

— Hâtez-vous, fit la sibylle d'un ton pressant. Nous devons être à Ashaba avant la fin de la semaine.

— Ashaba ! s'exclama Silk. Nous devons d'abord aller à Calida. Il y a là-bas un homme appelé Mengha qui invoque des démons.

— C'est sans importance, Prince Kheldar. Point ne dois Te soucier des démons. Sache néanmoins que ce Mengha va lui aussi à Ashaba. Il a un rôle à jouer dans l'une des tâches qui devront être accomplies avant la rencontre de l'Enfant de Lumière et l'Enfant des Ténèbres à l'Endroit-qui-n'est-plus. Le moment est proche, Belgarion de Riva, où Tu devras mener Ta mission à bien, reprit-elle en tournant son visage aux yeux bandés vers Garion. Si l'un des compagnons sur lesquels elle repose devait faillir à son devoir, le monde serait perdu. Je Te conjure donc de porter Tes pas vers Ashaba.

Sur ces mots, elle disparut.

Ils contemplèrent un instant, en silence, le vide qu'elle avait laissé.

— Eh bien, c'est clair, fit platement Belgarath. Nous allons à Ashaba.

— A condition d'arriver à sortir d'ici, murmura Sadi.

— Nous en sortirons. Faites-moi confiance.

— Mais comment donc, Vénérable Ancien.

Le vieux sorcier les mena dans le couloir, leur fit descendre l'escalier et les conduisit, le long du corridor principal, vers la lourde porte qui donnait sur le reste du palais.

— Un instant, Père, fit Polgara.

Elle se concentra. La mèche blanche qui striait sa chevelure d'ébène devint presque incandescente, comme illuminée par une lumière intérieure, et Garion entendit la vague d'énergie coutumière.

— C'est bon, annonça-t-elle. Tous les gardes dorment, à présent.

Le vieux sorcier repartit le long du couloir et s'arrêta devant une tapisserie monumentale accrochée au mur de marbre.

— Nous y sommes, annonça-t-il.

Il passa le bras derrière le panneau, empoigna un anneau de fer noirci par le temps et tira dessus. Il y eut un grincement, comme si le mécanisme protestait, puis un déclic.

— Quelqu'un pourrait appuyer là-dessus ? ronchonna-t-il en indiquant l'autre bout de la tenture.

Garion appliqua son épaule sur le panneau, poussa de toutes ses forces et la dalle de marbre masquée par la tapisserie pivota lentement, avec un crissement, sur son axe de métal rouillé.

— Génial. Tout simplement génial, commenta Silk en scrutant le rectangle noir, drapé de toiles d'araignées, dégagé par la dalle de marbre. Qui a imaginé ce truc-là ?

— Il était une fois, il y a très, très longtemps, un empereur de Mallorée mal-aimé, répondit le vieux sorcier, et il se dit qu'il se sentirait plus en sûreté si son palais était muni d'une sortie de secours. Il y a belle lurette que tout le monde a oublié l'existence de ce passage secret. On ne risque pas de nous chercher là. Prenez toutes vos affaires. Nous ne sommes pas près de revenir.

Cinq minutes plus tard, ils avaient rassemblé leurs paquets devant l'entrée du passage secret, et Durnik, Toth et Essaïon revenaient en tenant leurs chevaux par la bride. Le vacarme de leurs sabots sur les dalles de marbre arracha une grimace à Garion qui alla jeter un coup d'œil au coin du couloir. Les deux gardes étaient plantés devant la porte, raides comme la justice, le visage impassible, les yeux vitreux. Ils regardaient droit devant eux sans rien voir.

Il rejoignit ses compagnons.

— Il faudra qu'un jour tu m'expliques comment tu fais ça, dit-il à Polgara avec un geste du pouce par-dessus son épaule.

— C'est très simple, mon chou.

— Pour toi, peut-être, grommela-t-il, puis une pensée soudaine lui traversa l'esprit. Dis, Grand-père, reprit-il en fronçant les sourcils, si ton passage débouche en ville, tu n'as pas peur que nous soyons encore plus mal partis qu'ici, au palais ? Il y a la peste, dehors, et toutes les portes sont barricadées, tu sais.

— Il mène hors de Mal Zeth, répondit le vieux sorcier. Du moins est-ce ce qu'on m'a assuré.

Dans le parc et les couloirs du palais, les bruits de bagarre s'intensifiaient.

— Ils y mettent du cœur, dites donc ! murmura Sadi d'un petit ton satisfait.

— Et alors, fit une voix traînante, familière, montant des ténèbres de la cave, v's'avez l'intention d'passer la nuit ici à vous flanquer d'grandes tapes dans l'dos ? C'est qu'vous êtes pas rendus, vous savez, et qu'si vous voulez sortir d'Mal Zeth, vaudrait mieux vous y met' tout d'suite !

— Allons-y, ordonna sèchement Belgarath.

Les chevaux renâclèrent à l'entrée de la sombre galerie qui sentait le moisi, mais Essaïon et Cheval s'y engagèrent bravement, bientôt suivis par Garion et son grand étalon gris, et les autres bêtes les imitèrent en tremblant un peu sur leurs pattes.

Ils se retrouvèrent, non pas dans une cave, contrairement à ce que pensait Garion, mais dans un escalier en pente douce menant à une galerie creusée dans la roche. Les chevaux eurent un peu de mal à négocier la descente des marches, mais ils finirent par y arriver en suivant Essaïon, Cheval et Chrestien.

Le géant Toth, qui était resté en haut des marches, remit la dalle en place, et le loquet qui la maintenait se referma avec un vacarme épouvantable dans le noir.

— Un instant, Père, demanda Polgara.

Elle dut se concentrer car Garion entendit le faible bruit de vague qui accompagnait toute manifestation de son Vouloir.

— Là, reprit-elle. Les gardes ont repris conscience. Ils risquent de se demander longtemps par où nous sommes passés !

Feldegast le bateleur était planté au bas de l'escalier, une lanterne sourde à la main.

— Belle nuit pour eun' p'tit' prom'nade, observa-t-il. Bon, on y va ?

— J'espère que tu sais ce que tu fais, grommela Belgarath.

— Comment osez-vous seul'ment douter d'mouè, vieillard ? se récria le bouffon avec une indignation vertueuse. J'étions la prudence incarnée, si vous voulez que j'vous disions. Y a qu'un tout p'tit problème d'rein du tout. C'qui s'passe, c'est qu'la voûte de c'te gal'rie s'est effondrée sur eun' certaine distance, y a quèqu' temps, et qu'on va êt' obligés d'se frayer un ch'min en surface, dans les rues, mais just' un brin, eun' bagatelle.

— Quelle bagatelle au juste ? releva Belgarath. Et puis j'aimerais bien que tu arrêtes ce petit jeu, ajouta-t-il, agacé. Qu'est-ce qui te prend de patoiser comme un paysan d'il y a deux mille ans ?

— Ça fait partie d'mon charme, Vénérable Belgarath. N'importe qui peut lancer des balles en l'air et les rattraper, mais c'est la façon d'présenter son numéro qui compte.

— J'en déduis que vous vous connaissez, tous les deux ? remarqua Polgara en haussant un sourcil.

— Ah, chère Dame Polgara, c'est qu'on est d'vieux, d'très vieux amis, vot' vénérab' père et moi-même, répondit Feldegast avec une révérence de gala. J'vous r'connaissions tous aux descriptions qu'y m'a fait' ed' vous. Mais j'devons avouer qu'j'étions total'ment renversé par vot'surnaturelle beauté.

— C'est un drôle de compère que tu t'es trouvé là, Père, remarqua Polgara avec un curieux petit sourire. Je pense que je devrais arriver à m'y faire.

— Je ne te le conseille pas, Pol. C'est un menteur, un coquin et un malappris. Mais tu éludes la question, Feldegast, puisque Feldegast il y a. Sur quelle distance allons-nous être obligés d'emprunter la voie de surface ?

— Pas loin du tout, chère vieille chose décrépite. Mettons un quart de lieue, jusqu'à c'que la voûte d'la galerie soit d'nouveau assez solide pour sout'nir les pavés d'la rue et les empêcher d'nous tomber su' l'coin d'la figure. Allez, on f'rait mieux d'pas traîner. L'ch'min est long, très long, jusqu'au mur nord ed' Mal Zeth, et la nuit tire à sa fin.

— Vieille chose décrépite ? objecta Belgarath, à retardement.

— Simp' façon d'parler, Vénérab' Ancien, rétorqua Feldegast d'un ton d'excuse. Soyez sûr que j'voulions point vous offenser. Ça vous dirait-y d'faire quèqu'pas en ma compagnie, la belle ? reprit-il à l'attention de Polgara. V's'avez qu'vous répandez un parfum envoûtant qui m'coupe el' souff' ? J'm'en allions marcher à côté de vous et l'respirer jusqu'à c'que j'mourions d' plaisir.

Polgara partit d'un fou rire et passa son bras sous celui de l'invraisemblable petit bonhomme.

— Il me plaît, murmura Ce'Nedra à Garion alors qu'ils se faufilaient entre les toiles d'araignée qui drapaient la voûte ténébreuse.

— Y a intérêt, poulette, fit Garion, parodiant l'accent chantant du petit bateleur. Pasqu'y manque pas d'charme, si tu veux que j'te disions !

— Oh, Garion ! s'esclaffa-t-elle. Si tu savais comme je t'aime !

— Mais je le sais.

Elle lui jeta un coup d'œil exaspéré et lui enfonça son petit coude pointu dans les côtes.

— Aïe !

— Je t'ai fait mal ? souffla-t-elle, toute contrite, en lui étreignant le bras.

— Je devrais m'en remettre, ma douce, lui assura-t-il, débonnaire. Les nobles héros de notre espèce sont habitués à endurer sans murmure des souffrances indicibles.

Ils suivirent la lanterne de Feldegast sur une bonne demi-lieue, dans le silence seulement troué par le claquement des sabots de leurs chevaux et le grondement occasionnel qui marquait le passage d'une charrette transportant son fardeau de cadavres dans la rue, au-dessus de leur tête. Le bruit furtif d'une souris qui détalait dans les ténèbres, l'imperceptible frôlement d'une araignée fuyant le long de la voûte les faisaient parfois sursauter et les laissaient le cœur battant, la bouche sèche.

— Je ne peux pas supporter ça, fit Silk entre ses dents. Je ne m'y ferai jamais.

— Tout va bien, Kheldar, murmura Velvet en lui prenant la main. Je ne permettrai pas qu'il vous arrive quoi que ce soit.

— Avec ça, je ne suis pas fauché, répondit-il d'un ton sardonique, mais il ne retira pas sa main.

— Qui est là ? fit soudain une grosse voix, devant eux.

— C'n'est qu'mouè, mon bon maît', répondit Feldegast. Mouè et quèques âmes en peine qu'essaient d'trouver leur ch'min dans les ténèb' nocturnes.

— Je me demande vraiment ce que tu lui trouves, grommela aigrement Yarblek à l'attention d'un personnage invisible.

— C'est l'amour de ma vie, répondit la voix de Vella. Au

moins, avec lui, je ne suis pas obligée de brandir mes dagues à chaque instant pour défendre ma vertu.

— Je ne sais pas pourquoi, mais je sentais que tu allais dire quelque chose dans ce goût-là, soupira le Nadrak, exaspéré.

— Ma Dame, fit la jeune femme en se fendant d'une gracieuse révérence comme Polgara et le bouffon s'approchaient, bras dessus, bras dessous, de l'énorme rocher verdi par la mousse qui obstruait le passage.

— Vella, répondit la sorcière avec un curieux accent nadrak. Puissent vos lames rester toujours et à jamais brillantes et acérées.

Cette réponse avait quelque chose d'étrangement cérémonieux, et Garion comprit que c'était une antique formule de politesse.

— Puissiez-vous toujours et à jamais disposer du moyen de repousser les assiduités qu'une honnête femme ne saurait tolérer, rétorqua la danseuse nadrake, achevant le rituel.

— Qu'est-ce qui se passe, là-haut ? s'informa Belgarath.

— Ça meurt tant que ça peut, répondit laconiquement le Nadrak. Ça tombe comme des mouches, par rues entières.

— J'espère que tu ne t'es pas baguenaudé au milieu de tout ça ? protesta Silk.

— Ne t'inquiète pas. Nous avons campé hors des murs de la ville. Nous sommes sortis juste avant qu'ils ne ferment les portes. Mais Dolmar est mort. Quand il a compris qu'il était contaminé, il a récupéré une vieille épée et s'est laissé tomber dessus.

— C'était un type bien. Pas très honnête, mais un brave type tout de même, soupira son associé en guise d'oraison funèbre.

— Au moins, il est mort proprement, commenta le Nadrak en hochant tristement la tête. L'escalier qui mène à la rue est par ici, reprit-il avec un mouvement de menton. A cette heure-ci, il ne doit plus y avoir grand monde dans les rues, à part les charrettes des morts et de pauvres hères qui se traînent en délirant sur le pavé, à la recherche d'un caniveau douillet pour mourir. Allons-y, fit-il en respirant un bon coup. Plus vite ce sera fait et plus vite nous pourrons redescendre sous terre, à l'abri.

— Le passage va-t-il jusqu'au mur de la ville ? s'enquit Garion.

— Oui, et même une demi-lieue au-delà. Il débouche dans une carrière de pierre abandonnée. Vous ne m'avez jamais dit comment vous aviez trouvé ce souterrain, ajouta-t-il d'un air de reproche à l'adresse de Feldegast.

— Ça, mon bon maît', c'est un d'mes p'tits s'crets, éluda le bateleur. Aussi honnête qu'on puisse êt', il est toujours utile d'savouère comment sortir rapid'ment d'certaines villes, si vous voyez c'que j'voulions dire.

— Là, je suis bien d'accord, approuva chaleureusement Silk.

— Le contraire m'eût étonné, commenta Yarblek. Bon, sortons d'ici.

Ils menèrent les chevaux vers une volée de marches qui montaient dans le noir, par-delà le cercle de lumière projeté par la lanterne de Feldegast, puis ils aidèrent les animaux récalcitrants à monter, un par un. Ce fut laborieux. Ils se retrouvèrent enfin dans un entrepôt délabré, au sol couvert de paille. Lorsque le dernier cheval eut rejoint le monde de la surface, Feldegast referma soigneusement la trappe oblongue qui masquait l'escalier et étala de la paille dessus avec son pied pour la dissimuler.

— Ces choses-là sont parfouès ben utiles, commenta-t-il avec son accent paysan. Mais un passage secret n'a d'intérêt qu's'y reste s'cret.

Yarblek s'approcha de la porte et jeta un coup d'œil dans l'étroite ruelle au dehors.

— Tu vois quelque chose ? demanda Silk.

— Rien que des cadavres, répondit laconiquement le Nadrak. Je ne sais pas pourquoi, on dirait qu'ils veulent tous mourir dans la rue. Allons-y, suggéra-t-il en inspirant profondément.

Ils sortirent de l'entrepôt. Dans la ruelle, Garion s'efforça de ne pas regarder les corps atrocement convulsés blottis dans des coins sombres ou affalés dans les caniveaux.

L'air charriait d'effroyables miasmes de chair brûlée, de fumée et de pourriture. Yarblek leva le nez et fit la grimace.

— Rien qu'à l'odeur, je peux vous dire que les charrettes des morts en ont oublié quelques-uns.

Il se dirigea vers le bout de la ruelle qui donnait dans une rue plus large.

— Ça va, grommela-t-il. Juste quelques maraudeurs qui pillent les cadavres. Allons-y.

Ils s'engagèrent dans la rue, illuminée par une maison en flammes. Un mouvement furtif attira l'œil de Garion le long d'un mur. Il distingua une silhouette en haillons, accroupie sur un cadavre et qui fourrageait sans ménagement dans ses vêtements.

— Il ne risque pas d'attraper la peste à son tour? s'étonna-t-il.

Yarblek suivit son regard et haussa les épaules.

— Sûrement, mais il y a peu de chances qu'il manque à qui que ce soit.

Ils tournèrent à un coin de rue et se retrouvèrent dans une artère où plus de la moitié des maisons étaient en feu. Une charrette des morts était arrêtée devant l'un des brasiers et deux hommes d'allure fruste flanquaient des corps dans le feu avec une indifférence choquante.

— Reculez ! leur cria l'un des hommes. Il y a la peste, ici !

— Y a la peste partout dans c'te saloperie d'ville, au cas où vous l'sauriez pas, rétorqua Feldegast. Enfin, merci quand même pour vot' mise en garde. On va just' passer d'l'aut' côté d'la rue, si ça vous fait rein. Mais comment ça s'fait-y qu'vous craignez point d'l'attraper vous-même ? demanda-t-il en regardant curieusement les deux hommes.

— On l'a déjà eue, répondit l'un des deux gaillards avec un rire à donner le frisson. J'ai cru crever, mais je m'trompais : j'suis toujours là, et on dit qu'on peut pas l'avoir deux fois.

— Faut crouère qu'vous êtes un p'tit veinard, vous alors, le congratula Feldegast.

Ils s'éloignèrent du sinistre spectacle et tournèrent dans une autre rue.

— C'est par là, annonça Feldegast.

— C'est encore loin ? demanda Belgarath.

— Nan, nan. Vous s'rez bentôt en sûr'té sous terre.

— Comme si on pouvait se sentir en sûreté sous terre, commenta amèrement Silk.

Arrivé au milieu de la rue, Garion entendit une sorte de vagissement et vit bouger quelque chose dans l'ombre d'une entrée de porte. Il jeta un coup d'œil dans le renfoncement. Au même instant, à un pâté de maisons de là, un bâtiment en feu s'effondra, projetant une gerbe de flammes et d'étincelles dans le ciel. A cette terrible lumière, il reconnut ce qui avait attiré son regard. C'était une femme recroquevillée sur elle-même. A côté d'elle était blotti un tout petit enfant en pleurs. Un enfant qui ne devait pas avoir plus d'un an. Garion sentit son estomac se nouer à cette vision pathétique.

Ce'Nedra étouffa un cri et se précipita, les bras tendus vers le bébé.

— Ce'Nedra, non ! hurla-t-il en tentant de libérer sa main empêtrée dans les rênes de son grand cheval gris.

Vella fut plus rapide que lui. Elle rattrapa la jeune femme par l'épaule, la faisant brutalement tournoyer sur elle-même.

— Non, Ce'Nedra ! s'exclama-t-elle. N'y allez surtout pas !

— Lâchez-moi ! cracha Ce'Nedra en se débattant comme une furie. Vous ne voyez pas que c'est un tout petit bébé ?

Vella la toisa froidement de bas en haut et la gifla à toute volée. Pour ce qu'en savait Garion, c'était la première fois que quelqu'un osait lever la main sur sa petite reine.

— Ce gosse est mort, Ce'Nedra, articula impitoyablement la Nadrake. Et si vous approchez de lui, vous êtes morte, vous aussi.

Elle entraîna la jeune femme d'une poigne de fer et la ramena vers ses compagnons. Ce'Nedra la suivit à reculons, la main tendue vers l'enfant mourant qui vagissait pitoyablement.

Alors Velvet s'approcha d'elle la prit par les épaules et la détourna doucement de ce spectacle désolant.

— Allons, Ce'Nedra, dit-elle gentiment, vous devez penser à votre enfant à vous d'abord. Vous voudriez lui apporter cette terrible maladie ?

La petite reine la regarda sans comprendre.

— Vous ne voulez pas mourir avant de l'avoir revu, n'est-ce pas ?

Ce'Nedra poussa un petit cri de bête blessée et s'abattit dans les bras de Velvet en sanglotant amèrement.

— J'espère qu'elle ne m'en voudra pas, murmura Vella.

— Vous avez des réflexes, commenta admirativement Polgara.

— J'ai souvent vérifié qu'une bonne claque était un remède souverain contre la crise de nerfs, répondit la Nadrake en haussant les épaules.

— Je vous accorde que c'est souvent ce qu'il y a de mieux à faire, approuva la sorcière avec un hochement de tête.

Arrivé au bout de la rue, Feldegast leur fit prendre une venelle sordide, s'arrêta devant la porte d'un entrepôt désaffecté, farfouilla un moment dans la serrure et l'ouvrit en grand.

— Allez-y, dit-il avec un geste d'invite.

Un long plan incliné menait à une cave voûtée où Yarblek et le bateleur écartèrent une pile de caisses, dégageant l'entrée d'un boyau ténébreux.

Ils menèrent, non sans mal, leurs chevaux dans le tunnel tandis que Feldegast restait en arrière pour dissimuler toute trace de leur passage. Lorsqu'il se fut acquitté de cette tâche, il se faufila entre les caisses empilées d'une façon approximative et les rejoignit.

— Et voilà, fit-il en se frottant les mains d'un air satisfait. J'mettions qui qu'ce soit au défi de d'viner qu'quèqu'un est passé par ici, si vous voulez que j'vous disions. Bon, on y va ?

Garion suivit la lanterne vacillante de Feldegast en ruminant des pensées plus sombres encore que ce boyau. Il avait faussé compagnie à un homme qui lui inspirait une amitié sincère quoique empreinte de circonspection et l'avait abandonné dans une cité en flammes, infestée par la peste. Il n'aurait sûrement pas pu faire grand-chose pour aider Zakath, mais il n'était pas très fier de la façon dont il lui avait filé entre les doigts. D'un autre côté, il savait qu'il n'avait pas vraiment le choix. Les instructions de Cyradis étaient sans équivoque. Allons, se dit-il en soupirant, nécessité fait loi... Il tourna le dos à Mal Zeth et regarda résolument vers Ashaba.

TROISIÈME PARTIE

ASHABA

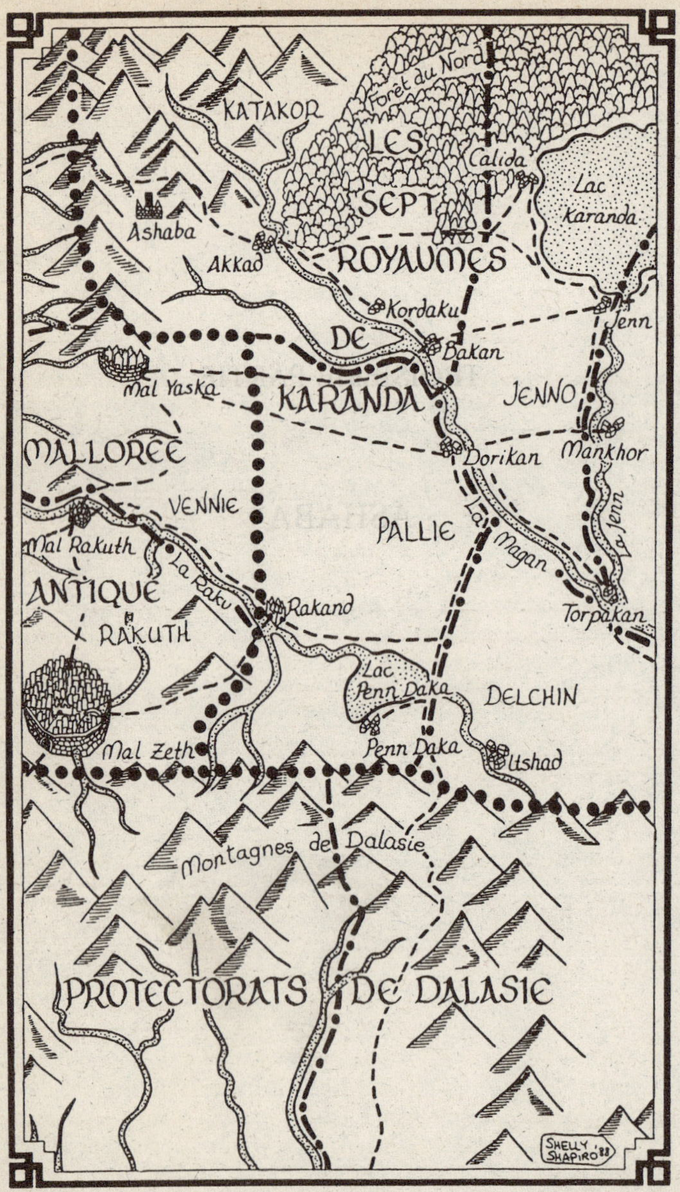
KATAKOR
Forêt du Nord
LES SEPT ROYAUMES DE KARANDA
Calida
Lac Karanda
Ashaba
Akkad
Kordaku
Bakan
Jenn
Mal Yaska
JENNO
MALLOREE ANTIQUE
Dorikan
Mankhor
VENNIE
PALLIE
La Magan
La Jenn
Mal Rakuth
La Raku
Rakand
Torpakan
RAKUTH
Lac Penn Daka
DELCHIN
Penn Daka
Mal Zeth
Ltshad
Montagnes de Dalasie
PROTECTORATS DE DALASIE
SHELLY SHAPIRO '88

CHAPITRE XIII

La route de Mal Zeth à Mal Rakuth, au nord, traversait une belle plaine fertile, une terre noire, grasse, que le blé germé duvetait de vert intense. L'air printanier était doux, pétillant, plein des senteurs d'une végétation impatiente. Le paysage rappelait à bien des égards les prairies verdoyantes d'Arendie ou les champs bien ordonnés de Sendarie. Il y avait des villages, évidemment, avec leurs maisons blanches, couvertes de chaume, et des chiens qui couraient au bord de la route pour les regarder passer en aboyant. Le ciel matinal était d'un bleu fondamental, semé de petits nuages cotonneux pareils à des moutons paissant dans des pâturages d'azur.

Garion et ses amis suivaient, sous un soleil radieux, le ruban bistre, poussiéreux, tendu tout droit en terrain plat et qui décrivait des méandres entre les collines mamelonnées. Le tintement des clochettes accrochées au licol des mules de Yarblek ponctuait le chant des oiseaux qui s'égosillaient pour saluer le soleil. Derrière eux, dans la vallée, une énorme colonne de fumée noire, épaisse, marquait l'emplacement de Mal Zeth.

Garion ne pouvait se résoudre à se retourner pour regarder l'immense cité qui brûlait derrière eux.

La route était très fréquentée. Beaucoup de gens fuyaient la ville frappée par la peste. Isolés ou par petits groupes, des voyageurs recrus de fatigue montaient vers le nord, évitant craintivement tout contact avec leurs semblables. Chaque fois qu'ils rencontraient d'autres réfugiés, ils quittaient la piste, poursuivaient leur chemin à travers champs et ne regagnaient la chaussée qu'après un large détour. Seuls ou non, tous les fugitifs faisaient la route dans un prudent isolement, mettant autour d'eux autant d'espace que possible.

Tous les sentiers qui partaient de la route et pénétraient dans les terres étaient barrés par des broussailles fraîchement coupées, gardées par des paysans à l'air menaçant qui brandissaient maladroitement des bâtons et de lourds arcs de guerre, et chassaient en poussant de grands cris menaçants tous ceux qui faisaient mine d'approcher.

— Tous les mêmes, ces paysans, bougonna Yarblek alors que la caravane passait devant l'une de ces barricades. Ils sont bien contents d'accueillir les étrangers quand ils en ont besoin, et le reste du temps, ils les mettent dehors. Qui pourrait avoir envie d'entrer dans leurs sales petits villages puants, de toute façon ?

Il enfonça rageusement son bonnet de fourrure sur ses oreilles.

— Ils ont peur, répondit Polgara. Ils savent que leur village n'est pas un paradis, mais c'est le leur, et ils y tiennent.

— Vous pensez vraiment que ces barricades et toutes ces menaces servent à quelque chose ? Vous croyez que c'est ça qui leur évitera d'attraper la peste ?

— C'est possible. S'ils s'y sont pris assez tôt.

Le Nadrak marmonna dans sa barbe et jeta un coup d'œil à Silk.

— Tu veux un conseil ?

— Ça dépend, répondit le petit Drasnien.

Il avait remis sa tenue de voyage habituelle, sobre et discrète.

— Entre la peste et les démons, le climat de la région commence à devenir malsain. On liquide tout ce qu'on a ici, en Mallorée, et on va attendre tranquillement quelque part que les choses s'arrangent.

— Voyons, Yarblek, tu n'y penses pas ! Les troubles et la guerre sont bons pour les affaires.

— Mouais. Je ne sais pas pourquoi, j'étais sûr que tu dirais ça, ronchonna son associé en le lorgnant d'un œil noir.

Un quart de lieue plus loin, la route elle-même était barricadée.

— Qu'est-ce que ça veut dire ? rugit le Nadrak en retenant sa monture.

— Je vais voir, fit Silk.

Il talonna son cheval et partit au galop. Garion le suivit machinalement.

Ils étaient à une cinquantaine de toises de la barricade quand une douzaine de paysans vêtus de toile à sac maculée de boue en surgirent, l'arc bandé.

— Halte-là ! beugla l'un d'eux d'un ton menaçant.

C'était un grand gaillard aux larges épaules, à la barbe hirsute et affublé d'un strabisme divergent qui rendait son regard pénible à soutenir.

— Nous ne faisons que passer, l'ami, déclara le petit Drasnien.

— Ouais, eh ben, vous passerez pas avant d'avoir acquitté le péage.

— Le péage ? protesta Silk. Mais c'est une route impériale. Il n'y a jamais eu de péage sur les routes impériales.

— Maintenant, il y en a. Vous autres, les gens de la ville, vous nous avez grugés et filoutés pendant des générations, et voilà que vous voulez nous apporter vos maladies. Ben, à partir de maintenant, vous allez payer. Combien d'or avez-vous ?

— Fais-le parler, murmura Garion en balayant les environs du regard.

— Eh bien, reprit Silk du ton qu'il aurait pris pour mener une négociation sérieuse, il faut que nous en discutions...

Des maisons étaient blotties les unes contre les autres, sur une colline plantée d'herbe, à un quart de lieue de là. Garion banda sa volonté et fit un petit geste en direction du village.

— Fume ! murmura-t-il tout bas, pendant que son ami parlementait avec les paysans. Euh, excusez-moi, fit-il ensuite en tendant timidement le doigt. On dirait que ça brûle, là-bas...

Les paysans se retournèrent d'un bloc et constatèrent avec une surprise mêlée d'horreur qu'un panache de fumée montait de leur village. Ils poussèrent des hauts cris, lâchèrent leurs armes et filèrent coudes aux corps à travers champs en direction de la catastrophe apparente. Le bigleux leur courut après en les menaçant de toutes sortes de sévices s'ils ne reprenaient pas leur poste à l'instant, puis il fit volte-face et revint vers Silk en l'invectivant, son visage ingrat trahissant une vive angoisse. Il se mit à faire des bonds sur place, cruellement partagé entre l'envie d'extorquer un peu d'or à ces voyageurs et la perspective terrifiante de laisser brûler sa maison et les bâtiments environnants. Pour finir, incapable de supporter cette vision, il jeta son arme à terre et suivit ses voisins au pas de course

— Tu as vraiment mis le feu à leur village ? demanda Silk, un peu choqué.

— Bien sûr que non.

— Alors d'où vient cette fumée ?

— D'un peu partout, répondit Garion avec un clin d'œil. Du chaume des toits, d'entre les pavés des rues, des caves, des greniers et d'un tas d'autres endroits... Mais ce n'est que de la fumée.

Il mit pied à terre, ramassa les arcs abandonnés et les appuya bien régulièrement sur la barricade de branchages.

— Combien de temps faut-il pour recorder de grands arcs de guerre comme ça ? s'informa-t-il.

— Des heures, et il faut être quatre, affirma Silk avec un grand sourire. Deux hommes munis d'un treuil pour bander l'arc et deux autres pour remettre la corde en place.

— C'est bien ce qu'il me semblait, approuva Garion.

Il tira son bon vieux couteau de sa ceinture, se pencha sur la rangée d'arcs et trancha toutes les cordes l'une après l'autre, leur arrachant une vibration presque musicale.

— Bon, on y va ?

— Et ça ? objecta le petit homme au museau de fouine en indiquant la barricade.

— Je pense que nous devrions arriver à en faire le tour, rétorqua le jeune roi de Riva en haussant les épaules.

— Qui étaient ces hommes ? questionna Durnik lorsqu'ils les rejoignirent.

— Des partisans de la libre entreprise. Ils s'étaient dit qu'un petit péage ferait bien dans le paysage, ironisa Silk, mais ce n'étaient que des culs-terreux et pas très doués pour les affaires. A la première diversion, ils ont détalé en abandonnant leur fond de commerce.

Ils contournèrent l'obstacle sans autre incident, accompagnés par le lugubre tintement des sonnailles accrochées au licol des mules de Yarblek. Celles-ci étaient si lourdement chargées qu'elles peinaient en queue de colonne.

Belgarath talonna son cheval et s'approcha du Nadrak au bonnet de fourrure.

— Je pense que nous allons bientôt devoir vous quitter, lui annonça-t-il. Il faut absolument que nous soyons à Ashaba d'ici la fin de la semaine, et vos bêtes nous retardent.

— Ça, personne n'a jamais accusé les mules d'être spécialement véloces, acquiesça Yarblek en hochant la tête d'un air compréhensif. Je vais bientôt obliquer vers l'ouest, de toute façon. Je vous laisse aller à Karanda si vous y tenez ; moi, je préfère regagner la côte au plus vite.

— Garion, fit Polgara avec un coup d'œil significatif à la colonne de fumée qui montait du village, derrière eux.

— Oh ! Un peu plus et j'oubliais ! Ça suffit, dit-il avec un ample geste du bras.

Le pied du panache de fumée s'éclaircit et le nuage noir, coupé de sa base, s'éleva dans le ciel.

— Tu n'as pas besoin de faire toutes ces simagrées, protesta la sorcière.

— Ça, c'est l'hôpital qui se moque de l'infirmerie, rétorqua-t-il d'un ton accusateur.

— Non, mon chou. Moi, j'ai du style.

Vers midi, en arrivant en haut d'une longue côte, ils furent tout à coup cernés par des soldats malloréens en cotte de mailles et tunique rouge, qui surgirent des bas-côtés de la route et braquèrent leurs lances sur eux d'un air rien moins qu'amène.

— Halte-là ! On ne passe pas ! ordonna sèchement l'officier en charge du détachement.

Il était encore plus petit que Silk, mais se rengorgeait comme s'il faisait dix pieds de haut.

— Bien sûr, Capitaine, acquiesça Yarblek en retenant son cheval.

— Qu'est-ce qu'on fait ? souffla Garion.

— On laisse faire Yarblek, murmura Silk. Il est rompu à cet exercice.

— Où allez-vous ? demanda le soldat alors que le Nadrak mettait pied à terre.

— Mal Dariya, rétorqua celui-ci. Ou Mal Camat, ou n'importe quel port où je pourrai affréter des bâtiments pour emmener mes marchandises à Yar Marak.

Le capitaine grommela et fronça les sourcils comme s'il tentait de discerner la faille dans les discours du Nadrak.

— De toute façon, ce que je veux surtout savoir, c'est d'où vous venez, reprit-il en étrécissant les yeux.

— De Maga Renn, répondit l'homme au bonnet de fourrure en haussant les épaules.

— Vous n'êtes pas passés par Mal Zeth ? insista le capitaine d'un air soupçonneux.

— J'évite généralement de travailler là-bas, Capitaine. Ça coûte trop cher avec tous ces pots-de-vin, ces permis, ces taxes et tout ce qui s'ensuit.

— Vous pouvez le prouver ? riposta hargneusement le capitaine.

— Je devrais pouvoir y arriver s'il le fallait.

— Eh bien, il le faut, Nadrak, parce que sans ça, moi, je vous renvoie d'où vous venez, décréta-t-il d'un ton suffisant.

— Vous me feriez rebrousser chemin ? Mais c'est impossible ! Il faut que je sois à Boktor avant le milieu de l'été.

— Ça, mon vieux, c'est votre problème, fit le petit soldat, l'air assez satisfait d'avoir troublé le grand gaillard. Il y a la peste à Mal Zeth et je suis ici pour veiller à ce qu'elle ne se propage pas, décréta-t-il en se frappant la poitrine d'un air important.

Yarblek ouvrit de grands yeux et réussit à blêmir.

— La peste ! Par les dents de Torak ! Dire que j'ai failli m'y arrêter ! C'est donc pour ça que tous les villageois des environs ont érigé des barricades ! conclut-il en se flanquant une claque sur le front comme s'il avait eu une illumination.

— Vous pouvez prouver que vous venez de Maga Renn ? insista le capitaine.

— Eh ben, fit le Nadrak d'un air indécis, en défaisant les courroies d'une sacoche qui en avait vu de toutes les couleurs, j'ai ici un permis tamponné par le Département du Commerce m'autorisant à transporter mes marchandises de Maga Renn à Mal Dariya. Quand je pense que si je n'arrive pas à trouver de vaisseau là-bas, il faudra que j'obtienne un autre papier pour aller à Mal Camat... Ça vous convient-il ?

— Voyons toujours, fit l'officier en claquant impérieusement les doigts.

L'homme au bonnet de fourrure lui tendit le document.

— Il est tout taché, constata le capitaine d'un ton accusateur.

— J'ai renversé un peu de bière dessus dans une taverne de Penn Daka, convint Yarblek en haussant les épaules. De la vraie pisse d'âne. Croyez-moi, Capitaine, ça ne vaut vraiment pas le coup de s'arrêter à Penn Daka. Y a pas une taverne correcte dans toute la ville.

— Sacrés Nadraks ! Vous ne pensez qu'à boire, hein ?

— Ça vient du climat. Qu'est-ce que vous voulez faire d'autre, l'hiver, au Gar og Nadrak ?

— Vous n'avez pas autre chose ?

Yarblek fourragea encore un moment dans sa sacoche.

— Ben, j'ai une facture d'un marchand de tapis de la rue Yorba, à Maga Renn — un type à la figure grêlée et aux dents gâtées. Vous le connaissez peut-être ?

— Pourquoi voudriez-vous que je connaisse un marchand de tapis de Maga Renn ? Je suis officier de l'armée impériale. Je ne me commets pas avec la canaille. La date est-elle exacte ?

— Comment le saurais-je ? Le calendrier est différent au Gar og Nadrak. C'était il y a deux semaines, si ça peut vous aider.

Le capitaine lorgna le document en cherchant à tout prix l'occasion de faire acte d'autorité, ne trouva rien et lui rendit ses papiers à contrecœur.

— Ça va, vous pouvez y aller. Mais ne vous écartez pas de la route, et veillez à ce qu'aucun membre de votre caravane ne s'en éloigne.

— Ils n'ont pas intérêt à me quitter s'ils veulent être payés. Merci, capitaine.

Yarblek remonta en selle. L'officier grommela quelque chose et fit signe à ses hommes de les laisser passer.

— On ne devrait jamais investir de la moindre autorité des individus de petite taille, fit aigrement le Nadrak quand ils furent hors de portée de voix. Ça leur porte au cerveau.

— C'est agréable, grinça Silk, acide.

— En dehors des membres de ce groupe, évidemment.

— Vous mentez, mon bon maît', comme si c'était une seconde nature chez vous, remarqua Feldegast d'un ton admiratif.

— J'ai dû être contaminé par un certain Drasnien.

— Comment as-tu obtenu ce permis et cette facture ? s'étonna ledit Drasnien.

— Les fonctionnaires sont toujours subjugués par les documents d'aspect officiel, répondit Yarblek en se tapotant le front d'un air finaud, et plus le fonctionnaire est insignifiant, plus il est impressionné. J'aurais pu prouver à ce petit capitaine puant que nous venions de n'importe où — de Melcénie, d'Aduma dans les monts de Zamad, ou même de Crol Tibu, sur la côte de Gandahar, sauf qu'à Crol Tibu il n'y a que des éléphants et que je n'en ai pas sous la main, ce qui aurait pu lui mettre la puce à l'oreille.

— Vous comprenez maintenant pourquoi je me suis associé avec cet animal, fit Silk en prenant la compagnie à témoin.

— Vous formez vraiment le couple idéal, susurra Velvet.

— Je pense, Yarblek, que nous allons nous séparer ce soir, après le coucher du soleil, annonça Belgarath en se tiraillant le lobe de l'oreille. Je ne tiens pas à ce qu'un de ces fonctionnaires un peu trop zélés nous arrête et fasse l'appel. Ou décide de nous fournir une escorte militaire.

Le Nadrak approuva d'un grognement.

— Vous aurez besoin de quelque chose ?

— Peut-être un peu de nourriture, répondit le vieux sorcier en regardant leurs chevaux de bât. Depuis le temps que nous sommes sur la route, nous avons réussi à garder le nécessaire et à nous débarrasser du reste.

— Je veillerai à ce que vous ne manquiez de rien, promit Vella qui montait entre Ce'Nedra et Velvet. Yarblek oublie parfois que la bière n'est pas la seule chose indispensable en voyage.

— V'z'auriez point l'intention d'poursuivre vers 'el nord, des foués ? s'enquit Feldegast.

Le petit jongleur avait lui aussi troqué sa tenue bariolée pour des vêtements plus discrets.

— C'est là qu'est Ashaba ; à moins qu'ils ne l'aient déplacée récemment, rétorqua Belgarath.

— J'vous accompagnerions ben 'core un peu, si ça n'vous embête point.

— Allons bon ?

— C'est qu'j'avions eu un p'tit différend avec les autorités, la dernière foués qu'j'étions à Mal Dariya, et j'préférerions leur laisser l'temps d'm'oublier un brin avant d'y faire un r'tour triomphal. Les autorités ont eun' sal' mentalité tatillonne et rancunière, si vous voulez que j'vous disions. E' z'ont point l'sens ed' la plaisanterie et e' sont toujours à vous renvoyer d'vieilles histouères en pleine figure.

Belgarath lui jeta un long regard scrutateur et capitula avec un haussement d'épaules.

— Pourquoi pas, après tout ? marmonna-t-il.

Garion n'en croyait pas ses oreilles. Il trouvait étrangement déplacée la soudaine reddition de son grand-père. Il n'avait pas oublié les salades qu'il avait faites lorsque Velvet et Sadi avaient insisté pour se joindre à leur groupe. Garion regarda Polgara, mais elle n'avait pas l'air spécialement intriguée. Il fut alors effleuré par un curieux soupçon.

Comme le soir tombait sur les plaines de Mallorée, ils quittèrent la route et dressèrent leurs tentes dans un bouquet de hêtres. Les muletiers de Yarblek s'assirent autour d'un feu de camp, se passèrent une cruche à la ronde et se mirent à faire de plus en plus de bruit tandis qu'à l'autre bout du campement, autour d'un autre feu, Garion et ses amis mangeaient et parlaient tranquillement.

— Faites attention quand vous entrerez en Vennie, les avertit Yarblek. On raconte sur ce pays des histoires encore pires qu'à Karanda.

— Quel genre ?

— On dirait que tout le monde est devenu fou. Je vous accorde que les Grolims ont toujours été un peu bizarres, mais à ce point-là...

— Les Grolims ? répéta Sadi en levant vivement les yeux.

— La Vennie est administrée par l'Eglise, expliqua Silk. La hiérarchie reçoit ses ordres d'Urvon et de ses gens, qui sont basés à Mal Yaska.

— Ça, c'était avant, rectifia le Nadrak. Aujourd'hui, personne ne sait plus qui dirige quoi. Les Grolims passent leur temps à tenir des réunions et à bavarder jusqu'à ce que le ton monte et qu'ils tirent leurs grands couteaux. Je n'ai pas réussi à savoir ce qui se passait au juste. Même les Gardiens du Temple prennent parti pour un camp ou un autre.

— Je ne vais pas pleurer parce que les Grolims s'entretuent, déclara son associé avec un reniflement dédaigneux.

— Ça, je suis bien d'accord, mais tâche de ne pas te retrouver entre l'arbre et l'écorce.

Feldegast, qui caressait doucement son luth, tira d'une corde une note si dissonante que même Garion s'en aperçut.

— Elle est désaccordée, remarqua Durnik.

— Je l'savions bien, s'excusa le bateleur. C'est la ch'ville qui s'desserre tout le temps.

— Laissez-moi voir ça, proposa le forgeron. Je vais essayer de vous l'arranger.

— L'ennui, maît' Durnik, c'est qu'elle est usée. C't'un merveilleux instrument, mais il est ben vieux.

— Ce sont les vieux instruments qui valent la peine d'être réparés, fit sentencieusement Durnik en prenant le luth des mains du jongleur.

Il tournicota la cheville qui branlait dans son logement en testant la hauteur de la corde avec son pouce, puis il coupa quelques éclisses de bois avec son couteau, les inséra délicatement autour de la cheville, tapota dessus avec la poignée de son couteau pour les enfoncer et tourna la cheville pour remettre la corde dans le ton.

— Ça devrait aller mieux, fit-il.

Il caressa plusieurs fois les cordes du luth et esquissa une mélodie ancienne au rythme lent, en faisant vibrer chaque note. Il joua l'air en entier une fois, ses doigts semblant prendre de l'assurance au fur et à mesure, puis il reprit au début, mais Garion n'en revint pas de l'entendre accompagner le thème principal d'un contrepoint liquide, coulant comme de l'eau, si complexe qu'il semblait impossible qu'il vînt d'un unique instrument.

— Il a vraiment une belle sonorité, commenta-t-il.

— V'z'êt' vraiment eun' merveille d'homme, mon bon maît'. V'là qu'vous m'réparez mon luth, pis vous m'faites honte en jouant infiniment mieux qu'j'en s'rons jamais capab'.

— Tu ne m'avais pas dit ça, mon Durnik, constata Polgara en ouvrant de grands yeux très brillants.

— A vrai dire, ça faisait si longtemps que je ne m'en souvenais plus. Quand j'étais jeune, continua-t-il en souriant, et ses doigts effleurèrent les cordes de l'instrument, en tirant une cascade mélodieuse, j'ai travaillé pendant un moment chez un luthier. C'était un vieux monsieur, et il avait les doigts raides. Et comme il avait besoin d'entendre le son des instruments qu'il fabriquait, il m'a appris à en jouer à sa place.

Il jeta un coup d'œil au colosse muet assis de l'autre côté du feu, et ce fut comme si quelque chose passait entre eux. Toth acquiesça d'un hochement de tête, glissa une main dans la couverture rugueuse qu'il portait toujours sur l'épaule et en sortit une étrange flûte composée de roseaux d'inégale longueur attachés ensemble. Il porta lentement les tubes à ses lèvres tandis que Durnik reprenait son air au début. De ces modestes tuyaux s'éleva un son qui surpassa l'invraisemblable complexité de la mélodie esquissée par le luth, un son tellement poignant que Garion en eut les larmes aux yeux.

— J'commencions vraiment à m'demander à quoi j'servions, moué, remarqua Feldegast, estomaqué. J'jouions assez bien d'la flûte et du luth pour les tavernes et aut'lieux d'débauche, mais j'arrivions point à la ch'ville d'ces deux virtuoses. Comment un si grand gaillard peut-y produire des sons aussi délicats ? conclut-il en regardant le colossal Toth.

— Il est très fort, approuva Essaïon. Il joue parfois pour nous, Durnik et moi, quand les poissons ne mordent pas.

— C'que c'est beau, soupira Feldegast. Ben trop beau pour qu'on y laisse perd'. Vous voudriez point danser un peu pour nous, poulette ? fit-il en regardant Vella, assise de l'autre côté du feu. Ça serait l'couronnement d'la soirée.

— Pourquoi pas ? acquiesça-t-elle en riant.

Elle se leva en renvoyant ses cheveux derrière son épaule d'un mouvement de tête, fit le tour du feu de camp et se rapprocha des deux hommes.

— Suivez ce tempo, demanda-t-elle en levant ses bras fuselés au-dessus de sa tête et en claquant les doigts selon un certain rythme.

Feldegast reprit la cadence en tapant dans ses mains.

Garion avait déjà vu danser Vella, il y avait bien longtemps, dans une taverne perdue au fin fond du Gar og Nadrak, et il savait plus ou moins à quoi s'attendre. Et s'il était sûr d'une chose, c'est qu'Essaïon et peut-être même Ce'Nedra n'auraient jamais dû assister à un spectacle d'une sensualité aussi débridée. La danse de Vella commença d'une façon assez anodine, et il se dit qu'il devait être vraiment impressionnable la dernière fois.

Mais quand le claquement de ses doigts s'accéléra et qu'elle se mit à danser avec un plus grand abandon, il compris que son premier mouvement était le bon. Essaïon n'aurait vraiment pas dû voir ça, et il se prit à regretter que Ce'Nedra ne fût pas allée se coucher plus tôt. Quant à lui, pour être honnête, il ne voyait pas comment il aurait pu en détacher les yeux.

Puis le rythme redevint plus lent, Durnik et Toth reprirent l'air original et la Nadrake conclut sa danse par ce déhanchement provoquant, agressif, propre à faire bouillir le sang dans les veines de tous les mâles de l'assistance.

La nuque en feu, le souffle court, Garion vit, complètement sidéré, Essaïon applaudir chaleureusement, l'air ravi et pas embarrassé du tout.

La réaction de Ce'Nedra fut plus conforme à son attente. Au début. Elle avait les joues très rouges et les yeux exorbités. Puis elle éclata d'un rire enthousiaste.

— Ma-gni-fique ! s'exclama-t-elle en jetant à Garion un regard en coulisse qui en disait plus long qu'un roman et lui arracha une petite toux nerveuse.

Feldegast étancha une larme, se moucha bruyamment et se leva.

— Ah, ma belle p'tite poulette sensuelle ! fit-il avec emphase, puis il se pendit au cou de Vella — au risque d'y laisser, sinon quelques abattis, du moins une poignée de plumes, eu égard à ses dagues toujours prêtes — et l'embrassa goulûment sur la bouche. J'étions complèt'ment effondré à l'idée qu'y va fallouère nous séparer. V'z'allez m'manquer, et j'vous l'disions com' je l'pensions. Mais j'vous promettions solennel'ment qu'on s'reverra, et que j'vous divertirions d'nouveau avec mes p'tites histouères, et qu'vous pourrez d'nouveau m'liquéfier la cervelle avec vot' gnôle, et qu'on rigol'ra et qu'on chant'ra, et qu'on s'régal'ra, printemps après printemps, d'la compagnie l'un d'l'aut'.

Il conclut son discours en lui administrant cavalièrement une claque sur le postérieur, mais il prit le large avant qu'elle ait eu le temps de réagir.

— Elle danse souvent pour toi, Yarblek ? s'informa Silk, l'œil allumé.

— Trop souvent, répondit le Nadrak d'un ton funèbre. Je finis toujours par me dire que ses canifs ne doivent pas être si acérés que ça, au fond, et que je n'en mourrai pas de prendre un ou deux coups d'épingle.

— Toujours à ta disposition, Yarblek, proposa Vella en portant la main à la poignée d'une de ses dagues dans une attitude sans équivoque, puis elle lança un grand clin d'œil à Ce'Nedra.

— Pourquoi dansez-vous comme ça ? demanda celle-ci, les oreilles encore un peu roses. Vous savez quel effet ça fait à tous les hommes qui vous regardent.

— C'est justement ce qui m'amuse, Ce'Nedra. De les affoler, puis de les repousser avec mes dagues. Ça les rend absolument dingues. La prochaine fois que nous nous rencontrerons, je vous montrerai comment faire.

Elle regarda Garion et éclata d'un petit rire de gorge absolument diabolique.

Belgarath revint près du feu. Sans doute était-il allé faire un petit tour pendant la danse de Vella, mais Garion était tellement occupé à la regarder qu'il ne s'en était même pas aperçu.

— Il fait assez noir, annonça-t-il. Je pense que nous pouvons repartir sans crainte d'être repérés.

Ses compagnons se levèrent comme un seul homme.

— Tu sais ce que tu as à faire ? demanda Silk à son associé. Parfait, reprit-il comme l'autre acquiesçait sans mot dire. Je compte sur toi pour faire en sorte de m'éviter les ennuis.

— Ecoute, Silk, pourquoi tiens-tu absolument à t'investir dans la politique ?

— Parce que ça me donne encore plus d'occasions de filouter.

— Ah bon. Alors ça va. Prends garde à toi quand même, Silk, fit-il en lui tendant la main.

— Prends garde à toi aussi, Yarblek. Tâche de nous maintenir à flot, si tu peux. Nous devrions nous revoir d'ici un an, à peu près.

— Si tu es encore de ce monde.

— Ça, évidemment...

— J'ai beaucoup aimé votre danse, Vella, fit Polgara en l'embrassant.

— Je suis très honorée, ma Dame, répondit la Nadrake, un peu effarouchée. Je suis sûre que nous nous reverrons.

— J'en suis certaine, moi aussi.

— V'z'êt'sûr, mon bon maît', de n'point voulouère

r'considérer l'prix scandaleux qu'vous d'mandez d'vot'fumelle ? s'enquit Feldegast.

— C'est avec elle qu'il faut voir ça, rétorqua Yarblek en désignant Vella d'un mouvement de menton. C'est elle qui l'a fixé.

— V'z'avez un cœur de pierre, ma poulette, remarqua le bateleur d'un ton accusateur.

— On n'attache pas de valeur à ce qu'on achète trop bon marché, rétorqua l'intéressée avec un haussement d'épaules désabusé.

— Ça, c'n'est pas faux. Eh bé, j'vas tâcher moyen d'mett' un peu d'argent d'côté, pasque, aussi vrai que j'vous l'disions, ma poulette, je m'paierions ben une fumelle comme vous.

— On verra, répondit-elle avec un petit sourire.

Ils sortirent de la lumière rassurante du feu de camp, détachèrent leurs chevaux, la mule du bateleur, et remontèrent en selle sans faire de bruit. La lune s'était couchée et les étoiles brillaient comme des joyaux sur l'écrin de velours noir du ciel nocturne. Ils quittèrent le campement de Yarblek et repartirent vers le nord à une allure circonspecte. Quand le soleil se leva, quelques heures plus tard, ils avaient déjà parcouru plusieurs lieues, sur une route bien entretenue qui montait vers Mal Rakuth, une cité angarake située sur la Raku, qui marquait la limite sud de la Vennie. C'était une belle matinée, il faisait doux, le ciel était dégagé, et ils avançaient à vive allure.

Ils virent encore beaucoup de réfugiés sur la route, mais contrairement à la veille un nombre significatif d'entre eux fuyaient vers le sud.

— Se pourrait-il que l'épidémie ait éclaté au nord aussi ? réfléchit tout haut Sadi.

— C'est toujours possible, évidemment, répondit Polgara en se rembrunissant.

— Je crois plutôt que ces gens fuient devant Mengha, rectifia Belgarath.

— La situation risque de tourner très vite au chaos, par ici, nota Silk. Si la moitié des gens courent dans un sens pour échapper à la peste pendant que l'autre moitié file en sens inverse devant les démons, ça va être une belle pagaille.

— Personnellement, j'y vois plutôt un avantage, intervint

Velvet. Zakath va bien finir par s'apercevoir que nous avons décampé sans tambour ni trompette, et il est probable qu'il nous fera rechercher. Une certaine confusion ne peut que retarder les poursuites, vous ne pensez pas ?

— Là, je reconnais que tu n'as peut-être pas tort.

Garion avançait en somnolant, un truc qu'il avait appris de Belgarath. Il avait passé bien des nuits blanches, ces dernières années, mais il n'avait jamais pu s'y faire. Il se laissait trimbaler comme un sac de linge sale, à peine conscient de ce qui se passait autour de lui, lorsqu'un bruit vague mais lancinant s'imposa à lui.

Il fronça les sourcils, sans ouvrir les yeux et s'efforça d'identifier ce son dont l'origine s'obstinait à lui échapper. Puis il se rappela. C'était un gémissement, un pitoyable vagissement, et l'image de l'enfant agonisant dans la ruelle sordide de Mal Zeth le frappa dans toute son horreur. Il tenta désespérément de se réveiller, mais en vain, et ce cri obsédant lui déchirait le cœur.

Puis une grosse main se posa sur son épaule et le secoua doucement. Il leva la tête au prix d'un effort surhumain et reconnut le visage mélancolique de Toth, le géant muet.

— Vous l'avez entendu, vous aussi ? lui demanda-t-il.

Toth hocha la tête avec sollicitude.

— Ce n'était qu'un rêve, hein ?

Toth écarta les mains devant lui dans un geste évasif.

Garion respira profondément et carra les épaules, déterminé à ne pas se rendormir.

Ils s'écartèrent un peu de la route et déjeunèrent sur le pouce, à l'ombre d'un gros orme dressé, tout seul, dans un champ d'avoine. Ils firent boire leurs chevaux et remplirent leurs outres à une petite source qui murmurait tout près de là, sur des pierres couvertes de mousse.

Belgarath regarda un hameau perdu dans la prairie. Une barricade se dressait au milieu du chemin qui y menait.

— Nous avons encore beaucoup de vivres, Pol ? s'informa-t-il. Si tous les villages de la contrée sont barricadés comme ceux que nous avons vus jusque-là, nous risquons d'avoir du mal à reconstituer nos provisions.

— Ça devrait aller, Père, répondit-elle. Vella a été très généreuse.

— Je l'aime beaucoup, fit Ce'Nedra avec un sourire. Bien qu'elle passe son temps à jurer.

— Toutes les Nadrakes sont comme ça, mon chou, commenta Polgara en lui rendant son sourire. La majeure partie du temps que j'ai vécu au Gar og Nadrak, je l'ai passé à fouiller dans ma mémoire pour retrouver les expressions les plus pittoresques de mon père afin de me mettre au diapason.

— Holà ! s'écria quelqu'un.

— Ça vient de là, fit Silk avec un mouvement du pouce par-dessus son épaule en direction de la route.

Un homme vêtu de la robe brune des fonctionnaires melcènes les regardait d'un air nostalgique du haut de son cheval.

— Que voulez-vous ? héla Durnik en retour.

— Pourriez-vous me céder un peu de nourriture ? hurla le Melcène. On ne peut pas approcher de ces villages et je n'ai rien mangé depuis trois jours. J'ai de quoi payer.

Durnik regarda Polgara d'un air interrogateur.

— Ce n'est pas ça qui nous privera, répondit-elle avec un hochement de tête approbateur.

— D'où venait-il ? demanda Belgarath.

— Du nord, je pense, fit Silk.

— Dites-lui que c'est d'accord, Durnik, soupira le sorcier. Qui sait ? Il nous donnera peut-être des nouvelles fraîches.

— C'est bon, annonça le forgeron.

Le fonctionnaire affamé s'arrêta prudemment à une vingtaine de toises d'eux.

— Vous venez de Mal Zeth ?

— Nous sommes partis avant que l'épidémie n'éclate, mentit Silk.

— Je vais mettre l'argent sur cette pierre, proposa l'homme après un instant de réflexion, puis je vais reculer un peu. Vous n'aurez qu'à me laisser à manger à la place des pièces. Ainsi, nous ne nous mettrons pas mutuellement en danger.

— Pas bête, acquiesça Silk d'un ton amène.

Polgara prit un pain bis et une grosse tranche de fromage dans ses réserves et les confia au petit Drasnien.

Le Melcène mit pied à terre, posa quelques pièces sur la pierre et s'éloigna avec son cheval.

— D'où venez-vous, l'ami ? s'enquit Silk en s'approchant de la pierre.

— D'Akkad, à Katakor, répondit l'homme en lorgnant le pain et le fromage d'un œil avide. J'étais sous-chef du Département des Travaux publics — les routes, les enceintes fortifiées, les aqueducs, ce genre de chose, quoi. Les dessous de table n'étaient pas mirifiques, mais je ne m'en sortais pas trop mal. Enfin, je suis parti quelques heures à peine avant l'arrivée de Mengha et de ses démons.

Silk posa les provisions sur la pierre et prit l'argent.

— Nous avons entendu dire qu'Akkad était tombée il y a déjà un moment, dit-il en reculant.

Le Melcène se précipita vers les vivres, mordit à belles dents dans le fromage et détacha un énorme morceau de la miche de pain.

— Je me suis caché dans les montagnes, fit-il, la bouche pleine.

— Ce n'est pas là-bas que se trouve la ville d'Ashaba ? risqua Silk d'un air détaché.

Le Melcène avala tout rond et acquiesça d'un hochement de tête.

— C'est pour ça que je n'y suis pas resté, reprit-il en mastiquant énergiquement. La région est infestée d'énormes chiens féroces, d'horribles monstres aussi gros que des chevaux, et il y a des bandes de brigands karandaques qui massacrent tous ceux qui ont le malheur de croiser leur route. J'aurais sûrement pu les éviter, mais il se passe des choses terribles à Ashaba. On entend des bruits épouvantables du côté du château et, la nuit, d'étranges lumières brillent dans le ciel. Je n'apprécie guère le surnaturel, alors je suis parti sans demander mon reste. Il y a un mois, ajouta-t-il avec un soupir de contentement, si on m'avait proposé du pain noir et du fromage, j'aurais haussé les épaules. Aujourd'hui, je me régale comme à un banquet.

— La faim est le meilleur des condiments, lâcha Silk d'un ton sentencieux.

— Ça, c'est bien vrai.

— Pourquoi n'êtes-vous pas resté en Vennie ? Vous ne savez pas qu'il y a la peste, à Mal Zeth ?

— Ce qui se passe à Katakor ou à Mal Zeth ne peut pas être pis que ce que j'ai vu là-bas, rétorqua le voyageur avec un frisson. C'est très mauvais pour mes nerfs. Je suis ingénieur, moi. Je ne connais rien aux Démons, aux Nouveaux

Dieux et à la magie, moi. Qu'on me donne des pavés, des poutres, du mortier et quelques modestes pots-de-vin, mais qu'on ne me parle plus de toutes ces fadaises.

— De Nouveaux Dieux ? répéta le petit homme au museau de fouine. Qui parle de Nouveaux Dieux ?

— Les Chandims. Vous savez de qui il s'agit ?

— Ce ne sont pas les serviteurs d'Urvon, le disciple ?

— Je doute fort qu'ils servent encore qui que ce soit, à présent. Il y a un mois que personne n'a vu Urvon. Même ses proches, à Mal Yaska, se demandent où il est passé. Les Chandims sont déchaînés. Ils érigent des autels en rase campagne, dans toute la Vennie, et offrent des doubles sacrifices : le premier cœur à Torak, le second à ce Nouveau Dieu des Angaraks. Quiconque omet de s'incliner devant les deux autels se fait arracher le cœur sur-le-champ.

— Voilà, en effet, une excellente raison de ne pas mettre les pieds en Vennie, commenta finement Silk. Vous connaissez le nom de leur Nouveau Dieu ?

— Je ne suis pas sûr qu'il en ait un. Ils l'appellent juste le Nouveau Dieu des Angaraks, venu remplacer Torak et exercer une terrible vengeance sur le Tueur de Dieu.

— Là, je crois qu'il est question de vous, Garion, commenta tout bas Velvet.

— C'est tout ce qu'il me manquait !

— J'étais sûre que ça vous ferait plaisir.

— C'est la guerre ouverte en Vennie, continua le Melcène, et si je peux vous donner un conseil d'ami, c'est de passer bien au large de la région.

— Comment ça, la guerre ? Et contre qui ?

— Au sein de l'Eglise elle-même. Les Chandims trucident tous les vieux Grolims, ceux qui étaient restés fidèles à Torak. Les Gardiens du Temple choisissent leur camp et s'entre-tuent dans les plaines. Enfin, quand ils ne maraudent pas dans les campagnes, à brûler les fermes et à massacrer des villages entiers. On dirait que tout le monde est devenu fou en Vennie. Il faudrait vraiment être las de la vie pour y aller en ce moment. Les gens se font arrêter dans les rues, on leur demande quel Dieu ils adorent, et s'ils répondent mal, c'est la mort. Vous ne connaîtriez pas un endroit tranquille et sûr ? implora-t-il entre deux bouchées.

— Essayez la côte, suggéra Silk. Mal Abad, ou Mal Camat.

— Où allez-vous ?

— Au nord, vers la Raku. Nous allons essayer de trouver un bateau et de descendre la rivière jusqu'au lac Penn Daka.

— La région n'est pas sûre, l'ami, entre les démons de Mengha, les Grolims fous et leurs Gardiens qui auront fui la Vennie. Si la peste n'y arrive pas d'ici-là.

— Nous n'avons pas l'intention d'y rester. Nous prévoyons de traverser Delchin jusqu'à Maga Renn, puis de descendre la Magan.

— C'est un long voyage.

— J'irai jusqu'au Gandahar s'il le faut pour échapper aux démons, à la peste et à ces dingues de Grolims. En mettant les choses au pis, nous pourrons toujours nous cacher parmi les éleveurs d'éléphants. Les éléphants ne sont pas de mauvaises bêtes, en fin de compte.

— Merci pour tout, fit le Melcène avec un bref sourire, en fourrant son pain et son fromage dans les vastes poches de sa robe. Et bonne chance, à Gandahar.

— Bonne chance à vous aussi, répondit le petit Drasnien.

Le fonctionnaire melcène récupéra son cheval qui paissait non loin de là et s'éloigna.

Silk rejoignit ses amis.

— Pourquoi avez-vous pris son argent, Kheldar ? s'étonna Essaïon. Nous pouvions lui donner à manger pour rien.

— Les actes de charité inattendus et inexpliqués marquent l'imagination des gens, et la curiosité finit toujours par l'emporter sur la reconnaissance. J'ai pris son argent pour éviter que demain il nous décrive à je ne sais quels soldats un peu trop curieux.

— Oh, murmura le garçon, un peu attristé. C'est dommage que les choses se passent ainsi, hein ?

— Comme dit Sadi, ce n'est pas moi qui ai fait le monde ; j'essaie seulement de ne pas me faire refaire par lui.

— Alors, Feldegast, qu'en pensez-vous ? murmura Belgarath.

Le bateleur scruta l'horizon entre ses paupières étrécies.

— Qu'on va drouêt vers Mal Yaska, qu'est au beau milieu d'la Vennie, pas vrai ?

— Nous n'avons guère le choix. Nous avons juste le temps d'arriver à Ashaba.

— Mon p'tit doigt m'disait qu'vous seriez plus ou moins de c't'avis.

— Mais comment faire autrement ?

— Ça risque d'êt' rud'ment dangereux, Vénérable Ancien, répondit Feldegast en se grattant le crâne d'un air dubitatif. Avec ces Grolims, ces Chandims, ces Gardiens du Temple et toute la clique, si vous voyez c'que j'voulions dire.

— Ce sera toujours moins dangereux que si nous ratons notre rendez-vous à Ashaba.

— Enfin, si vous y t'nez absolument, j'devrions arriver à vous faire passer au travers.

— Parfait. Eh bien, qu'est-ce que vous attendez ?

Le curieux soupçon qui titillait Garion depuis la veille se renforça. Pourquoi son grand-père aurait-il abordé des problèmes aussi cruciaux avec un homme qu'ils connaissaient à peine ? Plus il y réfléchissait et plus il était convaincu que les choses n'étaient pas, mais alors pas du tout, aussi simples qu'elles en avaient l'air.

CHAPITRE XIV

L'après-midi tirait à sa fin lorsqu'ils arrivèrent à Mal Rakuth, une sinistre cité fortifiée tapie sur les rives d'une rivière boueuse. Une masse impressionnante de réfugiés agglutinés devant les murailles imploraient ceux qui se trouvaient à l'intérieur de les laisser entrer, mais les portes de la ville restaient inexorablement fermées et des archers bandaient leurs arcs depuis le haut des remparts et des tours, menaçant la foule, en dessous.

Garion et ses compagnons retinrent leurs montures au sommet d'une colline, à quelque distance de la cité en émoi.

— Au moins, nous sommes fixés, déclara Garion.

— Je m'y attendais plus ou moins, grommela Belgarath. De toute façon, nous n'avons rien de spécial à faire en ville, alors je ne vois pas pourquoi nous forcerions l'entrée.

— Mais comment allons-nous traverser la rivière ?

— Si j'me rappelions ben, y a un passeur à quèqu' lieues en amont, dit Feldegast.

— Le passeur va avoir aussi peur de la peste que les habitants de cette ville, non ? objecta Durnik.

— L'bac est manœuvré par des bœufs, mon bon maît', répondit le bateleur. Y a deux att'lages, un d'chaque côté, et un systèm' ed'câb', ed'poulies et tout c'qui s'ensuit. L'batelier pourra prend' not' argent et nous déposer su' l'aut' rive sans avoir b'soin d'approcher à moins d'cinquant' touèses ed'nous. Mais j'craignons qu'ça nous coûte l'os du coude.

En fait de bac, une vieille barge qui prenait l'eau de partout était attachée à un gros câble tendu d'un bord à l'autre d'une rivière aux eaux couleur de thé au lait.

— Restez où vous êtes ! hurla, en les voyant approcher, un homme aux vêtements boueux qui menait l'attelage de bœufs situé de leur côté. Je ne veux pas de vos sales maladies !

— Combien ? rétorqua laconiquement Silk.

Le gaillard plissa les yeux avec avidité en soupesant du regard leurs vêtements et leurs chevaux.

— Une pièce d'or, lâcha-t-il abruptement.

— Mais c'est du vol !

— Eh bien, vous n'avez qu'à traverser à la nage.

— Donnez-lui ce qu'il demande, soupira Belgarath.

— Ça, sûrement pas, protesta le petit homme au museau de fouine. Il ne sera pas dit que je me serai fait escroquer, même ici. Laissez-moi réfléchir... Durnik, reprit-il pensivement, sans cesser d'observer le passeur entre ses paupières étrécies, vous avez toujours votre hache à portée de la main, je suppose ?

Le forgeron acquiesça d'un hochement de tête et tapota la cognée accrochée à l'arrière de sa selle.

— Holà, marinier ! Vous ne pourriez pas revoir un tantinet votre proposition ? insista plaintivement Silk.

— Une pièce d'or, répéta obstinément le passeur.

Le petit Drasnien poussa un soupir à fendre l'âme.

— Ça ne vous ennuierait pas que nous examinions votre bateau avant ? Il ne m'a pas l'air très sûr.

— A votre aise, mais il ne bougera pas d'ici tant que je n'aurai pas touché mon or.

— La hache, ordonna Silk en se tournant vers Durnik.

Le forgeron mit pied à terre et détacha l'objet de sa selle. Les deux hommes descendirent la berge boueuse et empruntèrent la rampe inclinée menant sur le bac. Silk frappa les planches du pied à titre expérimental.

— Joli bateau, commenta-t-il à l'attention du passeur qui se tenait prudemment à l'écart. Vous êtes vraiment sûr de ne pas vouloir revoir votre prix ?

— Une pièce d'or, à prendre ou à laisser.

— C'est bien ce que je craignais. Vous en savez plus long que moi sur les bateaux, continua-t-il en flanquant un coup de talon sur le pont boueux. A votre avis, combien de temps faudrait-il à ce bateau-lavoir pour couler si mon ami ici présent faisait un grand trou dans la coque ? Avancez un peu sur le pont, Durnik, suggéra-t-il plaisamment tandis que le batelier le regardait bouche bée. Installez-vous bien ; vous allez avoir besoin de recul.

Complètement affolé, le passeur empoigna une massue et fonça vers la berge.

— Attention, l'ami ! s'exclama Silk. Nous n'avons quitté Mal Zeth qu'hier et je me sens un peu fiévreux tout à coup. J'ai dû manger un truc pas frais...

Le batelier s'arrêta net.

Durnik se fendit d'un immense sourire et commença à soulever les planches du pont, à l'avant de la barge.

— Mon ami, ici présent, est un excellent bûcheron, continua Silk sur le ton de la conversation, et sa hache est très bien affûtée. Moi, je vous parie qu'il pourrait envoyer cette barcasse par le fond en moins de dix minutes.

Durnik éprouva le fil de sa hache sur l'ongle de son pouce et regarda Silk avec une petite moue satisfaite.

— Je vais voir dans la cale, annonça-t-il. Vous le voulez grand comment, votre trou ?

— Oh, je ne sais pas, moi. Disons une toise au carré. Ça devrait suffire, vous ne croyez pas ?

— Je vais vous le dire tout de suite, répondit le forgeron en retroussant ses manches.

Il cracha dans ses mains et soupesa sa cognée d'un air très professionnel pendant que le passeur faisait des bonds sur la rive en émettant des bruits étranglés.

— Ah, mon ami ! Je suis content de voir que vous êtes prêt à négocier, fit suavement Silk. Je suis sûr que nous allons trouver un terrain d'entente, maintenant que vous avez bien compris la situation.

Un peu plus tard, alors que la barge se balançait mollement dans le courant, au milieu de la rivière, Durnik retourna vers la proue et jeta un coup d'œil par la fente qu'il avait ouverte dans le pont.

— Je me demande quelle taille de trou il faudrait faire pour saborder un engin pareil..., fit-il d'un ton méditatif.

— Pardon, mon Durnik ? demanda Polgara.

— Rien, ma Pol. Je réfléchissais tout haut. Figure-toi que j'étais en train de me dire que je n'avais encore jamais coulé de bateau.

— Ah, les hommes ! soupira-t-elle, les yeux au ciel.

— Enfin, il vaudrait mieux que je remettre les planches en place, reprit-il avec un soupçon de regret. Une fois de l'autre côté, il faudra que nous fassions descendre les chevaux.

A la tombée du jour, ils dressèrent leurs tentes dans un bosquet de cèdres près de la rivière. Le temps qui était au beau fixe depuis leur arrivée en Mallorée se couvrit après le coucher du soleil. Le tonnerre se mit à gronder et des éclairs strièrent les nuages, à l'ouest.

Après dîner, Durnik et Toth sortirent du bosquet pour inspecter les environs.

— Je crois que nous allons prendre une averse, annonça gravement le forgeron à son retour. On la sent venir.

— J'ai horreur de la pluie, surtout quand je suis dessous et à cheval, geignit Silk.

— Personne n'aime ça, Prince Kheldar, releva Feldegast. Mais quand y fait mauvais, c'est pour tout l'monde, si vous voyez c'que j'voulions dire ; et si c'que l'voyageur affamé de c't'après-midi nous a raconté est vrai, j'aimerions autant pas rencontrer l'genre ed'criatures qui rôdent en Vennie par beau temps.

— Il a parlé de Chandims, releva Sadi en fronçant les sourcils. De quoi s'agit-il au juste ?

— Les Chandims sont un ordre de l'Eglise grolime, répondit Belgarath. Après l'édification de Cthol Mishrak, Torak a changé certains Grolims en Mâtins pour patrouiller dans la région. Quand il a sombré dans le coma, après Vo Mimbre, Urvon en a reconverti la moitié en hommes. Ceux qui ont repris forme humaine sont tous plus ou moins versés dans la sorcellerie et ils ont le pouvoir de communiquer avec ceux qui sont restés Mâtins. Ils sont unis par un lien étroit, comme une meute de chiens sauvages, et aveuglément dévoués à Urvon.

— D'où son pouvouère, ajouta Feldegast. D'ordinaire, les Grolims passent leur temps à intriguer les uns cont' les aut' et à comploter cont' leurs supérieurs, mais avec les Chandims d'Urvon, les Grolims ed' Mallorée s'tiennent tranquilles ed'puis pus d'cinq cents ans, maint'nant.

— Et les Gardiens du Temple ? reprit l'eunuque. Ce sont aussi des Chandims, ou de simples Grolims ?

— Rien de tout ça. Enfin, normalement, rectifia Belgarath. Il y a quelques Grolims parmi eux, bien sûr, mais ce sont surtout des Angaraks de Mallorée. Ils ont été recrutés devant Vo Mimbre pour former la garde personnelle de Torak.

— Pourquoi un Dieu aurait-il besoin de gardes du corps ?

— Ça, j'avoue que je ne l'ai jamais très bien compris moi-même, convint le vieux sorcier. Enfin, après Vo Mimbre, il en restait quelques uns : de nouvelles recrues, des vétérans qui avaient été blessés dans des batailles antérieures et renvoyés chez eux, des gens de cette espèce. Urvon les a convaincus qu'il parlait au nom de Torak, et ils lui ont prêté serment d'allégeance. Par la suite, ils ont enrôlé d'autres jeunes Angaraks pour compléter leurs effectifs. Ils ne se contentent plus, aujourd'hui, de garder le Temple. Quand Urvon a compris que les frictions avec les empereurs de Mallorée risquaient de s'envenimer, il a décidé de se doter d'une force combattante et en a fait une véritable armée.

— Tout l'monde y trouve son compte, souligna Feldegast. Les Chandims apportent à Urvon l'genre d'sorcell'rie dont il a b'soin pour qu'les aut' Grolims s'tiennent à carreau, et les Gardiens du Temple ont just' la force de conviction qu'y faut pour dissuader l'bas peup' de s'révolter cont' eux.

— Ces Gardiens ne seraient donc pas des soldats ordinaires, souligna Durnik.

— Pas vraiment. Ce seraient plutôt des chevaliers, confirma Belgarath.

— Vous voulez dire des lascars comme Mandorallen, bardés de cuirasses d'acier, montés sur des destriers caparaçonnés et armés de lances, de boucliers et tout le fourniment ?

— Y sont loin d'avouère autant d'allure, mon bon maît', répondit Feldegast. Y z'ont des lances, des casques pis des boucliers, pour sûr, mais pour el'rest', y z'ont qu'des cottes ed'mailles. Y z'ont tout d'même un point commun avec les Arendais : rein dans l'crâne. Ça doit v'nir ed'tout c't'acier qu'y trimbalent ; pour moué, c'est ça qui leur liquéfie la cervelle.

— Tu te sens d'attaque ? demanda Belgarath en jaugeant Garion du regard.

— Comment ça ?

— Eh bien voilà : nous avons davantages de chances de rencontrer des Gardiens plutôt que des Chandims, mais si nous entreprenons de faire vider les étriers à ces hommes bardés de fer par le Vouloir et par le Verbe, il est à craindre que le bruit n'attire les Chandims comme un phare.

— Enfin, Grand-père, tu veux rire ! s'exclama Garion en ouvrant de grands yeux. Je ne suis pas Mandorallen.

— Je t'accorde que tu as un tout petit peu plus de cervelle.

— Je ne vous permettrai pas d'insulter mon chevalier ! protesta Ce'Nedra avec fougue.

— Vous, ta gueule, fit distraitement Belgarath.

— Ma gueule ?

— Vous avez bien entendu.

Il lui jeta un regard si noir qu'elle déclara forfait et se réfugia derrière Polgara.

— L'avantage, Garion, reprit suavement le vieux sorcier, c'est que tu as appris au contact de Mandorallen comment négocier ce genre de situations. Tu disposes d'une expérience précieuse qui nous fait défaut à nous autres.

— L'ennui, c'est que je n'ai pas d'armure.

— Tu as une cotte de mailles.

— Mais pas de casque. Ni de bouclier.

— Ça devrait pouvoir s'arranger, proposa Durnik.

— Durnik, fit Garion en regardant longuement son vieil ami, tu sais que je suis très déçu ?

— Tu n'as pas peur, tout de même, Garion ? demanda Ce'Nedra d'une toute petite voix.

— Non, enfin... pas vraiment. C'est plutôt que je trouve ça stupide. Ça me paraît tellement ridicule.

— Dis-moi, Pol, tu n'aurais pas un vieux chaudron à me donner ? demanda le forgeron.

— Quelle taille ?

— Pas trop grand, sinon il va lui tomber sur les yeux.

— Là, c'en est trop ! s'exclama Garion. Je ne m'affublerai pas d'une passoire en guise de casque. C'était bon pour quand j'étais tout petit.

— Je te l'arrangerai un peu, promis. Et puis, avec le couvercle, je vais te faire un joli bouclier.

Garion s'éloigna en jurant et en sacrant.

Velvet observait Feldegast en étrécissant les yeux, et ses fossettes avaient déserté ses joues.

— Vous savez ce qui m'intrigue ? murmura-t-elle. C'est qu'un saltimbanque qui joue pour quelques piécettes dans des tavernes perdues au fin fond des campagnes, en sache aussi long sur les rouages de la société grolime de Mallorée...

— Eh bé, ma p'tite dame, c'est qu'j' n'étions point aussi stupide qu'j'en avions l'air, répondit le jongleur. J'avions point les yeux dans ma poche, et j'savions m'servir ed'mes oreilles.

— Belle esquive, commenta Belgarath en connaisseur.

— Ouais, hein ? approuva le jongleur avec un sourire tordu. Maint'nant, continua-t-il en reprenant sa gravité, comme dit mon vieil ami ici présent, y a peu d'chances qu'on voué des Chandims s'y s'met à pleuvoir, vu qu'dans c'cas-là les chiens ont général'ment l'bon sens d'rester au ch'nil. Y faut vraiment qu'y z'aient un pressant b'soin d'sortir pour met' el'nez dehors quand y fait mauvais temps. Il est beaucoup pus probab' qu'nous tombions sur des Gardiens du Temp', car les ch'valiers, d'où qu'y soient, sembl' sourds au crépit'ment d' la pluie su' leur armure. M'est avis qu'not' jeune roi ici présent s'rait d'taille à affronter n'import' quel Gardien en combat singulier, mais y s'pourrait qu'y nous tomb' ed'sus à plusieurs. Si ça s'produisait, vous affolez point ; rapp'lez-vous qu'dès l'instant qu'un ch'valier commence à charger, y lui est très difficile d'changer d'direction ou simplement d'esquiver. Un pas d'côté et un bon coup su' l'corgnolon d'vrait suffire à l'faire rouler à bas d'sa monture, et un homme en armure, une fois à terre, est comme une tortue su' l'dos, si vous voyez c'que j'voulions dire.

— On dirait que vous avez déjà fait le coup plusieurs fois, remarqua Sadi.

— J'avions eu ma part d'accrochages avec les Gardiens du Temp', admit Feldegast, et vous r'marqu'rez qu'j'suis toujours là pour en parler.

Durnik mit dans le feu le pot de fer que lui donna Polgara. Lorsqu'il fut chauffé au rouge, il le retira à l'aide d'un gros bâton, plaça un couteau à la lame cassée sur une roche arrondie, posa le récipient dessus, prit sa hache, la retourna et appuya le plat sur le fond.

— Vous allez le fendre, pronostiqua Silk. Le fer moulé, comme ça, est trop cassant pour être forgé.

— Faites-moi confiance, répondit le forgeron avec un clin d'œil.

Il inspira un bon coup et commença à marteler le chaudron. Ses coups ne lui arrachaient pas le cliquetis assourdi du fer coulé mais le tintement clair de l'acier, un bruit qui avait bercé toute l'enfance de Garion. Le forgeron modifia habilement la forme du pot, le changeant en un casque au sommet aplati, doté d'un farouche nasal et de lourdes flasques destinées à protéger les joues. Garion comprit que son vieil ami trichait quelque peu à l'imperceptible bruit de vague et au champ de force qu'il dirigeait vers le casque émergeant peu à peu d'entre ses mains.

Durnik plongea le casque dans un seau d'eau qui se vaporisa aussitôt avec un furieux sifflement et considéra le couvercle du chaudron qu'il avait l'intention de convertir en bouclier. Ça n'irait pas tout seul... Il commença à le marteler tout en réfléchissant. Il était évident que s'il lui donnait une taille suffisante pour qu'il offrît une quelconque protection, il serait si mince qu'il ne résisterait pas à un coup de dague, sans parler d'un coup de lance ou d'épée. Il changea sa hache de main et adressa un signe énigmatique à Toth. Le colosse hocha la tête, alla vers la rivière, en revint avec un seau de terre glaise qu'il déversa au centre du bouclier chauffé au rouge. L'argile se mit à siffler et à crépiter pendant que Durnik continuait à frapper le métal.

— Hem... Tu sais, Durnik, intervint Garion, je ne voudrais pas que tu le prennes mal, mais je ne me vois pas bien avec un bouclier de porcelaine.

— Regarde plutôt ça, suggéra le forgeron avec un sourire malicieux, sans changer de rythme.

Garion observa le bouclier et ouvrit de grands yeux. Son ami martelait un disque d'acier massif, chauffé au rouge.

— Comment as-tu fait ce coup-là ? demanda-t-il, estomaqué.

— La transmutation ! hoqueta Polgara. Il a changé un élément en un autre ! Durnik, où as-tu appris à faire une chose pareille ?

— Oh, c'est juste un petit truc que j'ai trouvé comme ça, répondit-il en riant. Il suffit d'avoir un peu d'acier au départ — cette vieille lame de couteau, par exemple — pour en obtenir tant qu'on veut à partir de n'importe quel matériau : du fer, de l'argile, ce qu'on a sous la main.

Ce'Nedra le regardait en ouvrant des yeux comme des soucoupes.

— Durnik, murmura-t-elle d'un ton proche de la vénération, vous auriez pu changer la boue... en or ?

— Sûrement, convint Durnik après réflexion, tout en continuant son ouvrage. Mais l'or est trop lourd et trop mou pour faire un bon bouclier, vous ne croyez pas ?

— Vous pourriez m'en faire un en or, pour moi ? le supplia-t-elle. Il n'aurait pas besoin d'être aussi grand. Enfin, pas tout à fait. Je vous en prie, Durnik...

Durnik acheva le tour de l'écu dans une gerbe d'étincelles rouge cerise. Le tintement de l'acier était presque musical à présent.

— Je ne suis pas sûr que ce soit une bonne idée, Ce'Nedra, répondit-il. La valeur de l'or est liée à sa rareté. Si je me mettais à en faire avec de l'argile, il ne vaudrait bientôt plus rien. Vous devez comprendre ça.

— Mais...

— Non, Ce'Nedra, décréta-t-il fermement.

— Garion..., fit-elle d'une petite voix implorante.

— Il a raison, ma chérie.

— Enfin...

— Laisse tomber, Ce'Nedra, je t'assure.

Le feu n'était plus que braises. Garion s'éveilla en sursaut et se redressa d'un bond, couvert de sueur et tout tremblant. Le vagissement qu'il avait entendu la veille avait de nouveau retenti à ses oreilles, lui déchirant le cœur. Il resta longtemps assis à contempler la lueur palpitante des tisons qui rougeoyaient encore sous la cendre. Puis la sueur sécha sur son corps et son tremblement s'apaisa.

Ce'Nedra respirait régulièrement à côté de lui. Rien ne bougeait dans leur campement bien abrité sous les cèdres. Il se coula discrètement hors des couvertures et s'approcha de la lisière du bosquet. Il regarda d'un œil morne le ciel d'encre posé comme un couvercle sur les ténèbres des champs déserts. Puis, comme il n'avait pas mieux à faire, il retourna se coucher et dormit d'un sommeil agité jusqu'à l'aube.

Lorsqu'il se réveilla, il bruinait. Durnik ranimait le feu sous une petite pluie fine, régulière et qui promettait d'être fort désagréable. Il se leva sans bruit et rejoignit son ami.

— Je pourrais t'emprunter ta hache ? Il va me falloir une lance pour aller avec tout ça, expliqua-t-il avec un regard écœuré au casque et au bouclier posés sur sa cotte de mailles, près de leurs paquetages.

— Oh, fit le forgeron. J'allais oublier ! Tu crois que tu en auras assez d'une ? Il arrive aux lances de se rompre, tu comprends. Ou alors, celles de Mandorallen n'étaient pas solides.

— Je ne vais sûrement pas en trimbaler plus d'une. Et puis, en cas de besoin, je pourrai toujours me rabattre sur ce grand couteau, fit Garion avec un mouvement du pouce par-dessus son épaule vers la poignée de son épée.

La pluie pénétrante et glaciale qui avait commencé à tomber peu avant l'aube présentait l'inconvénient supplémentaire de rendre brumeux et indistincts les champs qui bordaient la route. Sitôt le petit déjeuner avalé, ils prirent leurs houppelandes dans leurs paquets et s'apprêtèrent à affronter une morne journée. Garion enfila sa cotte de mailles, rembourra son casque avec une vieille tunique et se l'enfonça sur la tête. Il se sentait complètement idiot. Il s'approcha de Chrestien dans un grand bruit de ferraille afin de le seller et se rendit compte que sa cotte de mailles, qui sentait déjà mauvais en temps normal, semblait encore attirer le froid par ce sinistre matin de pluie. Il regarda sa lance toute neuve et son bouclier rond.

— Ça va être pratique, maugréa-t-il.

— Tu devrais essayer d'accrocher ton bouclier au pommeau de ta selle et d'appuyer le bout de ta lance dans ton étrier, à côté de ton pied, suggéra Durnik. C'est comme ça que faisait Mandorallen.

— Tu as raison, je vais tâcher.

Il se hissa sur sa selle. Il était déjà en sueur sous sa lourde cotte de mailles. Durnik lui tendit son bouclier. Il en passa la courroie par-dessus le pommeau de sa selle, puis il prit sa lance et en fourra le bout dans son étrier, se coinçant les orteils au passage.

— Il va falloir que tu la maintiennes, l'avertit le forgeron. Elle ne tiendra pas debout toute seule.

Garion acquiesça d'un grommellement et serra la hampe de sa lance dans sa main droite.

— Tu sais que tu as l'air très impressionnant comme ça, mon chéri ? constata Ce'Nedra.

— Ça me fait bien plaisir, répondit-il sèchement.

Ils sortirent du bosquet de cèdres et reprirent la route. Garion menait la marche. Il se sentait parfaitement ridicule dans ce déguisement guerrier.

Il s'aperçut très vite que la pointe de sa stupide lance s'obstinait à tomber vers le sol. Il changea de prise et fit glisser sa main sur la hampe jusqu'à ce qu'il trouve le centre de gravité. Mais toute la pluie dévalait ladite hampe, coulait sur sa main moite et s'engouffrait dans sa manche. Son coude fut bientôt changé en gouttière.

— Je comprends enfin ce que ressent une gargouille, ronchonna-t-il.

— Allons-y, répondit Belgarath d'un ton pressant. Nous ne sommes pas arrivés à Ashaba et je n'ai pas besoin de te rappeler que le temps presse.

Garion talonna son grand étalon gris qui bondit en avant. Il le mit d'abord au trot, puis au grand galop et il se sentit tout à coup un peu moins idiot.

La route que Feldegast leur avait indiquée la veille au soir était généralement peu fréquentée, et ce matin elle était complètement déserte. Elle passait devant des fermes abandonnées, de funèbres carcasses envahies par les ronces et les restes moisis de leurs toits de chaume. Quelques-unes avaient été incendiées, parfois tout récemment.

La route était à présent détrempée, et les sabots de leurs chevaux soulevaient des gerbes de boue qui leur couvrait les pattes et le ventre et éclaboussait les bottes et les capes de leurs cavaliers.

Silk chevauchait à côté de Garion, les yeux en éveil dans son museau de fouine. Lorsqu'ils gravissaient une colline, il talonnait son cheval et partait en éclaireur.

Vers le milieu de la matinée, Garion était trempé comme une soupe et de fort méchante humeur. Il ne supportait plus le poids et l'odeur aigre de sa cotte de mailles. Il élevait une prière fervente vers le ciel pour qu'il cesse de pleuvoir lorsque Silk revint vers lui au galop, l'air tout excité, et donna le signal de la halte.

— Des Grolims, droit devant, annonça-t-il d'une voix tendue.

— Combien ? demanda Belgarath.

— Deux douzaines environ. Ils tiennent un genre de cérémonie religieuse.

— Allons voir ça, bougonna le vieux sorcier. Garion, laisse ta lance à Durnik. Tu vas accrocher les nuages avec. Inutile d'attirer l'attention.

Garion obtempéra sans discuter et suivit Silk, Belgarath et Feldegast qui gravissaient la butte. Ils mirent pied à terre juste avant d'arriver en haut et s'approchèrent avec circonspection en s'abritant derrière les broussailles.

Des prêtres en robe noire étaient agenouillés dans l'herbe trempée, face à deux sinistres autels de pierre dressés à flanc de coteau. Une forme inerte gisait devant chacun d'eux, dans une mare de sang. Chaque autel était flanqué d'un brasero crachouillant, et deux colonnes jumelles de fumée noire montaient vers le ciel éploré. Les Grolims chantaient, c'est-à-dire qu'ils émettaient cette lugubre plainte que Garion avait trop souvent entendue, mais dont il ne comprenait pas les paroles.

— Des Chandims ? chuchota Belgarath.

— Ça, Vénérab' Ancien, c'est difficile à affirmer, répondit le jongleur. C'est c'qu'on pourrait penser au vu du doub' sacrifice, mais la pratique s'en est p't'êt' répandue dans l'Eglise grolime. Les Grolims ont toujours été prompts à saisir les chang'ments d'mode suggérés par leur hiérarchie. Enfin, Chandims ou non, j'croyons plus prudent d'les éviter. V'z'avez point entrepris une croisade cont' les Grolims, que j'sachions ?

— Il y a un petit bois à l'est de la vallée, indiqua Silk. Nous pourrions passer par là ; ils ne devraient pas nous voir entre les arbres.

Belgarath approuva d'un grommellement.

— Vous pensez qu'ils vont prier longtemps comme ça ? s'enquit Garion.

— J'dirions qu'y z'en ont encore pour eun' bonne demi-heure, répondit Feldegast.

A la vue des deux autels, Garion se sentait envahi par une rage froide, une envie de tout casser.

— Je conclurais bien la cérémonie par une apparition personnelle, dit-il entre ses dents.

— Jamais de la vie, coupa Belgarath. Tu n'es pas là pour jouer les redresseurs de torts. Retournons auprès des autres et tâchons de nous esquiver avant que ces Grolims aient fini leurs simagrées.

Ils se glissèrent sans bruit dans le bois ruisselant qui contournait la partie orientale de la vallée où les Grolims s'adonnaient à leurs rites infâmes et regagnèrent la route boueuse à une demi-lieue de l'endroit où ils l'avaient quittée. Garion reprit la tête de la colonne et ils remirent leurs chevaux au galop.

Quelques lieues plus loin, ils passèrent devant un village incendié d'où montait une colonne de fumée noire. Il ne virent pas âme qui vive, mais ils repérèrent des signes de lutte autour des maisons ravagées par les flammes.

Ils continuèrent leur chemin sans s'arrêter.

La pluie cessa vers le milieu de l'après-midi, toutefois le ciel resta couvert. En franchissant une nouvelle ondulation de terrain, ils virent un cavalier à l'autre bout de la vallée. Garion était encore trop loin pour distinguer les détails, mais il était clair que l'étranger brandissait une lance.

— Qu'est-ce que je fais ? hurla-t-il par-dessus son épaule.

— Ce pour quoi tu portes une armure et une lance, tiens, rétorqua Belgarath.

— Tu ne crois pas que je devrais lui laisser une chance de s'écarter ?

— Pour quoi faire ? demanda Feldegast. Y va point s'effacer pour vous faire plaisir. Vot' seule présence ici avec c'te lance et c'bouclier constitue eun' provocation qu'y peut guère laisser passer. Flanquez-le à bas d'sa monture, mon jeune maît'. L'jour tire à sa fin, si vous voyez c'que j'voulions dire.

— Très bien, soupira Garion.

Il boucla la courroie de son bouclier à son bras gauche, assujettit fermement son casque sur sa tête et souleva le bout de sa lance de son étrier. Chrestien frappait déjà le sol du sabot en renâclant d'un air de défi.

— Encore un enthousiaste, marmonna Garion. Enfin, allons-y, puisqu'il le faut.

Le gros destrier gris fonça dans un bruit de tonnerre, ni tout à fait au galop ni véritablement à fond de train ; il chargeait délibérément, implacablement, d'une façon que l'on ne pouvait qualifier que de meurtrière.

L'adversaire parut d'abord un peu surpris par cet assaut sans sommations. Après tout, il avait été frustré des défis, des menaces et des insultes coutumières. Après avoir farfouillé un moment avec son équipement, il réussit à mettre son bouclier en place et à assurer une prise convenable sur sa lance. Il semblait assez massif, mais ça venait peut-être de son harnachement. Il avait une sorte de cotte de mailles qui lui arrivait aux genoux, un casque rond, muni d'une visière, et une grande épée au côté. Il rabattit sa visière dans un grand claquement métallique et piqua des deux.

Garion avait suffisamment observé Mandorallen pour savoir, au moins théoriquement, ce qu'il avait à faire. Il se tassa derrière son bouclier, abaissa sa lance et la pointa droit sur l'homme en armure qui fonçait sur lui depuis l'autre bout de la vallée. Les champs humides qui bordaient la route semblèrent devenir flous. La distance qui le séparait de l'étranger diminua avec une rapidité inquiétante. Il n'eut que le temps de voir les gerbes de boue qui jaillissaient sous les sabots du cheval de son adversaire, puis, au dernier moment, juste avant qu'ils se rentrent dedans, il s'arc-bouta sur ses étriers ainsi que le lui avait appris Mandorallen, se pencha en avant en prévision de l'impact et visa soigneusement le bouclier du Gardien avec sa lance.

Le choc fut terrible. La lance de son adversaire vola en éclats et il se retrouva criblé d'échardes voltigeant en tous sens. Mais, tout en étant aussi solide que celle de l'autre, sa propre lance de cèdre fraîchement coupé était beaucoup plus souple. Elle se plia en deux comme un arc bandé à bloc et se redressa brutalement. Le Gardien n'eut pas le temps de comprendre ce qui lui arrivait. Il fut tout à coup soulevé de sa selle et décrivit une magnifique parabole dans le firmament avant de retomber sur le crâne, au beau milieu de la route.

L'énorme cheval gris de Garion passa près de lui à un train d'enfer et consentit enfin à s'arrêter. C'est-à-dire qu'il se cabra et s'arrêta. Le Gardien était étalé sur le dos, dans la boue, et ne bougeait pas. Garion fit avancer son destrier au pas vers le sol jonché de débris, en pointant prudemment sa lance vers son ennemi à terre.

— Ça va ? lui demanda-t-il.

Il n'y eut pas de réponse.

Garion descendit de cheval avec la circonspection de rigueur et troqua sa lance contre l'épée de Poing-de-Fer.

— Hé, ça va, là-dedans ? appela-t-il à nouveau en enfonçant le bout de son pied dans les côtes de l'homme.

Garion glissa la pointe de son épée sous la visière du Gardien et la souleva. Il avait les yeux complètement révulsés ; on n'en voyait plus que le blanc, et un filet de sang coulait de son nez.

Ses compagnons s'approchèrent au galop. Ce'Nedra se laissa tomber à bas de sa monture sans attendre qu'elle s'arrête et se pendit au coup de Garion.

— Tu as été merveilleux, Garion ! Absolument meeerveilleux !

— Oui, ça ne s'est pas trop mal passé, répondit-il modestement en jonglant de son mieux avec son épée, son bouclier et sa femme. Tu crois qu'il va s'en sortir, Tante Pol ? demanda-t-il à la sorcière qui mettait pied à terre à son tour. J'espère que je ne l'ai pas trop amoché.

Elle examina l'homme affalé au milieu de la route.

— Il s'en tirera, mon chou, lui assura-t-elle. Il est juste assommé.

— Beau boulot, commenta Silk.

— Tu veux que je te dise ? fit Garion en se fendant d'un immense sourire. Eh bien, je crois que je commence à comprendre pourquoi Mandorallen aime tellement ça. C'est exaltant.

— Ça doit v'nir du poids d'l'armure, Vénérab' Ancien, observa Feldegast avec un soupir mélancolique. Ça leur appuie tell'ment su' les épaules qu'ça leur extrait tout l'jus du m'lon, ou quèqu'chose dans c'goût-là.

— Allons-y, suggéra Belgarath.

Le lendemain matin, ils s'engageaient dans la vaste vallée de Mal Yaska, la capitale ecclésiastique de la Mallorée où le Disciple Urvon avait son palais. Le ciel était toujours couvert, mais la pluie avait cessé et le vent commençait à sécher la boue de la route et l'herbe des bas-côtés. La vallée était jonchée de campements, de petits groupes de gens qui avaient fui les démons au nord et la peste au sud. Chacun se tenait craintivement à l'écart de ses voisins et semblait déterminé à défendre farouchement son isolement, par les armes au besoin.

Contrairement aux portes de Mal Rakuth, celles de Mal Yaska étaient grandes ouvertes, mais des détachements de

Gardiens du Temple patrouillaient devant, armés jusqu'aux dents.

— Pourquoi n'entrent-ils pas en ville ? s'étonna Durnik en regardant les tentes des réfugiés.

— Mal Yaska n'est point l'genre d'endrouê où on va pour l'plaisir, répondit Feldegast. Quand les Grolims cherchent des gens à sacrifier sur leurs autels, il est déconseillé d'êt' dans l'coin. Mon vieil ami s'rait-il intéressé par eun' p'tite suggestion ? demanda-t-il avec un clin d'œil à Belgarath.

— Voyons toujours.

— Y s'rait p't'êt bon d'savouère c'qui peut ben s' passer là-haut, fit-il en indiquant du doigt les pics enneigés qui se dressaient sur l'horizon, au nord. Pisque j'connaissions Mal Yaska comme ma poche et que j'savions comment éviter les Grolims, vous croyez point qu'ça vaudrait l'coup qu'j'aillions fur'ter eun' p'tite heure du côté d'la place du marché histouère de vouère c'que j'pouvions glaner ?

— Ce n'est pas bête, Belgarath, approuva gravement Silk. Je n'aime pas foncer tête baissée dans des endroits que je ne connais pas.

Le vieux sorcier réfléchit un instant en considérant le petit bateleur.

— Très bien, dit-il enfin. Mais vigilance, vigilance ! Et pas question de mettre les pieds dans une taverne, hein ?

— Y a pas d'endrouêts d'ce genre à Mal Yaska, soupira Feldegast. Les Grolims du coin sont farouch'ment cont' les p'us inoffensifs plaisirs.

Il fit claquer les rênes de sa mule et s'engagea dans la plaine en direction des noires murailles de la cité d'Urvon.

— Vous ne trouvez pas ça un peu contradictoire ? s'étonna Sadi. D'abord il dit qu'il est trop dangereux d'aller en ville, et puis il y va quand même, et tout seul.

— Il sait ce qu'il fait, commenta Belgarath. Il n'a rien à craindre.

— Nous ferions aussi bien de manger quelque chose en l'attendant, suggéra Polgara.

Ils s'éloignèrent un peu de la route et mirent pied à terre dans un endroit dégagé.

Garion posa sa lance, ôta son casque et grattouilla son crâne en sueur tout en regardant d'un œil méditatif, par-delà les campements de réfugiés affolés, cramponnés à la boue de la plaine, la ville qui était le siège du pouvoir ecclésiastique en Mallorée. La cité était vaste, assurément, mais sans commune mesure avec Mal Zeth. Les hautes murailles surmontées de créneaux protégeaient de lourdes tours carrées, massives. Les pierres exsudaient une sorte de laideur implacable, comme si des siècles d'infamie et de sang versé s'étaient incrustés dedans. Du centre de la ville montait la colonne de fumée noire, révélatrice, et il crut entendre vibrer au loin le sinistre gong du Temple de Torak. Il tourna enfin la tête en soupirant.

— Ça ne durera pas éternellement, dit fermement Essaïon qui s'était approché de lui. Nous verrons bientôt la fin de tout ceci. Les autels seront abattus, les Grolims raccrocheront leurs couteaux et les laisseront rouiller.

— Tu crois vraiment, Essaïon ?

— Oui, Belgarion. Vraiment.

Ils mangèrent un morceau et Feldegast revint peu après, le visage sombre.

— La situation est p't'êt' un peu pus sérieuse qu'nous n'pensions, Vénérab' Ancien, commença-t-il en se laissant tomber à bas de son bourricot. La ville est aux mains des Chandims et les Gardiens du Temp' leur obéissent au douêt et à l'œil. Les Grolims qu'ont point voulu changer d'méthodes s'sont tous terrés quèqu'part, mais les Mâtins d'Torak les débusquent dans leurs planques et les mettent en pièces.

— J'avoue que ces Grolims ne m'inspirent qu'une compassion limitée, susurra Sadi.

— Ça, pour sûr qu'allions point pleurer sur leur sort, acquiesça Feldegast. Mais on raconte su' la place du marché qu'les Chandims, leurs Mâtins *et* leurs Gardiens font tous mouv'ment vers la frontière ed'Katakor.

— Malgré les Karandaques et les démons de Mengha ? releva Silk, surpris.

— J'avions point réussi à tirer c't'affaire au clair. Personne n'a pu m'dire ni quouè ni qu'est-ce, mais c'qu'est sûr, c'est qu'les Chandims et les Gardiens ont point l'air d's'inquiéter d'Mengha, d'son armée ou d'ses démons.

— De là à penser qu'ils auraient partie liée..., subodora le petit Drasnien.

— C'est quèqu'chose qu'on commençait à s'dire depuis un p'tit moment, lui rappela Feldegast.

— Ils auraient fait alliance ? hasarda Belgarath en fronçant le sourcil.

— C'est difficile à affirmer avec certitude, Vénérab' Ancien, mais c't'Urvon est un comploteur, et y a toujours eu des frictions avec el'trône impérial à Mal Zeth. S'il a réussi à s'met' Mengha dans la poche, Kal Zakath a intérêt à numéroter ses abattis.

— Urvon est en ville ? demanda Belgarath.

— Non. Personne n'a l'air ed'savouère au juste où il est passé, mais c'qu'est sûr, c'est qu'y n'est point au palais.

— C'est très bizarre, commenta Belgarath.

— Très étrange en vérité, confirma le jongleur. Mais quouè qu'y fasse ou qu'il ait prévu d'faire, c'que j'pouvions vous dire, c'est qu'on a intérêt à y aller à pas de loup une fouès qu'on aura franchi la frontière de Katakor. Quand on additionne les Mâtins, plus les Gardiens du Temple, plus les démons, plus les Karandaques qui sont d'jà là-bas, ça va pas êt' eun' prom'nade ed'santé d'approcher d'la maison d'Torak à Ashaba, moué j'vous l'disions.

— Nous n'avons pas le choix. Nous devons aller à Ashaba et nous irons, répéta le vieux sorcier avec une sinistre détermination. Et si quoi que ce soit, Mâtin, humain ou démon, tente de nous mettre des bâtons dans les roues, eh bien... euh, nous aviserons le moment venu.

CHAPITRE XV

Ils passèrent devant le sinistre fief de l'Eglise grolime, sous le regard suspicieux des Gardiens en armure qui en défendaient les portes et des Grolims encapuchonnés postés sur les funestes remparts.

— Vous croyez qu'ils vont nous filer ? demanda Durnik.

— C'est peu probable, répondit Sadi. Regardez autour de vous, les milliers d'hommes campés ici ; ni les Gardiens ni les Grolims ne se donneront la peine de les suivre lorsqu'ils repartiront.

— Vous devez avoir raison, acquiesça le forgeron.

Vers la fin de l'après-midi, Mal Yaska était déjà loin. Le ciel s'était encore assombri et les cimes enneigées de Katakor se dressaient à l'horizon, sous les nuages noirs qui filaient vers l'est.

— Alors, Vénérab' Ancien, vous préférez vous arrêter pour la nuit ou entrer d'abord à Katakor ? s'informa Feldegast.

— Nous sommes encore loin de la frontière ?

— Tout près, Vénérab' Ancien.

— Elle est gardée ?

— Habituellement, oui.

— Silk, allez voir ce qui se passe là-bas.

Le petit Drasnien talonna son cheval et partit au galop.

— Très bien, reprit Belgarath en donnant le signal de la halte. Tous les voyageurs que nous avons rencontrés cet après-midi fuyaient vers le sud. Personne n'allait *vers* Katakor. Or un homme qui fuit ne s'arrête pas à la frontière ; il fonce tête baissée. Il est donc fort possible qu'il n'y ait pas âme qui vive à plusieurs lieues à la ronde, du côté de Katakor. Si la frontière n'est pas gardée, nous pourrons la franchir et nous arrêter pour la nuit de l'autre côté.

— Et si la frontière est gardée ? hasarda Sadi.

— Nous passerons quand même, décréta le vieux sorcier.

— Ça promet d'être mouvementé.

— Exact. Et alors ?

Silk revint un quart d'heure plus tard.

— Il y a une dizaine de Gardiens au poste frontière, annonça-t-il.

— Vous voyez une possibilité de les prendre par surprise ? s'enquit Belgarath après un chapelet de jurons choisis.

— Difficilement. La route est toute droite et rigoureusement dégagée sur un quart de lieue de part et d'autre de la ligne de démarcation.

— Ce qui leur donnera amplement le temps de se mettre en selle. Bien. Nous ne leur laisserons pas le loisir de préparer grand-chose. Pensez à ce que disait Feldegast : ne perdez pas les pédales. Ne prenez aucun risque, mais débrouillez-vous pour faire mordre la poussière à tous ces Gardiens dès le choc initial. Pol, tu resteras en arrière avec les dames. Et Essaïon.

— Mais..., protesta Velvet.

— Ne discutez pas, Liselle, pour une fois.

— Pourquoi Dame Polgara ne les endormirait-elle pas comme les espions de Mal Zeth ? suggéra Sadi.

— Ça ne marche pas sur les Grolims, et il y en a parmi les Gardiens, rétorqua Belgarath en secouant la tête. Nous allons être obligés, pour cette fois, et par mesure de sécurité, de faire appel à la force.

Sadi hocha la tête d'un air entendu, mit pied à terre et ramassa une branche morte sur le bas-côté de la route.

— Je tiens à ce que vous sachiez que ce n'est pas mon mode d'action préféré, déclara-t-il hautement en flanquant sur le talus quelques coups de son gourdin improvisé pour en dégarnir le bout et en éprouver la solidité.

Ses compagnons s'armèrent suivant son exemple, remontèrent en selle et repartirent.

La frontière était matérialisée par un poteau blanc placé en travers de la route, sur deux montants plantés de chaque côté. Une douzaine de chevaux étaient attachés devant un bâtiment de pierre peint en blanc. Des lances étaient appuyées sur l'un des murs de côté. Un Gardien en cotte de mailles faisait les cent pas sur la route, devant la barrière, l'épée en bandoulière.

— Bon, fit Belgarath. Allons-y, et finissons-en le plus vite possible. Attends-nous ici, Pol.

— Je suppose que je ferais aussi bien de prendre la tête, soupira Garion.

— Nous étions sûrs que tu nous le proposerais, nota Silk avec un sourire qui dévoila toutes ses dents.

Garion laissa passer. Il resserra la courroie de son bouclier, assujettit son heaume et souleva le bout de sa lance de son étrier comme s'il avait fait ça toute sa vie.

— Tout le monde est prêt ? demanda-t-il en parcourant ses compagnons du regard.

Il abaissa sa lance, éperonna son cheval et mena la charge.

Le Gardien de faction devant la barrière jeta un coup d'œil surpris aux forcenés qui fonçaient sur lui et fila ventre à terre vers le poste de douane en braillant pour avertir ses collègues embusqués à l'intérieur. Il détacha fébrilement son cheval, monta en selle tant bien que mal, se pencha pour cueillir une lance et se posta au milieu de la route. Les autres surgirent du bâtiment en se bousculant et récupérèrent leur matériel dans le plus grand désordre.

Garion était déjà à mi-chemin de la barrière que les Gardiens, à part deux ou trois un peu moins maladroits que les autres, se bagarraient encore avec leurs armes et les guides de leurs chevaux. Celui qui avait donné l'alerte affronta seul la charge.

Le résultat était assez prévisible.

Garion laissa son ex-adversaire à terre et fonça sur un second Gardien qui s'engageait enfin à cheval sur la piste. Il ne lui laissa pas le temps de prendre la moindre initiative, ou de tourner bride. Le bouclier de l'homme encaissa un tel choc que son cheval se renversa, mais le cavalier tomba avant sa monture, qui lui roula dessus en poussant des cris stridents et en agitant les pattes, complètement affolée.

Garion se serait bien arrêté là, mais son grand étalon gris avait pris le mors aux dents. Il vola par-dessus la barrière et fonça droit devant lui. Garion jura, relâcha sa traction sur les rênes, se pencha sur l'encolure de son cheval et lui tordit une oreille. L'animal surpris s'arrêta si brutalement que ses pattes arrière firent une embardée sur la route.

— C'est là-bas que ça se passe, au cas où tu l'aurais déjà oublié, fit Garion, furieux.

Chrestien lui jeta un regard de reproche, fit demi-tour et chargea à nouveau vers la barrière.

Le combat tourna court. Garion et ses compagnons avaient frappé si vite que les Gardiens n'eurent même pas le temps de faire usage de leurs armes. Durnik flanqua un coup du plat de sa hache dans la visière de l'un d'eux. Aveuglé, incapable de diriger sa monture, l'homme tourna sur lui-même, les deux mains rivées à son heaume, jusqu'à ce qu'il passe sous une branche basse qui lui fit proprement vider les arçons.

Silk esquiva un revers d'épée en se plaquant sur l'encolure de son cheval et profita de ce qu'il était plié en deux pour couper, avec sa dague, la sous-ventrière de son assaillant. L'animal bondit en avant, laissant sa selle et son cavalier sur place. Le Gardien s'affala sur la route. Il tentait de se relever, l'épée à la main, lorsque Feldegast se jeta sur lui par-derrière et l'étendit pour le compte avec une redoutable masse de plomb.

Mais le plus entouré était Toth. Au moment où Chrestien franchissait à nouveau la barrière, Garion vit trois Gardiens se précipiter vers le colosse qui maniait son bâton avec la maladresse d'un homme peu habitué à se battre. Quand les trois hommes arrivèrent à sa portée, il retrouva miraculeusement son habileté. Son lourd bâton tournoya si vite qu'il en devint presque invisible. L'un des Gardiens fut projeté en arrière et retomba à terre, les mains crispées sur ses côtes fracturées. Un autre prit le bout du bâton de Toth en plein dans l'estomac et se plia brutalement en deux. Le troisième leva son épée dans un geste désespéré, mais le géant l'envoya négligemment voltiger et empoigna le gaillard sidéré par le devant de sa cotte de mailles. Garion entendit distinctement craquer l'acier écrasé alors que le poing de Toth se refermait. Puis il regarda autour de lui et jeta sa victime contre un arbre qui se trouvait le long de la route, dans un geste à la fois désinvolte et si brutal que ses plus hautes branches en furent ébranlées.

Les trois derniers Gardiens tentèrent de reculer afin de faire usage de leurs lances. Ce qu'ils n'avaient pas vu, c'est que Garion s'apprêtait à reprendre le combat.

Alors que Chrestien revenait vers eux dans un bruit de tonnerre, Garion eut l'idée de faire rapidement pivoter sa lance afin d'appuyer le milieu juste devant le pommeau de sa selle, et il rentra à fond de train dans le dos des trois hommes inconscients du sort qui les attendait. La perche de cèdre élastique les envoya voltiger par-dessus la tête de leurs chevaux. Sadi, Feldegast et Durnik se jetèrent sur eux avant qu'ils aient eu le temps de lever le petit doigt et le combat se termina aussi vite qu'il avait commencé.

— C'est la première fois que je vois utiliser une lance de cette façon, constata gaiement Silk.

— Je viens de l'inventer, répondit Garion avec un sourire ravi.

— Je suis sûr que c'est interdit par toutes les règles de la chevalerie.

— Alors il vaudrait peut-être mieux que ça ne s'ébruite pas.

— Si tu n'en parles pas, ce n'est pas moi qui irai vendre la mèche.

Durnik parcourut les environs d'un œil critique. Le sol était jonché de Gardiens inconscients ou plus ou moins amochés et qui gémissaient pitoyablement. Seul l'homme auquel Toth avait enfoncé le bout de sa massue dans l'estomac était encore en selle, mais il était plié en deux et trop occupé à chercher sa respiration pour s'intéresser à quoi que ce fût d'autre. Durnik s'approcha de lui.

— Excusez-moi, dit-il poliment en lui ôtant son casque.

Et il l'assomma avec le manche de sa hache. Les yeux du Gardien devinrent vitreux et il s'affaissa lentement à bas de sa monture.

Belgarath se mit à hurler de rire.

— Excusez-moi ? répéta-t-il comme s'il n'en croyait pas ses oreilles.

— Je ne vois pas, Belgarath, pourquoi on devrait se conduire comme des sauvages, répondit le forgeron d'un ton pincé.

Polgara descendit calmement la colline et s'approcha d'eux, suivie par Ce'Nedra, Velvet et Essaïon.

— Très bien, Messieurs, les complimenta-t-elle en admirant le massacre, puis elle continua son chemin et retint son cheval devant la barrière. Garion, mon chou, ça ne t'ennuierait pas... ?, fit-elle plaisamment.

Il éclata de rire, talonna son étalon gris, s'approcha de la barrière et la fit tomber d'un coup de pied.

— Qu'est-ce qui t'a pris de nous faire une démonstration de saut d'obstacle en plein combat ? s'informa la sorcière, l'air sincèrement intrigué.

— Ce n'était pas tout à fait voulu.

— Je vois, fit-elle en regardant le grand cheval d'un œil critique.

L'animal réussit à paraître quelque peu repentant.

Ils passèrent la ligne de démarcation alors que le crépuscule tombait sur cette sombre journée. Feldegast se rapprocha de Belgarath.

— Ça choqu'rait-y grav'ment vot' sens moral si j'vous proposions d'p'asser la nuit à l'abri d'eun' p'tite grotte de trafiquants, un endrouet confortab' et discret qui s'rait qu'à quèqu' lieues d'ici ? lui proposa-t-il.

— Ce serait parfait, lui assura Belgarath avec un grand sourire. Quand j'ai besoin d'une grotte, je ne me soucie guère de savoir qui elle a hébergé avant moi. J'ai partagé une fois la tanière d'un ours qui hibernait, poursuivit-il en riant. Une bête bien sympathique, au demeurant. A part un petit problème de ronflement.

— C't'eun' histouère fascinante, pour sûr, et j's'erions ravi d'l'entend' eun' aut' fouès, mais la nuit tombe. Vous pourrez m'la raconter en mangeant. Alors, on y va ?

Le bateleur enfonça ses talons dans les flancs de sa mule et les mena au galop sur la route défoncée, rendue traîtresse par le soir tombant.

En atteignant le pied des collines, ils s'engagèrent sur une piste déserte, pleine d'ornières, assombrie par de grands arbres à feuilles persistantes. Il était manifeste qu'elle avait été très fréquentée depuis peu, par des voyageurs qui allaient tous vers le sud.

— Nous sommes encore loin de votre grotte ? grommela Belgarath.

— Point trop, Vénérab' Ancien, répondit le bateleur. La rout' traverse el'lit d'un torrent à sec, un peu pus loin. Encor'un p'tit bout d'chemin, et on y est.

— J'espère que vous savez ce que vous racontez.

— Faites-mouè confiance.

Chose assez surprenante, Belgarath ne releva pas.

Ils gravirent la route alors que le crépuscule envahissait les collines environnantes. Le tronc des arbres disparaissait dans des ombres impénétrables.

— Nous y v'là ! annonça Feldegast en tendant le doigt vers une sorte de ravine. Nous allons m'ner nos bêtes par la bride. Tâchez d'faire attention où vous mettez les pieds.

Il descendit de sa mule et leur fit gravir prudemment le lit du cours d'eau asséché. Des pierres roulaient sous leurs pas. La nuit tombait très vite sous le ciel couvert. Comme le goulet se rétrécissait et décrivait une épingle à cheveux, le bateleur fouilla dans le sac de toile attaché sur la croupe de sa mule, y prit un trognon de chandelle et regarda Durnik.

— Auriez-vous, maît' Durnik, la bonté de m'donner du feu ? Je l'ferionss ben moi-même si j'savionss où j'avions mis not' mèche d'amadou, seul'ment voilà...

Durnik sortit son silex, sa lame d'acier et sa mèche d'amadou de sa bourse de cuir. Après plusieurs essais, il souffla sur une étincelle qui devint une flamme pas plus grosse que le bout de son petit doigt et la présenta à Feldegast pour qu'il allume sa chandelle.

— A la bonne heure ! s'exclama le jongleur avec emphase en élevant son lumignon pour illuminer les parois abruptes de la ravine.

— Alors ? fit Silk, intrigué.

— Alors, Prince Kheldar, ce n's'rait point une grotte secrète si l'entrée était assez visib' pour qu'tout l'monde puisse tomber d'sus, dame !

Feldegast s'approcha d'une énorme dalle de granit léchée par l'eau, qu'un courant jadis tumultueux semblait avoir dressée contre la muraille rocheuse. Il protégea sa chandelle entre ses mains en coupe, rentra la tête dans les épaules et disparut en traînant sa mule derrière lui.

Les parois de la grotte avaient été érodées par l'eau qui avait tourbillonné dedans pendant des siècles, y abandonnant une couche de fin sable blanc, tout propre. Feldegast se planta au centre en brandissant sa chandelle pour leur faire admirer les couchettes rudimentaires placées tout autour, la table et les bancs disposés au milieu et la cheminée ménagée dans le mur du fond, où un feu était déjà préparé. Feldegast s'approcha du foyer, se pencha et alluma le petit bois et les bûches fendues arrangés dans l'âtre de pierre.

— C'est-y point mieux comme ça ? fit-il en tendant les mains vers les flammes crépitantes. Un vrai p'tit nid douillet, en vérité !

Juste de l'autre côté de la cheminée se trouvait une arche naturelle, aménagée par des générations successives d'hommes. Le devant de l'arcade était fermé par des pieux placés horizontalement.

— V'l'à l'écurie pour les ch'vaux, fit Feldegast en tendant la main. Y a même eun' p'tite source, au fond. C'est véritab'ment la meilleure grotte ed'trafiquants d'tout' c'te partie d'la Mallorée.

— Une cachette très bien agencée, vraiment, acquiesça Belgarath après un coup d'œil circulaire.

— Qu'est-ce qu'on peut bien trafiquer par ici ? s'informa Silk, par pure curiosité professionnelle.

— Des pierres brutes, surtout. Y en a d'superbes gis'ments dans les falaises ed'Katakor, et dans certains cours d'eau, y a qu'à s'baisser pour ramasser des seaux entiers d'ces belles p'tites chéries. L'seul ennui, c'est les taxes locales, notouèrement abusives, alors des gaillards entreprenants ont imaginé tout' sortes ed'moyens d'leur faire passer la frontière sans troubler l'r'pos ben gagné des collecteurs d'impôts.

— C'est parfait, murmura Polgara en inspectant la cheminée où de robustes chenets de métal fichés dans les parois intérieures supportaient une grande grille de fer. Il y a du bois, quelque part ?

— C'est point ça qui manque, ma chère, répondit le bateleur. Y en a des piles dans l'écurie, ainsi qu'du fourrage pour les ch'vaux.

— Eh bien, fit-elle en ôtant sa cape bleue et en la posant sur l'une des couchettes, je crois que je pourrai améliorer un peu l'ordinaire, ce soir. Il serait honteux de ne pas profiter d'une installation aussi confortable. Il me faudrait encore un peu de bois à brûler, et de l'eau, bien sûr.

Elle s'approcha en fredonnant du cheval de bât qui transportait sa batterie de cuisine et ses provisions.

Durnik, Toth et Essaïon menèrent les chevaux dans

l'écurie et les dessellèrent. Garion laissa sa lance dehors, posa son casque et son bouclier sur une couchette et entreprit d'ôter sa cotte de mailles. Ce'Nedra vint à son secours.

— Tu as été magnifique, aujourd'hui, mon chéri ! s'exclama-t-elle avec enthousiasme.

Il grommela une vague réponse, se pencha en avant et tendit les bras au-dessus de sa tête afin qu'elle tire sur sa cotte de mailles.

Sous sa traction, la chemise de mailles céda d'un seul coup. Déséquilibrée par son poids, elle s'assit lourdement sur le sol sablonneux, l'objet dans les bras.

Garion éclata de rire et se précipita pour l'aider à se lever.

— Oh, Ce'Nedra ! s'esclaffa-t-il en la serrant contre lui. Si tu savais comme je t'aime !

— C'est incroyable ce que ça peut être lourd ! fit-elle en soulevant la casaque d'acier.

— Tu as remarqué, fit-il en frottant ses épaules endolories. Toi qui pensais que je faisais ça pour m'amuser...

— Allons, mon chéri, pas d'ironie, s'il te plaît. Tu veux que je te l'accroche ?

— Flanque ça sous la couchette, répondit-il en haussant les épaules. Ça ne risque pas de se froisser, tu sais, ajouta-t-il en réponse à son froncement de sourcils réprobateur.

— Ce ne sont pas des façons de faire, mon chéri.

Elle tenta un moment de plier la chose puis y renonça, la roula en boule et l'expédia sous la couchette avec son pied.

Ils soupèrent, ce soir-là, d'un jambon que leur avait donné Vella, d'une soupe si épaisse que la cuillère tenait debout dedans, de grosses tranches de pain mises à rôtir devant le feu et de pommes cuites au miel et à la cannelle.

Après dîner, Polgara se leva et explora la grotte du regard.

— Nous aimerions bien avoir un peu d'intimité, maintenant, ces dames et moi-même, annonça-t-elle. Et quelques baquets d'eau chaude.

— Encore, Pol ? soupira Belgarath.

— Oui, Père. Il est urgent de nous laver et de changer de vêtements. Et ça vaut pour tout le monde, insista-t-elle en humant l'air ambiant d'un air significatif.

Ils tendirent un drap en travers d'une partie de la grotte et firent chauffer de l'eau sur le feu.

Garion, qui n'avait vraiment pas envie, au départ, de

bouger, dut admettre, après avoir pris un bain et enfilé des vêtements propres et secs, que ça llait quand même mieux. Il s'assit sur l'une des couchettes, à côté de Ce'Nedra. Il aimait l'odeur de ses cheveux mouillés. Il était bien. Il avait le ventre plein, il se sentait propre et il était enfin au chaud après avoir passé la journée dehors, sous la pluie. Il allait s'endormir lorsqu'un formidable hurlement retentit au dehors, dans la ravine, un hurlement qui n'était ni animal ni tout à fait humain, un cri si terrible qu'il lui glaça le sang dans les veines et lui donna la chair de poule.

— Qu'est-ce que c'était ? s'écria Ce'Nedra, terrifiée.

— Chut, mon p'tit, fit doucement Feldegast.

Il se leva d'un bond et tendit un bout de toile devant la cheminée, plongeant la grotte dans l'obscurité.

Le beuglement retentit à nouveau, un bruit sans âme, et qui semblait l'incarnation du mal.

— Vous savez ce que ça peut être ? murmura Sadi.

— Je n'ai jamais rien entendu de pareil, lui assura Durnik.

— Je crois savoir de quoi il s'agit, intervint Belgarath d'une voix tendue. Quand j'étais chez les Morindiens, il y avait un magicien qui croyait drôle de lancer ses démons dans la nuit pour chasser. Ils poussaient un peu le même genre de vociférations.

— Quelle pratique répugnante, murmura l'eunuque. Que mangent les démons ?

— Je ne crois pas que vous aimeriez le savoir, répondit Silk. Dites-moi, Belgarath, vous avez une idée de la taille de cette chose ?

— D'après le bruit qu'elle fait, ça doit être une créature de belles proportions. Pourquoi ?

— Alors elle ne devrait pas pouvoir entrer dans cette grotte ?

— Ça, je ne parierais pas ma tête là-dessus.

— J'imagine que les démons ont de l'odorat, et que celui-ci pourrait flairer nos traces ? Hm-hm, soupira le Drasnien en réponse au hochement de tête du vieux sorcier. J'ai bien peur que ça ne tourne au vinaigre. Enfin, Belgarath, vous ne pouvez rien faire pour le chasser ? Et vous, Polgara ? Vous avez bien réglé son compte au démon que Chabat avait invoqué dans le port de Rak Urga.

— Je vous rappelle que je n'en suis pas venue à bout toute seule. Aldur m'a donné un sérieux coup de main.

Belgarath se mit à faire les cent pas, tête basse, les mains nouées dans le dos.

— Eh bien ? insista Silk.

— Ah, vous, ne me bousculez pas, grommela hargneusement le vieux sorcier. Je pourrais faire quelque chose, évidemment, mais ce serait tellement bruyant que tous les Grolims de Katakor ne pourraient faire autrement que de l'entendre, et sans doute Zandramas aussi. Les Chandims ou ses Grolims nous poursuivraient tout le long du chemin jusqu'à Ashaba.

— Pourquoi ne pas utiliser l'Orbe ? suggéra Essaïon en levant les yeux de la bride qu'il était en train de rafistoler.

— Parce que l'Orbe fait encore plus de bruit. Si Garion la déchaîne contre ce démon, ça s'entendra jusqu'à Gandahar, à l'autre bout du continent.

— N'empêche que ça marcherait.

— Il n'a pas tort, Père, répondit Polgara en réponse au coup d'œil interrogateur de Belgarath. L'Orbe mettrait en déroute n'importe quel démon, même parfaitement soumis à son maître. Et un démon sans entraves fuirait encore plus vite.

— Tu vois une autre solution ? demanda-t-il.

— Un Dieu, répondit-elle en haussant les épaules. Tous les démons, aussi puissants soient-ils, ont peur des Dieux. Tu n'en connaîtrais pas quelques-uns, par hasard ?

— Si, mais ils sont occupés ailleurs en ce moment.

Les montagnes furent ébranlées par un nouveau hurlement si assourdissant qu'il semblait venir de l'entrée même de la grotte.

— Cette fois, vieux frère, je crois qu'il est temps de prendre des mesures, reprit Silk d'un ton pressant.

— C'est le bruit de l'Orbe qui vous ennuie ? s'enquit Essaïon.

— Son bruit, et sa lumière. Ce rayon bleu qui s'illumine chaque fois que Garion dégaine son épée n'est pas spécialement discret, si tu vois ce que je veux dire.

— Tu ne me suggérerais pas de défier ce démon en combat singulier, par hasard ? protesta Garion, indigné.

— Bien sûr que non, rétorqua Belgarath avec un reniflement méprisant. Personne ne peut faire une chose pareille. Nous n'envisageons que de le chasser, rien d'autre. Mais l'idée d'annoncer notre présence ici ne me plaît pas du tout, marmonna-t-il en se remettant à arpenter la grotte.

— Nous n'aurons bientôt plus le choix, Belgarath, l'avertit Silk. Ni le temps. Si vous n'agissez pas très vite, cette chose sera bientôt ici, parmi nous.

— Tâche au moins de ne pas indiquer trop précisément notre position aux Grolims, recommanda Belgarath.

— Ça veux dire que tu veux que je sorte d'ici et que je lui dise d'aller voir ailleurs ? releva Garion.

— Evidemment. Sans ça, Silk a raison : il sera bientôt trop tard.

Garion s'approcha de sa couchette et s'agenouilla pour pêcher sa cotte de mailles.

— Pas la peine. Elle ne te servirait à rien, de toute façon.

Garion tendit la main par-dessus son épaule, dégaina son immense épée, piqua la pointe dans le sable et ôta la gaine de cuir souple qui masquait la poignée.

— Je pense que c'est une erreur, déclara-t-il en prenant l'Orbe dans sa main.

— Laisse-moi faire, Garion, intervint Essaïon.

Il se leva, s'approcha de lui et posa sa main sur la sienne. Garion le regarda avec étonnement.

— Elle me connaît, je te rappelle, expliqua le jeune homme. Et je crois que j'ai une idée.

Un curieux picotement parcourut la main et le bras de Garion, et il se rendit compte qu'Essaïon communiquait avec l'Orbe d'une façon dont lui-même était incapable. C'était comme si, pendant tous le temps que l'enfant l'avait portée, la pierre lui avait appris son langage particulier.

A cet instant, un terrible grattement se fit entendre à l'entrée de la caverne. D'énormes griffes raclaient la dalle de pierre...

— Faites attention, vous deux, les avertit Belgarath. Ne prenez pas de risques. Contentez-vous de tenir l'épée de sorte qu'il la voie. L'Orbe devrait faire le reste.

— Très bien, soupira Garion en s'approchant de l'entrée de la grotte.

Essaïon lui emboîta le pas.

— Où vas-tu ? protesta Polgara.

— J'accompagne Belgarion, répondit le jeune homme. Pour faire ça, il faut que nous parlions tous les deux à l'Orbe. Je vous expliquerai plus tard, Polgara.

La dalle qui fermait la grotte oscillait comme une dent branlante. Garion se faufila rapidement au dehors et fit quelques pas en courant vers le haut de la ravine, Essaïon sur ses talons. Puis il se tourna et tendit l'épée.

— Pas encore, objecta Essaïon. Il ne nous a pas vus.

Une odeur épouvantable emplissait la ravine. Comme les yeux de Garion s'adaptaient peu à peu à l'obscurité, il vit le démon qui se découpait en ombre chinoise sur le ciel nocturne, parcouru de nuages véloces. Il fut surpris par sa taille. Ses épaules bouchaient la moitié du ciel. Il avait de longues oreilles pointues, comme un énorme chat, et ses prunelles redoutables étaient embrasées d'une lueur verte, pulsante, qui éclairait le fond du goulet par intermittence.

Il poussa un hurlement et tendit une énorme serre écailleuse vers les deux jeunes gens.

— Maintenant, Belgarion, dit calmement Essaïon.

Garion tendit l'épée à deux mains devant lui, la pointe tendue vers le ciel, puis il déchaîna le pouvoir de la pierre où palpitait la vie.

Il ne s'attendait pas à ce qui se produisit. Un bruit infernal, un vacarme insensé fit trembler la roche et se réverbéra sur les montagnes voisines, ébranlant les arbres à des lieues à la ronde. Son immense épée lança l'habituelle flamme bleue, mais le ciel s'illumina tout à coup d'une lumière azurée qui l'embrasa d'un horizon à l'autre.

Le démon se figea, épouvanté, et tourna son énorme mufle hérissé de crocs vers le ciel d'un bleu irréel. Garion avança sur lui en brandissant son épée avec une sinistre détermination. La créature recula craintivement en essayant de se protéger la face de la lumière aveuglante. Elle se mit à hurler, comme en proie à une souffrance insupportable, fit quelques pas en arrière d'une démarche incertaine, trébucha et se releva tant bien que mal, puis jeta un autre coup d'œil au ciel embrasé et s'enfuit en hurlant dans le ravin d'une curieuse démarche bondissante, comme si elle arrachait la terre de ses quatre pattes griffues.

— C'est ce que vous appelez agir avec discrétion ? tonna Belgarath depuis l'entrée de la grotte. Et qu'est-ce que c'est que ça ? ajouta-t-il en pointant un doigt frémissant de colère vers le ciel flamboyant.

— Tout va bien, Belgarath, je vous assure, répondit Essaïon d'un ton apaisant. Vous ne vouliez pas que le son mène les Grolims vers nous, eh bien, nous l'avons généralisé dans toute la région afin que personne ne puisse en repérer l'origine.

Le vieux sorcier cilla. Puis il fronça le sourcil un moment.

— Et qu'est-ce que c'est que toute cette lumière ? reprit-il un ton plus bas.

— C'est plus ou moins la même chose, expliqua calmement Essaïon. Tout le monde aurait pu voir un unique point bleu dans les montagnes, par cette nuit sans lune. Mais dans un ciel entièrement éclairé, personne ne risquait de le distinguer.

— C'est logique, Grand-père, ajouta Garion.

— Ils vont bien, Père ? demanda Polgara, dans le dos du vieux sorcier.

— Que voudrais-tu qu'il leur arrive ? Garion pourrait soulever des montagnes avec son épée. C'est bien ce qu'il a failli faire ce soir, d'ailleurs. Toute la chaîne des monts karandaques a vibré comme une vieille cloche. Vous ne pourriez pas éteindre ça, maintenant ? ronchonna-t-il en regardant le ciel toujours illuminé.

— Oh, pardon ! fit Garion.

Il rengaina son épée. Le ciel s'assombrit peu à peu et redevint d'un noir d'encre.

— Nous n'avions pas d'autre solution, Belgarath, insista Essaïon. Nous avions besoin de la lumière et du bruit pour effrayer le démon, et comme nous ne voulions pas que les Grolims puissent remonter jusqu'à nous...

Il eut un haussement d'épaules et écarta les deux mains devant lui en signe de résignation.

— Tu étais au courant, toi ? s'enquit Belgarath.

— Evidemment, Grand-père, mentit Garion.

— Mouais. Rentrez, maintenant, grommela le vieux sorcier.

— Pourquoi ne m'as-tu pas dit ce que nous allions faire ? murmura Garion à l'oreille de son jeune compagnon.

— Je n'en ai pas vraiment eu le temps, Belgarion.

— La prochaine fois, prends-le, je t'en prie. J'ai failli

lâcher l'épée quand le sol s'est mis à trembler sous mes pieds.

— Il n'aurait plus manqué que ça.

— C'est aussi ce que je me suis dit.

Quelques pierres étaient tombées de la voûte de la grotte et gisaient sur le sol sablonneux. Une épaisse poussière planait dans l'air.

— Que s'est-il passé ? demanda Silk d'une voix mal assurée.

— Oh, pas grand-chose, répondit Garion d'un petit air blasé. Nous avons chassé le démon, et voilà tout.

-- Nous n'y pouvons rien, reprit Belgarath, mais tout le monde à Katakor doit maintenant savoir qu'il se passe quelque chose dans ces montagnes, alors nous avons intérêt à faire très attention, maintenant.

— Nous sommes encore loin d'Ashaba ? s'informa Sadi.

— A une journée de cheval.

— Et vous pensez que nous y serons à temps ?

— Tout juste. Nous ferions mieux de dormir, maintenant.

Garion refit encore une fois le même rêve, cette nuit-là. Il n'était pas vraiment sûr que ce fût un rêve, d'ailleurs, car les songes se composent ordinairement d'images aussi bien que de sons, alors qu'il se contentait d'entendre ce vagissement désespérant, opiniâtre, qui l'emplissait d'un irrépressible sentiment de désespoir. Il s'assit sur sa couchette en tremblant, ruisselant de sueur. Au bout d'un moment, il s'enroula dans sa couverture, noua ses bras autour de ses genoux et regarda les braises dans la cheminée jusqu'à ce que le sommeil s'empare à nouveau de lui.

Le lendemain matin, le ciel était plus menaçant que jamais. Ils refirent prudemment, en sens inverse, le chemin qu'ils avaient parcouru la veille, sortirent de la ravine et reprirent la piste accidentée qui menait vers le pied des montagnes. Silk et Feldegast avançaient en éclaireurs afin de les avertir du moindre danger.

Ils avaient fait une lieue à peu près quand les deux hommes revinrent vers eux, le visage grave, et leur intimèrent silence d'un geste impérieux.

— Il y a un campement de Karandaques, droit devant, annonça le petit homme au museau de fouine dans un murmure à peine audible.

— Une embuscade ? demanda Sadi.

— Non, souffla Feldegast. Y dorment presque tous. M'est avis qu'y z'ont passé la nuit à célébrer une espèce ed'cérémonie r'ligieuse, et qu'y sont épuisés. Ou ivres morts.

— Pensez-vous que nous puissions les éviter ? demanda Belgarath.

— Ça ne devrait pas être trop difficile, acquiesça Silk. Nous allons essayer de passer entre les arbres, d'en faire le tour et de regagner la route un peu plus loin.

— Nous vous suivons, approuva le vieux sorcier.

Ils quittèrent la route et s'engagèrent avec circonspection entre les troncs des grands arbres à feuilles persistantes.

— Quelle sorte de cérémonie ont-ils tenu ? demanda tout bas Durnik.

Silk haussa les épaules.

— Ce n'est pas clair. Tout ce que je sais, c'est que ça s'est passé autour d'un genre d'autel placé devant une rangée de piquets surmontés de crânes. On dirait qu'ils ont pas mal bu. Et pas mal fait d'autres choses, aussi.

— Quel genre de chose ?

— Il y a des femmes avec eux, répondit le petit Drasnien d'un air à la fois écœuré et réprobateur. Il y a des signes qui ne trompent pas ; ça a plus ou moins tourné à l'orgie.

Les joues du forgeron devinrent soudain rouge brique.

— Vous n'exagérez pas un peu, Kheldar ? demanda Velvet.

— Pas du tout. D'ailleurs, certains d'entre eux continuaient à célébrer leur culte.

— Y a une chose qui m'paraît tout d'même un peu pus importante qu'les étranges coutumes religieuses locales, ajouta Feldegast, tout bas. C'est les drôles d'animaux familiers qu'ces Karandaques avaient avec eux.

— Des animaux familiers ? répéta Belgarath.

— C'n'est p't'êt' point tout à fait l'terme qui convient, Vénérab' Ancien, mais assis juste à la limite du camp'ment, j'avions vu un certain nombre ed' Mâtins. Et y f'saient point mine ed'voulouère met' la congrégation à mal.

— Vous êtes sûr ? insista Belgarath avec âpreté.

— J'avions vu assez d'Mâtins d'Torak pour les r'connaît', tout d'même.

— Il y a donc bien collusion entre Mengha et Urvon, conclut le vieux sorcier.

— Vot' sagacité passe l'entend'ment humain, mon vieil ami. Ça doit-êt' vos dix mille ans d'expérience qui vous permet' d'arriver à des conclusions aussi fracassantes.

— Sept mille, rectifia Belgarath.

— Sept mille, dix mille, quelle différence ?

— Sept mille, répéta le vieux sorcier, l'air légèrement offensé.

CHAPITRE XVI

Ils entrèrent, cet après-midi là, dans une lande désolée, une terre stérile, semée de flaques d'eau stagnante, huileuse, d'où montait une odeur infecte. Sur le sol cendreux, marbré de plaques de mauvaises herbes, se dressaient, tels des chicots d'une blancheur surnaturelle, les vestiges d'arbres foudroyés, couverts de champignons immondes, et qui imploraient de leurs branches pareilles à des mains squelettiques le ciel noir, tourmenté, où le soleil ne se montrait jamais.

— On se croirait au Cthol Mishrak, remarqua Silk avec une grimace de dégoût.

— Nous approchons d'Ashaba, répondit Belgarath. Torak avait je ne sais quoi de dévastateur pour l'environnement.

— Il ne le savait pas ? demanda tristement Velvet.

— Quoi donc ? demanda Ce'Nedra.

— Que sa seule présence corrompait le sol ?

— Non, répondit la petite reine. Enfin, je ne pense pas. Il avait des choses une vision tellement déformée qu'il ne s'en rendait même pas compte. Il faisait fuir le soleil, mais il prenait ce signe d'aversion pour un témoignage de respect devant sa puissance.

Garion fut un peu surpris de cette observation percutante. Ce'Nedra se montrait parfois d'une frivolité qui la faisait passer pour infantile, erreur d'appréciation renforcée par sa petite taille. Mais il avait souvent été amené à revoir le jugement qu'il portait sur la petite femme têtue qui partageait sa vie. S'il lui arrivait de se comporter stupidement, elle n'était jamais stupide. Elle portait sur le monde un regard pénétrant, implacable, qui ne s'arrêtait pas à la passion des toilettes, des bijoux et des parfums coûteux. Il fut tout à coup si fier d'elle qu'il se sentit transporté d'exaltation.

— Nous sommes encore loin d'Ashaba ? demanda Sadi d'une voix étouffée. J'ai horreur de l'admettre, mais cette tourbière me déprime.

— Vous ? demanda Durnik. Je croyais que vous aimiez les marécages.

— Un marais, Maître Durnik, ça doit être vert et plein de vie, répondit le Nyissien. Il n'y a que la mort, ici. Vous avez Zith, Margravine ? reprit-il d'un ton plaintif. Je me sens un peu seul, en ce moment.

— Elle dort pour l'instant, répondit-elle en portant la main à son corsage dans un geste étrangement protecteur. Elle est bien. Elle a chaud et elle ronronne de plaisir.

— Dormir dans un petit berceau parfumé..., soupira le Nyissien. Pour un peu, je l'envierais.

— Voyons, Sadi, fit Velvet en rosissant délicatement.

Elle baissa pudiquement les paupières, puis elle lui dédia un de ces sourires éclatants, pleins de fossettes, dont elle avait le secret.

— Ce n'est qu'une observation objective et détachée, ma chère Liselle, reprit presque tristement l'eunuque. Il y a des moments où je regrette qu'il ne puisse en être autrement, seulement voilà..., conclut-il avec un nouveau soupir.

— Tu es vraiment obligée de trimbaler ce serpent à cet endroit-là ? demanda Silk à la fille aux cheveux de miel.

— En effet, Kheldar. C'est une nécessité.

— Alors, Vénérable Ancien, vous n'avez pas répondu à ma question, reprit Sadi. Nous sommes encore loin d'Ashaba ?

— Nous sommes juste en dessous, répondit laconiquement le vieux sorcier en indiquant une ravine qui montait en pente raide, à partir du marécage puant. Nous devrions y être à la nuit tombée.

— L'moment l'moins agréab' pour visiter eun' maison hantée, ajouta Feldegast.

Ils s'engageaient dans le goulet lorsqu'un horrible grognement s'éleva tout à coup des taillis qui bordaient la piste, et un énorme Mâtin noir se jeta sur eux, les yeux embrasés et les crocs ruisselants de bave.

— Vous ne m'échapperez pas ! gronda-t-il en remuant la gueule comme s'il mâchait ses mots.

Ce'Nedra poussa un cri. Garion tendit aussitôt la main par-dessus son épaule, mais Sadi fut plus rapide que lui. Il éperonna son cheval affolé et se précipita sur la terrible bête. Laquelle bondit, la gueule grande ouverte, mais l'eunuque lui lança en pleine face une poudre d'une étrange couleur.

Le Mâtin secoua la tête en rugissant de plus belle. Puis, tout à coup, il poussa un hurlement strident, un bruit horriblement humain. Il ouvrit d'énormes yeux épouvantés, se mit à mordre désespérément le vide autour de lui et se recroquevilla sur lui-même en poussant des gémissements lamentables. Aussi soudainement qu'il avait attaqué, il fit volte-face et s'enfuit en hurlant dans le sous-bois.

— Que lui avez-vous fait ? demanda Silk, intéressé.

Un léger sourire effleura les traits délicats de l'eunuque qui penchait la tête, comme attentif aux jappements de l'immonde créature qui se perdaient dans le lointain.

— Quand le Vénérable Belgarath m'a parlé des Mâtins de Torak, j'ai pris certaines précautions.

— Que lui avez-vous lancé ? Du poison ?

— Non. J'évite de faire du mal à des animaux, quand ce n'est pas absolument nécessaire. L'inhalation de cette poudre lui a fait voir des choses affolantes. Complètement affolantes. Une fois, j'ai vu une vache humer par hasard la fleur d'où est tiré le principal ingrédient de cette poudre, reprit-il avec un sourire. Lorsque je suis parti, elle essayait de grimper à un arbre. J'espère, Vénérable Ancien, que vous ne m'en voulez pas d'avoir pris une initiative sans vous consulter, mais ainsi que vous l'avez souligné, tout acte de sorcellerie eût risqué d'alerter l'ensemble des Grolims de la région, et j'ai dû agir vite pour régler la situation avant que vous ne soyez obligé d'intervenir personnellement.

— Vous avez très bien fait, Sadi, le rassura Belgarath. Je ne sais pas si je vous l'ai déjà dit, mais vous êtes vraiment un homme de ressources.

— Un humble étudiant en pharmacologie, Belgarath. Je me suis aperçu que tous les problèmes ou presque trouvaient une solution dans la pharmacopée.

— Vous ne craignez pas que le Mâtin signale notre présence au reste de la meute ? demanda Durnik, un peu préoccupé.

— D'ici là, nous serons loin, répondit l'eunuque avec un petit rire inquiétant.

Il s'essuya les mains en prenant bien garde à les tenir à l'écart de son visage.

Ils gravirent lentement la piste envahie par les ronces, à la morne lumière qui filtrait entre les branches pendantes des conifères endeuillés agrippés au fond de la crevasse. Les Mâtins de Torak qui rôdaient dans la forêt se répondaient dans le lointain. Des corbeaux planaient lourdement au-dessus d'eux en croassant avec avidité.

— Pas très réjouissant, comme endroit, murmura Velvet.

— Rien ne manque dans le décor, approuva Silk en lui montrant un énorme vautour perché sur les branches d'un arbre mort, au bout de la ravine.

— Dis, Tante Pol, tu crois que tu pourrais nous dire, maintenant, si Zandramas est encore à Ashaba ? demanda Garion.

— Sans doute, répondit-elle, mais le bruit, aussi ténu soit-il, risquerait de lui révéler notre présence.

— Nous sommes si près, à présent, que ça ne vaut pas le coup, décréta Belgarath. Mais je vais vous dire une chose : si mon arrière-petit-fils est à Ashaba, je le retrouverai, même si je dois retourner cet endroit pierre par pierre, et je me fiche pas mal que ça fasse du bruit ou pas.

Ce'Nedra se rapprocha impulsivement de lui, se pencha sur sa selle, lui entoura la taille de ses bras et nicha son petit visage au creux de son épaule.

— Oh, Belgarath, murmura-t-elle, je vous adore !

— Allons, allons, fit-il, un peu surpris.

Elle se redressa, essuya ses yeux embrumés avec le dos de sa main et le regarda gravement.

— Vous êtes le meilleur homme du monde, déclara-t-elle. Je ne sais pas ce qui me retient de vous échanger contre Garion. Si ce n'est que vous avez douze mille ans, ce qui fait quand même une grande différence d'âge.

— Sept mille, rectifia-t-il machinalement.

Elle lui lança un drôle de sourire à la fois mélancolique et malicieux, comme si elle estimait avoir remporté la victoire finale dans une joute qui n'avait plus de sens pour elle.

— Comme vous voudrez, soupira-t-elle.

Il eut alors un geste qui lui ressemblait bien peu. Il prit Ce'Nedra par les épaules et l'embrassa tendrement.

— Ma chère enfant, fit-il, les yeux très brillants tout à coup. Je ne sais pas ce que nous ferions si nous ne l'avions pas, ajouta-t-il avec un coup d'œil par-dessus son épaule en direction de Polgara.

— Ça, Père, je me le demanderai toujours, répondit la sorcière, et ses yeux étaient un vivant mystère.

Au sommet de la ravine, Sadi mit pied à terre et répandit un peu de sa poudre sur les broussailles qui envahissaient la piste.

— Simple mesure de précaution, expliqua-t-il en remontant en selle.

Ils se retrouvèrent sur un plateau planté d'arbres, battu par le vent qui claquait dans les pans de leurs houppelandes. Le ciel noir était si bas qu'ils rentrèrent instinctivement la tête dans les épaules. Les Mâtins de Torak hurlaient toujours au loin mais ne semblaient pas se rapprocher. Ils suivirent une piste à peine visible menant vaguement vers le nord. Garion reprit la tête de la colonne, sa lance coincée dans son étrier, tandis que Silk et Feldegast partaient en reconnaissance, à l'affût de tout danger éventuel.

Au hasard d'un méandre de la piste, Garion vit Silk et le bateleur accroupis derrière des buissons, sur le côté du sentier. Silk lui intima, par gestes, l'ordre de reculer. Garion transmit le message à ses compagnons et ramena, pas à pas, son étalon gris derrière la courbe de la route, puis il mit pied à terre, appuya sa lance contre un arbre et ôta son casque.

— Que se passe-t-il ? demanda Belgarath en descendant de cheval à son tour.

— Je ne sais pas, répondit Garion. Silk m'a fait signe de m'arrêter.

— Allons jeter un coup d'œil, suggéra le vieux sorcier.

Les deux hommes rejoignirent leurs compagnons sur la pointe des pieds. Silk mit un doigt sur ses lèvres en les voyant approcher. Arrivé près d'eux, Garion écarta prudemment les broussailles et regarda de l'autre côté.

La piste qu'ils suivaient coupait une route sur laquelle avançaient dans un ordre approximatif une cinquantaine de cavaliers vêtus de peaux de bêtes, armées d'épées tordues, ébréchées, et coiffés de casques rouillés. Les hommes qui les encadraient portaient tout de même des cottes de mailles, et leurs casques, leurs lances et leurs boucliers étincelaient.

Garion et ses amis regardèrent passer la horde sans mot dire, en retenant leur souffle. Quand la colonne fut hors de vue, Feldegast se tourna vers Belgarath.

— Ça, mon vieil ami, c'est plus ou moins la confirmation d'vos soupçons, non ?

— Qui sont ces hommes ? souffla Garion.

— Les hommes en peaux d'bêtes sont des Karandaques, répondit Feldegast, et ceux qu'avaient des casques polis, des Gardiens du Temp'. Encore eun' preuve ed'collusion ent' Urvon et Mengha, si vous voulez mon avis.

— Comment pouvez-vous être sûr que ces Karandaques étaient des hommes de Mengha ?

— Y s'est rendu maît' ed'Katakor, et les seuls Karandaques armés du secteur sont à sa botte. Les Gardiens et les Mâtins sont à la solde d'Urvon et d'ses Chandims. Quand on vouêt des Karandaques et des Mâtins ensemb', comme ceux d'hier, on peut point faire autrement que d'se dire qu'y z'ont partie liée, mais quand des Gardiens en armes escort' des fanatiques karandaques, l'doute est pus permis.

— Mais que mijote donc cet imbécile ? marmonna Belgarath.

— Qui ça ? demanda Silk.

— Urvon. Je l'ai déjà vu faire de belles saloperies, mais jamais encore il ne s'était risqué à fricoter avec les démons.

— C'est p't-êt' pasque Torak l'avait interdit, suggéra Feldegast. Y doit profiter de c'qu'il est mort à présent pour s'défouler. Sûr qu'les démons joueraient un rôle crucial si l'conflit qui couve d'pis tout'ces années ent' l'Eglise et l'trône impérial finissait par éclater.

— Mouais. Enfin, ce n'est pas maintenant que nous allons élucider cette énigme, grommela Belgarath. Allons chercher les autres et repartons.

Ils traversèrent sans incident la route que les Karandaques et les Gardiens avaient suivie et continuèrent le long de la piste étroite. Quelques lieues plus loin, ils franchirent un tertre de faible hauteur qui avait été dénudé par le feu dans le passé. A l'autre bout du plateau, juste devant une barrière de falaises abruptes qui montaient à l'assaut des pics, se dressait, telle une autre montagne, une énorme bâtisse noire surmontée de sinistres tours, entourée de murailles crénelées envahies par la végétation.

Le regard de Belgarath se durcit.

— Ashaba, fit-il laconiquement.

— Je pensais que la Maison de Torak était en ruines ! nota Silk, un peu surpris.

— Elle serait à moitié délabrée, à ce qu'il paraît, confirma le vieux sorcier. Le toit s'est effondré sur les étages supérieurs, mais je me suis laissé dire que le rez-de-chaussée était encore plus ou moins habitable. Il faut du temps aux éléments pour venir à bout d'une grande baraque comme ça.

Le vieil homme talonna son cheval et les mena vers le bas de la colline, dans la forêt secouée par le vent.

Il faisait presque nuit lorsqu'ils arrivèrent à la lisière de la clairière où se dressait la Maison de Torak. Les remparts de cette ténébreuse demeure disparaissaient à moitié sous les ronces et les plantes vénéneuses. Les vitres n'avaient pas résisté au vent et les meurtrières vides braquées vers la clairière ressemblaient aux orbites d'un crâne noir.

— Eh bien, Père ? demanda Polgara.

Le vieux sorcier se gratta la barbe en écoutant aboyer les Mâtins dans la forêt.

— Si mon vieil ami voulait un p'tit conseil, intervint Feldegast, j'y suggérerions d'attend' la nuit pour entrer. S'y a des guetteurs là-n'dans, y pourront point nous vouère quand y f'ra nouèr. Et pis, à c'moment-là, si la d'meure est habitée, y aura sûr'ment d'la lumière aux f'nêt'. Ainsi, nous n'risqurons point d'êt' pris au dépourvu.

— Ça, Belgarath, ce n'est pas bête, acquiesça Silk. On n'entre pas ostensiblement dans une maison hostile en plein jour. Ça heurte mon sens des convenances.

— C'est que vous avez l'âme d'un voleur. Mais c'est sûrement plus prudent tout de même. Nous allons nous retirer un peu dans les bois en attendant la nuit.

Le temps qui était clément, voire printanier, dans les plaines de Rakuth et de Vennie était presque glacial au pied des monts karandaques. L'hiver ne céderait le terrain qu'à contrecœur sur ces hauts plateaux. Le vent était âpre et par endroits, sous les arbres, des plaques de neige grisâtre, vestiges de l'hiver, semblaient ne devoir jamais fondre.

— Comment allons-nous entrer dans cette forteresse ? murmura Garion.

— Sans problème, à moins que quelqu'un n'ait réparé les serrures, le rassura Belgarath. La dernière fois que je suis venu ici avec Beldin, après Vo Mimbre, toutes les portes étaient barricadées et nous avons dû les fracturer.

— C'est p't'êt point l'meilleur moyen d'franchir les murailles, objecta Feldegast. Si la maison est occupée par des Chandims, des Karandaques ou des Gardiens, il est probab' qu'y surveilleront les portes, et les ténèb' n'sont jamais absolues, même par la nuit la plus nouère. Mais j'connaissions eun' p'tite poterne, sur l'mur est ed'la maison. E' donne sur eun' cour intérieure qui s'ra sûr'ment pleine d'ombres après la tombée du jour.

— Vous ne craignez pas qu'elle soit barricadée ? objecta Silk.

— Sûr qu'elle l'était au début, Prince Kheldar. Mais forcer la serrure était un jeu d'enfant pour un homme aux douêts agiles comme les miens.

— Vous êtes déjà entré dans cette bâtisse ?

— J'aime ben fur'ter dans les maisons abandonnées. On sait jamais c'que les derniers occupants ont pu laisser n'dans, et tout c'qui vaut la pein' d'êt' volé vaut l'coup d'êt' trouvé.

— Là, je suis bien d'accord avec vous, convint Silk.

Durnik revint de l'orée du bois d'où il était allé jeter un coup d'œil sur la maison. Il avait l'air un peu inquiet.

— Je n'en suis pas tout à fait sûr, mais j'ai cru voir monter de la fumée des tours de cette demeure, annonça-t-il.

— Faut qu'je r'tournions vouère ça avec vous, proposa le bateleur.

Durnik et Feldegast repartirent dans les ombres qui s'assombrissaient à chaque instant sous les arbres et reparurent peu après. Le forgeron arborait une moue quelque peu dégoûtée.

— Alors, c'est bien de la fumée ? demanda Belgarath.

— Des chauve-souris, rectifia Feldegast en secouant la tête. Des milliers d'ces jolies p'tites bêtes qui montent dans l'ciel par nuages entiers.

— Des chauve-souris ! s'exclama Ce'Nedra en portant machinalement les mains à ses cheveux.

— Ça n'a rien d'étonnant, intervint Polgara. Les chauve-souris aiment faire leur nid dans des endroits abrités. Les maisons en ruines ou du moins abandonnées constituent pour elles un refuge idéal.

— Ces bêtes sont si laides ! décréta la petite reine en réprimant un frisson.

— Ce n'sont qu'des souris volantes, ma p'tite chérie, fit Feldegast.

— Je n'aime pas beaucoup les souris non plus.

Feldegast se tourna vers Garion avec un sourire.

— C't'eun' p'tit' femme sans compassion qu'la vôt', mon jeun' maît'. Bourrée d'préjugés et d'phobies, en pus.

— Et à part ça, vous avez vu de la lumière aux fenêtres ? coupa impatiemment Belgarath.

— Pas eun' lueur, Vénérab' Ancien, mais c't'eun' grand' baraque, et y a des pièces en n'dans qu'ont point d'fenêt'. Torak aimait guère l'soleil, pour autant que j'me souv'nions.

— Bien. Nous allons nous rapprocher de votre poterne en passant par les bois avant qu'il ne fasse complètement noir, décréta le vieux sorcier.

Ils firent le tour de l'immense clairière en restant sous le couvert des arbres, tout en lorgnant, dans les dernières lueurs du jour, la lugubre bâtisse tapie sous le ciel tumultueux.

— Je ne vois pas cette poterne, murmura Silk en scrutant les murailles entre ses yeux étrécis.

— L'est point facile à vouère, convint Feldegast. Si on les laissait faire, les ronces vous engloutiraient un bâtiment d'cet' taille en moins d'un siéc'. Mais vous fait' point d'mouron, Prince Kheldar. J'savions où j'mettionss les pieds, et j'vous r'trouverions l'entrée d'la Maison de Torak par la plus nouère des nuits.

— Les Mâtins vont sûrement patrouiller dans le secteur après la tombée du jour, vous ne croyez pas, Sadi ? hasarda Garion. J'espère que vous n'avez pas utilisé toute votre poudre là-bas.

— N'ayez crainte, Belgarion, il m'en reste plus qu'assez, répondit l'eunuque avec un sourire, en tapotant sa besace. Une pincée à l'entrée de Maître Feldegast et nous ne devrions pas être dérangés une fois à l'intérieur.

— Qu'en pensez-vous ? demanda Durnik avec un mouvement de menton vers le ciel.

— Ça me va, grommela laconiquement Belgarath. Allons-y.

Ils menèrent leurs chevaux dans la clairière envahie par les mauvaises herbes et s'arrêtèrent au pied des immenses remparts.

— Suivez-moi, souffla Feldegast en palpant la muraille.

Ils le suivirent à tâtons, en se guidant sur l'imperceptible bruissement de ses pieds dans les broussailles.

— Nous y sommes, annonça-t-il au bout de quelques minutes, non sans satisfaction à ce qu'il leur sembla.

C'était une ouverture basse, voûtée, qui disparaissait presque complètement derrière les ronces. Durnik et le géant Toth écartèrent le plus délicatement possible la végétation envahissante afin de laisser entrer leurs compagnons et leurs montures, puis ils les suivirent et remirent les broussailles en place pour dissimuler l'entrée.

Ils se retrouvèrent dans le noir complet, dans un endroit qui sentait le moisi.

— J'pourrions vous emprunter à nouveau vot' briquet, maît' Durnik ? chuchota Feldegast.

Il y eut un petit tintement suivi par un rapide cliquetis puis une gerbe d'étincelles à la lueur desquelles ils virent Feldegast agenouillé à côté du forgeron, les mains en coupe afin de dissimuler son lumignon. Il souffla quelques instants sur la mèche et en fit jaillir une petite flamme timide. Il y eut un grincement alors qu'il ouvrait la porte d'une lanterne carrée trouvée dans une niche creusée à même le mur et allumait le bout de chandelle qui se trouvait à l'intérieur.

— Vous croyez que c'est bien raisonnable ? demanda Durnik d'un air dubitatif en rengainant son silex et sa lame.

— C'te lantern' sourd' a point volé son nom, maît' Durnik, répondit le bateleur. Et y fait pus nouère ici qu'au fond d'vos bottes. Faites-moi confiance ; pas un rai d'lumière n'filtrera au-dehors.

— N'est-ce pas le mode d'éclairage qu'affectionnent les voleurs et les contrebandiers ? demanda Silk, sincèrement intéressé.

— Voyons, voyons, souffla Feldegast, quelque peu froissé. J'trouvions c't'association d'idées un peu désobligeante, non ?

— Hé, hé, Belgarath, ricana tout bas Silk, je crois que le

passé de votre copain ici présent est plus pittoresque qu'il ne veut bien nous le dire. Je me demandais aussi pourquoi il me plaisait tant.

Feldegast avait refermé les volets latéraux de sa lanterne, ne laissant filtrer qu'un mince pinceau lumineux qui éclairait le sol juste devant ses pieds.

— Allons, v'nez, chuchota-t-il. La poterne passe un moment sous l'mur, à c't'endrouê, pis on arrive à la grille qui fermait aut'fouès la cour. L'passage fait un premier coude à drouète, un à gauche, pis on sort dans la cour ed'la maison.

— Pourquoi tous ces tours et détours ? s'étonna Garion.

— Torak était un peu tordu dans son genre, si vous voyez c'que j'voulions dire. J'pensions qu'y détestait presque autant la ligne drouète que l'soleil.

Ils suivirent en silence la petite tache lumineuse projetée par la lanterne. Les feuilles chassées par le vent avaient formé, au fil des siècles, un tapis épais, humide, qui assourdissait le claquement des sabots de leurs chevaux.

Ils furent arrêtés par une lourde grille de fer forgé, tout rouillé. Feldegast farfouilla un moment dans l'énorme serrure qui céda avec un déclic.

— Et maint'nant, mon grand ami, fit-il en se tournant vers Toth, j'vas avoir b'soin d'vot' force colossale. C'te porte est horrib'ment lourde, j'vous prions d'le crouère, et les gonds doiv'êt' tell'ment rouillés qu'y vont point tourner tout seuls. Et pis, j'y pensions, tout à coup — où avais-je la tête aussi ? fit-il plaisamment, va fallouère quèt'chose pour masquer l'terrib' grinc'ment qu'ê va faire en pivotant. T'nez ben les rênes ed'vos ch'vaux, pasque ça risque d'les s'couer.

Toth plaça ses énormes mains sur la grille et regarda le bateleur dans l'attente de ses instructions.

— Allez-y ! ordonna sèchement Feldegast, puis, comme le géant muet faisait lentement pivoter la grille sur ses charnières récalcitrantes, il leva la tête et poussa un hurlement rappelant d'une façon stupéfiante le cri des immenses Mâtins qui rôdaient au dehors.

Chrestien renâcla et recula craintivement de quelques pas, mais Garion le retint fermement.

— Très joli, fit Silk, admiratif.

— J'avions des moments d'génie, faut ben l'dire, admit

modestement Feldegast. Avec el'vacarme qu'font tous ces chiens là-dehors, c'est point un japp'ment d'plus ou d'moins qui va attirer l'attention, alors que l'grincement d'ces gonds risquait fort d'met' la puce à l'oreille des éventuels observateurs.

Il les mena de l'autre côté de la grille maintenant ouverte dans une galerie humide qui décrivait, ainsi qu'il le leur avait annoncé, deux coudes à angle droit, le premier à droite, le second à gauche. Le bateleur ferma tout à fait sa lanterne avant le second tournant, si bien qu'ils se retrouvèrent dans le noir complet.

— On est tout près d'la cour principale, à présent, chuchota-t-il. C'est le moment d'faire silence, et d'ouvrir l'œil et les oreilles, pasque s'y a des gens dans la maison, y a gros à parier qu'y doivent faire gaffe à c'qu'on s'approche point d'eux en douce. Y a un rail, le long d'ce mur, et j'croués qu'y vaudrait mieux y attacher les ch'vaux. Leurs sabots f'raient un bruit infernal sur les pierres ed'la cour, et on aura point b'soin d'eux pour monter et descend' les escaliers de c'te maudite maison.

Ils attachèrent sans bruit les rênes de leurs montures à la rampe de fer rouillée et avancèrent sur la pointe des pieds jusqu'au coin du passage. L'obscurité était moins oppressante au-delà. Il n'y avait pas de lumière à proprement parler, mais les ténèbres perdaient sensiblement de leur densité. Ils émergèrent de la galerie et se retrouvèrent dans une vaste cour. Ils regardèrent alors la sinistre demeure qui les dominait de toute sa hauteur. C'était une gigantesque construction massive, arrogante et sans grâce, à croire que ses bâtisseurs ignoraient le sens du mot *beauté* et s'étaient ingéniés à refléter le prodigieux orgueil du maître des lieux.

— Et voilà, souffla Belgarath d'un ton sinistre. C'est Ashaba.

Garion regardait avec une terrible avidité mêlée d'appréhension l'énorme masse noire dressée devant lui lorsque quelque chose attira son regard de l'autre côté de la cour. Il tourna la tête.

Un petit point lumineux brillait au rez-de-chaussée de la maison, tel un œil vigilant braqué sur lui.

CHAPITRE XVII

— Et maintenant, qu'est-ce qu'on fait ? souffla Silk en regardant la fenêtre éclairée. Il va bien falloir que nous traversions cette cour pour entrer dans la maison, mais rien ne prouve que nous ne sommes pas observés.

— Je vais finir par croire, Kheldar, que vous avez oublié les leçons de l'Académie, murmura Velvet. Quand on n'est pas sûr de réussir par la ruse, il faut savoir faire preuve d'audace.

— Tu suggères que nous allions jusqu'à cette porte et que nous frappions : « toc-toc, c'est nous » ?

— Je n'envisageais pas précisément de frapper.

— A quoi pensez-vous au juste, Liselle ? murmura Polgara.

— S'il y a des gens dans cette maison, ce sont probablement des Grolims, d'accord ?

— C'est plus que probable, renchérit Belgarath. A part eux, je ne vois pas qui pourrait venir dans cet endroit.

— J'ai cru remarquer que les Grolims ne prêtaient guère attention les uns aux autres, reprit la jeune fille.

— L'ennui, c'est que nous n'avons pas de robes noires sous la main, objecta Silk.

— On n'y voit goutte dans cette cour, Kheldar, et dans l'obscurité, n'importe quelle couleur sombre passerait pour du noir, pas vrai ?

— J'imagine. Et alors ?

— Alors nous avons toujours ces robes vertes de trafiquants d'esclaves, que je sache ?

Il lui jeta un coup d'œil en coulisse dans les ténèbres, puis interrogea Belgarath du regard.

— Ça va à l'encontre de tous mes instincts, répondit le vieux sorcier, mais ça pourrait marcher.

— De toute façon, il faut que nous entrions dans cette maison. Nous ne pourrons rien tenter tant que nous ne saurons pas qui est dedans, et pourquoi.

— Vous croyez que Zandramas a des Grolims avec elle ? s'inquiéta Ce'Nedra. Imaginez qu'elle soit seule dans cette maison, vous ne craignez pas qu'en voyant une procession de Grolims traverser la cour elle prenne peur et s'enfuie avec mon bébé ?

— Même si elle se sauvait en courant, nous sommes si près que nous la rattraperions, répondit Belgarath en secouant la tête. D'autant qu'elle aurait beau faire des tours et des détours, l'Orbe la suivrait n'importe où. Et puis nous ne sommes pas loin de Darshiva. Si elle est là, il est probable que ses Grolims y sont aussi. Elle les aura fait venir.

— Et lui ? chuchota Durnik en indiquant Feldegast. Il n'a pas de robe d'esclave.

— Nous trouverons bien quelque chose, murmura Velvet. J'ai une jolie robe d'intérieur bleu nuit qui devrait merveilleusement aller avec ses yeux, ajouta-t-elle en souriant. Il n'aurait qu'à mettre un foulard en guise de capuchon, et ça devrait passer, à condition qu'il reste au milieu du groupe.

— Ce s'rait eun' atteinte à ma dignité, se récria-t-il.

— Vous préférez peut-être rester avec les chevaux ? suggéra-t-elle plaisamment.

— V'z'êt' eun' femme impitoyab', ma Dame, pleurnicha-t-il.

— Ça m'arrive.

— Allons-y, décida Belgarath. Il faut que j'entre là-dedans.

Il ne leur fallut qu'un instant pour regagner l'endroit où ils avaient laissé leurs chevaux et récupérer, à la lumière assourdie de la lanterne de Feldegast, les robes d'esclaves soigneusement pliées dans leurs paquetages.

— D'quouè j'avions l'air, j'vous d'mandions un peu ? protesta le bateleur, indigné, en tiraillant sur la robe de satin bleu que Velvet avait drapée autour de lui.

— Je pense que vous êtes tout simplement à croquer, répondit Ce'Nedra.

— Mais s'il y a des gens là-dedans, vous n'avez pas peur qu'ils fassent des rondes dans les couloirs ? risqua Durnik.

— Seul'ment au rez-d'chaussée, mon bon maît', répondit Feldegast. Les étages d'la maison sont quasiment inhabitab', avec tous ces carreaux cassés et l'vent qui souff' dans les coulouèrs comme en plein champ. Y a un grand escalier juste d'vant la porte d'entrée, et avec un peu d'chance, on d'vrait pouvoir s'faufiler à l'étage ni vu ni connu j't'embrouille. Une fois là-haut, on d'vrait point rencontrer âme qui vive — à part les chauves-souris et les rats.

— Il fallait vraiment que vous disiez ça, hein ? grinça Ce'Nedra.

— Ah, ma pauv' p'tite chérie ! V'z'avez rein à craind'. J'sus là, et l'rat, la souris ou la chauve-souris qui m'battra en combat singulier n'est point né encore.

— Il a raison, Belgarath, confirma Silk. Si nous nous baguenaudons dans les couloirs du rez-de-chaussée, nous allons finir par nous faire remarquer, alors qu'une fois en haut, à l'abri des regards, je pourrai aller en reconnaissance et voir à qui nous avons affaire au juste.

— D'accord. Mais pour ça, il faut d'abord que nous entrions là-dedans, répéta le vieux sorcier.

— Eh bé, allons-y, fit Feldegast en se drapant dans sa robe d'intérieur avec un geste élégant.

— Lumière, ordonna sèchement Belgarath.

Le bateleur referma le volet de sa lanterne. Ils sortirent du boyau et s'engagèrent à la queue leu leu dans la cour noyée par les ombres, en imitant la démarche chaloupée que les prêtres grolims adoptaient pour les grandes occasions. La fenêtre éclairée, tout au bout, évoquait irrésistiblement un œil avide qui aurait suivi le moindre de leurs mouvements.

La cour n'était pas très vaste, mais Garion eut l'impression de mettre des heures à la traverser. Ils finirent tout de même par arriver à la porte principale, un immense portail noir, clouté d'acier, comme la porte de tous les temples grolims que Garion avait vus de sa vie. A ceci près qu'avec les siècles, le masque d'acier qui la surmontait avait rouillé, et que le beau visage glacial avait l'air squameux et malsain. Mais ce qui le rendait encore plus hideux peut-être, c'étaient les caillots jumeaux de rouille grumeleuse qui ruisselaient de ses orbites sur ses joues. Garion se rappela avec un frisson les larmes de feu qui avaient coulé sur le visage du Dieu avant qu'il ne s'écroule, frappé à mort.

Ils gravirent les trois marches menant à la sinistre porte. Toth l'ouvrit lentement.

Elle donnait sur une entrée mal éclairée par une unique torche vacillante placée à l'autre bout. Juste en face d'eux, comme le leur avait annoncé Feldegast, un grand escalier montait dans les ténèbres. Les marches étaient jonchées de gravats, et des guirlandes de toiles d'araignées pendaient du plafond noyé par l'obscurité. Belgarath leur fit traverser l'entrée, de la même démarche chaloupée qu'affectionnaient les Grolims, et commença à gravir l'escalier. Garion le suivit à pas mesurés, en faisant un effort sur lui-même pour ne pas courir. Ils étaient peut-être à mi-chemin du premier étage lorsqu'un cliquetis métallique se fit entendre derrière eux en même temps qu'une vive lumière illuminait la cage d'escalier.

— Que faites-vous là ? demanda une voix âpre. Et qui êtes-vous ?

Garion sentit le cœur lui manquer. Il se retourna. Un homme casqué, vêtu d'une cotte de mailles qui lui arrivait aux pieds, était planté en bas de l'escalier. Il tenait un bouclier de la main gauche et de la droite il élevait vers eux une torche crachotante.

— Descendez tout de suite ! leur ordonna-t-il.

Le géant Toth se tourna docilement, son capuchon tiré sur son visage, les bras croisés de sorte que ses mains disparaissaient dans ses manches, et descendit humblement les marches.

— Ça vaut pour tout le monde ! insista le Gardien du Temple. Je vous ordonne, au nom du Dieu des Angaraks, de venir immédiatement ici !

Le géant muet arriva au pied de l'escalier et le Gardien ouvrit de grands yeux en réalisant que sa robe n'était pas noire.

— Qu'est-ce que ça veut dire ! s'exclama-t-il. Vous n'êtes pas des Chandims ! Vous êtes...

Il ne devait jamais finir sa phrase. Toth avait refermé son énorme main sur son cou et le soulevait de terre. Le Gardien lâcha sa torche et agita frénétiquement les pieds. Alors, de l'autre main, le colosse lui ôta son casque avec désinvolture et lui frappa plusieurs fois le crâne sur le mur de pierre. L'homme fut pris d'un spasme et devint tout mou. Toth jeta le corps inerte sur son épaule et rejoignit ses compagnons.

D'un bond, Silk dévala l'escalier, ramassa la torche et le casque abandonnés dans le couloir et remonta.

— Ne jamais oublier de supprimer les indices, murmura-t-il d'un ton sentencieux en passant devant Toth. Pour qu'un crime soit parfait, il faut effacer toute trace de son passage.

Le colosse muet lui dédia un sourire éblouissant.

En haut de l'escalier, le vent descendu des montagnes hurlait par les fenêtres fracassées, agitait le lierre masquant les immenses châssis et les toiles d'araignées pareilles à des rideaux moisis, déchiquetés.

Sur le palier, les feuilles mortes qui leur arrivaient aux chevilles tournoyaient dans les courants d'air. Les portes vermoulues, qui pendaient de guingois sur leurs gonds, donnaient sur des chambres pleines de feuilles mortes et de poussière. Mille générations de souris diligentes, en quête de matériaux pour leur nid, avaient depuis longtemps dépouillé les meubles et la literie de leurs dernières miettes de tissu ou de rembourrage. Toth porta son captif inanimé dans l'une des pièces, lui attacha les pieds et les mains et le bâillonna afin d'étouffer ses cris, s'il avait la mauvaise idée de s'éveiller avant l'aube.

— Bon, la lumière que nous avons vue était à l'autre bout de la maison, il me semble ? fit Garion. Qu'y a-t-il de ce côté-ci ?

— Les appart'ments d'feue Sa Majesté Torak, répondit Feldegast en ajustant le volet de sa petite lanterne de façon à lui faire émettre un mince pinceau lumineux. C'est là qu'étaient sa salle du trône et sa chapelle privée. J'pourrions même vous montrer sa chambre à coucher personnelle, si ça vous dit. Vous pourrez sauter et faire des galipettes sur son grand lit — ou c'qu'il en reste.

— Je pense que je m'en passerai.

— Dites-moi, Feldegast, à quand remonte votre dernière visite ici ? demanda Belgarath en se tiraillant le lobe de l'oreille.

— J'dirions qu'ça fait six mois.

— Vous n'avez vu personne ? demanda très vite Ce'Nedra.

— Hé non, ma p'tite chérie. C't'endroit était aussi vide qu'eun' tombe.

— C'était avant que Zandramas n'arrive, Ce'Nedra, lui rappela doucement Polgara.

— Pourquoi c'te question, mon vieil ami ? fit le bateleur.

— Je ne suis pas revenu depuis la bataille de Vo Mimbre, répondit le vieux sorcier tout en suivant le couloir jonché de feuilles. La baraque était en assez bon état, à l'époque, mais la construction angarake ne brille pas par la qualité. Comment le mortier tient-il le coup ?

— Il est aussi friab' qu'eun' biscotte.

— C'est bien ce que j'espérais, souffla Belgarath en hochant la tête d'un air entendu. Bon, nous sommes venus ici dans l'espoir d'y trouver certaines informations. Pas pour en découdre avec ses occupants.

— Sauf Zandramas, objecta Garion. Si elle est encore ici avec mon fils, je te promets une conflagration auprès de laquelle Vo Mimbre fera figure de kermesse villageoise.

— Et je liquiderai les survivants. S'il y en a, ajouta farouchement Ce'Nedra.

— J'espère, Pol, que je peux compter sur toi pour les tenir en bride, grommela Belgarath.

— Là, Père, je crains que ce ne soit difficile. Il se pourrait même que je décide de me joindre à eux.

— Je pensais que nous avions plus ou moins gommé le côté alorien de ta nature.

— Ce n'est pas ce côté qui s'exprimait, Père.

— Mouais. Enfin, comme je vous disais, ou plutôt comme j'essayais de vous le dire avant que tout le monde embouche la trompette guerrière, il se pourrait que nous arrivions à entendre et peut-être même à voir d'ici ce qui se passe dans la partie principale de la maison. Si le mortier est pourri, comme le dit Feldegast, il n'est pas impossible que nous trouvions des interstices dans le plancher de ces pièces, et sinon nous ne devrions pas avoir trop de mal à ouvrir quelques fentes. Ça nous permettrait d'apprendre ce que nous avons besoin de savoir. Si Zandramas est ici, nous agirons en conséquence. Et s'il n'y a que des Chandims en goguette, des Gardiens du Temple ou un ramassis de Karandaques fanatiques de Mengha, nous ferons ce que nous avons à faire et nous repartirons sur la piste de Zandramas sans signaler notre présence.

— Ça me paraît raisonnable, acquiesça Durnik. Je ne vois pas l'intérêt de déclencher une bagarre superflue.

— Je suis content de voir qu'il y a au moins un individu sensé dans cette bande de va-t-en guerre, remarqua le vieux sorcier.

— Bien sûr, si c'est Zandramas qui est en bas, je serai amené à prendre personnellement des mesures, précisa le forgeron.

— Vous aussi ? geignit le vieux sorcier.

— Naturellement. Que voulez-vous, Belgarath, il y a des choses avec lesquelles on ne transige pas.

Ils poursuivirent leur avance, suscitant des bruits furtifs dans les feuilles qui jonchaient le sol et vers le haut des murs drapés de toiles d'araignées.

Ils passaient devant une énorme porte à deux battants, si massive qu'elle avait résisté aux atteintes du temps, lorsque Belgarath fut pris d'une idée.

— Je jetterais bien un coup d'œil là-dedans, souffla-t-il.

Au moment où il ouvrait les portes, l'épée que Garion portait en bandoulière exerça sur son baudrier une traction si violente qu'il se retint de justesse pour ne pas tomber.

— Grand-père ! hoqueta-t-il.

Il passa la main par-dessus son épaule et enjoignit l'Orbe de se tenir tranquille tandis qu'il dégainait son immense épée. La pointe plongea vers le sol puis l'attira brusquement dans la pièce.

— Elle est entrée dans cette pièce ! souffla-t-il avec exaltation. Zandramas est venue ici avec Geran !

Feldegast leur donna un peu plus de lumière. Ils étaient dans une vaste bibliothèque au plafond voûté et aux murs couverts d'étagères pleines de livres et de parchemins poussiéreux, moisis.

— Voilà donc ce qu'elle cherchait, murmura Belgarath.

— C'est-à-dire ? chuchota Silk.

— Un livre. Sans doute une prophétie. Elle suivait la même piste que moi, reprit-il en se rembrunissant, et comme c'était à peu près le seul endroit où elle avait une chance de trouver un exemplaire intact des Oracles ashabènes...

— Oh ! s'écria Ce'Nedra d'une voix étranglée en indiquant quelque chose, par terre.

Le sol couvert de poussière avait gardé certaines

empreintes. La plupart avaient visiblement été faites par des chaussures de femme, mais il y en avait d'autres, toutes petites.

— Mon bébé était là, reprit Ce'Nedra, au bord des larmes, puis elle poussa un petit gémissement et éclata en sanglots. Il... il marche, et je n'aurai pas assisté à ses premiers pas.

Polgara s'approcha d'elle et la serra fort, fort, fort contre son cœur.

Les yeux de Garion s'embuèrent. Il résista à une envie incoercible de tout casser. Ses mains étaient tellement crispées sur la poignée de son épée qu'il en avait les jointures toutes blanches.

Belgarath jurait tout bas.

— Qu'y a-t-il ? lui demanda Silk.

— C'était la raison essentielle de ma venue à Ashaba, grinça le vieux sorcier. J'avais besoin d'un exemplaire non expurgé des Oracles ashabènes et Zandramas m'a devancé.

— Il y en a peut-être un autre.

— Sûrement pas. Elle me précède partout en brûlant les ouvrages intéressants sur son passage. S'il y en avait plusieurs ici, elle aura veillé à ce que je n'en retrouve aucun. C'est pour ça qu'elle est restée si longtemps. Elle a tout retourné afin d'être bien certaine de ne rien laisser d'exploitable derrière elle.

Il se remit à vociférer.

— Est-ce que c'est intéressant ? demanda Essaïon en s'approchant d'une table qui, contrairement au reste de la pièce, avait été époussetée et même cirée.

Exactement au centre était posé un ouvrage relié de cuir noir et flanqué de chaque côté par un moignon de chandelle. Comme Essaïon le soulevait, un bout de parchemin soigneusement plié s'en échappa. Le jeune homme le ramassa et y jeta un coup d'œil.

— Qu'est-ce que c'est ? demanda Belgarath.

— Un message, répondit Essaïon. Il vous est destiné.

Il tendit le parchemin et le livre au vieux sorcier.

Belgarath lut la note. Son visage devint d'abord d'une pâleur spectrale puis violacé. Il grinça des dents, les veines de son visage et de son cou se mirent à saillir et Garion sentit qu'il bandait son Vouloir.

— Non, Père ! lança Polgara, dans un souffle. Rappelle-toi que nous ne sommes pas seuls ici !

Il se domina au prix d'un effort surhumain, roula le parchemin en boule et le jeta par terre avec une telle force qu'il rebondit et roula de l'autre côté de la pièce. Il donna ensuite l'impression de vouloir faire suivre le même chemin au livre, mais se ravisa. Il l'ouvrit au hasard, tourna quelques pages, se lança dans un chapelet de jurons pittoresques et tendit le volume à Garion.

— Regarde-moi ça, grinça-t-il entre ses dents.

Il se mit à faire les cent pas dans la pièce, la face plus sombre qu'un nuage d'orage, en marmonnant des imprécations et en levant les bras au ciel comme pour le prendre à témoin.

Garion ouvrit le livre, le tourna vers la lumière et comprit aussitôt la colère de Belgarath. Des passages entiers du texte avaient été supprimés — pas simplement biffés ou effacés, non, découpés dans les pages avec un rasoir ou une lame très effilée. Garion se mit à pester à son tour.

Dévoré de curiosité, Silk ramassa le parchemin et le défroissa. Il déglutit péniblement et tourna la tête avec appréhension vers Belgarath, qui fulminait toujours.

— Ouaouh, souffla-t-il.

— Qu'y a-t-il ? s'inquiéta Garion.

— Je pense que nous ferions mieux de laisser ton grand-père un peu tranquille, répondit le petit homme au museau de fouine. Il se pourrait qu'il lui faille un moment pour se remettre de ce coup-là.

— N'épiloguez pas, Silk, et lisez-nous ça, ordonna Polgara.

Silk jeta un regard circonspect en direction de Belgarath. Le vieux sorcier flanquait des coups de poing dans le mur de pierre, à l'autre bout de la pièce.

— « Belgarath, v... vieille carne, lut-il tout bas, je t'ai encore eu. Je pars maintenant pour l'Endroit-qui-n'est-plus en vue de la rencontre finale. Tu peux toujours essayer de me suivre. Ce livre t'y aidera peut-être. »

— C'est signé ? demanda Velvet.

— Zandramas, répondit-il. Qui voulais-tu que ce soit ?

— Le ton de cette missive est carrément insultant, murmura Sadi avec un coup d'œil oblique à Belgarath qui passait sa colère sur le mur. Je trouve qu'il ne le prend pas si mal, tout bien considéré.

— En attendant, ça répond à bien des questions, murmura pensivement Velvet.

— Lesquelles, par exemple ? s'enquit Silk.

— Nous nous demandions si Zandramas était encore là. Il est évident qu'elle n'y est plus. Il faudrait être débile pour rester à portée de Belgarath après lui avoir laissé un tel message.

— Là, tu marques un point. Nous n'avons donc plus aucune raison de rester ici. L'Orbe a retrouvé la piste de Zandramas. Nous n'avons qu'à repartir discrètement et à reprendre la poursuite.

— Sans chercher à savouère qui est là ? objecta Feldegast. J'serions désolé d'partir avant d'avouère satisfait ma curiosité. Et pis, faudra un certain temps à not' ami ici présent pour r'prend' son calme, ajouta-t-il avec un mouvement de menton en direction de Belgarath. J'allions vouère au bout d'ce coulouère s'y aurait pas un endrouèt d'où on pourrait r'luquer un p'tit coup l'rez-d'chaussée de c'te baraque, just' pour répond' à quèques questions qui m'démangions.

Il s'approcha de la table et alluma un des bouts de chandelle à sa lanterne.

— Ça vous dirait-y d'venir avec mouè, Prince Kheldar ?

— Pourquoi pas ? répondit Silk en haussant les épaules.

— Je vous accompagne, fit Garion en rendant le livre à sa tante avec un regard significatif en direction de Belgarath. Tu crois qu'il s'en remettra ?

— Je vais lui parler, mon chou. Ne traînez pas.

Il acquiesça sans mot dire et suivit Silk et le bateleur hors de la pièce.

Il y avait une porte au bout du couloir. Elle donnait sur une petite pièce jadis garnie d'étagères. Sans doute un cagibi, ou une lingerie, se dit Garion. Feldegast éteignit sa lanterne.

Dans la soudaine obscurité, une faible lueur brilla entre les feuilles mortes accumulées dans les coins et le long des murs, et un murmure monta des profondeurs.

— Hé, hé ! ricana tout bas Feldegast. On dirait qu'l'idée d'ce vieux ronchon n'était point si mauvaise, après tout.

L'mortier s'est bel et bien désagrégé l'long d'ce mur. Y d'vrait point êt' dur d'balayer les feuilles et d'trouver d'jolis p'tits trous ben commodes pour j'ter un coup d'œil. Voyons vouère qui a établi son quartier général dans la Maison d'Torak...

Garion eut tout à coup l'étrange impression de revivre une scène qui s'était déroulée il y avait bien longtemps, dans le palais du roi Anheg, au Val d'Alorie. Il avait suivi un homme en cape verte dans les couloirs déserts des étages supérieurs jusqu'à un endroit où les voix montaient par les fissures de la muraille. Il se souvint alors d'une chose que Belgarath lui avait dite à Tol Honeth. Selon lui, la plupart des événements qui avaient eu lieu alors qu'ils poursuivaient Zedar et l'Orbe allaient probablement se reproduire puisqu'ils s'apprêtaient à une nouvelle rencontre entre l'Enfant de Lumière et l'Enfant des Ténèbres. Il tenta de chasser cette impression, sans grand succès.

Ils dégagèrent la fente qui courait tout le long d'un des murs de la lingerie en prenant bien garde à ne pas faire de bruit et en veillant à ce qu'aucune feuille ne tombe dans la pièce en dessous. Puis chacun d'eux choisit un trou propice à l'examen.

Leur observatoire donnait sur une immense salle enfumée par des torches crépitantes, placées dans des anneaux de fer scellés aux murs. Le sol disparaissait sous une crasse millénaire. Des toiles d'araignées balafraient les murs et des tentures en lambeaux pendaient aux fenêtres. Malgré ses vastes dimensions, la salle était pleine à craquer de Grolims vêtus de leur sempiternelle robe noire, de quelques Karandaques habillés de bric et de broc et d'un certain nombre de Gardiens du Temple reconnaissables à leur armure étincelante. Les premiers rangs étaient occupés par une meute de Mâtins de Torak déployés tel un bataillon de soldats. Les énormes bêtes plus ténébreuses que la nuit étaient assises sur leur derrière, comme dans l'expectative. Devant ces animaux se dressait un autel de pierre noire, qui avait récemment servi, selon toute apparence, flanqué de chaque côté par un brasero rougeoyant. Un trône d'or était placé sur une haute estrade, contre le mur tendu de draperies noires, à moitié pourries, sous un gigantesque masque de Torak.

— Ça, c'était le trône de l'aut' Grand Brûlé, murmura Feldegast.

— Ce sont des Chandims, non ? chuchota Garion.

— Tout juste. Des Chandims sous forme humaine et animale, avec leurs chouchous en cottes de mailles. J'sus un peu surpris qu'Urvon ait choisi d'faire occuper c't'endrouêt par ses chiens. Enfin, c'qu'on pouvait encore faire ed'mieux d'Ashaba, c'était un ch'nil, d'tout'façon.

L'assistance réunie dans la salle du trône attendait manifestement quelque chose, à en juger par la nervosité avec laquelle tous contemplaient le trône.

Puis un gong assourdi vibra en dessous d'eux.

— A genoux ! ordonna une voix tonitruante. Prosternez-vous et rendez hommage au Nouveau Dieu des Angaraks !

— Hein ? hoqueta Silk comme s'il allait s'étrangler.

— Chut ! R'gardez et bouclez-la ! souffla Feldegast.

Un formidable roulement de tambours s'éleva jusqu'à eux, puis une fanfare éclata, bientôt suivie d'une fervente mélopée, et d'entre les draperies pourries encadrant le trône d'or sortit une colonne de Grolims en rang par deux. Les Chandims et les Gardiens se laissèrent tomber à genoux tandis que les Mâtins et les Karandaques se traînaient par terre en gémissant.

Le grondement des tambours et des voix s'amplifia. Un personnage vêtu de lamé or, portant une couronne et entouré d'un halo lumineux écarta les tentures et s'avança avec raideur. Garion sentit qu'il suscitait lui-même son aura, au prix d'un violent effort de volonté. Puis l'homme leva la tête, comme gonflé d'un orgueil démesuré. Son visage était tavelé de plaques livides, d'une hideuse couleur cadavérique, mais ce qui horrifia Garion, ce fut son regard de pure démence.

— Urvon ! Ce fils de pute vérolée ! souffla Feldegast d'une voix rauque, sans une trace d'accent.

Juste derrière l'homme au visage marbré se profila une silhouette ténébreuse. Son visage se perdait dans la nuit d'un profond capuchon. Cette forme sombre n'était pas simplement vêtue de la robe noire des Grolims ; on eût dit que la noirceur émanait d'elle-même et diffusait un mal absolu dans l'air alentour.

Urvon monta sur l'estrade et s'assit sur le trône, les traits figés dans une expression arrogante, insensée, ses yeux exorbités lui sortant à moitié de la figure. Le personnage environné d'ombre resta derrière lui. Il se pencha sur son épaule gauche et commença à lui parler tout bas à l'oreille, chuchotant, murmurant interminablement...

Pour les Chandims, les Gardiens, les Karandaques et même les Mâtins prosternés dans la salle du trône, ce fut l'extase. Ils se mirent à gémir et à se tortiller comme s'ils avaient voulu rentrer sous terre. Une douzaine de Chandims en robe noire rampèrent vers le dernier disciple de Torak qui se repaissait de leur adulation. Ils placèrent sur l'autel, devant lui, des coffres d'or massif qu'ils ouvrirent avec révérence. Ils étaient pleins à ras bord de joyaux et d'or rouge angarak.

— Ces offrandes réjouissent les yeux de votre Dieu, déclama le Disciple d'une voix stridente. Que tous s'approchent. Le Nouveau Dieu des Angaraks va recevoir les dons de ses fidèles.

Un murmure de consternation passa parmi les Chandims qui se consultèrent hâtivement.

Ils vinrent alors, en procession, déposer sur la pierre noire de l'autel de modestes boîtes de bois dont ils soulevèrent cérémonieusement le couvercle, révélant un mélange de gravier et de brindilles. Puis ils se retirèrent l'un après l'autre en emportant subrepticement les coffres d'or.

Urvon contempla en exultant les coffres et les boîtes. Il semblait incapable de faire la différence entre l'or et les pierres. Et le défilé continuait, chaque prêtre déposant sa misérable offrande sur l'autel et repartant au fond de la salle avec l'un des coffres de métal précieux.

— Votre Dieu est content de Ses prêtres, annonça Urvon de sa voix criarde, lorsque le petit jeu fut fini. Vous Lui avez, en vérité, apporté la richesse des nations.

Les Chandims, les Karandaques et les Gardiens se redressèrent. La silhouette ombreuse dressée derrière l'épaule d'Urvon murmurait toujours à son oreille.

— Nous allons maintenant recevoir le Seigneur Mengha, le favori de Nos serviteurs, car il a fait venir à Nous l'esprit familier qui Nous a révélé Notre condition divine, annonça le fou en montrant l'ombre debout derrière lui.

— Que paraisse le Seigneur Mengha, et qu'il rende hommage au Dieu Urvon ! Le Nouveau Dieu des Angaraks va lui faire la faveur de le recevoir ! psalmodia une voix sépulcrale.

Les trompettes sonnèrent à nouveau, au bout de la salle.

— Grâces soient rendues à Urvon, le Nouveau Dieu des Angaraks ! scanda une voix d'outre-tombe. Le Seigneur Mengha vient s'incliner devant le Dieu vivant et recueillir sa parole !

Un roulement de tambours ébranla les murailles et un homme vêtu de la robe noire des Grolims s'avança dans l'allée centrale. Arrivé auprès de l'autel, il esquissa une génuflexion devant le fou assis sur le trône de Torak.

— Contemplez tous le terrible visage du Seigneur Mengha, le favori des serviteurs du Dieu Urvon et bientôt son Premier Disciple ! tonna la voix caverneuse.

L'homme debout devant l'autel se retourna et repoussa son capuchon, révélant son visage à l'assemblée.

Garion étouffa une exclamation de surprise. L'homme qui venait de lui apparaître était Harakan.

CHAPITRE XVIII

— Par Belar ! souffla Silk.

— Inclinez-vous devant le Premier Disciple du Nouveau Dieu des Angaraks ! hurla Urvon de sa voix stridente. Honorez-le comme votre Dieu Lui-même !

Un murmure d'étonnement parcourut la congrégation et, d'en haut, Garion crut discerner quelque réticence sur le visage de certains Chandims.

— Prosternez-vous devant lui ! piaula Urvon en se levant d'un bond. Il est mon Disciple !

Les Chandims contemplèrent d'abord le fou à la bouche écumante qui gesticulait sur l'estrade, puis le visage implacable d'Harakan et s'agenouillèrent craintivement.

— Je suis comblé de voir avec quel enthousiasme vous obtempérez aux commandements de notre Dieu, observa sardoniquement Harakan. Je saurai m'en souvenir.

Et sa voix était chargée d'une menace à peine voilée.

— Sachez tous que mon Disciple vous porte ma parole, annonça Urvon en se rasseyant. Considérez sa voix comme issue de ma bouche et obéissez-lui comme vous m'obéissez.

— Entendez les paroles de notre Dieu ! entonna Harakan avec un sourire démoniaque. Grande est la puissance du Dieu des Angaraks et prompte serait sa colère si vous veniez à lui manquer. Sachez encore que c'est à moi, Mengha, qu'il appartient désormais de châtier les impies, car je suis l'épée d'Urvon au même titre que sa voix.

Il avait abattu son jeu. Harakan parcourut lentement l'assemblée du regard comme s'il défiait chacun de s'élever contre l'honneur qui lui était fait.

— Loué soit Mengha, Disciple du Dieu vivant ! hurla l'un des Gardiens en cotte de mailles.

— Loué soit Mengha ! répondirent les autres Gardiens en frappant leur bouclier du poing en guise de salut.

— Loué soit Mengha ! beuglèrent les Karandaques.

— Loué soit Mengha ! braillèrent enfin les Chandims agenouillés dans une attitude soumise.

Les gigantesques Mâtins rampèrent aux pieds de Harakan et lui léchèrent les mains en gémissant.

— Voilà qui est bien, grinça le fou couronné. Le Dieu des Angaraks est content de vous.

Des tentures pourries qui s'étaient écartées devant Urvon émergea une mince silhouette vêtue d'une lourde robe de satin noir. Sa tête disparaissait à moitié sous son capuchon noir et elle donnait l'impression de tenir quelque chose dans les plis de sa robe. Arrivée au pied de l'autel, elle éclata d'un rire satanique, révélant un visage sculpté dans le marbre blanc, d'une beauté et d'une cruauté qui n'étaient pas de ce monde.

— Pauvres imbéciles ! rauqua la silhouette. Vous pensiez pouvoir donner sans moi un nouveau Dieu au peuple Angarak !

— Je ne t'ai pas appelée, Zandramas ! hurla Urvon.

— Je n'ai que faire de tes ordres, Urvon, et n'ai point à attendre que tu me mandes, lança-t-elle d'un ton méprisant. Je ne suis pas ta créature, comme ces chiens. Je sers le Dieu des Angaraks, et à son avènement tu seras jeté à bas de ton trône.

— Je suis le Dieu des Angaraks ! croassa-t-il.

— Et toi, Harakan, reprit-elle d'une voix plus froide que la glace tandis qu'il s'approchait d'elle, oseras-tu opposer ton insignifiance au Vouloir de l'Enfant des Ténèbres ? Tu peux toujours changer de nom, ton pouvoir n'en sera pas accru.

Harakan s'arrêta net et la considéra avec défiance.

— Je suis atterrée, Urvon, de ne pas avoir été avertie de ta déification, reprit-elle en se tournant vers le fou juché sur son perchoir. Si j'avais su, je serais venue me prosterner devant toi et implorer ta bénédiction. Ah, Urvon ! s'exclama-t-elle, et un rictus sardonique déforma son visage. Toi, un Dieu ? Mais tu pourrais rester assis sur le trône de

Torak jusqu'à la fin des temps, jamais tu ne seras un Dieu ! Tu auras beau adorer la fange et lui donner le nom d'or, jamais tu ne seras un Dieu ! Tu peux toujours te prélasser dans l'adoration de ces chiens rampants qui souillent ta cour et ton trône de leurs déjections, jamais tu ne seras un Dieu ! Quand tu attendrais l'écroulement de cette ruine sordide en prêtant une oreille avide aux paroles de ton démon apprivoisé, ce Nahaz qui, en ce moment même, te distille des conseils de folie, jamais tu ne seras un Dieu !

— Je suis un Dieu ! hurla Urvon, les lèvres écumantes, en se dressant comme un cobra sur son trône.

— Vraiment ? Eh bien, Urvon, concéda-t-elle dans un ronronnement, si tel est le cas, si tu es réellement un Dieu, je te conseille vivement de profiter de ta divinité pendant qu'il en est temps, car tout comme Torak le balafré, tu es condamné.

— Qui aurait le pouvoir de tuer un Dieu ? cracha-t-il.

— Qui pourrait bien en avoir le pouvoir ? rétorqua-t-elle avec un rire terrifiant. Qui, sinon celui-là même qui a ôté la vie à Torak ! Prépare-toi à succomber sous l'épée embrasée de Poing-de-Fer qui a privé ton maître de sa force vitale, car je l'appelle, lui, le Tueur de Dieu !

A ces mots, elle se pencha en avant, posa sur la pierre noire de l'autel un paquet enveloppé de langes qu'elle dissimulait dans les plis de sa robe. Elle leva la tête et regarda droit à travers la fissure par laquelle Garion l'observait, paralysé de stupeur.

— Contemple ton fils, Belgarion, dit-elle. Contemple-le et entends-le pleurer !

Elle écarta un coin du lange, révélant un tout jeune enfant — Geran. Son petit visage se crispa de terreur et il poussa un gémissement pitoyable, désespéré.

Cette plainte bannit toute pensée consciente de l'esprit de Garion. C'était le vagissement qui l'obsédait depuis qu'ils avaient quitté Mal Zeth. Les pleurs qui hantaient son sommeil n'étaient pas ceux de cet enfant condamné, abandonné dans les rues désertes de la cité frappée par la peste mais ceux de son propre fils ! Incapable de résister, il se leva d'un bond. C'était comme si un rideau de flammes était tombé devant ses yeux, oblitérant toute réflexion, ne laissant place qu'à un besoin irrépressible de rejoindre l'enfant qui se lamentait sur l'autel, en dessous de lui.

Il se rendit vaguement compte, en voyant défiler les portes délabrées des chambres depuis longtemps désertes, qu'il courait à perdre haleine dans le couloir ténébreux, jonché de feuilles mortes. Il arracha l'épée de Poing-de-Fer à son fourreau en rugissant comme une bête féroce. Il lui sembla entendre, loin derrière lui, Silk pousser un cri de surprise.

— Garion ! Non !

La tête en feu, incapable de la moindre réflexion, Garion fonçait dans le brouillard, guidé par l'immense Epée de Riva qui étincelait devant lui.

Il tenterait en vain, des années plus tard, de se rappeler comment il avait descendu l'escalier. Il se souviendrait vaguement de s'être retrouvé dans le couloir du rez-de-chaussée, en proie à une rage inextinguible.

Les Gardiens du Temple et les Karandaques tentèrent sans conviction de lui barrer la route, mais il saisit la poignée de son épée à deux mains et se fraya un chemin parmi eux comme s'il fauchait un champ de blé. Sur son passage, ils se couchaient dans une mare de sang, tels des épis moissonnés.

L'immense porte à double battant qui fermait la cour du Dieu mort était fermée et barricadée de l'intérieur, mais Garion ne fit même pas appel à la sorcellerie. Il la pulvérisa avec son épée embrasée, ainsi que les désespérés qui s'efforçaient de lui en interdire l'entrée.

Il fit irruption dans la salle du trône en rugissant comme un fou furieux, les yeux flamboyants de haine. Les hommes reculèrent peureusement devant le Tueur de Dieu qui avançait sur eux, dans un halo de lumière bleue. Ses lèvres découvraient ses dents en un rictus hideux, et sa terrible épée embrasée décrivait des moulinets devant lui, tel le fléau du destin.

Un Grolim tenta de s'interposer, un bras levé, et concentra son énergie mentale. Garion n'entendit jamais le furieux bruit de vague qui devait accompagner le déchaînement de son Vouloir. Il ne marqua pas une hésitation. Les autres Grolims de l'assemblée se recroquevillèrent, épouvantés, en voyant la pointe de son épée de feu ressortir entre les omoplates de leur frère un peu trop téméraire. Le prêtre blessé à mort regarda la lame crépitante plongée dans sa poitrine et tenta de l'agripper entre ses mains tremblantes, mais il n'en eut pas le temps. Garion dégagea son épée d'un coup de pied et poursuivit inexorablement son avance.

Un Karandaque se jeta devant lui en brandissant un bâton orné d'un crâne et murmura fébrilement une incantation. Il s'arrêta net, la gorge traversée par l'épée de Garion.

— Regarde-le, Urvon ! Contemple le Tueur de Dieu ! exulta Zandramas. Ta vie est sur le point de prendre fin, Dieu des Angaraks, car Belgarion est venu te l'arracher, tout comme il a ôté celle de Torak !

Puis elle tourna le dos au fou qui se ramassait sur lui-même, apeuré, et regarda Garion avec un sourire carnassier.

— Acclamez tous l'Enfant de Lumière ! ordonna-t-elle d'une voix sonore. Loué sois-tu, Belgarion ! lui cracha-t-elle en pleine face d'un air de défi. Ote à nouveau la vie du Dieu des Angaraks, puisque telle a toujours été ta tâche. J'attendrai ta venue à l'Endroit-qui-n'est-plus.

Elle prit l'enfant vagissant dans ses bras, l'enfouit dans les plis de sa cape, puis sa silhouette devint floue et elle disparut.

Garion éprouva tout à coup une douleur fulgurante. Zandramas s'était cruellement jouée de lui. Ils n'avaient jamais été là, ni son fils ni elle. Il avait foncé aveuglément vers une projection sans réalité tangible. Pis que tout, elle l'avait manipulé en lui infligeant, nuit après nuit, ces vagissements obsédants. Il comprenait à présent qu'elle lui avait imposé ces cauchemars pour l'obliger, le moment venu, à répondre à son injonction insultante. Il eut un instant de défaillance. Il abaissa son épée dont la flamme diminua d'intensité.

— A mort ! ordonna Harakan. Tuez celui qui a ôté la vie de Torak !

— A mort ! répéta Urvon en écho, de sa voix criarde de dément. Abattez-le et offrez-moi son cœur en sacrifice !

Une demi-douzaine de Gardiens du Temple avancèrent lentement vers lui, avec une répugnance manifeste. Garion leva à nouveau son épée qui s'embrasa de plus belle, et les Gardiens firent un bond en arrière.

— Voyez ce qui attend les lâches et les couards, lança sèchement Harakan en observant avec un rictus méprisant les hommes cuirassés d'acier.

Il tendit une main et prononça un mot à voix basse. L'un des Gardiens s'effondra en hurlant, se tordit un instant de douleur et périt brûlé vif dans sa cotte de mailles et son casque instantanément chauffés au rouge.

— Maintenant, vous allez m'obéir ! rugit Harakan. Tuez-le !

Ainsi galvanisées, ses troupes reprirent l'offensive. Garion reculait pas à pas lorsqu'un bruit de course précipitée se fit entendre dans le couloir. Il constata d'un coup d'œil que ses amis venaient de faire irruption dans la salle du trône.

— Tu as perdu l'esprit ou quoi ? lança hargneusement Belgarath.

— Je t'expliquerai plus tard, grinça Garion encore à moitié aveuglé par la rage, en se retournant vers les hommes en armure dressés devant lui.

Il fit décrire de larges moulinets à son épée, et les Gardiens battirent en retraite à nouveau.

Belgarath se campa devant les Chandims groupés le long de l'allée centrale, se concentra et esquissa un simple geste. Un brasier surgit tout à coup des dalles du sol et les engloutit.

Puis ce fut comme si quelque chose passait entre le vieux sorcier et sa fille. Polgara eut un imperceptible hochement de tête et l'autre côté de l'allée fut soudain muré par les flammes.

Deux des Gardiens étaient déjà tombés sous la lame de Garion. Les autres auraient bien volé au secours de leurs compagnons, tout comme les Karandaques qui roulaient des yeux affolés, mais ils hésitaient devant les langues de feu qui isolaient l'allée centrale.

— Votre pouvoir ! hurlait Harakan à ses Chandims. Utilisez votre pouvoir pour étouffer les flammes !

Garion se rapprocha des Gardiens et des Karandaques, abattit l'épée de Poing-de-Fer sur les armes qu'ils brandissaient vers lui et les frappa d'estoc et de taille, mais il sentit le champ de force et le rugissement de leurs volontés combinées, et malgré les efforts de Belgarath et Polgara, le rideau de flammes, des deux côtés de l'allée, vacilla et retomba.

Un énorme Mâtin aux yeux de braise franchit d'un bond la masse des Gardiens qui faisaient face à Garion et se jeta sur lui, la gueule ouverte, dans l'intention manifeste de refermer ses crocs immondes sur sa gorge. Il retomba à terre en se cabrant et se tordit un moment de douleur, dans les affres de l'agonie. Il s'était ouvert le crâne sur son épée embrasée.

Alors Harakan se fraya un chemin entre ses hordes afin d'affronter Garion.

— Il était donc écrit, Belgarion, que nous nous rencontrerions à nouveau, aboya-t-il. Lâche ton épée, ou ta femme et tes amis vont périr. J'ai une centaine de Chandims avec moi. Tu ne fais pas le poids contre nous tous.

Il bandait sa volonté lorsque, à la stupeur de Garion, Velvet passa en courant auprès de lui.

— Je vous en prie ! s'écria-t-elle d'une voix suppliante en tendant les bras vers le terrible Grolim. Epargnez-moi, je vous en conjure !

Elle se jeta à terre devant Harakan et se cramponna à sa robe noire en gémissant, le dos rond, secoué de sanglots.

Désarçonné par cette exhibition inattendue, Harakan relâcha son Vouloir. Il bourra la fille de coups de pied et tirailla sur sa robe pour lui faire lâcher prise, mais elle s'accrochait à lui en pleurant et en implorant sa clémence.

— Débarrassez-moi d'elle ! hurla-t-il en tournant la tête vers ses hommes.

Ce bref instant d'inattention lui fut fatal. La main de Velvet se déplaça si vite que l'œil n'eût pu la suivre. Elle plongea dans son corselet et en ressortit avec un petit serpent vert vif.

— Un cadeau pour toi, Harakan ! s'écria-t-elle triomphalement. Un présent pour le chef du Culte de l'Ours de la part de la Chasseresse !

Elle lui lança Zith en pleine face.

Il poussa un cri lorsque le serpent le mordit pour la première fois et porta ses mains crispées à son visage pour l'en arracher, mais son cri s'acheva dans un horrible gargouillis et ses mains se tordirent futilement dans le vide, devant lui. Il fit en piaulant quelques pas en arrière, d'une démarche chancelante, entrecoupée de mouvements spasmodiques, tandis que le petit reptile courroucé le frappait à coups redoublés. Il se raidit et se courba en arrière, sur l'autel, les pieds raclant frénétiquement le sol, les bras fouettant l'air en tous sens. Sa tête heurta brutalement la pierre ruisselante de sang, ses yeux lui sortirent de la figure et sa langue enflée jaillit de sa bouche. Puis une mousse sombre monta à ses lèvres, il eut encore quelques soubresauts, et son corps glissa mollement à terre, devant la pierre sacrificielle.

— Et ça, c'est pour Bethra, ajouta Velvet en flanquant un coup de pied à la dépouille encore chaude.

Les Chandims et leurs cohortes reculèrent à nouveau, épouvantés, en contemplant le cadavre de leur chef de meute.

— Ils ne sont qu'une poignée ! hurla Urvon. Nous sommes une multitude ! Tuez-les ! C'est votre Dieu qui vous l'ordonne !

Les Chandims contemplèrent d'abord le corps convulsé de Harakan, puis le fou couronné qui gesticulait sur le trône, et enfin le terrible petit serpent qui s'était enroulé sur l'autel et poussait des sifflements inquiétants en dardant sa langue vers eux.

— Ça commence à bien faire, lâcha Belgarath.

Il laissa mourir les dernières flammes et banda à nouveau sa volonté. Garion carra les épaules et se concentra à son tour comme les Chandims commençaient à se ressaisir et s'apprêtaient à déchaîner leur Vouloir en vue de l'assaut final.

— Mais qu'est-ce que c'est qu'ce raffut ? s'esclaffa soudain Feldegast en s'interposant entre Garion et ses ennemis. J'suis persuadé, mes bons amis, qu'on peut régler tout ça autrement qu'par la haine et la violence. J'vas vous dire c'que j'vous proposions : j'vas vous faire eun' p'tite démonstration d'mon talent et on rira ensemb' et on f'ra la paix, v'z'allez vouère. Personne peut entret'nir la hargne dans son cœur pendant qu'y s'tape sur les cuisses, si vous voulez mon avis.

Il commença alors à jongler avec des balles multicolores qui semblaient sortir du vide. Les Grolims le regardaient bouche bée, effarés par cette soudaine interruption. Garion contemplait, incrédule, le bateleur qui narguait ainsi la mort. Sans cesser de jongler, Feldegast fit un saut périlleux, se rattrapa d'une main au dossier d'un banc et continua son numéro la tête en bas, en lançant les balles et en les rattrapant avec sa main libre et ses pieds. Les balles tournaient de plus en plus vite, et il en venait toujours davantage

— du néant, à n'en pas douter. Et plus elles allaient vite, plus elles brillaient. Elles devinrent bientôt incandescentes, et Garion eut l'impression stupéfiante que le petit bateleur jonglait la tête en bas, avec des boules de feu.

Puis il fléchit le bras sur lequel il se tenait, fit un rétablissement et se retrouva de l'autre côté du banc. Mais celui dont les pieds touchèrent terre n'était plus Feldegast le jongleur. A la place du petit bouffon, Garion reconnut la silhouette bossue, difforme, de Beldin le sorcier. Celui-ci éclata d'un rire sardonique et se mit à lancer ses boules de feu sur les Grolims sidérés et leurs sbires.

Ses projectiles embrasés faisaient mouche à chaque coup, entrant comme dans du beurre dans les robes des Grolims, les cottes de mailles des Gardiens et les peaux de bête des Karandaques. Des trous fumants apparaissaient dans la poitrine de ses victimes qui tombaient par douzaines. Le vilain petit sorcier déchaîné emplit ainsi la salle du trône de fumée et d'une immonde odeur de cochon brûlé.

— Toi ! grinça Urvon, terrorisé.

Si la soudaine apparition de l'homme qu'il redoutait depuis des milliers d'années sembla lui rendre tout à coup un semblant de santé mentale, elle sema une invraisemblable panique parmi les Chandims et les mit en déroute.

— Quelle joie de te revoir, Urvon ! fit plaisamment le bossu. Nous n'avons pas eu le temps de discuter sérieusement la dernière fois que nous nous sommes rencontrés, mais je crois me rappeler que je t'avais promis de t'enfoncer un crochet chauffé à blanc dans le bide et de t'arracher la tripaille. Si nous poursuivions notre conversation ? fit-il en tendant sa main noueuse vers l'homme au visage tavelé qui se recroquevillait sur son trône.

Il claqua des doigts. Il y eut un éclair et dans son poing apparut tout à coup un crochet étincelant, d'où montait une inquiétante volute de fumée.

Alors le sombre personnage debout derrière le fou s'avança sur le devant de l'estrade.

— Arrête, souffla-t-il d'une voix craquante qui ne pouvait être issue d'une gorge humaine. J'en ai besoin, ajouta-t-il en tendant une main ténébreuse vers le Disciple de Torak, lequel se tortillait en balbutiant sur son trône. Il sert mes desseins. Je ne te permettrai pas de le tuer.

— Tu serais donc le dénommé Nahaz, rétorqua Beldin entre ses dents.

— En effet, répondit l'ombre. Nahaz, le Seigneur des Démons et le Maître des Ténèbres.

— Va te trouver un autre joujou, Démon Majeur, grinça le bossu. Celui-ci est à moi.

— Tu oserais, Sorcier, t'opposer à ma volonté ?

— Je le ferai s'il le faut.

— Alors contemple ma face et prépare-toi à mourir.

Le démon repoussa son capuchon de ténèbres et Garion étouffa un hoquet de surprise. Le visage de Nahaz était hideux, mais ses traits difformes n'étaient pas sa caractéristique la plus terrifiante. Il émanait de ses yeux de braise un mal indicible, si prodigieux que Garion sentit ses os se liquéfier. La flamme verte qui brûlait dans ses prunelles devint de plus en plus intense, et ses globes oculaires projetèrent un double rayon mortel vers Beldin. Le sorcier difforme banda sa volonté et leva le bras. De sa main jaillit une lueur bleue éblouissante qui gagna tout son corps, le protégeant, tel un bouclier, du champ de force projeté par le démon.

— Fort est ton Vouloir, siffla Nahaz, mais plus fort est mon pouvoir.

Polgara se fraya alors un chemin dans l'allée centrale encombrée de cadavres et de débris. La mèche blanche qui striait sa chevelure luisait d'un éclat insoutenable. Durnik et Belgarath lui emboîtèrent le pas lorsqu'elle passa devant eux et Garion les imita lorsqu'ils arrivèrent à lui. Comme ils prenaient lentement position autour de Beldin, Garion s'aperçut qu'Essaïon s'était joint à eux, quoiqu'un peu en retrait.

— Eh bien, Démon ? fit Polgara d'une voix funèbre. Te sens-tu de taille à nous affronter tous ensemble ?

Garion leva son épée, déchaînant son ire flamboyante.

— Et pourquoi pas *elle* aussi, tant que tu y es ? ajouta-t-il en libérant l'Orbe de toutes les contraintes qu'il lui imposait d'ordinaire.

Le Démon accusa le coup puis se redressa de toute sa hauteur, l'abomination de sa face luisant d'un effroyable éclat vert. De la noirceur dont il était environné il tira une sorte de sceptre ou de baguette magique brillant de la même lueur verte, intense. Mais à l'instant où il s'apprêtait à en faire usage, il donna l'impression d'entrevoir une chose qui lui avait jusqu'alors échappé. Une soudaine expression de crainte crispa son faciès hideux. Le halo vert qui environnait sa baguette et illuminait ce qui lui tenait lieu de visage vacilla, perdit de son intensité et disparut tout à fait. Il leva alors la tête vers le plafond voûté et poussa un hurlement, un cri effroyable, qui leur glaça le sang dans les veines. Puis tout alla très vite. Il se jeta sur le dément en robe d'or qui crevait de trouille sur son trône, referma ses mains ombreuses sur lui, le souleva comme une plume et s'enfuit, projetant devant lui une langue de flammes pareille à un immense bélier qui pulvérisa les murs de la Maison de Torak.

Au moment où Nahaz arrachait Urvon à la gigantesque demeure croulante, la couronne qui avait, si brièvement, ceint le front du Nouveau Dieu des Angaraks tomba de sa tête. Elle fit, en heurtant le sol, un petit bruit de cloche fêlée. Le tintement d'une couronne de laiton roulant sur une dalle de pierre.

QUATRIÈME PARTIE

LES MONTS DE ZAMAD

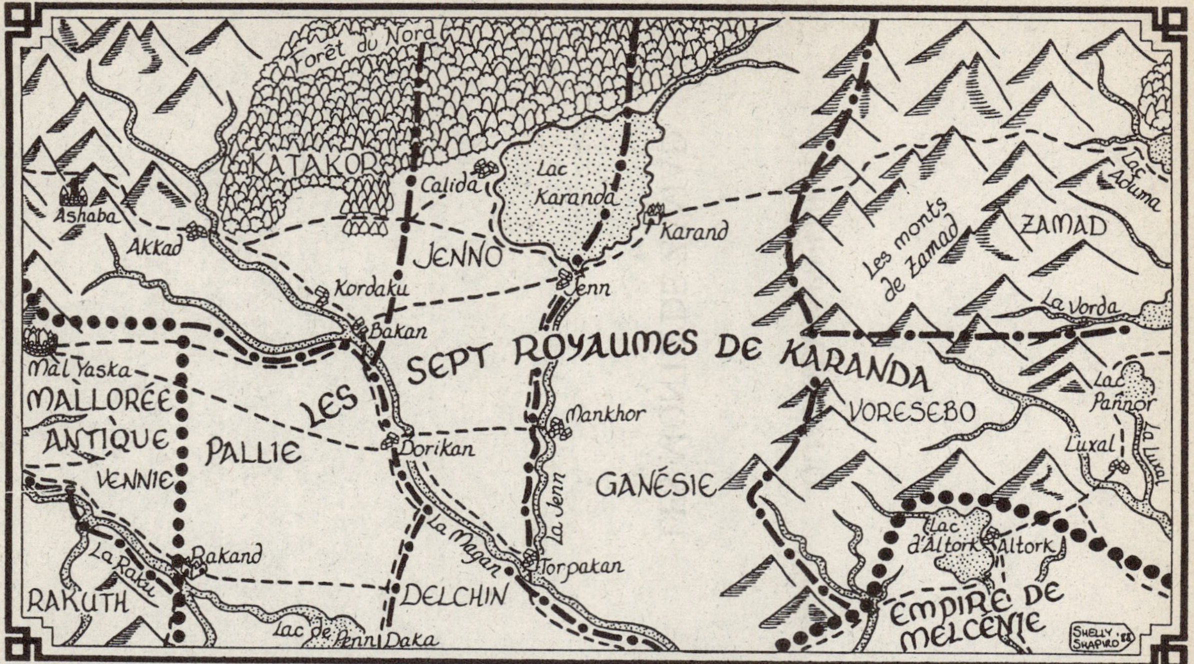
Forêt du Nord
KATAKOR
Ashaba
Akkad
Calida
Lac Karanda
Karand
JENNO
Jenn
Kordaku
Bakan
Mal Yaska
MALLORÉE ANTIQUE
VENNIE
PALLIE
LES SEPT ROYAUMES DE KARANDA
Dorikan
Mankhor
La Jenn
GANÉSIE
La Magan
Torpakan
DELCHIN
Rakand
La Raku
RAKUTH
Lac de Penn
Daka
Les monts de Zamad
ZAMAD
Lac Aduma
La Vorda
Lac Pannor
VORESEBO
Luxal
La Luxal
Lac d'Altork
Altork
EMPIRE DE MELCÉNIE
SHELLY SHAPIRO '88

CHAPITRE XIX

Beldin cracha un juron sulfureux, lança son crochet chauffé à blanc sur le trône abandonné et se précipita vers la cavité encore fumante que le démon avait ouverte dans la muraille en fuyant, mais Belgarath se dressa devant lui.

— Non, Beldin, dit-il fermement.

— Ecarte-toi, Belgarath !

— Je ne te laisserai pas poursuivre un démon qui pourrait se retourner sur toi à tout instant.

— Je suis de taille à me défendre. Laisse-moi passer.

— Beldin, il n'en est pas question. Nous aurons tout le temps de nous occuper d'Urvon plus tard. Pour l'instant, nous avons des décisions à prendre.

— Quelles décisions ? Tu cours après Zandramas et moi après Urvon. C'est réglé, non ?

— Pas tout à fait. En tout cas, je ne te laisserai pas foncer tête baissée derrière Nahaz. Tu sais aussi bien que moi que l'obscurité décuple son pouvoir, et je n'ai plus assez de frères pour me permettre d'en perdre encore un sous prétexte qu'il est en rogne.

Ils se défièrent un moment du regard, puis le bossu détourna les yeux et retourna vers l'estrade en vitupérant. Il prit tout de même le temps, au passage, de pulvériser à coups de pied une chaise qui lui barrait le chemin.

— Tout le monde va bien ? demanda Silk en parcourant ses compagnons du regard.

— Il semblerait que oui, répondit Polgara en repoussant le capuchon de sa cape bleue.

— La partie a été assez serrée, pendant un moment,

commenta le petit Drasnien, les yeux très brillants, en essuyant la lame de son poignard.

— Oui, et surtout rigoureusement sans objet, répondit-elle en foudroyant Garion du regard. Enfin... Kheldar, vous feriez mieux de vous assurer qu'il n'y a vraiment plus personne dans la maison. Durnik et Toth vont vous accompagner.

Silk acquiesça d'un hochement de tête et remonta l'allée jonchée de cadavres, Durnik et Toth sur ses talons.

Ce'Nedra contemplait, stupéfaite, Beldin qui avait retrouvé son aspect coutumier : sa bosse, ses haillons et sa tignasse hirsute, hérissée de brindilles.

— Je ne comprends pas, murmura-t-elle. Comment avez-vous fait pour prendre la place de Feldegast, et où est-il passé ?

Un sourire malicieux effleura le visage du petit sorcier difforme.

— Ah, ma p'tite chérie, fit-il en reprenant l'accent traînant du bateleur. J'sus là, sous vos yeux, et j'avions jamais cessé d'y êt', si vous voulez que j'vous disions. Maint'nant, si ça vous dit, j'me f'rai une joie d'vous enchanter par mon talent surnaturel.

— J'aimais tant Feldegast, geignit-elle.

— Eh bé, ma p'tite chérie, v'z'avez qu'à r'porter vot' affection sur mouè.

— Ce n'est pas la même chose, objecta-t-elle.

— Tu veux que je te dise à quel point ce patois paysan peut m'exaspérer ? grinça Belgarath en regardant Beldin entre ses paupières étrécies.

— Pas la peine, vieux frère, je le sais, répondit l'intéressé avec un grand sourire. C'est même l'une des raisons qui me l'a fait adopter.

— Ce que je ne comprends pas, c'est le pourquoi et le comment de ce déguisement élaboré, murmura Sadi en rengainant sa petite dague empoisonnée.

— Je suis un tout petit peu trop connu dans cette partie de la Mallorée, répondit Beldin. Il y a deux mille ans qu'Urvon fait clouer mon signalement sur tous les arbres et tous les poteaux dans un rayon de cent lieues autour de Mal Yaska. Et pour être tout à fait honnête, je ne suis pas difficile à identifier même à partir d'une description sommaire.

— Ah, mon Oncle, vous êtes unique en votre genre, fit Polgara avec un bon sourire affectueux.

— V'z'êtes trop bonne avec moi, poupée, répondit-il avec une révérence outrancière.

— Tu ne pourrais pas arrêter un peu ces simagrées ? maugréa Belgarath. Bon, Garion, si je me souviens bien, tu avais commencé à nous dire que tu nous expliquerais plus tard. Eh bien ça y est : on est plus tard.

— Je me suis fait avoir, avoua Garion d'un ton endeuillé.

— Avoir ? Et par qui ?

— Par Zandramas.

— Elle est encore là ? s'exclama Ce'Nedra.

— Non, murmura Garion en secouant la tête. Mais elle a envoyé ici une projection d'elle-même et de Geran.

— Tu n'es pas fichu de distinguer une projection de la réalité ? tempêta Belgarath.

— Je n'étais pas en état de faire la différence sur le moment.

— Tu vas nous expliquer ça, j'espère ?

Garion inspira un grand coup et s'assit sur l'un des bancs. Il remarqua que ses mains maculées de sang tremblaient.

— Elle est rudement futée, commença-t-il. Depuis que nous avons quitté Mal Zeth, je n'arrêtais pas de faire et de refaire le même rêve.

— Un rêve ? répéta âprement Polgara. Quel genre de rêve ?

— Bon, ce n'était peut-être pas exactement un rêve. Ce qui s'est passé en réalité, c'est que j'entendais sans arrêt le même bébé qui vagissait. Au début, j'ai cru que c'était une réminiscence de cet enfant malade qui pleurait dans les rues de Mal Zeth, mais ce n'était pas ça. Enfin, j'étais juste au-dessus, avec Silk et Beldin, dans une pièce d'où nous avions une vue imprenable sur ce qui se passait ici, quand Urvon est entré dans la salle du trône avec ce Nahaz qui le suivait comme son ombre. Il est raide dingue. Il se prend pour un Dieu, maintenant... Bref, il a invoqué Mengha, ou plutôt Harakan, et...

— Attends un peu, coupa Belgarath. Tu dis que Mengha et Harakan ne font qu'un ?

— Oui, enfin, ils ne *faisaient* qu'un, rectifia Garion avec un coup d'œil à la forme inerte effondrée devant la pierre noire de l'autel sur lequel Zith grommelait et sifflait avec fureur.

— Urvon a lâché le morceau juste avant le début des hostilités, ajouta Beldin. Nous n'avons pas eu le temps de vous mettre au courant.

— Ça explique bien des choses, pas vrai ? fit Belgarath d'un ton rêveur. Vous le saviez ? demanda-t-il à Velvet.

— Non, Vénérable Ancien, répondit la fille aux cheveux de miel. Je l'ignorais complètement. Je me suis bornée à sauter sur l'occasion quand elle s'est présentée.

Silk, Durnik et Toth reparurent dans la salle du trône et s'approchèrent d'eux en enjambant les cadavres.

— Nous sommes chez nous, annonça le petit Drasnien. La maison est vide.

— Parfait, fit Belgarath. Garion était en train de nous raconter pourquoi il avait entrepris cette croisade personnelle.

— C'est Zandramas qui l'y a amené, répondit Silk avec un haussement d'épaules. Je n'ai pas compris pourquoi il s'est mis à prendre ses ordres d'elle, mais c'est comme ça que ça s'est passé.

— J'y arrivais, reprit Garion. Donc Urvon venait d'annoncer aux Chandims que Harakan — enfin, Mengha — serait son premier disciple quand Zandramas est entrée, ou du moins, c'est ce qu'on aurait dit. Elle avait un paquet sous sa cape. Je n'ai compris qu'après que c'était Geran. Ils se sont engueulés un moment, Urvon et elle. Urvon a fini par répéter qu'il était un Dieu, et elle a dit à peu près : « Eh bien, je vais faire venir le Tueur de Dieu et il va te régler ton compte. » Elle a posé son paquet sur l'autel, elle l'a ouvert et c'est là que j'ai reconnu Geran. Il s'est mis à pleurer, et j'ai réalisé tout d'un coup que c'était lui que j'entendais vagir depuis le début. Alors j'ai arrêté de penser.

— Ça s'est vu, commenta aigrement Belgarath.

— Le reste, vous le savez, continua Garion avec un frisson, en contemplant le carnage. Je n'ai pas réfléchi jusqu'où ça risquait de nous mener. Je crois que j'ai un peu perdu la notion des choses.

— Tu veux dire que tu as complètement perdu la boule, rectifia le vieux sorcier. C'est une tare assez répandue chez les Aloriens. Je me disais, je ne sais pas pourquoi, que tu y avais peut-être coupé, mais il est manifeste que je me trompais.

— Sa réaction n'était pas complètement injustifiée, objecta Polgara.

— Il est injustifiable de perdre le contrôle de soi-même.

— Elle l'avait provoqué.

Elle s'approcha de Garion avec une moue pensive et lui prit doucement la tête entre ses mains.

— Enfin, c'est fini, maintenant, déclara-t-elle.

— Quoi donc ? demanda Ce'Nedra, préoccupée.

— La possession.

— Quelle possession ?

— Zandramas l'a bel et bien possédé, confirma Polgara en hochant la tête. Elle l'a tourmenté avec des pleurs d'enfant. Ensuite, quand elle a posé sur l'autel un paquet qui ressemblait à Geran et lui a fait entendre les mêmes gémissements, il n'a pas pu résister, il a fait ce qu'elle attendait de lui. C'est très grave, Père. Elle a déjà fait le coup avec Ce'Nedra. Je ne vois pas ce qui l'empêcherait de recommencer avec n'importe lequel d'entre nous.

— Pourquoi ferait-elle ça ? protesta Belgarath. Et puis tu saurais quoi faire, j'imagine ?

— Encore faudrait-il que je sache ce qui se trame. Zandramas est très douée à ce jeu-là, et très subtile. Elle est assurément plus forte qu'Asharak le Murgo. Alors, vous tous, écoutez-moi bien, fit-elle en les parcourant du regard. Si quelque chose d'inhabituel vous arrive, des rêves, de drôles d'idées, des sentiments insolites, bref, n'importe quoi d'inhabituel, je vous demande de m'en parler tout de suite. Zandramas sait que nous sommes sur ses talons et elle fait ça pour nous retarder. Elle a déjà atteint deux d'entre nous, d'abord Ce'Nedra, alors que nous étions en route pour Rak Hagga, et puis...

— Moi ? releva Ce'Nedra, stupéfaite. Je ne savais pas...

— Vous vous rappelez que vous avez eu un petit souci de santé, en venant de Rak Verkat ? répliqua Polgara. Eh bien, vous n'étiez pas vraiment malade. C'est Zandramas qui s'était emparée de votre esprit.

— Pourquoi ne me l'avez-vous pas dit ?

— A partir du moment où nous l'avions chassée, Andel et moi, il n'y avait aucune raison de vous inquiéter. Enfin,

Zandramas s'est d'abord attaquée à vous, puis elle a eu Garion. Elle pourrait refaire le coup avec chacun d'entre vous, à tour de rôle, alors prévenez-moi aussitôt si vous commencez à éprouver un symptôme bizarre, quel qu'il soit.

— Du cuivre, déclara Durnik.

— Pardon, mon Durnik ? demanda Polgara.

— C'est du cuivre, répéta-t-il en lui tendant la couronne d'Urvon. Comme son trône. Je m'étonnais, aussi, qu'il soit resté autant d'or dans cette maison, depuis le temps qu'elle est abandonnée à tous les vents.

— Ça finit souvent comme ça avec les cadeaux des démons, intervint Beldin. Ils sont très doués pour l'illusion. Urvon a manifestement pris cette ruine pour un palais fabuleux, ajouta-t-il en englobant la salle d'un ample mouvement du bras. Il n'a pas vu les tentures pourries, les toiles d'araignées et les immondices qui couvrent le sol. Il a vu la splendeur que Nahaz voulait lui faire voir. J'avoue que je ne suis pas mécontent de savoir qu'Urvon mourra fou, qu'il délirera jusqu'à la fin de ses jours. C'est-à-dire jusqu'à ce que je lui plonge un crochet dans la tripaille, conclut en ricanant le bossu.

— Tu pourrais m'expliquer une petit point de détail ? fit Silk en s'approchant de Velvet.

— Je vais essayer, répondit-elle.

— Tu as dit quelque chose d'assez étrange quand tu as jeté Zith à la face de Harakan.

— Moi ? J'ai dit quelque chose ?

— Hon, hon. Tu lui as dit : « un cadeau pour le chef du Culte de l'Ours de la part de la Chasseresse », répondit-il en la regardant attentivement.

— Ah, ça ! Mon cher Kheldar, vous commencez à décliner, ironisa-t-elle. J'étais sûre que vous auriez deviné, depuis le temps. Ça sautait aux yeux comme un coup de pied au...

— La Chasseresse ? répéta-t-il, incrédule. Toi ?

— Oui, et depuis un moment, encore, soupira-t-elle en lissant le devant de sa robe de voyage grise, passe-partout. C'est pour ça que j'ai filé vous rejoindre à Tol Honeth.

— Mais à Tol Honeth, tu nous as dit que c'était Bethra, la Chasseresse.

— Elle l'avait été, Kheldar, mais elle avait achevé sa

mission. Elle était chargée de veiller à ce que le trône de Ran Borune échoie à un homme raisonnable. Pour ce faire, elle devait d'abord éliminer certains membres de la famille Honeth avant qu'ils aient le temps de consolider leur position, puis glisser un mot en faveur de Varana à Ran Borune en profitant d'un moment où ils... hem..., toussota-t-elle en jetant un coup d'œil en coulisse à Ce'Nedra. Disons alors qu'ils prenaient du bon temps tous les deux. Par Belar, reprit-elle en voyant Ce'Nedra s'empourprer furieusement. Ça ne sonne pas très bien, j'en ai peur... Enfin, reprit-elle très vite, Javelin a décidé que Bethra avait joué son rôle et qu'il était temps pour une nouvelle Chasseresse de prendre la relève. La reine Porenn était ulcérée de ce que Harakan avait fait dans le Ponant : la tentative de meurtre contre Ce'Nedra, le meurtre de Brand, tout ce qui s'était passé à Rhéon. Elle a ordonné à Javelin de lui faire payer ses méfaits, et c'est moi qu'il a choisie pour ça. J'étais assez sûre que Harakan viendrait en Mallorée. Je savais que vous finiriez par y aller, vous aussi, et je me suis jointe à vous. Je n'en ai pas cru mes yeux quand je l'ai vu se dresser devant l'autel, convint-elle en regardant le cadavre affalé dans une posture grotesque devant la dalle noire. Je ne pouvais pas laisser passer une si belle occasion. En fait, les choses n'auraient pu mieux se passer, ajouta-t-elle avec un sourire. J'étais sur le point de vous quitter et de retourner le débusquer à Mal Yaska. Le fait qu'il se soit révélé être Mengha était vraiment la cerise sur le gâteau.

— Je pensais que c'était moi que tu étais chargée de surveiller, et que c'était pour ça que tu t'étais pendue à mes basques.

— Désolée, Kheldar. C'est moi qui ai inventé cette histoire. Mon oncle n'a absolument rien contre vous, tout au contraire, mais j'avais besoin d'un prétexte pour me joindre à vous, et vous savez comme Belgarath peut avoir la tête dure quand il veut, fit-elle avec un clin d'œil malicieux au vieux sorcier.

— Mais tu avais dit... Tu as menti ! bredouilla Silk en ouvrant de grands yeux.

— Quel vilain mot ! le gourmanda-t-elle en lui tapotant affectueusement la joue. Disons que j'ai un tout petit peu extrapolé. Je reconnais que j'avais l'intention de vous tenir à l'œil, mais pour des raisons personnelles, et sans rapport aucun avec la politique drasnienne. Mais... ma parole, Kheldar, vous rougissez ! s'exclama-t-elle, ravie, comme une légère roseur colorait les joues du petit Drasnien. On dirait une villageoise qui s'est laissé suborner !

— Mais pourquoi tout ça, Tante Pol ? demanda Garion qui ruminait une pensée depuis un moment. Pourquoi Zandramas m'a-t-elle fait ça, je veux dire ?

— Pour gagner du temps, répondit la sorcière. Et peut-être aussi parce qu'elle espérait en finir avec nous avant que nous n'arrivions à la rencontre finale.

— Je ne te suis pas.

— L'un de nous va mourir, nous le savons, soupira-t-elle. Cyradis nous l'a annoncé à Rhéon. Mais il se pourrait que quelqu'un d'autre meure accidentellement au cours de l'une de ces escarmouches. Si l'Enfant de Lumière — toi — se présentait devant l'Enfant des Ténèbres avant que nous ayons tous accompli notre tâche, il n'aurait aucune chance de vaincre. Zandramas l'emporterait par défaut. Le but du jeu cruel auquel elle s'est amusée avec toi était de t'amener à combattre les Chandims et Nahaz. Il était évident que nous viendrions à ton aide. Et dans ce genre d'échauffourées, un accident est vite arrivé.

— Un accident ? Comment voudrais-tu qu'il y ait un accident alors que nous sommes tous les instruments de la Prophétie ?

— Tu oublies, Belgarion, que toute cette affaire a commencé comme ça, intervint Beldin. C'est par hasard que les Prophéties ont divergé. Tu pourrais les lire et les relire jusqu'à ce que tu aies une longue barbe grise, le hasard trouvera toujours le moyen de perturber le cours des événements.

— Vous remarquerez que mon frère est un philosophe, nota Belgarath. Toujours prêt à voir le mauvais côté des choses.

— Vous êtes vraiment frères, tous les deux ? s'enquit Ce'Nedra, intriguée.

— Oui, mon petit, acquiesça Beldin. Mais d'une façon que vous ne pourriez comprendre. C'est une fraternité que notre Maître nous a inculquée.

— Et Zedar était aussi votre frère ? demanda-t-elle en regardant Belgarath d'un air horrifié.

— Oui, admit le vieux sorcier, les dents serrées.

— Mais vous...

— Allez-y, Ce'Nedra, continuez. Vous ne pourrez jamais rien me dire que je ne me sois déjà dit mille fois.

— Un jour, fit-elle d'une toute petite voix, un jour, quand tout sera fini, vous le laisserez sortir ?

— Non, je ne crois pas, répondit Belgarath, et ses yeux prirent un éclat métallique fort inquiétant.

— Et s'il le laissait sortir, j'irais le chercher et je l'y remettrais, ajouta Beldin.

— Nous ne gagnerons rien à ressasser le passé, coupa Belgarath. Il serait temps, je pense, que nous ayons une petite conversation avec notre jeune amie de Kell. Toth, pourriez-vous, s'il vous plaît, entrer en communication avec votre maîtresse ?

Cette perspective n'avait pas l'air de réjouir le colosse qui acquiesça avec une réticence manifeste.

— Je regrette, mon ami, reprit le vieux sorcier, mais c'est absolument nécessaire.

Toth poussa un soupir à fendre l'âme, mit un genou en terre et ferma les yeux comme s'il priait avec ferveur. Garion reconnut la multitude de voix murmurantes qu'il avait entendues dans l'île de Verkat et de nouveau à Rak Hagga, puis il repéra dans le vide, non loin du misérable trône d'Urvon, un étrange vacillement multicolore. L'image se précisa, et la sibylle de Kell apparut sur l'estrade. Pour la première fois, Garion la regarda attentivement. Elle était mince et avait l'air étrangement vulnérable. Cette impression de fragilité était accentuée par sa robe blanche et ses yeux bandés, mais elle avait le visage serein de ceux qui, ayant contemplé la Destinée en face, l'ont acceptée sans questions ni réserves. Sa présence radieuse l'emplit tout à coup d'un sentiment proche de la vénération.

— Merci d'être venue, Cyradis, dit simplement Belgarath. Pardonnez-moi de faire appel à vous une nouvelle fois. Je sais combien ça vous est pénible, mais j'ai besoin de certaines réponses avant d'aller plus loin.

— Je Te dirai, Vénérable Ancien, tout ce qu'il m'est permis de Te révéler, répondit-elle de sa voix légère, musicale et en même temps empreinte d'une fermeté qui évoquait une détermination d'un autre monde. Mais je dois Te dire qu'il faut Te hâter. Le moment de l'ultime confrontation approche.

— C'est l'une des choses dont je voulais vous parler. Ne pourriez-vous nous préciser le moment de cette rencontre ?

Elle parut se recueillir comme si elle consultait une puissance tellement inconcevable que l'imagination de Garion se cabra à cette seule pensée.

— Point ne mesure le temps comme Toi, très Saint Belgarath, répondit-elle simplement. Sache toutefois que d'ici la rencontre entre l'Enfant de Lumière et l'Enfant des Ténèbres à l'Endroit-qui-n'est-plus, et donc le moment où je devrai accomplir ma tâche, il ne s'écoulera pas plus de temps qu'un enfançon n'en passe dans le sein de sa mère.

— Très bien, acquiesça Belgarath. Il me semble que c'est assez clair. Maintenant, quand vous nous êtes apparue à Mal Zeth, vous nous avez dit que nous avions quelque chose à faire ici, à Ashaba, avant de poursuivre notre mission. Il s'est passé des tas de choses ici, et je ne vois pas de laquelle au juste il s'agit. Pourriez-vous éclairer ma lanterne ?

— La tâche est accomplie, ô Eternel, car d'après le Livre des Cieux, la Chasseresse devait trouver sa proie et la précipiter dans la Maison des Ténèbres avant la seizième lune. L'événement a eu lieu comme il était annoncé dans les étoiles. Mais poursuis, Disciple d'Aldur, car le temps que je puis Te consacrer tire à sa fin.

— Je suis censé suivre la piste des Mystères, continua le vieux sorcier, perplexe, mais Zandramas a supprimé les passages clé des Oracles ashabènes qu'elle a laissés ici, sachant que je les trouverais.

— Que non point, Vénérable Ancien. La main qui a mutilé cet ouvrage n'est point celle de Zandramas mais bien plutôt celle de son auteur.

— Torak ? s'exclama Belgarath, sidéré.

— Si fait. Sache, ô Belgarath, que la voix de la Prophétie se fait entendre sans qu'on l'en prie, et que ses paroles n'ont point toujours l'heur de plaire au prophète. Tel fut le cas pour le Maître de cette Maison.

— Zandramas a-t-elle réussi à mettre la main sur un exemplaire intact ?

La sibylle hocha la tête en signe d'acquiescement.

— En existe-t-il d'autres exemplaires que le Grand Brûlé n'a pas expurgés ? demanda Beldin d'une voix tendue.

— Deux, et deux seuls. Le premier est dans la maison d'Urvon le Disciple, sous la garde de Nahaz le maudit. Ne cherche point à le lui arracher car Tu y laisserais la vie.

— Et l'autre ? insista le bossu.

— Cherche le pied bot, car il T'aidera dans Ta quête.

— Avec ça, je suis renseigné.

— Tels sont les termes du Livre des Cieux, qui fut écrit avant l'avènement du monde. Ces paroles s'adressent à l'âme même ; point ne passent par le truchement du langage.

— Ben voyons. Enfin, vous nous avez parlé de Nahaz. Va-t-il dresser ses démons sur notre route tout le long du chemin qui mène à Karanda ?

— Que non point, doux Beldin. Nahaz se désintéresse de Karanda. Ses légions d'ombre et de ténèbres n'y séjournent plus. Point ne répondent aux invocations, aussi puissantes soient-elles. Elles infestent désormais les plaines de Darshiva où elles livrent combat aux séides de Zandramas.

— Et où est-elle à présent ? reprit Belgarath.

— Elle se hâte vers le lieu où le Sardion était demeuré caché depuis la nuit des temps. Il n'y est plus, mais elle espère en retrouver la trace dans la roche même et suivre cette trace jusqu'à l'Endroit-qui-n'est-plus.

— Est-ce possible ?

— Point n'ai le droit de Te le révéler, répondit la sibylle, et son visage se figea. Je ne puis plus rien Te dire ici et en cet instant, continua-t-elle en se redressant. Cherche plutôt le mystère qui Te guidera. Mais hâte-Toi, Belgarath. Onc le Temps ne s'arrêtera ni ne ralentira son cours mesuré.

Elle se tourna vers l'autel de pierre noire où Zith continuait à maugréer et à pousser de petits sifflements irrités.

— La paix soit avec toi, petite sœur, dit-elle, car ce pour quoi tu as vu le jour est accompli, et ce qui avait tardé peut désormais se produire.

Ce fut alors comme si elle braquait ses yeux bandés sur chacun d'eux à tour de rôle, ne s'arrêtant brièvement que pour incliner la tête devant Polgara en signe de profond respect. Elle se tourna enfin vers Toth. Son visage exprimait une vive angoisse, mais elle ne dit rien. Puis elle poussa un profond soupir et disparut.

— Le baratin classique, lâcha Beldin en se renfrognant. Je déteste les énigmes. Ce sont des distractions d'ignares.

— Ouais, eh bien, arrête de pontifier et voyons ce que nous pouvons tirer de tout ça, ronchonna Belgarath. Nous savons que tout sera réglé d'une façon ou d'une l'autre d'ici neuf mois. C'était l'information que je cherchais.

— Comment êtes-vous arrivé à ce résultat ? objecta Sadi en haussant un sourcil perplexe. Pour être parfaitement sincère, je n'ai pas compris grand-chose à ce qu'elle a raconté.

— Elle a dit que nous n'avions plus devant nous que le temps qu'un enfant reste dans le sein de sa mère, autant dire neuf mois, traduisit Polgara.

— Oh ! fit l'eunuque, puis il ajouta avec un petit sourire attristé : ce genre de choses a souvent tendance à m'échapper.

— Et qu'est-ce que c'était que cette histoire de seizième lune ? s'enquit Silk. Là, j'avoue que je n'ai pas très bien suivi.

— Tout a commencé avec la naissance du fils de Belgarion, expliqua Beldin. Nous avons trouvé une allusion à cet événement dans le Codex mrin. Votre amie au serpent devait être ici, à Ashaba, seize lunes plus tard.

— Ça ne fait pas encore seize mois, objecta Silk en comptant sur ses doigts.

— Seize lunes, Kheldar, pas seize mois, rectifia le bossu. Ça fait une certaine différence.

— Hm-hm. Comme ça, ça colle, évidemment.

— Bon, et ce pied bot auprès de qui nous devrions trouver le troisième exemplaire non expurgé des Oracles, quelqu'un voit-il où nous pourrions le dénicher ? grommela Belgarath.

— C'est drôle, fit Beldin, mais ça me dit vaguement quelque chose. Laisse-moi réfléchir un peu.

— Et que fait Nahaz à Darshiva ? demanda Garion.

— Apparemment, un mauvais parti aux Grolims, rétorqua Belgarath. Nous savons que Zandramas est originaire de Darshiva et qu'elle a la mainmise sur l'Eglise locale. Si Nahaz veut remettre le Sardion entre les mains d'Urvon, il a intérêt à la neutraliser. Sans ça, elle s'en emparera avant lui.

Tout à coup, Ce'Nedra sembla se rappeler quelque chose. Elle regarda avidement Garion.

— Tu as dit que tu avais vu Geran, quand Zandramas t'a... euh, possédé ?

— J'ai vu une projection de lui, oui.

— A quoi ressemblait-il ?

— Il était comme avant, comme la dernière fois que nous l'avons vu.

— Garion, mon chou, fit doucement Polgara. Tu aurais dû comprendre que ce n'était pas possible. Geran a presque un an, maintenant. Il a sûrement beaucoup changé. Les bébés grandissent vite pendant les tout premiers moments de leur vie.

— Sur le coup, je n'étais pas en état d'y songer, rétorqua Garion en hochant la tête d'un air sinistre. Mais... pourquoi ne me l'a-t-elle pas montré tel qu'il est aujourd'hui ?

— Parce qu'elle tenait à ce que tu le reconnaisses.

— Bon, tu veux bien arrêter, maintenant, s'il te plaît ? ronchonna Sadi.

Il était debout devant l'autel et venait d'ôter précipitamment sa main de la portée de son petit serpent vert qui le regardait en grognant d'une façon menaçante.

— Vous voyez ce que vous avez fait ? continua l'eunuque d'un ton accusateur en se tournant vers Velvet. Vous l'avez terriblement mécontentée.

— Moi ? se récria-t-elle innocemment.

— Vous aimeriez qu'on vous tire de votre petit lit bien douillet pour vous jeter à la face d'un inconnu ?

— Je dois dire que je n'y avais pas songé. Je vais lui faire mes excuses, Sadi. Enfin, dès qu'elle sera un peu remise de ses émotions. Vous croyez qu'elle acceptera de rentrer toute seule dans sa bouteille ?

— D'ordinaire, c'est ce qu'elle fait.

— Alors ce serait peut-être la meilleure chose à faire. Ou du moins la plus sûre. Posez la bouteille sur l'autel et laissez-la rentrer dedans et ruminer un peu.

— Vous devez avoir raison, acquiesça-t-il.

— Y a-t-il un endroit habitable dans cette maison ? s'informa Polgara.

— Ça dépend de ce que vous entendez par habitable, renifla Silk. Il y a le coin où dormait tout ce monde-là.

— Allons-y. Ça ne peut pas être pire qu'ici, déclara la sorcière. On se croirait sur un champ de bataille et l'odeur du sang n'est guère agréable.

— Pour quoi faire ? protesta Ce'Nedra. Nous repartons sur les traces de Zandramas, non ?

— Pas avant demain matin, mon chou, répondit Polgara. C'est la nuit, il fait froid dehors, nous sommes fatigués et nous avons faim.

— Mais...

— Ce'Nedra, nous ne savons pas où sont allés les Chandims et les Gardiens qui se sont enfuis, sans parler des Mâtins qui rôdent toujours dans le coin. Il serait suicidaire de nous précipiter dans la forêt en pleine nuit, sans savoir ce qui se cache derrière les arbres.

— C'est vrai, Ce'Nedra, insista Velvet. Nous allons essayer de dormir un peu et nous repartirons tôt demain matin.

— Je sais bien que vous avez raison, admit la petite reine avec un gros soupir. C'est juste que...

— Zandramas n'ira pas loin, Ce'Nedra, lui assura Garion. L'Orbe sait où elle est allée.

Ils suivirent Silk dans le couloir. Garion fit de son mieux pour épargner à Ce'Nedra la vision des Gardiens et des Karandaques qu'il avait massacrés en fonçant comme un fou dans la salle du trône de Torak. Arrivé au milieu du corridor, Silk poussa une porte et leva la torche crépitante qu'il avait prélevée dans l'un des anneaux de fer scellés au mur.

— C'est ce que j'ai trouvé de mieux, annonça-t-il. Au moins, quelqu'un a pris la peine de donner un coup de balai.

Polgara inspecta la pièce du regard. C'était un genre de dortoir. Des couchettes étaient placées perpendiculairement au mur, telles les dents d'un peigne, et il y avait une longue table avec des bancs dans un coin. Un feu achevait de mourir dans une cheminée, au bout de la salle.

— Nous nous en contenterons, acquiesça-t-elle.

— Il faudrait peut-être que j'aille m'occuper des chevaux, suggéra Durnik. Il n'y a pas une écurie, quelque part dans cette baraque ?

— Si, à l'autre bout de la cour, répondit Beldin. Les Gardiens qui créchaient ici ont dû approvisionner du fourrage et de l'eau pour leurs propres montures.

— Parfait, répondit Durnik.

— Oh, mon Durnik, ça ne t'ennuierait pas de me rapporter ma batterie de cuisine et mes provisions ? demanda Polgara.

— C'est comme si c'était fait, ma Pol.

Toth et Essaïon sortirent sur ses talons.

— Je ne sais pas pourquoi, mais je ne tiens plus debout, constata Garion en se laissant tomber sur un banc.

— Ça, gamin, ça ne m'étonne pas, grommela Beldin. Tu as eu une soirée chargée.

— Quelles sont tes intentions ? Tu viens avec nous ? demanda Belgarath.

— Je ne crois pas, répondit le bossu en s'affalant sur un banc. J'aimerais bien savoir où Nahaz a emmené Urvon.

— Tu crois pouvoir les suivre ?

— Oh oui ! Je suivrais n'importe quel démon à la trace six jours après son passage ! fit le petit sorcier difforme en faisant la grimace. Allez-y, occupez-vous de Zandramas. Je vous rattraperai quand j'aurai fini. Je pense qu'on peut compter sur Nahaz pour tenir Urvon en laisse, reprit-il pensivement. Urvon n'était pas un Disciple de Torak pour rien. Il a beau me sortir par les trous de nez, je dois reconnaître qu'il a une prodigieuse force mentale. Nahaz va être obligé de le baratiner en permanence s'il veut l'empêcher de reprendre ses esprits. Si notre Démon Majeur est allé à Darshiva surveiller ses créatures, on peut supposer qu'il l'a emmené dans ses bagages.

— Promets-moi de faire attention à toi.

— Allons, Belgarath, pas de sensiblerie ! Pense plutôt à me laisser des indices de votre passage, que je ne sois pas obligé de fouiller toute la Mallorée pour vous retrouver.

Sadi revint de la salle du trône, sa mallette de cuir rouge dans une main, la petite bouteille de terre cuite de Zith dans l'autre.

— Elle est très en colère, annonça-t-il en s'approchant de Velvet. Elle n'a pas apprécié d'être utilisée comme arme.

— Je vous ai dit que je lui ferais des excuses, Sadi, répondit la fille aux cheveux de miel. Je lui expliquerai la situation. Je suis sûre qu'elle comprendra.

— Dis-moi, fit tout à coup Silk en la regardant d'un drôle d'air, ça ne t'a rien fait la première fois que tu l'as fourrée dans ton décolleté ?

Elle éclata de rire.

— Pour être parfaitement honnête avec vous, Prince Kheldar, sur le coup, j'ai cru que j'allais crever.

CHAPITRE XX

Le lever du jour se manifesta par un imperceptible éclaircissement du ciel ténébreux où filaient les nuages poussés par le vent glacé descendu des montagnes. Silk regagna le dortoir où ils avaient passé la nuit.

— La maison est surveillée, annonça-t-il.

— Combien sont-ils ? demanda Belgarath.

— Je n'en ai vu qu'un, mais je suis sûr qu'il n'est pas seul.

— Où est celui que vous avez repéré ?

— Il observe le ciel, reprit Silk avec un rictus carnassier. Enfin, il donne l'impression de l'observer. Il a les yeux grands ouverts et il est couché sur le dos.

Il tira l'une de ses dagues du haut de sa botte et regarda avec un petit claquement de langue réprobateur sa lame jadis affûtée.

— C'est fou ce que ces cottes de mailles peuvent être dures à percer...

— C'est pour ça que les gens en mettent, Kheldar, nota Velvet. Vous feriez mieux d'utiliser ça.

De ses vêtements froufroutants elle tira un stylet à la lame longue et effilée comme une aiguille.

— Je pensais que tu préférais les serpents.

— A chaque cas, l'arme appropriée, Kheldar. Je n'aimerais pas que Zith se casse les dents sur une cotte de mailles.

— Bon, vous parlerez boutique à un autre moment, grommela Belgarath. Dites-moi plutôt qui était votre copain, celui qui s'est si soudainement passionné pour l'astronomie.

— Nous n'avons pas eu le temps de faire les présentations, rétorqua Silk en glissant sa dague ébréchée dans sa botte.

— Je ne vous demande pas son nom ; je voudrais savoir quel genre d'individu c'était.

— Ah, pardon. C'était un Gardien du Temple.

— Pas un Chandim ?

— Ça, ce n'était pas brodé sur sa défroque.

Le vieux sorcier lui répondit d'un grommellement.

— Nous ne sommes pas arrivés si nous devons fouiller les taillis à chaque pas, commenta Sadi.

— Je suis bien d'accord, répondit Belgarath en se tiraillant le lobe de l'oreille. Laissez-moi réfléchir un peu...

— Pendant ce temps-là, je vais préparer le petit déjeuner, fit Polgara en reposant sa brosse à cheveux. Voyons, qu'aimeriez-vous manger ?

— De la bouillie d'avoine ? demanda Essaïon en ouvrant de grands yeux pleins d'espoir.

— C'est du gruau, Essaïon, du *gruau*, rectifia Silk avec un soupir excédé, puis il jeta un rapide coup d'œil à Polgara dont le regard s'était soudain durci. Pardon, Polgara, reprit-il d'un ton d'excuse, mais il est de notre devoir d'éduquer la jeunesse, vous ne pensez pas ?

— Ce que je pense surtout, c'est que j'aurais besoin de bois à brûler, rétorqua la sorcière.

— Je m'en occupe tout de suite.

— Vous êtes bien aimable.

Silk quitta la salle sans demander son reste.

— Alors, une idée ? demanda Beldin en se vautrant sur un banc près du feu.

— Plusieurs, mais aucune qui soit sans inconvénient.

— Tu ferais peut-être mieux de me laisser résoudre le problème à ta place, suggéra le sorcier difforme en se grattant distraitement la panse. Tu as eu une nuit difficile et il y a des moments où un vieillard de dix mille ans devrait s'économiser un peu.

— Tu trouves vraiment ça drôle ? Pourquoi ne dis-tu pas vingt, ou cinquante ? Pousse l'absurdité à l'extrême, ce sera encore plus marrant.

— Houlà, soupira Beldin, on est chatouilleux, ce matin ! Dis donc, Pol, tu n'aurais pas un peu de bière sous la main ?

— Avant le petit déjeuner, mon Oncle ? demanda-t-elle

tout en touillant le contenu d'un grand chaudron posé sur le feu.

— Juste pour neutraliser le gruau.

Elle le regarda longuement de ses yeux qui ne cillaient pas. Il lui répondit d'un grand sourire qui dévoila toutes ses dents puis se retourna vers Belgarath.

— Bon, sérieusement, si tu me laissais m'occuper des importuns qui rôdent autour de cette baraque ? Kheldar pourrait épointer tous ses couteaux et Liselle user les crocs de ce pauvre reptile jusqu'aux gencives que tu ne pourrais jamais être sûr d'avoir complètement nettoyé le secteur. Puisque nous n'allons pas dans la même direction, je te propose de faire quelque chose d'assez spectaculaire, qui fichera une trouille bleue aux Gardiens et aux Karandaques et laissera une belle piste à suivre pour les Chandims et les Mâtins. Quand je les aurai tous à mes trousses, ça devrait vous laisser le champ libre.

— Tu pourrais me dire quelle idée tu as derrière la tête, au juste ? riposta Belgarath en fronçant les sourcils d'un air méfiant.

— J'y travaille encore, répondit pensivement le nain en s'appuyant au dossier du banc. Regardons les choses en face, Belgarath : Zandramas et les Chandims savent que nous sommes là, alors à quoi bon continuer à nous balader sur la pointe des pieds ? Un peu de bruit de plus ou de moins, ce n'est pas ça qui changera grand-chose, maintenant.

— Ça, je te l'accorde, acquiesça Belgarath. Dis-moi, Garion, l'Orbe t'a-t-elle donné une indication de la direction que Zandramas avait prise en partant d'ici ?

— Elle tire régulièrement vers l'est, c'est tout.

— Normal, grommela Beldin. Les sbires d'Urvon grouillaient partout, à Katakor ; elle aura cherché la plus proche frontière non gardée, qui doit être celle de Jenno.

— Et pourquoi cette frontière ne serait-elle pas gardée ? objecta Velvet.

— Ils ne savent même pas où elle passe au juste, renifla le bossu. Surtout dans la forêt. Et comme il n'y a que des arbres, là-haut... Allez, Belgarath, et tâche de ne pas avoir les idées trop arrêtées sur certaines choses. Nous avons beaucoup réfléchi à Mal Zeth et les théories que nous avons échafaudées n'avaient qu'un rapport de principe avec la réalité. Il se trame des tas de complots en Mallorée, et je crois que tu ferais aussi bien de te préparer à ce que les choses ne tournent pas forcément comme prévu.

— Garion, fit Polgara, tu ne voudrais pas essayer de retrouver Silk ? Le déjeuner est presque prêt.

— Oui, Tante Pol, répondit-il automatiquement.

Après le petit déjeuner, ils remballèrent leurs affaires, les portèrent vers l'écurie et retraversèrent la cour.

— Attendez une heure avant de partir, leur demanda Beldin.

— Tu t'en vas tout de suite ? s'enquit Belgarath.

— C'est ce que j'ai de mieux à faire. Ce n'est pas en restant ici à palabrer que nous arriverons à grand-chose. Allez, et n'oublie pas de me laisser des indications de l'endroit où je pourrai vous retrouver.

— J'y veillerai. Mais j'aimerais bien que tu me dises ce que tu mijotes tout de suite.

— Fais-moi confiance, répondit le sorcier difforme avec un clin d'œil. Cachez-vous quelque part et n'en bougez pas tant que vous entendrez du bruit.

Il lui lança un sourire inquiétant et se frotta les mains avec jubilation. Puis son image devint floue et un faucon à bande bleue s'éloigna d'un coup d'aile.

— Nous ferions mieux de rentrer dans la maison, proposa Belgarath. Quoi qu'il fasse, j'ai peur qu'il y ait pas mal de casse. Ne restons pas en terrain découvert.

Ils regagnèrent la pièce où ils avaient passé la nuit.

— Durnik, fit Belgarath, vous pourriez fermer ces persiennes ? Je n'aimerais pas voir des éclats de verre voltiger dans toute la pièce.

— Mais nous ne verrons pas ce qui se passe, objecta Silk alors que le forgeron obtempérait.

— Quelque chose me dit qu'on peut vivre sans ça. Je dirais même que vous vivrez bien mieux sans avoir vu ça.

Tout à coup, d'un point, dans le ciel, où certain faucon à bande bleu décrivait des cercles, s'éleva un rugissement prodigieux, pareil à un roulement de tonnerre continu, accompagné par une vague d'énergie. La Maison de Torak fut ébranlée comme par un vent de tempête et la pièce fut soudain plongée dans les ténèbres absolues. Aucune lueur ne filtrait plus entre les lames des persiennes. Puis un hurlement assourdissant retentit juste au-dessus de la maison.

— Un démon ? s'écria Ce'Nedra, haletante. C'est un démon ?

— Une simple illusion, rectifia Polgara.

— Personne ne verra rien dans cette obscurité, objecta Sadi.

— La maison est plongée dans l'ombre parce qu'elle est *dans* la vision. Tous ceux qui se cachent dans la forêt la voient sûrement très bien. Peut-être même trop bien.

— Mais cette maison est gigantesque. Ce serait donc si énorme ? releva Sadi, stupéfait.

— Beldin n'a jamais été partisan des demi-mesures, confirma le vieux sorcier avec un grand sourire.

Un nouveau rugissement ébranla la voûte céleste, suivi par des cris et des hurlements d'agonie dans le lointain.

— Et maintenant, qu'est-ce qu'il fait ? demanda Ce'Nedra.

— Oh, je suppose qu'il gratifie l'assistance d'une sorte d'illusion collective, répondit Belgarath en haussant les épaules. Ça doit être gratiné... Pour moi, tout le monde, dans les parages, a au moins droit au spectacle d'un démon illusoire dévorant des personnages imaginaires qui se débattent de façon très convaincante.

— Et vous croyez que ça va les effrayer au point de les mettre en fuite ? fit Silk d'un ton dubitatif.

— Ça ne vous ferait pas fuir, vous ?

Une voix tonitruante rugit au-dessus de leur tête, faisant trembler les vitres.

— Faim ! hurlait-elle. Manger ! Des hommes ! Du sang !

Ce fut terrible. Il y eut un bruit épouvantable, un bruit de tremblement de terre, ou plutôt d'un pied titanesque écrasant une acre de forêt. Puis il y en eut un autre, et encore un autre. La colossale image projetée par Beldin s'éloignait. La lumière revint et Silk se précipita vers la fenêtre.

— A votre place, je m'abstiendrais, fit Belgarath.

— Mais...

— Ça ne vous plairait pas, Silk. Croyez-moi sur parole, vous n'aimeriez pas ça du tout.

Et les pas géants écrasaient toujours les bois alentour.

— Combien de temps ça va-t-il encore durer ? demanda Sadi d'une voix tremblante.

— Il a dit une petite heure, répondit le vieux sorcier, et on peut compter sur lui pour en faire bon usage. J'imagine qu'il tient à faire une impression durable sur tout ce qui se trouve dans les parages.

Des hurlements de terreur se répondaient dans les bois, ponctuant les pas prodigieux, puis il y eut un son différent, un formidable grondement qui s'éloignait vers le sud-ouest. Garion sentit refluer la vague d'énergie émise par Beldin.

— Là, il met les Chandims en déroute, commenta Belgarath. Ça veut dire qu'il a déjà fait fuir les Gardiens et les Karandaques. Nous pouvons nous préparer à partir.

Il leur fallut un moment pour calmer les chevaux qui roulaient des yeux affolés, mais ils réussirent enfin à les monter et à leur faire traverser la cour. Garion avait à nouveau revêtu sa cotte de mailles et son casque, et son lourd bouclier pendait au pommeau de sa selle.

— Tu crois que j'aurai encore besoin de cette satanée lance ? marmonna-t-il.

— Tu peux la laisser, répondit Belgarath. Je doute fort que nous fassions beaucoup de mauvaises rencontres par ici, à présent.

Ils repartirent par le même chemin qu'à l'aller, sortirent de la poterne et se retrouvèrent dans les bois. Ils firent le tour de la sinistre bâtisse et, quand ils furent à l'est, Garion dégaina l'épée de Poing-de-Fer. Il la fit osciller lentement jusqu'à ce qu'il la sente frémir dans sa main.

— Elle est partie par là, annonça-t-il en indiquant un sentier à peine visible dans le bois.

— Parfait, fit Belgarath. Au moins, nous n'aurons pas à nous frayer un chemin à coups d'épée dans les fourrés.

Ils traversèrent la clairière envahie par les ronces qui entourait la Maison de Torak et entrèrent dans la forêt. La piste qu'ils suivaient devait être peu fréquentée, car elle était parfois difficile à repérer.

— On dirait que certaines personnes ont fichu le camp d'ici en vitesse, commenta Silk, hilare, en remarquant les armes et autres accessoires épars le long du sentier.

En franchissant une colline, ils virent une vaste zone dévastée qui s'étendait dans la forêt, vers le sud-ouest.

— Une tornade ? hasarda Silk.

— Non, Beldin, rectifia Belgarath. Allons, les Chandims ne devraient pas avoir trop de mal à suivre sa trace.

L'épée de Poing-de-Fer indiquait toujours le sentier qui s'enfonçait dans la forêt. Garion, qui menait la marche avec confiance, put bientôt mettre son cheval au trot. Une lieue plus loin, la piste commençait à descendre régulièrement et s'éloignait des collines pour s'engager dans la plaine boisée qui s'étendait à l'est des monts karandaques.

— Il y a des villes, par là ? s'informa Sadi en contemplant l'immense forêt.

— Akkad est la seule agglomération digne de ce nom d'ici à la frontière, répondit Silk.

— Je ne pense pas en avoir jamais entendu parler. A quoi ressemble cet endroit ?

— A une porcherie, répliqua Silk. Comme la plupart des villes karandaques. On dirait que ces gens se complaisent dans la boue.

— Akkad... n'est-ce pas de là que venait le fonctionnaire melcène que nous avons rencontré sur la route ? risqua Velvet.

— En effet, confirma Silk.

— Et n'a-t-il pas dit qu'il y avait des démons, là-bas ?

— Il y en avait mais il n'y en a plus, reprit Belgarath. Cyradis nous a dit que Nahaz avait rappelé tous ses démons de Karanda et les avait envoyés à Darshiva combattre les Grolims du coin. Je pense que nous ferions tout de même mieux d'éviter Akkad, continua-t-il en se grattouillant la barbe. Même si les démons sont partis, le coin doit encore grouiller de fanatiques karandaques, et il y a peu de chance qu'ils soient déjà au courant de la mort de Mengha. De toute façon, ça risque fort d'être la panique à Karanda tant que l'armée de Zakath ne sera pas revenue du Cthol Murgos pour y ramener l'ordre.

Ils s'arrêtèrent brièvement pour manger un morceau, faire boire leurs chevaux, et repartirent aussitôt.

Dans l'après-midi, les nuages qui assombrissaient le ciel au-dessus d'Ashaba se dissipèrent et le soleil revint. La piste qu'ils suivaient s'élargit. Tout indiquait qu'elle était aussi plus fréquentée, et elle se changea bientôt en une route digne de ce nom. Garion et ses compagnons purent mettre leurs montures au galop et avancèrent plus vite.

Vers le soir, ils s'éloignèrent un peu de la route et dressèrent leurs tentes dans un petit vallon où ils n'avaient pas à craindre que l'on voie leur feu de loin. Garion alla se coucher tout de suite après dîner. Il était épuisé, il n'aurait su dire pourquoi.

Au bout d'une demi-heure, Ce'Nedra se glissa sous les couvertures, tout contre lui, et poussa un soupir à fendre l'âme.

— Nous sommes allés à Ashaba pour rien, murmura-t-elle. Ce n'était qu'une perte de temps, hein ?

— Non, mon tout petit, répondit-il d'une voix ensommeillée. Nous étions obligés d'y aller pour que Velvet puisse tuer Harakan. C'est l'une des tâches qui devaient être accomplies avant que nous allions à l'Endroit-qui-n'est-plus.

— Tu crois vraiment que tout ça rime à quelque chose ? La moitié du temps, tu donnes l'impression d'y croire, et le reste du temps, on dirait que non. Si Zandramas avait été là avec notre fils, tu ne l'aurais pas laissée repartir parce que toutes les conditions n'étaient pas réunies, j'espère ?

— Je ne lui aurais pas laissé faire un pas, confirma-t-il en serrant les dents.

— Alors tu n'y crois pas vraiment, hein ?

— Je ne suis pas rigoureusement fataliste, si c'est ce que tu veux dire, mais j'ai trop souvent vu les choses se produire exactement comme l'avait annoncé la Prophétie pour l'ignorer complètement.

— Il y a des moments où je me dis que je ne reverrai jamais mon bébé, fit-elle d'une petite voix lasse.

— Il ne faut pas dire ça. Nous allons rattraper Zandramas et nous ramènerons Geran à la maison.

— A la maison, soupira-t-elle. Nous sommes partis depuis si longtemps que je ne sais même plus à quoi ressemble la maison.

Il la prit dans ses bras, enfouit son visage dans ses cheveux et la serra doucement contre lui. Elle soupira et il sentit au bout d'un moment qu'elle s'était endormie. Malgré sa propre fatigue, il eut bien du mal à s'assoupir.

Le lendemain, il faisait un temps radieux. Ils regagnèrent la route et continuèrent vers l'est en suivant le chemin que leur indiquait l'épée de Poing-de-Fer.

Vers le milieu de la matinée, Polgara appela Belgarath.

— Père, il y a quelqu'un qui se cache sur le côté de la route, droit devant nous.

Le vieux sorcier mit sa monture au pas.

— Un Chandim ? demanda-t-il âprement.

— Non, un Angarak de Mallorée. Il a peur... et il n'a plus toute sa tête.

— Il mijote un mauvais coup ?

— Il n'a plus assez de cervelle pour ça.

— Si vous vous occupiez de lui, Silk ? suggéra le vieux sorcier. Fou ou pas, je déteste les individus embusqués au détour des chemins.

— Où est-il ? s'informa calmement Silk.

— Dans le sous-bois, au niveau de cet arbre mort, répondit la sorcière.

— Je vais lui dire deux mots, soupira Silk avec un hochement de tête entendu.

Il éperonna sa monture et la retint à l'endroit indiqué par Polgara.

— Nous savons que vous êtes là, l'ami, appela-t-il d'un ton amène. Nous ne vous voulons aucun mal. Sortez de là que nous voyions un peu de quoi vous avez l'air !

Il y eut un long silence.

— Allez, venez, insista Silk. Ne soyez pas si timide.

— Vous avez des démons avec vous ? fit une voix terrifiée.

— Est-ce que j'ai l'air de fricoter avec les démons, je vous demande un peu !

— Vous ne me tuerez pas, hein ?

— Bien sûr que non. Nous voulons seulement vous parler, c'est tout.

Il y eut un autre silence.

— Vous n'auriez rien à manger, s'il vous plaît ? implora craintivement la voix.

— Oh, nous devrions arriver à vous trouver ça.

L'individu médita un moment la réponse.

— Ça va, répondit-il enfin. Je sors. Mais vous avez promis de ne pas me tuer, hein ?

Les broussailles s'écartèrent et un soldat malloréen s'avança sur la route en titubant. Sa tunique rouge était en lambeaux, il avait perdu son casque et ce qui restait de ses bottes était attaché autour de ses mollets avec des lanières de cuir. Il n'avait pas dû se laver ni se raser depuis un mois. Il avait les yeux hagards et sa tête était agitée de mouvements incontrôlables. Il contempla Silk avec épouvante.

— Vous n'avez pas l'air en forme, l'ami, commenta le petit Drasnien. Où sont vos compagnons, hein ? Où sont-ils ?

— Morts. Y sont tous morts, dévorés par les démons, répondit l'homme, les yeux exorbités. Vous étiez à Akkad ? reprit-il d'une voix entrecoupée. Vous étiez là quand les démons sont venus ?

— Non, mon ami. Nous venons de Vennie.

— Vous avez dit que vous me donneriez à manger.

— Durnik ! appela Silk, vous pourriez m'apporter quelque chose à manger pour ce pauvre garçon ?

Le forgeron s'approcha du cheval de bât qui transportait leurs provisions, y prit du pain, de la viande séchée, et rejoignit les deux hommes.

— Et vous, vous étiez à Akkad quand les démons sont venus ? lui demanda le soldat.

— Non, répondit Durnik en secouant la tête. Je suis avec lui, ajouta-t-il en indiquant Silk, puis il tendit le pain et la viande au soldat.

L'homme les lui arracha et y mordit à belles dents.

— Que s'est-il passé à Akkad ? s'informa Silk.

— Les démons sont venus, balbutia le soldat, la bouche pleine. Vous allez me tuer ? lança-t-il abruptement à Durnik en le regardant droit dans les yeux.

Le forgeron lui rendit gravement son regard.

— Non, déclara-t-il d'une voix étranglée.

— Ah bon. Merci.

Le soldat s'assit au bord de la route et continua à manger. Garion et ses compagnons se rapprochèrent lentement pour ne pas l'effrayer.

— Que s'est-il passé à Akkad ? insista Silk. Nous allons par là et nous aimerions bien savoir ce qui nous attend.

— N'y allez pas, répondit le soldat en tremblant de tous ses membres. C'était horrible... Les démons sont entrés par les portes. Ils étaient entourés de Karandaques qui hurlaient, qui hurlaient... Les Karandaques ont réduit les gens en morceaux et les ont donnés à manger aux démons. Ils ont coupé les bras et les jambes de mon capitaine, puis un démon a attrapé ce qui restait de lui et lui a dévoré la tête. Il a hurlé jusqu'au bout.

Il baissa son morceau de pain et regarda Ce'Nedra.

— Vous allez me tuer, ma Dame ? demanda-t-il craintivement.

— Bien sûr que non, voyons ! se récria-t-elle, indignée.

— Si vous voulez me tuer, je vous en prie, ne me le laissez pas voir. Et, s'il vous plaît, enterrez-moi quelque part où les démons ne me déterreront pas pour me manger.

— Elle ne va pas vous tuer, décréta fermement Polgara.

— Alors, c'est vous qui allez le faire, ma Dame ? reprit l'homme d'une voix implorante, les yeux pleins d'espoir. Je ne peux plus supporter cette abomination. Tuez-moi doucement, je vous en prie, tuez-moi comme ma mère l'aurait fait et cachez-moi à un endroit où les démons ne me trouveront pas.

Il enfouit son visage dans ses mains tremblantes et se mit à pleurer.

— Donnez-lui encore un peu à manger, Durnik, fit Belgarath, apitoyé. Il est complètement fou. Je ne vois pas ce que nous pouvons faire d'autre pour lui.

— Il se pourrait, Vénérable Ancien, que je sois en mesure de l'aider un peu, fit Sadi en prenant une fiole de liquide ambré dans sa mallette. Tenez, Maître Durnik, versez quelques gouttes de ça sur le pain que vous lui donnerez. Ça l'apaisera pendant quelques heures.

— De la compassion, Sadi ? Voilà qui ne vous ressemble guère, ironisa Silk.

— Peut-être, murmura l'eunuque. Ou bien, qui sait ? Peut-être est-ce vous, Prince Kheldar, qui ne me comprenez pas.

Durnik préleva encore un peu de pain et de viande dans leurs réserves, les aspergea généreusement de la potion que lui avait remise Sadi et les donna au malheureux, puis ils repartirent lentement sur la route. Ils avaient déjà parcouru une certaine distance lorsqu'il les rappela.

— Revenez ! Revenez, je vous en prie ! Que l'un de vous revienne, n'importe lequel ! Revenez et tuez-moi, par pitié ! Maman, tue-moi, je t'en supplie !

Garion crut que son cœur allait éclater. Il serra les dents et talonna son grand étalon gris en essayant de ne pas entendre les hurlements de désespoir du pauvre hère, mais ils le poursuivirent longtemps.

Dans l'après-midi, ils contournèrent Akkad par le nord et

retrouvèrent la route deux lieues plus loin. La traction continuelle de l'épée que Garion tenait sur le pommeau de sa selle lui confirma que Zandramas avait suivi le même chemin. Elle allait bien vers le nord-est et la relative sécurité de la frontière entre Katakor et Jenno.

Ils campèrent dans la forêt, à quelques lieues au nord de la route, et repartirent tôt le lendemain matin. La piste, qui traversait une campagne déserte, était toute défoncée et les bas-côtés n'avaient visiblement pas été stabilisés.

— Les Karandaques n'entretiennent pas très bien leurs routes, observa Silk en mettant sa main en visière pour protéger ses yeux des rayons obliques du soleil levant.

— Ça ne m'avait pas échappé, fit Durnik.

— J'étais sûr que vous l'auriez remarqué.

Quelques lieues plus loin, la route entrait dans une forêt et ils poursuivirent leur chemin à l'ombre de grands arbres à feuilles persistantes.

Au bout d'un moment, un grondement sourd, rythmé, les prit aux tripes.

— Je pense quc nous avons intérêt à y aller mollo, annonça calmement Silk.

— Quel est ce bruit ? s'enquit Sadi.

— Des tambours. Il y a un temple, un peu plus loin.

— Au beau milieu de la forêt ? releva l'eunuque, surpris. J'étais persuadé que les Grolims préféraient rester en ville.

— Ce n'est pas un temple grolim. Les rites qu'on célèbre ici n'ont rien à voir avec Torak. En fait, chaque fois que les Grolims tombaient sur un endroit de ce genre, ils le brûlaient. On y célébrait l'antique religion locale.

— Vous voulez dire... le culte des démons ?

— Tout juste. La plupart de ces endroits sont abandonnés depuis des lustres, mais il faut croire qu'il en reste encore quelques-uns en activité. Ces tambours indiquent à n'en pas douter que nous sommes tombés sur une de ces curiosités anthropologiques : un temple karandaque ouvert au public.

— Vous pensez que nous arriverons à le contourner sans nous faire repérer ? demanda Durnik.

— Ça ne devrait pas poser de problème. Pendant leurs cérémonies, les Karandaques brûlent de drôles de champignons dont la fumée a un curieux effet sur les sens.

— Tiens ? fit Sadi, intéressé.

— Oui, eh bien, ce n'est pas le moment d'aller aux champignons, ronchonna Belgarath. Vous avez déjà bien assez de cochonneries comme ça dans votre mallette rouge.

— Ne voyez là, Belgarath, qu'un intérêt purement scientifique de ma part.

— Ben voyons.

— Mais qui ces gens peuvent-ils bien adorer ? demanda Velvet. Je pensais que tous les démons avaient quitté Karanda.

— Je trouve que ces tambours marquent une étrange mesure, remarqua Silk en fronçant le sourcil.

— Je ne savais pas, Kheldar, que vous vous adonniez à la critique musicale, ironisa-t-elle.

— Ce n'est pas ça, protesta l'homme au museau de fouine en secouant la tête. Il m'est arrivé d'assister à des cérémonies de ce genre, et le roulement des tambours est généralement assez frénétique. Le battement que nous entendons en ce moment est trop mesuré. On dirait qu'ils attendent quelque chose.

— Eh bien, qu'ils attendent, rétorqua Sadi avec un haussement d'épaules. Après tout, ce n'est pas notre problème.

— Ça, j'aimerais bien en être aussi sûre que vous, Sadi, riposta Polgara. Attends un peu ici, Père, suggéra-t-elle. Je vais jeter un coup d'œil là-bas.

— C'est trop dangereux, ma Pol, objecta Durnik.

— Ils ne s'apercevront même pas de ma présence, répondit la sorcière avec un sourire rassurant.

Elle mit pied à terre et fit quelques pas sur le chemin. Elle fut brièvement entourée par une sorte de halo lumineux, une tache de lumière au contour imprécis qui n'était pas là un instant plus tôt, et quand la lumière disparut, une grande chouette blanche s'éloignait silencieusement entre les arbres.

— Je ne sais pas pourquoi, mais ça me fait toujours froid dans le dos, murmura Sadi.

Ils attendirent en écoutant le battement monotone du tambour. Garion descendit de sa monture, vérifia les sangles de sa selle et fit quelques pas pour se détendre les jambes.

Polgara revint une dizaine de minutes plus tard, en planant sans bruit sous les branches basses. Lorsqu'elle reprit forme humaine, ils virent qu'elle était blême et que ses yeux reflétaient une indicible horreur.

— C'est effroyable ! s'exclama-t-elle. Ignoble !

— Que se passe-t-il, Pol ? demanda Durnik, inquiet.

— Il y a une femme en train d'accoucher, dans ce temple.

— Evidemment, un temple n'est pas l'endroit idéal pour mettre un enfant au monde, mais si elle n'avait nulle part où aller..., rétorqua le forgeron en haussant les épaules.

— Le temple a été choisi délibérément, répondit la sorcière. L'enfant qui va naître n'est pas humain.

— Que veux-tu dire ?

— C'est un démon !

Ce'Nedra étouffa un petit cri de surprise.

— Nous devons faire quelque chose, Père, reprit Polgara. Nous ne pouvons pas permettre ça.

— Mais que voulez-vous que nous fassions ? demanda Velvet. Enfin, si le travail est déjà commencé...

Elle étendit les mains devant elle dans un geste d'impuissance.

— Nous serons peut-être obligés de mettre fin à ses jours, répondit platement Polgara. Et encore, ça n'empêchera sans doute pas ce monstre de naître. Si ça se trouve, il faudra que nous l'aidions à venir au monde pour l'étouffer.

— Non ! s'écria Ce'Nedra. Ce n'est qu'un bébé ! On ne peut pas le tuer !

— Ce n'est pas ce genre de bébé, Ce'Nedra, mais une créature mi-humaine mi-démoniaque, un être issu de ce monde et un suppôt de l'autre. Si nous le laissons vivre, nous ne pourrons jamais le bannir. Ce sera une horreur perpétuelle.

— Garion ! s'écria Ce'Nedra. Fais quelque chose !

— Polgara a raison, Ce'Nedra, intervint Belgarath. Nous ne pouvons laisser vivre ce monstre.

— Combien de Karandaques y a-t-il là-bas ? s'informa Silk.

— Une demi-douzaine devant le temple, répondit la sorcière, et peut-être beaucoup d'autres à l'intérieur.

— Enfin, quel que soit leur nombre, nous devons nous débarrasser d'eux, déclara le petit Drasnien. Ils attendent la naissance de ce qu'ils prennent pour un Dieu et ils se battront jusqu'à la mort pour défendre le démon nouveau-né.

— Eh bien, allons-y, fit froidement Garion. Rendons-leur ce service.

— Tu vas laisser faire ça ? s'exclama Ce'Nedra.

— Ça ne me plaît pas plus qu'à toi, admit-il, mais nous n'avons pas le choix. Tu es absolument sûre, Tante Pol, qu'il n'y a pas moyen de le renvoyer là d'où viennent les démons ?

— Aucun, répondit-elle fermement. Il sera ici chez lui. Il n'a pas été convoqué et il n'a pas de maître. D'ici deux ans, ce serait une abomination comme ce monde n'en a jamais connue. Il doit être détruit.

— Tu penses être de taille à t'en sortir seule ? s'enquit Belgarath.

— Je n'ai pas le choix, Père. Je dois le faire.

— Bon, les gars, reprit le vieux sorcier, il va falloir que nous fassions entrer Pol dans ce temple, donc que nous nous occupions de ces Karandaques.

— J'aurais dû l'aiguiser, marmonna Silk en pêchant une de ses célèbres dagues dans le haut de sa botte et en lorgnant sa lame ébréchée d'un œil noir.

— Vous voulez que je vous prête une des miennes ? proposa Velvet.

— Non merci, Liselle. J'en ai plusieurs de rechange.

Il remit son couteau dans sa botte, en tira une seconde d'une gaine dissimulée derrière ses reins et une troisième qui était glissée dans sa nuque.

— Nous sommes vraiment obligés de faire ça, Pol ? insista Durnik d'un air réprobateur, en prenant sa hache accrochée à l'arrière de sa selle.

— Oui, mon Durnik. Il n'y a pas moyen de faire autrement.

— Eh bien, allons-y et finissons-en, soupira-t-il. Le plus vite sera le mieux.

Ils repartirent sans faire de bruit pour éviter de donner l'alerte à la congrégation de fanatiques.

Les Karandaques étaient assis autour d'un énorme tronc d'arbre évidé sur lequel ils tapaient en rythme avec des massues, lui arrachant un bruit caverneux, retentissant. Ils portaient des gilets de fourrure grossièrement tannée et des jambières de toile à sac attachées avec des cordes. Ils n'étaient pas rasés et leurs cheveux gras étaient tout feutrés derrière leur crâne. Ils arboraient de hideuses peintures de guerre et ils avaient les yeux vitreux et la lèvre pendante.

— J'y vais, marmonna Garion.

— Tu te crois peut-être au tournoi ? murmura Silk.

— Je ne suis pas un assassin, répondit-il calmement. Il se pourrait qu'un ou deux d'entre eux ait assez de cervelle pour fiche le camp, et ça en fera toujours autant de moins à tuer.

— Comme tu veux, mais attendre une étincelle de raison d'un Karandaque témoigne en soi d'une belle absence de raison.

Garion parcourut rapidement la clairière du regard. Le temple était une construction rudimentaire de rondins à moitié pourris qui s'affaissaient lamentablement à un bout. Le faîte était *orné* d'une rangée de crânes humains verdis par la mousse, leurs orbites vides braquées sur le néant. Une fosse à feu, creusée dans le sol de terre battue, fumait non loin des joueurs de tambour.

— Essaie de ne pas trop respirer cette fumée, murmura Silk. Tu risquerais de te mettre à voir des choses bizarres.

Garion opina du chef et parcourut ses compagnons du regard.

— Tout le monde est prêt ? demanda-t-il à voix basse.

Ils acquiescèrent d'un hochement de tête.

— Eh bien, j'y vais.

Il éperonna Chrestien et entra dans la clairière.

— Jetez vos armes ! hurla-t-il aux Karandaques, sidérés.

Ils lâchèrent leurs massues, en effet, et se ruèrent en poussant des cris belliqueux sur une collection de haches, de lances et d'épées.

— Qu'est-ce que je lui avais dit ? soupira Silk.

Garion serra les dents, tira son épée et fonça à un train d'enfer sur les hommes vêtus de peaux de bêtes. Alertés par leurs hurlements, quatre de leurs congénères surgirent du temple en courant, mais même avec ces renforts, les Karandaques à pied ne faisaient pas le poids devant leurs assaillants à cheval.

Deux des forcenés tombèrent sous l'épée de Garion lors de la première charge, et un troisième qui tentait de lui enfoncer sa lance dans le dos s'effondra, assommé par un coup de hache de Durnik. Sadi accueillit un lanceur d'épée d'un élégant retroussis de sa cape et lui plongea avec une sorte de délicatesse sa dague empoisonnée dans la gorge. Toth enfonça deux hommes dans le sol avec son bâton, le bruit mat de ses coups ponctuant le craquement de leurs os. Les hurlements frénétiques se changèrent bientôt en cris de douleur puis en gémissements. Silk se laissa tomber à terre, roula comme un acrobate, ouvrit proprement le ventre de l'un des énergumènes avec une de ses dagues et planta l'autre dans la poitrine d'un grand gaillard qui tentait maladroitement de soulever sa hache. Chrestien fit une volte si rapide que Garion manqua vider les étriers, et l'immense étalon piétina un Karandaque, l'enfouissant dans le sol sous ses sabots ferrés.

Le dernier Karandaque survivant était un vieillard qui gesticulait devant la porte du temple. Il avait le visage tatoué, ce qui lui faisait un masque grotesque, et brandissait, en guise d'arme, un bâton surmonté d'un crâne. Il vociférait une incantation qui lui resta dans la gorge lorsque Velvet lui lança un de ses poignards d'un gracieux revers. Le sorcier contempla bouche bée la poignée de l'arme qui sortait de sa poitrine et tomba lentement à la renverse.

Il y eut un instant de silence seulement troublé par les gémissements des deux victimes de Toth, puis un cri rauque monta du temple. Un cri de femme.

Garion se jeta à bas de sa monture, bondit par-dessus le corps qui gisait en tas sur le seuil et entra dans la vaste salle enfumée.

Une femme à demi nue était attachée, les bras et les jambes écartés, sur un autel rudimentaire dressé contre le mur du fond. Quelqu'un avait jeté une couverture sale sur son ventre énorme, inconcevablement distendu. Ses traits étaient crispés par la douleur. Elle poussa un nouveau hurlement et lança une tirade entrecoupée de gémissements.

— *Nahaz ! Magrash klat grichak ! Nahaz !*

— Je m'en occupe, Garion, fit fermement Polgara derrière son dos. Sors d'ici, retourne avec les autres.

— Il n'y a plus personne, là-dedans ? demanda Silk en le voyant ressortir.

— Juste la femme. Tante Pol est avec elle.

Garion se rendit compte tout à coup qu'il tremblait de tous ses membres.

— Quelle langue parlait-elle ? demanda Sadi en nettoyant soigneusement sa dague empoisonnée.

— La langue des démons, répondit Belgarath. Elle appelait le père de son bébé.

— Nahaz ? releva Garion, stupéfait.

— C'est ce qu'elle croit, rectifia le vieux sorcier, mais rien ne prouve que ce soit la vérité.

La femme en gésine se remit à hurler.

— Pas de blessés ? s'informa Durnik

— Je ne sais pas ce qu'il vous faut, répondit Silk avec un mouvement de menton vers les Karandaques à terre.

Il enfonça ses lames dans le sol à plusieurs reprises pour enlever le sang qui les maculait.

— Kheldar, fit Velvet d'une voix curieusement étranglée, vous pourriez récupérer mon poignard, s'il vous plaît ?

Garion tourna machinalement la tête vers elle et se rendit compte qu'elle était livide et tremblait un peu. Allons, cette jeune femme à toute épreuve n'était peut-être pas aussi implacable qu'elle en avait l'air, tout compte fait.

— Bien sûr, Liselle, répondit Silk d'une voix neutre, comme s'il avait, lui aussi, compris la cause de sa détresse.

Il se releva, arracha le stylet enfoncé dans la poitrine du sorcier affalé en travers de la porte du temple, l'essuya soigneusement et le rendit à sa propriétaire.

— Si tu retournais auprès de Ce'Nedra pendant que nous finissons le nettoyage, ici ? suggéra-t-il.

— Bonne idée. Merci, Kheldar.

Elle tourna bride et quitta la clairière.

— Qu'est-ce que tu veux, Garion ? Ce n'est qu'une fille, fit Silk, sur la défensive. Mais pour une fille, elle est rudement bien, ajouta-t-il non sans fierté.

— Ça, tu l'as dit. Bon, si nous tirions tous ces cadavres de l'autre côté du temple ? proposa Garion en regardant les masses inertes qui gisaient autour d'eux dans des postures impossibles. Cet endroit est déjà assez sinistre sans toutes ces saletés.

Un cri strident retentit à l'intérieur du temple.

Midi vint et passa sans qu'ils s'en rendent compte. La femme poussait toujours d'épouvantables clameurs. Vers le milieu de l'après-midi, elle n'émettait plus que de faibles plaintes. Puis, comme le soleil disparaissait à l'horizon, le silence fut ébranlé par un terrible hurlement. Le dernier. Aucun son ne devait plus venir du temple. Polgara en ressortit au bout de quelques minutes, le visage blême, les mains et les vêtements ruisselants de sang.

— Alors, Pol ? soupira Belgarath.

— Elle est morte.

— Et le démon ?

— Mort-né. Ils n'ont survécu ni l'un ni l'autre. Mon Durnik, je t'en prie, va me chercher une couverture et de l'eau, fit-elle en considérant sa tenue.

Durnik lui fit un paravent de la couverture, Polgara ôta tous ses vêtements, les jeta à l'intérieur du temple et s'enroula dans la couverture.

— Maintenant, mettez-y le feu, murmura-t-elle d'une voix rauque. Réduisez-moi tout ça en cendres.

CHAPITRE XXI

Ils repartirent sur la piste de Zandramas et vers midi, le lendemain, ils étaient à Jenno. L'épisode de la veille les avait profondément abattus et ils avançaient en silence. Une lieue environ après la frontière, non matérialisée, au demeurant, ils s'écartèrent un peu de la route pour manger. Le soleil brillait de tous ses feux et il faisait une chaleur agréable. Garion s'éloigna un peu du groupe et observa pensivement un nuage d'abeilles en livrée rayée de jaune qui butinaient fiévreusement une touffe de fleurs sauvages.

— Garion ! appela Ce'Nedra, d'une toute petite voix, dans son dos.

— Oui, Ce'Nedra ? fit-il en la prenant par les épaules.

— Que s'est-il passé là-bas, en réalité ?

— Eh bien, tu l'as vu comme moi.

— Ce n'est pas ce que je voulais dire. Que s'est-il passé dans le temple ? Cette pauvre femme et son bébé sont-ils vraiment morts tout seuls ou Polgara les y a-t-elle aidés ?

— *Ce'Nedra !*

— Il faut que je le sache, Garion. Elle avait l'air tellement décidé avant d'y entrer. Elle était déterminée à tuer le bébé. Puis elle est ressortie et elle nous a dit que la mère et l'enfant n'avaient pas survécu à l'accouchement. Tu ne trouves pas que ça tombait un peu trop bien ?

Il inspira profondément.

— Réfléchis, Ce'Nedra. Tu connais tante Pol depuis longtemps, maintenant. L'as-tu jamais vue s'abaisser à mentir ?

— Eh bien... il lui arrive de ne pas dire toute la vérité. De n'en dire qu'une partie et de garder le reste pour elle.

— Ce n'est pas la même chose que de mentir, Ce'Nedra, et tu le sais très bien.

— Eh bien...

— Tu lui en veux d'avoir dit que nous serions peut-être obligés de tuer cette chose.

— Ce bébé, rectifia-t-elle fermement.

Il la prit par les épaules et la regarda bien en face.

— Non, Ce'Nedra, pas un bébé : une chose, une créature mi-humaine, mi-démoniaque, un monstre.

— Mais il était si petit, si désespéré... sans défense.

— Qu'en sais-tu ?

— Tous les bébés sont petits quand ils naissent.

— Pas celui-ci. J'ai eu le temps de voir la femme juste avant que Tante Pol me chasse du temple. Tu te rappelles comme tu étais grosse juste avant la naissance de Geran ? Eh bien, le ventre de cette femme était au moins cinq fois plus gros que le tien, et elle n'était pas beaucoup plus grande que toi.

— Tu veux rire !

— Oh non, pas du tout. Le démon n'aurait jamais pu naître sans tuer sa mère. Si ça se trouve, il s'est simplement frayé un chemin au dehors à coups de griffes.

— Il aurait tué sa propre mère ? hoqueta Ce'Nedra.

— Parce que tu crois qu'il aurait aimé sa mère ? Mais les démons ignorent ce qu'est l'amour, Ce'Nedra. C'est pour ça que ce sont des démons. Heureusement qu'il est mort. Je déplore que la femme soit morte aussi, mais il était trop tard pour l'aider quand nous sommes arrivés.

— Tu es un être froid et sans pitié, Garion.

— Arrête, Ce'Nedra, tu sais bien que ce n'est pas vrai. Ce qui est arrivé là-bas est fort regrettable, je suis bien d'accord, mais nous ne pouvions pas agir autrement.

Elle lui tourna le dos et s'éloigna.

— Ce'Nedra ! fit-il en se précipitant pour la rattraper.

— Qu'est-ce que tu veux ? fit-elle en lui arrachant son bras.

— Nous n'avions pas le choix, répéta-t-il. Tu voudrais que Geran grandisse dans un monde livré aux démons ?

— Non, répondit-elle fermement en le regardant bien en face. Enfin... c'est-à-dire que...

Elle ne put aller au bout de sa pensée.

— Je sais, fit-il en la serrant contre lui.

— Oh, Garion !

Elle se blottit contre lui, et tout alla bien à nouveau.

Après avoir mangé, ils reprirent la piste. Dans des clairières, entre les arbres, étaient tapis des villages, ou plutôt des groupes de cabanes entourées de palissades de rondins. Une quantité impressionnante de cochons fouillaient du groin les souches qui jonchaient les espaces dégagés dans la forêt.

— Ils n'ont pas beaucoup de chiens, remarqua Durnik.

— Les Karandaques sont de drôles de gens, commenta Silk. Ils ont une grande affinité pour la saleté. C'est sûrement pour ça que les cochons sont leurs animaux préférés. Ils doivent satisfaire leurs instincts les plus profonds.

— Vous voulez que je vous dise, Silk ? fit le forgeron. Votre compagnie serait infiniment plus agréable si vous ne tourniez pas tout en dérision.

— C'est un de mes petits travers, je sais. Il y a quelques années maintenant que je parcours le monde, et j'ai pris l'habitude de rire de tout, de peur d'être obligé d'en pleurer.

— Vous dites ça sérieusement ?

— Je n'oserais jamais me payer la figure d'un vieil ami comme vous, vous pensez bien !

Vers le milieu de l'après-midi, la piste qu'ils suivaient s'incurva légèrement et ils sortirent de la forêt. Un peu plus loin, la route défoncée se divisait en deux.

— Alors ? demanda Belgarath.

Garion souleva son épée qui reposait sur le pommeau de sa selle et la fit lentement osciller de part et d'autre jusqu'à ce qu'il sente la traction familière.

— A droite, répondit-il.

— Ouf ! fit Silk. Je suis bien content que tu aies dit ça. Figure-toi qu'à gauche, nous allions tout droit à Calida. Je suppose qu'ils doivent être au courant de la mort de Harakan, à l'heure qu'il est, et même sans démons, je ne m'en ressentais pas de visiter une ville pleine d'énergumènes hystériques. Les séides du Seigneur Mengha risquent d'être un peu perturbés en apprenant qu'il leur a faussé compagnie.

— Et par là, où ça va ? demanda Belgarath.

— Au lac Karanda, répondit Silk. C'est le plus grand lac du monde. Quand on est au bord, on se croirait devant un océan.

— Grand-père, fit Garion en fronçant le sourcil. Tu crois que Zandramas sait que l'Orbe peut la suivre ?

— C'est possible, oui.

— Se douterait-elle, par hasard, que le meilleur moyen de nous échapper est de s'aventurer sur une vaste étendue d'eau ?

— Là, tu m'en demandes trop.

— Imagine qu'elle le sache, elle n'est peut-être allée vers le lac que pour brouiller les pistes. Elle a pu prendre un bateau, faire un petit tour au large, toucher terre n'importe où et filer dans une direction totalement inattendue. Si c'est le cas, comment allons-nous retrouver sa trace ?

Belgarath se grattouilla la barbe en lorgnant le soleil couchant.

— Pol, il y a des Grolims dans le coin ?

Elle se concentra un instant.

— Pas aux environs immédiats, Père.

— Parfait. Quand Zandramas a essayé de s'emparer de l'esprit de Ce'Nedra à Rak Hagga, tu as établi un contact momentané avec elle, pas vrai ?

— Oui, mais ce fut très bref.

— Elle était bien à Ashaba, à ce moment-là ? Tu n'as aucune idée de la direction qu'elle avait l'intention de prendre en repartant ?

— Rien de très précis, Père, répondit Polgara en fronçant les sourcils. J'ai juste eu la vague impression qu'elle songeait à rentrer au bercail.

— Darshiva ! s'exclama Silk en claquant les doigts. Nous savons que Zandramas est un nom darshivien, et d'après Zakath, c'est là-bas qu'elle aurait commencé à semer la pagaille.

— C'est un peu léger, grommela le vieux sorcier. Je serais beaucoup plus rassuré si nous pouvions en avoir la confirmation. Pol, tu ne pourrais pas essayer de rétablir le contact avec elle, ne fût-ce qu'un instant ? Je n'ai besoin que d'une direction générale.

— Je veux bien, mais je doute fort que ça marche, répondit-elle avec un haussement d'épaules.

Le visage de sa tante devint de marbre et Garion sentit qu'elle fouillait mentalement, subtilement les environs. Elle relâcha sa volonté au bout de quelques instants.

— Elle se protège, Père, annonça-t-elle. Je n'ai rien pu capter.

Il marmonna un juron entre ses dents.

— Nous allons être obligés de descendre jusqu'au lac et d'interroger les riverains. Peut-être quelqu'un l'aura-t-il vue...

— C'est même certain, rétorqua Silk. Mais je vous rappelle qu'elle adore envoyer ses matelots par le fond. Tous ceux qui savent où elle a touché terre dorment probablement sous trente pieds d'eau, à l'heure qu'il est.

— Vous avez une meilleure idée ?

— Pas pour l'instant.

— Alors, nous allons au lac.

Le soleil descendait doucement derrière eux quand ils passèrent devant un bourg assez important, à un petit quart de lieue de la route. Les villageois étaient massés devant la palissade. Un homme squelettique, torse nu, était campé devant un autel de bois rudimentaire, surmonté par des crânes, à côté d'un énorme bûcher. Il avait des plumes piquées dans les cheveux, chaque pouce de son corps était orné de dessins effrayants, peints de couleurs vives, et il beuglait une incantation de toute la force de ses poumons. Il tendait les bras vers le ciel dans une attitude implorante, et il y avait une note de désespoir dans sa voix.

— Que fait-il ? demanda Ce'Nedra.

— Il essaie de susciter un démon afin que les habitants du village puissent l'adorer, répondit calmement Essaïon.

— Garion ! s'exclama-t-elle avec angoisse. Tu ne crois pas que nous devrions fuir tout de suite ?

— Il n'y arrivera pas, reprit Essaïon. Les démons n'apparaissent plus aux hommes. Nahaz le leur a interdit.

Le sorcier cessa de psalmodier. Bien qu'il fût à une certaine distance, Garion vit qu'il avait l'air paniqué.

Un murmure de colère monta de l'assistance.

— La foule commence à s'énerver, observa Silk. Le sorcier a intérêt à susciter son démon au prochain essai, ou il risque d'avoir de gros ennuis.

L'homme à la face peinturlurée et aux cheveux ornés de plumes reprit son incantation en invectivant le ciel avec véhémence, puis il resta planté là et attendit.

En vain.

Ne voyant rien venir, la foule se précipita en rugissant vers le sorcier qui se recroquevilla sur lui-même. Les premiers arrivés s'emparèrent de lui, renversèrent son autel, prirent l'un des rondins, lui clouèrent les pieds et les mains dessus avec un rire mauvais et flanquèrent le tout au feu dans un immense hurlement.

— Ne restons pas ici, fit Belgarath. Une foule qui a goûté au sang est prête à tous les débordements.

Il mit son cheval au galop et les mena au loin.

Ce soir-là, ils dressèrent le campement dans un bosquet de saules, au bord d'un petit ruisseau, et dissimulèrent leur feu du mieux qu'ils purent.

Il y avait du brouillard, le lendemain matin, et ils repartirent avec une prudente lenteur, prêts à saisir leurs armes.

— Nous sommes encore loin du lac ? demanda Belgarath comme le soleil commençai' à chasser la brume.

— C'est difficile à dire, répondit Silk en scrutant les nappes de brouillard. Il me semble qu'il est encore à plusieurs lieues.

— Eh bien, pressons l'allure. Une fois là-bas, il faudra que nous trouvions un bateau, et ça risque de prendre un moment.

Ils talonnèrent leurs montures et dévalèrent à belle allure la route qui commençait à descendre régulièrement.

— Nous sommes plus près que je ne pensais, annonça Silk. Je me souviens de ce tronçon de route. Nous devrions y être d'ici une petite heure.

Ils croisèrent quelques Karandaques vêtus de peaux de bêtes et armés jusqu'aux dents qui les lorgnèrent d'un œil suspicieux, voire hostile, mais les laissèrent passer sans autre forme de procès, sans doute impressionnés par la cotte de mailles, le casque et l'épée de Garion.

Vers le milieu de la matinée, le brouillard s'était complètement levé. En arrivant au sommet d'une colline, Garion retint son grand étalon gris en voyant une immense étendue bleue que le soleil faisait étinceler de mille feux. La rive opposée était invisible, et l'on eût vraiment dit une mer intérieure, mais elle n'avait pas la senteur piquante de l'océan.

— C'est grand, hein ? fit Silk en s'approchant de Garion. C'est là que j'ai l'habitude de louer mes bateaux quand je veux aller de l'autre côté.

Des cabanes de rondins, couvertes de chaume, étaient blotties les unes contre les autres, à une demi-lieue environ sur la rive du lac. Quelques bateaux de belle taille étaient amarrés à une jetée flottante qui se balançait sur l'eau.

— Tu es déjà venu par ici ?

— Oh oui. Il y a des mines d'or dans les monts de Zamad, et on trouve des pierres semi-précieuses dans la forêt.

— Tu crois que ces bateaux seront assez grands pour nous emmener tous ?

— Sûrement. Nous serons peut-être un peu tassés, mais il fait beau et la traversée ne devrait pas poser de problème, même si le bateau est un peu surchargé. Hé, que fabriquent-ils ? s'exclama le petit Drasnien en fronçant les sourcils.

Un attroupement descendait du village vers la rive du lac. La fourrure entrait pour une part importante dans les vêtements à dominante rouge et brune, mais un certain nombre de gens portaient aussi des capes teintes de différents tons de rouille et de bleu éteint.

— Belgarath, je crois que nous avons un problème.

Le vieux sorcier s'approcha au trot et contempla la foule massée devant le village et que rejoignaient un nombre sans cesse croissant de curieux sortis de chez eux.

— Nous devons entrer dans ce patelin pour louer un bateau, décréta Silk. Nous sommes assez armés pour intimider quelques douzaines de paysans, mais ils sont bien deux ou trois cents, ce qui pourrait exiger une intervention plus sérieuse.

— Ce n'est peut-être qu'une kermesse villageoise.

Le petit Drasnien secoua la tête en signe de dénégation.

— Ça m'étonnerait. Il n'y a aucune fête en ce moment de l'année, et ces gens ne transportent visiblement pas de marchandises.

Il mit pied à terre et s'approcha des chevaux de bât. Un instant plus tard, il en revenait avec une veste de fourrure rouge grossièrement tannée et un bonnet de fourrure informe. Il les revêtit, s'assit par terre et s'entoura les mollets de jambières en toile à sac qu'il attacha avec un bout de corde.

— De quoi j'ai l'air ? demanda-t-il en se relevant.

— D'un vrai péquenaud, répondit Garion.

— Parfait. L'air péquenaud est très à la mode, en ce moment, au Karanda.

Il se remit en selle.

— Où avez-vous trouvé ces vêtements ? s'informa Belgarath, toujours intéressé.

— Sur l'un des cadavres, au temple, répondit le petit homme au museau de fouine avec un haussement d'épaules désinvolte. J'aime bien avoir un ou deux déguisements d'avance. Bon, je vais voir ce qu'ils font là-bas.

Il enfonça ses talons dans les flancs de son cheval et dévala la pente au galop vers la foule agglutinée devant le village lacustre.

— Ne restons pas au milieu de la route, suggéra Belgarath. Je ne tiens pas spécialement à attirer l'attention.

Ils ramenèrent leurs chevaux au pas de l'autre côté de la colline et mirent pied à terre, un peu à l'écart de la route, dans une crevasse peu profonde qui leur offrait une cachette confortable et assez discrète. Garion remonta la butte à pied et se coucha dans l'herbe haute pour observer les événements.

Au bout d'une petite demi-heure, Silk reparut au sommet de la colline. Garion sortit de l'herbe et lui fit signe. Le petit homme rejoignit ses compagnons et se laissa tomber à bas de sa monture avec une expression écœurée.

— Ah, la religion ! fit-il dans un reniflement méprisant. Je me demande ce que deviendrait le monde sans ça. Ces gens sont attroupés dans le but d'assister à la démonstration d'un puissant sorcier qui s'est engagé mordicus à susciter un démon, malgré l'insuccès notoire de tous ses collègues, depuis quelque temps. Il a même laissé entendre qu'il se faisait fort de convaincre Nahaz, le Seigneur des Démons, de faire une apparition personnelle. La populace risque de passer la journée là-bas.

— Alors ? demanda Sadi.

Belgarath sortit un peu de la ravine, examina pensivement le ciel pendant un moment et revint.

— Nous allons avoir besoin de quelques autres de ces machins-là, annonça-t-il avec détermination en indiquant la défroque de Silk.

— Rien de plus facile avec tous les retardataires qui descendent cette colline, acquiesça Silk. Quelle idée avez-vous derrière la tête ?

— Nous allons descendre là-bas, vous, Garion et moi.

— C'est original. Et nous pouvons savoir pour quoi faire ?

— Le sorcier, quel qu'il soit, a promis de faire apparaître Nahaz, mais Nahaz est avec Urvon et je doute fort qu'il se manifeste. Après ce que nous avons vu au village, hier, il est assez évident que la plus grosse erreur que puisse commettre un sorcier, c'est de décevoir son public. Or personne n'arrive à invoquer le moindre démon, ces temps-ci. Notre ami, là-bas, est si confiant que mon petit doigt me dit qu'il a l'intention de susciter une illusion, et il se trouve que je suis moi-même assez bon à ce jeu-là, alors je vais descendre et le défier.

— Vous ne craignez pas qu'ils se prosternent devant votre illusion et l'adorent ? risqua Velvet.

— Ça, Liselle, fit-il avec un sourire glacial, c'est peu probable. Vous voyez, il y a démon et démon. Si je m'en sors bien, il n'y aura plus un Karandaque à cinq lieues à la ronde d'ici le coucher du soleil. Enfin, tout dépend de la vitesse à laquelle ils sont capables de courir, bien sûr. Comment, vous êtes encore là, vous ? ronchonna-t-il en regardant Silk.

Le petit Drasnien parti, Belgarath procéda à d'autres préparatifs. Il ramassa une longue branche légèrement crochue, quelques plumes à se planter dans les cheveux, puis il s'adossa à leurs paquets et contempla le ciel.

— Allez, Pol, dit-il, rends-moi hideux.

Elle eut un petit sourire et leva une main.

— Pas comme ça. Prends de l'encre et fais-moi des dessins sur la figure. Inutile d'essayer de faire vrai. La religion des Karandaques a tellement dégénéré qu'ils ne reconnaîtraient pas le rituel originel s'ils le prenaient en pleine poire.

Elle eut un petit rire, fouilla un instant dans ses paquets et revint un instant plus tard avec une bouteille d'encre et une plume d'oie.

— Je me demande, Dame Polgara, ce que vous pouvez bien faire en voyage avec de l'encre ? s'émerveilla Ce'Nedra.

— J'aime être prête à toute éventualité. Une fois, alors que j'étais sur la route, j'ai eu besoin de laisser un message à quelqu'un, et comme je n'avais pas d'encre sur moi, j'ai été obligée de m'ouvrir une veine. Je m'efforce toujours de ne pas commettre deux fois la même erreur. Allez, Père, ferme les yeux. J'aime bien partir des paupières et rayonner autour.

— Durnik, fit le vieux sorcier tandis que Polgara s'affairait sur son visage avec sa plume, vous resterez ici avec les autres. Tâchez de trouver une meilleure cachette que ce goulet.

— Très bien, Belgarath, acquiesça le forgeron. Et comment saurons-nous quand le moment sera venu de vous rejoindre ?

— Quand vous n'entendrez plus de hurlements.

— Arrête de bouger les lèvres, Père, fit Polgara en fronçant les sourcils. Tu veux que je te noircisse la barbe, tant que j'y suis ?

— Euh, non. Les gens superstitieux sont toujours impressionnés par le grand âge et j'ai l'air beaucoup plus vieux comme ça que n'importe qui.

— Je dirais même que tu as l'air plus vieux que la terre que nous foulons.

— C'est très drôle, Pol, riposta-t-il aigrement. Bon, tu as bientôt fini ?

— Tu veux un joli symbole de mort sur le front ?

— Pourquoi pas ? Ces crétins ne le reconnaîtront sûrement pas, mais le tracé en est assez impressionnant.

Polgara mettait la dernière touche à son œuvre lorsque Silk revint avec les hardes requises.

— Pas de problème ? s'informa Durnik.

— C'était un jeu d'enfant, répondit le petit homme au museau de fouine avec un sourire carnassier. Un gaillard qui contemple le ciel est assez facile à approcher par-derrière, et un bon coup sur la nuque suffit généralement à l'étendre pour le compte.

— Laisse ta cotte de mailles et ton casque ici, Garion, fit Belgarath. Les Karandaques n'en portent pas. Mais prends tout de même ton épée.

— C'est bien ce que j'avais l'intention de faire, grommela l'intéressé qui essayait déjà de s'extirper de sa cotte de mailles.

— Tu commences à rouiller, commenta Ce'Nedra en venant à son secours.

Elle lui indiqua un certain nombre de taches rougeâtres sur la tunique de lin molletonnée qu'il portait dessous.

— Ça, c'est l'un des inconvénients des vêtements métalliques.

— Leur principal défaut est tout de même l'odeur, ajouta-t-elle en fronçant le nez. Tu sais que tu n'aurais pas volé un bon bain ?

— Je vais essayer de trouver une baignoire, un de ces jours.

Il enfila l'une des vestes de fourrure que Silk avait « trouvées », s'attacha les jambières rudimentaires autour des mollets et se fourra sur la tête un bonnet de fourrure qui puait la peau mal tannée et la sueur.

— Je suis beau, comme ça ? demanda-t-il.

— On dirait un vrai barbare, répondit Ce'Nedra.

— Ah, tant mieux. C'est plus ou moins l'effet recherché.

— Je ne vous ai pas volé de chapeau, Belgarath, fit Silk. J'ai pensé que vous préféreriez une petite coiffure de plumes.

— Nous autres, puissants sorciers, portons tous des plumes, acquiesça celui-ci. C'est une toquade qui ne durera pas, j'en suis sûr, mais j'ai toujours aimé suivre la mode. Je pense que nous irons à pied. Ça va faire du bruit, et les chevaux risqueraient de prendre peur. Nous ne devrions pas en avoir pour très longtemps, conclut-il avec confiance en regardant Polgara et ceux qui restaient en arrière.

Il sortit de la crevasse d'un pas décidé, ses acolytes sur les talons.

Ils émergèrent de la gorge au sud de la butte, descendirent la colline et s'approchèrent de la populace massée sur la rive du lac.

— Je ne vois pas leur sorcier, commenta Garion en scrutant les environs.

— Ces gens-là aiment faire attendre leur public, sans doute pour faire monter la tension dramatique, expliqua Belgarath.

La journée était assez chaude et, quand ils arrivèrent au bas de la colline, l'odeur âcre de leurs vêtements était difficilement supportable. Ils n'avaient pas l'air très karandaques, mais les villageois auxquels ils se joignirent comme si de rien n'était avaient autre chose à regarder que leur tenue. Tous les yeux étaient braqués vers une estrade sur laquelle était dressé un autel de rondins flanqué, selon la coutume, d'une jolie rangée de crânes plantés sur des piques.

— Où trouvent-ils tous ces crânes ? murmura Garion.

— Sur les épaules des gens, répondit Silk. Les Karandaques étaient autrefois des chasseurs de têtes. Les Angaraks ont découragé cette pratique, et maintenant ils rôdent la nuit dans les cimetières et profanent les tombes. Je doute fort qu'on puisse trouver un seul squelette entier dans tout le Karanda.

— Rapprochons-nous un peu, marmonna Belgarath. Je ne voudrais pas avoir à fendre la foule au moment fatidique.

Ils jouèrent des coudes, s'attirant des regards noirs et les protestations de quelques fanatiques aux cheveux graisseux, mais un coup d'œil au visage de Belgarath et aux hideux dessins que Polgara lui avait tracés sur le visage les persuadèrent que c'était un sorcier doté d'un terrible pouvoir et qu'il valait mieux éviter de s'attirer ses foudres.

Ils arrivaient juste sur le devant de l'estrade lorsqu'un homme portant la robe noire des Grolims sortit de la porte du village lacustre et s'approcha à grands pas de l'autel.

— Je crois que c'est notre homme, chuchota Belgarath.

— Un Grolim ? fit Silk, un peu surpris.

— Hm-hm. Voyons quel numéro il nous a préparé.

L'homme en robe noire vint se planter devant l'autel, leva les bras au ciel et s'adressa à la masse avec rudesse, dans un langage que Garion ne comprenait pas. Un grand silence se fit dans la foule. Lentement, le Grolim repoussa son capuchon et abandonna sa robe sur l'estrade. Il ne portait qu'un pagne et il avait le crâne rasé. Chaque pouce de sa peau était couvert de tatouages élaborés.

— Pfui, je n'aurais pas aimé être à sa place, marmonna Silk en faisant la grimace.

— Préparez-vous à contempler la face de votre Dieu ! déclama le Grolim d'une voix caverneuse, puis il se pencha pour tracer des signes cabalistiques sur l'estrade, devant l'autel.

— C'est bien ce que je pensais, murmura Belgarath. Il n'a pas achevé son pentacle. S'il avait vraiment l'intention d'invoquer un démon, il n'aurait pas commis cette erreur.

Le Grolim se redressa et commença à réciter une incantation dans un style ampoulé, emphatique.

— Il est très prudent, remarqua Belgarath. Il omet certaines formules capitales. Il n'a vraiment pas envie de susciter un démon accidentellement. Attendons un peu, fit-il avec un sourire entendu. Tiens, ça y est !

Garion sentit lui aussi la vague d'énergie alors que le Grolim bandait sa volonté, puis il entendit le bruit de vague caractéristique.

— Contemplez le Seigneur Nahaz, le Maître des Ténèbres ! hurla le Grolim tatoué, et une silhouette environnée d'ombres apparut devant l'autel dans un déchaînement de flammes, un roulement de tonnerre et un nuage de fumée sulfureuse.

L'apparition n'était pas plus grande qu'un homme de taille moyenne, mais elle avait l'air tout ce qu'il y a de plus réel.

— Pas mal, je dois dire, bougonna Belgarath.

— Pour moi, il a l'air horriblement palpable, nota Silk en claquant des dents.

— Ce n'est qu'une illusion, affirma le vieux sorcier d'un ton rassurant. Excellente, au demeurant, mais une illusion quand même.

La silhouette ombreuse debout sur l'estrade se redressa et repoussa son capuchon de ténèbres, révélant le faciès monstrueux que Garion avait vu dans la salle du trône de Torak, à Ashaba.

La foule tomba à genoux dans un prodigieux gémissement.

— Bien, fit Belgarath en respirant un bon coup. Quand le public se dispersera, surtout ne laissez pas échapper ce gaillard. Il a vu le vrai Nahaz, c'est donc qu'il faisait partie des séides de Harakan, et j'ai quelques questions à lui poser. Allons, autant m'y mettre tout de suite, conclut-il en carrant les épaules. Charlatan ! hurla-t-il de toute la force de ses poumons en s'approchant de l'estrade. Escroc ! Imposteur !

Le Grolim étrécit les yeux avec méfiance en voyant les tatouages peints sur son visage.

— On s'agenouille devant le Seigneur des Démons, balbutia-t-il.

— C'est du chiqué ! beugla Belgarath. Cet homme n'est pas un sorcier mais un minable charlatan grolim !

Il monta sur l'estrade et se tourna vers les badauds stupéfaits.

— Le Maître des Ténèbres ne te laissera pas un lambeau de chair sur les os ! riposta le Grolim d'une voix stridente.

— Très bien, rétorqua Belgarath avec un calme insultant. Voyons un peu comment il va s'y prendre. Je vais même l'aider, tiens !

Il remonta sa manche, s'approcha de l'ombre chimérique qui planait, menaçante, devant l'autel et passa délibérément son bras nu dans sa gueule béante. L'instant d'après, sa main ressortait de la nuque du Seigneur des Démons. Belgarath avança encore un peu le bras, jusqu'à ce que son poignet et tout son avant-bras dépassent du dos de l'illusion, puis il se mit à remuer les doigts vers l'assistance massée devant l'autel.

Un ricanement nerveux parcourut la foule.

— Eh bien, mon pauvre vieux Nahaz, je trouve que tu manques un peu de consistance, ironisa Belgarath. Et on dirait que j'ai encore un peu de chair sur les os.

Il ôta son bras de l'ombre et remua ses deux mains dans tous les sens au travers de l'illusion suscitée par le Grolim.

— Il a l'air un peu creux, non ? commenta-t-il en se tournant vers le Grolim tatoué. Ecoute, voilà ce qu'on va faire : tu vas le renvoyer là d'où il vient, et puis je vous montrerai un vrai démon, à tes ouailles et à toi-même.

Il mit ses mains sur ses hanches dans une attitude moqueuse, inclina légèrement le buste et souffla sur l'ombre. L'illusion se dissipa et le faux sorcier recula craintivement.

— Il est prêt à placer un démarrage, murmura Silk. Tu devrais aller de ce côté de l'estrade, moi, je vais de l'autre. S'il vient vers toi, vise la tête.

Garion opina discrètement et s'exécuta.

— Vous vous êtes agenouillés devant un simulacre du Seigneur des Démons, rugit Belgarath. Que ferez-vous, infidèles, quand j'amènerai devant vous le vrai Roi des Enfers ?

Il se pencha, traça rapidement le pentacle et le cercle rituels autour de ses pieds. Le prêtre tatoué fit encore quelques pas en arrière.

— Reste ici, Grolim, reprit Belgarath avec un rire cruel. Le Maître des Ténèbres a toujours faim et je suis sûr qu'il sera content de manger un morceau à son arrivée.

De la main, il fit mine de crocheter quelque chose, et le Grolim se débattit comme s'il avait été saisi par une poigne invisible mais puissante.

Belgarath entonna alors une incantation assez différente de celle du Grolim en amplifiant progressivement sa voix jusqu'à ce que ses paroles, devenues assourdissantes, parussent se réverbérer sur la voûte céleste. Un rideau de flammes multicolores, crépitantes, barra le ciel d'un horizon à l'autre.

— Contemplez les Portes de l'Enfer ! rugit-il avec un geste majestueux du bras.

Loin, sur le lac, se dressèrent deux immenses colonnes entre lesquelles apparurent d'autres flammes et d'énormes nuages de fumée en ébullition. De derrière cette porte embrasée s'élevèrent une multitude de voix démoniaques qui braillaient un hymne à la louange d'une horreur indicible.

— Et maintenant, j'appelle le Roi des Enfers ! Qu'il apparaisse ! hurla le vieux sorcier en levant son bâton crochu.

Il émana de lui une prodigieuse vague d'énergie et les immenses rideaux de flammes qui voilaient le ciel semblèrent réellement obscurcir le soleil et substituer à sa lumière une lueur surnaturelle, une clarté d'un autre monde.

D'au-delà des portes de feu surgit un terrible sifflement qui devint de plus en plus grave et se changea en rugissement. Les flammes s'écartèrent et un cône terrifiant, d'une noirceur absolue, apparut entre les deux piliers. La tornade se mit à tourner de plus en plus vite, passant du noir au blanc pur, le blanc de la glace. Cette immense masse blanche avança majestueusement sur le lac en le congelant sur son passage, tel un spectre de neige et de glace aux yeux vides et à la gueule béante. Le souffle de cette formidable apparition, haute de plusieurs centaines de pieds, envoya un véritable blizzard sur la foule, maintenant tremblante de crainte, massée devant l'autel.

— Vous avez goûté la glace, leur annonça Belgarath, vous allez maintenant tâter du feu ! En adorant un faux Seigneur des Démons, vous avez offensé le Roi des Enfers ! Vous rôtirez dans les flammes pour l'éternité !

Il esquissa un grand geste avec son bâton et une lueur

d'un rouge intense apparut au centre de la forme blanche, crépitante, qui approchait à présent de la rive du lac. La lueur de braise, fuligineuse, s'étendit de plus en plus rapidement et emplit bientôt la forme. Alors la figure vengeresse de flammes et de glace en effervescence leva au ciel ses bras interminables et poussa un rugissement assourdissant. Ce fut comme si la glace se fendait, donnant naissance à une créature de feu. Des flammes jaillirent de sa bouche et de ses narines et de la fumée s'éleva de la surface du lac tandis qu'elle franchissait les dernières toises d'eau qui la séparaient de la terre ferme.

L'apparition tendit un énorme bras au-dessus de l'autel, la paume en l'air. Belgarath monta calmement dans cette main de flammes illusoires et s'éleva dans les airs.

— Infidèles ! rugit-il d'une voix énorme. Préparez-vous à payer votre sacrilège ! Le Roi des Enfers va châtier votre impiété !

Les Karandaques se répandirent en cris et en gémissements alors que la créature incandescente tendait son autre main embrasée vers eux. Puis, comme un seul homme, ils tournèrent les talons et prirent la fuite en poussant des hurlements d'épouvante.

Pour une raison inexplicable, peut-être parce que Belgarath était trop absorbé par la prodigieuse vision qu'il avait suscitée et maintenait à grand renfort d'énergie, le Grolim se libéra et dévala l'estrade au galop.

Mais Garion l'attendait au tournant. Il tendit le bras et l'arrêta en lui plaquant une main sur la poitrine tandis que son autre poing décrivait un vaste arc de cercle et lui heurtait la tempe dans un vacarme retentissant.

Le Grolim s'effondra, assommé. Ce que Garion trouva très satisfaisant, au demeurant.

CHAPITRE XXII

— Quel bateau veux-tu voler ? demanda Silk.

— Pourquoi me demandes-tu ça à moi ? rétorqua Garion en laissant tomber le Grolim inconscient sur le ponton qui s'avançait dans le lac.

Il n'aimait pas le mot qu'avait employé Silk.

— Parce que c'est Durnik et toi qui allez le manœuvrer. Je n'y connais rien, moi. Je ne comprends même pas qu'un bateau puisse se déplacer sur l'eau sans se renverser.

— Chavirer, rectifia machinalement Garion en examinant les navires au mouillage.

— Hein ?

— On dit chavirer, Silk. Une charrette se renverse. Un navire chavire.

— Ça veut bien dire la même chose, non ?

— À peu près, oui.

— Alors, à quoi bon épiloguer ? Que dis-tu de celui-là ? suggéra le petit Drasnien en lui indiquant un vaisseau aux larges baux et à la proue ornée d'une paire d'yeux.

— Le franc-bord est insuffisant, objecta Garion. Les chevaux sont lourds ; à tous les coups il coule.

— C'est toi l'expert, répondit Silk en haussant les épaules. Tu commences à t'y connaître autant que Barak ou Greldik. Tu sais, Garion, reprit-il avec un grand sourire, c'est la première fois que je vole quelque chose d'aussi gros qu'un bateau. Je suis excité comme une puce.

— Je voudrais bien que tu arrêtes d'employer le mot *voler*. Tu ne pourrais pas plutôt dire *emprunter* ?

— Tu as l'intention de le rapporter à son propriétaire quand tu n'en auras plus besoin ?

— Non, pas vraiment.

— Eh bien, c'est du vol. Toi, tu t'y connais en bateaux et en navigation ; moi, je suis expert en vol.

Ils avancèrent un peu sur la jetée flottante.

— Allons jeter un coup d'œil à bord de celui-ci, suggéra Garion en indiquant une grosse mahonne d'allure disgracieuse peinte d'un vilain vert.

— On dirait un baquet pour se laver les pieds.

— Je n'ai pas l'intention de faire une régate avec, rétorqua Garion en sautant sur le pont. Il m'a l'air assez grand pour les chevaux et les bords sont d'une hauteur suffisante pour qu'il ne prenne pas l'eau une fois chargé. Un peu rudimentaire, ajouta-t-il en inspectant les espars et le gréement, mais nous devrions nous en sortir, Durnik et moi.

— Vérifie plutôt qu'il ne prend pas l'eau par toutes les coutures, suggéra Silk. Un bateau de cette couleur doit fuir à mort.

Garion descendit vérifier la cale. Quand il remonta sur le pont, sa décision était prise.

— Je pense que nous allons emprunter celui-ci, déclara-t-il en regagnant la jetée d'un bond.

— *Voler*, Garion. On dit *voler*.

— Très bien, soupira-t-il. Nous allons le *voler*, si ça peut te faire plaisir.

— Je m'efforce juste d'être précis, c'est tout.

— Allons chercher le Grolim, reprit Garion. Nous allons l'attacher sur le pont. Je doute fort qu'il se réveille de sitôt, mais il n'y a aucune raison de prendre des risques.

— J'en déduis que tu n'y es pas allé de main morte.

— J'ai tapé assez fort, en effet. Je ne sais pas pourquoi, il m'agaçait.

— Tu ressembles un peu plus à Belgarath tous les jours, commenta Silk en s'approchant du Grolim. Tu fais plus de dégâts quand on t'agace, comme tu dis, que la plupart des hommes quand ils sont fous furieux.

Garion haussa les épaules, fit rouler le tatoué avec son pied et le prit par une cheville.

— Prends-lui l'autre patte, dit-il en accompagnant son ordre d'un mouvement de menton.

Ils retournèrent près de la mahonne en traînant le Grolim derrière eux sans ménagement. Le crâne rasé du tatoué rebondissait sur les planches mal jointives de la jetée. Quand ils furent tout près du navire, Garion prit l'homme par les bras, Silk lui empoigna les pieds, ils le balancèrent une ou deux fois pour prendre de l'élan et l'envoyèrent par-dessus le bastingage comme un ballot de linge sale. Garion le suivit d'un bond et le ligota.

— Ah, voilà les autres, annonça Silk, resté sur la jetée.

— Parfait. Tiens, prends l'autre bout de la passerelle.

Garion fit basculer la lourde planche et la poussa vers le petit Drasnien qui la tira de son côté.

— Vous avez trouvé quelque chose ? demanda-t-il à ses compagnons qui approchaient.

— Je dois dire que nous avons eu de la chance, répondit Durnik. L'un de ces bâtiments est un magasin. Il est plein de vivres jusqu'aux poutres.

— Ah, tant mieux. Je n'avais pas envie de poursuivre cette équipée en me serrant la ceinture.

— Il n'est pas formidable, ton rafiot, Garion, objecta Belgarath en lorgnant la mahonne d'un œil critique. Tant qu'à voler un bateau, tu aurais tout de même pu en prendre un beau.

— Ah, tu vois ? releva Silk. Je savais bien que c'était comme ça qu'on disait.

— Ecoute, Grand-père, soupira Garion, je ne l'ai pas *volé* pour son aspect général. Je ne vais pas le mettre sous globe. J'ai pensé qu'il serait assez grand pour nous supporter avec les chevaux et que la voilure était suffisamment simple pour que nous la manœuvrions sans problème, Durnik et moi. Mais s'il ne te plaît pas, va t'en voler un autre, je t'en prie.

— Eh bien, on s'est levé du pied gauche, ce matin, commenta suavement le vieux sorcier. Bon, qu'est-ce que tu as fait de mon Grolim.

— Il est par là, sur le pont.

— Il est réveillé ?

— A mon avis, il va encore roupiller un moment. J'ai peut-être eu la main un peu lourde. Bon, tu montes à bord ou tu préfères prendre un autre bateau plus élégant ?

— Voyons, mon chou, ne sois pas agressif, protesta Polgara.

— Non, non, Garion, répondit Belgarath. Si celui-ci t'a tapé dans l'œil, nous n'avons qu'à le prendre.

Lorsqu'ils eurent réussi à faire monter tous les chevaux à bord, ce qui n'alla pas sans mal, l'équipage improvisé unit ses efforts pour hisser les voiles carrées. Puis, quand elles furent gréées à la satisfaction de Garion, il prit la barre.

— Ça va, dit-il. Larguez les amarres.

— On dirait un vrai loup de mer, ronronna Ce'Nedra, admirative.

— Tu parles. Hé, Toth, vous pourriez prendre la gaffe et nous écarter du quai, s'il vous plaît ? Je préférerais éviter d'écraser tous ces autres bateaux pour gagner le large.

Le géant acquiesça d'un hochement de tête, ramassa la perche et exerça une poussée sur le quai. Le bâtiment s'éloigna lentement du quai en se balançant, les voiles claquant dans la brise capricieuse.

— Je croyais qu'on disait *navire*, risqua Ce'Nedra.

— Pardon ?

— Tu as dit *ces bateaux*. On ne dit pas plutôt *navire* ? Bon, bon, c'était juste une question comme ça, balbutia-t-elle en se recroquevillant sous son regard noir.

— Tu ne vas pas t'y mettre, toi aussi ?

— Avec quoi tu lui as tapé dessus, Garion ? ronchonna Belgarath, agenouillé près du Grolim.

— Je lui ai flanqué un coup de poing.

— La prochaine fois, prends plutôt une massue ou un gourdin. Tu as failli le tuer.

— Bon, vous avez des réclamations à formuler, vous autres ? demanda Garion à la cantonade. Allez-y, le bureau des pleurs est ouvert.

Tous les regards se braquèrent sur lui, à la fois interloqués et quelque peu réprobateurs.

— Ça va, n'en parlons plus, maugréa-t-il.

Il lorgna les voiles en plissant les yeux afin de déterminer l'angle précis selon lequel orienter la proue afin que la toile prenne la brise du large. La voilure se gonfla tout à coup avec un grand claquement. Le bâtiment prit de la vitesse, laissa le bout de la jetée sur place et s'engagea dans les eaux du large.

— Dis donc, Pol, appela Belgarath, viens un peu par ici et regarde ce que tu peux faire de ce gaillard. Je n'arrive pas à lui tirer un mot et j'ai des tas de questions à lui poser.

— Très bien, Père.

Elle s'approcha du Grolim, s'agenouilla à côté de lui, posa ses mains sur ses tempes et se concentra un instant. Garion sentit le champ de force et entendit le bruit de vague familier. Le Grolim poussa un gémissement.

— Sadi, murmura pensivement la sorcière. Vous n'auriez pas par hasard du nephara dans votre pharmacopée ?

— J'allais justement vous en proposer, Dame Polgara, acquiesça l'eunuque en ouvrant sa mallette rouge.

— C'est une drogue qui incite à la sincérité, expliqua tante Pol en réponse au coup d'œil interrogateur de Belgarath.

— Pourquoi ne procèdes-tu pas selon la méthode habituelle ? grommela-t-il.

— C'est un Grolim, Père. Je crains que son esprit ne m'oppose une forte résistance. Je pourrais sûrement la vaincre, mais ce serait long et fatigant, alors que le nephara est très efficace et n'exige aucun effort.

— Comme tu voudras, Pol, fit-il en haussant les épaules.

Sadi déboucha un flacon contenant un épais liquide vert et le passa sous le nez du Grolim à demi inconscient, puis, quand il ouvrit la bouche pour respirer, il lui en fit délicatement couler trois gouttes sur la langue.

— A votre place, Dame Polgara, j'attendrais quelques instants avant de l'éveiller afin de laisser le temps à la drogue d'agir, suggéra-t-il en considérant son client du haut de son expérience.

— Ça ne va pas lui faire de mal, au moins ? s'informa Durnik.

— Du tout, le rassura Sadi en rangeant son flacon. Cette drogue a pour seul effet d'affaiblir la volonté. Le sujet devrait se montrer à la fois rationnel, cohérent et très coopératif.

— Et puis, comme ça, il ne pourra pas se concentrer et user de ses pouvoirs, quels qu'ils soient, ajouta Polgara. Autant éviter qu'il se translocalise et nous file entre les doigts à l'instant où il reprendra conscience.

Elle examina le visage du Grolim d'un œil professionnel, lui soulevant les paupières afin d'observer les progrès de la drogue.

— Je crois qu'il revient à lui, annonça-t-elle enfin.

Elle défit les liens du prisonnier, lui prit la tête entre ses mains et le ramena doucement à la réalité.

— Comment vous sentez-vous ? demanda-t-elle.

— J'ai mal à la tête, geignit le tatoué.

— Ça va passer, lui assura-t-elle en se levant. Parle-lui doucement, Père, conseilla-t-elle en aparté, et commence par des questions simples. Avec le nephara, il vaut mieux amener les points délicats en douceur.

Belgarath acquiesça d'un hochement de tête, ramassa un seau de bois, le retourna et s'assit dessus à côté du Grolim.

— Bonjour, mon ami, commença-t-il d'un ton désinvolte. Un peu plus et j'aurais dû dire bonsoir, corrigea-t-il en lorgnant le ciel.

— Vous n'êtes pas vraiment karandaque, n'est-ce pas ? demanda le Grolim d'une voix ensommeillée. Je vous ai d'abord pris pour un de leurs sorciers, mais maintenant que je vous vois de près, je me rends bien compte que je me suis trompé.

— Vous êtes très observateur, mon ami, le congratula chaleureusement Belgarath. Comment vous appelez-vous ?

— Arshag, répondit le Grolim.

— Et d'où venez-vous ?

— Du Temple de Calida.

— C'est bien ce que je pensais. Vous avez du connaître un Chandim appelé Harakan ?

— Il préfère maintenant se faire appeler le Seigneur Mengha.

— J'ai appris ça, en effet. L'illusion de Nahaz que vous avez suscitée ce matin était très réussie. Vous avez dû le voir souvent pour rendre aussi bien tous les détails.

— J'ai été plusieurs fois en étroit contact avec lui, admit le Grolim. C'est moi qui l'ai mené auprès du Seigneur Mengha.

— Mais c'est fascinant ! Il faut absolument que vous me racontiez cette histoire. Prenez votre temps, Arshag, dites-moi tout et n'omettez aucun détail, surtout.

— Il y a longtemps que j'avais envie d'en parler à quelqu'un, fit le Grolim avec un grand sourire. Vous êtes sûr que ça vous intéresse vraiment ?

— Ah oui, oui, je vous assure, confirma le vieux sorcier.

— Eh bien, commença l'homme, radieux, tout a commencé il y des années, maintenant, peu après la mort de Torak. J'officiais alors au Temple de Calida. Nous étions tous profondément désespérés, mais nous nous efforcions de maintenir la foi vivante. Puis, un jour, Harakan est venu au Temple et a demandé à me voir en privé. Il m'était arrivé d'aller à Mal Yaska, pour le compte de l'Eglise ; je savais que Harakan occupait un rang élevé dans la hiérarchie chandime et qu'il était très proche du Saint Disciple Urvon. Quand nous fûmes seuls, il me dit qu'en consultant les Oracles et les Prophéties sur la voie que devait suivre l'Eglise dans ces heures sombres, le Disciple Urvon avait découvert qu'un Nouveau Dieu régnerait sur les Angaraks, qu'il tiendrait Cthrag Sardius dans sa main droite, Cthrag Yaska dans la gauche, qu'il serait le tout puissant Enfant des Ténèbres et que le Seigneur des Démons serait à son service.

— Je suppose que c'est une citation ?

— C'est le huitième verset des Oracles ashabènes.

— C'est un peu obscur, mais les prophéties le sont toutes. Continuez.

L'homme changea légèrement de position et poursuivit.

— Selon l'interprétation du Disciple Urvon, ce passage signifiait que notre Nouveau Dieu triompherait de ses ennemis avec l'aide des démons.

— Harakan vous a-t-il précisé quels étaient ces ennemis ?

Arshag hocha à nouveau la tête.

— Il a parlé de Zandramas, un nom qui m'était familier, et d'un certain Agachak, que je ne connaissais pas. Il m'a aussi averti que l'Enfant de Lumière tenterait probablement de nous mettre des bâtons dans les roues.

— Là, il ne se mouillait pas beaucoup, murmura Silk à l'oreille de Garion.

— Harakan, qui était le plus proche conseiller du Disciple, m'avait choisi pour accomplir une grande tâche, continua fièrement Arshag. Je devais partir à la recherche des sorciers du Karanda puis étudier leur art afin d'être en mesure de susciter Nahaz, le Seigneur des Démons, et de le convaincre d'aider le Disciple Urvon dans son combat contre l'ennemi.

— Il vous avait informé des difficultés de cette tâche ?

— J'en mesurais les périls, mais je les acceptais de grand cœur car je devais être immensément récompensé.

— Ça, pour sûr, marmonna Belgarath. Mais pourquoi Harakan n'a-t-il pas entrepris cette mission lui-même ?

— Le Disciple Urvon lui en avait confié une autre, quelque part dans le Ponant, à ce qu'il paraît. Une mission concernant un enfant.

— Je crois avoir entendu parler de ça, acquiesça platement le vieux sorcier.

— Enfin, reprit Arshag, je suis parti pour la forêt du Nord en quête de sorciers qui pratiquaient encore l'ancienne religion en cachette de l'Eglise et j'ai réussi à en trouver un. C'était un sauvage inculte et pas très doué, ajouta-t-il avec un rictus méprisant. Il était tout juste capable de susciter un ou deux diablotins, mais il accepta de me prendre pour élève. C'est lui qui a jugé bon de me marquer ainsi le corps, fit-il en regardant ses tatouages avec dégoût. Il me traitait plus bas que terre. Je dormais dans un chenil, je le servais comme un esclave et je devais encore écouter ses divagations. J'ai appris le peu qu'il avait à m'enseigner, je l'ai étranglé et je suis parti en quête d'un maître d'une force supérieure.

— Tu noteras combien ces Grolims ont le culte de la reconnaissance, chuchota Silk.

Garion, qui partageait son attention entre le récit du prisonnier et la barre du navire, acquiesça d'un clin d'œil entendu.

— J'ai vécu des années difficiles, reprit Arshag. J'ai été ballotté de l'un à l'autre, tel un pantin, en butte à toutes les avanies. Chaque fois que l'un d'eux en avait assez de moi, il me vendait à un autre sorcier, comme une vache ou un cochon. Lorsque j'ai acquis la pleine maîtrise de leur discipline, j'ai refait le même parcours en sens inverse et je leur ai fait payer leurs humiliations à tous, fit-il avec un sourire sinistre. Pour finir, j'ai échoué dans un coin perdu, près des confins inexplorés du nord, et je suis devenu l'élève d'un vieux sorcier qui passait pour le plus puissant du Karanda. Il était très âgé, il n'y voyait presque plus et il m'a pris pour un jeune Karandaque en quête de sagesse. Il a accepté de me dispenser son enseignement et c'est là que mon apprentissage a commencé pour de bon. Si la conjuration d'un démon mineur ne présente aucune difficulté particulière, il est beaucoup plus complexe et infiniment plus périlleux de faire apparaître un Démon Majeur. Le sorcier prétendait l'avoir fait deux fois dans sa vie, mais il mentait peut-être. Cela dit, il m'a montré comment susciter une image de Nahaz, le Seigneur des Démons, afin de communiquer avec lui. Aucune incantation, aucun sort ne peut contraindre un Démon Majeur à répondre à quelque invocation que ce soit. S'il vient, c'est qu'il le veut bien, et c'est toujours pour une raison précise.

« Une fois que j'ai appris tout ce que le vieux sorcier avait à m'inculquer, je l'ai tué et je suis reparti vers le sud et Calida. Mon dernier maître n'était pas un mauvais bougre et j'ai un peu regretté de devoir le tuer, ajouta-t-il avec un soupir. Enfin, il était vraiment très vieux, conclut-il en haussant les épaules, et je l'ai exécuté d'un seul coup de poignard en plein cœur.

— Du calme, Durnik, fit Silk en arrêtant le bras du forgeron courroucé.

— A Calida, j'ai retrouvé le Temple en proie au désarroi, poursuivit Arshag. Tous mes frères avaient sombré dans le désespoir le plus abject, et le Temple était un cloaque immonde, un lieu de corruption et de dégénérescence. Mais j'ai tu mon indignation. J'ai fait savoir à Mal Yaska et à Harakan que j'avais mené ma mission à bien et que j'attendais ses instructions au Temple de Calida. L'un des Chandims m'informa alors que Harakan n'était pas encore revenu du Ponant. Vous pourriez me donner à boire ? demanda-t-il abruptement. Je ne sais pas pourquoi, j'ai un mauvais goût dans la bouche...

— Aucune drogue n'est parfaite, murmura Sadi d'un air d'excuse, en passant devant Garion.

Il préleva un gobelet d'eau dans le tonneau placé à la poupe et le tendit au Grolim qui le prit avec reconnaissance.

— Continuez, fit Belgarath d'un ton pressant lorsqu'il estima que l'homme avait assez bu.

— Il y a un peu moins d'un an, reprit Arshag, Harakan est enfin rentré du Ponant. Il est venu à Calida et nous nous sommes rencontrés en secret. Je lui ai dit ce que j'avais fait et l'ai averti des contraintes liées à l'invocation d'un Démon Majeur. Nous nous sommes rendus dans un endroit retiré. Là, je lui ai appris les incantations et les sortilèges permettant de susciter une image de Nahaz et de communiquer avec lui par les portes ménagées entre les deux mondes. C'est ainsi que Harakan a pu s'entretenir avec lui. Il lui a parlé de Cthrag Sardius, dont le Démon Majeur connaissait déjà l'existence, puis il lui a dit que, depuis le long sommeil de Torak, le Disciple Urvon était de plus en plus obnubilé par la richesse et le pouvoir, qu'il s'était persuadé d'être un demi-dieu et tout près de la divinité absolue. Harakan proposa une alliance à Nahaz. Il lui suggéra de faire basculer Urvon dans la folie puis de l'aider à écraser tous ceux qui chercheraient le Cthrag Sardius. Si personne ne lui barrait le chemin, Urvon le trouverait aisément.

— J'imagine que vous avez choisi de marcher avec eux au lieu d'avertir Urvon de ce qui se préparait. Et vous, quel avantage retiriez-vous de cet arrangement ?

— La vie, répondit Arshag en haussant les épaules. Harakan aurait préféré me supprimer, par prudence, mais il s'est laissé convaincre par Nahaz que je pourrais encore leur être utile et il m'a épargné. Il m'a fait miroiter des royaumes peuplés d'enfants démons à ma dévotion.

— Je ne vois pas quel intérêt Nahaz pourrait bien avoir à remettre le Sardion entre les mains d'Urvon, avoua Belgarath.

— C'est pour lui-même que Nahaz voulait Cthrag Sardius, rectifia Arshag. Après avoir fait perdre l'esprit à Urvon, Nahaz comptait bien le lui reprendre et le remplacer par un caillou sans valeur, puis Harakan et le Démon Majeur l'auraient installé dans une demeure isolée, à Ashaba peut-être, et l'auraient laissé jouer au Dieu jusqu'à la fin de ses jours, au milieu d'une cour de diablotins et de démons mineurs qui l'auraient bercé d'illusions pendant qu'eux-mêmes régnaient sur le monde.

— Jusqu'à l'avènement du Nouveau Dieu des Angaraks, le vrai, ajouta Polgara.

— Il n'y aura pas de Nouveau Dieu des Angaraks, contra Arshag. Quand Nahaz aura fait main basse sur Cthrag Sardius, les deux Prophéties cesseront d'être. L'Enfant de Lumière et l'Enfant des Ténèbres disparaîtront à jamais. Les Anciens Dieux seront bannis pour toujours et Nahaz sera le Seigneur de l'Univers et le Maître des Destinées de l'humanité entière.

— Et qu'est-ce que Harakan y gagnera ? s'enquit Belgarath.

— La Direction de l'Eglise — et le trône séculier du monde.

— J'espère qu'il s'est fait mettre tout ça par écrit, commenta sèchement Belgarath. Les Démons sont réputés pour leur mauvaise mémoire. Et que s'est-il passé ?

— Un messager est arrivé à Calida porteur d'instructions pour Harakan. Le Disciple Urvon lui disait de s'arranger pour qu'éclate à Karanda une conflagration qui obligerait Kal Zakath à revenir du Cthol Murgos. Sitôt l'empereur de retour en Mallorée, il ne devait pas être difficile de le faire assassiner, et après sa mort, Urvon pensait parvenir à tirer les ficelles de façon à faire ceindre la couronne à un homme de bonne composition, un homme qu'il pourrait emmener avec lui lorsqu'il irait à l'endroit où est caché le Sardion. Il semblerait que ce soit une des conditions préliminaires à l'avènement du Nouveau Dieu.

— Bien des choses s'expliquent, murmura Belgarath en hochant la tête d'un air entendu. Et que s'est-il passé ?

— Nous sommes retournés, Harakan et moi, à cet endroit secret et j'ai de nouveau suscité l'image de Nahaz. Harakan et le Démon Majeur s'entretenaient depuis un moment lorsque, tout à coup, l'image est devenue réalité et Nahaz en personne s'est dressé devant nous.

« Son nom étant connu de tous en Mallorée, Harakan m'a ordonné de l'appeler dorénavant Mengha, et nous sommes retournés à Calida avec Nahaz. Le Démon Majeur a convoqué ses hordes et Calida est tombée. Nahaz a exigé une certaine contrepartie et le Seigneur Mengha m'a enjoint de lui obéir. C'est là que j'ai compris pourquoi Nahaz m'avait laissé la vie sauve. Il m'a expliqué ce qu'il voulait. Ça ne me disait pas grand-chose, mais ce n'étaient que des Karandaques, alors... Ces primitifs considéraient Nahaz comme leur Dieu et je n'ai pas eu de mal à persuader de jeunes Karandaques que le fait d'être distinguées par le Démon Majeur était un honneur suprême. Elles se sont offertes à lui de leur plein gré, dans le secret espoir de lui donner un rejeton. Je m'étais bien gardé de leur dire, évidemment, que sa mise au monde les déchirerait comme des truies qu'on éventre. Le reste, ajouta-t-il avec un rictus méprisant, j'imagine que vous le savez.

— En effet, fit Belgarath d'une voix pareille à un clou rouillé rayant une ardoise. Et quand Harakan et Nahaz sont-ils partis ? Nous savons qu'ils ne sont plus dans cette partie de Karanda.

— Ils ont disparu il y a près d'un mois. Nous nous apprêtions à investir Torpakan, sur la frontière de Delchin, quand j'ai découvert un matin, en me réveillant, que le Seigneur Mengha, Nahaz et leurs démons familiers n'étaient plus là. Tout le monde s'est tourné vers moi, mais je n'ai pas réussi à susciter un seul démon. L'armée s'est déchaînée et j'ai sauvé ma peau de justesse. Je suis retourné au nord, à Calida, où la situation avait sombré dans le chaos le plus total. Sans les démons pour les tenir en laisse, les Karandaques étaient devenus incontrôlables. J'ai découvert que je pouvais encore susciter l'image de Nahaz et je me suis dit que, puisque Mengha et Nahaz étaient partis, je pourrais peut-être, en utilisant habilement son effigie, retourner les Karandaques, les amener à me rendre allégeance et parvenir ainsi à régner sur Karanda. C'est ce que j'avais entrepris ce matin quand vous êtes intervenus.

— Je vois, fit froidement Belgarath.

— Depuis combien de temps étiez-vous dans la région ? demanda tout à coup Polgara.

— Plusieurs semaines, répondit le Grolim.

— Hm-hm... Il y a quelques semaines, une femme est arrivée de l'ouest. Elle avait un enfant dans les bras.

— Je ne m'intéresse guère aux femmes.

— Celle-ci n'était pas tout à fait comme les autres. Nous savons qu'elle est venue dans ce village, sur la rive du lac, et elle a dû louer un bateau. Ça vous dit quelque chose ?

— Les voyageurs sont rares à Karanda en ce moment, avec tous ces troubles et cette agitation, répondit le prisonnier. Un seul bateau a pris le large au cours du mois dernier. Si la femme que vous cherchez était de vos amies, et si elle était à bord, vous pouvez préparer les voiles de deuil.

— Que voulez-vous dire ?

— Une tempête subite a éclaté sur la partie est du lac et le bateau a sombré juste devant la cité de Karand, en Ganésie.

— Ce qu'il y a de bien avec Zandramas, c'est qu'elle n'essaie pas de se renouveler sans arrêt, susurra Silk. Elle devrait être assez facile à retrouver, maintenant.

Les paupières d'Arshag se fermaient malgré lui et il semblait avoir du mal à tenir sa tête droite.

— Si vous avez d'autres questions à lui poser, je vous

conseille de le faire rapidement, murmura Sadi. La drogue va bientôt cesser d'agir et il va se rendormir.

— Je sais ce que je voulais savoir, grommela Belgarath.

— Moi aussi, ajouta Polgara entre ses dents.

Comme le lac était infiniment trop vaste pour qu'ils espèrent rejoindre la rive avant la nuit, ils amenèrent la toile et mouillèrent l'ancre afin d'empêcher leur navire de dériver. Ils hissèrent à nouveau les voiles dès les premières lueurs de l'aube et peu après midi, une tache sombre apparaissait sur l'horizon, à l'est.

— La côte est en vue, annonça Silk. Je vais à la proue voir si j'arrive à repérer quelque chose. Vous n'avez sûrement pas envie d'accoster dans le port de Karand, j'imagine ?

— Pas vraiment, non.

— Je vais tâcher de trouver une petite crique tranquille d'où nous pourrons jeter un coup d'œil sur les environs sans attirer l'attention.

Ils accostèrent vers le milieu de l'après-midi dans une baie entourée par de hautes dunes de sable semées d'arbustes rabougris.

— Qu'est-ce que tu en penses, Grand-père ? demanda Garion quand ils eurent fait descendre les chevaux.

— De quoi ?

— De la mahonne. Que suggères-tu que nous en fassions ?

— Laissons-la filer au gré du vent. Inutile de proclamer à la face du monde que nous avons touché terre ici.

— Tu as sûrement raison, fit Garion avec un soupir mélancolique. Enfin, ce n'était pas un mauvais navire, hein ?

— Il ne s'est pas renversé.

— On dit chavirer, rectifia Garion.

— Dis-moi, Père, tu n'as plus besoin d'Arshag ? demanda Polgara en s'approchant.

— Non, et je n'arrête pas de me demander ce que nous allons bien pouvoir en faire.

— Je m'en occupe, dit-elle laconiquement.

Elle retourna vers Arshag qui gisait à nouveau ligoté sur le sable, l'air à moitié inconscient. Elle resta un moment debout à côté de lui, puis elle leva la main. Le Grolim se débattit frénétiquement et Garion reconnut soudain le bruit de vague caractéristique.

— Ecoute-moi bien, Arshag, commença-t-elle. Tu as donné des femmes en pâture au Démon Majeur afin qu'il permette à une abomination de déferler sur le monde. Un tel acte mérite une récompense. La voici : tu es désormais invincible. Personne ne peut plus te tuer, ni homme, ni démon. Même toi, tu ne pourrais mettre fin à tes jours. Mais nul ne croira plus jamais un mot de ce que tu diras et tu seras chassé de partout. A chaque instant de ton existence de vagabond sans feu ni lieu, tu connaîtras le ridicule et la dérision. Voilà ce que tu as gagné pour avoir apporté ton aide à Mengha, pour avoir contribué à déchaîner Nahaz et pour avoir livré des femmes ineptes à l'indicible convoitise du Démon Majeur. Détache-le, Durnik.

Le forgeron obtempéra et le Grolim se releva en titubant, le visage couleur de cendre sous ses tatouages.

— Qui es-tu, Femme ? demanda-t-il d'une voix tremblante, et de quel pouvoir te crois-tu investie pour proférer une telle malédiction ?

— Je suis Polgara, répondit la sorcière. Tu as peut-être entendu parler de moi ? Et maintenant, va-t'en ! ordonna-t-elle en pointant un index impérieux vers le haut de la plage.

Arshag fut pris d'une soudaine frénésie. Il se détourna, épouvanté, gravit tant bien que mal l'une des dunes de sable et disparut de l'autre côté.

— Croyez-vous, Ma Dame, qu'il était bien sage de lui dévoiler votre identité ? risqua Sadi.

— Il n'y a aucun danger, Sadi, répondit-elle en souriant. Il pourrait hurler mon nom sur tous les toits que personne ne le croirait.

— Combien de temps vivra-t-il ? demanda Ce'Nedra d'une toute petite voix.

— Indéfiniment, je pense. Assez longtemps, en tout cas, pour avoir le temps d'apprécier pleinement l'énormité de ses actes.

— Dame Polgara ! hoqueta la petite reine en ouvrant de grands yeux horrifiés. Comment avez-vous pu faire une chose aussi monstrueuse !

— Monstrueuse, en effet, acquiesça Polgara. Mais ce qui est arrivé au Temple que nous avons brûlé ne l'était pas moins.

CHAPITRE XXIII

La rue — un étroit passage qui tournicotait dans tous les sens — avait dû être pavée avec des dalles de bois à une période éloignée de son histoire, mais la tentative s'était soldée par l'enfoncement dans la boue de leurs restes vermoulus. Des cochons étiques exploraient d'un groin désabusé les ordures amoncelées devant les cabanes de rondins.

Silk et Garion avaient revêtu la veste, le bonnet de fourrure et les jambières de toile qui constituaient le costume national karandaque et étaient entrés à pied dans la ville par la porte nord. Ils approchaient des jetées qui s'avançaient dans le lac lorsqu'ils furent tout à coup assaillis par une odeur renversante de poisson pourri.

— Ça embaume, hein ? hoqueta Silk en se collant un mouchoir sous le nez.

— Comment peut-on vivre dans une telle puanteur ? pesta Garion en essayant de reprendre son souffle.

— L'odorat doit s'atrophier avec le temps. La cité de Karand est le foyer ancestral de tous les Karandaques des sept royaumes. Tu penses si les détritus ont eu le temps de s'accumuler au fil des siècles ! d'où ces effluves.

Silk esquiva juste à temps une énorme truie suivie par une portée de porcelets piaulants qui s'affala au milieu de la rue avec un grognement retentissant. Les petits gorets ronchonneurs se jetèrent aussitôt sur elle et ce fut une belle mêlée pour la tétée.

— Toujours rien ? souffla le petit Drasnien.

Garion secoua la tête. L'immense épée attachée sur son dos n'avait ni remué ni frémi depuis qu'ils s'étaient aventurés dans la cité, tôt le matin.

— Zandramas n'est peut-être même pas entrée en ville, grommela-t-il. Tu sais bien qu'elle s'ingénie à éviter les endroits habités.

— C'est vrai, admit Silk, mais nous ne pourrons continuer notre chemin tant que nous n'aurons pas trouvé l'endroit où elle a touché terre. Elle a pu partir dans n'importe quelle direction une fois de ce côté du lac : vers Darshiva, Zamad, Voresebo... Ou même Delchin, et puis, le long de la Magan, jusqu'à Rengel ou Peldane.

— Je sais, mais je n'en peux plus de tous ces contretemps. Nous nous rapprochons d'elle, je le sens, et chaque minute perdue lui laisse le champ libre pour nous filer encore une fois entre les doigts avec Geran.

— Que veux-tu ? rétorqua Silk avec un soupir désabusé. La meilleure chose que nous puissions faire est encore de longer les remparts de l'intérieur et de suivre la rive. Si elle a mis les pieds en ville, nous ne pouvons pas manquer de croiser sa piste.

Ils tournèrent au coin d'une rue et prirent une autre venelle boueuse menant vers le lac, à en juger par les filets de pêche qui séchaient sur de longues perches. Ils pataugèrent dans la gadoue jusqu'à la rue plus large qui bordait le rivage. Ils suivirent cette artère d'où partaient, comme les dents d'un râteau, des pontons lancés sur l'eau.

Le rivage était le théâtre d'une certaine activité. Des marins en tuniques bleu passé tiraient sur la terre ferme un gros bateau qui prenait l'eau, en accompagnant leurs efforts de cris et d'ordres contradictoires. De petits groupes de pêcheurs aux vêtements couleur de rouille ravaudaient des filets, assis sur les jetées. Plus loin, le long de la rue, des hommes affublés des peaux de bêtes et des jambières traditionnelles étaient installés à la terrasse de rondins d'une taverne malodorante et vidaient des timbales de fer blanc. Une jeune souillon au visage grêlé, rougeaud, auréolé d'une crinière de cheveux roux, était accoudée à une fenêtre de l'étage et hélait les passants d'une voix qu'elle voulait aguichante et que Garion trouva passablement vulgaire.

— Quelle animation, murmura Silk.

Garion acquiesça d'un grognement. Ils suivaient toujours, en enjambant les immondices, la rue qui longeait le lac lorsqu'un groupe d'hommes d'armes déboucha d'une ruelle latérale. Ils portaient des casques dépareillés et il eût fallu une imagination délirante pour qualifier d'uniformes leurs tenues disparates, mais leur attitude arrogante annonçait clairement qu'ils appartenaient à l'armée ou à une sorte de milice.

— Halte-là, vous deux ! aboya un grand rouquin aux cheveux maigres pendouillants sous son casque.

— Il y a un ennui, capitaine ? demanda Silk d'un ton amène.

— Vous n'êtes pas d'ici, répondit le gaillard en portant la main à la poignée de son épée. Qui êtes-vous ?

— Je m'appelle Saldas, répondit le petit Drasnien avec aplomb, et lui, c'est Kvasta, ajouta-t-il en indiquant Garion. Nous sommes de passage à Karand.

— Que faites-vous là ? Et d'où venez-vous ?

— Nous venons de Dorikan, à Jenno, capitaine, et nous sommes à la recherche de mon frère aîné. Il y a plusieurs jours qu'il est parti en bateau de Dashun, de l'autre côté du lac, et il n'est jamais revenu. Quelqu'un nous a dit, près de la porte nord, qu'un vaisseau avait été pris dans une tempête et avait coulé juste au large de cet endroit, continua très vite Silk comme le rouquin le dévisageait d'un œil soupçonneux. La date colle à peu près, ajouta-t-il mélancoliquement, et la description qu'on nous a faite du bateau pourrait correspondre à celle du bâtiment qu'avait pris mon frère. Vous n'auriez pas entendu parler de cette histoire, par hasard ? fit le petit homme en ouvrant de grands yeux candides.

— Ça me dit quelque chose, convint le gaillard, un peu rasséréné.

— D'après l'homme qui nous a raconté ça, il y aurait peut-être eu des survivants, reprit le petit homme au museau de fouine. Il paraîtrait qu'une femme en cape noire, avec un bébé dans les bras, aurait réussi à s'en sortir dans une barque. Est-ce que ça vous dit quelque chose ?

— Ça, pour me dire quelque chose, ça me dit quelque chose, fit le Karandaque en durcissant le ton.

— Vous ne pourriez pas, par miracle, me dire où elle est allée ? insista Silk. J'aimerais beaucoup lui demander si elle sait ce qui est arrivé à mon frère. Pour être parfaitement honnête, capitaine, continua-t-il sur le ton de la confidence en se penchant vers le soldat, je ne peux pas supporter mon frère. Nous nous détestons depuis notre plus tendre enfance, mais j'ai promis à mon vieux père d'en avoir le cœur net. Il y a un héritage à la clé, vous comprenez, ajouta-t-il avec un clin d'œil complice. Si je pouvais affirmer à mon père que mon frère est mort, je serais d'ici peu l'heureux propriétaire d'un joli lopin de terre.

— Je sais ce que c'est, déclara le rouquin avec un grand sourire. Moi aussi j'ai eu des ennuis avec mon frère pour une histoire de succession. Vous dites que vous venez de Dorikan ? releva-t-il en plissant les yeux.

— Exactement. Sur le cours septentrional de la Magan. Vous connaissez ?

— Les habitants de Dorikan suivent-ils les préceptes du Seigneur Mengha ?

— Le Libérateur ? Evidemment. Comme tout le monde à Karanda, je suppose.

— Vous avez vu des Seigneurs des Ténèbres, ce mois-ci ?

— Les séides du Seigneur Nahaz ? Eh bien, je dois avouer que non, mais il y a un moment que nous n'avons pas assisté à une cérémonie religieuse, Kvasta et moi. Enfin, j'imagine que les sorciers en suscitent toujours autant.

— Justement, je commence à en douter. Il y a cinq semaines que nous n'en avons pas vu un seul ici, à Karand. Nos sorciers ont beau les invoquer sur tous les tons, ils refusent de venir. Même les Grolims qui adorent maintenant le Seigneur Nahaz n'arrivent pas à se faire entendre d'eux, et ce sont de puissants magiciens.

— Ça, c'est sûr, approuva le petit Drasnien.

— Vous n'auriez pas de nouvelles du Seigneur Mengha, par hasard ?

— La dernière fois que j'ai entendu parler de lui, il était quelque part à Katakor, répondit Silk avec un haussement d'épaules évasif. Tout le monde, à Dorikan, attend impatiemment son retour pour chasser les Angaraks de Karanda.

Sa réponse sembla satisfaire le rouquin.

— C'est bon, Saldas. Il semblerait que vous ayez une raison légitime d'être à Karand, tout compte fait. Je doute fort que vous arriviez à retrouver la femme que vous cherchez. D'après ce que j'ai entendu dire, elle était bien sur le bateau de votre frère mais elle l'a quitté avant la tempête.

Elle a pris une barque et elle a touché terre au sud de la ville. Elle est arrivée à la porte de la cité avec son marmot et elle est allée tout droit au Temple. Elle y est restée une petite heure et quand elle en est ressortie, les Grolims la suivaient comme un seul homme.

— Et par où sont-ils allés ?

— Ils sont repartis par la porte est.

— Il y a longtemps ?

— Vers la fin de la semaine dernière. Je vais vous dire une bonne chose, Saldas. Le Seigneur Mengha ferait mieux de laisser tomber ce qu'il fait à Katakor et de revenir vers le centre de Karanda qu'il n'aurait jamais dû quitter. Le mouvement commence à perdre de son ardeur. Les Seigneurs des Ténèbres nous abandonnent et les Grolims courent après cette femme avec son bébé. Nous n'avons plus avec nous que des sorciers à moitié fous.

— Ils l'ont toujours été, commenta Silk avec un grand sourire. J'ai remarqué que les gens qui fricotaient avec le surnaturel finissaient tous plus ou moins par avoir la cervelle dérangée.

— Vous m'avez l'air d'un homme sensé, Saldas, acquiesça le rouquin en le gratifiant d'une grande claque dans le dos. Je resterais bien à bavarder avec vous, mais nous devons poursuivre notre patrouille. J'espère que vous retrouverez votre frère. Ou plutôt que vous en le retrouverez pas, rectifia-t-il avec un clin d'œil finaud.

— Le ciel entende vos vœux de malheur ! rétorqua le petit homme en soupirant alors que les soldats s'éloignaient.

— Tu racontes des histoires encore plus énormes que Belgarath, commenta Garion, admiratif.

— Ouais, c'est un don que j'ai. Enfin, voilà ce que j'appelle une rencontre fructueuse. Maintenant je comprends pourquoi l'Orbe n'a pas encore retrouvé sa trace. Nous sommes entrés dans la ville par la porte nord et Zandramas par le sud. Allons au Temple, l'Orbe va te soulever de terre, tu vas voir.

— Et surtout, nous n'avons que quelques jours de retard sur elle. Mais ce que je ne comprends pas, c'est ce qu'elle manigance avec ces Grolims, nota Garion en se rembrunissant.

— Ça... Elle sait que nous sommes sur ses talons et elle

éprouve peut-être le besoin de s'entourer. Ou bien elle prévoit d'utiliser des Grolims rompus à l'art de la magie karandaque quand elle sera chez elle, à Darshiva. Et si Nahaz a envoyé ses démons là-bas, il se pourrait bien, en effet, qu'elle aie besoin de renforts. Enfin, Belgarath nous démêlera tout ça. Nous, nous allons au Temple, retrouver sa trace.

Ils approchaient de la Maison de Torak, au centre de la ville, lorsque l'Orbe se mit à frémir sur le dos de Garion.

— Ça y est, annonça-t-il en réprimant son exaltation.

— Parfait, répondit le petit Drasnien en levant les yeux vers le Temple. Tiens, on dirait qu'ils ont procédé à certains réaménagements...

Le masque d'acier poli de Torak qui surmontait d'ordinaire la porte bardée de clous avait été remplacé par un crâne peint en rouge, au front orné d'une superbe paire de cornes.

— Je ne trouve pas que ça constitue une amélioration sensible, commenta Silk, mais d'un autre côté, on ne peut pas dire que ce soit vraiment plus mal. Je commençais à en avoir un peu assez de ce masque qui me reluquait à chaque coin de rue.

— Suivons la piste, proposa Garion, et assurons-nous que Zandramas a quitté la ville avant de prévenir nos amis.

— D'accord.

La piste partait de la porte du Temple et menait, par un dédale de rues jonchées d'immondices, vers la porte est de la cité. Garion et Silk la suivirent sur une demi-lieue au-delà de Karand, le long de la route qui menait vers le levant à travers les plaines de Ganésie.

— Elle suit toujours la route ? demanda le petit homme.

— On dirait. Pour l'instant, en tout cas.

— Très bien. Allons chercher les autres. Et les chevaux, surtout. On ne va pas très vite à pied.

Ils rebroussèrent chemin en marchant dans l'herbe qui leur arrivait aux genoux.

— La terre a l'air fertile, par ici, nota Garion. Vous n'avez jamais envisagé d'acheter des fermes, Yarblek et toi ? Ça pourrait être un bon investissement.

— Houlà non ! s'esclaffa Silk. La terre présente un inconvénient rédhibitoire : si on est obligé de partir en vitesse, on ne peut pas l'emballer et l'emporter avec soi.

— Ça, c'est certain.

Leurs compagnons les attendaient impatiemment, cachés dans un bosquet d'énormes saules centenaires, à une demi-lieue au nord de la cité.

— Alors, vous l'avez retrouvée ? demanda avidement Belgarath comme ils se faufilaient entre les branches tombantes.

— Oui, oui, acquiesça Garion. Elle est partie vers l'est.

— Avec tous les Grolims du Temple, compléta Silk.

— Tiens ? Et pourquoi donc ? fit le vieux sorcier, intrigué.

— Je n'en ai pas idée. Enfin, ça fait partie des questions que nous pourrons lui poser quand nous la retrouverons.

— Elle a beaucoup d'avance sur nous ? coupa Ce'Nedra.

— Quelques jours à peine, répondit Garion. Avec un peu de chance, nous devrions la rattraper avant qu'elle n'entre dans les monts de Zamad.

— A condition de ne pas traîner ici, rétorqua Belgarath.

Ils repartirent à travers champs vers la route qui traversait les plaines en direction de l'horizon déchiqueté. L'Orbe retrouva aisément la piste et ils talonnèrent leurs chevaux.

— Quel genre de ville était-ce ? demanda Velvet.

— Un bel endroit très touristique, répondit Silk, mais je ne pense pas que tu aimerais y vivre. Les cochons ne sont pas trop sales, mais les gens... !

— Qu'en termes galants ces choses-là sont dites !

— J'ai toujours eu le sens de la formule, concéda-t-il, toujours modeste.

— Père, appela Polgara, un grand nombre de Grolims sont passés par ici.

— Ce petit voleur disait donc vrai, conclut Belgarath en scrutant les environs du regard. Elle a réussi à circonvenir les hommes de Mengha. Ouvrons l'œil ; ils nous tendent peut-être une embuscade.

Ils poursuivirent leur chemin jusqu'à la tombée du jour, dressèrent leurs tentes à quelque distance de la route et repartirent dès l'aube. Peu avant midi, ils virent un village au loin, sur la route, et un homme qui venait vers eux, dans une charrette déglinguée tirée par un cheval étique.

— Dites-moi, Dame Polgara, vous auriez peut-être un cruchon de bière ? hasarda Sadi alors qu'ils réduisaient l'allure.

— Ne me dites pas que vous avez soif !

— Oh, ce n'est pas pour moi. J'ai horreur de la bière. Mais je pensais à ce charretier, là, devant. Il sait peut-être des choses intéressantes. Son Altesse, le prince Kheldar, se sent-elle d'humeur communicative, aujourd'hui ?

— Pas spécialement. Pourquoi ?

— Buvez une ou deux gorgées de ça, reprit l'eunuque en lui tendant le cruchon que Polgara avait extrait de ses réserves. Pas trop, attention ! Juste assez pour que vous sentiez l'alcool.

— Pourquoi pas ? fit Silk avec un haussement d'épaules, en ingurgitant une bonne rasade du breuvage.

— Ça ira, l'arrêta Sadi. Maintenant, rendez-moi ça.

— Je pensais que vous n'en vouliez pas ?

— Je vais l'améliorer un peu. Surtout n'en buvez plus, lui recommanda-t-il en prenant, dans sa fameuse mallette rouge, une fiole de liquide d'un rouge intense dont il fit tomber quatre gouttes dans le cruchon. Si vous avaliez de ça, nous serions obligés de vous écouter palabrer pendant des jours sans pouvoir vous arrêter. Je pense que vous devriez proposer un coup à boire à notre ami, là-bas, suggéra-t-il en lui rendant le cruchon. J'ai l'impression qu'il acceptera de bon cœur, si c'est offert gentiment.

— Vous n'y avez pas mis de poison, j'espère ?

— Mais non, voyons. On ne tire pas les vers du nez à un individu qui se roule par terre, les mains crispées sur le ventre. Une ou deux gorgées de cette excellente bière et ce garçon devrait être pris d'une envie irrésistible de raconter sa vie au premier venu. Soyez aimable avec ce pauvre homme, Kheldar, il a l'air affreusement solitaire.

Silk acquiesça d'un grand sourire, tourna bride et partit au trot en chantant à tue-tête, affreusement faux, et en se balançant sur sa selle.

— Il faut toujours qu'il cabotine, murmura Velvet. Quand nous serons rentrés à Boktor, je lui enverrai un bon professeur d'art dramatique.

Ce'Nedra éclata de rire.

Le temps que Garion et ses compagnons arrivent à la hauteur de la charrette déglinguée, son conducteur, un homme en blouse râpée, couleur de rouille, s'était arrêté le long de la route et chantait une chanson paillarde avec Silk.

— Ah, vous voilà ! fit celui-ci en les regardant, les yeux papillotants comme un hibou. Je me demandais combien de temps vous alliez mettre à me rejoindre. Tenez, fit-il en lançant le cruchon à Sadi, buvez donc un petit coup.

Le Nyissien fit semblant d'avaler une bonne gorgée de bière, poussa un soupir satisfait, s'essuya la bouche sur sa manche et lui rendit sa cruche.

— A votre tour, l'ami, reprit Silk en la tendant au voiturier.

L'homme but un bon coup et le regarda, hilare.

— Il y a des semaines que je ne me suis pas senti aussi bien, déclara-t-il.

— Nous allons vers l'est, annonça Sadi.

— C'est ce que j'ai tout de suite vu. A moins que vous n'ayez appris à vos chevaux à marcher à reculons, évidemment, s'esclaffa le charretier en se flanquant de grandes claques sur les cuisses.

— Vous êtes un rigolo, vous alors, murmura l'eunuque. Vous devez venir du village que nous voyons là-bas...

— C'est là que j'ai toujours vécu, reprit le voiturier, comme mon père, et son père avant lui, et mon arrière-grand-père, et...

— Vous n'auriez pas vu passer, la semaine dernière, une femme en cape sombre avec un bébé dans les bras ? coupa Sadi. Elle devait être accompagnée d'un certain nombre de Grolims.

A la mention des Grolims, le charretier fit un signe cabalistique censé éloigner le mauvais œil.

— Ah oui, j'ai bien vu une femme comme vous dites, répondit-il. Elle est allée au Temple du village, si on peut appeler ça un Temple, vu que ce n'est pas plus grand que chez moi et qu'il n'y avait que trois Grolims dedans, deux jeunes et un vieux. Enfin, elle y est entrée, on l'a entendue parler un moment et elle est ressortie avec nos trois Grolims, sauf que le vieux essayait de convaincre les deux autres de rester, mais elle a dit quelque chose aux jeunes, alors ils ont tiré leurs couteaux, ils ont poignardé le vieux qui s'est mis à hurler comme un cochon, et il est tombé par terre, plus mort qu'un quartier de viande froide, et la femme a emmené nos deux jeunes Grolims rejoindre ceux qui étaient déjà sur la route et ils sont tous repartis en nous laissant avec l'autre vieille peau, la figure dans la boue et...

— Combien de Grolims avait-elle avec elle ? demanda Sadi.

— Avec les deux nôtres, je dirais trente ou quarante, peut-être même une cinquantaine. Je n'ai jamais été très bon en calcul mental. Je vois bien la différence entre trois et quatre, mais après je m'embrouille et...

— Vous pourriez nous dire quand tout ça s'est passé ?

— Voyons un peu..., fit le charretier en levant les yeux au ciel et en comptant sur ses doigts. Ce n'était pas hier, parce que hier j'ai emporté un chargement de barriques à la ferme de Face-de-Crapaud. Vous connaissez Face-de-Crapaud ? L'homme le plus laid que j'aie vu de ma vie, mais sa fille est vraiment choucarde... Je pourrais vous raconter des tas d'histoires sur elle, moi je vous le dis.

— Alors ce n'était pas hier.

— Non, ça ne pouvait pas être hier parce que j'ai passé presque toute la journée d'hier sous une meule de paille avec la fille de Face-de-Crapaud, et je sais que ce n'était pas avant-hier, parce que ce jour-là j'avais un peu trop bu et que je ne me souviens de rien après déjeuner.

Il siffla encore une rasade de bière améliorée.

— Et avant avant-hier ?

— Ça, c'est possible. Ou le jour d'avant.

— Ou encore le jour d'avant ?

— Non, ça, c'est le jour où notre truie a mis bas, et je sais que la femme est venue après, répondit-il en secouant vigoureusement la tête. Ça devait être le jour avant avant-hier, ou le jour d'encore avant.

— Ça ferait donc trois ou quatre jours ?

— Ça se peut bien, fit le bonhomme avec un haussement d'épaules, en poursuivant l'assèchement de la cruche de bière.

— Merci pour ces renseignements, l'ami, fit Sadi. Je crois que nous pouvons y aller, ajouta-t-il en aparté à l'intention de Silk.

— Vous voulez que je vous rendre votre cruche ? demanda le charretier.

— Vous pouvez la garder, allez, répondit Silk. Je crois que j'en ai eu ma dose, de toute façon.

— Eh ben, merci pour la bière, et pour cette intéressante conversation, conclut l'homme alors qu'ils repartaient.

Garion jeta un coup d'œil par-dessus son épaule et constata qu'il était engagé dans une discussion animée avec son cheval.

— Trois jours ! s'exclama joyeusement Ce'Nedra.

— Quatre tout au plus, ajouta Sadi.

— Nous gagnons du terrain ! s'exclama la petite reine de Riva en se penchant pour jeter ses bras autour du cou de l'eunuque.

— C'est bien ce qu'il semblerait, Majesté, bredouilla Sadi, un peu embarrassé.

Ils campèrent un peu à l'écart de la route, selon leur habitude, et repartirent tôt le lendemain matin. Le soleil se levait à peine lorsqu'un gros faucon à bande bleue descendit vers eux en spirale. Son image se brouilla et il retrouva forme humaine à l'instant où ses serres touchaient le sol.

— Un comité d'accueil vous attend au pied de ces collines, annonça Beldin en leur indiquant les contreforts des monts de Zamad, à une demi-lieue peut-être de là.

— Allons bon ! fit Belgarath en retenant son cheval.

— Une douzaine de Grolims, reprit le petit sorcier bossu. Ils sont tapis dans les buissons des deux côtés de la route.

Le vieux sorcier éclata en imprécations.

— Je vous connais, vous n'arrêtez pas d'embêter ces pauvres Grolims, reprit Beldin. Allez, qu'est-ce que vous leur avez encore fait ?

— Rien du tout, fit Belgarath en secouant la tête. Zandramas rameute tous ceux qu'elle trouve sur son chemin, et ça commence à faire un bon paquet, maintenant. Elle a probablement laissé ceux-là en arrière pour nous intercepter. Elle sait que nous sommes sur ses talons.

— Qu'allons-nous faire, Belgarath ? demanda Ce'Nedra. Nous somme si près du but. Nous ne pouvons nous arrêter maintenant.

— Alors ? questionna le vieux sorcier d'un ton pressant en regardant son frère avec insistance.

— Ça va, ça va, j'y vais, ronchonna Beldin en dardant sur lui un regard noir. Ça s'ajoutera à tout ce que tu me dois déjà.

— Mets-le sur ma note, avec le reste, nous réglerons tout ça en bloc, quand ce sera fini.

— Compte sur moi.

— Tu as trouvé où Nahaz avait emmené Urvon ?

— Tu me croiras si je te dis qu'il l'a ramené à Mal Yaska ? maugréa Beldin, écœuré.

— Allez, ils finiront bien par revenir, le rassura Belgarath. Tu veux un coup de main, pour les Grolims ? Je peux te prêter Pol, si ça peut t'être utile.

— Tu te crois drôle ?

— Ce n'était qu'une suggestion. Ne fais pas trop de bruit.

Le petit sorcier bossu émit un bruit obscène, se métamorphosa à nouveau et s'éloigna d'un coup d'aile.

— Où va-t-il ? demanda Silk.

— Chasser les Grolims.

— Ah bon ? Et comment ?

— J'ai oublié de le lui demander, avoua Belgarath en écartant les mains devant lui en signe d'impuissance. Bon, nous allons lui laisser cinq minutes et nous devrions pouvoir y aller.

— Il est très fort, hein ?

— Beldin ? Oh oui, très, très fort. Tiens, il a commencé.

— Où est-il ? Vous le voyez ? fit Silk en regardant autour de lui.

— Non, je l'ai juste entendu. Il vole à basse altitude, à une demi-lieue au nord de l'endroit où les Grolims sont cachés, et il fait juste assez de bruit pour leur donner l'impression que nous essayons de les contourner sans nous faire repérer. Pol, tu veux bien aller voir si ça marche ?

— Volontiers, Père.

Elle se concentra et Garion sentit qu'elle sondait mentalement les environs.

— Ils ont mordu à l'hameçon, annonça-t-elle. Ils sont tous partis à la poursuite de Beldin.

— Ces Grolims sont bien obligeants, décidément. Allons-y.

Ils mirent leurs chevaux au galop et couvrirent très vite la distance qui les séparait des premières collines, puis la route se mit à grimper et franchit un col. La région, au-delà, était très mouvementée. L'immense masse vert foncé d'une forêt couvrait les versants escarpés des monts.

Garion perçut bientôt des signaux conflictuels de l'Orbe. Là où il ne sentait qu'une farouche avidité de suivre la piste de Zandramas et de Geran, un sinistre bruit de fond se faisait maintenant entendre, comme si elle manifestait une haine éternelle, implacable, et il avait très chaud dans le dos, à l'endroit où appuyait le fourreau de son épée.

— C'est drôle, elle émet une lumière rouge, remarqua Ce'Nedra, juste derrière lui.

— Quoi donc ?

— L'Orbe. On dirait qu'elle brille d'un éclat rouge à travers la gaine de cuir que tu mets dessus.

— Arrêtons-nous un instant, ordonna Belgarath en retenant son cheval.

— Qu'y a-t-il, Grand-père ?

— Je me le demande, justement. Prends ton épée et ôte-la de son étui. Nous allons bien voir.

Garion dégaina l'immense épée de Poing-de-Fer. Elle lui parut plus lourde que d'habitude et, quand il défit l'enveloppe de cuir souple de l'Orbe, ils constatèrent tous qu'au lieu de son habituel éclat azuré, elle luisait d'une vilaine lueur rouge sombre.

— Qu'y a-t-il, Père ? demanda Polgara.

— Elle a senti le Sardion, répondit Essaïon de sa voix calme.

— Nous en sommes si près ? demanda Garion. Est-ce l'Endroit-qui-n'est-plus ?

— Je ne crois pas, Belgarion. Ça doit être autre chose.

— Et quoi donc ?

— Je n'en suis pas sûr, mais on dirait que l'Orbe répond à l'autre pierre. Elles communiquent d'une façon qui me dépasse.

Ils reprirent leur route. Quelques instants plus tard, le faucon à bande bleue revenait tournoyer au-dessus de leurs têtes, et peu après Beldin se dressait devant eux, l'air assez satisfait de lui-même.

— On dirait un chat qui a de la crème sur les moustaches, commenta Belgarath.

— J'avoue que je ne suis pas mécontent. Il y a une douzaine de Grolims qui ne devraient pas s'ennuyer quand la banquise commencera à se détacher sous leurs pieds. Je les ai expédiés en direction du cercle polaire. Ils sont partis pour faire une jolie croisière jusqu'à la fin de l'été.

— Et toi, que dirais-tu de partir un peu en éclaireur ?

— Je dirais que je ne suis pas contre, répondit Beldin.

Il écarta les bras, son image devint floue, son corps se couvrit de plumes et il prit son envol.

Ils s'engagèrent en redoublant de prudence dans l'escalade des pics roussâtres, déchiquetées. Le relief était de plus en plus accidenté. Le pied des monts de Zamad disparaissait sous une forêt de pins noirs, des torrents dévalaient les parois abruptes, bondissaient sur des pierres et cascadaient par-dessus les falaises. La route, qui était droite et plate dans les plaines de Ganésie, partait en tournant et en virant à l'assaut des pentes escarpées.

Il était presque midi lorsque Beldin revint.

— Le gros de la troupe de Grolims a tourné au sud, déclara-t-il. Ils sont une quarantaine.

— Zandramas est-elle avec eux ? demanda très vite Garion.

— Je ne crois pas. Du moins, je n'ai eu aucune sensation inhabituelle.

— Nous ne l'avons pas perdue, j'espère ? fit Ce'Nedra, alarmée.

— Ne t'inquiète pas. L'Orbe suit sa trace, répondit Garion en jetant un coup d'œil par-dessus son épaule à la pierre enchâssée sur le pommeau de son épée qui brillait toujours du même éclat rouge, terne.

— Nous n'avons qu'à la suivre, soupira Belgarath. C'est Zandramas, qui nous intéresse, pas un groupe de Grolims en vadrouille. Tu peux nous dire exactement où nous sommes ?

— En Mallorée.

— Ah, ah.

— Nous sommes entrés à Zamad. Mais cette route descend vers Voresebo. Bon, où est ma mule ?

— Avec les chevaux de bât, répondit Durnik.

Au bout d'un moment, Garion s'aperçut que Polgara sondait mentalement les environs.

— Rien à signaler, Pol ? s'informa Belgarath.

— Rien de précis, Père. Je sais que Zandramas est tout près, je la sens, mais elle se protège et je n'arrive pas à la repérer avec précision.

Ils avançaient avec une prudente lenteur lorsque, dans une passe étroite, juste avant que la route ne recommence à descendre, une silhouette en robe blanche, éblouissante, se dressa au beau milieu du chemin, juste devant eux. En se rapprochant, Garion reconnut Cyradis.

— Je vous engage à la plus grande circonspection, les avertit-elle d'une voix vibrante de colère. L'Enfant des Ténèbres cherche à se dérober au cours normal des événements et vous a tendu un piège.

— Ce n'est ni nouveau ni surprenant, grommela Beldin. Et qu'espère-t-elle au juste ?

— Elle se propose de tuer l'un des compagnons de l'Enfant de Lumière, l'empêchant ainsi d'accomplir la tâche dont il doit s'acquitter avant la rencontre finale. Si elle y parvenait, toutes les réalisations antérieures auraient été vaines. Suivez-moi. Je vais vous mener en toute sécurité vers le lieu de votre prochaine épreuve.

Toth mit pied à terre et s'approcha vivement de sa frêle maîtresse en menant son cheval par la bride. Elle eut un sourire radieux et posa sa main aux doigts effilés sur son énorme bras. Le colosse la souleva sans effort apparent et la déposa sur la selle de son cheval.

— Dis, Tante Pol, murmura Garion, je rêve ou elle est vraiment là en chair et en os ?

— Tu as raison, confirma la sorcière après un examen attentif. Ce n'est pas une projection. Je n'ai pas idée de la façon dont elle s'y est prise, mais elle est bel et bien là.

Ils suivirent la sibylle et son guide muet le long de la route qui descendait en pente raide dans une cuvette plantée d'herbe et entourée de pins monumentaux. Un petit lac de montagne étincelait au soleil, au centre du vallon.

Tout à coup, Polgara étouffa une exclamation de surprise.

— On nous observe, dit-elle.

— Qui ça, Pol ? demanda Belgarath.

— Quelqu'un qui prend beaucoup de précautions. Je sens seulement que nous faisons l'objet d'une surveillance attentive et je capte un sentiment de colère. Je suis sûre que c'est Zandramas, reprit la sorcière avec un sourire. Elle se protège et je ne puis entrer en contact avec son esprit, mais elle ne peut m'empêcher de percevoir son attention vigilante et elle ne parvient pas à réprimer suffisamment sa rage pour éviter à ses vibrations de me parvenir.

— Et contre qui en a-t-elle ?

— Contre Cyradis, je pense. Elle s'est donnée beaucoup de mal pour nous tendre un piège et l'intervention de Cyradis a tout fichu par terre. Mais elle n'a pas dit son dernier mot et je pense que nous avons intérêt à faire attention.

— Au moins nous sommes prévenus, grommela Belgarath en hochant la tête d'un air sinistre.

Toth mena le cheval de sa maîtresse au bord du lac.

— C'est là que vous attend votre nouvelle tâche, fit-elle en leur indiquant le lac. Il y a, au fond de l'eau, une grotte immergée. L'un de vous doit y pénétrer. Bien des choses lui seront révélées.

Belgarath regarda Beldin d'un air plein d'espoir.

— Oh non, mon vieux, ça, sûrement pas ! se récria le nain en secouant vigoureusement la tête. Je suis un faucon, pas un poisson, et je n'aime pas plus l'eau froide que toi.

— Pol ? fit Belgarath d'un ton plaintif.

— Là, Père, je suis désolée de ne pouvoir t'aider, mais je dois me concentrer sur Zandramas. Il va falloir que tu t'y colles, pour une fois.

Du bout du pied, il tâta la surface miroitante et réprima un frisson.

— Vous êtes durs avec moi, fit-il en commençant à se déshabiller. Ah, vous, Prince Kheldar, surtout ne dites rien, ajouta-t-il en foudroyant du regard le petit Drasnien qui se fendait la pipe. Fermez-la, ça vaudra mieux.

Lorsqu'il ne fut plus vêtu que d'un pagne, ils furent tous un peu surpris de constater combien il était musclé. Malgré son amour de la bonne chère et de la bière, le vieux sorcier était d'une maigreur ascétique mais une musculature impressionnante jouait sous la peau de ses épaules et de son torse.

— Hé bé, murmura Velvet d'un ton appréciateur.

Les yeux bleus du vieux sorcier se mirent à étinceler de malice.

— Alors, Liselle, ça vous dirait de venir batifoler dans ma petite piscine à moi ? lui lança-t-il avec un clin d'œil égrillard.

Elle rougit jusqu'à la racine des cheveux et jeta à Silk une œillade coupable.

Belgarath éclata de rire, se plia en deux et fendit les eaux miroitantes comme la lame d'un couteau. Quelques toises plus loin, il fit un bond dans l'air, le soleil moirant ses écailles argentées. Sa large queue fourchue fouetta l'air, jonchant la surface étincelante du lac de gouttes pareilles à des joyaux, puis son énorme corps sombre, luisant, s'enfonça dans les profondeurs cristallines du lac.

— Par tous les Dieux..., soupira Durnik en se tordant les mains.

— N'y songe même pas, mon Durnik, s'esclaffa Polgara. Il détesterait que tu lui plantes un hameçon dans la lèvre.

L'énorme saumon aux flancs argentés tournoya un instant et s'engouffra dans une ouverture déchiquetée visible près du fond du lac.

Ils attendirent en retenant leur souffle, au sens propre du terme, puisque Garion se rendit compte au bout d'un moment qu'il en oubliait de respirer.

Après ce qui leur parut une éternité, le gros poisson ressortit de la grotte immergée, fit un petit tour dans le lac et revint en marchant sur l'eau avec sa queue, en agitant la tête et en se stabilisant avec ses nageoires. Puis le grand saumon piqua une tête près de la rive et Belgarath émergea du lac, ruisselant et claquant des dents.

— Très vivifiant, observa-t-il en essuyant l'eau de ses bras et de ses jambes avec ses mains. Tu n'aurais pas une couverture sous la main, Pol ?

— Frimeur, va, grommela Beldin.

— Alors, qu'y a-t-il là-dessous ? demanda avidement Garion.

— On dirait une espèce de vieux temple, répondit son grand-père en se frictionnant vigoureusement avec la couverture fournie par Polgara. Quelqu'un a muré les côtés d'une grotte naturelle pour lui donner une forme régulière. Il y avait un autel dans lequel on avait creusé une sorte de niche, mais il n'y a plus rien dedans, bien sûr. Toutes les pierres de cet endroit luisent d'un drôle d'éclat rouge et il en émane une présence renversante.

— Le Sardion ? demanda Beldin avec intensité.

— Il n'y est plus, répondit Belgarath en se séchant les cheveux. Mais il y a été longtemps, très longtemps. Il avait dû ériger je ne sais quel genre de barrière pour qu'on ne le trouve pas. Il est parti, maintenant, mais je reconnaîtrai ses vibrations, la prochaine fois que je m'en approcherai.

— Garion ! s'exclama Ce'Nedra. Regarde !

Elle tendait une main tremblante vers une roche en surplomb située non loin d'eux. En haut de ce promontoire se tenait une silhouette drapée de satin noir, luisant. Garion sut qui elle était avant même qu'elle n'achève de repousser son capuchon dans un geste d'une arrogance suprême. Sans réfléchir, la tête en feu, il dégaina l'épée de Poing-de-Fer.

Cyradis prit alors la parole d'une voix claire et ferme.

— Contre toi, Zandramas, mon cœur est en courroux, déclara-t-elle. Ne cherche pas à interférer avec ce qui doit être, car je serais obligée de faire mon choix ici et maintenant.

— Essaie seulement de faire ça, larve rampante, et comme tu n'es pas au bout de ta tâche, tout sombrera dans le chaos et le hasard aveugle supplantera la Prophétie. Regarde-moi bien, moi, l'Enfant des Ténèbres, et sache que je ne crains pas le doigt du hasard, car il me sert assurément davantage qu'il ne sert l'Enfant de Lumière.

C'est alors que Garion entendit une sorte de feulement, un grognement sourd, d'autant plus terrifiant qu'il émanait de la gorge de sa femme. Ce'Nedra fonça plus vite qu'il ne l'eût cru possible vers le cheval de Durnik, arracha la hache que le forgeron portait toujours accrochée à sa selle et gravit, en rugissant de rage, le promontoire rocheux.

— Non, Ce'Nedra ! hurla-t-il en se précipitant derrière elle. Ne fais pas ça !

Zandramas partit d'un rire cruel, sardonique.

— Choisis, Cyradis ! s'écria-t-elle. Exerce ton choix inepte ! La mort de la reine de Riva sera mon triomphe !

Et elle éleva ses deux mains au-dessus de sa tête.

Il avait beau courir à perdre haleine, Garion comprit qu'il n'avait aucun espoir de rattraper Ce'Nedra avant qu'elle ne fût irrémédiablement près de la sorcière en robe de satin noir dressée au sommet du promontoire. Sa femme entamait déjà l'escalade en vitupérant et en frappant avec la hache de Durnik les pierres qui se trouvaient sur son chemin.

Puis, tout à coup, la forme étincelante d'une louve bleue s'interposa entre Ce'Nedra et l'objet de sa fureur. Ce'Nedra se figea, comme paralysée, et Zandramas recula devant la louve qui grognait en lui montrant les dents. La lueur surnaturelle qui entourait la louve vacilla brièvement, et là, entre Ce'Nedra et Zandramas, apparut celle qui était la plus lointaine aïeule de Garion, la femme de Belgarath et la mère de Polgara. Ses cheveux feuille morte luisaient d'un halo bleuté, et ses yeux d'or brillaient d'une flamme qui n'était pas de ce monde.

— Toi ! hoqueta Zandramas en se recroquevillant craintivement.

Poledra attira Ce'Nedra près d'elle, passa un bras autour de ses frêles épaules dans un geste protecteur et, de l'autre main, lui prit doucement la hache qu'elle tenait dans ses doigts gourds. La petite reine avait les yeux grands ouverts mais elle ne voyait rien ; elle était comme en transe.

— Elle est sous ma protection, Zandramas. Je t'interdis de lui faire du mal.

La sorcière perchée sur la roche en surplomb poussa un hurlement de rage et de frustration. Elle se redressa, les yeux embrasés de haine.

— Est-ce pour maintenant, Zandramas ? demanda Poledra d'une voix glaciale, mortelle. Est-ce le moment que tu as choisi pour notre rencontre ? Tu sais aussi bien que moi que si nous devions nous affronter au mauvais moment et au mauvais endroit, nous serions toutes deux anéanties.

— Je n'ai pas peur de toi, Poledra ! hurla la sorcière d'une voix stridente.

— Moi non plus, je ne te crains pas. Alors viens, Zandramas, détruisons-nous mutuellement, ici et maintenant, car si l'Enfant de Lumière se présente à l'Endroit-qui-n'est-plus sans rencontrer d'opposition, si l'Enfant des Ténèbres n'est pas là-bas pour l'attendre, alors le triomphe m'appartiendra ! Si c'est l'heure et le lieu de ton choix, déchaîne ton pouvoir et advienne que pourra, car de toi, Zandramas, j'ai grande lassitude.

Garion vit le visage de Zandramas se convulser de rage et il sentit qu'elle bandait son énergie. Il tenta de passer la main derrière son épaule pour saisir son épée afin de déchaîner son ire flamboyante sur la sorcière haïe et de la réduire en cendres, mais pas plus que Ce'Nedra il ne put bouger un muscle. Puis il comprit que, derrière lui, ses amis luttaient eux aussi contre la même force paralysante.

— Non, dit fermement la voix de Poledra dans le secret de son esprit. C'est entre Zandramas et moi que ça se passe. Ne t'en mêle pas. Eh bien, Zandramas, ajouta-t-elle alors à haute voix, quelle est ta décision ? Préfères-tu te cramponner encore un moment à l'existence, ou veux-tu mourir maintenant ?

La sorcière fit un effort désespéré pour reprendre son

empire sur elle-même tandis que le halo lumineux entourant Poledra devenait presque éblouissant. Puis Zandramas poussa une insoutenable clameur de colère et de dépit, et elle disparut dans un embrasement crépusculaire.

— Je savais bien qu'elle finirait par se ranger à mon point de vue, commenta calmement Poledra.

Elle tourna ensuite vers Garion et ses compagnons ses yeux dorés où dansait une lueur amusée.

— Je commençais à me demander ce qui vous était arrivé. Il y a des mois que je vous attends ici. Tu n'as que la peau sur les os, vieux Loup solitaire, reprit-elle en examinant Belgarath d'un œil critique, tandis qu'il la contemplait, éperdu d'adoration. Tu ne manges vraiment pas assez. Tu veux que je t'attrape un bon gros lapin ? proposa-t-elle avec un sourire fondant d'amour.

Elle eut un petit rire de gorge, puis sa silhouette se brouilla et la louve bleue s'éloigna en souplesse, ses pattes effleurant à peine le sol.

Ici s'achève le Chant III de *la Mallorée*.
Dans le Chant IV, *la Sorcière de Darshiva*,
la quête de Zandramas et du Sardion
se poursuit en de bien étranges lieux,
jusqu'à l'Endroit-qui-n'est-plus...
où qu'il puisse se trouver !

Achevé d'imprimer en juillet 1995
sur les presses de l'Imprimerie Bussière
à Saint-Amand (Cher)

POCKET - 12, avenue d'Italie - 75627 Paris Cedex 13
Tél. : 44-16-05-00

— N° d'imp. 1698. —
Dépôt légal : décembre 1993.

Imprimé en France